A RAINHA do Tráfico

ARTURO PÉREZ-REVERTE

Tradução de
Antonio Fernando Borges

1ª edição

RIO DE JANEIRO • SÃO PAULO
2015

CIP-BRASIL. CATALOGAÇÃO NA PUBLICAÇÃO
SINDICATO NACIONAL DOS EDITORES DE LIVROS, RJ

P514r
Pérez-Reverte, Arturo, 1951-
A rainha do tráfico / Arturo Pérez-Reverte; tradução de Antonio Fernando Borges. – 1ª. ed. – Rio de Janeiro: Record, 2015.

Tradução de: La Reina del Sur
ISBN 978-85-01-10672-8

1. Ficção espanhola. I. Borges, Antonio Fernando. II. Título.

15-27252
CDD: 863
CDU: 821.134.2-3

TÍTULO ORIGINAL:
La Reina del Sur

Texto revisado segundo o novo Acordo Ortográfico da Língua Portuguesa.

Impresso no Brasil

ISBN 978-85-01-10672-8

A Élmer Mendoza, Julio Bernal e César Batman Güemes.
Pela amizade. Pelo corrido.

Sumário

O telefone tocou e ela compreendeu que iam matá-la. Compreendeu com tanta certeza que ficou imóvel, com a navalha parada no ar, o cabelo colado no rosto em meio ao vapor da água quente que pingava nos azulejos. Bip-bip. Ficou bem quieta, prendendo a respiração, como se a imobilidade ou o silêncio pudessem mudar o curso daquilo que já havia ocorrido. Bip-bip. Estava na banheira, depilando a perna direita, água e espuma até a cintura, e sua pele nua se eriçou como se a torneira de água fria tivesse acabado de estourar. Bip-bip. No estéreo do quarto, os Tigres del Norte cantavam histórias de Camélia, a Texana. A traição e o contrabando, diziam, são inseparáveis. Sempre teve medo de que aquelas canções fossem presságios, e de repente eram realidade obscura e ameaça. Ruço tinha zombado disso, mas aquele som dava razão a ela, e tirava a razão do Ruço. Tirava-lhe a razão e muitas coisas mais. Bip-bip. Soltou o aparelho de barbear, saiu devagar da banheira e foi deixando um rastro de água até o quarto. O telefone estava sobre a colcha, pequeno, preto e sinistro. Olhou-o sem tocar nele. Bip-bip. Aterrorizada. Bip-bip. O ruído se misturava com as palavras da canção, como se fizesse parte dela. Porque os contrabandistas, os Tigres iam dizendo, esses não perdoam nada. Ruço tinha usado as mesmas palavras, rindo como costumava fazer, enquanto lhe acariciava a nuca e lhe atirava o telefone no colo. Se um dia ele tocar, é porque eu estarei morto. Então corra. O mais que puder, neguinha. Corra e não pare, porque eu não estarei ali para ajudar. E, se chegar viva aonde quer que seja, vire uma tequila em minha memória. Pelos bons momentos, minha flor. Pelos bons momentos. Desse jeito irresponsável e valente: assim era Ruço Dávila. O virtuose do Cessna. O rei da pista curta, como o chamavam os amigos e também don Epifanio Vargas: capaz de decolar aviõezinhos em trezentos metros, com seus pacotes de coca e de erva sem sujeira, e voar rente à água em noites escuras, fronteira acima e fronteira abaixo, enganando os radares da Federal e os abutres da DEA. Capaz também de viver no fio da navalha, jogando suas próprias cartas pelas costas dos chefes. E capaz de perder.

A água que lhe escorria do corpo formava uma poça aos seus pés. O telefone continuava tocando, e ela soube que não era preciso responder à chamada e confirmar que a sorte do Ruço tinha acabado. Era o suficiente para seguir as instruções dele e sair correndo; mas não é fácil aceitar que um simples bip-bip mude de repente o rumo de uma vida. Por isso finalmente agarrou o telefone e apertou o botão, escutando:

— Estouraram o Ruço, Teresa.

Não reconheceu a voz. Ruço tinha amigos e alguns eram fiéis, obrigados pelo código da época em que atravessavam maconha e pacotes de pó em pneus de automóveis por El Paso, a caminho da União Americana. Podia ser qualquer um deles: talvez Neto Rosas, ou Ramiro Vázquez. Não reconheceu quem estava ligando, nem era preciso, porque a mensagem era clara. Acabaram com o Ruço, repetiu a voz. Derrubaram ele e o primo. Agora é com a família do primo e com você. Por isso, trate de correr o quanto puder. Corra e não pare de correr. Então a ligação caiu; ela olhou os pés molhados sobre o chão e percebeu que tremia de frio e de medo, e pensou que, quem quer que fosse o interlocutor, tinha repetido as palavras do Ruço. Imaginou-o concordando atento entre a fumaça de charutos e os copos de uma cantina, com o Ruço em frente, queimando um baseado, com as pernas cruzadas sob a mesa como costumava ficar, as botas de couro de serpente gastas nas pontas, o lenço de seda em volta do pescoço, a jaqueta de aviador no encosto da cadeira, o cabelo louro tosado, o sorriso afiado e seguro. Faça isso por mim, mano, se me ferrarem. Diga a ela que corra e não pare de correr, porque também vão querer acabar com ela.

O pânico chegou de improviso, bem diferente do terror frio que havia sentido antes. Dessa vez foi um acesso de confusão e de loucura que a fez gritar, breve, seca, levando as mãos à cabeça. Suas pernas já não podiam sustentá-la, então acabou caindo sentada na cama. Olhou em volta: as molduras brancas e douradas da cabeceira, os quadros nas paredes com paisagens charmosas e casais passeando ao pôr do sol, os bibelôs que havia colecionado para alinhar na estante, com a intenção de ter um lar bonito e confortável. Entendeu que aquilo já não era um lar, e que em poucos minutos seria uma armadilha. Viu-se no grande espelho do armário: nua, molhada, o cabelo escuro colado no rosto e, entre suas mechas, os olhos negros bem abertos, exorbitados de horror. Corra e não pare, haviam dito Ruço e a voz que repetia as palavras dele. Então ela começou a correr.

1

Caí das nuvens nas quais andava

Sempre achei que os *narcocorridos* mexicanos eram apenas canções, e que *O conde de Montecristo* era apenas um romance. Comentei isso com Teresa Mendoza no último dia, quando ela concordou em me receber cercada de guarda-costas e policiais na casa em que estava hospedada no condomínio Chapultepec, em Culiacán, no estado de Sinaloa. Mencionei Edmond Dantès e perguntei a ela se havia lido o livro; ela me lançou um olhar silencioso, tão demorado que tive medo de que nossa conversa terminasse ali. Depois se virou para a chuva que batia nas vidraças, e não sei se foi uma sombra da luz cinzenta que vinha de fora ou um sorriso absorto que desenhou em sua boca um risco estranho e cruel.

— Não leio livros — disse ela.

Percebi que estava mentindo, como sem dúvida havia mentido uma infinidade de vezes nos últimos doze anos. Mas não quis ser inoportuno e mudei de assunto. Seu longo caminho de ida e volta continha episódios que me interessavam muito mais do que as leituras da mulher que eu afinal tinha diante de mim, depois de seguir suas pegadas por três continentes naqueles oito meses. Dizer que estava decepcionado não seria exato. A realidade costuma ficar devendo às lendas, mas no meu ofício a palavra "decepção" sempre é relativa: realidade e lenda são simples material de trabalho. O problema é que acaba sendo impossível viver semanas e meses a fio obcecado tecnicamente por alguém sem construir uma ideia própria, definida e certamente inexata da pessoa em questão. Uma ideia que se instala na cabeça com tanta força e verossimilhança que fica difícil, e até desnecessário, modificá-la no essencial. Além disso, nós escritores desfrutamos do privilégio de ter nosso ponto de vista assumido com surpreendente facilidade por aqueles que nos leem. Por isso naquela manhã de chuva, em Culiacán, eu sabia que a mulher que estava diante de mim jamais seria a verdadeira Teresa Mendoza, e sim uma outra que a superava, criada em parte por mim: aquela cuja história reconstituí ao recuperá-la peça por peça, incompleta e contraditória, entre aqueles que a conheceram, odiaram e amaram.

— Por que está aqui? — perguntou ela.

— Por causa de um episódio de sua vida. O mais importante.

— Vamos lá. Um episódio, você diz.

— Isso mesmo.

Ela havia apanhado um maço de Faros da mesa e levava ao cigarro a chama de um isqueiro de plástico, barato, depois de fazer um gesto para deter o homem sentado no outro extremo do aposento, que já se levantava solícito com a mão no bolso do blusão: um tipo maduro, largo, gordo mesmo, cabelo muito preto e um frondoso bigode mexicano.

— O mais importante?

Pousou o cigarro e o isqueiro na mesa, em simetria perfeita, sem me oferecer. O que pouco me importou, porque não fumo. Havia ali mais dois maços, um cinzeiro e uma pistola.

— Deve ser mesmo — acrescentou ela —, para você se atrever a vir até aqui hoje.

Olhei a pistola. Uma Sig Sauer. Suíça. Quinze balas de calibre 9 por carregador, dispostas em triângulo. E três carregadores cheios. As pontas douradas das balas eram grossas como castanhas.

— Sim — respondi, sereno. — Há doze anos. Sinaloa.

De novo aquele olhar silencioso. Ela sabia a meu respeito, pois em seu mundo esse tipo de informação se podia conseguir com dinheiro. Além disso, três semanas antes eu tinha feito chegar até ela uma cópia do meu texto inacabado. Era a isca. E a carta de apresentação para completar.

— Por que eu deveria contar?

— Porque tive muito trabalho com você.

Ficou me olhando através da fumaça do cigarro, com os olhos entrefechados, como as máscaras indígenas do Templo Mayor. Depois se levantou e foi até o bar, de onde voltou com uma garrafa de Herradura Reposado e dois copos pequenos e estreitos, desses que os mexicanos chamam de *caballitos*. Vestia uma confortável calça de linho escuro, blusa preta e sandálias, e verifiquei que não usava joias, colar ou relógio, apenas um semanário* de prata no pulso direito. Dois anos antes — os recortes de jornal estavam em meu quarto, no hotel San Marcos —, a revista *Hola!* a havia incluído entre as vinte mulheres mais elegantes da Espanha, na mesma época em que *El Mundo* noticiava a mais recente investigação judicial sobre seus negócios na Costa del Sol e suas ligações com o narcotráfico. Na fotografia publicada na primeira página, podia-se adivinhá-la por trás do vidro de um automóvel, protegida dos repórteres por vários guarda-costas de óculos escuros. Um deles era o gordo bigodudo que agora estava sentado no outro extremo do aposento e que me olhava distante, como se não me olhasse.

— Muito trabalho — repetiu ela pensativa, pondo tequila nos copos.

— Isso mesmo.

Bebeu um gole pequeno, de pé, sem deixar de me observar.

---

* Tipo de pulseira formada por sete argolas. (*N. do T.*)

Era mais baixa do que parecia nas fotos ou na televisão, mas seus movimentos continuavam tranquilos e seguros: como se cada gesto estivesse encadeado ao seguinte de forma natural, sem nenhuma improvisação ou dúvida. Talvez ela nunca tenha dúvidas, pensei na hora. Constatei que aos trinta e cinco anos era vagamente atraente. Menos, talvez, que nas fotografias recentes e nas que eu tinha visto aqui e ali, conservadas por aqueles que a conheceram do outro lado do Atlântico. Isso incluía os retratos de frente e de perfil, em preto e branco, numa velha ficha policial da delegacia de Algeciras. E também as fitas de vídeo, imagens imprecisas que sempre terminavam com gorilas rudes entrando na frente para afastar a lente com violência. Em todas, com sua aparência atual e distinta, quase sempre de roupas e óculos escuros, ela entrava e saía de automóveis caros, desfocada pela retícula de uma teleobjetiva num terraço de Marbella, ou tomando sol no convés de um iate grande e branco como a neve: a Rainha do Sul e sua lenda. Aquela que aparecia ao mesmo tempo nas colunas sociais e nas páginas do noticiário. Mas havia outra foto cuja existência eu ignorava; e antes de eu sair daquela casa, duas horas mais tarde, Teresa Mendoza inesperadamente decidiu mostrá-la: uma foto muito danificada e remendada por trás com fita adesiva, que ela colocou sobre a mesa, entre o cinzeiro abarrotado, a garrafa de tequila da qual tinha bebido sozinha dois terços e a Sig Sauer com três carregadores, que estava ali como um presságio — de fato era uma aceitação fatalista — do que iria ocorrer naquela mesma noite. Quanto à última foto, na verdade se tratava da mais antiga e era só metade, porque faltava todo o lado esquerdo: dele se podia ver o braço de um homem, envolto na manga de um blusão de piloto, sobre os ombros de uma jovem morena, magra, de cabelos pretos abundantes e olhos grandes. A jovem devia ter uns vinte e poucos anos: vestia calças muito apertadas e uma jaqueta jeans sem graça com gola de lã de cordeiro; olhava para a câmera com uma careta indecisa, a meio caminho de um sorriso ou talvez de volta dele. Reparei que, apesar da maquiagem vulgar, excessiva, as pupilas escuras tinham uma expressão inocente, ou vulnerável, o que acentuava a juventude de seu rosto ovalado; os olhos eram ligeiramente amendoados, a boca muito precisa, as antigas e já diluídas gotas de sangue indígena se manifestando no nariz, no tom de mate da pele, na arrogância do queixo erguido. Ela não era bonita, mas singular, pensei. Tinha uma beleza incompleta ou distante, diluída durante gerações até deixar apenas rastros isolados de um antigo esplendor. E aquela fragilidade, talvez serena, talvez confiante. Se eu não estivesse familiarizado com a personagem, aquela fragilidade teria me enternecido. Imagino.

— Quase não a reconheço.

Era verdade, e eu disse isso. Ela não pareceu incomodada com o comentário. Limitava-se a olhar a foto sobre a mesa, e assim ficou um bom tempo.

— Eu também não — concluiu.

Depois, tornou a guardá-la dentro da bolsa que estava sobre o sofá, numa carteira de couro com suas iniciais, e apontou a porta.

— Acho que é o suficiente — disse ela.

Parecia muito cansada. A conversa prolongada, o cigarro, a garrafa de tequila. Tinha círculos escuros sob os olhos, que já não eram como na velha foto. Pus-me de pé, abotoei o paletó, estendi-lhe a mão — ela apenas a tocou —, e me fixei outra vez na pistola. O gordo até então no outro extremo do aposento estava a meu lado, indiferente, pronto para me acompanhar. Olhei com interesse as esplêndidas botas de pele de iguana que calçava, a barriga que transbordava do cinto tacheado, o volume ameaçador sob o blusão. Quando abriu a porta, percebi que sua gordura era enganadora, e que fazia tudo com a mão esquerda. Era óbvio que reservava a direita como ferramenta de trabalho.

— Espero que dê tudo certo — disse.

Ela acompanhou meu olhar até a arma. Concordou devagar, mas não com minhas palavras. Estava ocupada com os próprios pensamentos.

— Claro — murmurou.

Então saí dali. Os federais com coletes à prova de bala e fuzis de ataque que na chegada me revistaram minuciosamente continuavam montando guarda no vestíbulo e no jardim, e uma caminhonete militar e duas Harley Davidson da polícia estavam junto à fonte circular da entrada. Havia cinco ou seis jornalistas e uma câmera de televisão sob um guarda-chuva, do outro lado dos muros altos, na rua, mantidos à distância pelos soldados em uniforme de combate que cercavam a granja. Dobrei à direita e caminhei sob a chuva em busca do táxi que me esperava a um quarteirão dali, na esquina da rua General Anaya. Agora eu sabia o que precisava saber, os pontos obscuros estavam iluminados, e cada peça da história de Teresa Mendoza, real ou imaginada, encaixava-se no devido lugar: desde aquela primeira foto, ou meia foto, até a mulher que tinha me recebido com uma automática sobre a mesa. Faltava o desfecho, mas isso eu também saberia nas próximas horas. Como ela, eu tinha apenas que sentar e esperar.

Doze anos se passaram desde a tarde em que Teresa Mendoza começou a correr na cidade de Culiacán. Naquele dia, começo de tão longa viagem de ida e volta, o mundo razoável que ela pensou ter construído à sombra de Ruço Dávila caiu ao seu redor — ela pôde ouvir o estrondo dos pedaços desabando — e de repente se viu perdida e em perigo. Largou o telefone e andou de um lado para outro abrindo gavetas tateante, cega de pânico, procurando uma bolsa qualquer onde enfiar o indispensável antes de escapar dali.

Queria chorar por seu homem, ou gritar até estourar a garganta, mas o terror que a invadia em ondas como golpes entorpecia seus atos e seus sentimentos. Era como se tivesse comido um cogumelo de Huautla ou fumado uma erva prensada, pesada, que a introduzisse num corpo distante sobre o qual não tivesse nenhum controle. E assim, depois de vestir às pressas, trôpega, uma calça jeans, uma camiseta e calçar os sapatos, desceu cambaleante as escadas, ainda molhada por baixo da roupa, o cabelo úmido, uma pequena bolsa de viagem com as poucas coisas que havia conseguido juntar, amarrotadas e de qualquer jeito: outras camisetas, uma jaqueta de brim, calcinhas, meias soquetes, a carteira com duzentos pesos e os documentos. Irão lá em casa em seguida, Ruço a avisou. Irão para ver o que podem encontrar. E é melhor que não te encontrem.

Deteve-se ao chegar à rua, indecisa, com a precaução instintiva da presa que fareja a proximidade do caçador e seus cães. Diante dela se estendia a topografia complexa de um território hostil. Condomínio Las Quintas: avenidas amplas, casas discretas e confortáveis com bougainvílleas e bons automóveis estacionados na frente. Um longo caminho desde as miseráveis redondezas das Siete Gotas, pensou. E de repente a mulher da farmácia em frente, o empregado do mercado da esquina onde fez compras durante os últimos dois anos, o segurança do banco com seu uniforme azul e sua automática de calibre 12 a tiracolo — o mesmo que costumava cortejá-la com um sorriso toda vez que passava à sua frente — pareciam-lhe perigosos e à espreita. Você não terá mais amigos, havia concluído o Ruço com aquele riso indolente que ora ela adorava ora odiava com toda a sua alma. No dia em que o telefone tocar e você começar a correr, estará sozinha, neguinha. E eu não poderei te ajudar.

Apertou a bolsa, como que para proteger a barriga, e caminhou pela calçada de cabeça baixa, sem olhar para nada nem ninguém, procurando não apressar o passo. O sol começava a baixar ao longe, sobre o Pacífico que se encontrava quarenta quilômetros a oeste, na direção de Altata; as palmeiras, pingüicas* e mangueiras da avenida se recortavam contra um céu que em breve se tingiria do alaranjado próprio do entardecer de Culiacán. Percebia umas pancadas nos tímpanos: uma batida surda, monótona, sobreposta ao barulho do trânsito e de seus sapatos. Se alguém a tivesse chamado naquele momento, ela não teria sido capaz de ouvir seu nome; talvez nem o som de um disparo. Do seu disparo. De tanto o esperar, com os músculos tensos e a cabeça baixa, os ombros e os rins lhe doíam. A Situação. Ouvira tantas vezes a teoria do desastre entre gracejos, desabafos, copos e fumaça de cigarros que agora a trazia marcada a fogo no pensamento, como o ferro de uma rês. Neste negócio, tinha dito o Ruço, é preciso saber identificar A Situação. Significa que alguém pode chegar e te dar bom-dia. Talvez você o conheça e ele sorria. Suave. Com vaselina. Mas você notará algo estranho: uma sensação indefinida, de alguma coisa que não está onde deveria estar. E um instante depois você está morto — Ruço olhava para Teresa ao falar, apontando-lhe o dedo à maneira de um revólver, em meio às risadas dos amigos. Ou morta. Embora isso sempre seja melhor do que te levarem viva para o deserto e te fazerem perguntas com um maçarico de acetileno e muita paciência. Porque o ruim das perguntas não é você conhecer as respostas — nesse caso o alívio chega logo —, mas não conhecê-las. Esse é o detalhe, como dizia Cantinflas. O problema. Custa muito convencer quem segura o maçarico de que você não sabe as coisas que ele acha que você sabe e que também gostaria de saber.

Porra. Desejou que Ruço tivesse morrido rápido. Que o tivessem abatido com Cessna e tudo, como pasto dos tubarões, em vez de o levarem até o deserto para lhe fazer perguntas. Com a Federal ou

---

* Árvore típica do México. (*N. do T.*)

com a DEA, as perguntas costumavam terminar na prisão de Almoloya ou na de Tucson. Podia-se negociar, chegar a um acordo. Tornar-se testemunha protegida, ou prisioneiro com privilégios se soubesse jogar bem as cartas. Mas as transações do Ruço nunca foram assim. Não era víbora nem dedo-duro. Só tinha traído um pouquinho, menos por dinheiro do que pelo prazer de viver no fio da navalha. Nós de San Antonio, gabava-se, gostamos de arriscar o couro. Para ele, sacanear aqueles caras era divertido; e o Ruço ria por dentro quando lhe diziam faça isso e faça aquilo, rapaz, não demore, e quando o tomavam por um matador de aluguel dos mais baratos e lhe atiravam sobre a mesa, com bem pouco respeito, maços de dólares crepitantes na volta de cada voo em que os chefões amealhavam uma porrada de grana e ele arriscava a liberdade e a vida. O problema era que o Ruço não se contentava em fazer certas coisas: tinha também necessidade de contá-las. Era linguarudo. Para que se amarrar à mais linda mulher, dizia ele, se não puder contar aos amigos? E, se vierem encrencas, que os Tigres ou os Tucanes de Tijuana te ponham em *narcocorridos* e os cantem nas cantinas e nos rádios dos carros. Porra. Pura lenda, cara. E muitas vezes, aconchegada em seu ombro, bebendo num bar, numa festa, entre duas danças no salão Marocco, ele com uma cerveja Pacífico na mão e ela com o nariz coberto de pó de suspiros brancos, tinha estremecido ao ouvi-lo confessar aos amigos coisas que qualquer homem sensato guardaria bem caladas. Teresa não tinha estudo, nem nada além do Ruço, mas sabia que os verdadeiros amigos só se revelavam visitando você no hospital, na cadeia ou no cemitério. Isso queria dizer que os amigos eram amigos até que deixavam de ser.

Percorreu três quadras sem olhar para trás. E sem pensar. Os saltos que usava eram altos demais, e ela compreendeu que ia acabar torcendo o tornozelo se começasse a correr. Tirou os sapatos e os guardou na pequena bolsa, e, descalça, dobrou à direita na esquina seguinte, até desembocar na rua Juárez. Ali parou diante de uma lanchonete para verificar se a seguiam. Não viu nada que pudesse indicar perigo; para se permitir um pouco de reflexão e acalmar os batimentos cardíacos, empurrou a porta e foi se sentar à mesa mais ao fundo, de costas para a parede e de olho na entrada. Como Ruço teria dito gozador, ficou estudando A Situação. Ou tentando fazer isso. O cabelo úmido lhe caía sobre o rosto: afastou-os apenas uma vez, pois decidiu que era melhor assim, escondendo-a um pouco. Trouxeram-lhe uma vitamina de nopal* e ela ficou imóvel por um tempo, incapaz de alinhavar dois pensamentos seguidos, até que sentiu vontade de fumar e se deu conta de que na correria tinha esquecido os cigarros. Pediu um cigarro à garçonete, aceitou o fogo de seu isqueiro, enquanto ignorava o olhar de surpresa que ela dirigia a seus pés descalços, e permaneceu bem quieta, fumando, na tentativa de organizar as ideias. Agora sim. A fumaça nos pulmões lhe devolveu alguma serenidade, suficiente para analisar A Situação com algum senso prático. Tinha que chegar até a outra casa, a segura, antes que os coiotes a encontrassem e ela terminasse sendo personagem secundária, e involuntária, dos *narcocorridos* com que o Ruço tanto sonhava que os Tigres ou os Tucanes lhe fizessem. Ali estavam o dinheiro e os documentos; sem isso, por mais que corresse, não chegaria a parte alguma. E ali estava também a agenda do Ruço: telefones, endereços, anotações, contatos, pistas clandestinas na Baixa Califórnia, em Sonora, Chihuahua e Cohahuila, amigos e inimigos — não era fácil distinguir uns dos outros — na Colômbia, na Guatemala, em Honduras e de um lado e de outro da fronteira do rio Bravo: El Paso, Juárez, San Antonio. Queime ou esconda isso, ele disse. Para seu próprio bem, nem a olhe, neguinha. Nem

---

* Variedade de cacto, nativo das regiões tropicais das Américas. (*N. do T.*)

a olhe. E, só se estiver muito amolada e muito perdida, troque-a com don Epifanio Vargas pela tua pele. Fui claro? Jura que não abrirá a agenda por nada deste mundo. Jura por Deus e por Nossa Senhora. Vem cá. Jura por isto que você tem entre as mãos.

Não dispunha de muito tempo. Também tinha esquecido o relógio, mas viu que a tarde continuava caindo. A rua parecia tranquila: tráfego regular, transeuntes passando, ninguém parado por perto. Calçou os sapatos. Deixou dez pesos na mesa e se levantou devagar, segurando a bolsa. Não se atreveu a olhar seu rosto no espelho quando saiu à rua. Na esquina, um garotinho vendia refrigerantes, cigarros e jornais colocados sobre um papelão onde se lia a palavra "Samsung". Comprou um maço de Faros e uma caixa de fósforos, dando uma olhada de soslaio às suas costas, e seguiu seu caminho com deliberada lentidão. A Situação. Um carro estacionado, um policial, um homem que varria a calçada lhe causaram sobressalto. Os músculos das costas voltaram a doer, e um gosto azedo inundava sua boca. De novo os saltos a incomodaram. Se a visse assim, pensou, Ruço teria rido dela. Lá no fundo, o amaldiçoou por isso. Onde andarão tuas risadas agora, seu grande babaca, depois que você entrou pelo cano? Cadê tua arrogância de puro macho e teus malditos colhões? Sentiu cheiro de carne queimada ao passar em frente a uma *taqueria*, e o gosto azedo na boca se acentuou de repente. Teve que parar e entrar apressadamente em um pórtico para vomitar um jorro de suco de nopal.

Eu conhecia Culiacán. Antes da entrevista com Teresa Mendoza, já havia estado ali, bem no início, quando começava a investigar a história dela e Teresa não era mais do que um vago desafio pessoal em forma de algumas fotos e recortes de jornal. E voltei mais tarde, quando tudo terminou e pude me apossar do que precisava saber: fatos, nomes, lugares. Por isso posso organizar tudo agora, sem outras lacunas além das inevitáveis, ou das convenientes. Devo dizer também que tudo se consolidou tempos atrás, num almoço com René Delgado, diretor do diário *Reforma*, no Distrito Federal. Somos velhos amigos desde os tempos em que, jovens repórteres, dividimos um quarto no hotel Intercontinental de Manágua durante a guerra contra Somoza. Agora nos vemos quando viajo ao México, para contarmos um ao outro as lembranças, as rugas e os cabelos brancos. Dessa vez, comendo *escamoles** e tacos de frango no San Angel Inn, ele me propôs o assunto.

— Você é espanhol, tem bons contatos ali. Escreva uma grande reportagem sobre ela.

Recusei, enquanto procurava evitar que o recheio de um taco escorresse pelo meu queixo.

— Não sou mais repórter. Agora eu invento tudo, e nunca em menos de quatrocentas páginas.

— Pois faça do seu jeito — insistiu René. — Uma maldita reportagem literária.

Acabei o taco e discutimos os prós e os contras. Vacilei até o café e o charuto (um Don Julián nº 1), justo quando René ameaçou chamar os *mariachis*. Mas o tiro saiu pela culatra: a reportagem acabou se transformando num projeto literário privado, embora meu amigo não tenha se incomodado com isso. Ao contrário: no dia seguinte, pôs à minha disposição seus melhores contatos na costa do Pacífico e na Polícia Federal para que eu pudesse ter informações sobre os anos obscuros. O período na vida de Teresa Mendoza que era desconhecido na Espanha e nem sequer ventilava no próprio México.

— Pelo menos faremos a resenha — disse ele. — Seu safado.

---

* Iguaria à base de ovos de formiga. (*N. do T.*)

Até então, só era público que ela tinha vivido nas Siete Gotas, um bairro muito modesto de Culiacán, e que era filha de pai espanhol e mãe mexicana. E também que largou os estudos no ensino fundamental, e que, empregada de uma loja de chapéus do mercadinho Buelna e depois doleira na rua Juárez, numa tarde de Finados — irônico presságio —, a vida a colocou no caminho de Raimundo Dávila Parra, piloto a soldo do cartel de Juárez, conhecido no meio como Ruço Dávila por causa do cabelo louro, dos olhos azuis e do jeito de gringo. Sabia-se de tudo isso mais graças à lenda tecida em torno de Teresa Mendoza do que através de dados precisos, de modo que, para esclarecer aquela parte de sua biografia, viajei até a capital do estado de Sinaloa, na costa ocidental e em frente à embocadura do golfo da Califórnia, e andei por suas ruas e cantinas. Fiz até o percurso exato, ou quase, que naquela última tarde — ou primeira, conforme se encare — ela cumpriu depois de receber o telefonema e abandonar a casa que tinha dividido com Ruço Dávila. Assim, estive diante do ninho em que os dois moraram durante dois anos: um chalezinho confortável e discreto de dois andares, com pátio nos fundos, murtas e bougainvílleas na porta, situado na parte sudeste de Las Quintas, um bairro frequentado por narcotraficantes de classe média, aqueles para quem as coisas vão bem, mas não a ponto de disporem de uma luxuosa mansão no exclusivo condomínio Chapultepec. Depois caminhei sob as palmeiras reais e as mangueiras até a rua Juárez, e diante do mercadinho parei para observar as jovens que, com o celular numa das mãos e a calculadora na outra, negociam dinheiro em plena rua; ou, dito de outra forma, lavam em pesos mexicanos o dinheiro dos motoristas que param perto delas com seus maços de dólares aromatizados de bagulho ou de pó branco. Naquela cidade, onde com frequência o ilegal é convenção social e forma de vida — é herança de família, diz um *corrido* famoso, trabalhar contra a lei —, Teresa Mendoza foi durante algum tempo uma dessas jovens, até que certa caminhonete Bronco preta parou a seu lado, e Raimundo Dávila Parra baixou o vidro fumê da janela e ficou olhando para ela, do assento do motorista. Então sua vida mudou para sempre.

Agora ela percorria a mesma calçada, da qual conhecia cada lajota, com a boca seca e com medo nos olhos. Evitava as garotas que conversavam em grupos ou passeavam à espera de clientes diante da quitanda El Canario, e fazia isso olhando desconfiada para a estação de caminhões e bondes da serra e as *taquerías* do mercadinho, fervilhando de mulheres carregadas de cestas e de homens bigodudos com bonés ou chapéus de palha. Da loja de música típica situada depois da joalheria da esquina chegavam a melodia e as palavras de *Pacas de a kilo*: os Dinámicos cantavam, ou talvez os Tigres. Daquela distância não podia avaliar, mas conhecia a canção. E como! Conhecia-a bem demais, pois era a favorita do Ruço; e o filho da mãe costumava cantá-la quando fazia a barba, com a janela aberta para escandalizar os vizinhos, ou murmurá-la ao ouvido dela, quando se divertia deixando-a nervosa:

Los amigos de mi padre
me admiran y me respetan
y en dos y trescientos metros
levanto las avionetas.
De diferentes calibres,
*manejo las metralletas...**

---

* Os amigos de meu pai
me têm admiração
em duzentos, trezentos metros
levanto todo avião
De diferentes calibres
ponho a metraca em ação. (Tradução livre)

Maldito Ruço safado, pensou de novo, e quase disse em voz alta para controlar o soluço que lhe subia à boca. Depois olhou para a direita e para a esquerda. Continuava à espreita de um rosto, de uma presença que significasse ameaça. Sem dúvida mandariam alguém que a conhecesse, pensava. Que pudesse identificá-la. Por isso, sua esperança era reconhecê-lo antes dele. Ou deles. Porque costumavam andar em dupla, para um se apoiar no outro. E também para se vigiarem, num negócio onde ninguém confiava nem na sombra. Tinha que reconhecê-lo com tempo suficiente, perceber o perigo em seu olhar. Ou em seu sorriso. Alguém sorrirá para você, lembrou. E no momento seguinte você estará morta. Com sorte, acrescentou em seu íntimo. Com muita sorte estarei morta. Em Sinaloa, disse para si mesma imaginando o deserto e o maçarico mencionados por Ruço, ter ou não ter sorte era só uma questão de rapidez, de somas e de subtrações. Quanto mais você demora para morrer, menos sorte tem.

Na rua Juárez, o sentido do tráfego vinha pelas suas costas. Percebeu isso ao deixar para trás o cemitério San Juan, então dobrou à esquerda, à procura da rua General Escobedo. Ruço tinha lhe explicado que, se um dia a seguissem, procurasse as ruas em que o trânsito viesse de frente, para ter tempo de ver os carros se aproximarem. Continuou em linha reta, virando-se de vez em quando para olhar para trás. Desse modo chegou ao centro da cidade, passou pelo edifício branco do palácio municipal e se enfiou na multidão que enchia os pontos de ônibus e as imediações do mercado Garmendia. Só ali se sentiu um pouco mais segura. O céu estava em pleno crepúsculo, laranja intenso sobre os edifícios, a leste, e as vitrines começavam a iluminar as calçadas. Quase nunca matam alguém em lugares como este, pensou. Nem sequestram. Havia dois guardas de trânsito, dois policiais de uniforme marrom parados numa esquina. O rosto de um deles lhe pareceu vagamente familiar, por isso virou o seu e mudou de direção. Muitos agentes locais estavam a serviço do narcotráfico, como os da Justiça do Estado e os federais e tantos outros, com seu embrulhinho de pó na carteira e bebida grátis nas cantinas, que prestavam serviço de segurança para os principais chefões da máfia ou exerciam o princípio saudável do vive, pega o que é teu e deixa viver se não quiser deixar de viver. Três meses antes, um chefe de polícia recém-chegado quis mudar as regras do jogo. Deram-lhe setenta tiros certeiros de "chifre-de-bode" — nome que se dava ali ao AK 47 — na porta de casa e em seu próprio carro. Ratatatatá. Nas lojas já se vendiam CDs com canções sobre o tema. *Setenta plomos de a siete* era o título da mais famosa. Mataram o chefe Ordóñez — dizia a letra — às seis da manhã. Foram muitos balaços pr'uma hora tão temporã. Puro Sinaloa. Cantores populares como o As de la Sierra eram fotografados nos cartazes fonográficos com um aviãozinho ao fundo e uma pistola calibre 45 na mão, e Chalino Sánchez, ídolo local da canção, que foi pistoleiro das máfias antes de ser compositor e intérprete, havia sido queimado a tiros por uma mulher, ou sabe-se lá por quem. Se de alguma coisa os *narcocorridos* não precisavam era de imaginação.

Na esquina da sorveteria La Michoacana, Teresa deixou para trás o mercado, as sapatarias e lojas de roupa e seguiu rua abaixo. O território livre do Ruço, seu refúgio para um caso de emergência, ficava a poucos metros, no segundo andar de um discreto edifício de apartamentos, com a portaria em frente a uma carrocinha que vendia mariscos durante o dia e *tacos* de carne assada à noite. Em princípio, ninguém além deles dois sabia da existência daquele lugar: Teresa tinha estado ali uma única vez, e o próprio Ruço o frequentava pouco para não queimá-lo. Subiu as escadas tentando não fazer barulho, colocou a chave na fechadura e a girou com cuidado. Sabia que não podia haver ninguém ali; mas ainda assim revistou inquieta o apartamento, preocupada com que algo não estivesse bem. Nem mesmo esse pedaço é totalmente seguro, tinha dito o Ruço. Talvez alguém tenha me visto, ou saiba de algo, ou sabe-se lá, nesta terra *culichi** onde Deus sabe de tudo. E ainda que não fosse isso, se me pegam, e caso eu caia vivo, só poderei me calar por um tempinho, antes que me façam abrir o bico a porrada e eu comece a dar o serviço e tudo o mais. Por isso, trate de não dormir no poleiro como as galinhas, minha flor. Espero aguentar o tempo necessário para que você pegue a grana e desapareça, antes que eles pintem por lá. Mas não te prometo nada, neguinha — continuava sorrindo ao dizer isso, o safado. Não te prometo nada.

O cantinho tinha as paredes nuas, sem decoração nem móveis além de uma mesa, quatro cadeiras e um sofá, e uma cama grande no quarto com uma mesinha e um telefone. A janela do quarto dava para os fundos, para um terreno com árvores e arbustos usado como estacionamento, e em cujo extremo se avistavam as cúpulas amarelas da igreja do Santuário. O armário embutido tinha fundo falso, e ao desmontá-lo Teresa encontrou dois embrulhos gordos com maços de notas de cem dólares. Uns vinte mil, calculou com sua experiência de doleira da rua Juárez. Também estava lá a agenda do Ruço: um caderno grande com capa de couro marrom — nem a olhe, lembrou-se —, um pacote de pó de uns trezentos gramas e uma enorme Colt Doble Águila de metal cromado e cabo de madrepérola. Ruço não gostava de armas e nunca usava revólver nem cartucheira — não serve pra nada, dizia; quando procuram te encontram —, mas guardava aquela como precaução para emergências. Pra que dizer que não, se é verdade. Teresa também não gostava de armas, mas, como quase

* Natural de Culiacán. (*N. do T.*)

todo homem, mulher ou criança sinaloense, sabia manejá-las. E, por falar em emergências, aquele era exatamente o caso. Ela verificou que a Doble Águila tinha o carregador cheio; puxou o carro para trás e, ao soltá-lo, uma bala calibre 45 entrou na culatra com um estalo sonoro e sinistro. Suas mãos tremiam de ansiedade quando guardou a arma na bolsa que trazia consigo. No meio da operação, assustou-se com um cano de descarga que ressoou lá embaixo, na rua. Ficou bem quieta algum tempo, escutando, antes de continuar. Com os dólares havia dois passaportes: o dela e o do Ruço. Os dois tinham visto norte-americano dentro da validade. Contemplou por um momento a foto do Ruço: o cabelo tosado, os olhos de gringo encarando serenos o fotógrafo, o eterno sorriso de um lado da boca. Depois de vacilar um instante, colocou apenas o seu na bolsa; ao inclinar o rosto e sentir as lágrimas pingando do queixo em suas mãos, deu-se conta de que estava chorando havia um bom tempo.

Olhou ao redor com os olhos embaçados, tentando verificar se havia esquecido alguma coisa. Seu coração batia tão forte que parecia a ponto de sair pela boca. Foi até a janela, observou a rua, que começava a ficar escura, com as sombras do anoitecer, a barraca de *tacos* iluminada por uma lâmpada e pelas brasas do fogão. Depois acendeu um cigarro e deu alguns passos indecisos pelo apartamento, entre tragadas nervosas. Tinha de ir embora dali, mas não sabia para onde. Só o que estava claro era que tinha de ir embora. Estava na porta do quarto quando reparou no telefone, e um pensamento lhe passou pela cabeça: don Epifanio Vargas. Era um bom sujeito, don Epifanio. Havia trabalhado com Amado Carrillo nos anos dourados das pontes aéreas entre Colômbia, Sinaloa e a União Americana, e sempre foi um bom padrinho para o Ruço, muito correto e cumpridor, até que investiu em outros negócios e entrou na política, deixou de precisar de aviõezinhos e o piloto trocou de patrões. Tinha lhe proposto que continuasse com ele, mas o Ruço gostava de voar, mesmo que fosse para os outros. Lá no alto a gente é alguém, dizia, e aqui embaixo somos simples burros de carga. Don Epifanio não levou a mal, e até lhe emprestou uma grana para o novo Cessna, depois que o outro se arrebentou por conta de uma aterrissagem violenta numa pista da serra, com trezentos quilos de Dona Branca dentro, bem empacotados com fita adesiva, e dois aviões federais esvoaçando do lado de fora, as estradas verdejantes de milicos e as AR-15 deitando bala entre sirenes e megafones, uma bagunça que não acabava mais. Daquela o Ruço escapou por um fio, com um braço quebrado, primeiro da lei e depois dos donos da carga, a quem teve que provar com recortes de jornal que ela tinha sido toda confiscada pelo governo, que três dos oito cupinchas da equipe de recepção tinham morrido defendendo a pista e que quem deu com a língua nos dentes foi alguém de Badiraguato que agia como dedo-duro para os federais. O linguarudo terminou seus dias com as mãos amarradas às costas e asfixiado com um saco plástico na cabeça, como seu pai, sua mãe e sua irmã — a máfia costumava fazer serviço completo —, e o Ruço, livre de suspeitas, pôde comprar um Cessna novo, graças ao empréstimo de don Epifanio Vargas.

Apagou o cigarro, deixou a bolsa aberta no chão e pegou a agenda. Contemplou-a durante algum tempo sobre a cama. Nem a olhe, ela se lembrava. Ali estava a maldita agenda do valentão safado que a essa hora já estava debaixo da terra, e ela obediente e sem abri-la, vejam só que idiota. Nem pensar, dizia uma voz dentro dela. Destrua-a já, incentivava outra. Se isso vale a tua vida, verifique o que vale. Para tomar coragem, pegou o pacote de pó, cravou a unha no plástico e levou uma cafungada ao nariz, aspirando fundo. Um instante depois, com uma lucidez diferente e os sentidos afinados, fixou-se de novo na agenda e finalmente a abriu. O nome de don

Epifanio estava ali, com outros que lhe deram calafrios só de olhar por alto: Chapo Guzmán, César Batman Güemes, Héctor Palma... Havia telefones, pontos de contato, intermediários, cifras e códigos cujo sentido lhe escapava. Continuou lendo, e pouco a pouco sua pulsação ficou mais lenta, até que ela ficou gelada. Nem a olhe, lembrou-se tremendo. Cacete! Agora entendia por quê. Tudo era muito pior do que tinha acreditado que era.

Então ela ouviu a porta se abrir.

— Olha só quem está aqui, meu caro Pote. Que maneiro!

O sorriso de Gato Fierros brilhava como a lâmina de uma faca molhada; era um sorriso úmido e perigoso, típico de assassino de filme americano, daqueles em que os traficantes sempre são morenos, latinos e malvados no estilo Pedro Navaja e Juanito Alimaña. Gato Fierros era moreno, latino e malvado como se tivesse acabado de sair de uma canção de Rubén Blades ou Willy Colón; só não estava claro se cultivava deliberadamente o estereótipo ou se Rubén Blades, Willy Colón e os filmes americanos costumavam se inspirar em gente como ele.

— A gata do Ruço.

O pistoleiro estava de pé, apoiado no batente da porta e com as mãos nos bolsos. Os olhos felinos, aos quais devia o apelido, não se afastavam de Teresa enquanto falava com seu parceiro torcendo a boca de um lado, com um deboche maligno.

— Não sei de nada — disse Teresa.

Estava tão aterrorizada que mal reconheceu a própria voz. Gato Fierros, compreensivo, balançou a cabeça duas vezes.

— Claro — disse ele.

O sorriso dele se alargou. Já havia perdido a conta dos homens e mulheres que asseguravam não saber de nada antes que os matasse rápido ou devagar, conforme as circunstâncias, numa terra onde morrer com violência era morrer de morte natural — vinte mil pesos um morto comum, cem mil um policial ou um juiz, de graça se fosse para ajudar um compadre. Teresa estava a par dos detalhes: conhecia Gato Fierros, e também seu parceiro Potemkim Gálvez, a quem chamavam de Pote Gálvez, ou Pinto. Os dois vestiam jaquetas, camisas Versace de seda, calças de mescla e botas de couro de iguana quase idênticas, como se tivessem comprado na mesma loja. Capangas profissionais de César Batman Güemes, conviveram bastante com Ruço Dávila: companheiros de trabalho, em escoltas de carregamento aerotransportados até a serra, e também de copo e de festas que começavam no Don Quijote no meio da tarde, com dinheiro fresco que tinha o cheiro que tinha, e que iam até altas horas, nos salões de dança da cidade, o Lord Black ou o Osiris, com mulheres dançando a cem pesos por cinco minutos, a duzentos e trinta se fosse nos reservados, antes de amanhecer com uísque Buchanan's e a música do norte, amaciando a ressaca com umas boas cafungadas, enquanto os Huracanes, os Pumas, os Broncos ou qualquer outro grupo, pagos com notas de cem dólares, cantavam corridos — *Narices de a gramo, El puñado de polvo, La muerte de un federal* — sobre homens mortos ou sobre homens que iam morrer.

— Onde ele está? — perguntou Teresa.

Gato Fierros deu uma risada atravessada, vulgar.

— Ouviu essa, Pote?... Ela quer saber do Ruço. Que barato.

Continuava apoiado na porta. O outro assassino virou a cabeça. Era grande e corpulento, de aparência sólida, com um bigode preto espesso e manchas escuras na pele, como os cavalos pintados. Não parecia tão à vontade como seu parceiro, e olhou para o relógio, impaciente. Ou talvez incomodado. Ao mexer o braço, deixou à mostra a culatra de um revólver na cintura, sob a jaqueta de linho.

— O Ruço — repetiu Gato Fierros, pensativo.

Havia tirado as mãos dos bolsos e se aproximava devagar de Teresa, que permanecia imóvel na cabeceira da cama. Ao chegar perto dela, ficou quieto outra vez e a encarou.

— Já sabe, *mamacita* — disse ele, afinal. Teu homem quebrou a cara.

Teresa sentia o medo se enroscar em suas entranhas como uma cascavel. A Situação. Um medo branco, frio, semelhante à superfície de uma lápide.

— Onde ele está? — insistiu.

Não era ela quem falava, mas uma desconhecida cujas palavras imprevisíveis a sobressaltaram. Uma desconhecida imprudente que ignorava a urgência do silêncio. Gato Fierros deve ter intuído alguma coisa, pois a encarou surpreso de que ela fizesse perguntas em vez de ficar paralisada ou gritar de terror.

— Não está mais. Morreu.

A desconhecida continuava agindo por conta própria e Teresa se inquietou quando a ouviu dizer: filhos de uma cadela. Foi isto o que disse, ou o que a ouviu dizer: filhos de uma cadela, já bem arrependida quando a última sílaba ainda não tinha saído dos lábios. Gato Fierros a estudava com muita curiosidade e muita atenção.

— Olha só que espertinha — disse, pensativo. — Essa cachorra está mentindo pra gente. Mas que boquinha... — concluiu, macio.

Depois lhe deu uma bofetada que a derrubou por cima da cama, para trás, e ficou observando-a mais algum tempo como se apreciasse uma paisagem. Com o sangue retumbando nas têmporas e a bochecha ardendo, atordoada pelo golpe, Teresa viu Gato fixar o olhar no pacote de pó que estava sobre a mesinha de cabeceira, apanhar um pouquinho e levar ao nariz. Vai fundo, disse o assassino. É malhada, mas boa até dizer chega. Enquanto esfregava o nariz com o polegar e o indicador, ofereceu-a ao parceiro, que a recusou com a cabeça e voltou a olhar o relógio. Não tem pressa, mano, comentou Gato Fierros. Nenhuma pressa, e estou cagando pra hora. De novo, encarava Teresa.

— É uma graça — afirmou. — E, além do mais, viuvinha.

Da porta, Pote Gálvez pronunciou o nome do parceiro. Gato, disse muito sério. Vamos acabar com isso. Gato levantou a mão pedindo calma e se sentou na beira da cama. Não enrola, insistiu o outro. As instruções são claras. Mandaram acabar com ela, não sacaneá-la. Então segura a tua onda e não seja safado. Mas Gato Fierros balançava a cabeça sem prestar atenção.

— Que legal — disse. — Sempre tive vontade de enrabar essa mina.

Teresa já havia sido estuprada outras vezes antes de ser mulher de Ruço Dávila: aos quinze anos, por vários rapazes de Siete Gotas, e depois pelo homem que a colocou para trabalhar de doleira na rua Juárez. Por isso sabia o que a esperava quando o pistoleiro umedeceu ainda mais o sorriso de lâmina e soltou o botão da calça jeans. Então ela já não tinha medo. Porque não está acontecendo, pensou aos atropelos. Estou dormindo, e é só um pesadelo como tantos outros que já vivi antes: alguma coisa que acontece a uma mulher que imagino em sonho e que se parece comigo mas que não sou eu. Posso acordar quando quiser, sentir a respiração do meu homem no travesseiro, abraçá-lo, afundar meu rosto no peito dele e descobrir que nada disso jamais aconteceu. Também posso morrer enquanto durmo, de um enfarte, de uma parada cardíaca, do que for. Posso morrer de repente e nem o sonho nem a vida terão importância. Dormir por várias horas, sem imagens nem pesadelos. Descansar para sempre daquilo que nunca me aconteceu.

— Gato — insistiu o outro.

Afinal Pote Gálvez se movimentou, dando dois passos para dentro do aposento. Que é isso, cara, disse. Ruço era um dos nossos. Gente fina. Lembra bem: a serra, El Paso, a fronteira do rio Bravo.

Os tragos. E esta era a mulher dele. Enquanto dizia tudo isso, sacava o revólver Python da cintura e o apontava para a testa de Teresa. Não deixe espirrar em você, mano, e vamos embora. Mas na cabeça de Gato Fierros martelava outra ideia, e ele o encarava, perigoso e bravo, com um olho em Teresa e o outro no parceiro.

— Ela vai morrer do mesmo jeito — disse —, e seria um desperdício.

Afastou o Python com um tapa, e Pote Gálvez olhava alternadamente para Teresa e para ele, indeciso, gordo, com os olhos escuros de desconfiança índia e de pistoleiro do norte, gotas de suor entre os pelos do vasto bigode, o dedo fora do revólver e o cano para cima, como se fosse coçar a cabeça com ele. E então Gato Fierros sacou sua arma, uma Beretta grande prateada, ficou na frente do outro, apontando para sua cara, e lhe disse rindo que ou comia também aquela mina, para dançarem no mesmo ritmo, ou, se era daqueles que preferiam errar o passo, que caísse fora, o safado, porque senão iam se pegar a chumbo como galos de briga. Pote Gálvez olhou Teresa com resignação e vergonha; ficou assim por algum tempo e abriu a boca para dizer algo, mas não disse nada. Em vez disso, guardou devagar o Python na cintura, afastou-se devagar da cama e caminhou devagar até a porta, sem se virar; e o outro bandido, zombeteiro, continuava a apontar a arma para ele, enquanto lhe dizia depois te convido para um Buchanan's, meu chapa, para te consolar de ter virado bicha. Quando ele desapareceu no outro aposento, Teresa ouviu o barulho de uma pancada, alguma coisa que se partia em pedaços, talvez a porta do armário, perfurada por um soco ao mesmo tempo poderoso e impotente de Pote Gálvez, a quem por uma estranha razão ela no íntimo agradeceu. Mas não teve tempo de pensar mais nisso porque Gato Fierros já lhe tirava a calça jeans, ou melhor, arrancava-a com força, levantava sua blusa até a metade e acariciava seus seios com violência, e lhe metia o cano do revólver entre as coxas como se quisesse rasgá-la com ele, e Teresa se entregava sem grito nem gemido, de olhos bem abertos fixos no teto branco do quarto, rogando a Deus que tudo acontecesse rápido e que Gato Fierros a matasse depressa, antes que tudo aquilo deixasse de parecer um pesadelo no meio do sono para se transformar no horror nu e cru dessa vida infame.

Era a velha história, a de sempre. Acabar assim. Não podia ser de outro modo, embora Teresa nunca imaginasse que A Situação cheirasse a suor, a macho enciumado, aos tragos que Gato Fierros tinha tomado antes de subir atrás de sua presa. Tomara que acabe, pensava nos momentos de lucidez. Tomara que acabe de uma vez, e eu possa descansar. Esse era o pensamento que a dominava por um instante e depois se perdia de novo em seu vazio desprovido de sentimentos e de medo. Era tarde demais para o medo, porque ele aparece antes que as coisas aconteçam, e o consolo é que, quando elas chegam, tudo tem fim. O único medo legítimo é o de que o final demore demais. Mas não ia ser assim com Gato Fierros. Ele metia violento, com pressa de gozar e acabar. Silencioso. Rápido. Metia cruel, sem olhar, levando-a pouco a pouco até a beirada da cama. Resignada, com os olhos fixos na brancura do teto, só com alguns lampejos de lucidez, com a mente vazia enquanto suportava as estocadas, Teresa deixou cair um braço que esbarrou na bolsa aberta do outro lado, no chão.

A Situação pode ter mão dupla, descobriu de repente. Pode ser Sua ou Dos Outros. Ficou tão surpresa ao refletir sobre isso que, se o homem que a dominava tivesse permitido, ela teria se sentado na cama de dedo em riste, muito séria e reflexiva, para ter certeza. Vamos ver. Vamos levar em conta essa variante. Mas não podia se levantar porque as únicas partes livres eram seu braço e sua mão que, acidentalmente, ao cair dentro da bolsa, roçava o metal frio da Colt Doble Águila que estava ali dentro, entre os maços de dinheiro e a roupa.

Isso não está acontecendo comigo, pensou. Ou talvez não tenha chegado a pensar em nada, limitando-se a observar, passiva, a outra Teresa Mendoza que pensava em seu lugar. O fato é que, quando se deu conta, ela ou a outra mulher que ela espiava tinha fechado os dedos em volta do cabo do revólver. A trava de segurança estava à esquerda, junto ao gatilho e ao botão para soltar o carregador. Tocou-o com o polegar e sentiu que deslizava para baixo, na vertical, liberando o percussor. Há uma bala na agulha, tratou de se lembrar. Há uma bala encaixada porque eu a pus ali, na ponta — lembrava-se de um clique-clique metálico —, ou será que eu só acredito que fiz, mas não fiz, e a bala não está ali? Considerou tudo isso num cálculo tranquilo: trava de segurança, gatilho, percussor. Bala. Essa era a sequência adequada dos acontecimentos, se é que aquele clique-clique anterior tinha sido real e não fruto de sua imaginação. Caso contrário, o percussor ia bater no vazio e Gato Fierros teria tempo suficiente para levar aquilo a mal. De qualquer forma, isso também não piorava nada. Talvez um pouco mais de violência ou de cólera nos últimos instantes. Nada que não tivesse acabado meia hora mais tarde: para ela, para aquela mulher que ela observava, ou para as duas ao mesmo tempo. Nada que não deixasse de doer em pouco tempo. Estava absorta nesses pensamentos quando parou de olhar o teto branco e se deu conta de que Gato Fierros tinha parado de se mexer e a encarava. Então Teresa levantou o revólver e lhe deu um tiro na cara.

Cheirava a azedo, a fumaça de pólvora, e o estampido ainda ressoava nas paredes do quarto quando Teresa apertou pela segunda vez o gatilho; mas a Doble Águila pulou para cima no primeiro tiro, sacudindo tanto que o novo chumbo levantou um palmo de gesso da parede. Gato Fierros, jogado sobre a mesinha de cabeceira, tapava a boca com as mãos, como que asfixiado; dentre os dedos dele escorriam jorros de sangue que salpicavam os olhos exorbitados pela surpresa, atordoados com a labareda que tinha chamuscado seu cabelo, as sobrancelhas e as pestanas. Teresa não pôde saber se estava gritando ou não porque o barulho do tiro atingira tão de perto seus tímpanos que a deixou surda. De joelhos sobre a cama, com a blusa enrolada sobre os seios, nua da cintura para baixo, ela juntava a mão esquerda e a direita sobre a culatra do revólver para apontar melhor no terceiro disparo, quando viu Pote Gálvez aparecer na porta, desajeitado e espantado. Virou-se para olhá-lo como que no meio de um sonho lento: o outro, que estava com o revólver metido na cintura, levantou as mãos à frente para se proteger, olhando assustado a Doble Águila que Teresa apontava para ele. Por baixo do bigode negro sua boca se abriu para pronunciar um silencioso "não", semelhante a uma súplica; embora talvez o que tenha ocorrido foi que Pote Gálvez disse de fato "não" em voz alta, e ela não pôde ouvir porque continuava surda pelo barulho dos tiros. No final concluiu que devia ser isso porque o outro continuava a mexer os lábios depressa, com as mãos estendidas à frente, conciliador, pronunciando palavras cujo som ela tampouco pôde escutar. Teresa ia apertar o gatilho quando se lembrou do soco no armário, do Python apontado à sua frente, de o Ruço era um dos nossos, Gato, não seja safado. E esta era a mulher dele.

Não disparou. Aquele ruído dos estilhaços manteve seu indicador imóvel sobre o gatilho. Sentia um frio na barriga e as pernas nuas quando, sem deixar de apontar para Pote Gálvez, recuou sobre a cama, e com a mão esquerda jogou a roupa, a agenda e a coca dentro da bolsa. Enquanto fazia isso olhou de relance para Gato Fierros, que continuava se mexendo no chão, com as mãos ensanguentadas sobre o rosto. Por um instante, pensou em virar o revólver para ele e liquidá-lo de uma vez com um tiro, mas o outro bandido continuava na porta, com as mãos estendidas e o revólver na cintura — e Teresa teve a certeza de que, se parasse de apontar para ele, ela é que ia acabar levando um tiro. Então agarrou a bolsa e, com a Doble Águila bem firme na mão direita, afastou-se da cama. Primeiro Pinto, decidiu afinal, e depois Gato Fierros. Essa era a ordem correta, e o barulho dos estilhaços — ela lhe agradecia de verdade — não era suficiente para mudar as coisas. Nesse momento viu que os olhos do homem à sua frente liam os dela, a boca sob o bigode interrompeu uma frase no meio — era um rumor confuso que chegava aos ouvidos de Teresa —, e, quando ela disparou pela terceira vez, já havia um segundo que Potemkin Gálvez, com uma agilidade surpreendente para um tipo gordo como ele, tinha se lançado para a porta da rua e as escadas enquanto levava a mão ao revólver. Ela disparou uma quarta e uma quinta bala antes de compreender que era inútil e que podia ficar sem munição; também não foi atrás dele porque entendeu que o bandido não podia ir embora daquela maneira: ele ia voltar dali a pouco, e sua única e pequena vantagem era mera circunstância e já estava caducando. Dois andares, pensou. E mesmo assim não é pior do que o que eu já sofri. Teresa abriu a janela do quarto, debruçou-se sobre o pátio dos fundos e entreviu as árvores frondosas e os arbustos lá embaixo, na escuridão. Esqueci de liquidar aquele Gato safado, pensou tarde demais, enquanto saltava no vazio. Depois os galhos e os arbustos arranharam suas pernas, as coxas e o rosto à medida que caía entre eles, e seus tornozelos doeram ao bater no chão como se os ossos tivessem se quebrado. Ficou de pé mancando, surpresa de ainda estar viva, e, descalça e nua da cintura para baixo, correu entre os carros estacionados e as sombras do terreno. Parou já longe, sem fôlego, e acocorou-se até se esconder junto a um muro de tijolos já em ruína. Além da ardência dos arranhões e das feridas que tinha aberto nos pés ao correr, sentia uma incômoda queimação nas coxas e no sexo: a lembrança recente a estremecia, pois a outra Teresa Mendoza acabava de abandoná-la, e só restava ela mesma, sem ninguém para espiar de longe. Sem ninguém a quem atribuir sensações e sentimentos. Sentiu uma vontade violenta de urinar, e começou a fazer isso ali como estava, agachada e imóvel na escuridão, tremendo como se tivesse febre. Os faróis de um automóvel a iluminaram por um instante; apertava a bolsa numa das mãos e o revólver na outra.

2

Dizem que a lei o viu, mas que sentiram frio

Já disse que andei por Culiacán, Sinaloa, no começo de minha investigação, antes de conhecer Teresa Mendoza pessoalmente. Ali, onde faz tempo que o narcotráfico deixou de ser clandestino para se transformar num fato social objetivo, alguns dólares bem distribuídos me protegeram em ambientes específicos, desses em que um forasteiro curioso e desprovido de salvo-conduto pode terminar, da noite para o dia, flutuando no Humaya ou no Tamazula com uma bala na cabeça. Também fiz dois bons amigos: Julio Bernal, secretário de Cultura do município, e o escritor sinaloense Élmer Mendoza, cujos esplêndidos romances *Un asesino solitario* [Um assassino solitário] e *El amante de Janis Joplin* [O amante de Janis Joplin] eu havia lido para me entrosar no ambiente. Élmer e Julio é que me orientaram pelos meandros locais: nenhum dos dois tinha entrado em contato pessoalmente com Teresa Mendoza no começo desta história — na época ela não era ninguém —, mas conheceram Ruço Dávila e outros personagens que de uma forma ou de outra alteraram os rumos da trama. Foi assim que investiguei boa parte do que sei agora. Em Sinaloa, tudo é uma questão de confiança: num mundo duro e complexo como aquele, as regras são simples e não há lugar para equívocos. A pessoa é apresentada a alguém por um amigo em quem esse alguém confia, e esse alguém confia em você porque confia em quem o avaliza. Depois, se alguma coisa sai errado, o avalista paga com a vida dele, e você com a sua. Bangue-bangue. Os cemitérios do Noroeste mexicano estão cheios de lápides com nomes de pessoas em quem alguém confiou uma vez.

Numa noite de música e fumaça de cigarros no Don Quijote, bebendo cerveja e tequila depois de escutar as piadas sacanas do cômico Pedro Valdez — antes dele se apresentaram o ventríloquo Enrique e Chechito, seu boneco viciado em coca —, Élmer Mendoza se inclinou sobre a mesa e apontou um tipo corpulento, moreno, de óculos, que bebia rodeado por um grupo numeroso, desses cujos membros estão sempre com jaquetas e casacos como se sentissem frio em qualquer lugar: botas de cobra ou de avestruz, cintos tacheados de mil dólares, chapéus de palha, barretes de beisebol com o escudo dos Tomateros de Culiacán e muito ouro pesado no pescoço e nos pulsos. Eles saltaram de dois Ram Charger e entraram como se estivessem em casa, sem que o segurança, que os saudou prestativo, exigisse o trâmite habitual de se deixarem revistar como os demais clientes.

— É César Batman Güemes — disse Élmer em voz baixa. — Um traficante famoso.

— É tema de *corridos*?

— De alguns... — riu meu amigo no meio de um gole. — Ele que matou Ruço Dávila.

Fiquei boquiaberto, observando o grupo: rostos morenos e traços duros, muito bigode e perigo evidente. Eram oito, estavam ali havia uns quinze minutos e tinham liquidado umas vinte e quatro latas de cerveja. E ainda pediram duas garrafas de Buchanan's e outras duas de Rémy Martin, e as dançarinas, coisa insólita no Don Quijote, desciam para se juntar a eles quando deixavam a pista. Da mesa contígua, um grupo de homossexuais pintados de louro — o local florescia de gays no fim da noite, e as duas patotas se misturavam sem problemas — lhes dirigia olhares insinuantes. O tal Güemes sorria fingido, muito macho, e depois chamava o empregado para pagar a despesa. Pura coexistência pacífica.

— Como é que você sabe?

— Eu não. Culiacán inteira sabe disso.

Quatro dias mais tarde, graças a uma amiga de Julio Bernal que tinha um sobrinho envolvido com o negócio, César Batman Güemes e eu tivemos uma conversa estranha e interessante. Fui convidado para um churrasco numa casa das colinas de San Miguel, na parte alta da cidade. Ali, os traficantes mirins — da segunda geração —, menos ostentadores do que seus pais que desceram a serra, primeiro para o bairro de Tierra Blanca e depois para tomar de assalto as espetaculares mansões de Chapultepec, começaram a investir em casas de aparência discreta, nas quais o luxo costumava ficar reservado para a família e os convidados, a portas fechadas. O sobrinho da amiga de Julio, filho de um traficante histórico de San José de los Hornos, daqueles que na juventude trocavam tiros com a polícia e com bandos rivais — e que cumpria uma confortável pena na prisão de Puente Grande, em Jalisco —, tinha vinte e oito anos e se chamava Ernesto Samuelson. Cinco de seus primos e um irmão mais velho foram mortos por outros traficantes, ou pelos federais, ou pelos soldados, e ele aprendeu depressa a lição: curso de Direito nos Estados Unidos, negócios no exterior e nunca em território nacional, dinheiro lavado numa respeitável empresa de trailers e em viveiros de camarão panamenhos. Vivia numa casa de aparência discreta com a mulher e os dois filhos, dirigia um sóbrio Audi europeu e passava três meses por ano num apartamento simples de Miami, com um Golf na garagem. Desse jeito você vive mais tempo, costumava dizer. Neste ramo, o que mata é a inveja.

Foi Ernesto Samuelson quem me apresentou a César Batman Güemes sob a cobertura de junco e palha de seu jardim, com uma cerveja numa das mãos e um prato com carne bem-passada na outra. Ele escreve romances e filmes, disse, e nos deixou sozinhos. Batman Güemes falava manso e baixinho, com longas pausas que usava para me estudar de cima a baixo. Não tinha lido um só livro na vida, mas adorava cinema. Falamos de Al Pacino — *Scarface*, que no México se chamou *Cara cortada*, era seu filme favorito —, de Robert de Niro — *Os bons companheiros, Cassino* — e de como os diretores e roteiristas de Hollywood, aqueles filhos da mãe, nunca mostravam um traficante ianque e ruço, mas todos se chamando Sánchez e tendo nascido ao sul do rio Bravo. Isso de um traficante ruço lhe saiu fácil, assim que deixei escapar o nome de Ruço Dávila; e, enquanto o outro me olhava por trás das lentes dos óculos silenciosamente e com muita atenção, arrematei acrescentando o de Teresa Mendoza. Estou escrevendo a história dela, disse afinal, consciente de que em certos lugares e com certo tipo de homem as mentiras sempre explodem debaixo do seu travesseiro. E Batman Güemes era tão perigoso, me advertiram, que, quando subia a serra, os coiotes acendiam fogueiras para que ele não se aproximasse.

— Já passou uma porrada de tempo — disse ele.

Parecia ter menos de cinquenta anos. Sua pele era bem morena e o rosto, impenetrável, marcado por traços acentuados. Depois soube que não era de Sinaloa, mas de Álamos, Sonora, patrício de María Félix, e que começara a vida como criador de galinhas e carroceiro de burro. Atravessava imigrantes, erva e pó do cartel de Juárez num caminhão de sua propriedade antes de subir na hierarquia: primeiro como operador do Senhor dos Céus, e finalmente como proprietário de uma empresa de trailers e de outra de pequenos aviões particulares que andou contrabandeando entre a serra, Nevada e Califórnia, até que os norte-americanos endureceram o espaço aéreo e fecharam quase todos os buracos em seu sistema de radar. Agora vivia tranquilo, das economias investidas em negócios seguros e do controle de alguns povoados de camponeses plantadores de maconha, serra acima, quase na fronteira de Durango. Tinha um bom rancho no caminho de El Salado, com quatro mil cabeças de gado: do Brasil, Angus, Bravo. Também criava cavalos de raça para as corridas e galos de briga que lhe rendiam um bom dinheiro a cada outubro ou novembro nas rinhas, durante a feira pecuária.

— Teresa Mendoza — murmurou depois de algum tempo.

Balançava a cabeça enquanto falava, como se evocasse uma coisa divertida. Bebeu um gole de cerveja, mastigou um pedaço de carne e tornou a beber. Continuava a me encarar fixamente por trás dos óculos, um pouco dissimulado, dando a entender que não havia inconveniente em comentar algo que tinha acontecido havia tanto tempo, e que o risco de fazer perguntas em Sinaloa era exclusivamente meu. Falar dos mortos não trazia problemas — os *narcocorridos* estavam repletos de nomes e histórias reais; o perigoso era mexer com os vivos, sob o risco de ser confundido com os linguarudos ou os alcaguetes. E eu, aceitando as regras do jogo, olhei a âncora de ouro — só um pouco menor do que a do *Titanic* — pendurada na grossa corrente que brilhava sob a gola aberta da camisa xadrez, e sem mais rodeios fiz a pergunta que me queimava a boca desde que Élmer Mendoza o havia mencionado quatro dias antes, no Don Quijote. Disse o que tinha que dizer, depois levantei o olhar, e o tipo ainda me encarava do mesmo jeito. Tenho que cair nas graças dele, pensei, ou então vou ter problemas. Passados alguns segundos, bebeu outro gole de cerveja sem deixar de me olhar. Devo ter caído em suas boas graças porque no final sorriu ligeiramente, só o necessário. É para um filme ou para um romance?, perguntou. Respondi que ainda não sabia. Que servia para os dois. Então me ofereceu uma cerveja, pegou outra para ele, e começou a me contar sobre a traição de Ruço Dávila.

Não era um mau sujeito, o Ruço. Valente, correto, dedicado. Parecido com o Luis Miguel, só que mais magro e mais forte. E muito porreta. Muito simpático. Raimundo Dávila Parra gastava o dinheiro à medida que o ganhava, ou quase isso, e era generoso com os amigos. César Batman Güemes e ele viraram muitas noites com música, álcool e mulheres, comemorando operações bem-sucedidas. Inclusive foram íntimos numa época: bem *brothers*, ou manos, como dizia o pessoal de Sinaloa. Ruço era *chicano*: tinha nascido em San Antonio, no Texas. Começou muito cedo, levando erva escondida em automóveis pela União Americana: viajaram mais de uma vez juntos por Tijuana, Mexicali ou Nogales, até que os gringos o fizeram passar uma temporada numa cadeia lá em cima. Depois Ruço cismou de voar; ele tinha estudo e pagou umas aulas de aviação civil numa antiga escola do bulevar Zapata. Era bom como piloto — o melhor, Batman Güemes reconheceu, mexendo a cabeça convicto —, peitudo: o cara adequado para aterrissagens e decolagens clandestinas nas pequenas pistas escondidas da serra, ou para voos a baixa altitude em que era preciso driblar os radares do Sistema Hemisférico que controlava as rotas aéreas entre a Colômbia e os Estados Unidos. A verdade era que o Cessna parecia um prolongamento de suas mãos e de seu caráter: aterrissava em qualquer lugar e a qualquer hora, e isso lhe trouxe fama, grana e respeito. A turma de Culiacán o chamava, com justiça, de o rei da pista curta. Até Chalino Sánchez, que também foi amigo dele, tinha prometido lhe dedicar um corrido com este título: *O rei da pista curta*. Mas abotoaram o paletó de Chalino antes da hora — Sinaloa era um lugar dos mais insalubres, conforme o ambiente —, e Ruço ficou sem a música. De qualquer modo, com ou sem corrido, trabalho nunca lhe faltou. Seu padrinho era don Epifanio Vargas, um chefão veterano da serra, com boas relações, duro e rigoroso, que controlava a Norteña de Aviación, uma companhia privada de Cessna, Piper Comanche e Navajo. Sob o biombo da Norteña, Ruço andou fazendo voos clandestinos de duzentos a trezentos quilos antes de participar dos grandes negócios da época de ouro, quando Amado Carrillo ganhou o apelido de Senhor dos Céus organizando a maior ponte aérea da história do narcotráfico entre a Colômbia, a Baixa Califórnia, Sinaloa, Sonora, Chihuahua e Jalisco. Muitas das missões que Ruço realizou naquela época foram por diversão; o cara fazia as vezes de isca nas telas de radar terrestre e nas dos aviões Orion abarrotados de tecnologia e com tripulações mistas de ianques e mexicanos. Isso de diversão não era só um termo técnico, porque ele aproveitava. Ganhou uma nota arriscando a pele com voos no limite, de noite e de dia: manobras esquisitas, aterrissagens e decolagens em dois palmos de terra e lugares inacreditáveis, a fim de desviar a atenção dos grandes Boeings, Caravelles e DC-8 que, comprados em regime de cooperativa pelos traficantes, transportavam numa única viagem de oito a doze toneladas com a cumplicidade da polícia, do Ministério da Defesa e da própria presidência da República do México. Eram os tempos felizes de Carlos Salinas de Gortari, com os narcos traficando à sombra de Los Pinos; tempos bem felizes também para Ruço Dávila, com aviõezinhos vazios, sem carga pela qual se responsabilizar, brincando de gato e rato com adversários que nem sempre era possível comprar inteiramente. Voos em que arriscava a vida a qualquer preço, ou a uma longa sentença se o agarrassem do lado ianque.

Enquanto isso, César Batman Güemes, que tinha literalmente os pés no chão, prosperava na máfia de Sinaloa. Os grupos mexicanos se libertavam dos fornecedores de Medellín e Cali, aumentando os preços, cobrando em quantidades cada vez maiores de coca e passando a comercializar a droga colombiana que antes apenas transportavam. Isso facilitou a ascensão de *Batman* na hierarquia local; depois de realizar uns acertos de conta sangrentos para equilibrar mercado e concorrência — alguns dias nasceram com doze ou quinze mortos, próprios ou alheios — e de colocar na folha de pagamento o maior número possível de policiais, militares e políticos, inclusive da alfândega e da imigração dos gringos, os pacotes com sua marca — um morceguinho — começaram a cruzar em trailers o rio Bravo. Tanto fazia se era o bom haxixe da serra ou uma coca ou maconha ordinária. Vivo de três animais, dizia a letra de um corrido que teria encomendado a um grupo *norteño* da rua Francisco Villa: meu louro, meu galo, minha cabrita.* Quase na mesma época, don Epifanio Vargas, que até então tinha sido patrão de Ruço Dávila, especializava-se em drogas do futuro, como o cristal e o ecstasy, com laboratórios próprios em Sinaloa e em Sonora e também do lado da fronteira ianque. Porque, se os gringos quiserem montar lá, meto a espora na égua. Em poucos anos, sem tiros e recorrendo bem pouco ao cemitério, quase de luvas brancas, Vargas conseguiu se tornar o primeiro figurão mexicano entre os precursores das drogas artificiais como a efedrina, que importava sem problemas da Índia, da China e da Tailândia, e um dos principais produtores de metanfetaminas de um lado e do outro da fronteira. Também se envolveu com política. Com os negócios legais à vista e os ilegais camuflados por uma empresa farmacêutica com respaldo estatal, a coca e a Norteña de Aviación estavam sobrando. Por isso vendeu a companhia aérea para Batman Güemes e com ela foi Ruço Dávila, que, mais do que ganhar dinheiro, desejava continuar voando. Nessa época Ruço

* Na linguagem das drogas: minha erva, meu pó, minha heroína. (*N. do T.*)

já havia comprado uma casa de dois andares no bairro de Las Quintas, não dirigia mais a velha Bronco preta, e sim uma outra com placa do ano, e vivia com Teresa Mendoza.

Então as coisas começaram a dar errado. Raimundo Dávila Parra não era um sujeito discreto. Viver muito tempo não era para ele, de modo que preferia consumir-se bem depressa. Tudo lhe falava ao pau, como dizia o pessoal da serra; entre outras coisas, morreu pela boca, que no fim das contas é como morrem até os tubarões. Deitava e rolava alardeando o que tinha feito e o que ia fazer. É melhor, costumava dizer, cinco anos como rei do que cinquenta como um boi. Assim, em passinho miúdo, os rumores chegaram aos ouvidos de Batman Güemes. Ruço malocava carga sua entre a dos outros, aproveitando as viagens para seus próprios negócios. Quem lhe facilitava a muamba era um ex-policial chamado Guadalupe Parra, também conhecido como Lupe ou Mestiço, ou Mestiço Parra, que era seu primo-irmão e tinha contatos. Em geral, era coca confiscada por juízes que pegavam vinte e declaravam cinco, e despachavam o resto. Isso pegava supermal — não a atitude dos juízes, mas o fato do Ruço fazer negócios pessoais — porque ele já cobrava propina pelo seu trabalho, regras eram regras, e fazer transações paralelas, em Sinaloa e pelas costas dos patrões, era a maneira mais eficaz de arranjar problemas.

— Quando se vive torto — pontificou Batman Güemes naquela tarde, com a cerveja numa das mãos e o prato de carne bem-passada na outra —, tem que se trabalhar direito.

Em suma: Ruço era esperto demais, e seu primo escroto não tinha nada de gênio. Lerdo, trapaceiro, uma anta, Mestiço Parra era desses idiotas a quem se encomenda um caminhão de coca e ele traz um caminhão de Pepsi. Tinha muitas dívidas, precisava de uma carreira de meia em meia hora, morria de amores por carros enormes e mantinha a mulher e os três rebentos numa casa luxuosa na parte de maior ostentação de Las Quintas. Aquilo era juntar a fome com a vontade de comer: as verdinhas iam embora como chegavam. Por isso os primos resolveram maquinar uma operação própria, das grandes: transportar uma carga afanada por uns juízes em El Salto, Durango, que tinham encontrado compradores em Obregón. Como sempre, Ruço voou sozinho. Aproveitando uma viagem a Mexicali com catorze latas de banha de porco abarrotadas com vinte quilos de muamba cada uma, fez um desvio para apanhar cinquenta da boa, bem empacotadinha em plásticos. Mas alguém o dedurou, e outro alguém resolveu cortar as asas dele.

— Alguém quem?

— Não me sacaneie. Alguém.

A trampa foi armada para ele, Batman Güemes continuou, na pista de aterrissagem, às seis da tarde — a exatidão da hora teria caído bem para o corrido que Ruço queria e que o falecido Chalino Sánchez nunca compôs —, perto de um lugar da serra conhecido como Espinhaço do Diabo. A pista tinha apenas trezentos e doze metros, e Ruço, que a sobrevoou sem suspeitar de nada, acabava de baixar com os flapes de seu Cessna 172R no último encaixe, soando o alerta de perda de potência, quase tão vertical como se descesse de paraquedas, e rodava o primeiro trecho a uma velocidade de quarenta nós quando viu duas picapes e uma gente que não devia estar ali camuflada sob as árvores. Então, em vez de usar os freios, acelerou e puxou a alavanca. Talvez tivesse conseguido; alguém disse depois que, quando começaram a disparar sobre ele carregadores inteiros de AR-15 e chifres-de-bode, Ruço já havia levantado as rodas do chão. Mas todo aquele chumbo era peso demais, e o Cessna se espatifou uns cem passos depois do final da pista. Quando o alcançaram, Ruço, embora respirasse com dificuldade, ainda estava vivo entre as ferragens retorcidas da cabine: tinha o rosto ensanguentado, a mandíbula quebrada por um balaço, e os ossos lascados já apareciam nas extremidades. Não ia durar muito, mas as instruções eram para matá-lo devagar. Tiraram a droga do avião e em seguida, como nos filmes, atiraram um Zippo aceso à gasolina de cem octanos que jorrava do tanque furado. Fluuuusss. A verdade é que então Ruço não tinha mais noção de nada.

Quando se vive torto, repetiu César Batman Güemes, só dá para trabalhar direito. Disse isso à guisa de conclusão, pensativo, deixando o prato vazio sobre a mesa. Depois estalou a língua, tomou o resto da cerveja e olhou o rótulo amarelo onde estava escrito Cervecería del Pacífico S. A. Durante todo o tempo, falara como se a história que contava nada tivesse a ver com ele, como se fosse uma coisa ouvida por aí. Algo de domínio público. E fingiu que era isso mesmo.

— O que sabe sobre Teresa Mendoza? — arrisquei.

Encarou-me desconfiado por trás das lentes, perguntando sem palavras: como assim, o que eu sei? Perguntei sem rodeios se ela estava envolvida nas manobras de Ruço e ele negou sem vacilar. De jeito nenhum, disse. Naquele tempo, ela era uma entre tantas: jovenzinha, calada. A mina de um traficante. Com a diferença de que não tinha o cabelo louro nem era uma daquelas metidas a besta com quem elas gostam tanto de se parecer. Acrescentou que aqui as mulheres costumam cuidar de seus assuntos: cabeleireiro, novelas, Juan Gabriel e música nortenha, compras no valor de três mil dólares no Sercha's e no Coppel, onde o cartão de crédito vale mais que dinheiro. Sabe como é. O repouso do guerreiro. Ela deve ter ouvido umas coisas, é claro. Mas não tinha nada a ver com as transações de seu macho.

— Por que ir atrás dela, então?

— E é a mim que você pergunta?

De repente ficou sério, e outra vez tive medo de que a conversa terminasse ali. Porém logo ele deu de ombros. Aqui existem regras, comentou. Ninguém as escolhe, já as encontra prontas quando chega. Tudo é uma questão de reputação e de respeito. É o que acontece com os tubarões. Se você afrouxa ou sangra, os outros pulam em cima. É como fazer um pacto de vida e morte: xis anos como senhor. Digam o que disserem, o dinheiro sujo mata a fome tanto quanto o limpo. Além do mais, proporciona luxo, música, vinho e mulheres. E aí você morre rápido, e em paz. Poucos traficantes se aposentam, e a saída natural é a cadeia ou o cemitério; a não ser os muito sortudos ou os muito rápidos, que sabem pular fora a tempo, como Epifanio Vargas, por exemplo, que se retirou comprando meia Sinaloa e matando a outra metade, se meteu a farmacêutico e agora anda envolvido na política. Mas isso é raro. Aqui a turma desconfia de quem continua na ativa depois de muito tempo no negócio.

— Na ativa?

— Vivo.

Deixou que eu meditasse uns três segundos. Dizem, acrescentou, aqueles que sabem e andam na corda bamba — sublinhou o *dizem* e o *aqueles* — que não importa se você é bom e direito em seu trabalho, muito sério e correto: vai terminar mal de qualquer jeito. O cara chega, entra fácil, prefere você aos outros, você sobe sem querer, e daí a concorrência fica no seu pé. Por isso qualquer passo em falso custa caro. Ainda por cima, quanto mais pessoas você ama ou possui, mais vulnerável fica. Está aí o caso de outro ruço famoso, com corridos, Héctor Palma, cuja família um antigo sócio, por desavença, sequestrou e torturou, segundo contam, e no dia de seu aniversário lhe mandou pelo correio uma caixa com a cabeça de sua mulher. Répibirti tu-iú. Quando se vive no fio da navalha, ninguém pode se permitir esquecer as regras. Foram as regras que sentenciaram Ruço Dávila. E era um bom sujeito, dou-lhe minha palavra. Bico fino. Gente finíssima, o camarada. Valente, desses que arriscam a alma e morrem onde for preciso. Um pouco linguarudo e ambicioso, como você viu, mas nem um pouco diferente do que existe de melhor por aqui. Não sei se me entende. Quanto a Teresa Mendoza, era mulher dele. Inocente ou não, as regras também a incluíam.

Santa Virgenzinha. Santo padroeiro. A pequena capela de Malverde estava às escuras. Só um lampião brilhava sobre o pórtico, aberto a qualquer hora do dia ou da noite, e as janelas filtravam a luz avermelhada de algumas velas acesas diante do altar. Teresa ficara muito tempo imóvel na escuridão, escondida junto ao tapume que separava a deserta rua Insurgientes dos trilhos da ferrovia e do canal. Tentava rezar, mas não conseguia; outros pensamentos ocupavam sua cabeça. Tinha demorado bastante até decidir-se a dar o telefonema. Calculando as possibilidades. E caminhou até ali observando com muita cautela os arredores; agora esperava, com a brasa de um cigarro escondida no oco da mão. Meia hora, havia dito don Epifanio Vargas. Teresa estava sem relógio, não podia calcular o tempo transcorrido. Sentiu um vazio no estômago e tratou de apagar o cigarro depressa quando um carro de policiais passou bem lentamente em direção ao bulevar Zapata: as silhuetas escuras dos patrulheiros no banco da frente, o rosto da direita fracamente iluminado, visto e não visto, pela luzinha da capela. Teresa recuou em busca de mais escuridão. Não estava apenas fora da lei. Em Sinaloa, como no resto do México, desde o patrulheiro em busca de propina — jaqueta fechada para ninguém ver o número do distintivo — até o superior que todo mês recebia um maço de dólares do narcotráfico, lidar com a lei significava às vezes entrar na boca do lobo.

Aquela reza inútil que não acabava nunca. Santa Virgenzinha. Santo padroeiro. Havia começado umas seis ou sete vezes, sem concluir nenhuma. A capela do bandido Malverde lhe trazia lembranças demais, ligadas a Ruço Dávila. Talvez por isso, quando don Epifanio Vargas concordou por telefone em encontrar-se com ela, deu o nome daquele lugar quase sem pensar. A princípio don Epifanio propôs que Teresa fosse até o condomínio Chapultepec, perto de onde ele vivia, mas isso significava cruzar a cidade e uma ponte sobre o rio Tamazula. Arriscado demais. E ainda que não tivesse mencionado nenhum detalhe, apenas que estava fugindo e que Ruço lhe dissera para entrar em contato com don Epifanio, ele compreendeu que as coisas iam mal, ou pior. Quis tranquilizá-la: não se preocupe, Teresinha, vamos nos encontrar, não se angustie e não se movimente. Esconda-se e me diga onde. Sempre a chamava de Teresinha quando a encontrava ao lado de Ruço na orla, nos restaurantes praianos de Altata, numa festa ou comendo tripa assada, espetinho de camarão e caranguejo recheado aos domingos, em Los Arcos. Chamava-a de Teresinha e lhe dava um beijo e até a apresentara à mulher e aos filhos. E, embora don Epifanio fosse um homem inteligente e poderoso, com mais grana do que a que Ruço teria juntado em toda a sua vida, sempre era amável com ele, e continuava a chamá-lo de afilhado, como nos velhos tempos; em certa ocasião, perto do Natal, o primeiro que Teresa passou casada, don Epifanio lhe mandou flores e uma pequena esmeralda colombiana muito bonita com uma corrente de ouro, e um maço com dez mil dólares para dar alguma coisa de presente a seu homem, uma surpresa, e com o resto comprar o que quisesse. Por isso Teresa tinha lhe telefonado aquela noite, e guardava para ele a agenda do Ruço que lhe pesava tanto, e esperava quieta na escuridão a alguns passos da capela de Malverde. Santa Virgenzinha, santo padroeiro. Porque você só pode confiar em don Epi, garantia Ruço. É um homem íntegro, um cavalheiro, foi um bom chefão e além do mais é meu padrinho. Ruço maldito. Havia dito isso antes que tudo fosse para o brejo e tocasse aquele telefone que nunca devia ter tocado, e ela se visse naquela situação. Tomara, Teresa murmurou, que você arda no inferno. Safado. Por me colocar nessa fria como você me colocou. Agora sabia que não podia confiar em ninguém; nem sequer em don Epifanio. Por essa razão havia marcado ali, quase sem pensar, embora no fundo pensando. A capela era um lugar tranquilo, aonde podia chegar escondida entre os trilhos do trem que ia pela margem do canal, e dali podia vigiar a rua de um lado e de outro, caso o homem que a chamava de Teresinha e que tinha lhe dado dez mil dólares e uma esmeralda no Natal não viesse sozinho, ou Ruço tivesse errado em seus cálculos, ou se ela perdesse a coragem e — na melhor das hipóteses, se pudesse — tivesse de sair correndo de novo.

Lutou contra a tentação de acender outro cigarro. Santa Virgenzinha. Santo padroeiro. Através das janelas podia ver as velas que brilhavam dentro da capela. São Malverde tinha sido na vida mortal Jesus Malverde, o bom bandido que roubava dos ricos, diziam, para ajudar os pobres. Os padres e as autoridades nunca o reconheceram como santo; mas os padres e as autoridades não tinham nem ideia dessas coisas, e o povo o canonizou por conta própria. Após sua execução, o governo havia ordenado que, como castigo, não enterrassem seu corpo, contudo as pessoas que passavam pelo local iam colocando pedras, uma só de cada vez para não desobedecer, até que lhe deram um enterro cristão, e depois fizeram a capela e todo o resto. Entre a turma barra-pesada de Culiacán e de todo o Sinaloa, Malverde era mais popular e milagreiro do que o próprio Menino Jesus ou Nossa Senhora de Guadalupe. A capela estava cheia de placas e ex-votos nos quais se agradeciam os milagres: cabelo de neném por um parto feliz, camarões em álcool por uma boa pescaria, fotos, gravuras. Mas, sobretudo, são Malverde era o padroeiro dos traficantes de Sinaloa que a ele acorriam para se entregar e agradecer com donativos e placas gravadas ou escritas à mão depois de cada regresso feliz e de cada negócio proveitoso. "Obrigado, meu padroeiro, por me tirar da cadeia", podia-se ler, pregado à parede junto à imagem do santo — moreno, bigodudo, vestido de branco e com elegante lenço de seda preta ao pescoço —, ou "Obrigado por aquilo que tu sabes". Os tipos mais duros, os piores criminosos da planície e da serra, carregavam a foto dele em cinturões, escapulários, bonés de beisebol e nos automóveis, diziam seu nome persignando-se, e muitas mães corriam para rezar na capela quando seus filhos faziam a primeira viagem ou quando estavam na cadeia ou metidos em alguma encrenca. Havia pistoleiros que colavam a imagem de Malverde no cabo do revólver ou na culatra do chifre-de-bode. O próprio Ruço Dávila, que dizia não acreditar nessas coisas, levava no painel de controle do avião uma foto do santo emoldurada em couro, com a oração "Deus abensoe meu caminho e permita meu regresso", assim mesmo, com erro de ortografia e tudo. Teresa a havia comprado no santeiro da capela para onde, durante algum tempo, corria no começo, às escondidas, a fim de acender velas quando Ruço demorava para voltar para casa. Fez isso até que ele ficou sabendo — e a proibiu. Superstições idiotas, neguinha. Negativo. Não gosto que minha mulher banque a ridícula. No entanto, no dia em que ela levou a foto com a oração, ele não disse nada, nem sequer zombou, e a pôs no painel do Cessna.

Quando os faróis se apagaram, depois de iluminar a capela com duas rajadas fortes, Teresa já apontava a Doble Águila para o automóvel. Tinha medo, mas isso não a impedia de pesar os prós e os contras, calibrando as aparências que o perigo podia apresentar. Sua cabeça, como perceberam aqueles que a empregaram como doleira em frente ao mercadinho Buelna, era bem-dotada para o cálculo: A + B é igual a X, mais Z probabilidades para a frente e para trás, multiplicações, divisões, somas e subtrações. Isso a punha outra vez diante da Situação. Pelo menos cinco horas tinham transcorrido desde que o telefone tocou na casa de Las Quintas, e umas duas desde o primeiro disparo na cara de Gato Fierros. Quitada a cota de horror e desconcerto, todos os recursos de seu instinto e de sua inteligência estavam entregues à tarefa de mantê-la viva. Por isso sua mão não tremia. Por isso queria rezar, sem conseguir, e em troca se lembrava com absoluta precisão de que tinha queimado cinco balas, que lhe sobravam uma na recâmara e dez no carregador, que o ricochete da Doble Águila era muito forte para ela, e que da próxima vez deveria apontar um pouco mais abaixo do alvo se não quisesse errar o tiro, com a mão esquerda não sob a culatra, como nos filmes, mas em cima do punho direito, firmando-a a cada disparo. Aquela era sua última oportunidade, e Teresa sabia disso. Que seu coração batesse devagar, que o sangue circulasse tranquilo e que os sentidos estivessem alerta — isso é que marcaria a diferença entre estar viva e estar no chão uma hora mais tarde. Por isso tinha dado duas cheiradinhas rápidas do pacote que levava na bolsa. E por isso, quando a Suburban branca chegou, desviou instintivamente os olhos da luz para não ofuscá-los; e agora olhava de novo por cima da arma, um dedo no gatilho, prendendo a respiração, atenta ao primeiro sinal de que alguma coisa andava esquisita. Pronta para disparar contra qualquer um.

Ouviu as portas se abrirem. Prendeu a respiração. Uma, duas, três. Cacete! Três silhuetas masculinas de pé perto do carro, iluminadas na contraluz pelas luzes da rua. Escolher. Chegara a acreditar que estava a salvo de tudo aquilo, à margem, enquanto alguém agia em seu lugar. Fique tranquila, neguinha — aquilo era no princípio. Limite-se a me amar, e eu cuido do resto. Era doce e cômodo. Era enganosamente seguro acordar de noite e sentir a respiração tranquila do Homem. O medo nem sequer existia então; porque o medo é filho da imaginação, e ali só havia as horas felizes que passavam como um bolero bonito ou como as águas calmas. É uma armadilha fácil: seu sorriso quando a abraçava, os lábios percorrendo sua pele, a boca sussurrando palavras ternas ou atrevidas, baixinho, entre suas coxas, bem perto e bem lá dentro, como se fosse ficar ali para sempre — se vivesse o bastante para esquecer, aquela boca seria a última coisa que esqueceria. Mas ninguém fica para sempre. Ninguém está a salvo, e toda certeza é perigosa. De repente você acorda para a evidência de que é impossível escapar da vida; de que viver é um caminho, e caminhar implica fazer escolhas permanentemente. Ou isto ou aquilo. Com quem viver, a quem amar, a quem matar. E quem te mata. Querendo ou não, cada um percorre os próprios passos. A Situação. No fim das contas, escolher. Depois de vacilar um instante, apontou a arma para a mais corpulenta e mais alta das três silhuetas masculinas. Parecia um alvo melhor, e além do mais era o chefe.

— Teresinha — disse don Epifanio Vargas.

Aquela voz conhecida, tão familiar, mexeu com algo dentro dela. Sentiu que as lágrimas — era jovem demais e já as imaginava impossíveis — turvavam sua vista. Inesperadamente Teresa ficou frágil; quis compreender por que, e nesse esforço também ficou tarde para tentar evitar. Cadela barata, disse para si mesma. Maldita estúpida. Se alguma coisa der errado, você é que melou. As luzes distantes da rua se desmancharam diante de seus olhos, e tudo se tornou uma confusão de reflexos líquidos e sombras.

De repente não teve nada na frente para apontar. Então abaixou a arma. Por uma lágrima, pensou, resignada. Agora podem me matar por causa da porcaria de uma lágrima.

— São tempos ruins.

Don Epifanio Vargas deu uma tragada longa no charuto havana e ficou olhando a brasa, pensativo. Na penumbra da capela, as velas e as lamparinas acesas iluminavam seu perfil meio índio, o cabelo muito preto, grosso e penteado para trás, o bigode nortenho reforçando um aspecto que sempre lembrou a Teresa atores como Emilio Fernández e Pedro Armendáriz nos velhos filmes mexicanos que passavam na tevê. Devia estar com uns cinquenta anos, e era grande e largo, com mãos enormes. Na esquerda, segurava o havana, e na direita, a agenda de Ruço.

— Antes, pelo menos, respeitávamos as crianças e as mulheres.

Balançava a cabeça, saudosista e triste. Teresa sabia que "antes" se referia ao tempo em que era um jovem camponês de Santiago de los Caballeros que, cansado de passar fome, trocou a junta de bois e as plantações de milho e feijão pelas plantações de maconha, debulhou sementes para limpar o fumo, arriscou a própria vida vendendo e tirou a de quantos pôde, e enfim andou entre a serra e a planície, instalando-se em Tierra Blanca quando as redes de contrabandistas de Sinaloa começavam a andar para o norte, com seus ladrõezinhos de jererê, os primeiros pozinhos brancos que chegavam de barco e de avião da Colômbia. Para os homens da geração de don Epifanio, que cruzaram o rio Bravo a nado com trouxas nas costas e que agora moravam em granjas luxuosas do condomínio de Chapultepec, e tinham filhos mimados que iam a colégios de luxo dirigindo seus próprios carros ou estudavam em universidades norte-americanas, aquele foi o tempo distante das grandes aventuras, dos grandes riscos e das grandes fortunas feitas da noite para o dia: uma operação de sorte, uma boa colheita, um carregamento feliz. Anos de perigo e dinheiro demarcando uma vida que na serra não teria sido mais do que uma existência miserável. Vida intensa e muitas vezes curta; porque só os mais duros desses homens conseguiam sobreviver, estabelecer-se e delimitar o território dos grandes cartéis da droga. Anos em que tudo estava para ser definido. Quando ninguém ocupava um lugar sem empurrar os outros, e o erro ou o fracasso eram pagos à vista. Mas se pagava com a vida. Nem mais, nem menos.

— Também foram à casa de Mestiço Parra — comentou don Epifanio. — Deu no noticiário agora pouco. A mulher e os três filhos... — a brasa do havana voltou a brilhar quando ele deu outra tragada. — Encontraram Mestiço na frente da casa, dentro do porta-malas da Silverado.

Estava sentado ao lado de Teresa no banquinho à direita do pequeno altar. Quando mexia a cabeça, as velas conferiam a seu cabelo penteado e abundante uns reflexos de verniz. Os anos transcorridos desde que desceu da serra refinaram sua aparência e suas maneiras, porém, por baixo das roupas sob medida, das gravatas que mandava trazer da Itália e da seda de suas camisas de quinhentos dólares, continuava a pulsar o camponês das montanhas de Sinaloa. E não só pelo prazer da ostentação nortenha — botas de bico fino, cinto tacheado com fivela de prata, moeda de ouro na corrente das chaves —, mas também, e sobretudo, pelo olhar às vezes impassível, às vezes desconfiado ou paciente do homem a quem durante séculos o granizo ou a estiagem tantas vezes obrigaram a começar do zero.

— Pelo visto, pegaram Mestiço de manhã e passaram o dia com ele, de conversa... Segundo o rádio, "esticaram o tempo dele".

Teresa pôde imaginar sem esforço: mãos amarradas com arame, cigarros, navalha de barbear. Os gritos de Mestiço Parra abafados dentro de um saco plástico ou debaixo de um palmo de fita adesiva, em algum porão ou depósito, antes que acabassem com ele e fossem se encarregar de sua família. Talvez o próprio Mestiço tenha delatado Ruço Dávila. Ou os de seu próprio sangue. Ela conhecia bem Mestiço, sua mulher Brenda e os três filhos. Dois meninos e uma menina. Lembrou-se deles brincando e correndo na praia de Altata, no último verão: os corpinhos morenos e quentes sob o sol, cobertos pelas toalhas, na volta dormindo na traseira da mesma Silverado de onde agora saía o cadáver do pai. Brenda era uma moça miúda, muito falante, com bonitos olhos castanhos, que usava no tornozelo direito uma corrente de ouro com as iniciais de seu homem. Muitas vezes foram juntas às compras em Culiacán, de calças de couro bem justas, unhas pintadas, saltos altos, jeans Guess, Calvin Klein, Carolina Herrera... Perguntou a si mesma se mandaram Gato Fierros e Potemkin Gálvez ou pistoleiros diferentes. Se foi antes ou depois do que houve com ela. Se mataram Brenda antes ou depois dos garotos. Se agiram rápido ou se quiseram esticar seu tempo. Malditos porcos escrotos. Prendeu a respiração e a soltou aos poucos, para que don Epifanio não a visse soluçar. Então amaldiçoou em silêncio Mestiço Parra, antes de amaldiçoar ainda mais o Ruço. Mestiço era valente, como tantos outros que traficavam ou matavam: por pura ignorância, porque não pensava. Metia-se em confusões porque não tinha cabeça, porque não calculava que punha em perigo não só a si como toda a sua família. Ruço era diferente do primo: ele sim era inteligente, bem astuto. Conhecia todos os riscos e sempre soube o que ia acontecer com ela caso o agarrassem, mas estava se lixando. Aquela maldita agenda. Nem a leia, tinha dito. Leve-a, e nem a leia. O maldito, murmurou uma vez mais. O maldito Ruço safado.

— O que aconteceu? — perguntou.

Don Epifanio Vargas deu de ombros.

— Aconteceu o que tinha que acontecer — disse.

Olhava o guarda-costas que estava na porta, o chifre-de-bode na mão, silencioso como uma sombra ou um fantasma. Trocar as drogas pela farmácia e pela política não eliminava as precauções de sempre. O outro capanga estava lá fora, também armado. Tinham dado duzentos pesos ao zelador da capela para que zarpasse dali. Don Epifanio olhou a bolsa que Teresa mantinha no chão, entre os pés, e a Doble Águila apoiada no colo.

— Seu homem arriscava muito. Era questão de tempo.

— Ele morreu mesmo?

— Claro que morreu. Eles o pegaram lá em cima, na serra... Não eram tiras, nem federais, nem nada. Era gente de sua própria turma.

— Quem foi?

— Quem foi dá no mesmo. Você sabe em que transações Ruço andava metido. Enfiava suas cartas no baralho dos outros. Até que alguém o entregou.

A brasa do charuto reavivou. Don Epifanio abriu a agenda. Aproximava-a da luz das velas, passando os olhos pelas páginas ao acaso.

— Você leu o que está aqui?

— Trouxe-a logo para o senhor, como ele pediu. Não sei de nada.

Don Epifanio concordou, pensativo. Via-se que estava incomodado.

— O pobre Ruço achou o que andava procurando — concluiu.

Agora ela olhava para a frente, para as sombras da capela de onde pendiam os ex-votos e as flores secas.

— Que pobre droga nenhuma. O safado não pensou em mim.

— Você tem sorte — ela o ouviu dizer. — Por enquanto continua viva.

Ele permaneceu assim durante algum tempo. Estudando-a. O aroma do havana se misturava com o cheiro das velas e o de um vaso de incenso que ardia próximo ao busto do santo bandido.

— O que pensa em fazer? — perguntou, afinal.

— Não sei — agora era a vez de Teresa dar de ombros. — O Ruço disse que o senhor me ajudaria. Entregue a agenda e lhe peça ajuda. Foi o que ele disse.

— O Ruço sempre foi um otimista.

O vazio que Teresa sentia no estômago ficou ainda mais fundo. Sufocamento da fumaça das velas, crepitar de pequenas chamas diante de Malverde. Calor úmido. De repente, estava sentindo uma insipidez insuportável. Reprimiu o impulso de se levantar, apagar as velas com um tapa, sair em busca de ar fresco. Correr outra vez, se ainda deixassem. Mas quando olhou de novo para a frente, viu que a outra Teresa Mendoza estava sentada diante dela, observando-a. Ou talvez fosse ela mesma que estava ali, silenciosa, olhando a mulher assustada que se inclinava para a frente no banco ao lado de don Epifanio, com uma pistola inútil no colo.

— Ele gostava muito do senhor — ouviu ela mesma dizer.

O outro se mexeu no banco. Um homem decente, Ruço sempre dizia. Um chefão bom e justo, de lei. O melhor patrão que já tive.

— E eu gostava dele — don Epifanio falava baixinho, como se temesse que o capanga da porta o ouvisse falando de sentimentos. — E de você também... Mas, com as encrencas dele, Ruço te pôs em maus lençóis.

— Preciso de ajuda.

— Não posso me meter nisso.

— O senhor tem muito poder.

Ela o ouviu estalar a língua com desânimo e impaciência. Naquele negócio, explicou don Epifanio sem nunca levantar a voz e lançando olhares furtivos ao guarda-costas, o poder é uma coisa relativa, efêmera, sujeita a regras complicadas. E ele o conservava, disse categórico, porque não bisbilhotava onde não devia. Ruço já não trabalhava para ele; isso era um problema dos chefes dele agora. E aquela gente dançava conforme a música.

— Eles não têm nada contra você, Teresinha. Você já os conhece. Mas é o jeito de fazer as coisas... Precisam dar o exemplo.

— O senhor podia falar com eles. Dizer-lhes que não sei de nada.

— Eles estão fartos de saber que você não sabe de nada. Não é esse o problema... e eu não posso me comprometer. Nesta terra, quem pede favores hoje tem que retribuí-los amanhã.

Don Epifanio olhava a Doble Águila que ela mantinha sobre as coxas, com uma mão apoiada com descuido sobre a culatra. Sabia que Ruço tinha lhe ensinado a atirar tempos atrás, e até conseguiu que acertasse seis cascos vazios de cerveja Pacífico, um depois do outro, a dez passos. Ruço sempre gostara de cerveja Pacífico e de mulheres um pouco bravas, embora Teresa não suportasse cerveja e se assustasse a cada disparo do revólver.

— Além do mais — prosseguiu don Epifanio —, o que você me contou só piora as coisas. Não podem deixar que um homem os derrote, muito menos uma mulher... Seriam motivo de piada em todo o Sinaloa.

Teresa encarou seus olhos escuros e impassíveis. Olhos duros de índio nortenho. De sobrevivente.

— Não posso me comprometer — ela o ouviu repetir.

Don Epifanio então se levantou. Está pouco se lixando, pensou ela. Aqui termina tudo. O vazio do estômago crescia até abarcar a noite que espreitava lá fora, inexorável. Rendeu-se, mas a mulher que o observava entre as sombras não quis fazer o mesmo.

— Ruço disse que o senhor me ajudaria — insistiu, teimosa, como se falasse consigo mesma. Entregue-lhe a agenda, ele disse, e troque-a por sua pele.

— Seu homem gostava demais dos riscos.

— Não sei disso. Mas sei o que ele me disse.

Aquilo tinha soado mais a queixa do que a súplica. Uma queixa sincera e muito amarga. Ou uma censura. Teresa ficou um momento calada e ao final levantou o rosto, como o réu cansado que aguarda o veredicto. Don Epifanio estava de pé à sua frente, e parecia ainda maior e mais corpulento. Batia com os dedos na agenda do Ruço.

— Teresinha...

— Pode falar.

Ele continuava tamborilando os dedos na agenda. Viu-o olhar para a efígie do santo, para o capanga na porta, outra vez para ela. Depois se deteve de novo na pistola.

— No duro que você não leu nada?

— Juro. Aliás, diga-me o que eu ia ler.

Silêncio. Longo, pensou ela, como uma agonia. Ouvia crepitarem os pavios das velas no altar.

— Você só tem uma chance — disse ele por fim.

Teresa se agarrou a essas palavras, com a mente avivada como se tivesse acabado de cheirar dois ticos de Dona Branca. A outra mulher tinha desaparecido entre as sombras. E de novo era ela que estava ali. Ou o contrário.

— Só preciso de uma — disse.

— Tem passaporte?

— Sim. Com visto americano.

— E dinheiro?

— Vinte mil dólares e alguns pesos — abriu a bolsa a seus pés para mostrar, esperançosa. — E também um pacote de pó de uns trezentos ou trezentos e cinquenta gramas.

— Deixe o pó. É perigoso andar com isso por aí... Sabe dirigir?

— Não — tinha ficado de pé, e o olhava de perto, atenta. Concentrada em continuar viva. — Nem mesmo tenho carteira.

— Duvido que consiga chegar do outro lado. Estarão nos seus calcanhares na fronteira, e nem entre os gringos você vai estar segura... O melhor é sair esta noite mesmo. Posso lhe emprestar o carro com um motorista de confiança... Posso fazer com que leve você à Cidade do México. Direto para o aeroporto, e lá você entra no primeiro avião.

— Para onde?

— Não estou nem aí para onde. Mas, se você quiser ir para a Espanha, tenho amigos lá. Gente que me deve favores... Se amanhã você me ligar antes de entrar no avião, lhe darei um nome e um número de telefone. O resto é com você.

— Não há outra saída?

— De jeito nenhum. É pegar ou largar.

Teresa olhou em volta, investigando as sombras da capela. Estava absolutamente sozinha. Ninguém decidia por ela agora. Mas continuava viva.

— Tenho que ir — impacientava-se don Epifanio. — Decida-se.

— Já me decidi. Farei como o senhor manda.

— Bem — don Epifanio observou como ela colocava a trava na arma e a enfiava atrás na cintura, entre a calça e a pele, antes de se cobrir com a jaqueta —, lembre-se de uma coisa: nem mesmo lá você estará a salvo. Entendeu?... Se eu tenho amigos, eles também têm. Por isso trate de se enterrar bem fundo para que eles não a encontrem.

Teresa concordou novamente. Tirou o pacote de pó da bolsa e o colocou no altar, sob a imagem de Malverde. Em troca acendeu outra vela. Santa Virgenzinha, rezou um instante em silêncio. Santo padroeiro. "Deus abençoe meu caminho e permita meu regresso." Benzeu-se de maneira quase furtiva.

— Lamento de verdade o que aconteceu com o Ruço — disse don Epifanio às suas costas. — Era um bom sujeito.

Teresa se virou ao ouvir isso. Estava tão lúcida e serena que sentia a garganta seca e o sangue circulando bem devagar, batimento a batimento. Pôs a bolsa no ombro, sorrindo pela primeira vez em todo o dia, um sorriso que marcou sua boca como um impulso nervoso, inesperado. Aquele sorriso, ou o que fosse, deve ter parecido estranho ao homem, pois don Epifanio a encarou com um pouco de surpresa e o pensamento à mostra, estampado no rosto. Teresinha Mendoza. Puxa vida. A garota do Ruço. A mulher de um traficante. Uma garota como tantas outras, mais calada, nem muito esperta nem muito bonita. E, no entanto, ele a estudou de um modo reflexivo e cauteloso, com muita atenção, como se de repente se visse diante de uma desconhecida.

— Não — disse ela. — O Ruço não era um bom sujeito. Era um grande filho da mãe.

3

Quando os anos passarem

— Ela não era ninguém — disse Manolo Céspedes.

— Explique-me isso.

— Acabei de explicar — meu interlocutor apontava para mim com dois dedos, entre os quais segurava um cigarro. — Ninguém significa "ninguém". Uma pária. Chegou com a roupa do corpo, como quem procura se isolar num buraco... Foi tudo casualidade.

— E algo mais também. Era uma garota esperta.

— E daí?... Conheço um monte de garotas espertas que acabaram numa esquina.

Olhou para um lado e para o outro da rua, como se procurasse algum exemplo para me mostrar. Estávamos sentados sob o toldo do terraço da cafeteria California, em Melilla. Um sol africano, a pino, amarelava as fachadas modernistas da avenida Juan Carlos I. Era fim de tarde, e as calçadas e terraços transbordavam de transeuntes, desocupados, vendedores de loteria e engraxates. A indumentária europeia se misturava com *yihabs* e *djelabas* mouriscas, acentuando a atmosfera de terra fronteiriça, presa entre dois continentes e várias culturas. Ao fundo, junto à Plaza de España e ao monumento aos mortos na guerra colonial de 1921 — um jovem soldado de bronze com o rosto voltado para o Marrocos —, as copas das palmeiras anunciavam a proximidade do Mediterrâneo.

— Eu não a conheci nessa época — prosseguiu Céspedes. — Na verdade, nem me lembro dela. Uma cara atrás do balcão do Yamila, na melhor das hipóteses. Ou nem isso. Só muito depois, ouvindo coisas aqui e ali, é que a associei à outra Teresa Mendoza... Já te falei. Naquela época ela não era ninguém.

Ex-delegado de polícia, ex-chefe de segurança de La Moncloa, ex-representante do governo em Melilla: o acaso e a vida fizeram de Manolo Céspedes tudo isso, mas também poderia ter sido toureiro comedido e sábio, cigano gozador, pirata berbere ou um astuto diplomata rifenho. Era uma velha raposa, moreno, magro como um legionário maconheiro, com muita experiência e muito tato. Nós nos conhecemos duas décadas atrás, num período de violentos incidentes entre as comunidades europeia e muçulmana que puseram Melilla em primeiro plano nos jornais quando eu ganhava a vida escrevendo neles. Naquela época, melillense de nascimento e autoridade civil máxima no enclave norte-africano, Céspedes já conhecia todo mundo: bebericava no bar de oficiais do Tercio, controlava uma rede eficaz de informantes dos dois lados da fronteira, jantava com o governador de Nador e de sua folha de pagamento constavam tanto mendigos de rua quanto membros da Gendarmaria Real marroquina. Nossa amizade datava daquele período: longas conversas, cordeiro com temperos mouriscos, gins-tônicas até altas horas da madrugada. Hoje por você, amanhã por mim. Agora, aposentado do cargo oficial, Céspedes envelhecia entediado e pacífico, dedicado à política local, à mulher, aos filhos e ao aperitivo do meio-dia. Minha visita alterava de forma feliz sua rotina diária.

— Pois digo a você que foi tudo obra do acaso — insistiu. — E, com relação a ela, o acaso se chamava Santiago Fisterra.

Fiquei parado com o copo no ar e a respiração suspensa.

— Santiago López Fisterra?

— Claro — Céspedes dava uma tragada no cigarro, valorizando meu interesse. — O galego.

Soltei o ar devagar, bebi um pouco e me recostei na cadeira, satisfeito como quem recupera um rastro perdido. Céspedes sorria enquanto calculava em que nível isso colocava o balanço de nossa velha sociedade de favores recíprocos. Aquele nome havia me levado até ali, em busca de certo período obscuro na biografia de Teresa Mendoza. Até aquele dia no terraço do California, eu contava apenas com testemunhos duvidosos e conjecturas. Pode ter ocorrido isso. Dizem que aconteceu aquilo. Haviam dito a alguém, ou alguém acreditava saber. Rumores. Quanto ao resto, de concreto, nos arquivos de imigração do Ministério do Interior figurava apenas uma data de entrada — via aérea, companhia Iberia, aeroporto de Barajas, Madri — com o nome verdadeiro de Teresa Mendoza Chávez. Depois o rastro oficial parecia se perder por dois anos, até que a ficha policial 8653690FA/42, que incluía impressões digitais, uma foto de frente e outra de perfil, encerrava essa etapa da vida que eu tentava reconstruir, e permitia seguir melhor seus passos a partir dali. A ficha era das antigas, feitas de cartolina, antes de a polícia espanhola informatizar seus documentos. Eu a tivera diante dos olhos uma semana antes, na delegacia de Algeciras, graças à intervenção de outro amigo das antigas: o delegado-chefe de Torremolinos, Pepe Cabrera. Em meio à informação concisa anotada no verso, figuravam dois nomes: o de um indivíduo e o de uma cidade. O indivíduo se chamava Santiago López Fisterra. A cidade era Melilla.

Naquela tarde fizemos duas visitas. Uma foi breve, triste e pouco útil, embora tenha servido para acrescentar um nome e um rosto aos personagens desta história. Em frente ao clube náutico, ao pé das muralhas medievais da cidade velha, Céspedes me indicou um homem esquálido, de cabelo grisalho e ralo, que tomava conta dos carros em troca de algumas moedas. Estava sentado no chão, ao lado de um poste de amarrar embarcações, olhando a água suja sob o cais. De longe o tomei por alguém mais velho, maltratado pelo tempo e pela vida, porém ao nos aproximarmos constatei que não devia ter nem quarenta anos. Vestia calças remendadas e velhas, camiseta branca insolitamente limpa e tênis. O sol e o infortúnio não conseguiam esconder o tom acinzentado e sem brilho da pele envelhecida, coberta de manchas e com cavidades profundas nas têmporas. Faltava-lhe a metade dos dentes, e pensei que parecia um desses cadáveres que a ressaca do mar atira às praias e aos portos.

— Chama-se Veiga — disse-me Céspedes quando nos aproximamos. — Ele conheceu Teresa Mendoza.

Sem se deter para observar minha reação, ele disse olá, Veiga, como vai, e depois lhe ofereceu cigarro e fogo. Não houve apresentações nem outros comentários, e ficamos ali por um momento, olhando a água, os barcos pesqueiros amarrados, o antigo cais de minério do outro lado da doca e as horrendas torres gêmeas construídas para comemorar o quinto centenário da conquista espanhola da cidade. Vi crostas e marcas nos braços e nas mãos daquele homem. Havia se levantado para acender o cigarro, trôpego, balbuciando palavras confusas de agradecimento. Cheirava a vinho rançoso e a miséria rançosa. Mancava.

— Pergunte a ele, se quiser — comentou afinal Céspedes.

Hesitei por um instante e depois pronunciei o nome de Teresa Mendoza. Mas não detectei em seu rosto nem identificação nem memória. Tampouco tive mais sorte ao mencionar Santiago Fisterra. O tal Veiga, ou o que sobrava dele, virara-se de novo para as águas gordurosas do cais. Lembre-se, homem, disse-lhe Céspedes.

Este amigo meu veio aqui para falar com você. Não diga que não se lembra de Teresa e do teu sócio. Não me faça feio. Está certo?... Mas o outro continuava sem responder e, quando Céspedes tornou a insistir, o máximo que conseguiu foi que esfregasse os braços antes de nos olhar entre atrapalhado e indiferente. E aquele olhar turvo, distante, com pupilas tão dilatadas que ocupavam toda a íris, parecia deslizar pelas pessoas e pelas coisas a partir de um lugar sem caminho de volta.

— Era o outro galego — disse Céspedes quando nos afastamos. — O marujo de Santiago Fisterra... Nove anos em uma prisão marroquina o deixaram assim.

Anoitecia quando fizemos a segunda visita. Céspedes o apresentou como Dris Larbi — meu amigo Dris, disse enquanto batia em suas costas —, e eu me vi diante de um rifenho de nacionalidade espanhola que falava um castelhano perfeito. Nós o encontramos no bairro do Hipódromo em frente ao Yamila, um dos três estabelecimentos noturnos que dirigia na cidade — mais tarde soube isso e algumas coisas mais —, quando saía de um luxuoso Mercedes de dois lugares: estatura mediana, cabelo muito ondulado e preto, barba modelada com esmero. Tinha mãos dessas que apertam a nossa com precaução para verificar o que trazemos nela. Meu amigo Dris, repetiu Céspedes; e pela forma como o outro o olhava, ao mesmo tempo com cautela e respeito, perguntei-me que detalhes biográficos do rifenho justificavam aquele respeito prudente com o ex-representante do governo. Meu amigo Fulano — era minha vez. Investiga a vida de Teresa Mendoza. Céspedes disse isso assim, à queima-roupa, enquanto o outro me estendia a mão direita e com a esquerda apontava o controle remoto para o carro, e uns ruídos intermitentes, iú, iú, iú, faiscaram quando ativou o alarme. Então o tal Dris Larbi me estudou bem detidamente e em silêncio, a tal ponto que Céspedes começou a rir.

— Fique tranquilo — disse. — Não é um policial.

O barulho de vidro quebrado fez Teresa Mendoza franzir o cenho. Era o segundo copo que o pessoal da mesa quatro quebrava naquela noite. Trocou um olhar com Ahmed, o empregado, e ele se encaminhou para lá com uma pá de lixo e uma vassoura, taciturno como sempre, roendo-se de raiva por dentro. As luzes que giravam sobre a pequena pista lançavam losangos coloridos sobre seu colete listrado. Teresa conferiu a conta de um freguês que estava na ponta do balcão, muito animado com duas das garotas. O indivíduo estava ali havia duas horas e a soma era respeitável: cinco doses de White Label com gelo e água para ele, oito drinques para as garotas — Ahmed fizera desaparecer discretamente a maior parte dos drinques, a pretexto de trocar os copos. Faltavam uns vinte minutos para fechar, e Teresa escutava, sem querer, o diálogo habitual. Espero vocês lá fora. Uma ou as duas. Melhor as duas. Et cetera. Dris Larbi, o patrão, era inflexível quanto à moral oficial do negócio. Aquilo era um local aonde se ia para beber, e ponto. Fora do horário de trabalho, as garotas eram livres. Ou pelo menos em princípio, pois o controle era apertado: cinquenta por cento para a empresa, cinquenta por cento para a interessada. Viagens e festas eram organizadas à parte, e as normas mudavam de acordo com quem, como e onde. Sou um empresário, costumava dizer Dris. Não um simples rufião de putas.

Terça-feira de maio, quase fim do mês. Não era uma noite animada. Na pista vazia, Julio Iglesias cantava para ninguém em particular. Cavalheiro de fina estampa, dizia a letra. Teresa mexia os lábios em silêncio, acompanhando a canção, atenta à sua folha de papel e sua esferográfica à luz da lâmpada que iluminava a caixa. Uma noite fraquinha, constatou. Quase ruim. Bem diferente das sextas e dos sábados, quando era preciso trazer garotas de outros lugares porque o Yamila enchia: funcionários, comerciantes, marroquinos endinheirados do outro lado da fronteira, militares da guarnição. Nível em média razoável, poucos fregueses barra-pesada além dos inevitáveis. Moçoilas limpas e jovens, de boa aparência, renovadas a cada seis meses, recrutadas por Dris em Marrocos, nos bairros marginais de Melilla, e uma ou outra europeia da península. Pagamento pontual — a cortesia do detalhe — aos homens da lei e às autoridades competentes para que fizessem vista grossa. Bebidas grátis para o subdelegado de polícia e os fiscais à paisana. Lugar exemplar, licenças governamentais em dia. Poucos problemas. Nada que Teresa já não conhecesse de sobra, multiplicado ao infinito, em sua ainda recente memória mexicana. A diferença era que ali as pessoas, embora de modos mais rudes e menos corteses, não se batiam a tiros e tudo era feito com muita manha. Inclusive — demorou a se acostumar com isso — havia gente que não se deixava subornar de jeito nenhum. Você está enganada, senhorita. Ou em versão ríspida, tão espanhola: faça-me o favor de enfiar isso no cu. O certo é que isso tornava a vida difícil, às vezes. Mas em geral isso facilitava. Era muito relaxante não precisar ter medo de um policial. Ou não precisar ter medo o tempo todo.

Ahmed voltou com sua pá de lixo e sua vassoura, passou para o outro lado do balcão e pôs-se a conversar com as três garotas que estavam livres. Tim-tim. Da mesa dos copos quebrados chegavam risadas e brindes, tilintar de taças. Ahmed tranquilizou Teresa com uma piscadela. Tudo em ordem por ali. Aquela conta ia ser pesada, constatou ao dar uma olhada nas notas que estavam junto à caixa registradora. Homens de negócio espanhóis e marroquinos, comemorando um contrato: paletós nas costas das cadeiras, colarinhos abertos, gravatas nos bolsos. Quatro homens maduros e quatro garotas. A suposta Moët Chandon desaparecia rápido nos baldes de gelo: cinco garrafas, e desceriam outra antes de fechar. As garotas — duas árabes, uma judia, uma espanhola — eram jovens e profissionais. Dris nunca ia para a cama com as funcionárias — onde se ganha o pão não se mete o colhão, dizia —, mas às vezes mandava amigos seus como se fossem fiscais trabalhistas. De primeira qualidade, alardeava depois. Em minhas casas, só de primeira qualidade. Se o relatório fosse negativo, nunca as maltratava. Limitava-se a demiti-las, e pronto. Rescisão. Garota era o que não faltava em Melilla, com a imigração ilegal, a crise e todo o resto. Umas sonhavam em viajar para a península, ser modelo e vencer na tevê, mas a maioria se conformava com uma licença para trabalhar e uma residência legal.

Passaram-se pouco mais de seis meses desde a conversa que Teresa Mendoza teve com don Epifanio Vargas na capela de são Malverde, em Culiacán, Sinaloa, na noite do dia em que o telefone tocou e ela começou a correr, e não parou até chegar a uma cidade estranha cujo nome jamais tinha ouvido. Mas só se dava conta disso quando consultava o calendário. Quando olhava para trás, a maior parte do tempo em que vivia em Melilla parecia parado. Dava no mesmo que fossem seis meses ou seis anos. Aquele foi o seu destino como podia ter sido qualquer outro, quando, recém-chegada a Madri, instalada numa pensão da praça Atocha apenas com uma sacola como bagagem, teve uma entrevista com o contato que don Epifanio Vargas lhe indicara. Para sua decepção, nada podiam lhe oferecer ali. Se quisesse um lugar discreto, longe de problemas desagradáveis, e também um trabalho para justificar sua permanência até arranjar os documentos de sua dupla nacionalidade — o pai espanhol que ela mal conheceu ia servir pela primeira vez para alguma coisa —, Teresa precisaria viajar de novo. O contato, um homem jovem, apressado e de poucas palavras, com quem se encontrou na cafeteria Nebraska da Gran Vía, não lhe ofereceu mais do que duas opções: a Galícia ou o Sul da Espanha. Cara ou coroa, é pegar ou largar. Teresa perguntou se na Galícia chovia muito, e o outro sorriu um pouco, só o suficiente — foi a primeira vez que ele fez isso em toda a conversa —, e respondeu que sim. Chove pra caralho, ele disse. Então Teresa decidiu ir para o Sul; o homem puxou o telefone celular e foi até outra mesa para falar um instante. Pouco depois estava de volta para anotar em um guardanapo de papel um nome, um número de telefone e uma cidade. Há voos diretos de Madri, explicou entregando-lhe o papel. Ou de Málaga. Até ali, trens e ônibus. De Málaga e Almería também saem barcos. Quando percebeu que ela o olhava desconcertada com a história dos barcos e aviões, sorriu pela segunda e última vez antes de lhe explicar que o lugar aonde ia era na Espanha, mas ficava no Norte da África, a sessenta ou setenta quilômetros do litoral andaluz, perto do estreito de Gibraltar. Ceuta e Melilla, explicou, são cidades espanholas na costa marroquina. Depois lhe deixou em cima da mesa um envelope com dinheiro, pagou a conta, levantou-se e lhe desejou boa sorte. Disse isso, boa sorte, e já ia se retirar quando Teresa quis, agradecida, dizer como se chamava, e o homem a interrompeu dizendo que não queria saber como ela se chamava, que isso não lhe importava de maneira nenhuma. Que apenas retribuía favores a amigos mexicanos ao lhe proporcionar aquilo. Que ela aproveitasse bem o dinheiro que acabava de lhe dar. E que quando ele acabasse e precisasse de mais, acrescentou em tom objetivo e sem intenção aparente de ofender, sempre poderia usar a xoxota. Essa, disse à guisa de despedida — parecia se lamentar por não dispor de uma também —, é uma vantagem que vocês mulheres têm.

— Não era nada especial — disse Dris Larbi. — Nem bonita nem feia. Nem muito esperta nem muito boba. Mas era boa com os números... Percebi logo, por isso é que a pus para tomar conta da caixa... — lembrou-se de uma pergunta que eu tinha formulado antes, e fez um movimento negativo com a cabeça antes de prosseguir. — Não, a verdade é que ela nunca foi puta. Pelo menos comigo ela não foi. Vinha recomendada por amigos, de modo que a deixei escolher. De um lado ou do outro do balcão, é com você, eu disse... Escolheu ficar atrás, como garçonete no início. Ganhava menos, é claro. Mas se sentia bem assim.

Passeávamos no limite entre os bairros do Hipódromo e Real, perto das casas de estilo colonial, em ruas retas que iam dar no mar. A noite era suave e os vasos nas janelas cheiravam bem.

— Só uma vez ou outra, quem sabe. Duas, ou mais. Não sei. — Dris Larbi deu de ombros. — Isso era ela quem decidia. Entendem?... Uma vez ou outra foi com quem ela quis ir, mas não por dinheiro.

— E as festas? — perguntou Céspedes.

O rifenho afastou o olhar, matreiro. Depois se virou para mim, antes de observar Céspedes de novo, como quem deplora uma inconveniência na frente de estranhos. Mas o outro estava pouco ligando.

— As festas — insistiu.

Dris Larbi voltou a olhar para mim, cofiando a barba.

— Isso era diferente — concluiu depois de pensar um pouco. — Às vezes eu organizava reuniões do outro lado da fronteira...

Céspedes ria, mal-intencionado.

— Suas famosas festas — disse.

— É, bem... Você sabe — o rifenho o observava como se tentasse se lembrar do quanto ele sabia realmente, e então desviou de novo o olhar, incomodado. — Gente de lá.

— *Lá* é o Marrocos — comentou Céspedes em meu socorro. — Refere-se a gente importante: políticos ou chefes de polícia — acentuou o sorriso de raposa. — Meu amigo Dris sempre teve bons sócios.

O rifenho sorriu sem vontade enquanto acendia um cigarro com baixo teor de nicotina. E eu me perguntei quantas coisas sobre ele e seus sócios figuravam nos arquivos secretos de Céspedes. O suficiente, imaginei, para que nos concedesse o privilégio de sua conversa.

— Ela ia a essas reuniões? — perguntei.

Larbi fez um gesto ambíguo.

— Não sei. Pode ser que tenha estado em alguma. E, bem... Ela deve saber — pareceu refletir um pouco, estudando Céspedes de esguelha, e afinal concordou com tédio. — A verdade é que no final ela foi duas vezes. Nisso eu não me metia, porque não era para ganhar dinheiro como as fulanas, era para outro tipo de negócio. As garotas vinham como um complemento. Um brinde. Mas nunca disse a Teresa para ir... Fez porque quis. E até pediu.

— Por quê?

— Não faço ideia. Já disse que ela deve saber.

— Nessa época ela já saía com o galego? — perguntou Céspedes.

— Sim.

— Dizem que ela fez negócios para ele.

Dris Larbi o encarou. E me encarou. Encarei-o de volta. Por que faz isso comigo?, perguntavam seus olhos.

— Não sei do que está falando, Manuel.

O ex-representante do governo ria malicioso, com as sobrancelhas arqueadas. Com o ar de quem estava aprontando alguma.

— Abdelkader Chaib — comentou. — Coronel. Gendarmaria Real... Isso diz alguma coisa para você?

— Juro que nessa eu não caio.

— Não cai?... Não me sacaneie, Dris. Já disse que o moço aqui é amigo.

Demos alguns passos em silêncio enquanto eu passava a limpo tudo aquilo. O rifenho fumava calado, como se não estivesse satisfeito com o modo como havia contado os fatos.

— Enquanto esteve comigo não se meteu em nada — disse de repente. — E também não tive nada com ela. Quero dizer que não a comi.

Depois apontou Céspedes com o queixo, tomando-o como testemunha. Era público que nunca se envolvia com suas funcionárias. E já havia dito antes que Teresa era perfeita para cuidar das contas. As outras a respeitavam. Mexicana, era como a chamavam. Mexicana isso, Mexicana aquilo. Via-se que tinha bom caráter e, embora não tivesse estudo, o sotaque a fazia parecer educada, com esse vocabulário abundante que os hispano-americanos têm, repletos de *ustedes* e *por favores,* o que faz com que todos pareçam catedráticos da língua. Muito reservada para suas coisas. Dris Larbi tinha conhecimento de que ela tivera problemas em sua terra, mas nunca lhe perguntou. Para quê? Teresa tampouco falava do México; quando alguém puxava o assunto, ela dizia qualquer bobagem e mudava de conversa. Era séria no trabalho, vivia sozinha e não dava espaço para que os fregueses confundissem os papéis. Também não tinha amigas. Ficava na dela.

— Tudo foi bem durante, não sei... Seis, oito meses. Até a noite em que os dois galegos apareceram por aqui — virou-se para Céspedes, indicando-o. — Já esteve com Veiga?... Bem, esse não teve muita sorte. Mas o outro teve menos ainda.

— Santiago Fisterra — eu disse.

— Ele mesmo. Parece até que estou vendo: um cara moreno, com uma tatuagem grande aqui — mexia a cabeça, desaprovando. — Um tanto atravessado, como todos os galegos. Desses que você nunca sabe aonde querem chegar... iam e vinham pelo estreito com uma Phantom, o senhor Céspedes sabe do que estou falando, não é verdade?... Winston de Gibraltar e *chocolate* marroquino... Naquela época ainda não se trabalhava a coca, embora estivesse para acontecer... Bom... — coçou outra vez a barba e cuspiu direto no chão, com rancor. — O fato é que uma noite esses dois entraram no Yamila, e eu comecei a ficar sem a Mexicana.

Dois novos fregueses. Teresa consultou o relógio ao lado do caixa. Faltavam menos de quinze minutos para fechar. Percebeu que Ahmed a olhava inquisidor, e sem levantar a cabeça concordou com um gesto. Uma dose rápida antes de acender as luzes e botar todos eles na rua. Não acreditava que os recém-chegados fossem alterar muito as contas. Dois uísques, pensou, avaliando-os pela aparência. Um pouco de paquera com as meninas, que já disfarçavam uns bons bocejos, e talvez um encontro lá fora mais tarde. Pensão Agadir, a meia quadra dali. Ou talvez, se tivessem carro, uma visita relâmpago aos pinheirais, no muro do quartel do Tercio. Em todo caso, não era problema seu. Ahmed é que fazia o controle dos encontros em um caderno.

Apoiaram-se no balcão, junto às torneiras do chope, e Fátima e Sheila, duas das garotas que estavam de papo com Ahmed, foram se juntar a eles, enquanto o empregado servia dois supostos Chivas doze anos com muito gelo e sem água. Elas pediram uns drinques, sem que houvesse objeção dos fregueses. Ao fundo, a turma dos copos quebrados continuava com os brindes e as risadas, depois de pagar a conta sem pestanejar. Por sua vez, o sujeito na ponta do balcão não chegava a um acordo com suas acompanhantes; podia-se ouvi-lo discutindo em voz baixa, em meio ao som da música. Era Abigail quem cantava para ninguém na pista deserta, animada apenas pela monótona luz giratória do teto. Quero lamber tuas feridas, dizia a letra. Quero escutar teus silêncios. Teresa esperou o final da última estrofe — sabia de cor todas as canções do repertório musical do Yamila — e olhou de novo o relógio do caixa. Um dia a mais nas costas. Idêntico à segunda-feira de ontem e à quarta-feira de amanhã.

— Está na hora de fechar — disse.

Quando levantou o rosto, encontrou diante dela um sorriso tranquilo. E também uns olhos claros — verdes ou azuis, imaginou depois de um instante — que a olhavam divertidos.

— Mas já? — perguntou o homem.

— Já fechamos — repetiu ela.

Retornou às contas. Nunca era simpática com os fregueses, muito menos na hora de fechar. Em seis meses havia aprendido que aquele era um bom método para manter as coisas nos devidos lugares e evitar problemas. Ahmed acendeu as luzes, e o pouco encanto que a penumbra dava ao local desapareceu de repente: falso veludo gasto nas cadeiras, manchas nas paredes, queimaduras de cigarro no assoalho. Até o cheiro de ambiente fechado parecia mais intenso. A turma dos copos quebrados pegou os paletós nas costas das cadeiras e, depois de chegar a um rápido acordo com suas acompanhantes, saiu para esperá-las lá fora. O outro freguês já havia partido, sozinho, reclamando do preço que lhe cobraram por uma dose dupla. Prefiro tocar punheta, resmungou ao sair. As garotas se retiravam. Fátima e Sheila, sem tocar nos drinques, rodeavam os recém-chegados; mas eles não pareciam interessados em estreitar a relação. Um olhar de Teresa fez com que elas fossem se reunir às outras. Pôs a conta no balcão, diante do moreno. Ele usava uma camisa cáqui, de trabalho, arregaçada até os cotovelos e, quando estendeu o braço para pagar, ela viu que tinha uma tatuagem cobrindo todo o antebraço direito: um Cristo crucificado entre motivos marinhos. Seu amigo era louro e mais magro, de pele clara. Quase um menino. Vinte e poucos anos, talvez. Uns trinta e alguma coisa, o moreno.

— Podemos terminar a dose?

Teresa voltou a enfrentar os olhos do homem. Com a luz, viu que eram verdes. Muito bacanas. Notou que, além de parecerem tranquilos, eles sorriam, inclusive quando a boca deixava de sorrir. Seus braços eram fortes, uma barba escura começava a despontar no queixo, e tinha o cabelo em desalinho. Quase bonito, constatou. Ou sem o quase. Também pensou que cheirava a suor limpo e a sal, embora estivesse longe demais para saber disso. Imaginou, apenas.

— Claro — disse.

Olhos verdes, uma tatuagem no braço direito, um amigo magro e louro. Acasos de balcão de bar. Teresa Mendoza longe de Sinaloa. Sozinha, com *s* de Solidão. Os dias uns iguais aos outros, até que não fossem mais. O inesperado que se apresenta de repente, não com estrondo, nem com sinais importantes que o anunciem, mas se insinuando imperceptivelmente, mansamente, do mesmo modo como poderiam não chegar. Como um sorriso ou um olhar. Como a própria vida, e a própria — essa chega sempre — morte. Talvez por isso, na noite seguinte, ela esperou tornar a vê-lo; porém o homem não voltou. Cada vez que entrava um freguês, levantava a cabeça na esperança de que pudesse ser ele. Mas não era.

Saiu depois de fechar e andou pela praia vizinha, onde acendeu um cigarro — às vezes os incrementava com pedrinhas amassadas de haxixe — olhando as luzes do espigão e do porto marroquino de Nador do outro lado da mancha escura das águas. Sempre fazia isso quando o tempo estava bom; depois seguia a calçada da praia até encontrar um táxi que a levasse a sua casa no Polígono: um pequeno apartamento com quarto, saleta, cozinha e banheiro que o próprio Dris Larbi lhe alugava, descontando do salário. Dris não era um mau sujeito, pensou. Tratava as garotas de modo razoável, procurava se relacionar bem com todo mundo, e só era violento quando as circunstâncias não deixavam outra saída. Eu não sou puta, ela lhe disse no primeiro dia, sem rodeios, quando Dris a recebeu no Yamila para lhe explicar o tipo de oferta de trabalho possível em seu negócio. Fico contente, limitou-se a dizer o rifenho. No início ele a acolheu como algo inevitável, nem nocivo nem vantajoso: um expediente a que os compromissos pessoais — o amigo do amigo de um amigo — o obrigavam, e que nada tinham a ver com ela. Uma certa deferência, por conta de avais que Teresa ignorava, numa cadeia que unia Dris Larbi a don Epifanio Vargas por intermédio do homem da cafeteria Nebraska, fez com que o rifenho a deixasse ficar do outro lado do balcão, primeiro com Ahmed, como garçonete, e mais tarde como gerente, a partir do dia em que houve um erro nas notas e ela o detectou e refez as contas em meio minuto. Dris quis saber se ela tinha estudo. Teresa respondeu que tinha pouco, só o ensino fundamental, e o outro ficou olhando para ela pensativo e disse você tem números na cabeça, Mexicana, parece que nasceu para somas e subtrações. Um pouco disso aprendi lá na minha terra, respondeu ela. Quando era mais nova. Então Dris lhe disse que no dia seguinte pagaria salário de gerente, e Teresa ocupou o posto, e não se falou mais no assunto.

Ficou um tempo na praia, até terminar o cigarro, absorta nas luzes distantes que pareciam espargidas sobre as águas escuras e silenciosas. Por fim olhou em volta, tremendo, como se o frio da madrugada acabasse de penetrar pela jaqueta que usava, com a gola levantada e abotoada até em cima. Porra! Lá em Culiacán Ruço Dávila lhe dissera muitas vezes que Teresa não servia para viver sozinha. De jeito nenhum, negava. Você não é esse tipo de mulher. Seu negócio é um homem que te sustente e te coma. E você é exatamente assim: docinha e meiga. Linda de morrer. Delicada. A você, ou tratam como rainha, ou não tem trato. Nem *enchiladas* você faz; e para quê, se existem restaurantes. E além do mais você gosta disto, vida minha. Você gosta disto que eu te faço, e como te faço, e você já vai me dizer — ele ria sussurrando, o verme maldito, com os lábios roçando seu ventre — que merda vai ser quando me derem minha trouxa e me mandarem descer sem bilhete de volta. Bang. Por isso vem cá, neguinha. Vem cá, vem até a minha boca e se agarra em mim, e não deixa que eu escape, e me abraça bem forte porque um dia estarei morto e ninguém mais te abraçará. Que pena de você então, minha putinha. Tão sozinha. Quero dizer, quando eu não estiver mais por aqui e você vai se lembrar de mim e sentir saudade disto, sabendo que ninguém mais voltará a fazer isso como eu fiz.

Tão sozinha. Que estranha e ao mesmo tempo tão familiar soava esta palavra: solidão. Cada vez que Teresa a ouvia na boca dos outros ou a pronunciava lá no íntimo, a imagem que lhe vinha à cabeça não era a sua, mas a do Ruço, num lugar pitoresco onde o havia espiado uma vez. Ou talvez a imagem fosse mesmo a dela: a própria Teresa o observando. Porque também houve épocas obscuras, portas negras que Ruço fechava atrás dele, a quilômetros de distância, como se não conseguisse baixar lá de cima. Às vezes voltava de uma missão ou de um trabalho desses sobre os quais jamais lhe contava, mas do qual todo o Sinaloa estava a par, e ficava mudo, sem as fanfarronadas habituais, evitando suas perguntas, a uns cinco mil pés de altura, evasivo, mais egoísta do que nunca, como se estivesse muito ocupado. E ela, atordoada, sem saber o que dizer ou o que fazer, rondava-o como um animal trôpego, à procura da palavra que o devolveria a ela. Assustada.

Nessas horas Ruço saía de casa, em direção ao centro da cidade. Durante algum tempo Teresa suspeitou que ele tinha outra amante — ele tinha, sem dúvida, como todos, mas ela temia que houvesse uma em particular. Isso a deixava louca de vergonha e de ciúme; por isso, certa manhã ela o seguiu até as proximidades do mercado Garmendia, disfarçada entre as pessoas, até vê-lo entrar na cantina La Ballena: "Proibida a entrada de vendedores, mendigos e menores de idade." O cartaz da porta não mencionava mulheres, mas todo mundo sabia que essa era uma das duas normas tácitas do local: só cerveja e só homens. Então Teresa ficou parada na rua durante muito tempo, mais de meia hora junto à vitrine de uma sapataria, sem fazer outra coisa além de vigiar a porta e esperar que o Ruço saísse. Mas ele não saía, de modo que ela afinal atravessou a rua e foi até a lanchonete ao lado, cujo salão se comunicava com a cantina. Pediu um refrigerante, dirigiu-se à porta dos fundos, entrou para olhar, e viu um grande salão cheio de mesas, e ao fundo uma vitrola onde os Dos Reales cantavam *Caminos de la vida*. O insólito do lugar, àquela hora, era que em cada mesa havia um homem sozinho com uma garrafa de cerveja. Exatamente assim. Um em cada mesa. Quase todos maduros ou mais velhos, com chapéu de palha ou gorro de beisebol na cabeça, rostos morenos, bigodes pretos ou grisalhos, cada um bebendo em silêncio, ensimesmados e sem falar com ninguém, como se fossem estranhos filósofos pensativos; algumas garrafas de cerveja ainda tinham o guardanapo de papel com que eram servidas enfiado até o meio no gargalo, como se na mesa houvesse cravos brancos que fossem servidos com as bebidas. Calados, todos bebiam e ouviam a música que às vezes alguém se levantava para tocar, enfiando moedas na vitrola. Numa das mesas estava Ruço Dávila com sua jaqueta de aviador sobre os ombros, com a cabeça loura imóvel, completamente sozinho, olhando para o vazio; e isso minuto após minuto, rompendo o sossego apenas para tirar o cravo de papel da meia Pacífico de sete pesos e levá-la aos lábios. Os Dos Reales se calaram e José Alfredo os substituiu cantando *Cuando los años pasen*. Teresa se afastou devagar e saiu à rua, e no caminho de volta para casa chorou muito tempo, sem poder parar. Chorava e chorava, incapaz de conter as lágrimas, sem saber bem por quê. Talvez pelo Ruço e por ela mesma. Para quando os anos passassem.

Ela havia feito aquilo. Só duas vezes, desde que estava em Melilla. Ruço tinha razão. Ela também não esperava grande coisa. A primeira foi por curiosidade: queria saber como se sentia depois de tanto tempo, com a lembrança longínqua de seu homem e a dolorosa e mais recente de Gato Fierros, com seu sorriso cruel e sua violência, ainda fortes na carne e na memória. Tinha escolhido com certo cuidado, mas com alguma casualidade, sem problemas nem consequências. Era um frangote jovem, um militar que a abordou na saída do cine Nacional, aonde fora em seu dia de folga ver um filme de Robert de Niro: um filme com um final bem mixuruca, de guerra e de amigos às voltas com uma roleta-russa, como viu certa vez o Ruço e o primo, bem calibrados de tequila, bancando os idiotas com um revólver até que ela começou a gritar e lhes tomou a arma e os mandou dormir enquanto eles riam, os bêbados desgraçados e irresponsáveis. A cena da roleta-russa a deixou triste, com recordações; e talvez por isso, à saída, quando o militar se aproximou — camisa xadrez como os sinaloenses, alto, amável, cabelo clarinho e curto como o do Ruço —, ela aceitou o convite para um refresco no Anthony's e ouviu a conversa banal do outro, e acabou com ele na muralha da cidade velha, nua da cintura para baixo, as costas contra a parede e um gato em cima do muro olhando-os interessado, com olhos que a lua fazia reluzir. Simplesmente não sentiu nada porque estava atenta demais observando a si mesma, comparando sensações e lembranças, como se de novo tivesse se desdobrado em duas pessoas e a outra fosse o gato que estava olhando, desapaixonado e silencioso como uma sombra. O frangote quis voltar a vê-la e ela disse claro, querido, outro dia, mas sabia que nunca mais ia vê-lo; inclusive, se um dia cruzasse com ele em algum lugar — Melilla era uma cidade pequena —, simplesmente não o reconheceria, ou fingiria não conhecê-lo. Nem sequer guardou seu nome.

A segunda vez foi um assunto prático, e com um policial. A resposta à sua solicitação de documentos provisórios de permanência corria devagar, e Dris Larbi a aconselhou a agilizar os trâmites. O sujeito se chamava Souco. Era um inspetor de meia-idade e com aparência razoável que cobrava favores de emigrantes. Estivera umas duas vezes no Yamila — Teresa tinha instruções de não lhe cobrar as bebidas — e se conheciam vagamente. Foi procurá-lo e o outro lhe colocou a questão sem rodeios. Como no México, disse, sem que ela fosse capaz de estabelecer o que aquele filho da mãe entendia por costumes mexicanos. As opções eram dinheiro ou *aquilo*. Em relação ao dinheiro, Teresa poupava até o último centavo, por isso se inclinou por *aquilo*. Por um curioso prurido machista que por pouco não a fez rir, o tal Souco procurou se esmerar durante o encontro, no quarto 106 do hotel Avenida — Teresa tinha determinado com toda a clareza que seria um único encontro e nada mais —, e até exigiu um veredicto na hora do cigarro e do fastio, atento a sua autoestima e ainda com o preservativo colocado. Cheguei, respondeu ela vestindo-se devagar, com o corpo ensopado de suor. Chegar quer dizer gozar?, perguntou ele. Claro, ela retrucou. Depois, de volta a sua casa, ficou sentada no banheiro, lavando-se pensativa e sem pressa, por muito tempo, antes de fumar um cigarro diante do espelho, observando com apreensão cada um dos sinais de seus vinte e três anos de vida como se tivesse medo de vê-los se alterar numa mutação estranha. Medo de ver, um dia, sua própria imagem sozinha na mesa, como os homens daquela cantina de Culiacán, e não chorar, nem se reconhecer.

Mas Ruço Dávila, tão exato em suas previsões, estava errado num ponto do prognóstico. Teresa sabia agora que a solidão não era difícil de suportar. Nem sequer os pequenos incidentes e concessões a alteravam. Alguma coisa tinha morrido com o Ruço, embora essa alguma coisa tivesse menos a ver com ele do que com ela mesma. Talvez certa inocência, ou uma segurança injustificada. Teresa saiu muito jovem do frio, deixando para trás a rua áspera, a miséria e os aspectos aparentemente mais duros da vida. Pensou que se afastava de tudo aquilo para sempre, sem saber que o frio continuava ali, espreitando por trás da porta fechada e ambígua, à espera do momento para se insinuar pelas frestas e abalar de novo sua existência. De repente, a gente pensa que o horror está longe, lá na fronteira, e ele se infiltra em você. Ela ainda não estava preparada, naquela época. Era uma menina: a mulher de um traficante bem instalada em casa, colecionando vídeos e porcelanas e gravuras de paisagens para pendurar na parede. Uma entre muitas. Sempre pronta para seu homem, que lhe retribuía em luxo. Bem legal. Com o Ruço tudo era rir e trepar. Mais tarde ela se deu conta dos primeiros sinais ao longe, sem prestar atenção. Símbolos nefastos. Avisos que Ruço não levava a sério, ou, mais exatamente, para os quais ele estava cagando. Não ligava para porra nenhuma, porque era bem esperto, apesar do que os outros diziam. Muito vivo e muito malandro. Simplesmente resolveu botar pra quebrar sem esperar. Nem por ela o safado esperou. Resultado: um dia de repente, pumba! Teresa se viu novamente na rua, ao relento, correndo atordoada com uma bolsa e uma pistola nas mãos. E depois o bafo de Gato Fierros e seu membro enrijecido se encaixando dentro dela, a labareda dos tiros, a cara de surpresa de Potemkin Gálvez, a capela de Malverde e o cheiro do charuto havana de don Epifanio Vargas. O medo que grudava na sua pele como a fuligem das velas acesas, engrossando seu suor e suas palavras. E no fim, entre o alívio do que ficava para trás e a incerteza do que vinha pela frente, um avião onde ela mesma, ou a outra mulher que às vezes se parecia com ela, olhava-se — olhava-a — no reflexo noturno da janela, a três mil metros sobre o Atlântico. Madri. Um trem para o sul. Um barco se movendo pelo mar e pela noite. Melilla. E agora, deste lado da longa viagem, Teresa já não poderia esquecer a lufada sinistra que rondava lá fora. Nem mesmo se tivesse outra vez a pele e o ventre disponíveis para aqueles que não eram o Ruço. Mesmo que — a ideia sempre a fazia sorrir de um modo estranho — amasse de novo, ou acreditasse amar. Talvez a sequência correta, pensava quando examinava seu caso, fosse primeiro amar, depois acreditar que amava, e por fim deixar de amar ou amar uma lembrança. Agora sabia — isso a assustava e, paradoxalmente, a tranquilizava ao mesmo tempo — que era possível, até fácil, instalar-se na solidão como em uma cidade desconhecida, em um apartamento com um velho televisor e uma cama cujo colchão de mola rangia quando ela se mexia, sem sono. Levantar-se para urinar e ali ficar quieta, com um cigarro entre os dedos. Enfiar-se no chuveiro e acariciar o próprio sexo com a mão umedecida de água e sabão, de olhos fechados, lembrando-se da boca de seu homem. E saber que isso poderia durar a vida inteira, e que estranhamente ela poderia se acostumar a que fosse assim. Resignar-se a envelhecer amarga e sozinha, encalhada naquela cidade como em qualquer outro canto perdido do mundo, enquanto esse mundo continuava a girar como sempre fez, ainda que antes ela não se desse conta: impassível, cruel, indiferente.

Tornou a vê-lo uma semana mais tarde, no mercadinho da ladeira Montes Tirado. Ela tinha ido comprar temperos na loja de comidas importadas de Kif-Kif — na falta de chili mexicano, seu gosto pelo picante acabou por se adaptar aos fortes condimentos mouriscos — e caminhava rua acima, com uma sacola em cada mão, procurando as fachadas com mais sombra para evitar o calor da manhã, que ali não era úmido como em Culiacán, mas seco e forte: calor norte-africano de leito pluvial sem água, figueira-da-índia, morro pelado e pedra nua. Viu-o sair de uma loja de material eletrônico com uma caixa debaixo do braço, e o reconheceu no ato: Yamila, dias atrás, o homem que ela havia deixado terminar sua bebida enquanto Ahmed limpava o assoalho e as garotas diziam até amanhã. Ele também a reconheceu, pois quando passou a seu lado, afastando-se um pouco para não incomodá-la com a caixa que levava, seu sorriso foi idêntico ao daquela noite em que segurou o uísque em cima do balcão e pediu licença para terminá-lo, mais com os olhos do que com a boca, e disse oi. Ela também disse oi e seguiu em frente enquanto ele colocava a caixa na traseira de uma caminhonete estacionada junto à calçada: e sem se virar entendeu que ele continuava olhando para ela, até que afinal, perto da esquina, sentiu os passos dele às suas costas, ou achou que sentia. Então Teresa fez algo estranho, que ela mesma era incapaz de explicar: em vez de continuar em direção à sua casa, dobrou à direita para entrar no mercado. Andou ao acaso, como se procurasse proteção entre as pessoas, apesar de não saber responder, caso lhe perguntassem, de que se protegia. O fato é que caminhou sem rumo entre as animadas barracas de frutas e verduras, com as vozes dos vendedores e fregueses ecoando sob a nave envidraçada, e depois de perambular pelo espaço da peixaria saiu pela porta que dava para o botequim da rua Comisario Valero. Assim, sem olhar para trás uma única vez durante todo o longo trajeto, chegou em casa. O saguão ficava no final de uma escada caiada, num beco que subia pela Polígono entre grades com vasos de gerânios e persianas verdes — era um bom exercício descer e subir duas ou três vezes por dia —, e da escada se viam os telhados da cidade, o minarete vermelho e branco da mesquita central, e ao longe, no Marrocos, a sombra escura do monte Gurugu. Teresa olhou para trás enquanto procurava as chaves no bolso do jeans. E pôde vê-lo na esquina do beco, quieto e tranquilo, como se não tivesse se mexido durante toda a manhã. O sol refletia nas paredes caiadas e em sua camisa, dourando seus braços e o pescoço, projetando no chão uma sombra nítida e definida. Um único gesto, uma palavra, um sorriso inoportuno teriam feito com que ela girasse sobre os calcanhares e abrisse a porta para trancá-la às suas costas, deixando o homem para trás, lá fora, longe de sua casa e de sua vida. Porém, quando seus olhares se cruzaram, ele se limitou a ficar como estava, imóvel na esquina entre toda aquela luz das paredes brancas e de sua camisa branca. E os olhos verdes pareciam sorrir de longe, como haviam feito quando ela disse está na hora de fechar no balcão do Yamila, e também pareciam ver coisas que Teresa ignorava. Coisas sobre seu presente e seu futuro. Talvez por isso, em vez de abrir a porta e fechá-la atrás de si, deixou as sacolas no chão, sentou-se no degrau da escada e pegou o maço de cigarros. Pegou-o bem devagar e permaneceu sem levantar os olhos enquanto o homem se deslocava escada acima até chegar aonde ela estava. Por um instante sua sombra encobriu a luz do sol. Depois ele se sentou a seu lado, no mesmo degrau e, ainda com a cabeça baixa, Teresa viu uma calça de algodão azul, muito limpa. Tênis cinza. As dobras da camisa arregaçada sobre os braços queimados de sol, magros e fortes. Um relógio Seiko à prova d'água com pulseira preta no pulso esquerdo. A tatuagem do Cristo crucificado no antebraço direito.

Teresa acendeu o cigarro, inclinando a cabeça, e o cabelo solto lhe caiu sobre o rosto. Ao fazer isso se aproximou um pouco do homem, sem querer; e ele se afastou como tinha feito na rua quando carregava a caixa, para não atrapalhar seus movimentos. Não o olhou, e percebeu que ele também não a olhava. Fumou em silêncio, analisando com imparcialidade cada sentimento e cada sensação física que percorriam seu corpo. A conclusão era surpreendentemente simples: melhor perto do que longe. De repente ele se mexeu um pouco, e ela se viu com medo de que ele partisse. Pra que dizer que não, pensou. Se é sim. Levantou a cabeça, afastando o cabelo para observá-lo. Tinha um perfil agradável, o queixo ossudo, o rosto bronzeado, o cenho franzido por causa da luz que o fazia fechar um pouco os olhos. Tudo bem atraente. Olhava para longe, para os lados do Gurugu e do Marrocos.

— Por onde você andou? — perguntou ela.

— Viajando — sua voz tinha um ligeiro sotaque que não havia notado da primeira vez: uma modulação agradável e suave, um tanto fechada, diferente do espanhol que se falava por ali. — Voltei hoje de manhã.

Aconteceu assim, como se retomassem um diálogo interrompido. Dois velhos conhecidos que se encontram, sem se surpreender um com o outro. Dois amigos. Talvez dois amantes.

— Meu nome é Santiago.

Enfim se voltava para ela. Ou você é muito rápido, pensou Teresa, ou é um encanto. Em todo caso, dava no mesmo. Os olhos verdes sorriam de novo, seguros e tranquilos, estudando-a.

— O meu é Teresa.

Repetiu o nome dela em voz baixa. Teresa, disse em tom reflexivo, como se por alguma razão que os dois ainda ignoravam devesse se acostumar a pronunciá-lo. Continuou observando-a enquanto ela aspirava a fumaça do cigarro antes de expulsá-la subitamente, à maneira de uma decisão; e quando deixou cair a guimba no chão e ficou de pé, ele continuou sem se mexer, sentado no degrau. Percebeu que ele ficaria ali, sem forçar as coisas, se não lhe facilitasse o passo seguinte. Não por insegurança ou timidez, sem dúvida. Estava claro que ele não era um daqueles. Sua calma parecia determinar que aquele era um negócio meio a meio, e que cada um devia fazer a sua parte.

— Vem — disse ela.

Era diferente, constatou. Menos criativo e divertido do que o Ruço. Não havia, como no caso do outro — o frangote jovem e o policial não contavam —, brincadeiras, nem risadas, nem ousadias, nem sacanagens ditas à guisa de prólogo ou de tempero. Na verdade naquela primeira vez mal houve palavras: aquele homem ficava calado durante quase todo o tempo enquanto se movia muito sério e muito lentamente. Tão minucioso. Seus olhos, tranquilos até então, não a perdiam um só instante. Não se desviavam nem se fechavam nunca. E quando uma réstia de luz entrou pelas frestas da persiana, fazendo brilhar minúsculas gotas de suor na pele de Teresa, as cintilações verdes pareciam clarear-se ainda mais, fixas e sempre alertas, tão serenas quanto o resto do corpo esguio e forte que não a invadia com impaciência como ela esperava, mas entrando firme, seguro. Sem pressa. Atento tanto às sensações que a mulher mostrava no rosto e aos estremecimentos de sua carne quanto ao seu próprio controle, prolongando até o limite cada beijo, cada carícia, cada situação. Repetindo mais de uma vez os mesmos gestos, as mesmas vibrações e respostas, todo aquele encadeamento complexo: cheiro de sexo nu e úmido, tenso. Saliva. Quentura. Suavidade. Pressão. Paz. Causas e efeitos que se transformavam em novas causas, sequências idênticas de aparência interminável. E quando ela tinha vertigens de lucidez, como se fosse cair de algum lugar onde repousava ou flutuava abandonada, e supondo acordar correspondia de algum modo, acelerando o ritmo, ou levando-o até onde ela sabia — imaginava saber — que todo homem gosta de ser levado, ele mexia um pouco a cabeça, negando, e o sorriso sereno em seus olhos se realçava, e pronunciava em voz baixa palavras inaudíveis. Uma vez até levantou um dedo para repreendê-la docemente, espere, sussurrou, quieta, nem pisque; e depois de retroceder e ficar imóvel um instante, os músculos do rosto bem rígidos, concentrando-se para retomar o controle — sentia-o entre as coxas, duro e molhado —, de repente afundou de novo, suave, ainda mais lento e mais fundo, bem lá dentro. Teresa sufocou um gemido e tudo voltou a começar enquanto o sol nas frestas da persiana a ofuscava com rajadas de luz curtas e fracas como facadas. E assim, com a respiração entrecortada, olhando-o fora de órbita e tão de perto que parecia ter seu rosto, seu lábio e seus olhos também dentro dela, prisioneira entre aquele corpo e os lençóis revoltos e úmidos às suas costas, apertou-o mais intensamente com os braços e as mãos e as pernas e a boca enquanto pensava de repente: meu Deus, Nossa Senhora, santa mãe de Deus, não estamos usando camisinha.

4

Vamos para onde ninguém nos julgue

Dris Larbi não gostava de se meter na vida particular de suas garotas. Ou pelo menos foi o que me disse. Era um homem tranquilo, atento aos negócios, partidário de que cada um fizesse o que bem entendesse, desde que não mandassem a conta para ele. Era tão pacífico que até havia deixado a barba crescer para contentar o cunhado, um fundamentalista chato que vivia em Nador com a irmã e quatro sobrinhos. Tinha a carteira de identidade espanhola e a lábia marroquina, votava nas eleições, matava seu cordeiro no dia de Aid el Adha e pagava impostos sobre os lucros declarados de seus negócios oficiais: não era uma biografia ruim para alguém que cruzou a fronteira aos dez anos com uma caixa de engraxate debaixo do braço e menos documentos do que um coelho-do-mato. Justamente esse ponto, os negócios, obrigou Dris Larbi a considerar uma vez ou outra a situação de Teresa Mendoza. Porque aconteceu que a Mexicana se tornou especial. Comandava a contabilidade do Yamila e conhecia alguns segredos da empresa. Além do mais, tinha cabeça para os números, e isso era de grande utilidade em outra ordem de coisas. No fim das contas, os três clubes que o rifenho possuía na cidade eram parte de negócios mais complexos, que incluíam facilitar o tráfico ilegal de imigrantes — que ele chamava de "trânsito particular" — para Melilla e a península. Isso incluía passagens pelo fosso da fronteira, apartamentos desocupados na Cañada de la Muerte ou em prédios velhos do Real, suborno aos policiais nos postos de controle, ou expedições mais complexas, vinte ou trinta pessoas por viagem, com desembarques clandestinos nas praias andaluzas feitos por pesqueiros, lanchas ou balsas que saíam da costa marroquina. Mais de uma vez sugeriram a Dris Larbi aproveitar a infraestrutura para transportar algo mais rentável, mas ele, além de bom cidadão e bom muçulmano, era prudente. A droga estava em alta e era dinheiro rápido; contudo, trabalhar nesse ramo quando se era conhecido e com certa posição naquele lado da fronteira implicava passar mais cedo ou mais tarde por um tribunal. E uma coisa era molhar a mão de policiais espanhóis para que não exigissem papéis demais das garotas ou dos imigrantes, e outra, bem diferente, era comprar um juiz. Prostituição e imigração ilegal faziam menos estragos do que cinquenta quilos de haxixe nas diligências policiais. Menos encrenca. O dinheiro vinha mais devagar, mas havia liberdade para gastá-lo, ele não se esvaía em advogados e outros sanguessugas. Claro que não.

Dris a seguira umas duas vezes, sem se esconder demais. Simulando o simples acaso. Também tinha feito investigações sobre aquele indivíduo: galego, visitas a Melilla a cada oito ou dez dias, uma lancha rápida Phantom pintada de preto. Não era preciso ser enólogo, ou etnólogo, ou que nome tivesse, para deduzir que líquido e em tetrabrique* só podia ser vinho. Algumas consultas nos lugares adequados permitiram tomar conhecimento de que o fulano vivia em Algeciras, que a lancha estava registrada em Gibraltar, e que ele se chamava, ou o chamavam — nesse meio era difícil saber —, Santiago Fisterra. Sem antecedentes criminais, contou confidencialmente um cabo da Polícia Federal, um grande

*O mesmo que *tetra brik*, embalagem do tipo longa-vida para líquidos. (*N. do T.*)

apreciador, por certo, de que as garotas de Dris Larbi lhe dessem uma chupada durante o expediente dentro da radiopatrulha. Tudo isso permitiu que o patrão de Teresa Mendoza tivesse uma ideia aproximada do personagem, considerando-o sob dois aspectos: inofensivo como freguês do Yamila, inconveniente como íntimo da Mexicana. Inconveniente para ele, claro.

Pensava em tudo isso enquanto observava o casal. Vira-os por acaso de seu automóvel quando passeava perto do porto, no Mantelete, junto às muralhas da cidade velha; depois de seguir em frente por um trecho, manobrou para retornar, estacionar e ir beber alguma coisa na esquina do Hogar del Pescador. Na pracinha, debaixo de um arco antiquíssimo da fortaleza, Teresa e o galego comiam espetinhos mouriscos sentados em uma das três mesas separadas de uma barraquinha. O cheiro da carne temperada na brasa chegava até Dris Larbi, e ele teve que se controlar — não havia almoçado — para não ir até lá e pedir algo. Os espetinhos deixavam louco o seu lado marroquino.

No fundo, são todas iguais, disse a si mesmo. Não importa que pareçam santas; quando se deparam com uma boa ferramenta amarram o véu na cabeça e não aceitam argumentos. Por algum tempo observou-a de longe, com a Mahou na mão, tentando relacionar a jovem que ele conhecia, a mexicaninha eficiente e discreta por trás do balcão, com aquela outra vestida de jeans, com sapatos de salto bem alto e uma jaqueta de couro, o cabelo repartido ao meio, liso e puxado para trás e preso na nuca à moda de sua terra, e que conversava com o homem sentado ao seu lado à sombra da muralha. Pensou mais uma vez que ela não era especialmente bonita, mas, conforme se arrumasse, ou dependendo do momento, até podia ser. Os olhos grandes, o cabelo bem preto, o corpo jovem no qual as calças justas caíam bem, os dentes brancos e sobretudo o jeito doce de falar e a forma como escutava quando lhe dirigiam a palavra, calada e séria como se estivesse pensando, de modo que o outro se sentia levado a sério, e quase importante. Sobre o passado de Teresa, Dris Larbi sabia o imprescindível, e não queria saber mais: que teve problemas sérios em sua terra, e que alguém com muita influência procurou um lugar para ela se esconder. Ele a vira descer do ferryboat de Málaga com sua sacola de viagem e o ar assustado, exilada num mundo estranho cujas chaves ela ignorava. Vão devorar esta pombinha em dois dias, chegou a pensar. Mas a Mexicana demonstrou uma capacidade única de se adaptar ao terreno, como os soldados jovens de origem camponesa, acostumados a sofrer debaixo do sol e do frio, e que mais tarde, na guerra, resistem a qualquer coisa e são capazes de suportar fadigas e privações, enfrentando cada situação como se tivessem passado a vida nela.

Por isso a relação com o galego o surpreendia. Ela não era dessas que se envolvem com um freguês ou com qualquer um, era das desconfiadas. Das que avaliavam. E no entanto lá estava Teresa, comendo espetinhos mouriscos sem tirar os olhos do tal Fisterra, que talvez tivesse um futuro pela frente — o próprio Dris Larbi era uma prova de que era possível prosperar na vida —, mas que por enquanto não tinha onde cair morto, e o mais provável eram dez anos em qualquer prisão espanhola ou marroquina, ou uma navalhada numa esquina. Mais até: estava certo de que o galego tinha a ver com os recentes e insólitos pedidos de Teresa para participar de algumas festas particulares que Dris Larbi organizava dos dois lados da fronteira. Quero ir, ela propôs sem mais explicações; ele, surpreso, não pôde nem quis recusar. Tudo bem, concordo, por que não. O caso é que ela estivera lá, com efeito, só vendo para crer, a mesma que no Yamila parecia acanhada e séria atrás do balcão, dessa vez muito arrumada, e com bastante maquiagem e bem bonita, com aquele mesmo penteado repartido no meio e bem puxado para trás e um vestido preto muito curto, decotado, desses que colam no corpo, que não era nada mau, e sobre os saltos altos umas pernas — Dris Larbi nunca a tinha visto assim antes — na verdade bastante agradáveis. Vestida para matar, pensou o rifenho quando foi buscá-la na primeira vez com dois automóveis e quatro garotas europeias para levá-la até o outro lado da fronteira, mais além de Mar Chica, num chalé de luxo na praia de Kariat Arkeman. Depois, envolvidos na farra — dois coronéis, três funcionários de alto escalão, dois políticos e um comerciante rico de Nador —, Dris Larbi não tirou os olhos de Teresa, curioso para saber o que tinha nas mãos. Enquanto as quatro europeias, reforçadas por três marroquinas muito jovens, entretinham os convidados, Teresa conversou um pouco com todo mundo, em espanhol e também num inglês elementar que até aquele momento Dris Larbi ignorava que ela dominasse, e que ele desconhecia por completo, a não ser as palavras *good morning*, *good bye*, *fuck* e *money*. Teresa esteve durante toda a noite, observou espantado, tolerante e até simpática, indo de um lado para outro, como se examinasse e medisse o terreno; depois de fugir ao ataque de um dos políticos locais, que já estava bastante bêbado por tudo que tinha ingerido em estado sólido, líquido e gasoso, acabou se decidindo por um coronel da Gendarmaria Real chamado Chaib. Dris Larbi, que como os *maîtres* eficientes de restaurantes e hotéis procurava se manter discretamente afastado, com um toque aqui e outro ali, um sinal com a cabeça ou um sorriso, procurando fazer com que tudo transcorresse ao gosto de seus convidados — tinha uma conta bancária, três puteiros para manter e dúzias de emigrantes ilegais esperando luz verde para serem transportados para a Espanha —, não pôde deixar de apreciar, como *expert* em relações públicas, a desenvoltura com que a Mexicana conduzia o gendarme. Que não era, e isso o deixou preocupado, um militar qualquer. Porque todo traficante que pretendesse movimentar haxixe entre Nador e Alhucemas tinha que pagar um imposto adicional, em dólares, ao coronel Abdelkader Chaib.

Teresa esteve presente em outra festa, um mês depois, onde se encontrou de novo com o coronel marroquino. E Dris Larbi, enquanto os observava conversando isolados e em voz baixa em um sofá no terraço — dessa vez, tratava-se de uma luxuosa cobertura num dos melhores edifícios de Nador —, começou a se alarmar e decidiu que não haveria uma terceira vez. Cogitou inclusive demiti-la do Yamila, mas estava amarrado por certos compromissos. Naquela cadeia complexa de amigos de um amigo, o rifenho não controlava as causas últimas nem os elos intermediários; nesses casos, era melhor ser cauteloso e não incomodar ninguém. Também não podia negar certa simpatia pessoal pela Mexicana: ela lhe parecia boa gente. Mas isso não incluía facilitar as coisas para o galego, nem fazer vista grossa para ela com seus contatos marroquinos. Sem falar que Dris Larbi procurava se manter afastado da planta da *cannabis* em qualquer uma de suas formas e variações. Por isso nunca mais, disse a si mesmo. Se ela queria acabar com Abdelkader Chaib ou com qualquer outro por conta de Santiago Fisterra, não seria ele quem iria fazer a cama.

Tratou de preveni-la do seu jeito, sem se meter muito. Deixando no ar. Em certa ocasião em que saíram juntos do Yamila e desceram caminhando até a praia enquanto conversavam sobre uma entrega de garrafas de gim que seria feita pela manhã, ao chegar à esquina da orla marítima Dris Larbi avistou o galego que a esperava sentado num banco; sem mudar de tom, em meio a um comentário sobre as caixas de bebida e o pagamento ao fornecedor, disse: esse é dos que não ficam. Mais nada. Depois permaneceu em silêncio por alguns segundos antes de continuar falando sobre as caixas de gim, e também antes de perceber que Teresa o olhava muito séria; não como se não o entendesse, mas desafiando-o a prosseguir, a tal ponto que o rifenho se viu obrigado a dar de ombros e acrescentar: ou vão embora ou são mortos.

— O que é que você entende disso? — retrucou ela.

Falou isso com um tom de superioridade e com um desdém que fizeram Dris Larbi se sentir um pouco ofendido. Essa apache estúpida está pensando que é o quê, ponderou. Abriu a boca para soltar uma grosseria, ou talvez — não havia decidido — para comentar com a Mexicana que ele sabia um bocado de coisas sobre homens e mulheres depois de passar um terço de sua vida traficando com seres humanos e com xotas; e que, se ela não estava gostando, que procurasse outro trabalho. No entanto Dris ficou calado porque imaginou compreender que ela não estava se referindo a isso, aos homens e mulheres que fodem com você e que desaparecem, mas a algo mais complicado de que ele não estava a par; e que em certas ocasiões, se alguém era capaz de observar esse tipo de coisa, isso estava refletido no modo de olhar e nos silêncios daquela mulher. Nessa noite, na praia onde aguardava o galego, Dris Larbi intuiu que o comentário de Teresa tinha menos a ver com os homens que vão embora do que com os homens que são mortos. Porque, no mundo de onde ela vinha, ser morto era uma forma de ir embora tão natural quanto qualquer outra.

Teresa tinha uma foto na bolsa. Levava-a na carteira havia muito tempo: desde que Mestiço Parra a tirou, dela e de Ruço Dávila, num dia em que comemoravam seu aniversário. Estavam só os dois na foto. Ele vestia a jaqueta de aviador e passara o braço por seus ombros. Parecia bem charmoso sorrindo diante de uma câmera, com sua cara de gringo magro e alto, a outra mão pendurada pelo polegar na fivela do cinturão. Sua fisionomia risonha contrastava com a de Teresa, que sugeria apenas um sorriso entre inocente e perturbado. Ela tinha na época apenas vinte anos, e além de muito jovem parecia frágil, com olhos muito abertos diante do flash de uma câmera, e na boca aquele trejeito um tanto forçado que não chegava a se contagiar pela alegria do homem que a abraçava. Talvez, como acontece na maioria das fotografias, a expressão fosse casual: um instante qualquer, o acaso fixado no filme. Porém, com a lição aprendida, como não se aventurar agora a interpretar? Muitas vezes as imagens, as situações e as fotos não estão completas até que cheguem os acontecimentos posteriores; como se permanecessem em suspenso, provisórias, para serem confirmadas ou desmentidas mais tarde. Tiramos fotos não com o objetivo de lembrar, mas para completá-las com o resto de nossa vida. Por isso há fotos que acertam e há fotos que erram. Imagens que o tempo coloca no devido lugar, atribuindo a algumas seu verdadeiro significado, e negando outras que se extinguem sozinhas, como se as cores se apagassem com o tempo. Aquela foto que guardava na carteira era das que se tiram para ganhar sentido depois, embora ninguém saiba disso quando as tira. No fim das contas, o passado mais recente de Teresa dava àquele velho instantâneo um futuro inexorável, afinal consumado. Agora era fácil, a partir daquela margem de sombras, ler ou interpretar. Tudo parecia óbvio na atitude do Ruço, na expressão de Teresa, no sorriso confuso motivado pela presença da câmera. Ela sorria para agradar a seu homem, só o essencial — vem aqui, neguinha, olha para a lente, pense em quanto você me ama, minha flor —, enquanto o presságio obscuro se refugiava em seus olhos. O pressentimento.

Sentada ao lado de outro homem ao pé da Melilla antiga, Teresa pensava naquela foto. Pensava nela porque assim que chegaram ali, enquanto seu acompanhante encomendava os espetinhos ao árabe do fogareiro de carvão, um fotógrafo ambulante com uma velha Yashica pendurada ao pescoço tinha se aproximado deles, e, enquanto lhe diziam que não, obrigado, ela se perguntou que futuro poderiam ler um dia na foto que não iam tirar, se a contemplassem anos mais tarde. Que sinais iriam interpretar, quando tudo tivesse terminado, naquela cena junto à muralha, com o mar ecoando a poucos metros, as ondas batendo nas pedras atrás do arco do muro medieval que deixava à mostra um pedaço de céu azul intenso, o cheiro das algas, a pedra centenária e a sujeira da praia se misturando ao aroma dos espetinhos condimentados dourando na brasa.

— Parto esta noite — disse Santiago.

Era a sexta vez desde que se conheceram. Teresa demorou alguns segundos antes de encará-lo e concordar com a cabeça.

— Para onde?

— Interessa para onde? — olhava-a sério, dando como certo que eram más notícias para ela. — Tenho um trabalho.

Teresa sabia qual era esse trabalho. Tudo estava pronto do outro lado da fronteira, porque ela mesma tinha se encarregado de que estivesse. Tinham a palavra de Abdelkader Chaib — a conta secreta do coronel em Gibraltar acabava de aumentar um pouco — de que não haveria problemas no embarque. Havia oito dias que Santiago aguardava um aviso em seu quarto do hotel Ánfora, enquanto Lalo Veiga vigiava a lancha numa enseada da costa marroquina, perto de Punta Bermeja. À espera de uma carga. E o aviso tinha chegado.

— Quando você volta?

— Uma semana, se tanto.

Teresa mexeu um pouco a cabeça, concordando de novo, como se uma semana fosse o tempo adequado. Teria feito o mesmo gesto se tivesse ouvido um dia, ou um mês.

— Vai escurecer — disse ele.

Talvez seja por isso que estou aqui sentada com você, pensou ela. É noite de lua nova e você tem um trabalho a fazer, e é como se eu estivesse sentenciada a repetir o mesmo papel. A pergunta é se quero ou não repeti-lo. Se me convém ou não me convém.

— Seja fiel — comentou ele, com seu sorriso.

Examinou-o como se estivesse voltando de muito longe. Tanto que fez um esforço para entender a que diabos ele se referia.

— Vou tentar — disse afinal, quando compreendeu.

— Teresa.

— O que é?

— Você não precisa continuar aqui.

Olhava-a de frente, quase sincero. Todos eles olhavam de frente, quase sinceros. Inclusive quando prometiam coisas que jamais cumpririam, ainda que não soubessem.

— Deixe de onda. Já falamos sobre isso.

Teresa abriu a bolsa à procura do maço de cigarros e do isqueiro. Bisonte. Uns cigarros fortes, sem filtro, a que tinha se acostumado por acaso. Não havia Faros em Melilla. Acendeu um, e Santiago continuava a encará-la da mesma maneira.

— Não gosto do seu trabalho — disse ele então.

— Pois o seu me encanta.

Soou como a censura que era, e incluía coisas demais em apenas cinco palavras. Ele desviou o olhar.

— Quis dizer que você não precisa desse mouro.

— Mas você, sim, precisa de outros mouros... E precisa de mim.

Lembrou-se sem querer. O coronel Abdelkader Chaib estava na casa dos cinquenta e não era mau sujeito. Apenas ambicioso e egoísta como qualquer homem inteligente. Também podia ser, quando se dispunha a isso, educado e amável. Havia tratado Teresa com cortesia, sem jamais exigir mais do que o que ela planejava lhe dar, e sem confundi-la com a mulher que ela não era. Atento ao negócio e mantendo a cerimônia. Até certo ponto.

— Depois dessa, nunca mais.

— Claro.

— Juro. Pensei muito. Depois dessa, nunca mais.

Continuava carrancudo, e ela se virou para o outro lado. Dris Larbi estava no lado oposto da pracinha, na esquina do Hogar del Pescador, com uma cerveja na mão, observando a rua. Ou a eles dois. Viu que o homem levantava a garrafinha, como que para saudá-la, e respondeu inclinando um pouco a cabeça.

— Dris é um bom homem — disse, voltando-se de novo para Santiago. — Ele me respeita e me paga.

— É um cafetão de putas e um árabe safado.

— E eu sou uma índia puta e safada.

Ele ficou calado, e ela fumou em silêncio, mal-humorada, escutando o rumor do mar atrás do arco do muro. Santiago pôs-se a entrecruzar distraidamente os espetos de metal no prato de plástico. Tinha mãos ásperas, fortes e morenas, que ela conhecia bem. Usava o mesmo relógio à prova d'água barato e de precisão, mas nada de pulseiras ou anéis. Os reflexos de luz na caiação da praça douravam-lhe a penugem sobre a tatuagem do braço. Também clareavam seus olhos.

— Você pode vir comigo — comentou ele por fim. — Em Algeciras se vive bem... Nós nos veríamos todo dia. Longe disto aqui.

— Não sei se quero te ver todo dia.

— Você é uma pessoa estranha. *Avis rara*. Não sabia que as mexicanas eram assim.

— Não sei como são as mexicanas. Sei como eu sou — refletiu por um instante. — Às vezes acho que sei.

Jogou o cigarro no chão, apagando-o com a sola do sapato. Depois se virou para verificar se Dris Larbi ainda estava no bar em frente. Ele já tinha ido embora. Pôs-se de pé e disse que queria muito dar um passeio. Sem se levantar, enquanto procurava o dinheiro no bolso de trás da calça, Santiago continuava a olhá-la, e sua expressão era diferente. Sorria. Sempre sabia como sorrir para que as nuvens negras dela se dissipassem. Para que fizesse isto, aquilo ou qualquer outra coisa. Abdelkader Chaib, inclusive.

— Foder, Teresa.

— O quê?

— Às vezes você parece uma criança, e eu gosto disso — levantou-se, deixando umas moedas sobre a mesa. — Quer dizer, quando te vejo caminhar e tudo isso. Você anda mexendo a bunda, vira-se, e eu te comeria todinha como se fosse fruta fresca... E esses peitos...

— Que é que tem meus peitos?

Santiago inclinava a cabeça, procurando uma definição adequada.

— São bonitos — concluiu, sério. — Os melhores peitos de Melilla.

— Cacete! Isso é um galanteio espanhol?

— Sei lá — esperou que ela acabasse de rir. — É o que me passou pela cabeça.

— Só isso?

— Não. Também gosto de como você fala. Ou de como fica calada. Isso me deixa, sei lá... De muitas maneiras. E para uma dessas maneiras a melhor palavra é meigo.

— Que bom. É bom que de vez em quando você se esqueça das minhas tetas e se torne meiguinho.

— Não tenho por que me esquecer de nada. Seus peitos e minha meiguice são compatíveis.

Ela tirou os sapatos, e começaram a andar pela areia suja, e depois entre as rochas pela beira d'água, sob os muros de pedra ocre cujas frestas revelavam canhões enferrujados. Ao longe se desenhava a silhueta azulada do cabo Três Forcas. Às vezes a espuma salpicava seus pés. Santiago caminhava com as mãos nos bolsos, parando de quando em quando para se certificar de que Teresa não corria o risco de escorregar no limo das pedras úmidas.

— Outras vezes — acrescentou de súbito, como se não tivesse deixado de pensar nisso — eu fico te olhando, e você de repente parece muito mais velha... Como hoje de manhã.

— O que aconteceu hoje de manhã?

— Quando acordei você estava no banheiro, e eu me levantei para te ver, e te vi diante do espelho, jogando água no rosto, e você olhava como se custasse a se reconhecer. Com cara de velha.

— Feia?

— Muito feia.

— Por isso quis te tornar bonita, e te carreguei nos braços e te levei para a cama, e ficamos dando duro por mais de uma hora.

— Não me lembro.

— Do que fizemos na cama?

— De estar feia.

Claro que ela se lembrava muito bem. Tinha acordado cedo, com a primeira claridade cinzenta. Galos cantando na alvorada. A voz do muezim muçulmano chamando para as orações no minarete da mesquita. O tique-taque do relógio na mesinha. E ela incapaz de voltar a dormir, olhando como a luz ia clareando pouco a pouco o teto do quarto, com Santiago dormindo de bruços, o cabelo despenteado, metade do rosto afundada no travesseiro e a barba áspera brotando do queixo que lhe roçava o ombro. Sua respiração pesada e sua imobilidade contínua, idêntica à morte. E a angústia súbita que a fez pular da cama, ir até o banheiro, abrir a torneira e molhar o rosto mais de uma vez, e a mulher que a observava do espelho se parecia com aquela que a tinha olhado com o cabelo úmido no dia em que o telefone tocou em Culiacán. E então Santiago refletido atrás, com os olhos inchados de sono, nu como ela, abraçando-a antes de a levar para a cama para fazer amor entre os lençóis amarrotados que cheiravam a eles dois, a sêmen e a moleza de corpos enlaçados. E depois os fantasmas se dissipando até segunda ordem, uma vez mais, com a penumbra do amanhecer sujo — não havia nada tão sujo no mundo quanto a penumbra cinzenta dos amanheceres — que a luz do dia, já se derramando em torrente entre as persianas, relegava de novo aos infernos.

— O que acontece é que às vezes eu me sinto um pouco excluído, entende? — Santiago olhava o mar azul, ondulante, cujas ondas chocalhavam entre as rochas; um olhar familiar e quase técnico. — Tenho você sob controle e de repente você escapa. Vai embora.

— Para o Marrocos.

— Não seja boba. Por favor. Já disse que isso acabou.

Outra vez o sorriso que apagava tudo. Bonito até dizer chega, ela pensou novamente. O contrabandista safado, filho de uma cadela.

— Às vezes você também vai embora. Longe pra cacete.

— Meu caso é diferente. Tenho coisas que me preocupam... Quer dizer, coisas de agora. Mas com você o caso é outro.

Calou-se por um momento. Parecia procurar uma ideia difícil de concretizar. Ou de expressar.

— No seu caso — disse afinal —, são coisas que já estavam aí antes de eu te conhecer.

Deram mais alguns passos antes de retornar para baixo do arco da muralha. O velho dos espetinhos limpava a mesa. Teresa e o mouro trocaram um sorriso.

— Você nunca me conta nada do México — disse Santiago.

Ela se apoiava nele, calçando os sapatos.

— Não há muito o que contar... — respondeu. — Lá as pessoas se arrebentam pelo tráfico ou por alguns pesos, ou então te arrebentam porque alguém disse que você é comunista, ou vem um furacão e arrebenta com todo mundo do mesmo jeito.

— Eu estava me referindo a você.

— Sou sinaloense. Um pouquinho ferida em meu orgulho ultimamente. Mas apressada pra cacete.

— E o que mais?

— Mais nada. Também não pergunto sobre sua vida. Não sei nem se você é casado.

— Não sou — mexia os dedos diante dos olhos dela. — E me chateia que não tenha perguntado até hoje.

— Não estou perguntando. Só estou dizendo que não sei. O pacto foi esse.

— Que pacto? Não me lembro de nenhum pacto.

— Nada de perguntas tolas. Você vem, eu estou. Você se vai, eu fico.

— E o futuro?

— Falaremos sobre o futuro quando ele chegar.

— Por que você dorme comigo?

— E com quem mais?

— Comigo.

Parou diante dele, com as mãos na cintura, como se fosse cantar uma rancheira.

— Porque você é um panaca boa-pinta — olhava-o de cima a baixo, bem devagar, e com atenção. — Porque tem olhos verdes, um traseiro criminoso de tão bonito, braços fortes... Porque é um filho da mãe sem ser totalmente egoísta. Porque você pode ser duro e doce ao mesmo tempo... Isso basta? — Sentiu que os traços de seu rosto ficavam tensos, sem querer. — E também porque se parece com alguém que conheci.

Santiago a olhava. Atordoado, naturalmente. A expressão envaidecida se desmanchou em um estalo, e ela adivinhou suas palavras antes que ele as pronunciasse.

— Não gosto disso, de que te lembro outro homem...

Galego ordinário, aquele. Homens ordinários de merda. Todos tão fáceis, e tão imbecis. De repente teve pressa de encerrar aquela conversa.

— Chega. Não disse que você me fez lembrar de outro. Disse que se parece com alguém.

— E você não quer saber por que eu durmo com você?

— Além da minha utilidade nas festas de Dris Larbi?

— Além disso.

— Porque você enfia gostoso na minha xoxotinha. E porque às vezes se sente sozinho.

Viu que ele passou a mão pelos cabelos, confuso. Depois a agarrou pelo braço.

— E se eu dormisse com outras? Você se importaria?

Livrou o braço sem violência. Apenas o afastou com suavidade até que o sentiu livre de novo.

— Tenho certeza de que você dorme com outras.

— Em Melilla?

— Não. Sei disso. Aqui não.

— Diz que você me ama.

— Combinado. Eu te amo.

— Não é verdade.

— Deixa disso. Eu te amo.

Não foi difícil para mim conhecer a vida de Santiago Fisterra. Antes de viajar até Melilla, complementei o relatório da polícia de Algeciras com outro bem detalhado da Alfândega que continha datas e locais, inclusive do nascimento dele em Grove, um povoado de pescadores da foz do Arosa. Por isso eu sabia que, quando conheceu Teresa, Fisterra tinha acabado de fazer trinta e dois anos. Tinha um currículo clássico. Embarcava em navios pesqueiros desde os catorze e, depois do serviço militar na Marinha, trabalhou para os senhores do fumo, os chefões das redes contrabandistas que operavam nos estuários galegos: Charlines, Sito Miñanco, os irmãos Pernas. Três anos antes de seu encontro com Teresa, o relatório da Alfândega o localizava em Villagarcía como dono de uma lancha planadora do clã dos Pedrusquiños, conhecida família de contrabandistas de tabaco, que naquela época ampliava suas atividades para o tráfico de haxixe marroquino. Fisterra era então um assalariado pago por viagem: seu trabalho consistia em pilotar lanchas rápidas que contrabandeavam cigarro e droga guardados nos porões de navios abastecedores e pesqueiros localizados fora das águas espanholas, aproveitando a complicada geografia do litoral galego. Ele se envolvia em perigosos duelos com os serviços da vigilância costeira, da Alfândega e da Guarda Civil; numa dessas incursões noturnas, quando driblava a perseguição de uma turbolancha com zigue-zagues fechados entre as canoas dos pescadores de mexilhões da ilha de Cortegada, Fisterra, ou seu copiloto — um jovem ferrolano* chamado Lalo Veiga —, acendeu um refletor para ofuscar seus perseguidores no meio de uma manobra, e os aduaneiros se chocaram contra uma canoa. Resultado: um morto. A história só aparecia em linhas gerais nos relatórios policiais; por isso teclei infrutiferamente alguns números de telefone até que o escritor Manuel Rivas, galego, meu amigo e vizinho da região — ele tinha uma casa perto da costa de la Muerte —, fez umas duas consultas e confirmou o episódio. Segundo Rivas me contou, ninguém conseguiu provar a participação de Fisterra no incidente, mas os aduaneiros locais, tão duros quanto os próprios contrabandistas — foram criados nos mesmos povoados e navegaram nos mesmos barcos —, juraram afundá-lo

*Natural da cidade de Ferrol, na Galícia. (*N. do T.*)

na primeira oportunidade. Olho por olho. Foi o bastante para que Fisterra e Veiga deixassem as Rías Bajas em busca de ares menos insalubres: Algeciras, à sombra do Penhasco de Gibraltar, sol mediterrâneo e águas azuis. E ali, beneficiando-se da permissiva legislação britânica, os dois galegos registraram por intermédio de terceiros uma potente lancha de sete metros de comprimento e um motor Yamaha PRO de seis cilindros e 225 cavalos, alterados para 250, com a qual se deslocavam entre a colônia, Marrocos e a costa espanhola.

— Naquela época — Manolo Céspedes me explicou em Melilla, depois do encontro com Dris Larbi —, a cocaína ainda era coisa para milionários. O grosso do tráfico consistia em tabaco de Gibraltar e haxixe marroquino: duas safras e duas mil e quinhentas toneladas de *cannabis* exportadas clandestinamente para a Europa todo ano... Tudo isso passava por aqui, é claro. E continua passando.

Terminávamos um jantar invariavelmente sentados diante de uma mesa do La Amistad: um bar-restaurante mais conhecido pelos melilenses como casa Manolo, em frente ao quartel da Guarda Civil que o próprio Céspedes havia mandado construir em seus tempos de poderio. Na verdade, o dono do local não se chamava Manolo, mas Mohamed, embora também fosse conhecido como o irmão de Juanito, por sua vez proprietário do restaurante Juanito, que tampouco se chamava Juanito, e sim Hassán; labirintos patronímicos, todos eles, bem típicos de uma cidade com múltiplas identidades como Melilla. Quanto ao La Amistad, era um lugar popular, com cadeiras e mesas de plástico e um balcão para degustação frequentado por europeus e muçulmanos, onde em geral as pessoas comiam ou lanchavam em pé. A qualidade da cozinha era memorável, à base de peixes e mariscos frescos vindos do Marrocos que o próprio Manolo — Mohamed — comprava toda manhã no mercado central. Naquela noite, Céspedes e eu degustávamos moluscos, lagostins de Mar Chica, mero desfiado, badejo assado e uma garrafa de Barbadillo gelado. Estávamos nos deliciando, claro. Com os *caladeros** espanhóis arrasados pelos pescadores, era cada vez mais difícil encontrar iguarias como aquelas em águas da península.

— Quando Santiago Fisterra chegou — continuou Céspedes —, quase todo o tráfico importante era feito em lanchas ligeiras. Ele veio porque essa era sua especialidade, e porque muitos galegos procuravam se instalar em Ceuta, em Melilla e na costa andaluza... Os contatos eram feitos aqui ou no Marrocos. A zona mais percorrida eram os catorze quilômetros entre Punta Carnero e Punta Cires, em pleno estreito: pequenos traficantes nos *ferries* de Ceuta, muamba grande em iates e pesqueiros, lanchas... O tráfico era tão intenso que essa região era chamada de bulevar do haxixe.

— E Gibraltar?

— Exatamente aí, no centro de tudo — Céspedes apontou o maço de cigarros Winston que estava perto, sobre a toalha, e com o garfo descreveu um círculo ao seu redor. — Como uma aranha em sua teia. Naquela época, era a principal base de contrabando do Mediterrâneo ocidental... Os ingleses e os *llanitos*, a população local da colônia, deixavam as máfias com as mãos livres. Invista aqui, cavalheiro, confie-nos sua grana, facilidades financeiras e portuárias... O contrabando de cigarro era feito diretamente dos armazéns do porto para as praias de La Línea, mil metros adiante... Bem, na verdade isso ainda ocorre — indicou outra vez o maço. — Este é de lá. Livre de impostos.

— E você não tem vergonha?... Um ex-representante do governo fraudando a Tabaqueira S. A.?

— Não encha o saco. Agora sou um aposentado. Sabe quanto eu fumo por dia?

---

*Locais onde se pesca com rede. (*N do T.*)

— E Santiago Fisterra?

Céspedes mastigou um pedaço de mero, saboreando-o sem pressa. Depois bebeu um gole de Barbadillo e me encarou.

— Este eu não sei se fumava ou não fumava, mas nada de contrabandear cigarro. Uma viagem com um carregamento de haxixe equivalia a cem de Winston ou Marlboro. O haxixe era mais rentável.

— E mais perigoso, imagino.

— Muito mais — depois de chupá-las minuciosamente, Céspedes enfileirava as cabeças de lagostins na borda do prato, como se fosse passá-las em revista. — Se você não molhasse muito bem a mão dos marroquinos, estava ferrado. Veja o pobre Veiga... Mas com os ingleses não havia problema: eles agiam com sua costumeira dupla moral. Enquanto as drogas não tocassem o solo britânico, eles lavavam as mãos... Por isso os traficantes iam e vinham com suas muambas, conhecidos por todo mundo. E, quando eram surpreendidos pela Guarda Civil ou pelos aduaneiros espanhóis, corriam para se refugiar em Gibraltar. A única condição era que antes atirassem a carga pela amurada.

— Assim tão fácil?

— Assim. Na cara de pau — apontou outra vez o maço com o garfo, dando-lhe dessa vez uma batidinha em cima. — Às vezes o pessoal das lanchas tinha cúmplices com lentes noturnas e radiotransmissores postados no alto da pedra, os *monos*, como eram chamados, para vigiarem os aduaneiros... Gibraltar era o eixo de toda uma indústria, e movimentava milhões. *Mehanis* marroquinos, policiais *llanitos* e espanhóis... Ali, Deus e o mundo negociavam. Até a mim quiseram comprar — ria entre os dentes enquanto recordava, com o copo de vinho branco na mão. — Mas não tiveram sorte... Naquela época, eu é que comprava os outros.

Depois disso, Céspedes suspirou. Agora, disse enquanto liquidava o último lagostim, é diferente. Em Gibraltar o dinheiro se movimenta de outro modo. Dê uma volta por Main Street olhando as caixas de correio e conte o número de sociedades-fantasmas que existem ali. É de morrer de rir. Descobriram que um paraíso fiscal é mais rentável que um ninho de piratas, embora no fundo seja a mesma coisa. E os clientes, calcule: a Costa del Sol é uma mina de ouro, e as máfias estrangeiras se instalam de todas as maneiras imagináveis. Além disso, de Almería a Cádiz as águas espanholas estão muito vigiadas por causa da imigração ilegal. E ainda que o tráfico de haxixe continue em plena forma, a coca também pegou firme e os métodos são diferentes... Digamos que os tempos artesanais, ou heroicos, terminaram: as gravatas e os colarinhos brancos substituem os velhos lobos-do-mar. Tudo se descentraliza. As lanchas contrabandistas mudaram de mãos, de táticas e de bases de retaguarda. São outros pastos.

Em seguida, Céspedes se jogou para trás na cadeira, pediu um café a Manolo-Mohamed e acendeu um cigarro livre de impostos. Sua cara de velho trapaceiro sorria evocadora, levantando as sobrancelhas. Aquilo é que era vida, parecia dizer. Então compreendi que, além dos velhos tempos, o velho representante do governo tinha saudades de certa categoria de homens.

— O fato — concluiu — é que, quando Santiago Fisterra apareceu em Melilla, o estreito estava a toda. *Golden age*, como diriam os *llanitos*. Uau! Viagens diretas de ida e volta, na marra. Tinha que ter colhão. Toda noite era um jogo de gato e rato entre traficantes de um lado e aduaneiros, policiais e guardas-civis de outro... Às vezes se ganhava, às vezes se perdia... — deu uma tragada no cigarro e seus olhos de raposa se encolheram, lembrando. — E foi ali, fugindo da frigideira para cair nas brasas, que Teresa Mendoza se meteu.

Dizem que foi Dris Larbi quem delatou Santiago Fisterra; e que fez isso apesar do coronel Abdelkader Chaib, ou talvez inclusive com o conhecimento dele. Isso era fácil no Marrocos, onde o elo mais fraco eram os contrabandistas que não agiam protegidos pelo dinheiro ou pela política: um nome dito aqui ou ali, algumas cédulas trocando de mãos. E a polícia ficava às mil maravilhas nas estatísticas. De qualquer forma, ninguém jamais pôde provar a intervenção do rifenho. Quando comentei a questão — eu a tinha reservado para nosso último encontro —, ele se fechou como uma ostra e não houve jeito de lhe arrancar nem mais uma palavra. Foi um prazer. Fim das confidências, adeus e até nunca mais. Mas Manolo Céspedes, que ainda era representante governamental em Melilla quando os fatos ocorreram, sustenta que foi Dris Larbi, com a intenção de afastar o galego de Teresa, quem deu a dica para seus contatos do outro lado. No geral, o lema era pague e trafique em paz. *Iallah bismillah.* Com Deus. Isso incluía uma vasta rede de corrupção que ia das montanhas onde se colhia a *cannabis* até a fronteira ou a costa marroquina. Os pagamentos eram escalonados na proporção adequada: policiais, militares, políticos, altos funcionários e membros do governo. A fim de se justificarem diante da a opinião pública — afinal de contas, o ministro do Interior marroquino assistia como observador às reuniões antidrogas da União Europeia —, gendarmes e militares realizavam apreensões periódicas, porém sempre em pequena escala, prendendo aqueles que não pertenciam às grandes máfias oficiais e cuja eliminação não incomodava ninguém. Gente que muitas vezes era delatada, ou presa, pelos próprios contatos que conseguiam o haxixe para eles.

O comandante Benamú, do serviço costeiro da Gendarmaria Real de Marrocos, não viu inconveniente em me contar sua participação no episódio de Cala Tramontana. E me contou isso na varanda do café Hafa, em Tânger, depois que um amigo comum, o inspetor de polícia José Bedmar — veterano da Brigada Central e ex-agente de informação dos tempos de Céspedes —, tinha se encarregado de localizá-lo e combinar um encontro depois de ter me recomendado muito por fax e por telefone. Benamú era um homem simpático, elegante, com um bigodinho aparado que lhe dava a aparência de galã latino dos anos cinquenta. Estava à paisana, com paletó e camisa branca sem gravata, e falou comigo durante meia hora em francês, sem pestanejar, até que, já com mais confiança, passou para um espanhol quase perfeito. Sabia contar as coisas, com certo senso de humor negro, e de vez em quando apontava para o mar que se estendia diante de nossos olhos sob a escarpa como se tudo tivesse se desenrolado ali mesmo, em frente à varanda onde ele bebia seu café, e eu, meu chá de verbena. Quando tudo aconteceu, ele era capitão, comentou. Patrulha de rotina com lancha armada — falou sobre a rotina olhando um ponto indefinido no horizonte —, contato com radar a oeste de Tres Forcas, procedimento habitual. Por mera casualidade havia outra patrulha em terra, conectada por rádio — ainda olhava o horizonte quando pronunciou a palavra casualidade —; e entre uma e a outra, dentro de Cala Tramontana como um pássaro no ninho, uma lancha intrusa em águas marroquinas, muito próxima da costa, embarcando uma carga de haxixe com uma chata atracada. Ordem de pare!, refletor, bastão luminoso com paraquedas destacando as pedras da ilha Charranes sobre a água leitosa, vozes regulamentares e alguns tiros no ar com a intenção de dissuadir. Pelo visto, a lancha — baixa, comprida, fina como uma agulha, pintada de preto, com motor externo — estava com problemas de arranque porque demorou a se mover. À luz do refletor e do bastão, Benamú viu duas silhuetas a bordo: uma no lugar do piloto, e outra correndo até a popa para soltar o cabo da chata, onde dois outros homens atiravam pela amurada os pacotes de droga que não conseguiram embarcar na lancha. O motor rateava sem conseguir dar partida; então Benamú — atendo-se ao regulamento, foi a nuance entre dois goles de café — ordenou a seu marinheiro de proa que lançasse a esmo uma rajada com a metralhadora 12.7. Soou como essas coisas costumam soar: ratatatá. Barulhento, é claro. Segundo Benamú, impressionava. Outro bastão. Os homens da chata ergueram as mãos, e nesse momento a lancha empinou, levantando espuma com a hélice, e o homem que estava de pé na popa caiu na água. A metralhadora da patrulha continuava atirando, ratá, ratá, ratá, e os gendarmes de terra a acompanharam, timidamente no início, bangue, bangue, e depois com mais entusiasmo. Parecia uma guerra. O último bastão e o refletor iluminaram os rebotes e o pique das balas na água; de repente a lancha soltou um rugido mais forte e saiu em linha reta, de modo que, quando olharam para o norte, ela já havia se perdido na escuridão. Eles se aproximaram da chata, detiveram seus ocupantes — dois marroquinos — e pescaram três pacotes de haxixe e um espanhol que tinha uma bala da 12.7 na coxa. Benamú apontou a circunferência de sua xícara de café. Um buraco assim. Interrogado enquanto lhe prestavam a devida assistência médica, o espanhol disse que se chamava Vargas e que era marinheiro de uma lancha contrabandista chefiada por um tal Santiago Fisterra: e esse Fisterra é quem havia escorrido por entre os dedos deles em Cala Tramontana. E me deixou ferido, Benamú se lembrava de ter ouvido o preso lamentar. O comandante também imaginava se lembrar de que o tal Veiga, julgado dois anos mais tarde em Alhucemas, pegou quinze anos na prisão de Kenitra — ao mencioná-la, olhou-me como se me recomendasse que nunca incluísse tal lugar entre minhas residências de verão —, e que havia cumprido metade da pena. Delação? Benamú repetiu essa palavra umas vezes. Como se ela lhe soasse completamente estranha. E, se fixando de novo na extensão azul-cobalto que nos separava da costa espanhola, balançou a cabeça. Não se lembrava de nada a respeito. E jamais tinha ouvido falar de um Dris Larbi. A Gendarmaria Real contava com um competente serviço de informação próprio, e sua vigilância costeira era altamente eficaz. Como a Guarda Civil de vocês, indicou. Ou mais. O episódio de Cala Tramontana tinha sido uma atuação de rotina. Um serviço brilhante como tantos outros. A luta contra o crime, e apenas isso.

Demorou quase um mês a voltar, e a verdade é que ela não esperava vê-lo nunca mais. Seu fatalismo sinaloense chegou a imaginá-lo ausente para sempre — é dos que não ficam, havia dito Dris Larbi —, e Teresa aceitou essa ausência do mesmo modo como agora aceitava sua reaparição. Naqueles últimos tempos, Teresa tinha passado a compreender que o mundo girava de acordo com regras próprias e impenetráveis; regras feitas de azares* — no sentido irônico que davam a essa palavra no México — e de acasos que incluíam aparições e desaparições, presenças e ausências, vida e morte. Assim, o máximo que podia fazer era assumir essas regras como suas, flutuar como se fosse parte de uma descomunal brincadeira cósmica enquanto era arrastada pela corrente, dando braçadas para continuar flutuando, em vez de se esgotar na pretensão de nadar contra a corrente, ou de entendê-la. Chegara à convicção de que era inútil se desesperar ou lutar pelo que quer que fosse além do momento concreto, o ato de inspirar e expirar, as sessenta e cinco batidas por minuto — o ritmo de seu coração sempre foi lento e regular — que a mantinham viva. Era absurdo gastar energia

*No original, *albures* (acasos), que é também um jogo de azar, com baralho. (*N. do T.*)

atirando contra as sombras, cuspindo para cima, incomodando um Deus ocupado com tarefas mais importantes. Quanto a suas crenças religiosas — as que tinha trazido de sua terra e que sobreviviam à rotina daquela nova vida —, Teresa frequentava a missa aos domingos, rezava mecanicamente suas orações antes de dormir, pai-nosso, ave-maria, e às vezes se surpreendia pedindo a Cristo ou à Virgenzinha — invocou até são Malverde — uma coisa ou outra. Por exemplo, que Ruço Dávila esteja na glória, amém. Ainda que soubesse muito bem que, apesar dos bons desejos que tinha em relação a ele, era improvável que o Ruço estivesse na maldita glória. Com certeza estava ardendo nos infernos, o grande cachorro, como nas canções de Paquita la del Barrio — "Está ardendo, inútil?". Como o resto de suas orações, encarava aquela sem convicção, mais por protocolo do que por outra coisa. Por costume. Embora no caso do Ruço a palavra fosse lealdade. De qualquer forma, fazia isso como quem encaminhava um pedido a um ministro poderoso, com poucas esperanças de ver sua súplica atendida.

Não rezava por Santiago Fisterra. Nem uma única vez. Nem pelo seu bem-estar, nem pela sua volta. Mantinha-o deliberadamente à margem, negando-se a vinculá-lo de modo oficial à essência do problema. Nada de repetições ou dependências, ela havia jurado a si mesma. Nunca mais. E no entanto, na noite em que voltou para casa e o encontrou sentado nos degraus como se tivessem se despedido algumas horas antes, sentiu um alívio enorme e uma forte alegria que a sacudiu entre as coxas, no ventre e nos olhos, e a necessidade de abrir a boca para respirar bem fundo. Foi um momento breve, e então Teresa se pegou calculando os dias exatos que tinham transcorrido desde a última vez, fazendo as contas do que se gastava indo de cá para lá e voltando, quilômetros e horas de viagem, horários adequados para telefonemas, tempo que uma carta ou um cartão-postal demora para ir do ponto A ao ponto B. Pensou em tudo isso, apesar de não ter feito nenhuma censura; entraram em casa sem dizer uma palavra e foram para o quarto. Teresa ainda pensava nisso quando ele ficou quieto, tranquilo enfim, aliviado, de bruços sobre ela, e sua respiração entrecortada foi se acalmando contra seu colo.

— Prenderam Lalo — disse por fim.

Teresa ficou mais quieta. A luz do corredor destacava o ombro masculino diante de sua boca. Beijou-o.

— Quase me prendem também — acrescentou Santiago.

Ele permaneceu imóvel, o rosto afundado no côncavo do colo dela. Falava com muito cuidado, e os lábios lhe roçavam a pele com cada palavra. Devagar, ela pôs os braços sobre as costas dele.

— Conte-me, se quiser.

Santiago recusou, balançando levemente a cabeça, e Teresa não quis insistir porque sabia que era desnecessário. Ele contaria quando estivesse mais tranquilo, se ela mantivesse a mesma atitude e o mesmo silêncio. E foi o que aconteceu. Em pouco tempo, ele começou a contar. Não à maneira de um relato, mas com traços curtos semelhantes a imagens, ou a lembranças. Na verdade, recordava-se em voz alta, foi o que ela entendeu. Em todo aquele tempo talvez fosse a primeira vez que falava sobre isso.

Foi assim que ela soube, foi assim que pôde imaginar. E sobretudo pôde entender que a vida prega peças pesadas nas pessoas, e que essas peças misteriosamente se encadeiam com outras que ocorrem a pessoas diferentes, e que qualquer um podia se ver no centro do absurdo, como uma mosca em uma teia de aranha. Teresa escutou uma história que já conhecia antes de a conhecer, em que mudavam apenas lugares e personagens, ou talvez nem mudassem. E concluiu que Sinaloa não estava tão longe quanto ela tinha pensado. Também viu o refletor da patrulha marroquina rompendo a noite como um calafrio, o bastão branco no ar, o rosto de Lalo Veiga com a boca aberta pelo espanto e pelo medo de gritar: a *moura*,* a *moura*. E entre o inútil ronronar do motor de arranque, a silhueta de Lalo na claridade do refletor enquanto corria até a popa para soltar o cabo da chata, os primeiros disparos, as chamas junto ao refletor, os salpicos na água, zumbidos de bala, ziiiim, ziiiim, e as luzes dos tiros que vinham de terra. E de repente o motor rugindo a toda potência, a proa da lancha se levanta até as estrelas, e tome balaço, e o grito de Lalo caindo pela amurada: o grito e os gritos, espere, Santiago, espere, não me abandone, Santiago, Santiago, Santiago. Depois, o estrondo do motor e a última olhada por sobre o ombro para ver Lalo ficando para trás na água, enquadrado no cone de luz dos patrulheiros, um braço erguido para se agarrar inutilmente à lancha, que corre, salta, afasta-se golpeando com o fundo do casco a marulhada às escuras.

Teresa escutava tudo aquilo enquanto o homem nu e imóvel sobre ela roçava a pele do seu pescoço e movia os lábios, sem levantar o rosto e sem olhar para ela. Ou sem deixar que ela olhasse para ele.

Os galos. O canto do muezim muçulmano. Outra vez a hora suja e cinzenta, indecisa entre noite e dia. Dessa vez Santiago também não estava dormindo; pela respiração, ela soube que continuava acordado. Durante todo o resto da noite ela sentira os movimentos dele ao lado, estremecendo quando caía em sono leve, tão inquieto que acordava em seguida. Teresa, ainda de barriga para cima, reprimia a vontade de se levantar ou de fumar, de olhos abertos,

*Gíria usada no estreito de Gibraltar para designar a polícia costeira. (*N. do T.*)

olhando primeiro a escuridão do teto e depois a mancha cinzenta que se arrastava do lado de fora como uma lesma maligna.

— Quero que venha comigo — murmurou ele, de repente.

Ela estava absorta nas batidas do próprio coração: cada amanhecer lhe parecia mais lento do que nunca, semelhante àqueles animais que dormem durante o inverno. Um dia vou morrer a esta mesma hora, pensou. Morta por essa luz suja que sempre comparece ao encontro.

— Sim — disse ela.

Naquele mesmo dia, Teresa procurou em sua bolsa a foto que guardava de Sinaloa: ela sob o braço protetor de Ruço Dávila, olhando assustada o mundo sem adivinhar o que espreitava nele. Ficou assim um bom tempo, e ao final foi até o lavatório e se olhou no espelho, com a foto na mão. Comparando-se. Depois, com cuidado e bem devagar, rasgou-a ao meio, guardou o pedaço em que estava e acendeu um cigarro. Com o mesmo fósforo, levou a chama a uma ponta da outra metade e ficou parada, com o cigarro entre os dedos, vendo-a crepitar e se consumir. O sorriso de Ruço foi a última coisa a desaparecer, e ela disse a si mesma que era uma coisa bem típica dele: zombar até o fim, sem ligar para nada. Tanto entre as chamas do Cessna quanto entre as chamas da maldita foto.

5

O que semeei lá na serra

A espera. O mar escuro e milhões de estrelas coalhando o céu. A extensão sombria, imensa na direção do norte, limitada ao sul pela silhueta negra da costa. Tudo ao redor tão quieto que parecia azeite. E uma leve brisa da terra apenas perceptível, intermitente, roçava as águas com centelhas minúsculas de uma estranha fosforescência.

Beleza sinistra, concluiu ela por fim. Eram essas as palavras.

Não era muito boa para expressar esse tipo de coisa. Tinha demorado quarenta minutos. De qualquer modo, a paisagem era assim, bela e sinistra; e Teresa a contemplava em silêncio. Desde o primeiro daqueles quarenta minutos tinha permanecido imóvel, sem abrir a boca, sentindo a forma com que o sereno impregnava pouco a pouco seu moletom e seus jeans. Atenta aos sons que vinham da terra e do mar. Ao rumor amortecido do rádio ligado, no canal 44, com o volume no mínimo.

— Dá só uma olhada — sugeriu Santiago.

Disse isso num sussurro. O mar, ele havia explicado nas primeiras vezes, transmite os ruídos e as vozes de forma diferente. Conforme o momento, podem-se ouvir coisas que são ditas a uma milha de distância. O mesmo acontece com as luzes; por isso a Phantom estava às escuras, camuflada na noite e no mar com a pintura preta fosca que cobria seu casco de fibra de vidro e a carcaça do motor. Por isso os dois estavam calados e ela não fumava, nem sequer se mexiam. Esperando.

Teresa colou o rosto no cone de borracha que ocultava a tela do radar Furuno de oito milhas. A cada varredura da antena, a linha escura da costa marroquina permanecia nítida na parte inferior do quadrado, mostrando a enseada arqueada para baixo entre as pontas de Cruces e Al Marsa. O resto estava limpo: nenhum sinal na superfície do mar. Apertou duas vezes a tecla de alcance, a fim de ampliar o raio de vigilância de uma para quatro milhas. Com a varredura seguinte, a costa pareceu mais distante e mais extensa, incluindo para o leste a mancha precisa, adentrada no mar, da ilha Perejil. Ali também, tudo limpo. Nenhum barco. Nem sequer o falso eco de uma onda na água. Nada.

— Esses safados — ouviu Santiago dizer.

Esperar. Isso fazia parte do trabalho; porém, em seus passeios no mar, Teresa aprendeu que o pior não era a espera, e sim aquilo que se imagina enquanto se espera. Nem o som da água nas pedras, nem o rumor do vento, que podia se confundir com uma patrulha marroquina — a *moura*, na gíria do Estreito — ou com o helicóptero da Alfândega espanhola, eram tão inquietantes quanto aquela longa calma preliminar, em que os pensamentos se transformavam no pior inimigo. Até a ameaça concreta, o eco hostil que de repente surgia na tela do radar, o rugido do motor pela liberdade, a velocidade e a vida, a fuga a cinquenta nós com a patrulha colada na popa, os golpes do casco sobre a água, as descargas violentas de adrenalina e de medo em plena ação, eram para ela preferíveis à incerteza da calma, à imaginação serena. Como a lucidez era ruim. E como eram perversas as possibilidades aterradoras, avaliadas com frieza, que o desconhecido abarcava. Aquela espera interminável à espreita de um sinal da terra, de um contato no rádio, era semelhante aos amanheceres cinzentos que ainda a encontravam acordada na cama, com a noite indecisa clareando pelo leste, e o frio e a umidade que deixavam a coberta da lancha escorregadia e molhavam suas roupas, suas mãos e seu rosto. Fala sério! Nenhum medo é insuportável, concluiu, a menos que sobrem tempo e cabeça para pensar nele.

Cinco meses, já. Às vezes, a Teresa Mendoza que ela surpreendia do outro lado do espelho, em qualquer esquina, na luz suja dos amanheceres, a espiava com atenção, na expectativa das mudanças que pouco a pouco pareciam se registrar. Ainda não eram grande coisa. E estavam mais relacionadas com atitudes e situações externas do que com os acontecimentos autênticos que se registram interiormente e modificam de verdade as perspectivas e a vida. Mas, de algum modo, ela também sentia a chegada deles, sem data nem prazo fixo, iminentes e a reboque de outros; era o que acontecia quando estava a ponto de sentir a cabeça doer durante três ou quatro dias seguidos ou de cumprir o ciclo — para Teresa sempre irregular e doloroso — "daqueles dias", incômodos e inevitáveis. Por isso era interessante, quase educativo, entrar e sair de si mesma daquele modo; poder se olhar tanto de seu interior quanto do lado de fora. Teresa sabia que tudo, o medo, a incerteza, a paixão, o prazer, as lembranças, seu próprio rosto que parecia mais velho do que alguns meses atrás, podiam ser contemplados sob aquele duplo ponto de vista. Com lucidez matemática que nada tinha a ver com ela, mas com a mulher que latejava nela. E aquela aptidão para um desdobramento tão singular, descoberta, ou antes intuída, na mesma tarde — só havia se passado um ano — em que o telefone tocou em Culiacán, era o que lhe permitia observar-se friamente, a bordo daquela lancha imóvel na escuridão de um mar que estava começando a conhecer, diante da costa ameaçadora de um país cuja existência havia pouco praticamente ignorava, junto à sombra silenciosa de um homem que ela não amava, ou que pensava não amar, arriscada a apodrecer o resto de seus anos numa prisão; uma ideia que — o fantasma de Lalo era o terceiro tripulante em cada viagem — a fazia estremecer de pânico quando, como agora, dispunha de tempo para refletir sobre aquilo.

Mas era melhor do que Melilla, e melhor do que tudo o que tinha esperado. Mais pessoal e mais limpo. Às vezes chegava a pensar que era até melhor do que Sinaloa; então a imagem de Ruço Dávila vinha ao seu encontro como uma censura, e ela se arrependia lá no íntimo por trair as lembranças daquela maneira. Nada era melhor do que o Ruço, e isso era verdade em mais de um sentido. Culiacán, a bela casa de Las Quintas, os restaurantes da orla, a música dos *chirrines* e as bandas, os bailes, os passeios de carro a Mazatlán, as praias de Altata, tudo o que tinha imaginado ser o mundo real que a punha de bem com a vida se alicerçava num erro. Ela não vivia realmente naquele mundo, mas no do Ruço. Não era sua vida, mas outra, na qual se instalara cômoda e feliz até se ver expulsa de repente por um telefonema, pelo terror cego da fuga, pelo sorriso de faca de Gato Fierros e os estampidos da Doble Águila nas próprias mãos. Agora, no entanto, existia algo novo, algo indefinido e não totalmente mau na escuridão da noite, e no medo tranquilo, resignado, que sentia quando olhava em volta, apesar da sombra próxima de um homem que — isso ela havia aprendido em Culiacán — já não poderia fazer com que se enganasse de novo, julgando-se protegida do horror, da dor e da morte. E, estranho, aquela sensação, longe de intimidá-la, a estimulava. Obrigava-a a se analisar com mais intensidade, com uma curiosidade reflexiva, não isenta de respeito. Por isso de vez em quando olhava a foto em que estava ao lado do Ruço, enquanto se olhava no espelho e, ao mesmo tempo, se perguntava sobre a distância cada vez maior entre aquelas três mulheres: a jovem com olhos espantados da fotografia, a Teresa que agora vivia deste lado da vida e da passagem do tempo, a desconhecida que as observava de seu — cada vez menos exato — reflexo.

Porra, estava longe pra cacete de Culiacán. Entre dois continentes, com a costa marroquina a quinze quilômetros da espanhola: as águas do estreito de Gibraltar e a fronteira sul de uma Europa à qual nunca tinha sonhado viajar na vida. Ali, Santiago Fisterra era transportador de cargas para terceiros. Tinha uma casinha alugada em uma praia da baía de Algeciras, no lado espanhol, e uma lancha ancorada em Marina Sheppard, protegida pela bandeira inglesa do Penhasco: uma Phantom de sete metros de comprimento com autonomia de 160 milhas e motor de 250 cavalos — "cabeções", como eram chamados no jargão local, que Teresa começava a combinar com seu mexicano sinaloense —, capaz de acelerar de zero a cinquenta e cinco nós em vinte segundos. Santiago era um mercenário do mar. Diferente de Ruço Dávila em Sinaloa, ele não tinha patrões nem trabalhava com exclusividade para nenhum cartel. Seus contratantes eram traficantes espanhóis, ingleses, franceses e italianos instalados na Costa del Sol. No mais, tratava-se mais ou menos da mesma coisa: levar cargas de um lugar para outro. Santiago cobrava por entrega e responderia por perdas ou fracassos com a própria vida. Mas somente em casos extremos. Aquele contrabando — quase sempre haxixe, às vezes cigarro dos armazéns gibraltarinos — nada tinha a ver com o que Teresa Mendoza conheceu antes. O universo daquelas águas era duro, de gente barra-pesada, porém menos hostil do que o mexicano. Menos violências, menos mortes. As pessoas não se destruíam a tiros por uma dose a mais, nem portavam chifres-de-bode como em Sinaloa. Das duas margens, a do norte era mais tranquila, inclusive para quem caía nas garras da lei. Havia advogados, juízes, normas que se aplicavam igualmente aos delinquentes e às vítimas. Entretanto, o lado marroquino era diferente: ali o pesadelo rondava o tempo todo. Corrupção em todos os níveis, direitos humanos apenas valorizados, prisões nas quais se podia apodrecer em condições terríveis. Com o agravante de ser mulher, o que significava cair na engrenagem inexorável de uma sociedade muçulmana como aquela. No início, Santiago tinha se recusado a aceitar que ela ocupasse o posto de Lalo Veiga. Perigoso demais, disse, contornando o assunto. Ou imaginando contorná-lo. Muito sério e metido a bom macho, o galego, com aquele sotaque estranho que às vezes lhe escapava, menos brusco que os outros espanhóis quando falavam, todos eles tão afiados e rudes. Mas depois de uma noite que Teresa passou de olhos abertos, atenta primeiro à escuridão do teto, depois à familiar claridade cinzenta, pensando com seus botões, ela acordou Santiago para lhe dizer que havia tomado uma decisão. De jeito nenhum. Nunca mais iria esperar por ninguém vendo telenovelas em nenhuma casa de nenhuma cidade do mundo, e ele podia escolher: ou a admitia na lancha, ou ela o deixaria naquele momento, no ato, para sempre, e até logo. Ele, com o queixo sem barbear, os olhos avermelhados de sono, coçou o cabelo despenteado e lhe perguntou se estava louca ou se tinha virado uma idiota. Teresa se levantou nua da cama e, do jeito que estava, pegou sua mala no armário e começou a recolher suas coisas enquanto procurava não se olhar no espelho nem olhar para ele, tampouco pensar no que estava fazendo. Santiago deixou que agisse, observando-a por um minuto e meio sem abrir a boca; no final, achando que ela ia abandoná-lo de verdade — Teresa não parava de enfiar roupas na mala sem saber se ia embora ou não —, disse, tá, tudo bem, concordo. Pro caralho com tudo. Não é a minha xoxota que os mouros vão rasgar se te pegarem. Por isso trate de não cair na água como o Lalo.

— Aí estão eles.

Um cliqueclaque sem palavras, repetido três vezes no volume mínimo do rádio. Uma sombra diminuta, deixando um rastro de cintilâncias minúsculas na superfície negra e quieta. Não era um motor, mas o movimento discreto de remos n'água. Santiago observava com os binóculos Baigish 6UM de visão noturna, intensificadores de luz. Russos. Os russos abarrotaram Gibraltar com aqueles binóculos em plena liquidação soviética. Qualquer barco, submarino ou pesqueiro que chegava ao porto vendia tudo o que pudesse despejar.

— Esses filhos da puta de merda chegam com uma hora de atraso.

Teresa ouviu os sussurros com o rosto colado outra vez ao cone de borracha do radar. Tudo limpo lá fora, disse baixinho. Nem sinal da moura. A embarcação balançou quando Santiago ficou de pé, indo para a popa com um cabo.

— Salam Aleikum.

A carga vinha bem empacotada, com capas de plástico herméticas providas de alças para facilitar o manuseio. Barras de óleo de haxixe, sete vezes mais concentrado e valioso do que a resina convencional. Vinte quilos por pacote, calculou Teresa à medida que Santiago os passava para ela, que os distribuía repartindo o peso nas laterais da lancha. Santiago tinha lhe ensinado a encaixar um pacote no outro, para que não se deslocassem em alto-mar, destacando a importância de uma boa arrumação na velocidade da Phantom, assim como a posição da hélice ou a altura da cauda do motor. Um pacote bem ou mal colocado podia significar alguns nós a mais ou a menos. Quase sempre representava a distância entre a prisão e a liberdade.

— O que diz o radar?

— Tudo limpo.

Teresa podia distinguir duas silhuetas escuras no pequeno bote a remo. Às vezes chegava até ela um comentário em árabe, feito em voz baixa, ou uma expressão impaciente de Santiago, que continuava a dispor os pacotes a bordo. Olhou a linha sombria da costa, à espreita de alguma luz. Tudo estava às escuras a não ser por alguns pontos distantes no bloco negro do monte Musa e no perfil escarpado que a intervalos se destacava a oeste, sob o brilho do farol de Punta Cires, onde se viam algumas casinhas iluminadas de pescadores e contrabandistas. Verificou de novo as varreduras da tela, passando da escala de quatro milhas para a de duas, e em seguida ampliando para a de oito. Havia um eco quase no limite. Observou com os binóculos dotados de lentes prismáticas de 7 x 50; como não viu nada, recorreu aos binóculos russos: uma luz muito distante movia-se lentamente para o oeste, certamente um buque de grande porte a caminho do Atlântico. Sem deixar de olhar pelos binóculos, virou-se para a costa. Agora via-se com nitidez qualquer ponto luminoso na visão verde da paisagem, definindo as pedras e os arbustos, e até as levíssimas ondulações da água. Ajustou o equipamento para ver de perto os marroquinos da chata: um jovem, com jaqueta de couro, e outro mais velho, com gorro de lã e japona escura. Santiago estava de joelhos junto à grande carcaça do motor, arrumando na popa os últimos pacotes: jeans — assim chamavam ali as calças de brim mescla —, tênis, camiseta preta, o perfil obstinado que de vez em quando virava de um lado para outro para dar uma olhada cautelosa ao redor. Pelo dispositivo de visão noturna, Teresa podia distinguir seus braços fortes, os músculos tensos ao subir a carga. Até em situações como aquela o filho da mãe era charmoso.

O problema de trabalhar como transportador independente, fora das grandes máfias organizadas, era que alguém podia se aborrecer e deixar palavras perigosas escorregarem em ouvidos inoportunos. Como no México. Talvez isso explicasse a captura de Lalo Veiga — Teresa tinha algumas teorias a respeito, as quais incluíam a participação de Dris Larbi —, embora depois do acontecido Santiago tivesse procurado limitar os imprevistos, com mais dinheiro oportunamente distribuído no Marrocos por um intermediário de Ceuta. Isso diminuía os lucros mas assegurava, em princípio, maiores garantias naquelas águas. De qualquer modo, veterano naquele trampo, gato escaldado pelo incidente da enseada de Tramontana e galego desconfiado como era, Santiago jamais confiava inteiramente. E fazia muito bem. Seus modestos recursos não eram suficientes para comprar todo mundo. Além do mais, sempre podia acontecer que um chefe da *moura*, um *mehani* ou um gendarme se sentissem insatisfeitos com sua parte, que um concorrente que pagasse mais do que Santiago desse com a língua nos dentes, que um advogado influente necessitasse de clientes para esfolar. Ou que as autoridades marroquinas jogassem a malha fina para se justificar nas vésperas de uma conferência internacional contra o narcotráfico. Em todo caso, Teresa tinha experiência suficiente para saber que o verdadeiro perigo, o mais concreto, era o que estava por vir, quando entrassem em águas espanholas, onde o Serviço de Vigilância Alfandegária e as Heineken da Guarda Civil — assim chamadas porque suas cores lembravam as latas daquela cerveja — patrulhavam noite e dia à caça de contrabandistas. A vantagem era que, ao contrário dos marroquinos, os espanhóis nunca atiravam para matar, porque senão os juízes e os tribunais caíam em cima deles — na Europa, certas coisas eram levadas mais a sério do que no México ou na União Americana. Isso lhes dava oportunidade de escapar forçando os motores, ainda que não fosse fácil se safar das possantes turbolanchas HJ da Alfândega e do helicóptero — o pássaro, dizia Santiago — dotado de potentes sistemas de detecção, com chefes veteranos e pilotos capazes de voar a poucos palmos da água, forçando o outro a levar o motor até o limite em manobras perigosas de fuga, com riscos de sofrer avarias e de ser capturado antes de alcançar as luzes de Gibraltar. Nesse caso, os pacotes deviam ser atirados pela amurada: adeus para sempre à carga, e olá a outro tipo de problema, pior do que os policiais, pois os que fretavam o barco nem sempre eram mafiosos compreensivos, e corria-se o risco de, depois de acertar as contas, sobrar algum chapéu. Tudo isso sem falar na possibilidade de uma pancada com o fundo do barco na marulhada, uma fissura por onde entra água, um choque com as lanchas perseguidoras, um encalho na praia, uma pedra submersa que destruísse a lancha e seus tripulantes.

— Pronto. Vamos embora.

O último pacote já tinha sido arrumado. Trezentos quilos exatos. Os tripulantes do bote começaram a remar para a terra; então Santiago recolheu o cabo e pulou para a cabine, onde se instalou na cadeira do piloto, a estibordo. Teresa se afastou para lhe dar espaço enquanto vestia, como ele, uma capa impermeável. Depois deu outra olhada na tela do radar: tudo limpo na proa, rumo ao norte e ao mar aberto. Fim das precauções imediatas. Santiago ligou a ignição e a fraca luz vermelha dos instrumentos iluminou o painel de comando: compasso, tacômetro, conta-giros, nível do óleo. Pedal sob o volante e trimer de cauda à direita do piloto. Rrrrr. Roarr. As agulhas pularam como se acordassem de repente. Roaaaar. A hélice atirou um jorro de espuma na popa, e os sete metros de comprimento da Phantom se puseram em movimento, cada vez mais depressa, cortando a água oleosa como se fosse uma faca bem afiada: 2.500 revoluções, vinte nós. A trepidação do motor era transmitida ao casco, e Teresa sentia toda a força que os impulsionava pela popa estremecendo a estrutura de fibra de vidro, que parecia se tornar leve como uma pluma. Três mil e quinhentas revoluções e planando. A sensação de potência, de liberdade, era quase física, e, ao reencontrá-la, seu coração pôs-se a bater como que à beira de uma suave bebedeira. Nada, chegou a pensar, era parecido com aquilo. Ou quase nada. Santiago, atento à direção, ligeiramente inclinado sobre o volante do leme, com o queixo vermelho iluminado por baixo pelo painel de instrumentos, pisou um pouco mais no pedal de combustível: quatro mil giros e quarenta nós. O defletor já não era suficiente para protegê-los do vento, que vinha úmido e cortante. Teresa subiu até o pescoço o zíper de sua capa impermeável e pôs um gorro de lã, recolhendo o cabelo que açoitava seu rosto. Em seguida deu uma olhada no radar e fez uma varredura de canais com o indicador luminoso do rádio Kenwood aparafusado no painel — os aduaneiros e a Guarda Civil falavam em código, por instrumentos; mas, embora não fosse possível entender as conversas que mantinham, a intensidade do sinal captado permitia determinar se estavam próximos. De vez em quando olhava para cima, buscando a sombra ameaçadora do helicóptero entre as luzes frias das estrelas. O firmamento e o círculo escuro do mar que os rodeava pareciam correr com eles, como se a lancha estivesse no centro de uma esfera que velozmente se deslocasse no meio da noite. Agora, em mar aberto, a marulhada crescente impunha a seu avanço leves golpes com o fundo do casco, e ao longe começavam a se distinguir as luzes da costa da Espanha.

Eram tão iguais e tão diferentes, pensava. Como se pareciam em certas coisas — ela intuiu isso desde a noite do Yamila — e como tinham formas diferentes de encarar a vida e o futuro. Como o Ruço,

Santiago era esperto, enérgico e muito frio no trabalho: daqueles que nunca perdem a cabeça, mesmo que estejam para estourar. Também sabia tirar proveito na cama, onde era generoso e atencioso, sempre se controlando com muita calma e subordinado a seus desejos. Menos divertido, talvez, porém mais meigo do que o outro. Mais doce, às vezes. As semelhanças terminavam aí. Santiago era calado, pouco perdulário, tinha raros amigos e desconfiava de todo mundo. Sou celta do Finisterre, dizia — em galego, Fisterra significa "fim", "extremo distante da terra". Quero chegar à velhice e jogar dominó em um bar do Grove, e ter um casarão com um mirante de PVC envidraçado de onde possa ver o mar, com um telescópio potente para ver os barcos entrarem e saírem, e uma escuna de sessenta pés ancorada nas raias. Mas se eu gastar dinheiro, tiver amigos demais ou confiar em muita gente, nunca chegarei à velhice nem terei nada disso: quanto mais elos, menos se pode confiar na corrente. Santiago não fumava nada, nem cigarro, nem haxixe, e raramente tomava uma dose. Ao levantar, corria meia hora pela praia, com água pelo tornozelo, e depois fortalecia os músculos fazendo flexões que — Teresa havia contado, incrédula — chegavam a cinquenta. Tinha um corpo magro e consistente, a pele clara mas muito bronzeada nos braços e no rosto, com a tatuagem do Cristo crucificado no antebraço direito — o Cristo de meu sobrenome, comentou uma vez — e outra pequena marca no ombro esquerdo, um círculo com uma cruz celta e as iniciais I. A., cujo significado, que ela suspeitava ser o nome de uma mulher, mas ele nunca quis contar. Também tinha uma cicatriz antiga, em diagonal e com quase quinze centímetros, nas costas, na altura dos rins. Uma navalha, foi o que ele disse quando Teresa perguntou. Faz muito tempo. Quando vendia bagulho pelos bares, e os outros garotos ficaram com medo de que eu lhes roubasse a clientela. E enquanto dizia isso sorriu de leve, melancólico, como se sentisse saudade do tempo daquela navalhada.

Quase poderia amá-lo, refletia às vezes Teresa, se tudo não tivesse acontecido no lugar errado, no fragmento de vida errado. As coisas sempre aconteciam rápido demais ou tarde demais. No entanto, sentia-se à vontade com ele, capaz de andar nas nuvens de tão bem, vendo tevê recostada em seu ombro, folheando revistas sentimentais, bronzeando-se ao sol com um Bisonte temperado com haxixe entre os dedos — sabia que Santiago não aprovava que ela fumasse aquilo, mas jamais ouviu dele uma palavra a respeito —, ou vendo-o trabalhar sob o alpendre, o torso nu e com o mar ao fundo, nos momentos que dedicava a seus barquinhos de madeira. Adorava vê-lo construir barcos porque era de fato paciente e minucioso, extremamente hábil para reproduzir pesqueiros como os de verdade, pintados de vermelho, azul e branco, e veleiros com cada vela e cada cabinho no devido lugar. Era curioso esse negócio dos barcos, assim como o da lancha, porque, para sua surpresa, descobriu que Santiago não sabia nadar. Nem sequer dar braçadas como ela — Ruço tinha lhe ensinado em Altata —, com muito pouco estilo, mas nadando, no fim das contas. Ele confessou isso uma vez, em meio a uma conversa qualquer. Nunca consegui boiar, disse. Acho estranho. E quando Teresa lhe perguntou por que então se arriscava numa lancha, ele se limitou a dar de ombros, fatalista, com aquele sorriso que parecia sair depois de muitas voltas e reviravoltas em seu íntimo. Metade dos galegos não sabe nadar, confessou ao fim. Nós nos afogamos resignados, e ponto. No início ela não compreendeu se ele estava brincando ou se estava falando sério.

Uma tarde, beliscando no balcão do Kuki — dono do Bernal, uma taberna de Campamento —, Santiago lhe apresentou um conhecido, um repórter do *Diário de Cádiz* chamado Óscar Lobato. Falante, moreno, quarentão, com um rosto cheio de marcas e cicatrizes que lhe dava a aparência de um tipo rústico que na verdade não era, Lobato se movia como peixe na água tanto entre os contrabandistas quanto entre os aduaneiros e os guardas-civis. Lia livros e sabia de tudo, de motores a geografia ou música. Também conhecia todo mundo, não revelava suas fontes nem com uma 45 encostada na têmpora, e frequentava o meio desde muito tempo, com a agenda telefônica recheada de contatos. Sempre ajudava quando podia, não importava de que lado da lei cada um estava, em parte por relações públicas e em parte porque, apesar dos vícios de sua profissão, diziam, não era má pessoa. Além do mais, gostava de seu trabalho. Naqueles dias vigiava Atunara, o antigo bairro pescador de La Línea, onde o desemprego tinha transformado pescadores em contrabandistas. As lanchas de Gibraltar contrabandeavam na praia em plena luz do dia, descarregadas por mulheres e crianças que desenhavam seus passos de pedestres na estrada para cruzá-la comodamente com os pacotes nas costas. As crianças brincavam de traficantes e guardas-civis na beira do mar, perseguindo-se com caixas vazias de Winston sobre a cabeça; só os bem pequenos queriam fazer as vezes de guardas. E cada intervenção policial terminava com gases lacrimogêneos e balas de borracha, com verdadeiras batalhas campais entre os moradores e as autoridades.

— Imaginem a cena — contava Lobato. Praia de Puente Mayorga, de noite, uma lancha gibraltarina com dois sujeitos descarregando cigarro. Uma dupla da Guarda Civil, um cabo idoso e um guarda jovem. Pare, quem está aí et cetera. O pessoal da terra que foge. O motor que não pega, o guarda jovem que se atira na água e sobe na lancha. O motor que acaba pegando, e lá se vai a lancha para Gibraltar, com um traficante no leme e o outro levando um lero com o meganha... Imaginem agora essa lancha parada no meio da baía. A conversa com o guarda. Olha só, garoto, eles lhe dizem. Se continuarmos com você até Gibraltar, vamos nos encrencar, e eles vão processar você por nos perseguir dentro de território inglês. De modo que vamos nos acalmar, tá bem?... Desfecho: a lancha que retorna à margem, o guarda que salta. Adeus, adeus. Boa noite. Paz aqui, e depois a glória.

Por sua dupla condição de galego e de traficante, Santiago desconfiava dos jornalistas, mas Teresa sabia que ele considerava Lobato uma exceção: era objetivo, discreto, não acreditava em mocinhos e bandidos, sabia se fazer tolerar, pagava as bebidas e nunca fazia anotações em público. Também conhecia boas histórias e ótimas piadas, e não ficava tagarelando pelos cantos. Havia chegado ao Bernal com Toby Parrondi, um piloto de lanchas gibraltarino, e alguns colegas dele. Todos os *llanitos* eram jovens: cabelos compridos, pele bronzeada, argolinhas nas orelhas, tatuagens, maços de cigarro com isqueiros de ouro sobre a mesa, carros potentes e vidros fumê que circulavam com a música de Los Chunguitos, ou de Javivi, ou de Los Chicos a todo volume: canções que lembravam a Teresa os *narcocorridos* mexicanos. De noite não durmo, de dia não vivo, dizia uma das letras. Entre estas paredes, maldito presídio. Canções que faziam parte do folclore local, como as de Sinaloa, com títulos igualmente pitorescos: *La mora y el legionario, Soy um perro callejero, Puños de acero, A mis colegas.* Os contrabandistas *llanitos* só se diferenciavam dos espanhóis porque havia mais sujeitos de pele e cabelos claros, e por misturarem palavras inglesas faladas com sotaque andaluz. Quanto ao figurino, era idêntico: correntes de ouro no pescoço, medalhas de Nossa Senhora ou a inevitável efígie de Camarón. Camisetas *heavy metal*, moletons caros, tênis Adidas e Nike, calças jeans muito desbotadas e de boas marcas com maços de notas em um dos bolsos traseiros e o volume de uma navalha no outro. Gente barra-pesada, às vezes tão perigosa quanto a sinaloense. Sem nada a perder e com muito a ganhar. E as garotas, suas namoradas, enfiadas em calças apertadas e camisetas curtas que deixavam à mostra os quadris tatuados e os *piercings* no umbigo, com muita maquiagem e muito perfume, e todo aquele ouro em cima. Lembravam as minas dos traficantes *culichis*. De certa forma, lembrava ela mesma; e perceber isso a fez pensar que muito tempo já tinha passado, e muitas coisas tinham acontecido. Naquele grupo havia alguns espanhóis de Atunara, mas a maioria era de *llanitos*; britânicos com sobrenomes espanhóis, ingleses, malteses e de todos os cantos do Mediterrâneo. Como disse Lobato, piscando um olho para incluir Santiago no gesto, "o melhor de cada casa".

— Assim como a Mexicana.

— Valeu.

— Você veio parar bem longe.

— Coisas da vida.

O sorriso do repórter estava marcado pela espuma da cerveja.

— Isso parece canção de José Alfredo.

— Conhece José Alfredo?

— Um pouco.

Então Lobato começou a cantarolar "Llegó borracho el borracho" enquanto pedia outra rodada. O mesmo para meus amigos e para mim, disse. Inclusive para os cavalheiros daquela mesa e suas mulheres.

...Pidiendo cinco tequilas,
y le dijo el cantinero:
*se acabaron las bebidas.**

Teresa arriscou umas duas estrofes com ele, e os dois riram ao final. Era simpático, pensou. E não bancava o esperto. Bancar o esperto com Santiago e com aquela gente era ruim para a saúde. Lobato

*...Pedindo cinco tequilas,
disse-lhe o cantineiro:
acabaram as bebidas. (Tradução livre.)

a olhava com olhos atentos, avaliador. Olhos de quem quer saber de que lado o iguana mastiga.

— Uma mexicana e um galego. É viver para ver.

Estava certo. Não fazer perguntas, mas dar chance a outros para que contem, se calhasse. Deixando rolar, na base da vaselina.

— Meu pai era espanhol.

— De onde?

— Nunca soube.

Lobato não perguntou se isso era verdade, ou se estava dizendo um despropósito. Dando por encerrado o assunto familiar, bebeu um gole de cerveja e fez sinal para Santiago.

— Dizem que você vai trazer droga do Marrocos.

— Quem disse isso?

— Dizem por aí. Aqui não há segredos. Quinze quilômetros de extensão é pouca água.

— Fim da entrevista — disse Santiago, tirando da mão de Lobato a cerveja que estava no meio, em troca de outra da nova rodada que os louros da mesa pediram.

O repórter deu de ombros.

— É bonita, a sua garota. E com esse sotaque.

— Eu gosto.

Teresa se deixava embalar estreitada pelos braços de Santiago, sentindo-se leve como uma folhinha de alface. Kuki, o dono do Bernal, pôs umas porções sobre o balcão: lagostins ao alho, carne recheada, almôndegas, tomates temperados com azeite de oliva. Teresa adorava almoçar ou jantar daquela forma tão espanhola, de pé e de balcão em balcão, comendo petiscos, frios ou pratos preparados na cozinha. Beliscando. Deu cabo da carne recheada, embebendo o pão no molho. Tinha um bom anjo da guarda e não se preocupava com o peso: era das magras, e durante alguns anos podia se permitir alguns excessos. Como diziam em Culiacán, comer até estourar.

Kuki tinha nas prateleiras uma garrafa da tequila José Cuervo, e ela pediu uma dose. Na Espanha não se usavam os copinhos compridos e estreitos, comuns no México, e ela degustava as bebidas nos pequenos cálices de provar vinho, porque eram os mais parecidos. O problema era que tinha de virar duas vezes cada dose.

Entraram outros clientes. Santiago e Lobato, apoiados no balcão, conversavam sobre as vantagens das lanchas de borracha tipo Zodiac para se deslocar a altas velocidades com mar bravio; Kuki intervinha na conversa. Os cascos duros sofriam muito nas perseguições, e fazia tempo que Santiago acalentava a ideia de uma lancha semirrígida com dois ou três motores, grande o bastante para aguentar o mar, chegando até as costas orientais andaluzas e ao cabo de Gata. O problema era que não dispunha de recursos: era investimento e risco demais. Isso considerando que depois, na água, aquelas ideias fossem confirmadas pelos fatos.

De repente a conversa parou. Os gibraltarinos da mesa, também emudecidos, olhavam para o grupo que se instalava na ponta do balcão, junto ao velho cartaz da última corrida de touros antes da Guerra Civil — Feira de La Línea, 19, 20 e 21 de julho de 1936. Eram quatro homens jovens, de boa aparência. Um loirinho de óculos e dois altos, atléticos, de roupas esportivas e cabelo curto. O quarto homem, atraente, vestia uma camisa azul impecavelmente passada e calças jeans tão limpas que pareciam novas.

— Eis-me aqui, mais uma vez — suspirou Lobato, brincalhão —, entre gregos e troianos.

Desculpou-se um momento, deu uma piscadela para os gibraltarinos da mesa e foi saudar os recém-chegados, demorando-se um pouco mais com o de camisa azul. Na volta, ria consigo mesmo.

— Os quatro são da Vigilância Alfandegária.

Santiago olhava-os com interesse profissional. Sentindo-se observado, um dos homens altos inclinou um pouco a cabeça, fazendo uma saudação, e Santiago ergueu alguns centímetros seu copo de cerveja. Podia ser uma resposta ou não. Os códigos e as regras do jogo que todos jogavam: caçadores e presas em território neutro. Kuki servia azeitonas andaluzas e tira-gostos sem se alterar. Aqueles encontros ocorriam diariamente.

— O bonitão — Lobato continuava a dar os detalhes — é o piloto do pássaro.

O pássaro era o helicóptero BO-105 da Alfândega, preparado para participar de rastreamento e caça no mar. Teresa já o tinha visto voar em perseguição a lanchas contrabandistas. Voava bem, muito baixo. Arriscando-se. Observou o sujeito: em torno dos trinta e poucos anos, cabelo preto, pele bronzeada. Bem que poderia passar por mexicano. Parecia correto, bem charmoso. Um pouco tímido.

— Ele me disse que ontem à noite lhe atiraram uma bengala que acertou uma pá da hélice — Lobato olhava para Santiago. — Não foi você, não é mesmo?

— Não saí ontem à noite.

— Também não foi nenhum deles.

— Também não.

Lobato olhou para os gibraltarinos, que falavam exageradamente alto, às risadas. Oitenta quilos, eu vou botar amanhã, fanfarronava alguém. Na caradura. Um deles, Parrondi, pediu a Kuki que servisse uma rodada aos senhores da Alfândega. Porque é meu aniversário e eu tenho, dizia em zombaria explícita, muito prazer em convidá-los. Da ponta do balcão, os outros rechaçaram a oferta, embora um deles tenha levantado dois dedos fazendo o vê da vitória enquanto desejava felicidades. O louro de óculos, informou Lobato, era o comandante de uma turbolancha HJ. Galego certamente. De La Coruña.

— Quanto aos ares, já sabe — acrescentou Lobato para Santiago. — Conserto e uma semana de céu livre, sem abutres no encalço. Para você também.

— Não tenho nada para estes dias.

— Nem mesmo cigarro?

— Nem isso.

— Que pena.

Teresa ainda prestava atenção no piloto. Parecia tão cortês e tão mosca-morta. Com sua camisa impecável, o cabelo reluzente e bem penteado, ficava difícil associá-lo ao helicóptero que era o pesadelo dos contrabandistas. Talvez fosse, disse a si mesma, como no filme a que Santiago e ela assistiram comendo pipoca no cinema de verão de La Línea: dr. Jeckyll e mr. Hyde.

Lobato, que percebeu o olhar dela, realçou um pouco o sorriso.

— É um bom rapaz. De Cáceres. Atiram nele as coisas mais estranhas que você possa imaginar. Uma vez jogaram um remo: uma das pás se partiu, e ele quase morreu. E, quando aterrissa na praia, as crianças o recebem a pedradas. Há momentos em que a Atunara parece o Vietnã. Claro que no mar é diferente.

— Sim — confirmou Santiago entre dois goles de cerveja —; lá, são esses filhos da puta que levam vantagem.

Ocupavam assim o tempo livre. Outras vezes iam fazer compras ou negócios no banco em Gibraltar, ou passeavam pela praia nos entardeceres magníficos do prolongado verão andaluz, com o Penhasco acendendo suas luzes pouco a pouco, ao fundo, e a baía cheia de buques com diferentes bandeiras — Teresa já identificava as principais — que se iluminavam enquanto o sol se apagava no poente. A casa era um chalezinho situado a dez metros da água, na foz do rio Palmones, onde se erguiam algumas casas de pescadores bem no meio da baía, entre Algeciras e Gibraltar. Gostava daquela região, que lhe lembrava um pouco Altata, em Sinaloa, com praias arenosas e chatas azuis e vermelhas ancoradas junto à água mansa do rio. Costumavam fazer o desjejum com café pingado e torradas ao azeite no Espigón ou no Estrella de Mar, e aos domingos comiam tortilhas de camarão no Willy. Certas ocasiões, entre uma viagem e outra conduzindo cargas pelo Estreito, pegavam a Cherokee de Santiago e iam até Sevilha pela Ruta del Toro, para comer no Becerra ou parando para provar presunto ibérico e lombinho nas vendas de beira de estrada. Outras vezes, percorriam a Costa del Sol até Málaga ou iam na direção oposta, por Tarifa e Cádiz até Sanlúcar de Barrameda e a desembocadura do Guadalquivir: vinho Barbadillo, lagostins, discotecas, varandas de cafés, restaurantes, bares e caraoquês, até que Santiago abria a carteira, fazia as contas e dizia chega, já entramos na reserva, vamos voltar para ganhar mais, porque ninguém vai nos dar de graça. Com frequência passavam dias inteiros no Penhasco, lambuzados de óleo e graxa, torrados pelo sol e comidos de moscas no varadouro de Marina Sheppard, desmontando e tornando a montar o motor da Phantom — palavras antes misteriosas como pistões americanos, cabeçotes e caixa de rolamentos já não representavam segredo nenhum para Teresa —, e depois testavam a lancha em velocidades calculadas pela baía, observados de perto pelo helicóptero, as HJ e as Heineken, que talvez na mesma noite voltassem a se dedicar a eles no jogo de gato e rato ao sul de Punta Europa. E toda tarde, nos dias tranquilos de porto e varadouro, após terminarem o trabalho, iam ao Olde Rock beber alguma coisa sentados à mesa de sempre, sob um quadrinho que retratava a morte de um almirante inglês chamado Nelson.

Dessa maneira, durante aquele tempo quase feliz — pela primeira vez na vida estava consciente de ser que o era —, Teresa mergulhou no trabalho. A mexicaninha que havia pouco mais de um ano tinha começado a correr em Culiacán era agora uma mulher tarimbada em travessias noturnas e sobressaltos, em problemas marítimos, em mecânica naval, em ventos e correntes. Conhecia a rota e a atividade dos barcos pelo número, a cor e a posição de suas luzes. Estudou as cartas náuticas espanhola e inglesa do Estreito e as comparou com as próprias observações, até saber de cor sondas, perfis de costa, referências que depois, à noite, fariam a diferença entre o sucesso e o fracasso. Embarcou cigarro nos armazéns gibraltarinos, contrabandeando-o uma milha adiante, na Atunara. E haxixe na costa marroquina, para desembarcá-lo em enseadas e praias de Tarifa a Estepona. Examinou, de chave inglesa e chave de fenda em punho, bombas de refrigeração e cilindros, trocou ânodos, limpou óleo, desmontou velas e aprendeu coisas que nunca imaginou que pudessem ser úteis; por exemplo, que se calcula o consumo/hora de um motor incrementado, como o de qualquer motor de dois tempos, multiplicando por 0,4 a potência máxima — regra utilíssima quando se queima o combustível aos borbotões no meio do mar, onde não há postos de gasolina. Acostumou-se a orientar Santiago com pancadas nos ombros em fugas muito apressadas, para que a proximidade das turbolanchas ou do helicóptero não o distraísse quando pilotava a velocidades perigosas, e a manejar ela mesma uma lancha acima de trinta nós, pisar fundo ou reduzir com mar revolto para que o casco sofresse o mínimo possível, elevar a cauda do motor com mar agitado ou regulá-la a meio-termo para planar, camuflar-se perto da costa aproveitando os dias sem lua, agarrar-se a um pesqueiro ou a um barco grande a fim de confundir o próprio sinal de radar. E também as táticas de fuga: utilizar o curto raio de giro da Phantom para driblar a abordagem das turbolanchas, mais potentes porém de manobra mais difícil; mudar a direção da proa ou cortar seu rastro aproveitando as vantagens da gasolina sobre o óleo diesel do oponente. E assim ela passou do medo à euforia, da vitória ao fracasso, e compreendeu, de novo, o que já compreendia: que umas vezes se perde, outras se ganha, e outras se deixa de ganhar. Atirou pacotes ao mar, iluminada em plena noite pelo refletor dos perseguidores, ou transferiu-os para pesqueiros e para sombras negras que avançavam das praias desertas entre o rumor da ressaca, mergulhadas na água até a cintura. Em certa ocasião — a única até então, durante uma operação com gente pouco confiável —, fez isso enquanto Santiago vigiava sentado na popa, na escuridão, com uma Uzi disfarçada sob a roupa; não como precaução diante da chegada de aduaneiros ou guardas-civis — isso ia contra as regras do jogo —, mas para se precaver das pessoas a quem faziam a entrega: uns franceses de má reputação e modos ainda piores. E depois, naquela mesma madrugada, com a carga já despachada e navegando rumo ao Penhasco, a própria Teresa tinha atirado com muito alívio a Uzi ao mar.

Agora estava longe de sentir esse alívio, apesar de estarem navegando com a lancha vazia e de volta a Gibraltar. Eram quatro e quarenta da madrugada e só haviam transcorrido duas horas desde que embarcaram os trezentos quilos de resina de haxixe na costa marroquina: tempo suficiente para cruzar as nove milhas que separavam Al Marsa de Cala Arenas e despachar sem problemas a carga da outra margem. Mas — dizia um ditado espanhol —, até que o rabo passe, tudo é touro. E, para confirmar isso, um pouco antes de Punta Carnero, assim que entraram no setor vermelho do farol, onde já era possível ver o molhe iluminado do Penhasco do outro lado da baía de Algeciras, Santiago soltou uma blasfêmia, virando-se de repente para olhar para o alto. Um instante depois, por sobre o som do motor, Teresa ouviu um ronronar diferente que se aproximava pela lateral e então se localizava na popa, segundos antes de um refletor de súbito enquadrar a lancha, ofuscando-os bem de perto. O pássaro, resmungava Santiago. O puto do pássaro. As pás do helicóptero deslocavam um turbilhão de ar sobre a Phantom, levantando água e espuma ao redor. Quando Santiago moveu o trimer da cauda e pisou no acelerador, a agulha saltou de 2.500 para 4 mil rotações; a lancha começou a correr dando pancadas sobre o mar, planando em rápidos baques com o fundo do casco. Porra nenhuma. O refletor os seguia, oscilante de uma banda para a outra da lancha, e delas para a popa, iluminando como uma cortina branca a esteira de água que 250 cavalos a boa potência levantavam. Entre as pancadas e a espuma, bem agarrada para não cair da amurada, Teresa fez o que devia fazer: esquecer-se da ameaça relativa do helicóptero — que voava, calculou ela, a uns quatro metros da água e, como eles, a uma velocidade de quase quarenta nós — e ocupar-se da outra ameaça que sem dúvida os rondava, mais perigosa porque corriam próximos demais à terra: a HJ da Vigilância Alfandegária que, guiada pelo radar e pelo foco do helicóptero, devia estar naquele momento navegando até eles a toda a velocidade para lhes barrar a passagem ou para empurrar a lancha contra a costa. Na direção das pedras da restinga de La Cabrita, que estava em algum lugar adiante e um pouco a bombordo.

Ela encostou o rosto no cone de borracha do Furuno, machucando a testa e o nariz com as pancadas do fundo do casco, e diminuiu o alcance para meia milha. Deus, meu Deus. Se neste trampo você não está às boas com Deus, nem se meta, pensou. A varredura da antena lhe parecia incrivelmente demorada, uma eternidade que aguardou prendendo a respiração. Tire a gente desta, meu Deus querido. Até de são Malverde ela se lembrou naquela negra noite de seu mal. Estavam sem carga que os levasse à prisão, mas os aduaneiros eram gente da pesada, por mais que nas tabernas de Campamento te desejassem feliz aniversário. Àquela hora e por aquelas rotas, podiam recorrer a qualquer pretexto para se apropriar da lancha, ou atingi-la como que por acidente e levá-la a pique. A luz cegante do refletor entrava pela tela, dificultando sua visão. Reparou que Santiago aumentava as rotações do motor, apesar de já estarem no limite por causa das águas que o vento do oeste levantava. O galego tinha o couro duro e, além disso, não era homem inclinado a facilitar as coisas para a lei. Então a lancha deu um salto mais prolongado do que os anteriores — tomara que o motor não engasgue, pensou enquanto imaginava a hélice girando no vazio —, e, quando o casco bateu de novo na superfície da água, Teresa, agarrada o tanto que podia, bateu novamente o rosto na moldura de borracha do radar, e viu por fim na tela, entre os inúmeros pequenos ecos da marulhada, outra mancha negra, distinta: um sinal alongado e sinistro que se aproximava deles rapidamente pela aleta de estibordo, a menos de quinhentos metros.

— Às cinco! — gritou, sacudindo o ombro direito de Santiago. — A uns quinhentos metros!

Disse isso encostando a boca no ouvido dele para se fazer ouvir acima do rugido do motor. Então Santiago deu uma olhada inútil para lá, com os olhos entreabertos sob o ofuscamento do refletor do helicóptero, que continuava colado a eles, e arrancou com um tapa a borracha do radar para poder enxergar a tela ele mesmo. A sinuosa linha negra da costa se desenhava inquietantemente próxima a cada varredura da antena, a uns trezentos metros pelo viés de bombordo. Teresa olhou a proa. O farol de Punta Carnero continuava emitindo suas faíscas avermelhadas. Com aquela rota, quando passassem ao setor de luz branca já não haveria jeito de evitar a restinga de La Cabrita. Santiago deve ter pensado a mesma coisa, pois diminuiu a velocidade e girou o leme para a direita, tornou a acelerar e manobrou várias vezes em zigue-zague da mesma maneira, mar adentro, olhando alternadamente a tela do radar e o refletor do helicóptero, que a cada manobra se adiantava, perdendo-os de vista por um momento, antes de voltar a grudar neles para mantê-los enquadrados com sua luz. Fosse o cara da camisa azul ou qualquer outro, pensou Teresa com admiração, aquele sujeito lá em cima era um grande filho da mãe. Pra que dizer que não, se é sim? E ele dominava seu ofício. Voar de noite com um helicóptero e bem perto da água não era para qualquer um. O piloto tinha que ser tão bom quanto o Ruço, nos bons tempos e na sua categoria. Ou melhor ainda. Teve vontade de lhe atirar uma maldita bengala, se tivessem levado bengalas a bordo. Vê-lo cair em chamas na água. Tchof.

O sinal da HJ estava mais perto no radar, aproximando-se implacável. Atirada a toda a potência em mar calmo, era impossível alcançar aquela lancha; mas com a marulhada era demais para ela, e a vantagem era dos perseguidores. Teresa olhou para trás e a estibordo protegendo os olhos da luz com a mão, esperando vê-la aparecer de um momento para outro. Segurando-se o melhor que podia, abaixando a cabeça toda vez que uma onda de espuma saltava sobre a proa, sentia os rins doloridos por causa das pancadas contínuas do fundo do casco. De vez em quando observava o perfil obstinado de Santiago, os traços tensos pingando água salgada, os olhos ofuscados atentos à noite. As mãos crispadas sobre o leme da Phantom, dirigindo-a com sacudidas hábeis e curtas, tiravam o máximo partido das quinhentas voltas extras do motor incrementado, do grau de inclinação da cauda e da quilha plana que em alguns saltos mais prolongados dava a impressão de voar, como se a hélice só encostasse na água de vez em quando, e outras vezes batia com estrondo, estalando de tal forma que o casco parecia a ponto de se desfazer em pedaços.

— Lá está ela!

E lá estava: uma sombra fantasmagórica, ora cinzenta, ora azul e branca, que entrava no campo de luz projetado pelo helicóptero com grandes rajadas de água, seu casco perigosamente próximo. Entrava e saía da luz como um muro enorme ou um cetáceo monstruoso que corresse sobre o mar, e o refletor da turbolancha que agora também os iluminava, coroado por uma faísca azul intermitente, parecia um olho maligno. Ensurdecida pelo ruído dos motores, agarrando-se onde podia, encharcada pelas ondas, sem ousar esfregar os olhos, que ardiam de sal, por medo de ser atirada longe, Teresa reparou que Santiago abria a boca para gritar alguma coisa que não chegou a seus ouvidos, e depois o viu levar a mão direita à alavanca de inclinação da cauda, tirar o pé do acelerador para reduzir a velocidade bruscamente enquanto virava o leme a bombordo e pisar de novo, com a proa voltada para o farol de Punta Carnero. A cortada ajudou-os a driblar o refletor do helicóptero e a proximidade da HJ; no entanto, o alívio de Teresa durou o brevíssimo tempo que ela demorou para perceber que corriam direto para terra quase no limite entre os setores vermelho e branco do farol, na direção dos quatrocentos metros de pedras e arrecifes de La Cabrita. Não vá se ferrar, murmurou. O refletor da turbolancha os perseguia por trás, pela popa, auxiliado pelo helicóptero, que novamente voava colado a deles. E então, quando tentava calcular os prós e os contras, com as mãos crispadas por causa da força com que se segurava, Teresa viu o farol à frente e acima, próximo demais, passar do vermelho ao branco. Não precisava do radar para saber que estavam a menos de cem metros das pedras, e que a marca da sonda diminuía rapidamente. Baixo pra cacete. Ou ele reduz ou nos arrebentamos, ela concluiu. E a esta maldita velocidade não posso nem me atirar no mar. Quando olhou para trás, viu o refletor da HJ se abrir pouco a pouco, cada vez mais longe, à medida que seus tripulantes tomavam cuidado para evitar a restinga. Santiago manteve a rota um pouco mais, deu uma olhada sobre o ombro para a HJ, para a sonda e depois para a frente, onde a claridade distante de Gibraltar recortava em negro a silhueta de La Cabrita. Espero que não, pensou Teresa assustada. Espero que não lhe passe pela cabeça se enfiar de lado pelo canal entre as pedras: ele já fez isso uma vez, mas era de dia e não corríamos tanto como hoje. Naquele momento Santiago reduziu a velocidade, virou o leme a estibordo e, passando sob a barriga do helicóptero, cujo piloto teve que subir bruscamente para evitar a antena do radar da Phantom, cruzou não pelo canal mas sobre a ponta exterior da restinga, com a massa negra de La Cabrita tão próxima que Teresa pôde sentir o cheiro de suas algas e ouvir o eco do motor nas paredes rochosas da escarpa. E de repente, ainda com a boca aberta e os olhos fora de órbita, ela se viu do outro lado de Punta Carnero: o mar muito mais tranquilo do que do lado de fora, e a HJ a uns quinhentos metros de distância em decorrência do arco que havia descrito para abrir caminho. O helicóptero estava mais uma vez grudado à sua popa, entretanto já não era mais do que uma companhia incômoda, sem consequências, enquanto Santiago forçava o motor ao máximo, 6.300 rotações, e a Phantom cruzava a baía de Algeciras a cinquenta e cinco nós, planando sobre o mar calmo rumo à embocadura do porto de Gibraltar. Fantástico. Quatro milhas em cinco minutos, com uma ligeira manobra para evitar um petroleiro ancorado no meio do caminho. E quando a HJ abandonou a perseguição e o helicóptero começou a se distanciar e ganhar altura, Teresa ficou de joelhos na lancha e, ainda iluminada pelo refletor, deu uma eloquente banana para o piloto. Adeus, safaaaaado. Te enganei três vezes, e a gente se vê depois, carcará. Na taberna do Kuki.

6

Estou arriscando a vida, estou arriscando a sorte

Localizei Óscar Lobato com um telefonema para o *Diario de Cádiz*. Teresa Mendoza, falei. Estou escrevendo um livro. Ficamos de almoçar no dia seguinte na Venta del Chato, um antigo restaurante na praia de Cortadura. Tinha acabado de estacionar na porta, em frente ao mar, com a cidade ao longe, ensolarada e branca no extremo de sua península de areia, quando Lobato saltou de um castigado Ford cheio de jornais velhos e com a placa "imprensa" escondida atrás do para-brisa. Antes de vir ao meu encontro, estivera conversando com o guardador de automóveis e lhe deu um tapinha nas costas, o que o outro agradeceu como uma gorjeta. Lobato era simpático, falante, inesgotável em anedotas e informações. Quinze minutos mais tarde, já éramos íntimos, e eu havia ampliado meus conhecimentos sobre aquela pousada — uma autêntica pousada de contrabandistas, com dois séculos de história —, sobre a composição do molho que nos serviram com o cervo, sobre o nome e a utilidade de cada um dos utensílios centenários que decoravam as paredes do restaurante e sobre o *garum*, o molho de peixe favorito dos romanos quando aquela cidade se chamava Gades e os turistas viajavam em barcos de três remos. Antes do segundo prato, soube também que estávamos próximos do Observatório da Marinha de San Fernando, por onde passa o meridiano de Cádiz, e que em 1812 as tropas de Napoleão que sitiavam a cidade — não chegaram à porta de Tierra, ressaltou Lobato — tinham ali um de seus acampamentos.

— Você viu o filme *Lola la Piconera*?

Conversamos sem cerimônia desde o início. Disse-lhe que não, que não tinha visto, e ele o contou de cabo a rabo. Com Juanita Reina, Virgilio Teixeira e Manuel Luna. Dirigido por Luis Lucia em 1951. E, segundo a lenda, certamente falsa, os ianques fuzilaram a Piconera* exatamente aqui. Heroína nacional etc. E este refrão: "Que viva la alegría y la pena que se muera, Lola, Lolita la Piconera." Ficou me olhando enquanto eu fazia uma expressão de quem estava interessadíssimo em tudo aquilo, piscou um olho, deu um belo gole em seu copo de vinho Yllera — acabávamos de abrir a segunda garrafa — e se pôs a falar de Teresa Mendoza sem nenhuma mudança de tom. Numa boa.

— Essa mexicana. Esse galego. Esse haxixe pra cima e pra baixo, com Deus e todo mundo se arriscando nas quatro esquinas... Tempos épicos — suspirou, com sua gotinha de nostalgia em minha homenagem. — Corriam algum perigo, claro. Gente durona. Mas não havia a raça ruim que há agora.

Continuava a ser repórter, deixou isso claro. Como na época. Um puto de um repórter de infantaria, se cabia a expressão. E com muita honra. No fim das contas, não sabia fazer outra coisa. Gostava de seu trabalho, embora pagassem a mesma merda de dez anos atrás. Além disso, sua mulher levava um segundo salário para casa. Sem filhos que dissessem estamos com fome, velho.

— Isso — concluiu — dá mais *liberté, egalité* e *fraternité.*

Fez uma pausa para responder ao cumprimento de alguns políticos locais com trajes escuros que ocuparam a mesa vizinha — um

---

*Piconera: carvolira. (*N. do T.*)

assessor municipal de Cultura e outro de Urbanismo — e prosseguiu com Teresa Mendoza e o galego. Costumava se encontrar de vez em quando com eles em La Línea ou em Algeciras, ela com uma cara de índia, bonitinha, bem morena e com aqueles olhos grandes, de vingança, que tinha no rosto. Não era grande coisa, mais para miúda, só que quando se arrumava ficava atraente. Com belos peitos, sem dúvida. Não muito grandes, mas assim — Lobato aproximou as mãos e apontou os indicadores para fora, como os chifres de um touro. — Meio brega ao se vestir, no estilo das amantes do pessoal do haxixe e do tabaco, apesar de menos espalhafatosa: calças muito apertadas, camisetas, saltos altos e tudo isso. Arrumadinha mas informal. Não se misturava muito com as outras. Tinha no fundo sua pontinha de classe, embora não se pudesse dizer com precisão onde isso aflorava. Talvez falando, porque era suave, com seu sotaque tão carinhoso e educado. Com aqueles arcaísmos bonitos que os mexicanos usam. Quando prendia com um laço o cabelo partido ao meio e bem puxado para trás, esse toque de classe aparecia mais. Como Sara Montiel em *Veracruz*. Vinte e poucos, devia ter. Anos. Chamava a atenção de Lobato que nunca usasse ouro, só prata. Brincos, pulseiras. Tudo prata, e pouca. Às vezes usava sete argolas juntas num punho, parece que chamavam de semanário. Cling, cling. Lembrava disso pelo tilintar.

— O pessoal do meio passou a respeitá-la pouco a pouco. Primeiro, porque o galego tinha boa reputação. E, segundo, porque era a única mulher que se arriscava por aí afora. No início todo mundo levava na sacanagem, sabe como é. Até o pessoal da Alfândega e os vigilantes debochavam. Mas, quando se tornou voz corrente que tinha os mesmos colhões que um homem, tudo mudou de figura.

Perguntei-lhe por que Santiago Fisterra tinha boa reputação, e Lobato juntou o polegar e o dedo indicador num círculo de aprovação. Era legal, disse. Calado, correto. Bem galego, no bom sentido. Quero dizer que não era um desses cabras calejados e perigosos, nem dos informais ou dos fantasmas que trabalhavam no varejo do haxixe. Era discreto, nada grosso. Perfeito. Bem pouco rude, se é que me entende. Ia à luta como quem vai ao escritório. Os outros, os *llanitos*, podiam combinar com você amanhã às três, e na hora marcada estavam afogando o ganso com a namorada ou bebendo num bar, e você apoiado em um poste de rua com teias de aranha nas costas, olhando o relógio. Mas, se o galego dizia amanhã eu vou, não precisava falar mais nada. Ele ia, com um companheiro, ainda que o mar não estivesse para peixe. Um sujeito de palavra. Um profissional. O que nem sempre era bom, porque fazia sombra a muita gente. Sua grande aspiração era juntar grana suficiente para se dedicar a outra coisa. Vai ver que era por isso que Teresa e ele se davam bem. Pareciam apaixonados, desde o começo. De mãos dadas, abraço pra lá, abraço pra cá, você sabe. O normal. O que acontece é que havia nela alguma coisa que não se pode controlar inteiramente. Não sei se me explico. Alguma coisa que fazia você se perguntar se ela era sincera. Olha, não me refiro a hipocrisia nem a nada disso. Eu poria a mão no fogo que era uma boa garota... Estou falando de outra coisa. Eu diria que Santiago a amava mais do que ela a ele. Sacou? Porque Teresa ficava sempre um pouco longe. Sorria, era discreta e boa mulher, e estou certo de que na cama se davam bem às pampas. Mas esse pontinho, percebe?... Às vezes, se você prestasse atenção — e prestar atenção é meu trabalho, compadre —, havia alguma coisa na forma como olhava para todos nós, inclusive para Santiago, que dava a entender que não estava totalmente convencida. Como se tivesse em algum canto um sanduíche embrulhado em papel de seda e uma bolsa com alguma roupa e uma passagem de trem. Você a via rir, tomar sua tequila — adorava tequila, claro —, beijar seu homem, e de repente surpreendia nos olhos dela uma expressão estranha. Como se estivesse pensando: isso não pode durar.

Isso não pode durar, pensou. Haviam feito amor quase a tarde toda, até não aguentarem mais, e agora passeavam sob o arco medieval da muralha de Tarifa. Conquistada aos mouros — leu Teresa no azulejo posto no umbral — no reinado de Sancho IV, o Bravo, em 21 de setembro de 1292. Um encontro de trabalho, disse Santiago. Meia hora de carro. Podemos aproveitar para beber alguma coisa, dar um passeio. E depois jantar costeletas de porco em Juan Luis. E ali estavam, com o entardecer acinzentado pelo vento do este que desmanchava carneirinhos de espuma branca no mar, de frente para a praia dos Lances e de costas para o Atlântico, e com o Mediterrâneo do outro lado, e a África oculta na neblina que a tarde, a leste, ia escurecendo, sem pressa, do mesmo modo como eles caminhavam abraçados pela cintura, avançando pelas ruas estreitas e caiadas da pequena cidade onde o vento sempre soprava, em qualquer direção e quase nos trezentos e sessenta e cinco dias do ano. Naquela tarde ele soprava bem forte, e antes de adentrarem a cidade ficaram olhando como o mar quebrava nos diques do estacionamento debaixo da muralha, junto a Caleta, onde a água pulverizada salpicava o para-brisa da Cherokee. Ali, bem confortáveis, ouvindo música no rádio, ela recostada no ombro de Santiago, Teresa viu passar mar adentro, ao longe, um veleiro grande com três mastros como os dos filmes antigos, que seguia muito devagar para o Atlântico, submergindo a proa sob o impulso das rajadas mais fortes, esfumado entre a cortina cinzenta do vento e a espuma como se fosse um navio-fantasma saído de outros tempos, que não tivesse parado de navegar por muitos anos e muitos séculos. Depois saíram do automóvel e, pelas ruas mais protegidas, caminharam para o centro da cidade, olhando vitrines. A temporada de veraneio já tinha passado, mas a varanda sob a marquise e o interior do café Central continuavam cheios de homens e mulheres bronzeados, de aparência atlética, estrangeiros. Muito rucinho, muita argolinha na orelha, muita camiseta estampada. Windsurfistas, Santiago tinha reparado na primeira vez em que estiveram ali. Haja vontade. Na vida existe gente para tudo.

— Quem sabe um dia você se engana e diz que me ama.

Virou-se para olhá-lo quando escutou essas palavras. Ele não estava aborrecido, nem mal-humorado. Nem mesmo se tratava de uma crítica.

— Eu te amo, seu babaca.

— Claro.

Sempre zombava dela com isso. Com sua maneira suave, observando-a, incitando-a a falar com pequenas provocações. Parece custoso para você, dizia. Tão sem graça. Você me deixa com o ego, ou com sei lá o quê, parecendo merda. Teresa o abraçava e o beijava nos olhos, e lhe dizia te amo, te amo, te amo, muitas vezes. Maldito galego pra lá de babaca. E ele brincava como se não se incomodasse, como se fosse apenas um simples pretexto para conversa, um motivo de gozação, e coubesse a ela fazer uma crítica a ele. Deixa estar, deixa estar. Até que paravam de rir e ficavam um de frente para o outro, e Teresa sentia a impotência de tudo quanto não era possível, enquanto os olhos masculinos a encaravam com firmeza, resignados, como se chorassem um pouco por dentro, silenciosamente, igual a um menino que corre atrás dos companheiros maiores que saem disparados na frente. Um sofrimento seco, calado, que a comovia; e então estava segura de que, pensando bem, amava, sim, amava de fato aquele homem. E, cada vez que isso acontecia, Teresa reprimia o impulso de levantar a mão e acariciar o rosto de Santiago de alguma forma difícil de saber, de explicar e de sentir, como se lhe devesse alguma coisa e nunca pudesse pagar.

— Em que você está pensando?

— Em nada.

Quem dera isso não acabasse nunca, desejava. Quem dera essa existência intermediária entre a vida e a morte, suspensa no alto de um abismo estranho, pudesse se prolongar até que um dia eu possa pronunciar palavras que sejam novamente verdadeiras. Quem dera sua pele, suas mãos, seus olhos e sua boca apagassem minha memória, e eu nascesse de novo, ou morresse de uma vez, para dizer, como se fossem novas, velhas palavras que não me soem a traição ou a mentira. Quem dera eu tenha — quem dera eu tivesse, nós tivéssemos — tempo suficiente para isso.

Nunca falavam de Ruço Dávila. Santiago não era daqueles a quem se pode falar de outros homens, nem ela era daquelas que fazem isso. Às vezes, quando ele ficava respirando na escuridão, bem perto, Teresa quase podia escutar suas perguntas. Isso ainda acontecia, porém já fazia algum tempo que tais perguntas eram apenas um hábito, rumor rotineiro de silêncios. No início, durante os primeiros dias em que os homens, mesmo os que estão de passagem, pretendem impor obscuros — inexoráveis — direitos, Santiago fez algumas daquelas perguntas em voz alta. À sua maneira, naturalmente. Pouco ou absolutamente nada explícitas. Rondava como um coiote, atraído pelo fogo mas sem se atrever a entrar. Tinha ouvido coisas. Amigos de amigos que tinham amigos. De jeito nenhum. Tive um homem, Teresa resumiu uma vez, cansada de vê-lo farejar em torno do mesmo assunto quando as perguntas sem resposta deixavam silêncios insuportáveis. Tive um homem bonito, corajoso e estúpido, disse ela. Bem malandro. Um maldito safado como você — como todos —, mas esse me pegou bem menina, sem mundo, e no final me pegou de jeito, e eu me vi correndo por culpa dele, e eu corri para tão longe que botei pra quebrar e vim parar aqui, onde você me encontrou. Mas você não deve ligar se eu tive um homem ou não, porque esse de que estou falando está morto e enterrado. Deram conta dele e ele morreu, como todos nós vamos morrer, só que antes. E o que esse homem foi na minha vida é coisa minha, e não sua. Depois de tudo isso, numa noite em que estavam trepando gostoso, agarrados com força um ao outro, e Teresa tinha a cabeça deliciosamente vazia, desprovida de memória ou de futuro, só um presente denso, espesso, de uma intensidade quente a que se entregava sem remorsos, ela abriu os olhos e percebeu que Santiago havia parado e a olhava bem de perto na penumbra, e também viu que ele mexia os lábios; quando por fim voltou ao ponto em que estavam e prestou atenção no que dizia, pensou galego bobo, estúpido como todos, ingênuo, ingênuo, com aquelas perguntas na hora mais inoportuna: ele e eu, melhor ele, melhor eu, você me ama, você o amava. Como se tudo pudesse se resumir a isso e a vida fosse preto no branco, o bem e o mal, uma coisa melhor ou pior do que outra. E sentiu de repente uma secura na boca e na alma e, entre as coxas, uma cólera nova estourar dentro dela, não porque ele andasse de novo fazendo perguntas e escolhesse mal a hora de fazê-las, mas porque ele era elementar, e grosseiro, e buscava confirmação para coisas que nada tinham a ver com ela, remexendo em outras que nada tinham a ver com ele; e não eram sequer ciúmes, mas orgulho, hábito, absurda masculinidade do macho que afasta a fêmea da manada e lhe nega outra vida além daquela que ele lhe enfia pelas entranhas. Por isso quis ofender, e magoar, e o afastou com violência enquanto despejava que sim, a verdade, claro que sim, quem ele pensa que é, o galego idiota. Na certa achava que a vida começava com ele e com sua maldita verga. Estou com você porque não tenho lugar melhor aonde ir, ou porque aprendi que não sei viver sozinha, sem um homem parecido com outro, e estou pouco ligando de saber por que o primeiro que apareceu me escolheu, ou eu o escolhi. E então se levantando, nua, ainda sem se livrar dele, deu-lhe uma bofetada forte, um golpe que fez Santiago virar o rosto para o lado. E quis lhe dar outra, mas ele, ajoelhado sobre ela, devolveu o bofetão com uma violência tranquila e seca, sem fúria, talvez surpresa; e ficou olhando-a assim como estava, de joelhos, sem se mexer, enquanto ela chorava e chorava lágrimas que não saíam dos olhos, mas do peito e da garganta, quieta de barriga para cima, insultando-o entre os dentes, galego maldito, safado dos infernos, babaca, filho da puta, filho de uma vaca, safado, safado, safado. Depois ele se deitou a seu lado e ficou ali por um instante sem dizer nada nem tocar nela, envergonhado e confuso, enquanto Teresa continuava de barriga para cima, sem se mexer, e se acalmava aos poucos, à medida que as lágrimas secavam em seu rosto. E isso foi tudo, e aquela foi a única vez. Nunca mais houve perguntas.

— Quatrocentos quilos... — disse Cañabota em voz baixa. — Óleo de primeira, sete vezes mais puro que a resina normal. A fina flor.

Tinha um gim-tônica numa das mãos e um cigarro inglês com filtro dourado na outra, e alternava as tragadas com golinhos curtos. Era baixo e gorducho, com a cabeça raspada, e suava o tempo todo, a ponto de suas camisas estarem sempre molhadas nas axilas e no colarinho, onde brilhava a inevitável corrente de ouro. Talvez, pensou Teresa, fosse seu trabalho que o fazia suar. Porque Cañabota — não sabia se era sobrenome ou apelido — era como na gíria da atividade se chamava um homem de confiança: um agente local, conexão ou intermediário entre os traficantes de um lado e do outro. Um perito em logística clandestina, encarregado de organizar a saída de haxixe do Marrocos e assegurar seu recebimento. Isso incluía contratar transportadores, como Santiago, e também a conivência de certas autoridades locais. O sargento da Guarda Civil — magro, cinquentão, vestido à paisana — que o acompanhava naquela tarde era uma das muitas teclas que era preciso apertar para que a música soasse. Teresa o conhecia de outras ocasiões e sabia que estava lotado perto de Estepona. Havia uma quinta pessoa no grupo: um advogado gibraltarino chamado Eddie Álvarez, miúdo, de cabelo ralo e encaracolado, óculos de lentes bem grossas e mãos nervosas. Tinha uma discreta banca de advogado nas proximidades do porto da colônia britânica, com dez ou quinze sociedades de fachada ali domiciliadas. Encarregava-se de controlar o dinheiro pago a Santiago depois de cada viagem.

— Desta vez seria melhor levar tabeliães — acrescentou Cañabota.

— Não — Santiago balançava a cabeça, com muita calma. — Gente demais a bordo. Tenho uma Phantom, não um ferryboat de passageiros.

Os tabeliães eram testemunhas que os traficantes punham nas lanchas para garantir que tudo sairia dentro do previsto: um para os fornecedores, que costumava ser marroquino, e outro para os compradores. Cañabota parecia não gostar daquela novidade.

— Ela — apontou para Teresa — poderia ficar em terra.

Santiago não afastou os olhos do homem de confiança enquanto tornava a balançar a cabeça.

— Não vejo por quê. É minha tripulante. Cañabota e o guarda-civil se viraram para Eddie Álvarez, reprovadores, como se o responsabilizassem por aquela recusa. Mas o advogado dava de ombros. É inútil, dizia o gesto. Conheço a história, estou aqui só olhando. Grandes merdas vocês estão me contando.

Teresa passou o dedo pelo copo embaçado de seu refrigerante. Nunca teve vontade de assistir a essas reuniões, mas Santiago insistia uma vez ou outra. Você se arrisca como eu, dizia ele. Tem direito de saber o que acontece, e como acontece. Não precisa falar se não quiser, mas não faz mal nenhum estar por dentro. E se alguém se sentir incomodado com a tua presença, que se dane. Todos eles. No fim das contas, as mulheres deles estão tocando siririca em casa e não trepam mais do que quatro ou cinco noites por mês.

— O pagamento como sempre? — perguntou Eddie Álvarez, atento à sua parte.

O pagamento seria feito no dia seguinte ao da entrega, confirmou Cañabota. Um terço direto para uma conta do BBV em Gibraltar — os bancos espanhóis da colônia não dependiam de Madri, e sim das sucursais em Londres, e isso proporcionava deliciosas opacidades fiscais —, dois terços na mão. Os dois terços em dinheiro não declarado, naturalmente. Embora fossem necessárias algumas faturazinhas fajutas para a parte do banco. A papelada de sempre.

— Acerte tudo com ela — disse Santiago. E olhou para Teresa.

Cañabota e o guarda-civil trocaram olhares embaraçosos. Tem mais é que se foder, dizia aquele silêncio. Botar uma mina na jogada. Nos últimos tempos era Teresa quem se ocupava do aspecto contábil do negócio, o que incluía controlar gastos, fazer contas, telefonemas cifrados e visitas periódicas a Eddie Álvarez. Também uma sociedade domiciliada no escritório do advogado, a conta bancária de Gibraltar e o dinheiro lavado aplicado em investimentos de baixo risco: algo sem muitas complicações porque Santiago não costumava perder tempo na vida com os bancos. Aquilo era o que o advogado gibraltarino chamava de infraestrutura mínima. Quando usava gravata e bancava o técnico, ele preferia recorrer à nuance: uma aplicação conservadora. Até pouco tempo atrás, e apesar da natureza desconfiada, Santiago dependia quase às cegas de Eddie Álvarez, que lhe cobrava comissão até pelos simples depósitos a prazo fixo quando aplicava o dinheiro legal. Teresa havia mudado aquilo; sugerira que se aplicasse tudo em investimentos mais rentáveis e seguros, e que o advogado se associasse a Santiago em um bar de Main Street para lavar parte dos lucros. Ela não entendia de bancos nem de finanças, mas sua experiência como doleira na rua Juárez de Culiacán tinha lhe deixado algumas ideias claras. Por isso pouco a pouco pôs mãos à obra, organizando papéis, inteirando-se do que se podia fazer com o dinheiro em vez de imobilizá-lo num esconderijo ou numa conta-corrente. Incrédulo no início, Santiago teve que se render às evidências: Teresa tinha boa cabeça para contas, e era capaz de prever possibilidades que jamais lhe passariam pelo pensamento. E tinha sobretudo um extraordinário senso comum. Ao contrário dele — o filho do pescador galego daqueles que guardavam o dinheiro em sacolas de plástico no fundo de um armário —, ela sempre considerava a possibilidade de que dois e dois pudessem dar cinco. De modo que, diante das primeiras reticências de Eddie Álvarez, Santiago deixou claro: Teresa tinha voz e voto nas questões de dinheiro. Manda e desmanda, foi o diagnóstico do advogado quando pôde trocar impressões a sós com ele. Espero que você não a transforme em coproprietária de toda a sua grana: a Galego-Asteca de Transportes S.A., ou uma mistura desse tipo. Tenho visto coisas ainda mais estranhas. Porque as mulheres, você sabe: e as moscas-mortas são as piores. Você começa metendo nelas, depois assina uns papéis, depois põe tudo no nome delas, e no final elas dão no pé deixando-o sem um puto. Isso, respondeu Santiago, é assunto meu. Leia meus lábios, vai. M-E-U. E, além do mais, estou cagando pra você. Disse isso encarando o advogado com tal expressão que o homem quase enfiou os óculos dentro do copo; bebeu bem calado o uísque com gelo — naquela ocasião estavam no terraço do hotel Rock, com toda a baía de Algeciras embaixo — e não voltou a fazer nenhuma restrição sobre o assunto. Tomara que te depenem, seu merda. Ou que essa rameira te ponha chifres. Era isso o que Eddie Álvarez devia estar pensando, mas não pronunciou.

Cañabota e o sargento da Guarda Civil observavam Teresa, sua expressão áspera, e era evidente que o mesmo pensamento passava pela cabeça de um e de outro. As patroas ficam em casa vendo tevê, dizia o silêncio deles. Vejam só o que faz essa aqui. Ela afastou os olhos, incomodada. Tecidos Trujillo, leu nos azulejos da loja em frente. Novidades. Não era agradável ver-se estudada daquele modo. Mas depois pensou que, com aquela forma de olhar para ela, estavam menosprezando também Santiago, e então virou o rosto, com uma ponta de cólera, sustentando o olhar sem pestanejar. Que fossem sacanear a mãe.

— No fim das contas — comentou o advogado, que não perdia um detalhe —, ela está muito envolvida.

— Os tabeliães servem para isso — disse Cañabota, que ainda encarava Teresa. — E os dois lados querem garantias.

— Eu sou a garantia — contrapôs Santiago. — Todos me conhecem de sobra.

— Esta carga é importante.

— Para mim todas são, enquanto me pagarem. E eu não aceito que me digam como eu devo trabalhar.

— Regras são regras.

— Estou cagando para as regras. Este é um mercado livre, e eu tenho minhas próprias regras.

Eddie Álvarez balançava a cabeça com desânimo. É inútil discutir, indicava o gesto, quando tem xoxota no meio. Estão perdendo tempo.

— Os *llanitos* não criam tantas dificuldades — insistiu Cañabota. — Parrondi, Victorio... Eles levam a bordo tabeliães e o que for preciso.

Santiago bebeu um gole de cerveja encarando Cañabota. Esse cara está há dez anos no negócio, havia comentado uma vez com Teresa. Nunca foi preso. Isso me faz desconfiar dele.

— Nos *llanitos* você não confia tanto quanto em mim.

— Isso é você quem está dizendo.

— Pois então faça negócio com eles e não venha encher meu saco.

O guarda-civil continuava grudado em Teresa, com um sorriso desagradável na boca. Estava mal barbeado, e alguns fios brancos despontavam em seu queixo e sob o nariz. Vestia-se do modo indefinível como se vestem as pessoas acostumadas ao uniforme, cuja indumentária à paisana acaba não lhes caindo muito bem. Eu te conheço, pensou Teresa. Já te vi umas cem vezes em Sinaloa, em Melilla, em todos os cantos. Você é sempre o mesmo. Mostre-me os documentos etc. Então me diga apenas como resolvemos o problema. O cinismo da profissão. A desculpa de não chegar ao fim do mês, com seu salário e suas despesas. Carregamentos de droga apreendidos dos quais você declara a metade, multas que você cobra e nunca inclui nos relatórios, bebida grátis, putas, camaradas. E as investigações oficiais que nunca vão até o fundo de nada, todo mundo encobrindo todo mundo, viva e deixe viver, porque uns mais outros menos, todo mundo esconde uma muamba dentro do armário ou um morto debaixo da terra. Tanto lá como cá, só que lá os espanhóis não têm culpa, pois saíram do México há dois séculos, e estão fora. Aqui é menos descarado, claro. É Europa e essa coisa toda. Teresa olhou para o outro lado da rua. O menos descarado era descarado às vezes. O salário de um sargento da Guarda Civil, de um policial ou de um alfandegário espanhol não dava para pagar um Mercedes do ano como o que aquele fulano havia estacionado sem disfarçar na porta do café Central. E certamente ia trabalhar com aquele mesmo carro em seu maldito quartel, e ninguém se surpreendia, e todos, inclusive os chefes, faziam de conta que não viam nada. Viva e deixe viver.

A discussão prosseguia em voz baixa, enquanto a garçonete trazia mais cervejas e gins-tônicas. Apesar da firmeza de Santiago sobre o assunto dos tabeliães, Cañabota não se dava por vencido. E se te pegam e você joga fora a carga, ressaltava. Quero ver você justificar isso sem testemunhas. Não sei quantos quilos pela amurada e você de volta, todo lampeiro. Além do mais, desta vez são italianos, e eles têm maus bofes; digo isso porque lido com eles. *Mafiosi cabroni*. No fim das contas, um tabelião é uma garantia para eles e para você. Para todos. Por isso desta vez deixe a mulher em terra e não insista. Não me aborreça, não insista e não se aborreça.

— Se me pegam e jogo fora os pacotes — respondeu Santiago —, todo mundo sabe que é porque tive que jogar... É o meu que está na reta. E isso quem me contrata entende.

— Vamos lá, Perico. Não vou te convencer?

— Não.

Cañabota olhou para Eddie Álvarez e passou a mão pela cabeça raspada, declarando-se vencido. Depois acendeu outro daqueles cigarros de filtro estranho. Pra mim ele é maricas, pensou Teresa. Esse aí vai pela contramão. A camisa do homem de confiança estava encharcada, e um filete de suor lhe escorria pelo lado do nariz até o lábio superior. Teresa continuava calada, o olhar fixo na própria mão esquerda posta sobre a mesa. Unhas compridas pintadas de vermelho, sete argolas de prata mexicana, um isqueiro fininho de prata, presente de Santiago em seu aniversário. Desejava com toda a alma que aquela conversa terminasse. Sair dali, beijar seu homem, lamber sua boca, cravar-lhe as unhas vermelhas nas costas. Esquecer-se por um instante de tudo aquilo. De todos eles.

— Um dia você ainda vai ter um aborrecimento — comentou o guarda-civil.

Eram as primeiras palavras que pronunciava, e as disse diretamente a Santiago. Olhava-o com deliberada persistência, como se estivesse gravando seus traços na memória. Um olhar que prometia outras conversas em particular, na intimidade de uma prisão, onde ninguém ficaria surpreso de ouvir uns bons gritos.

— Então trate de não ser você quem vai me dar um.

Estudaram-se um pouco mais, sem palavras; e era a expressão de Santiago que sugeria algumas coisas. Por exemplo, que existiam calabouços para se espancar um homem até matá-lo, mas também becos escuros e estacionamentos onde um guarda-civil corrupto podia se ver com um palmo de navalha na virilha, zás-trás, justo onde lateja a veia femoral. E que, por ali, cinco litros de sangue se esvaziavam em um suspiro. E quem você empurra quando sobe por uma escada pode voltar a encontrar quando desce. Ainda mais se é galego, e por mais que você repare, nunca sabe se sobe ou se desce.

— Tudo bem, de acordo — Cañabota bateu suavemente as palmas das mãos, conciliador. — São as porras das tuas regras, como você diz. Não vamos nos chatear... Estamos todos nisso, não é verdade?

— Todos — ajudou Eddie Álvarez, que limpava as lentes com um lenço de papel.

Cañabota se inclinou um pouco na direção de Santiago. Levasse ou não tabeliães, negócio era negócio. *Business.*

— Quatrocentos quilos de óleo em vinte neném de vinte — explicou, rabiscando cifras e desenhos imaginários com um dedo sobre a mesa. — Para contrabandear na terça à noite, com a escuridão... Você conhece o lugar: Punta Castor, na prainha que fica perto da rotunda, bem onde acaba a fronteira de Estepona e começa a estrada de Málaga. Esperam você à uma em ponto.

Santiago ficou pensativo por um instante. Olhava a mesa como se de fato Cañabota houvesse desenhado o trajeto ali.

— Estou achando um pouco longe, se tenho que descer com a carga em Al Marsa ou Punta Cires e depois contrabandear tão cedo... Do território mouro a Estepona são quatrocentas milhas em linha reta. Terei que carregar ainda com luz, e o caminho de volta é longo.

— Não tem problema — Cañabota olhava para os outros animando-os a confirmar suas palavras. — Colocaremos alguém em cima do Penhasco, com uma lanterna prismática e um walkie-talkie para controlar as HJs e o pássaro. Há um tenente inglês lá em cima que come na nossa mão, e além disso trepa com uma pombinha nossa num puteiro de La Línea... Quanto aos pacotes, não tem encrenca. Você vai pegá-los num barco pesqueiro, cinco milhas a leste do farol de Ceuta justo quando se deixa de ver a luz. Chama-se *Julio Verdú* e é de Barbate. Canal 44 de faixa marítima: você diz Mário duas vezes, e eles vão te guiar. Às onze você atraca ao pesqueiro e pega a carga, depois segue rumo norte aproximando-se da costa sem pressa e descarrega a muamba a uma. Às duas, as crianças estão bem guardadas e você está em casa.

— Facílimo — disse Eddie Álvarez.

— É — Cañabota olhava para Santiago, e o suor voltou a escorrer junto ao seu nariz. — Facílimo.

Acordou antes da alvorada, e Santiago não estava. Esperou um instante entre os lençóis amarrotados. Setembro estava no fim, mas a temperatura continuava a mesma das noites do verão que ficara para trás. Um calor úmido como o de Culiacán, diluído ao amanhecer na brisa suave que entrava pelas janelas abertas: o vento terral que vinha pelo curso do rio, deslizando em direção ao mar durante as últimas horas da noite. Levantou-se, nua — sempre dormia nua com Santiago, como havia feito com Ruço Dávila —, e ao se colocar em frente à janela sentiu o alívio da brisa. A baía era um semicírculo negro pontilhado de luzes: os barcos que ancoravam diante de Gibraltar, Algeciras de um lado e o Penhasco do outro, e mais perto, na extremidade da praia onde sua casinha ficava, o espigão e as torres da refinaria refletidos na água imóvel da orla. Tudo era bonito e tranquilo, e a alvorada ainda estava distante; por isso procurou o maço de Bisonte na mesinha de cabeceira e acendeu um cigarro apoiada no batente da janela. Ficou assim algum tempo sem fazer nada, apenas fumando e olhando a baía enquanto a brisa da terra refrescava sua pele e suas lembranças. O tempo transcorrido desde Melilla. As festas de Dris Larbi. O sorriso do coronel Abdelkader Chaib quando ela lhe expunha as coisas. Um amigo gostaria de entrar num acordo etc. Sabe como é. E você está incluída no acordo, havia perguntado — ou afirmado — o marroquino na primeira vez, amavelmente. Eu faço meus próprios acordos, respondeu Teresa, e o sorriso do outro se intensificou. Um sujeito inteligente, o coronel. Bem charmoso e correto. Não tinha acontecido nada em relação às margens e aos limites pessoais estabelecidos por ela. Mas isso não tinha nada a ver. Santiago não lhe pedira que fosse, e também não a proibiu de ir. Ele era, como todos, previsível em suas intenções, em suas fraquezas, em seus sonhos. Também ia levá-la à Galícia, dizia. Quando tudo terminasse, iriam juntos ao Grove. Não faz tanto frio quanto você imagina, e as pessoas são caladas. Como você. Como eu. Teremos uma casa, de onde poderemos ver o mar, e um telhado onde a chuva bata e o vento assobie, e uma escuna atracada na praia, você vai ver. Com seu nome no espelho de popa. E nossos filhos brincarão com lanchas de brinquedo guiadas por controle remoto entre as canoas de mexilhões.

Quando terminou o cigarro, Santiago não tinha voltado. Não estava no banheiro, por isso Teresa retirou os lençóis — sua maldita menstruação tinha vindo durante a noite —, vestiu uma camiseta e cruzou a saleta às escuras, na direção da porta corrediça que dava para a praia. Viu luz ali, e parou para olhar, de dentro de casa. Porra. Santiago estava sentado sob o alpendre, de short, sem camisa, trabalhando numa de suas maquetes. A luz que tinha sobre a mesa iluminava as mãos hábeis que lixavam e arrematavam as peças de madeira antes de colá-las. Estava construindo um veleiro antigo que Teresa achava magnífico, com o casco formado por ripas de cores diferentes que o verniz realçava, todas muito bem curvadas — molhava-as para depois lhes dar forma com um soldador — e com pregos de latão, a coberta igual às de verdade e a roda do leme que havia construído em miniatura, pauzinho a pauzinho, e que fora muito bem assentada perto da popa, junto a um pequeno depósito, com porta e tudo. Toda vez que Santiago via a foto ou o desenho de um barco antigo em uma revista, recortava-o com cuidado e o guardava em uma pasta grossa, de onde tirava as ideias para fazer seus modelos, cuidando dos mínimos detalhes. Da saleta, sem fazer notar sua presença, ela ainda o observou por um tempo, o perfil iluminado pela metade que se inclinava sobre as peças, o jeito como as levantava para examiná-las de perto, à procura de imperfeições, antes de passar-lhes cola minuciosamente e colocá-las no devido lugar. Tudo com capricho. Parecia impossível que aquelas mãos que Teresa conhecia tanto, duras, ásperas, com unhas sempre manchadas de graxa, tivessem essa habilidade admirável. Trabalhar com as mãos, ela o ouviu dizer uma vez, faz bem ao homem. Devolve-lhe coisas que ele perdeu ou que está a ponto de perder. Santiago não era muito falante nem de muitas palavras, e sua cultura era apenas um pouco mais ampla que a dela, no entanto tinha senso comum; e, como quase sempre ficava calado, olhava e aprendia, e dispunha de tempo para dar tratos a certas ideias na cabeça.

Sentiu uma profunda ternura enquanto o observava da escuridão. Parecia ao mesmo tempo um menino ocupado com um brinquedo que absorvia sua atenção e um homem adulto e fiel a certa categoria misteriosa de fantasias. Havia alguma coisa naquelas maquetes de madeira que Teresa não compreendia totalmente, mas que imaginava próxima ao profundo, às chaves ocultas dos silêncios e da forma de vida do homem de quem era companheira. Às vezes via Santiago parado, sem abrir a boca, olhando um desses modelos em que investia semanas e até meses de trabalho, e que estavam em todos os cantos da casa — oito, nove com o que estava construindo —, na saleta, no corredor, no quarto. Examinando-os de uma maneira estranha. Dava a impressão de que trabalhar tanto tempo neles equivalesse a ter navegado a bordo em tempos e mares imaginários, e que, em seus pequenos cascos pintados e envernizados, sob as velas e cordames, encontrava ecos de temporais, abordagens, ilhas desertas, longas travessias que havia feito na mente à medida que aqueles barquinhos tomavam forma. Todos os seres humanos sonhavam, concluiu Teresa. Mas não do mesmo modo. Uns arriscavam a vida no mar numa Phantom ou no céu em um Cessna. Outros construíam maquetes como consolo. Outros se limitavam a sonhar. E alguns construíam maquetes, arriscavam a vida e sonhavam. Tudo ao mesmo tempo.

Quando ia sair ao alpendre, ouviu os galos cantarem nos pátios das casas de Palmones, e de repente sentiu frio. Desde Melilla, o canto dos galos estava associado em suas lembranças com as palavras amanhecer e solidão. Uma franja de claridade se destacava a leste, moldando a silhueta das torres e das chaminés da refinaria, em uma área onde a paisagem passava do negro ao cinzento, transmitindo essa cor à água da orla. Logo haverá mais luz, disse a si mesma. E o cinzento de seus amanheceres sujos se iluminará com tons dourados e avermelhados, e depois o sol e o azul se derramarão pela praia e a baía, e eu estarei a salvo outra vez, até a próxima hora da alvorada. Estava concentrada nesses pensamentos quando viu Santiago erguer a cabeça para o céu que clareava, como um cão de caça que fareja o ar, e, interrompendo o trabalho, ficar assim absorto por um bom tempo. Então ele se levantou, esticando os braços para espreguiçar-se, apagou a luz do abajur e tirou o short; esticou mais uma vez os músculos dos ombros e dos braços como se fosse abarcar a baía e caminhou até a orla, enfiando-se na água que a brisa alta apenas roçava; uma água tão parada que os círculos concêntricos que se formavam ao se entrar nela podiam ser percebidos até muito longe na superfície escura. Deixou-se cair de frente e chapinhou devagar, até o limite onde dava pé, antes de se virar e ver Teresa, que havia cruzado o alpendre enquanto tirava a camiseta e entrava no mar, porque sentia muito mais frio lá atrás, sozinha na casa e na areia que o amanhecer acinzentava. Encontraram-se com a água pelo peito, e a pele nua e arrepiada dela se arrefeceu no contato com a do homem; e, quando sentiu seu membro enrijecido se comprimir primeiro contra suas coxas e depois contra seu ventre, abriu as pernas aprisionando-o entre elas, enquanto beijava sua boca e sua língua com gosto de sal. Sustentou-se de leve em torno de seus quadris enquanto ele a penetrava bem fundo e se derramava lenta e demoradamente, sem pressa, ao mesmo tempo que Teresa acariciava seu cabelo molhado, e a baía clareava ao redor dos dois, e as casas caiadas da orla ficavam douradas com a luz nascente, e gaivotas voavam no alto em círculos, entre grasnidos, indo e voltando das restingas. Então ela pensou que a vida às vezes era tão bonita que nem se parecia com a vida.

Foi Óscar Lobato quem me apresentou ao piloto do helicóptero. Encontramo-nos os três no terraço do hotel Guadacorte, muito próximo do lugar onde Teresa Mendoza e Santiago Fisterra tinham morado. Algumas cerimônias de primeira comunhão estavam acontecendo nos salões, e o gramado estava cheio de crianças em alvoroço umas atrás das outras debaixo dos sobreiros e pinheiros. Javier Collado, disse o jornalista. Piloto do helicóptero da Alfândega. Caçador nato. De Cáceres. Não lhe ofereça cigarro nem álcool, porque só bebe suco e não fuma. Está há quinze anos nisso e conhece o Estreito como a palma de sua mão. Sério, mas boa pessoa. E, quando está lá em cima, frio como a puta que o pariu.

— Faz com o molinilho o que nunca vi ninguém fazer na porra da minha vida.

O outro ria, ouvindo-o. Não ligue para ele, comentava. É um exagerado. Depois pediu um refresco de limão com gelo picado. Era moreno, bem-apessoado, quarenta e poucos anos, magro mas de costas largas, com ar introvertido. Extremamente exagerado, repetiu. Parecia incomodado com os elogios de Lobato. No início não aceitara falar comigo, quando fiz uma solicitação oficial por meio da direção da Alfândega em Madri. Não falo de meu trabalho, foi sua resposta. Contudo, o veterano repórter era seu amigo — fiquei me perguntando quem diabos Lobato não conhecia na província de Cádiz — e se ofereceu para intermediar o encontro. Arrasto-o sem problemas, disse. E ali estávamos. Quanto ao piloto, eu havia me informado e sabia que Javier Collado era uma lenda em seu meio: desses que entram em um bar de contrabandistas e eles dizem este é foda e se cutucam, olha só quem está aí, com um misto de rancor e respeito. O modo de agir dos traficantes estava mudando nos últimos tempos, mas ele ainda saía seis noites por semana para procurar haxixe lá de cima. Um profissional — aquela palavra me fez pensar que às vezes tudo depende de que lado do fosso, ou da lei, o acaso põe alguém. Onze mil horas de voo no Estreito, indicou Lobato. Perseguindo os maus.

— Inclusive, claro, tua Teresa e o galego. *In illo tempore.**

E então conversávamos sobre isso. Ou, para ser mais exato, sobre a noite em que *Argos*, o BO-105 da Vigilância Alfandegária, voava em altura de busca sobre um mar razoavelmente calmo, rastreando o Estreito com seu radar. Cento e dez nós de velocidade. Piloto, copiloto e observador. Rotina. Decolaram de Algeciras uma hora antes e, depois de patrulhar em frente àquela parte da costa marroquina conhecida no jargão aduaneiro como "varejão" — as praias situadas entre Ceuta e Punta Cires —, seguiam de luz apagada na direção nordeste, acompanhando de longe a costa espanhola. Havia soldados, comentou Collado: manobras navais da Otan a oeste do Estreito. Por isso a patrulha daquela noite se concentrou na parte leste, à procura de um objetivo para se conectar à turbolancha que navegava, também às escuras, mil e quinhentos pés abaixo. Uma noite de caça como outra qualquer.

— Estávamos cinco milhas ao sul de Marbella quando o radar nos forneceu dois ecos sem luzes, abaixo — especificou Collado. — Um imóvel e o outro indo na direção de terra... Então fornecemos a posição à HJ e começamos a descer na direção daquele que se movia.

— Para onde ia? — perguntei.

*Em latim no original: naquele tempo. (*N. do T.*)

— Rumava para Punta Castor, perto de Estepona — Collado virou-se para olhar na direção leste, mais além das árvores que ocultavam Gibraltar, como se pudesse enxergar dali. — Um bom lugar para contrabando porque a estrada de Málaga fica perto. Não há pedras, e pode-se meter a proa da lancha na areia... Com gente à espera em terra, decarregar não demora mais de três minutos.

— E eram dois os ecos no radar?

— Sim. O outro estava quieto, por fora, afastado uns mil e quinhentos metros... Como se esperasse. Mas o que se movia estava quase na praia, então decidimos segui-lo primeiro. O visor térmico nos dava um rastro amplo a cada pancada com o fundo do casco — ao perceber minha expressão confusa, Collado pôs a palma da mão sobre a mesa, e a erguia e a abaixava apoiada no punho, para imitar o movimento de uma lancha. — Um rastro amplo indica que a lancha está carregada. As que navegam vazias deixam um rastro mais fino, porque só colocam a cauda do motor na água... O fato é que fomos atrás dela.

Notei que deixava os dentes à mostra numa careta, à maneira de um predador que exibisse os caninos ao pensar em uma presa. Aquele sujeito, pude comprovar, animava-se rememorando a caçada. Transformava-se. Deixe-o por minha conta, tinha dito Lobato. É um cara legal; e, se confiar em você, ele relaxa. Punta Castor, continuava Collado, era um descarregadouro habitual. Naquele tempo os contrabandistas ainda não usavam GPS para se localizar, e navegavam sem instrumentos. O lugar era de acesso fácil porque em geral a saída de Ceuta era feita com rumo sessenta ou noventa e, quando se perdia de vista a luz do farol, bastava ajustar o rumo para nor-noroeste, guiando-se pela claridade de La Línea, que ficava de viés. À frente se viam em seguida as luzes de Estepona e de Marbella, mas era impossível confundir-se porque o farol de Estepona aparecia primeiro. Pisando firme, em uma hora se alcançava a praia.

— O ideal é prender essa gente em flagrante, com os cúmplices que esperam em terra... Quer dizer, quando estão na própria praia. Antes jogam os pacotes na água, e depois saem correndo em disparada.

— Correm que a gente se caga de medo — reforçou Lobato, que tinha sido passageiro em várias daquelas perseguições.

— É verdade. E acaba sendo tão perigoso para eles como para nós... — Collado sorria ligeiramente, acentuando o ar de caçador, como se isso temperasse o assunto. — Era assim naquela época, e ainda é.

Ele curte, concluí. O safado curte seu trabalho. Por isso aguenta quinze anos de caçadas noturnas, e tem nas costas as onze mil horas de que Lobato falava. A diferença entre caçadores e presas não é grande. Ninguém se mete numa Phantom só por dinheiro. Ninguém a persegue só pelo senso do dever. Naquela noite, prosseguiu Collado, o helicóptero da Alfândega baixou devagar, em direção ao eco mais próximo da costa. A HJ — Chema Beceiro, o comandante, era um sujeito eficiente — estava se aproximando a cinquenta nós de velocidade, e apareceria ali em cinco minutos. Por isso ele baixou até os quinhentos pés. Preparava-se para manobrar sobre a praia, de modo a permitir que o copiloto e o observador saltassem para a terra se fosse preciso, quando de repente umas luzes se acenderam lá embaixo. Havia veículos iluminando a areia, e a Phantom pôde ser vista por um instante junto à orla, negra como uma sombra, antes de dar uma quebrada a bombordo e sair a toda a velocidade em meio a uma nuvem de espuma branca. Então Collado jogou o helicóptero para trás, acendeu o refletor e começou a persegui-la a um metro da água.

— Trouxe a foto? — perguntou-lhe Lobato.

— Que foto? — interroguei.

Lobato não respondeu; olhava para Collado com ar zombeteiro. O piloto girava seu copo de limonada, como se não estivesse totalmente decidido.

— Afinal de contas — insistiu Lobato —, já se passaram quase dez anos.

Collado ainda ficou em dúvida por um instante. Depois colocou um envelope marrom sobre a mesa.

— Às vezes — explicou, apontando o envelope —, fotografamos o pessoal das lanchas durante as perseguições, a fim de identificá-los... Não é para a polícia nem para a imprensa, mas para nossos arquivos. Nem sempre é fácil, com o refletor oscilando, o aguaceiro e tudo o mais. Umas fotos saem e outras não.

— Esta saiu — Lobato ria. — Mostre-a de uma vez.

Collado tirou a foto do envelope e a pôs sobre a mesa, e ao vê-la fiquei com a boca seca. Uma 18 por 24 em preto e branco, com a qualidade longe de ser perfeita: muito granulada e ligeiramente fora de foco. Mas a cena estava registrada com razoável nitidez, já que a fotografia tinha sido tirada em um voo a uma velocidade de cinquenta nós e a um metro da água, em meio à nuvem de espuma que a lancha correndo a toda a potência levantava: um patim do helicóptero em primeiro plano, escuridão ao redor, salpicaduras brancas que multiplicavam o brilho do flash da câmera. E no meio de tudo aquilo podia-se ver a parte central da Phantom pelo viés de bombordo, e nela a imagem de um homem moreno, com o rosto ensopado de água, que olhava a escuridão diante da proa, inclinado sobre o volante do leme. Atrás dele, ajoelhada no piso da lancha, com as mãos em seus ombros como se estivesse indicando os movimentos do helicóptero que os perseguia, havia uma mulher jovem, vestida com uma jaqueta impermeável escura e brilhante pela qual a água escorria, com o cabelo, preso atrás em um rabo, molhado pelos respingos das ondas, os olhos bem abertos com a luz refletida neles, a boca apertada e firme. A câmara a surpreendera enquanto se virava para olhar para o lado e, um pouco acima, para o helicóptero, o rosto empalidecido pela proximidade do flash, a expressão crispada pela surpresa do disparo. Teresa Mendoza com vinte e quatro anos.

Tinha dado errado desde o início. Primeiro o nevoeiro, assim que passaram pelo farol de Ceuta. Depois, o atraso na chegada do barco pesqueiro que aguardavam em alto-mar, entre a escuridão brumosa e sem referências, com a tela do Furuno saturada de ecos de barcos mercantes e ferries, alguns perigosamente próximos. Santiago estava inquieto, e, embora Teresa só visse dele uma mancha escura, percebia o estado em que se encontrava pela forma de andar de um lado para outro da Phantom, verificando se tudo estava em ordem. O nevoeiro os escondia o suficiente para que ela se atrevesse a acender um cigarro, e ela fez isso depois de se agachar debaixo do painel de comandos da lancha, escondendo a chama e depois mantendo a brasa protegida dentro da mão em concha. E teve tempo de fumar outros três. Por fim o *Julio Verdú*, uma sombra alongada onde se moviam silhuetas negras como fantasmas, materializou-se na escuridão ao mesmo tempo que uma brisa de oeste começava a desmanchar o nevoeiro. Porém a carga também não foi satisfatória: à medida que lhes passavam do pesqueiro os vinte pacotes envoltos em plástico e Teresa os arrumava na lancha, Santiago manifestou sua estranheza pelo fato de serem maiores do que esperava. Apesar do mesmo peso, têm mais tamanho, comentou. E isso significa que não são papa-fina, mas das outras: *chocolate* comum, do ruim, em vez de óleo de haxixe, mais puro, mais concentrado e mais caro. E em Tarifa, Cañabota tinha falado de óleo.

Depois tudo correu normalmente até a costa. Estavam atrasados, e o Estreito parecia calmo como um prato de sopa, por isso

Santiago subiu o trim da cauda do motor e pôs a Phantom para correr rumo ao norte. Teresa percebeu que estava chateado, pois forçava o motor com violência e com rapidez, como se naquela noite em especial quisesse acabar logo com tudo. Não está acontecendo nada, respondeu evasivo quando ela perguntou se tinha alguma coisa errada. Não está acontecendo nada de nada. Ele estava longe de ser um sujeito falante, mas Teresa intuiu que seu silêncio tinha mais preocupação do que das outras vezes. As luzes de La Línea clareavam a oeste, pelo viés de bombordo, quando os brilhos gêmeos de Estepona e Marbella apareceram na proa, mais visíveis entre uma e outra pancada do fundo do casco, a luz do farol da primeira bem clara à esquerda: um resplendor seguido de outros dois, a cada quinze segundos. Teresa aproximou o rosto do cone de borracha do radar para ver se podia calcular a distância em relação à terra, e então, sobressaltada, viu um eco na tela, imóvel a uma milha para o leste. Observou com os binóculos prismáticos apontados nessa direção, e, não vendo luzes vermelhas nem verdes, teve medo de que se tratasse de uma HJ apagada e à espreita. Mas o eco desapareceu na segunda ou terceira varredura da tela, e isso a deixou mais tranquila. Talvez a crista de uma onda, concluiu. Ou talvez outra lancha que esperava o momento de se aproximar da costa.

Quinze minutos mais tarde, na praia, a coisa ficou preta. Refletores por toda parte os cegavam; gritos, ordens de alto da Guarda Civil, alto, alto, diziam. Luzes azuis cintilavam na rotunda da estrada, e os homens que descarregavam, molhados até a cintura, imóveis com os pacotes no alto ou deixando-os cair ou correndo inutilmente e chapinhando na água. Santiago, bem iluminado à contraluz, abaixou-se sem dizer palavra, nem uma queixa, nem uma blasfêmia, absolutamente nada, resignado e profissional, para recuar a Phantom. Então, assim que o casco deixou de roçar a areia, todo o volante a bombordo e pisando fundo no pedal, roooaaar, pôs-se a correr ao longo da orla em apenas três palmos d'água, primeiro com a lancha empinada como se fosse levantar a proa até o céu e depois dando breves pancadas com o fundo do casco na água mansa, chuaaaaá, chuaaaaá, afastando-se em diagonal da praia e das luzes em busca da escuridão protetora do mar e da claridade distante de Gibraltar, vinte milhas a sudoeste, enquanto Teresa agarrava pelas abas, um após o outro, os quatro pacotes de vinte quilos que tinham ficado a bordo, erguendo-os para atirá-los fora, com o rugido do motor afogando a cada mergulho à medida que se misturavam à esteira de água.

Foi então que o pássaro caiu sobre eles. Ouviu o ruído de suas pás acima e atrás da Phantom, ergueu a vista e teve que fechar os olhos e afastar o rosto porque nesse momento um refletor lá do alto a ofuscou, e a ponta de um patim iluminado por aquela luz balançou de um lado para outro muito perto de sua cabeça, obrigando-a a se abaixar enquanto apoiava as mãos nos ombros de Santiago; sentiu sob a roupa dele os músculos retesados, encurvado como estava sobre o volante, seu rosto evidenciado às lufadas pelo refletor lá do alto, toda a espuma que saltava em ondas molhando seu rosto e seu cabelo, mais charmoso do que nunca; nem quando trepavam, e ela o olhava de perto e o comia todo depois de lambê-lo e mordê-lo e de lhe arrancar a pele em tiras, ele ficava tão bonito como naquele momento, tão obstinado e seguro, atento ao volante e ao mar e à velocidade da Phantom, fazendo o que sabia fazer de melhor no mundo, lutando à sua maneira contra a vida e contra o destino, contra aquela luz criminosa que os perseguia como o olho de um gigante malvado. Os homens se dividem em dois grupos, pensou ela de repente. Os que lutam e os que não lutam. Os que aceitam a vida como ela é e dizem não, nem pensar, e quando os refletores acendem erguem os braços na praia, e os outros. Os que fazem com que às vezes, no meio de um mar escuro, uma mulher os olhe como agora eu o estou olhando.

Já as mulheres, pensou. As mulheres se dividem, começou a dizer a si mesma, e não completou porque teve de interromper o pensamento quando o patim do maldito pássaro, a menos de um metro sobre suas cabeças, começou a balançar cada vez mais perto. Teresa bateu no ombro esquerdo de Santiago para avisá-lo, e ele se limitou a concordar uma vez, concentrado em guiar a lancha. Sabia que, por mais que se aproximasse, o helicóptero nunca chegaria a atingi-los, a não ser por acidente. Seu piloto era hábil demais para permitir que isso acontecesse; porque, nesse caso, perseguidores e perseguidos afundariam juntos. Aquela era uma manobra de acuamento, para perturbá-los e fazê-los mudar o rumo, ou cometer erros, ou acelerar até que o motor, levado ao limite, fosse para o brejo. Já tinha acontecido outras vezes. Santiago sabia — e Teresa também, embora aquele patim tão próximo a assustasse — que o helicóptero não podia fazer muito mais, e que o objetivo de sua manobra era obrigá-los a se aproximar da costa para que a linha reta que a lancha devia seguir até Punta Europa e Gibraltar se transformasse em uma longa curva que prolongasse a caçada e houvesse tempo para que os tripulantes da lancha perdessem a calma e encalhassem numa praia, ou para que a HJ da Alfândega chegasse a tempo para abordá-los.

A HJ Santiago apontou o radar com um gesto e Teresa se arrastou de joelhos pelo fundo da cabine, percebendo os golpes da água sob o fundo do casco, para encostar o rosto no cone de borracha do Furuno. Agarrada à lateral e à cadeira de Santiago, com a intensa vibração que o motor transmitia ao casco intumescendo suas mãos, observou a linha escura que cada varredura desenhava a estibordo, muito perto, e a extensão clara do outro lado. Em meia milha estava tudo limpo; mas, ao duplicar o alcance na tela, encontrou a esperada mancha negra se deslocando com rapidez a cerca de mil e quinhentos metros, disposta a impedir sua passagem. Encostou a boca no ouvido de Santiago para lhe gritar por cima do rugido do motor, e o viu concordar de novo, os olhos fixos no trajeto, sem dizer uma palavra. O pássaro baixou um pouco mais, o patim quase tocando o lado de bombordo, e tornou a subir sem conseguir que Santiago desviasse um grau da rota; continuava encurvado sobre o volante, concentrado na escuridão à proa, enquanto as luzes da costa corriam ao longo do estibordo: primeiro Estepona com a iluminação de sua longa avenida e o farol na extremidade, depois Manilva e o porto da Duquesa, com a lancha a quarenta e cinco nós ganhando pouco a pouco o mar aberto. E foi então, quando verificou pela segunda vez o radar, que Teresa viu o eco negro da HJ próximo demais, mais rápido do que pensava e a ponto de abalroá-los pela esquerda. Ao olhar nessa direção, distinguiu em meio à névoa levantada pela água, apesar do brilho branco do refletor do helicóptero, o cintilar azul de seu sinal luminoso fechando-os cada vez mais. Isso lhes dava a alternativa de costume: encalhar na praia ou tentar a sorte enquanto o flanco ameaçador que ia se definindo na noite se aproximava aos solavancos, os golpes com a amura procurando romper o seu casco, parar o motor, atirá-los na água. O radar já estava sobrando, por isso, deslocando-se de joelhos — sentia nos rins os violentos golpes do fundo do casco da lancha —, Teresa novamente se instalou atrás de Santiago, com as mãos em seus ombros para preveni-lo sobre os movimentos do helicóptero e da turbolancha, direita e esquerda, perto e longe; e, quando sacudiu quatro vezes seu ombro esquerdo porque a maldita HJ era agora um muro sinistro que se arremessava sobre eles, Santiago levantou o pé do pedal para de súbito tirar quatrocentas voltas do motor, reduziu o *power trim* com a mão direita, virou todo o volante para bombordo e a Phantom, em meio à nuvem de sua própria esteira de água, descreveu uma curva fechada, porreta, que cortou o rastro da turbolancha aduaneira, deixando-a um pouco atrás com a manobra.

Teresa teve vontade de rir. Então tá. Todos apostavam até o limite naquelas estranhas caçadas que faziam o coração bater a cento e vinte por minuto, conscientes de que a vantagem sobre o adversário estava na pequena margem que definia esse limite. O helicóptero voava baixo, ameaçava com o patim, indicava a posição para a HJ; mas na maior parte do tempo ia como um farol, porque não podia estabelecer contato real. Por sua vez, a HJ cruzava vez ou outra diante da lancha para obrigá-la a saltar em sua esteira e fazer com que o motor pifasse ao girar a hélice no vazio; ou os perseguia, pronta para bater, pois seu comandante sabia que era só o que lhe restava, porque enfiar a proa significava matar no ato os ocupantes da Phantom, num país onde era preciso explicar muito bem essas coisas aos juízes. Santiago também sabia de tudo isso, galego esperto e muito do safado como era, e arriscava até o máximo: um giro para o lado oposto, seguir o rastro da HJ até que ela parasse ou desse marcha a ré, cortar sua proa para freá-la. Inclusive reduzir de repente à sua frente com muito sangue-frio, confiando nos reflexos do outro para deter a turbolancha e não passar por cima deles, e cinco segundos depois acelerar, ganhando uma distância preciosa, com Gibraltar cada vez mais próxima. Tudo no fio da navalha. Bastava um erro de cálculo para que o equilíbrio precário entre caçadores e caçados fosse para os diabos.

— Estão brincando com a gente — gritou Santiago.

Teresa olhou em volta, desnorteada. A HJ estava outra vez à esquerda, pelo lado de fora, empurrando-os inexoravelmente para terra, a Phantom correndo a cinquenta nós em menos de cinco metros de sonda e o pássaro grudado lá em cima, fixando neles o feixe branco de seu refletor. A situação não parecia pior do que minutos antes, e foi o que ela disse a Santiago, aproximando-se de novo de seu ouvido. Não estamos tão mal assim, gritou. Mas Santiago balançava a cabeça como se não a ouvisse, absorto em pilotar a lancha, ou no que quer que estivesse pensando. Essa carga, ela o ouviu dizer. E depois, antes de se calar inteiramente, acrescentou alguma coisa da qual Teresa só conseguiu entender uma palavra: isca. Parece que está dizendo que nos aprontaram uma, pensou ela. Então a HJ arremeteu de lado contra eles, e a espuma d'água das duas lanchas abalroadas a toda a velocidade se consolidou em uma nuvem pulverizada que os ensopou, cegando-os. Santiago se viu obrigado a ceder gradativamente, a conduzir a Phantom cada vez mais na direção da praia, de modo que já estavam indo conforme a corrente, entre o baixio do mar e a própria orla, com a HJ a bombordo e um pouco mais aberta, o helicóptero em cima, as luzes de terra passando velozes a poucos metros pelo outro lado. Em três palmos de água.

Cacete, estamos sem sonda, ponderou Teresa atropeladamente. Santiago conduzia a lancha o mais colada à orla possível, para ficar longe da outra embarcação, cujo comandante, no entanto, aproveitava cada oportunidade para colar no seu flanco. Ainda assim, calculou ela, as probabilidades de que a HJ batesse no fundo, ou aspirasse uma pedra que ferrasse de vez as pás de sua turbina, eram muito menores do que as da Phantom de tocar a areia com a cauda do motor em meio a uma pancada com o fundo do casco e de engastar a proa e de eles dois fumarem Faros esperando a ressurreição da carne. Meu Deus. Teresa trincou os dentes e apertou os ombros de Santiago quando a turbolancha se aproximou de novo entre a nuvem de espuma, adiantando-se até cegá-los com seu rastro de água e dando uma leve guinada a estibordo para empurrá-los ainda mais contra a praia. Aquele comandante também era valente, pensou. Desses que levam o trabalho a sério.

Porque nenhuma lei exigia tanto. Ou, claro, quando as coisas se tornavam pessoais entre galos machos safados, que por qualquer desavença armavam uma paliçada. Perto como estava, o costado da HJ parecia tão escuro e enorme que a excitação que a corrida produzia em Teresa começou a ser substituída pelo medo. Nunca tinham corrido daquele jeito por dentro do baixio, tão perto da orla e em água tão rasa, e de vez em quando o refletor do helicóptero permitia ver as ondulações, as pedras e as pequenas algas do fundo. Mal dá para a hélice, calculou. Vamos arando a praia. De repente sentiu-se ridiculamente vulnerável ali, ensopada de água, cega pela luz, sacudida pelos golpes do casco. Não brinque com a lei nem com o outro, disse a si mesma. Estão fazendo queda de braço, só isso. Perde aquele que se arrebentar. Vamos ver quem é mais macho, e eu no meio. Que triste morrer por causa disso.

Foi então que se lembrou da pedra de León, uma rocha não muito alta que espreitava a poucos metros da praia, a meio caminho entre La Duquesa e Sotogrande. Tinha esse nome porque um funcionário da Alfândega chamado León tinha rompido nela o casco da turbolancha que comandava, raaas, em plena perseguição de uma lancha, vendo-se obrigado a encalhar na praia com uma rachadura no casco. E aquela pedra, Teresa acabava de se lembrar, achava-se justamente na rota pela qual seguiam. A ideia produziu nela uma descarga de pânico. Esquecendo a proximidade dos perseguidores, olhou à direita à procura de referências para se localizar pelas luzes de terra que passavam ao lado da Phantom. Tinha que estar, concluiu, perto pra cacete.

— A pedra! — gritou para Santiago, inclinando-se sobre seu ombro — Estamos perto da pedra!

À luz do refletor, ela o viu concordar com a cabeça, sem desviar a atenção do volante e da rota, mas dando umas olhadas na turbolancha e na orla para calcular a distância e a profundidade em que planavam. Nesse momento, a HJ se afastou um pouco, o helicóptero se aproximou mais e, ao olhar para o alto protegendo os olhos com a mão, Teresa entreviu uma silhueta escura com um capacete branco que descia até o patim que o piloto procurava situar junto ao motor da Phantom. Ficou fascinada por aquela imagem insólita: o homem suspenso entre o céu e a água se agarrava com uma das mãos à porta do helicóptero e na outra empunhava um objeto que ela demorou a reconhecer como uma pistola. Não vai disparar contra nós, pensou atordoada. Não podem fazer isso. Isto aqui é a Europa, caralho, e não têm o direito de nos tratar assim, a tiros. A lancha deu um salto mais longo e ela caiu de costas; ao se levantar desengonçadamente, a ponto de gritar para Santiago eles vão nos queimar, safado, reduz, freia, vamos parar antes que nos derrubem a tiros, viu que o homem do capacete branco aproximava a pistola da carcaça do motor e esvaziava ali o carregador, um tiro depois do outro, labaredas laranja no brilho do refletor entre milhares de partículas de água pulverizada, com os estampidos, pam, pam, pam, pam, quase abafados pelo rugir do motor da lancha, e pelas pás do pássaro, e pelo rumor do mar e pelo estalo dos golpes do casco da Phantom na água superficial da orla. De repente o homem do capacete branco desapareceu dentro do helicóptero, e o pássaro ganhou altura sem deixar de mantê-los ofuscados, e a HJ voltou a se aproximar perigosamente enquanto Teresa olhava estupefata os buracos pretos na carcaça do motor, que continuava a funcionar como se nada houvesse acontecido, a toda, sem um rastro de fumaça sequer, do mesmo modo como Santiago mantinha impávido o rumo da lancha, sem ter se virado uma única vez para olhar o que estava acontecendo nem para perguntar a Teresa se continuava intacta, nem para outra coisa que não fosse continuar aquela corrida que ele parecia disposto a prolongar até o fim do mundo, ou de sua vida, ou de suas vidas.

A pedra, lembrou-se Teresa outra vez. A pedra de León tinha que estar ali mesmo, a poucos metros da proa. Ficou de pé atrás de Santiago para esquadrinhar à frente, tentando atravessar a cortina de salpicos iluminada pela luz branca do helicóptero e distinguir a rocha na escuridão da orla que serpenteava diante deles. Espero que ele a veja a tempo, disse a si mesma. Espero que a veja com margem suficiente para manobrar e contorná-la, e que a HJ nos permita fazer isso. Ansiava por tudo isso quando viu a pedra adiante, negra e ameaçadora; sem precisar olhar para a esquerda, constatou que a turbolancha aduaneira abria para esquivar-se ao mesmo tempo que Santiago, de cuja face escorria água e com os olhos entreabertos sob a luz cegante que não os perdia de foco nem um instante, tocava a alavanca do *trim power* e girava o volante da Phantom, em meio a uma rajada de água que os envolveu em sua nuvem luminosa e branca, evitando o perigo antes de acelerar e voltar à rota, cinquenta nós, água rasa, novamente dentro do baixio e na altura mínima da sonda. Teresa olhou para trás e viu que a pedra não era a maldita pedra; tratava-se de um bote fundeado que na escuridão se parecia com ela, a pedra de León ainda estava adiante, esperando-os. Então abriu a boca para gritar a Santiago que a de trás não era, cuidado, ela ainda está a proa, quando viu que o helicóptero apagava o refletor e subia bruscamente, e que a HJ se afastava com uma violenta guinada mar adentro. Também viu a si mesma como que de fora, muito quieta, muito sozinha naquela lancha, como se todos estivessem a ponto de abandoná-la num lugar úmido e escuro. Sentiu um medo intenso, familiar, porque tinha reconhecido A Situação. E o mundo se desfez em pedaços.

7

Marcaram-me com o sete

"E ao mesmo tempo, Dantès se sentiu lançado no vazio, cruzando o ar como um pássaro ferido, caindo sempre com um terror que gelava o coração..." Teresa Mendoza releu aquelas linhas e ficou perplexa um instante, com o livro aberto sobre os joelhos, olhando o pátio da prisão. Ainda era inverno, e o retângulo de luz que se deslocava em direção oposta à do sol esquentava seus ossos em recomposição, debaixo do gesso do braço direito e do grosso agasalho de lã que Patricia O'Farrell tinha lhe emprestado. Sentia-se bem ali nas últimas horas da manhã, antes que tocassem a campainha anunciando o almoço. Ao seu redor, meia centena de mulheres conversavam em círculos, sentadas como ela ao sol, fumavam deitadas de costas, aproveitando para se bronzear um pouco, ou passeavam em pequenos grupos de um lado para o outro do pátio, com o jeito de caminhar característico das detentas acostumadas a se deslocar nos limites do recinto: duzentos e trinta passos para um lado e começa de novo, um dois três, quatro e os demais, meia-volta ao chegar ao muro coroado por uma guarita e por fileiras de arame farpado que as separavam da ala destinada aos homens, duzentos e vinte e oito, duzentos e vinte e nove, duzentos e trinta passos exatos até a quadra de basquete, outros duzentos e trinta para regressar ao muro, e assim oito, dez ou vinte vezes a cada dia. Depois de dois meses em El Puerto de

Santa María, Teresa havia se familiarizado com aqueles passeios cotidianos; tinha chegado até — só que sem se dar conta — a adotar aquele jeito de caminhar com um leve balanceio elástico e rápido, próprio das detentas veteranas, tão apressado e discreto como se de fato se dirigissem a algum lugar. Foi Patricia O'Farrell quem observou isso depois de poucas semanas. Você deveria se ver, ela lhe disse, já tem o jeito de andar de uma prisioneira. Teresa estava convencida de que Patricia, que estava deitada perto dela com as mãos sob a nuca, o cabelo muito curto e dourado reluzindo ao sol, jamais caminharia daquele modo mesmo se passasse mais vinte anos na prisão. Em seu sangue irlandês e jereziano, pensou, havia classe demais, bons costumes demais, inteligência demais.

— Me dá um turbinado — disse Patricia.

Era preguiçosa e dada a caprichos, conforme o dia. Fumava cigarro americano com filtro. Mas, para não se levantar, fumaria um dos Bisonte sem filtro de sua companheira, muitas vezes desmanchados e enrolados de novo com umas pedrinhas de haxixe. *Trujas*, sem filtro. *Porros* ou *canutos*, com. *Tabiros* e *carrujos*, em sinaloense. Teresa escolheu um da cigarreira que estava no chão, metade normal metade preparado, acendeu-o e, inclinando-se sobre o rosto de Patricia, colocou-o em seus lábios. Viu-a sorrir antes de dizer obrigada e aspirar a fumaça sem tirar as mãos da nuca, o cigarro pendurado na boca, de olhos fechados sob o sol que fazia seu cabelo brilhar, e também a levíssima penugem das bochechas junto às ligeiras rugas que rodeavam seus olhos. Trinta e quatro anos, tinha dito sem que ninguém perguntasse, no primeiro dia, na cela — o cafofo, na gíria carcerária que Teresa já dominava — que as duas dividiam. Trinta e quatro nos documentos e nove de condenação no processo, dos quais já cumpri dois. Com redução de um dia por cada dia de trabalho, bom comportamento, um terço da pena e toda essa parafernália, restam mais um ou dois, no máximo. Então Teresa começou a lhe dizer quem era, meu nome é tal, fiz isso e aquilo, mas a outra a interrompeu, sei quem você é, linda, aqui sabemos de tudo sobre todo mundo muito rápido; sobre algumas, inclusive, antes que cheguem. E vou te contar. Existem três tipos básicos: as estúpidas, as esquentadas e as sebosas. Por nacionalidade, além das espanholas, temos árabes, romenas, portuguesas, nigerianas com Aids — dessas, nem se aproxime —, que estão, coitadas, uns trapos, um grupo de colombianas cheias de pose, uma ou outra francesa e duas ucranianas que eram putas e acertaram o cafetão porque ele não lhes devolvia os passaportes. Quanto às ciganas, não se meta com elas: as jovens com calça cigarrete apertada, cabelos soltos e tatuagens conseguem o haxixe e o bagulho e todo o resto e são as mais duras; as mais velhas, as Rosários peitudas e gordas com fitas nos cabelos e saias compridas cumprem sem chiar as penas de seus homens — que continuam na rua para sustentar a família e vêm buscá-las de Mercedes quando saem —, essas são pacíficas, mas se protegem umas às outras. Tirando as ciganas entre elas, as detentas não são por natureza nada solidárias, e as que se reúnem em grupos fazem isso por interesse ou por sobrevivência, com as fracas procurando o amparo das fortes. Se quer um conselho, não se relacione muito. Procure as boas tarefas: armários, cozinhas, despensa, que além do mais ajudam a reduzir a pena; não se esqueça de usar chinelos no chuveiro e evite encostar a xoxota nos banheiros comuns do pátio, porque você pode pegar de tudo. Nunca fale mal em voz alta de Camarón, nem de Joaquín Sabina, nem de Los Chunguitos, nem de Miguel Bosé, não peça para trocar de canal no horário das novelas, e não aceite drogas sem verificar antes o que te pedirão por elas. Se você não criar problemas e fizer as coisas como devem ser feitas, seu destino é de um ano aqui dando tratos à bola, como todas, pensando na família, ou em refazer sua vida, ou no cacete que vai dar quando sair, ou na trepada que vai dar: cada uma é cada uma. Um ano e meio no máximo, com a papelada e os relatórios das instituições penitenciárias e dos psicólogos e de todos esses filhos da puta que nos abrem ou fecham as portas conforme a digestão que tenham feito no dia, ou conforme lhes dê na telha. Por isso vai com calma, mantenha essa cara de boazinha que você tem, diga a todo mundo sim senhor e sim senhora, não torre o meu saco e vamos nos dar bem. Mexicana. Espero que não se importe que te chamem de Mexicana. Aqui todas têm apelidos: umas gostam e outras não. Eu sou a Tenente O'Farrell. E gosto. Quem sabe um dia eu deixo você me chamar de Pati.

— Pati.

— Quê?

— O livro está demais.

— Eu te disse.

Ela continuava com os olhos fechados, o cigarro na boca, e o sol acentuava pequenas manchinhas, parecidas com sardas, que tinha no nariz. Tinha sido atraente, e em certo sentido ainda era. Ou talvez mais agradável do que atraente, com o cabelo loiro, um metro e setenta e oito de altura, olhos vivos que pareciam rir o tempo todo por dentro. Uma mãe Miss Espanha Cinquenta e Tantos, casada com o O'Farrell do vinho branco da Andaluzia e dos cavalos jerezianos que às vezes saía nas fotos das revistas: um velho enrugado e elegante com tonéis de vinho e cabeças de touro atrás, numa casa com tapetes, quadros e estantes cheias de cerâmicas e livros. Havia outros filhos, mas Patricia era a ovelha negra. Um negócio de drogas na Costa del Sol, com máfias russas e com mortos. Encheram de chumbo seu namorado de três ou quatro sobrenomes e ela escapou por um triz, com dois tiros que a deixaram na UTI por um mês e meio. Teresa tinha visto as cicatrizes no chuveiro e quando Patricia se despia no cafofo: duas estrelinhas de pele enrugada nas costas perto da omoplata esquerda, a um palmo de distância uma da outra. A marca de saída de uma das balas tinha formado uma nova cicatriz um pouco maior, pela frente e sob a clavícula. A segunda bala foi retirada na sala de cirurgia, esmagada contra o osso. Munição blindada, foi o comentário de Patricia na primeira vez que Teresa ficou olhando. Não digo que chegue a ser bala dundum. E encerrou o assunto com uma careta silenciosa e divertida. Nos dias mais úmidos ela se ressentia daquela segunda ferida, assim como em Teresa doía a fratura recente do braço engessado.

— Como anda Edmond Dantès?

Edmond Dantès sou eu, respondeu Teresa quase séria, e viu como as rugas em torno dos olhos de Patricia se acentuavam e o cigarro tremia com um sorriso. E eu também, disse a outra. E todas essas, acrescentou apontando o pátio sem abrir os olhos. Inocentes e virgens, sonhando com um tesouro que nos aguarda quando sairmos daqui.

— Morreu o abade Faria — comentou Teresa, olhando as páginas abertas do livro. — Pobre velhinho.

— Que jeito? Às vezes uns têm que bater as botas pra que outros vivam.

Perto delas passaram algumas detentas fazendo o percurso dos duzentos e trinta passos em direção ao muro. Era gente da pesada, a meia dúzia do grupo de Trini Sánchez, também conhecida como Makoki III: morena e miúda, masculina, agressiva, tatuada, puro artigo 10 e frequentadora da solitária, catorze anos por troca de punhaladas com a amante por causa de meio grama de droga. Essas gostam de "colar velcro", observou Patricia da primeira vez em que cruzaram com elas no corredor da ala feminina, quando Trini disse alguma coisa que Teresa não conseguiu ouvir e as outras riram em coro, dividindo o mesmo código. Mas não se preocupe, Mexicaninha. Só comerão sua xoxota se você deixar. Teresa não deixou e, depois de alguns avanços táticos nos chuveiros, nos serviços e no pátio, inclusive com uma tentativa de aproximação social à base de sorrisos, cigarros e leite condensado numa mesa do refeitório, cada macaco ficou no seu galho. Agora Makoki III e suas garotas olhavam Teresa de longe, sem complicar sua vida. No fim das contas, sua companheira de cafofo era a Tenente O'Farrell. E com isso, dizia-se, a Mexicana estava bem servida.

— Oi, Tenente.

— Oi, cadelas.

Patricia nem abriu os olhos. Permaneceu com as mãos cruzadas atrás da nuca. As outras riram com alvoroço e algumas grosserias bem-humoradas e continuaram a percorrer o pátio. Teresa as viu se afastar e depois observou sua companheira. Havia demorado um pouco para constatar que Patricia O'Farrell gozava de privilégios entre as detentas: manipulava dinheiro que superava a quantia legal dos recursos disponíveis, recebia coisa de fora, o que, ali, permitia ter as pessoas a seu favor. Até as funcionárias dispensavam mais atenção a ela do que ao resto. Mas havia nela uma autoridade que nada tinha a ver com isso. Por um lado, era uma mulher com cultura, o que fazia uma diferença importante num lugar onde pouquíssimas internas tinham mais do que o curso primário. Falava bem, lia livros, conhecia pessoas de certo nível, e era comum que as detentas recorressem a ela em busca de ajuda para redigir requerimentos de licença, títulos, recursos e outros documentos oficiais próprios do advogado que não tinham — os públicos sumiam quando a pena era dura, e alguns até antes — nem podiam pagar. Também conseguia drogas, desde bolinhas de todas as cores até papelotes e haxixe, e nunca lhe faltava papel de cigarro ou de seda para que as colegas fizessem um charo razoável. Além disso, não era das que deixavam que lhe tirassem o cetro. Contavam que, recém-chegada a El Puerto, uma detenta veterana tinha tentado molestá-la; O'Farrell aguentou a provocação sem abrir a boca, mas na manhã seguinte, nuas no chuveiro, adiantou-se àquela vadia encostando-lhe no pescoço um estoque feito com o junquilho da moldura da mangueira contra incêndios. Nunca mais, queridinha, foram as palavras, olhando-a muito de perto, com a água do chuveiro caindo por cima e as outras detentas formando uma roda como na hora de ver tevê, embora depois todas tivessem jurado por seus defuntos mais frescos que não viram nada. E a provocadora, uma veterana com fama de valente a que apelidavam de Valenciana, mostrou-se completamente de acordo.

A Tenente O'Farrell. Teresa reparou que Patricia tinha aberto os olhos e a encarava, e desviou o olhar devagar para que a outra não lesse seus pensamentos. Com frequência as mais jovens e indefesas compravam a proteção de uma veterana respeitada ou perigosa — o que dava na mesma — em troca de favores que naquela clausura sem homens incluíam os óbvios. Patricia nunca exigiu nada a esse respeito, porém às vezes Teresa a surpreendia observando-a de um modo fixo e um pouco reflexivo, como se na verdade a olhasse mas estivesse pensando em outra coisa. Sentira-se examinada assim quando chegou a El Puerto, ruído de ferrolhos e trancas e portas, clang, clang, eco de passos e a voz impessoal das funcionárias, e aquele cheiro de mulheres trancafiadas, de roupa suja pulando no cesto, de colchões mal arejados, de comida rançosa, suor e água sanitária, enquanto se despia nas primeiras noites ou ao se sentar no vaso para fazer suas necessidades, bem agressiva no início por conta daquela falta de intimidade, até que se acostumou, a calcinha e a calça jeans abaixadas até os tornozelos; Patricia a olhava de seu catre sem dizer nada, com o livro que estivesse lendo — tinha uma estante cheia — emborcado sobre a barriga, examinando-a o tempo todo da cabeça aos pés durante dias e semanas, e continuava a fazer isso de vez em quando, como agora, que tinha aberto os olhos e a observava depois que passaram por ali as garotas de Trini Sánchez, aliás Makoki III.

Voltou ao livro. Edmond Dantès acabara de ser atirado de um precipício, dentro de um saco e com uma bala de canhão nos pés para fazer peso, pensando estar carregando o cadáver do abade idoso. "O cemitério do castelo de If era o mar...", leu, ávida. Espero que saia desta, disse a si mesma passando com rapidez à página seguinte e ao capítulo seguinte: "Dantés, sobressaltado, quase sufocado, teve no entanto serenidade suficiente para prender a respiração..." Cacete. Tomara que ele consiga sair flutuando e retorne a Marselha para recuperar seu barco e se vingue dos três filhos de uma égua, compadres seus que se diziam malnascidos, que simplesmente o venderam de uma forma tão safada. Teresa nunca havia imaginado que um livro absorvesse a atenção até o ponto de querer ficar em paz e continuar de onde o deixara, com uma marquinha para não perder a página. Patricia lhe emprestou aquele livro depois de falar muito sobre ele, com Teresa admirada de vê-la tanto tempo sossegada olhando as páginas de seus livros; de enfiar tudo aquilo na cabeça e os preferir às telenovelas — ela se encantava com as séries mexicanas, com o sotaque de sua terra — e os filmes e as gincanas que as outras detentas se acotovelavam para ver na sala da televisão. Os livros são portas que te levam à rua, dizia Patricia. Com eles você aprende, se educa, viaja, sonha, imagina, vive outras vidas e multiplica a sua por mil. Quero ver se alguém te dá mais por menos, Mexicaninha. E também servem para refrear muitas coisas ruins: medo, solidão e merdas do gênero. Às vezes me pergunto como vocês, que não leem, conseguem se virar. Mas nunca disse você deveria ler algum, ou olhe este ou aquele; esperou que Teresa se decidisse sozinha, depois de surpreendê-la várias vezes bisbilhotando os vinte ou trinta livros que renovava de vez em quando, exemplares da biblioteca da prisão e outros que um parente ou amigo lhe enviava de fora ou que encomendava a conhecidas com diploma de terceiro grau. Por fim, um dia, Teresa disse que gostaria de ler um, porque nunca havia lido. Tinha em mãos *Suave é a noite*, ou algo parecido, que chamava sua atenção porque soava como coisa pra lá de romântica, e além disso trazia na capa uma linda ilustração de uma garota elegante e magra de chapéu, em atitude bem frívola no estilo anos vinte. Mas Patricia balançou a cabeça e o tirou de suas mãos e disse, espere, cada coisa a seu tempo; primeiro você deve ler outro que vai te agradar mais. No dia seguinte foram à biblioteca da prisão e pediram a Marcela Conejo, a encarregada — Conejo era seu apelido: tinha posto água sanitária dessa marca na garrafa de vinho de sua sogra —, o livro que Teresa agora segurava. Fala de um prisioneiro como nós, explicou Patricia quando a viu preocupada por ter que ler algo tão grosso. E repare: coleção Saibam Quantos, Editorial Porrúa, México. Veio de lá, como você. Estão predestinados um ao outro.

Uma pequena briga se desenrolava na extremidade do pátio. Jovens árabes e ciganas engalfinhadas, trocando tabefes com vontade. Dali se podia ver uma janela gradeada da ala masculina, onde os detentos costumavam trocar mensagens aos gritos com suas amigas ou companheiras. Vários idílios carcerários eram alimentados naquele canto — um preso que fazia trabalhos de alvenaria conseguiu engravidar uma detenta nos três minutos que os funcionários demoraram para descobri-los —, e o lugar era frequentado pelas mulheres com interesses masculinos do outro lado do muro e da cerca de arame. Agora três ou quatro detentas discutiam e chegavam às vias de fato, bem enfezadas, por ciúmes ou para disputar o melhor lugar do observatório improvisado, enquanto o guarda-civil da guarita do alto se inclinava sobre o muro para dar uma olhada. Teresa havia constatado que, na prisão, as mulheres tinham mais força que alguns homens. Andavam maquiadas, se arrumavam com as colegas que eram cabeleireiras e gostavam de ostentar joias, sobretudo as que iam à missa aos domingos — Teresa, sem pensar no assunto, deixou de fazer isso depois da morte de Santiago Fisterra — e as que trabalhavam na cozinha ou nas áreas onde era possível um contato com homens. Isso também dava motivos para ciúmes, navalhadas e acertos de contas. Tinha visto mulheres dando surras incríveis em outras durante discussões por um cigarro, por uma fatia de omelete — os ovos não estavam incluídos no cardápio, e punhaladas podiam ser dadas por causa deles —, por uma palavra desagradável ou por alguma coisa que aconteceu, com porradas de verdade e sopapos que deixavam a vítima sangrando pelo nariz e pelos ouvidos. Furtos de droga ou de comida eram igualmente motivo de briga: latas de conserva, papelotes ou bolinhas subtraídas dos cafofos na hora do café da manhã, quando as celas ficavam abertas. Ou uma desobediência aos códigos não escritos que regulavam a vida ali. Fazia um mês que uma dedo-duro que limpava a guarita das funcionárias, e aproveitava para caguetar as companheiras, tinha recebido uma surra de morte na privada do pátio quando entrava para urinar, mal tinha levantado a saia: quatro detentas cuidaram do caso e as demais cobriram a porta — depois todas surdas, cegas e mudas —, e a matusquela ainda estava no hospital da prisão, com a mandíbula presa por fios de metal e várias costelas quebradas.

A briga continuava na extremidade do pátio. Por trás da grade, os idiotas da ala masculina atiçavam as contendoras, e a chefe de serviço e outras duas funcionárias cruzavam o pátio às pressas para resolver o assunto. Depois de lhes dedicar uma olhada distraída, Teresa voltou para Edmond Dantès, por quem andava apaixonada até a alma. E, enquanto passava as páginas — o fugitivo acabava de ser resgatado do mar por uns pescadores —, sentia os olhos de Patricia O'Farrell fixos nela, olhando-a do mesmo modo que aquela outra mulher que tantas vezes ela tinha surpreendido espreitando-a pelas sombras e pelos espelhos.

A chuva na janela a acordou e ela abriu os olhos apavorada na aurora cinzenta, porque imaginava estar de novo no mar, junto à pedra de León, no centro de uma esfera negra, caindo para o fundo como Edmond Dantès na mortalha do abade Faria. Depois da pedra e do impacto e da noite, nos dias que se seguiram ao seu despertar no hospital com um braço entre talas até o ombro, o corpo cheio de contusões e arranhões, reconstituiu pouco a pouco — comentários de médicos e enfermeiras, a visita de dois policiais e uma assistente social, o flash de uma foto, os dedos manchados de tinta por ter tirado as impressões digitais — os pormenores do ocorrido. No entanto, cada vez que alguém pronunciava o nome de Santiago Fisterra sua mente se esvaziava. Durante todo aquele tempo, os sedativos e seu próprio estado de ânimo a mantiveram em um sono leve que a fazia repelir qualquer reflexão. Em nenhum momento nos primeiros quatro ou cinco dias quis pensar em Santiago; e, quando a lembrança acudia a sua mente, afastava-a mergulhando naquele torpor que tinha muito de voluntário. Ainda não, murmurava em seu íntimo. É melhor ainda não. Até que uma manhã, ao abrir os olhos, viu ali sentado Óscar Lobato, o jornalista do *Diario de Cádiz*, que era amigo de Santiago. Junto à porta, de pé e apoiado à parede, um homem cujo rosto lhe parecia vagamente conhecido. Foi então, enquanto este escutava sem dizer uma palavra — a princípio achou que fosse um policial —, que ela aceitou da boca de Lobato aquilo que de muitas maneiras já sabia ou adivinhava: que naquela noite a Phantom havia se espatifado a cinquenta nós contra a pedra, despedaçando-se, e que Santiago tinha morrido ali mesmo enquanto Teresa era projetada entre os fragmentos da lancha, quebrando o braço direito ao bater contra a superfície da água e submergindo cinco metros até o fundo.

Como eu saí?, quis saber ela. E sua voz soava estranha, como se houvesse deixado de ser sua. Lobato sorria de uma forma que abrandava muito seus traços endurecidos, as marcas do rosto e a expressão viva dos olhos, ao voltá-los para o homem que estava apoiado na parede sem abrir a boca, olhando para Teresa com curiosidade e quase com timidez, como se não se atrevesse a se aproximar.

— Ele tirou você.

Então Lobato lhe contou o que aconteceu depois de ela mergulhar na inconsciência. Que, após o impacto, ela flutuou por um momento antes de afundar ofuscada pelo refletor que o helicóptero tinha acendido de novo. Que o piloto passou o comando a seu colega e se jogou no mar de uma altura de três metros, e na água tirou o capacete e a jaqueta autoinflável para poder mergulhar até o fundo onde Teresa estava se afogando. Ele a levou para a superfície, entre a espuma que as pás do rotor levantavam e dali até a praia, enquanto a HJ procurava o que havia sobrado de Santiago Fisterra — os pedaços maiores da Phantom não chegavam a quatro palmos — e as luzes de uma ambulância se aproximavam pela estrada. Enquanto Lobato fazia seu relato, Teresa olhava o rosto do homem apoiado na parede, que continuava ali sem pronunciar uma palavra, sem concordar nem discordar, como se os fatos contidos na narrativa do jornalista dissessem respeito a outra pessoa. Finalmente o reconheceu como um dos aduaneiros que tinha visto na taberna de Kuki naquela noite em que os contrabandistas *llanitos* comemoravam um aniversário. Quis me acompanhar para ver seu rosto, explicou Lobato. E ela também olhava o rosto dele, o piloto do helicóptero que matou Santiago e a salvou. Pensava:

preciso me lembrar desse homem mais tarde, quando decidir se, ao encontrá-lo de novo, vai ser a minha vez de matá-lo, se puder, ou de dizer estamos em paz, safado, dar de ombros e a gente se vê por aí. Perguntou por fim por Santiago, sobre o paradeiro de seu corpo; o homem da parede afastou o olhar, e Lobato retorceu a boca com tristeza ao dizer que o caixão estava a caminho do Grove, seu povoado galego. Um bom rapaz, acrescentou com uma expressão de pesar; e Teresa pensou que talvez estivesse sendo sincero; Lobato conviveu e negociou com Santiago, era possível que gostasse dele de verdade. Foi então que ela começou a chorar mansa e silenciosamente, porque agora, enfim, pensava em Santiago morto, e via seu rosto imóvel com os olhos fechados, como fazia ao dormir com o rosto apoiado em seu ombro. E refletiu: o que vou fazer com o maldito barquinho a vela que está sobre a mesa na casa de Palmones, inacabado, e que ninguém terminará? E entendeu que estava sozinha pela segunda vez, e que de certa forma era para sempre.

— Foi O'Farrell quem mudou a vida dela — repetiu María Tejada.

Ela tinha passado os últimos quarenta e cinco minutos me contando como e por quê. No final, foi à cozinha e voltou com dois copos de infusão de ervas, um dos quais bebeu enquanto eu examinava as anotações e digeria a história. A antiga assistente social da prisão de El Puerto de Santa María era uma mulher rechonchuda, animada, com o cabelo comprido que não tingia, cheio de fios brancos, olhar bondoso e lábios firmes. Usava óculos redondos com armação de metal e anéis de ouro em vários dedos das mãos: pelo menos dez, contei. Calculei que tivesse uns sessenta anos, trinta e cinco dos quais tinha passado trabalhando para as instituições penitenciárias nas províncias de Cádiz e Málaga. Não foi fácil chegar a ela, pois estava aposentada fazia pouco tempo, mas Óscar Lobato investigou seu paradeiro. Lembro-me bem das duas, disse ela quando por telefone mencionei do que se tratava. Venha a Granada e conversaremos. Recebeu-me de jogging e tênis na varanda do seu apartamento na parte baixa de Albaicín, com toda a cidade e a vegetação do Darro de um lado e, do outro, o Alhambra encarapitado entre árvores, dourado e ocre sob o sol da manhã. Uma casa com muita luz e gatos por todos os cantos: sobre o sofá, no corredor, no terraço. Pelo menos meia dúzia de gatos vivos — cheirava mal pra diabo, apesar das janelas abertas — e mais uns vinte em quadros, em miniaturas de porcelana, em talhas de madeira. Havia até tapetes e almofadas bordados com gatos, e entre a roupa que secava no terraço estava pendurada uma toalha com o Frajola. Enquanto eu relia as anotações e saboreava a infusão, um bichano tigrado me observava do alto da cômoda, como se já me conhecesse, e outro, gordo e cinzento, se aproximava sobre o tapete com modos de caçador, como se os cadarços de meus sapatos fossem uma presa legítima. Os outros estavam espalhados pela casa em diversas posições e atitudes. Detesto esses bichos excessivamente silenciosos e inteligentes demais para meu gosto — não há nada como a lealdade tola de um cachorro estúpido —, mas fiz das tripas coração. Trabalho é trabalho.

— O'Farrell fez com que Teresa visse muitas coisas sobre si mesma — dizia minha anfitriã — que ela nem imaginava que existissem. E até começou a educá-la um pouquinho, não é?... A seu modo.

Sobre a mesa de centro repousava um monte de cadernos nos quais tinha anotado as ocorrências de seu trabalho. Reexaminei-os antes que você chegasse, ela disse. Para refrescar a memória. Em seguida me mostrou umas páginas escritas com caligrafia redonda e apertada: fichas individuais, datas, visitas, entrevistas. Alguns parágrafos estavam sublinhados. Acompanhamento, explicou. Minha tarefa era avaliar o grau de integração, ajudá-las a procurar alguma coisa para depois. Lá dentro há mulheres que passam o dia à toa e outras que preferem fazer alguma coisa. Eu facilitava os meios. Teresa Mendoza Chávez e Patricia O'Farrell Meca. Classificadas como FIAE: Fichário de Internas com Acompanhamento Especial. Na época aquelas duas deram muito o que falar.

— Foram amantes?

Fechou os cadernos e me lançou um olhar demorado, investigativo. Sem dúvida, avaliava se aquela pergunta atendia a uma curiosidade doentia ou a um interesse profissional.

— Não sei — respondeu por fim. — Entre as garotas corria este boato, claro. Mas essas coisas sempre viram boato. O'Farrell era bissexual. Isso para dizer o mínimo, não é? E a verdade é que manteve relações com algumas detentas antes da chegada de Mendoza; mas, sobre elas duas, não posso lhe dizer nada com certeza.

Depois de mordiscar os cadarços dos sapatos, o gato gordo e cinzento pôs-se a se esfregar em minha calça, enchendo-a de pelos felinos. Mordi a ponta da esferográfica, estoico.

— Quanto tempo passaram juntas?

— Um ano como companheiras de cela; elas saíram com uma diferença de poucos meses... Tive a oportunidade de lidar com as duas: Mendoza, calada e quase tímida, muito observadora, muito prudente, com aquele sotaque mexicano que a fazia parecer tão mansa e correta... Quem diria, não é? O'Farrell era o polo oposto: amoral, desinibida, sempre com uma atitude entre superior e frívola. Uma mulher do mundo. Uma aristocrata vadia condescendente em lidar com o povo. Sabia usar o dinheiro, o que na prisão contava muito. Comportamento irrepreensível, o dela. Nem uma punição nos três anos e meio que viveu lá dentro, veja só, apesar de comprar e consumir entorpecentes... Pois eu lhe digo que era esperta demais para procurar problemas. Parecia considerar sua temporada na prisão umas férias inevitáveis, e esperava que passassem, sem nenhum espírito vingativo.

O gato que se esfregava em minhas calças enganchou as unhas em uma das minhas meias, por isso o afastei com um pontapé discreto que me valeu um breve silêncio de censura de minha interlocutora. De qualquer maneira — prosseguiu depois da incômoda pausa, chamando o gato para seu colo, vem cá, Anúbis, querido —, O'Farrell era uma mulher madura, com personalidade; e a recém-chegada acabou sendo muito influenciada por ela: boa família, dinheiro, sobrenome, alguma cultura... Graças à companheira de cela, Mendoza descobriu a utilidade da instrução. Essa foi a parte positiva da influência; inspirou-lhe desejos de superar-se, de mudar. Leu, estudou. Descobriu que não é preciso depender de um homem. Tinha facilidade para a matemática e para o cálculo, e teve a oportunidade de desenvolvê-los nos programas de educação para detentas, que naquela época permitia reduzir a pena dia por dia. Em apenas um ano ela se formou em um curso de matemática elementar, em outro de língua e ortografia, e melhorou muito o inglês. Transformou-se em leitora voraz, e no final era possível encontrá-la tanto com um romance de Agatha Christie quanto com um livro de viagens ou de vulgarização científica. E foi O'Farrell quem a animou para isso. O advogado de Mendoza era um gibraltarino que a deixou na mão pouco depois de ela ir para a prisão; pelo visto, também ficou com o dinheiro, que não sei se era muito ou pouco. Em El Puerto de Santa María não teve nenhum caso — certas detentas conseguiam falsos atestados de convivência para serem visitadas por homens —, nem ninguém foi vê-la. Estava completamente sozinha. Por isso O'Farrell preparou para ela todos os recursos e a papelada para que conseguisse a liberdade condicional e o terceiro grau. Se fosse outra pessoa, tudo isso teria facilitado uma reintegração. Ao ganhar a liberdade, Mendoza podia ter encontrado um trabalho decente: aprendia rápido, tinha instinto, uma cabeça serena, um QI alto — a assistente social voltara a consultar seus cadernos —, que ultrapassava bastante os 130. Lamentavelmente, sua amiga O'Farrell era escrachada demais. Certos gostos, certas amizades. Você sabe — me olhava como se duvidasse de que eu soubesse —, certos vícios. Entre mulheres, continuou, determinadas influências ou relações são mais fortes do que entre os homens. E então havia aquilo que se disse: a história da cocaína perdida e todo o resto. Embora na prisão — o tal Anúbis ronronava enquanto a dona passava a mão pelo seu dorso — sempre corram centenas dessas histórias. Por isso ninguém acreditou que fosse verdade. Absolutamente ninguém, insistiu depois de um silêncio pensativo, sem deixar de acariciar o gato. Mesmo agora, transcorridos nove anos e apesar de tudo quanto havia se publicado a respeito, a assistente social continuava convencida de que a história da cocaína não passava de uma lenda.

— Mas veja só como são as coisas. Primeiro foi O'Farrell quem transformou a Mexicana; esta, segundo dizem, se apoderou por completo da vida da outra. Não é? Isso é que dá confiar nas mosquinhas-mortas.

"Quanto a mim, sempre me lembrarei do jovem soldado de pele pálida e olhos brilhantes, e, quando o anjo da morte descer, estou certo de reconhecer nele Selim..."

No dia em que completou vinte e cinco anos — haviam lhe tirado o último gesso do braço uma semana antes —, Teresa pôs uma marca na página 579 daquele livro que a mantinha fascinada; nunca havia pensado antes que alguém pudesse se projetar com tamanha intensidade naquilo que lia, de um modo que leitor e protagonista fossem um só. E Pati O'Farrell tinha razão: mais do que o cinema e a tevê, os romances permitiam viver coisas para as quais uma única vida não era suficiente. Essa era a estranha magia que a mantinha presa àquele volume cujas páginas começavam a se soltar de tão velhas, e que Pati consertou depois de cinco dias de espera impaciente por parte de Teresa, com a leitura interrompida no capítulo XXVIII — "As catacumbas de San Sebastian" —, porque, segundo disse Pati, não se tratava apenas de ler livros, Mexicana, mas também do prazer físico e do consolo interior de tê-los nas mãos. Por isso, para intensificar esse prazer e esse consolo, Pati levou o livro à oficina de encadernação para detentas e ali recomendou que descosturassem os cadernos de papel para tornar a costurá-los com cuidado, e depois encaderná-los com papel-cartão, cola e papel ornamentado para as guardas, e uma linda capa de couro marrom com letras douradas na lombada, onde se podia ler: Alexandre Dumas e, abaixo, *O conde de Monte Cristo*. Embaixo de tudo, com letrinhas também douradas e menores, as iniciais T.M.C. do nome e dos sobrenomes de Teresa.

— É meu presente de aniversário.

Pati O'Farrell disse isso ao lhe devolver o livro no café da manhã, depois da primeira contagem do dia. O livro estava muito bem embalado, e Teresa sentiu aquele prazer especial de que sua companheira havia falado quando voltou a tê-lo consigo, pesado e suave com a nova capa e as letras douradas. E Pati a olhava com os cotovelos sobre a mesa, a xícara de chá de chicória numa das mãos e um cigarro aceso na outra, observando sua alegria. E lhe desejou feliz aniversário, e as outras companheiras também a saudaram, o próximo será lá fora, disse uma, com um bom macho reprodutor cantando de manhã enquanto você acorda, e sei lá o quê. À noite, depois da quinta contagem, em vez de descer ao refeitório para o jantar — o asqueroso peixe empanado e a fruta excessivamente madura de sempre —, Pati combinou com as funcionárias uma pequena festa particular no cafofo, onde puseram fitas com músicas de Vicente Fernández, Chavela Vargas e Paquita la del Barrio, todas daquelas bandas e bem sacanas. Pati encostou a porta e puxou uma garrafa de tequila que havia conseguido sabe-se lá como, uma autêntica Don Julio que alguma funcionária introduziu como muamba, mediante o pagamento prévio da grana que equivalia a cinco vezes seu preço, e a tomaram às escondidas, desfrutando da maravilha que era, em companhia de algumas colegas que se somaram àquela farra sentadas nos catres e na cadeira e até na privada; como Carmela, uma cigana corpulenta e mais velha, ladra de ofício, que fazia os trabalhos de limpeza para Pati e lavava seus lençóis — e também a roupa de Teresa enquanto estava com o braço engessado — em troca de que a Tenente O'Farrell depositasse pequenas quantias mensais em sua poupança. Tinham por companhia Conejo, a bibliotecária envenenadora, a punguista Charito, que batia carteiras usando só dois dedos, na feira do Rocío, na de Abril e na que fosse preciso, e Pepa Trueno, vulgo Patanegra, que havia eliminado o marido com uma faca de cortar presunto do bar que os dois administravam na N-IV e que contava muito orgulhosa que o divórcio lhe custara vinte anos e um dia, mas nem um tostão. Teresa pôs as pulseiras de prata na mão direita, para estrear o pulso novo, e as argolas tilintavam a cada trago. A algazarra durou até a contagem das onze. Houve ludo, o jogo penitenciário por excelência, e latas de conservas, e bolinhas para animar a xereca — como dizia bem graficamente Carmela entre risadas de carcereira fofoqueira —, e baforadas de uma pedra de heroína bem grande transformada em fumaça, piadas e risadas, enquanto Teresa pensava: tudo a ver com a Espanha e a Europa de merda, com seus regulamentos e suas histórias, seu jeito de olhar por cima do ombro para os corruptos mexicanos, impossível conseguir aqui umas geladinhas — *garimbas*, como suas companheiras chamavam as cervejas —, e veja só. De bolas e haxixe e uma garrafa de vez em quando, disso algumas não se privam aqui, se negociam com a funcionária adequada e têm com que pagar.

E Pati O'Farrell tinha. Presidia o festejo em homenagem a Teresa um pouco à distância, observando-a o tempo todo entre a fumaça, com um sorriso na boca e nos olhos, a expressão à toa, distante, como se nada tivesse a ver com ela, como uma mãe que leva sua filhinha a uma festa de aniversário com hambúrgueres e amiguinhos e palhaços, enquanto Vicente Fernández cantava sobre mulheres e traições, a voz rasgada de Chavela regava álcool entre balaços em assoalhos de cantinas, e Paquita del Barrio berrava aquela história de como um cão/ sem um reproche/ sempre jogada a seus pés/ de dia e de noite. Teresa sentia-se embalada pela nostalgia da música e pelos sotaques de sua terra, cuja lembrança só estaria completa com os *chirrines* e umas meias garrafas de Pacífico; atordoada pelo haxixe que lhe ardia entre os dedos; passa adiante pra ficarmos todas iguais, maninha, já fumei piores, que disso eu entendo um pouco. Aos teus vinte e cinco aninhos, gatinha, brindava a cigana Carmela. E quando a fita de Paquita começou com três vezes te enganei, e chegou ao refrão, todas fizeram coro, já bem calibradas, cantando na primeira por coragem, na segunda por capricho, na terceira por prazer — três vezes te enganei, filho da puta, variava a plenos pulmões Pepa Trueno, sem dúvida em homenagem a seu defunto. E assim foi até que uma das funcionárias veio lhes dizer, mal-humorada, que a festa tinha acabado; mas a festa continuou pelos mesmos caminhos mais tarde, depois de trancadas grades e portas, com as duas sozinhas e quase às escuras no cafofo, o abajur no chão, junto à pia, as imagens entre sombras dos recortes de revistas — atores de cinema, cantores, paisagens, um mapa turístico do México — que decoravam a parede pintada de verde e o basculante com cortinas costuradas por Charito, que tinha boas mãos, quando Pati puxou uma segunda garrafa de tequila e uma bolsinha de baixo do catre e disse estas são para nós, Mexicana, pois quem reparte fica com a melhor parte. E com Vicente Fernández cantando bem brega e pela enésima vez *Mujeres divinas*, e com Chavela calibradíssima advertindo não me ameace, não me ameace, foram derrubando a garrafa e esticaram fileirinhas brancas sobre a capa de um livro que se chamava *O leopardo*; Teresa, com o nariz sujo de pó pela última cafungada, disse isso está sinistro e obrigado por este aniversário, minha Tenente, por toda a minha vida etc. Pati recusou, diminuindo a importância e, como se estivesse pensando em outra coisa, disse agora vou me masturbar um pouco, se você não se importa, Mexicaninha, e deitou-se de bruços no catre, depois de tirar os tênis e a saia que usava, uma saia larga e escura muito bonita que lhe caía bem, ficando só com a blusa. Teresa ficou um pouco sem jeito com a garrafa de Don Julio na mão, sem saber o que fazer nem para onde olhar, até que a outra disse você poderia me ajudar, menina, que estas coisas funcionam melhor a dois. Então Teresa balançou docemente a cabeça. Não vai dar. Você sabe que não sou dessas coisas, murmurou. E, embora Pati não tenha insistido, ela se levantou devagar após um intervalo bem curto, sem largar a garrafa, e foi sentar-se na beira do catre de sua companheira, que estava com as pernas abertas e com uma das mãos entre elas, mexendo-a lenta e suavemente, e fazia tudo isso sem deixar de olhá-la nos olhos na penumbra esverdeada do cafofo. Teresa lhe passou a garrafa, e a outra bebeu com a mão livre e lhe devolveu a tequila, observando-a ininterruptamente. Teresa então sorriu e disse outra vez obrigada pelo aniversário, Pati, e pelo livro, e pela festa. E Pati não tirava os olhos dela enquanto mexia os dedos hábeis entre as coxas nuas. Teresa se inclinou sobre sua amiga, repetiu "obrigada" bem baixinho e a beijou suavemente nos lábios, só isso e nada mais, apenas alguns segundos. E sentiu como Pati prendeu a respiração estremecendo várias vezes sob sua boca com um gemido, com os olhos de repente muito abertos, e depois ficou imóvel, sem deixar de olhá-la.

Sua voz a acordou antes do amanhecer.

— Está morto, Mexicana.

Mal haviam falado sobre ele. Sobre eles. Teresa não era de fazer grandes confidências. Apenas comentários aqui e ali, casuais. Uma vez isso, em certa ocasião aquilo. Na verdade evitava falar de Santiago, ou de Ruço Dávila. Até mesmo pensar muito tempo em um ou em outro. Nem sequer tinha fotos — as poucas com o galego ficaram sabe-se lá onde —, a não ser a dela com Ruço rasgada ao meio: a garotinha do narcotráfico que parecia ter ido para muito longe fazia séculos. Às vezes, os dois homens se fundiam num só em seu pensamento, e ela não gostava disso. Era como se fosse infiel aos dois ao mesmo tempo.

— Não se trata disso — respondeu.

Estavam às escuras, e o amanhecer ainda não começara a acinzentar lá fora. Faltavam duas ou três horas para que as chaves da carcereira de plantão batessem nas portas a fim de acordar as detentas para a primeira contagem, e para que se limpassem antes de lavar a roupa de baixo, as calcinhas, as camisetas e as meias, para pendurá-las para secar nos cabos de vassoura encaixados na parede como se fossem cabides. Teresa ouviu como sua companheira se movia no catre. A certa altura ela também mudou de posição, tentando dormir. Muito longe, atrás da porta metálica e no longo corredor da ala, ressoou uma voz de mulher. Te amo,

Manolo, gritava. Estou dizendo que te amo. Outra respondeu mais perto, com insolência. Eu também o amo, veio se juntar debochada uma terceira voz. Depois, os passos de uma funcionária, e de novo o silêncio. Teresa estava de bruços, de camisola, com os olhos abertos na escuridão, esperando o medo que chegaria inexorável, pontual a seu encontro, quando a primeira claridade despontasse por trás do basculante do cafofo e das cortinas costuradas por Charito, a punguista.

— Tem uma coisa que eu gostaria de te contar — disse Pati.

Então se calou como se isso fosse tudo, ou como se não estivesse segura de que deveria contar, ou talvez aguardasse um comentário de Teresa. Mas esta não disse nada; nem me conte, nem não me conte. Permanecia imóvel, olhando a noite.

— Tenho um tesouro escondido lá fora — acrescentou Pati por fim.

Teresa escutou sua própria risada antes de pensar que estava rindo.

— Porra! — comentou. — Como o abade Faria.

— Isso mesmo — Pati também ria. — Mas eu não pretendo morrer aqui... A verdade é que não pretendo morrer em lugar nenhum.

— Que tipo de tesouro? — quis saber Teresa.

— Alguma coisa que se perdeu e que todos procuraram, e ninguém encontrou porque aqueles que esconderam estão mortos... É parecido com os filmes, não é?

— Não acho parecido com os filmes. É parecido com a vida.

As duas ficaram caladas por algum tempo. Não tenho certeza, pensava Teresa. Não estou totalmente convencida de que quero suas confidências, Tenente. Talvez porque você seja superior a mim em conhecimentos e em inteligência e em idade e em tudo, e eu te surpreendo me olhando sempre dessa maneira como você me olha; ou, na melhor das hipóteses, porque não me sinto bem quando você goza — quando você "corre", como se diz aqui — quando te beijo. Se alguém está cansado, é melhor não saber de certas coisas. E esta noite estou muito cansada, talvez porque bebi, fumei e cafunguei demais, e agora não consigo dormir. Neste ano estou muito cansada também. E nesta vida, idem. Por enquanto, a palavra "amanhã" não existe. Meu advogado só veio me ver uma vez. Desde então, só recebi dele uma carta em que diz que investiu a grana em quadros de artistas que desvalorizaram muito e que não sobrou nem para pagar o caixão se eu morrer. Mas a merda é que isso não me importa. A única coisa boa de estar aqui é que as coisas são o que são, e isso evita pensar no que se deixou lá fora. Ou no que nos aguarda lá fora.

— Esses tesouros são perigosos — comentou.

— Claro que são — Pati falava como se calculasse cada palavra, devagar, em voz muito baixa. — Eu mesma paguei um preço alto... Acertaram uns tiros em mim, como você sabe. Pum, pum. E aqui estou eu.

— O que aconteceu com esse maldito tesouro, Tenente Pati O'Faria?

As duas riram outra vez na escuridão. Uma luz brilhou na cabeceira do catre de Pati, que acabava de acender um cigarro.

— Também vou procurá-lo — disse — quando sair daqui.

— Mas você não precisa disso. Você tem grana.

— Nem tanto. O que gasto aqui não é meu, mas da minha família... — seu tom de voz tinha se tornado irônico quando pronunciou a palavra "família". — E esse tesouro de que estou falando é dinheiro de verdade. Muito. Daquele que produz ainda mais, e mais, e muito mais, como no bolero.

— Sabe mesmo onde ele está?

— Claro que sim.

— E tem dono?... Quer dizer, outro dono além de você?

A brasa do cigarro brilhou por um instante. Silêncio.

— Essa é uma boa pergunta — disse Pati.

— Não. Essa é *a* pergunta.

Ficaram caladas de novo. Porque você deve saber muito mais do que eu, pensava Teresa. Tem educação, classe, um advogado que vem te ver de vez em quando, e um bom saldo no banco, mesmo que seja da sua família. Mas disso que você me fala eu entendo, e é bem possível que, ao menos uma vez, eu entenda de uma coisa mais do que você. Por mais que você tenha duas cicatrizes brilhando como estrelinhas, e um noivo no altar e um tesouro te esperando na saída, você viu tudo isso de cima. Eu, no entanto, olhava lá de baixo. Por isso conheço coisas que você nunca viu. Ficavam longe pra cacete de você, com seu cabelo tão lourinho e sua pele tão branquinha e seus modos fresquinhos de quem viveu em Chapultepec. Eu vi o barro em meus pés descalços quando criança, em Siete Gotas, onde os bêbados batiam na porta da minha mãe de madrugada, e eu ouvia ela abrir. Também vi o sorriso de Gato Fierros. E a pedra de León. Joguei tesouros ao mar a cinquenta nós, com as HJs coladas na minha bunda. Por isso não me sacaneie.

— Essa pergunta é difícil de responder — comentou afinal Pati. — Há pessoas que estiveram procurando, claro. Achavam ter certos direitos... Mas isso já faz algum tempo. Agora ninguém tem ideia que eu sei de tudo.

— E por que está me contando?

A brasa do cigarro por umas duas vezes deixou mais intenso seu brilho avermelhado antes de vir a resposta.

— Não sei. Ou talvez saiba, sim.

— Não imaginei que fosse tão linguaruda. Eu poderia bancar a comadre e sair por aí dando com a língua nos dentes.

— Não. Passamos um tempo juntas e eu te observo. Você não é dessas.

Outro silêncio. Dessa vez mais longo do que os anteriores.

— Você é calada e leal.

— Você também.

— Não. Eu sou outras coisas.

Teresa viu a brasa do cigarro se apagar. Estava curiosa, mas também queria que aquela conversa terminasse logo. Acho que já terminou e deixa pra lá, pensou. Não quero amanhã lamentar ter dito coisas que não devia. Coisas que estão longe de mim, onde não posso acompanhá-la. Mas, se dormirmos agora, vamos poder colocar uma pedra sobre isso, jogando a culpa nas cafungadas, na farra e na tequila.

— Pode ser que um dia eu proponha a você que recuperemos esse tesouro — concluiu de repente Pati. — Você e eu, juntas.

Teresa prendeu a respiração. Nem pensar, disse a si mesma. Já não vai dar para fingir que não tivemos essa conversa. Aquilo que dizemos nos prende muito mais do que o que fazemos, ou o que calamos. O pior mal do ser humano foi inventar a palavra. Veja os cachorros. São leais assim porque não falam.

— E por que eu?

Não podia se calar. Não podia dizer sim ou não. Era preciso uma resposta, e aquela pergunta era a única resposta possível. Ela ouviu Pati se virar no catre para a parede antes de responder.

— Eu direi quando chegar o momento. Se é que ele vai chegar.

8

Pacotes de um quilo

— Há pessoas cuja boa sorte é feita à base de infortúnios — concluiu Eddie Álvarez. — Foi esse o caso de Teresa Mendoza.

As lentes dos óculos diminuíam seus olhos cautelosos. Tinha custado tempo e alguns intermediários tê-lo sentado à minha frente; mas ali estava ele, pondo e tirando sem parar as mãos dos bolsos do paletó, depois de me cumprimentar apenas com as pontas dos dedos. Conversávamos no terraço do hotel Rock de Gibraltar, com o sol filtrando-se entre as heras, as palmeiras e as samambaias do jardim suspenso na encosta do Penhasco. Abaixo, do outro lado da balaustrada branca, estava a baía de Algeciras, luminosa e dissolvida na névoa azul da tarde: ferries brancos na extremidade de rastros retos, a costa da África se insinuando mais além do Estreito, os barcos ancorados apontando suas proas para o leste.

— Pelo que pude entender, você no início a ajudou nisso — eu disse. — Estou me referindo a facilitar esses infortúnios.

O advogado piscou duas vezes, girou seu copo sobre a mesa e voltou a me olhar.

— Não fale daquilo que você não sabe — soava a censura e a conselho. — Eu estava fazendo meu trabalho. Vivo disso. E naquela época ela não era ninguém. Era impossível imaginar...

Alternava umas caretas como que só para seu íntimo, sem vontade, como se alguém tivesse lhe contado uma piada ruim, dessas que se demora a compreender.

— Era impossível — repetiu.

— Talvez você tenha se enganado.

— Muitos de nós nos enganamos — parecia consolar-se com o plural. — Embora nessa cadeia de erros eu fosse o menos importante.

Passou a mão pelo cabelo encaracolado, ralo, que estava muito comprido e lhe dava uma aparência ruim, e novamente pegou o copo largo que estava sobre a mesa: licor de uísque, cujo aspecto achocolatado não era nada apetitoso.

— Nessa vida tudo se paga — disse depois de pensar por um momento. — O que acontece é que alguns pagam antes, outros durante e outros depois... No caso da Mexicana, ela pagou antes... Não tinha nada a perder, e tudo a ganhar. Foi isso o que ela fez.

— Dizem que você a abandonou na prisão. Sem um centavo.

Parecia de fato ofendido. Ainda que, num fulano com os antecedentes dele — eu tinha tratado de investigar —, isso não significasse absolutamente nada.

— Não sei o que lhe contaram, mas não é bem assim. Eu posso ser tão prático quanto qualquer um, entende? Isso é normal na minha profissão. Mas não se trata disso. Eu não a abandonei.

Dito aquilo, expôs uma série de desculpas mais ou menos razoáveis. Teresa Mendoza e Santiago Fisterra tinham, é verdade, lhe confiado algum dinheiro. Nada de extraordinário: certas quantias que ele procurava lavar discretamente. O problema foi que investiu quase tudo em quadros: paisagens, marinhas e coisas assim. Uns dois retratos de bom acabamento. Sim. Por acaso fez isso logo depois da morte do galego. E os pintores não eram muito conhecidos. De fato, nem ele nem seu pai os conheciam, por isso investiu neles. A revalorização, como se sabe. Mas veio a crise. Precisou vender às pressas até a última tela, e também uma pequena participação num bar de Main Street e algumas coisas mais. De tudo isso ele deduziu seus honorários — havia atrasos e pendências —, e destinou o dinheiro restante à defesa de Teresa. Isso incluiu muitos gastos, claro. Custou os olhos da cara. Afinal de contas, ela passou apenas um ano na prisão.

— Dizem — apontei — que foi graças a Patricia O'Farrell, cujos advogados prepararam a papelada.

Vi que ameaçava o gesto de levar uma das mãos ao coração, outra vez ofendido. Deixou o gesto no meio.

— Dizem qualquer coisa. A verdade é que houve um momento em que, bem... — olhava-me como uma testemunha de Jeová tocando a campainha. — Eu tinha mais o que fazer. O caso da Mexicana estava em ponto morto.

— Quer dizer: o dinheiro tinha acabado.

— O pouco que tinha, sim. Acabou.

— Então você deixou de cuidar dela.

— Escute — mostrou-me as palmas das mãos, levantando-as um pouco, como se aquele gesto o avalizasse. — Eu vivo disso. Não podia perder tempo. Para alguma coisa servem os defensores públicos. Além do mais, digo e repito que era impossível saber...

— Compreendo. Ela não lhe pediu satisfações mais tarde?

Ele se distraiu contemplando o copo sobre o vidro da mesa. Aquela pergunta não parecia lhe trazer lembranças agradáveis. Finalmente deu de ombros à guisa de resposta e ficou me olhando.

— Mas depois — insisti — você voltou a trabalhar para ela.

Novamente ele enfiou e tirou as mãos dos bolsos do paletó. Um gole de bebida e mais uma vez o movimento das mãos. Talvez tenha trabalhado, admitiu ao final. Por um curto período, e já faz muito tempo. Então me recusei a continuar. Estou limpo.

Minhas informações eram outras, mas não lhe disse isso. Quando saiu da prisão, a Mexicana o agarrou pelo saco, me contaram. Espremeu-o e o largou quando deixou de ser útil. Eram palavras do delegado-chefe de Torremolinos, Pepe Cabrera. A Mendoza fez esse filho da puta cagar as tripas. Até a última. E aquela frase caía como uma luva em Eddie Álvarez. Diga que está indo da minha parte, foi a recomendação de Cabrera enquanto comíamos no porto desportivo de Benalmádena. Esse merda me deve muitas, e não poderá se recusar. Aquele negócio do contêiner de Londres e o inglês do roubo do Heathrow, por exemplo. Diga só isso, e ele vai comer na sua mão. O que você vai conseguir arrancar, aí já é com você.

— Então ela não era rancorosa — concluí.

Olhou-me com precaução profissional. Por que diz isso?, perguntou.

— Punta Castor.

Imaginei que calculava até que ponto eu conhecia o ocorrido. Não quis decepcioná-lo.

— A famosa armadilha — eu disse.

A palavra pareceu ter sobre ele o efeito de um laxante.

— Não me aborreça — remexia-se inquieto na cadeira de junco e vime, fazendo-a ranger. — O que é que você entende de armadilhas?... Essa palavra é muito forte.

— Por isso eu estou aqui. Para que você me conte a história.

— A esta altura, dá no mesmo — respondeu, pegando o copo. — No caso de Punta Castor, Teresa sabia que eu não tive nada a ver com o que Cañabota e aquele sargento da Guarda Civil tramaram. Depois ela investiu seu tempo e suas mágoas para investigar tudo. E quando chegou a minha vez... Bem. Demonstrei que só estava passando por ali. A prova de que a convenci é que continuo vivo.

Ficou pensativo, fazendo tilintar o gelo no copo. Bebeu.

— Apesar do dinheiro dos quadros, de Punta Castor e de todo o resto — insistiu, e parecia surpreso —, continuo vivo.

Bebeu de novo. Duas vezes. Pelo visto, recordar lhe dava sede. Na verdade, disse, ninguém nunca aprontou expressamente para

Santiago Fisterra. Ninguém. Cañabota e aqueles para quem trabalhava queriam apenas uma isca; alguém para distrair a atenção enquanto o verdadeiro carregamento era contrabandeado em outro lugar. Essa era a prática habitual: caiu para o galego como podia ter caído para outro. Questão de falta de sorte. Ele não era dos que abriam o bico se o prendessem. Além do mais, era de fora, ficava na dele e não tinha amigos nem simpatias na região... Ainda por cima, aquele guarda-civil estava com ele atravessado na garganta. De modo que sobrou para ele.

— E para ela.

Fez ranger outra vez a cadeira ao olhar a escada do terraço como se Teresa Mendoza estivesse a ponto de aparecer ali. Silêncio. Outra bicada no copo. Depois ajeitou os óculos e disse: lamentavelmente. Calou-se de novo. Outro gole. Lamentavelmente, ninguém podia imaginar que a Mexicana chegaria até onde chegou.

— Mas insisto que não tive nada com isso. Droga. Já lhe disse.

— Que continua vivo.

— Sim — encarava-me desafiador. — Isso prova a minha boa-fé.

— E o que aconteceu com eles depois?... Com Cañabota e o sargento Velasco.

O desafio durou três segundos. Ele bateu em retirada. Você sabe tão bem quanto eu, diziam seus olhos, desconfiados. Qualquer um que tenha lido jornais sabe disso. Mas se acha que sou eu quem vai te explicar, pode tirar o cavalo da chuva.

— Disso eu não sei nada.

Fez o gesto de fechar os lábios com um zíper, enquanto assumia uma expressão malvada e satisfeita: a de quem permanece em posição vertical mais tempo do que outros que conheceu. Pedi um café para mim e outro licor achocolatado para ele. Da cidade e do porto os ruídos chegavam amortecidos pela distância. Um automóvel subiu pela estrada debaixo do terraço, com muito barulho do escapamento, em direção ao alto do Penhasco. Tive a impressão de ver uma mulher loura ao volante e um homem com blusão de marinheiro.

— De qualquer maneira — continuou Eddie Álvarez, após pensar um instante —, tudo isso foi depois, quando as coisas mudaram e ela teve oportunidade de cobrar a fatura... E ouça, tenho certeza de que, quando saiu de El Puerto de Santa María, o que tinha em mente era desaparecer do mundo. Creio que nunca foi ambiciosa, nem sonhadora... Aposto com você que nem sequer era vingativa. Limitava-se a continuar viva, nada mais. O que acontece é que às vezes a sorte, de tanto aprontar para alguém, acaba colocando um limite.

Um grupo de gibraltarinos ocupou a mesa ao lado. Eddie Álvarez os conhecia e foi cumprimentá-los. Pude então examiná-lo de longe: o jeito prestativo de sorrir, de estender a mão, de escutar como quem aguarda senhas sobre o que deve dizer, a forma de se comportar. Um sobrevivente, confirmei. O tipo de filho da puta que sobrevive, como tinha descrito outro Eddie, neste caso de sobrenome Campello, também gibraltarino, velho amigo meu e editor do semanário local *Vox*. Nem colhões para trair o comparsa tinha, disse Campello quando perguntei pela relação do advogado com Teresa Mendoza. Punta Castor foi coisa de Cañabota e do guarda. Álvarez se limitou a ficar com o dinheiro do galego. Mas essa mulher pouco ligava para o dinheiro. A prova disso é que depois foi atrás do malandro e o obrigou a trabalhar para ela.

— E veja bem — Eddie Álvarez já estava de volta a nossa mesa —, eu diria que a Mexicana continua não sendo vingativa. Sua atitude é bem mais... Sei lá. Talvez uma questão prática, compreende?... Em seu mundo não se deixa nenhuma ponta solta.

Em seguida ele me contou uma coisa curiosa. Quando a enfiaram em El Puerto, disse, fui até a casa que ela e o galego tinham em Palmones, para liquidar com tudo e fechá-la. E sabe da maior? Ela tinha saído ao mar, como tantas outras vezes, sem saber que aquela seria a última. No entanto, tudo estava arrumado nas gavetas, cada coisa em seu lugar. Até dentro dos armários tudo estava pronto para ser inspecionado.

— Mais do que cálculo impiedoso, ambição ou sentimento de vingança — Eddie Álvarez concordava com a cabeça, olhando-me como se as gavetas e os armários explicassem tudo —, creio que Teresa sempre teve o sentido da simetria.

Acabou de varrer a pequena ponte de madeira, serviu-se de meio copo com tequila e de outro com suco de laranja no meio, e foi fumar um cigarro sentada na extremidade, descalça, com os pés meio enterrados na areia morna. O sol ainda estava baixo, e seus raios diagonais enchiam a praia de sombras em cada pegada na areia, deixando-a semelhante a uma paisagem lunar. Entre o quiosque e a orla, tudo estava limpo e arrumado, aguardando os banhistas que começariam a chegar no meio da manhã: duas espreguiçadeiras debaixo de cada guarda-sol, cuidadosamente enfileiradas por Teresa, com seus colchonetes de listras brancas e azuis bem sacudidos e colocados no devido lugar. Havia calma, o mar estava tranquilo, a água na orla silenciosa, e o sol nascente se refletia com brilho alaranjado e metálico entre as silhuetas na contraluz dos poucos transeuntes: aposentados em sua caminhada matutina, um jovem casal com um cachorro, um homem solitário que olhava o mar perto da vara de pescar fincada na areia. E, no final da praia e do brilho, Marbella por trás dos pinheiros e das magnólias, com os telhados de suas vilas e suas torres de cimento e vidro prolongando-se na névoa dourada, em direção ao leste.

Saboreou o cigarro, desmanchado e enrolado de novo, como de costume, com um pouco de haxixe. Tony, o encarregado do quiosque, não gostava de que ela fumasse outra coisa além de cigarro, quando ele estava por perto; mas àquela hora Tony não tinha chegado e os banhistas demorariam um pouco a ocupar a praia — eram os primeiros dias da temporada —, por isso podia fumar tranquila. E a tequila acompanhando o suco de laranja, ou vice-versa, caía bem como o diabo. Estava desde as oito da manhã — café puro sem açúcar, pão com azeite de oliva, uma rosquinha recheada — arrumando espreguiçadeiras, varrendo o quiosque, distribuindo cadeiras e mesas, e tinha pela frente uma jornada de trabalho idêntica à do dia anterior e à do dia seguinte: copos sujos detrás do mostruário, no balcão e nas mesas raspadinha de limão, *orchatas*,* café com gelo, cubas-libres, água mineral, com a cabeça parecendo uma zabumba e a camiseta ensopada de suor, debaixo do teto de folha de palmeira que filtrava os raios de sol; um sufocamento úmido que lhe lembrava o de Altata no verão, mas com mais gente e mais cheiro de óleo de bronzear. Ficava atenta, além do mais, à impertinência dos fregueses: eu pedi sem gelo, ouça, ouve, eu pedi com limão e com gelo, não me diga que não tem Fanta, você trouxe com gás e eu pedi sem gás. Haja saco. Aqueles veranistas chicanos ou gringos, com seus calções floridos e a pele avermelhada e gordurosa, seus óculos de sol, suas crianças sempre na maior gritaria e suas carnes transbordando pelas roupas de banho, camisetas e pareôs, acabavam sendo piores, mais egoístas e sem consideração do que os que frequentavam os puteiros de Dris Larbi. E Teresa passava entre eles doze horas por dia, de lá para cá, sem tempo para se sentar dez minutos, a antiga fratura

*Bebida à base de água, açucar, cevada e amêndoas (às vezes, com sementes de melancia ou melão esmagadas). (*N. do T.*)

do braço ressentindo-se do peso da bandeja com bebidas, com o cabelo dividido em duas tranças e um lenço em volta da testa para que as gotas de suor não caíssem nos olhos. Sempre com o olhar desconfiado de Tony cravado em sua nuca.

Mas não estava tão mal assim, ali. Aquele momento pela manhã, quando acabava de arrumar o quiosque e as espreguiçadeiras e ficava sossegada em frente à praia e ao mar, aguardando em paz. Ou quando à noite passeava pela orla a caminho de sua modesta pensão na parte velha de Marbella, tal e qual em outra época — séculos atrás —, em Melilla, depois de fechar o Yamila. A coisa a que mais demorou a se acostumar quando saiu de El Puerto de Santa María foi a agitação da vida do lado de fora, os ruídos, o tráfego, as pessoas aglomeradas nas praias, a música atordoante dos bares e discotecas, a multidão que abarrotava a costa de Torremolinos a Sotogrande. Depois de um ano e meio de rotina e ordem estrita, Teresa carregava hábitos que, no fim de três meses de liberdade, ainda a deixavam mais incomodada ali do que atrás das grades. Na prisão corriam histórias sobre presos com penas compridas que, ao sair, tentavam voltar para aquilo que era àquela altura o único lar possível. Teresa nunca acreditou nisso até que um dia, fumando sentada no mesmo lugar onde estava agora, sentiu de repente a nostalgia da ordem, da rotina e do silêncio que havia atrás das grades. A prisão só é lar para os infelizes, Pati lhe dissera uma vez. Para os que carecem de sonhos. O abade Faria — Teresa tinha terminado *O conde de Monte Cristo* e também muitos outros livros, e continuava a comprar romances que se amontoavam em seu quarto na pensão — não era daqueles que consideravam a prisão um lar. Pelo contrário: o velho prisioneiro desejava sair para recuperar a vida que lhe roubaram. Como Edmond Dantès, só que tarde demais. Depois de pensar muito nisso, Teresa havia chegado à conclusão de que o tesouro daqueles dois era apenas um pretexto para se manterem vivos, sonharem com a fuga, sentirem-se livres apesar dos ferrolhos e dos muros do castelo de If. E, no caso da Tenente O'Farrell, a história da coca perdida era também, a seu modo, uma forma de manter-se livre. Talvez por isso Teresa nunca tenha acreditado naquilo totalmente. Quanto à prisão como um lar para os infelizes, talvez fosse verdade. Daí que sentisse suas nostalgias carcerárias, quando elas surgiam, demasiadamente vinculadas ao remorso; como esses pecados que, segundo os padres, eram cometidos quando se ficava com certas caraminholas na cabeça. E, no entanto, em El Puerto tudo parecia fácil, porque as palavras "liberdade" e "amanhã" eram apenas algo abstrato, à espera na extremidade do calendário. Em compensação, estava enfim vivendo entre aquelas folhas com datas remotas que meses atrás não significavam mais do que números na parede, e que de improviso se transformavam em dias de vinte e quatro horas e em amanheceres cinzentos que continuavam a encontrá-la acordada.

E agora?, ela tinha se perguntado ao ver a rua à sua frente, fora dos muros da prisão. Pati O'Farrell lhe facilitou a resposta, recomendando-a a alguns amigos que tinham quiosques nas praias de Marbella. Não vão te fazer perguntas, nem vão te explorar demais, disse. Também não te foderão, se não quiser. Aquele trabalho tornava possível a liberdade condicional de Teresa — restava mais de um ano para liquidar sua dívida com a Justiça —, com a única limitação de permanecer localizável e se apresentar um dia por semana na delegacia local. E lhe proporcionava o suficiente para pagar seu quarto de pensão na rua San Lázaro, os livros, a comida, umas roupas, o fumo e as pedrinhas de haxixe — deleitar-se com umas cafungadas estava fora de seu alcance —, para animar os Bisonte que fumava nos momentos de calma, às vezes com uma dose na mão, na solidão de seu quarto ou na praia, como agora.

Uma gaivota baixou planando até perto da orla, cuidadosa, roçou a água e se afastou mar adentro sem conseguir nenhuma presa. Vá se danar, pensou Teresa enquanto aspirava a fumaça, vendo-a se distanciar. Raposa com asas da puta que te pariu. Houve um tempo em que gostava das gaivotas, achava-as românticas; até que passou a conhecê-las indo para cima e para baixo com a Phantom pelo Estreito e principalmente um dia, no começo, quando sofreram uma avaria no meio do mar enquanto testavam o motor. Santiago ficou trabalhando muito tempo e ela se deitou para descansar vendo-as em revoada bem perto, e ele a aconselhou a cobrir o rosto, porque eram capazes, disse, de bicá-la caso adormecesse. A lembrança voltou com imagens bem precisas: a água parada, as gaivotas boiando sentadas ao redor da lancha ou dando voltas pelo alto, e Santiago na popa, com a carcaça preta do motor naquela banheira e cheio de graxa até os cotovelos, o torso nu com a tatuagem do Cristo de seu sobrenome em um braço, e no outro ombro aquelas iniciais que ela não chegou a saber de quem eram.

Aspirou novas baforadas de fumaça, deixando que o haxixe dissolvesse indiferença ao longo de suas veias, rumo ao coração e ao cérebro. Procurava não pensar muito em Santiago, assim como tentava impedir que uma dor de cabeça — ultimamente lhe doía com frequência — chegasse a se instalar de todo, e quando vinham os primeiros sintomas tomava duas aspirinas antes que fosse tarde e a dor permanecesse ali durante horas, envolvendo-a em uma nuvem de mal-estar e irrealidade que a deixava exausta. Em geral procurava não pensar demais, nem em Santiago nem em ninguém, nem em nada; tinha descoberto incertezas e horrores demais à espreita em cada pensamento que fosse além do imediato ou do prático. Havia momentos, sobretudo quando estava deitada sem pegar no sono, em que se lembrava, sem poder evitar. Porém, se não vinha acompanhada de reflexões, essa olhada para trás já não lhe causava satisfação nem dor; apenas uma sensação de movimento para lugar nenhum, lenta como um barco que estivesse à deriva enquanto deixava para trás pessoas, objetos, circunstâncias.

Por isso agora fumava haxixe. Não pelo velho prazer, embora também fosse, mas porque a fumaça em seus pulmões — talvez este tenha viajado comigo em pacotes de vinte quilos desde o lado mouro, pensava ocasionalmente, divertindo-se com o paradoxo, quando raspava o cofre para pagar uma modesta pedrinha — acentuava aquele distanciamento que também não trazia consolo e indiferença, somente um suave torpor, porque nem sempre estava certa de ser ela mesma aquela que se olhava, ou que se lembrava; como se fossem várias as Teresas escondidas em sua memória e nenhuma delas tivesse relação direta com a atual. Pode ser que isso seja a vida, dizia a si mesma, perturbada, e a passagem dos anos e a velhice, quando chega, signifiquem apenas olhar para trás e ver as muitas pessoas estranhas que fomos e nas quais não nos reconhecemos. Com essa ideia na cabeça, pegava às vezes a foto rasgada, ela com seu rostinho de guria e a calça jeans e a jaqueta, e o braço de Ruço Dávila sobre seus ombros, aquele braço amputado e nada mais, enquanto os traços do homem que já não estava na meia foto se misturavam em suas lembranças com os de Santiago Fisterra, como se os dois tivessem sido um só, em processo oposto ao da garotinha de olhos negros e grandes, partida em tantas mulheres diferentes que era impossível recompô-la em uma só. Teresa matutava de quando em quando, até que se dava conta de que essa era justamente, ou podia ser, a armadilha. Então chamava em seu auxílio a mente em branco, a fumaça que percorria seu sangue e a tequila que a acalmava com o sabor familiar e com a languidez que acompanha cada excesso. E aquelas mulheres que se pareciam com ela, e a outra sem idade que olhava todas de fora, iam ficando para trás, flutuando como folhas mortas na água.

Também por causa disso lia tanto. Ler, tinha aprendido na prisão, sobretudo romances, permitia-lhe povoar a cabeça de um modo diferente; como se, ao apagar as fronteiras entre realidade e ficção, pudesse assistir à sua própria vida como quem presencia algo que acontece com os outros. Além de lhe ensinar coisas, a leitura a ajudava a pensar diferente, ou melhor, nas páginas outros faziam isso por ela. Acabava sendo mais intenso do que no cinema ou nas séries de tevê; estas eram versões concretas, com rostos e vozes de atrizes e atores, enquanto nos romances podia aplicar seu ponto de vista a cada situação ou personagem. Inclusive à voz de quem contava a história: ora um narrador conhecido ou anônimo, ora a própria personagem. Porque ao virar cada folha — isso ela descobriu com prazer e surpresa — o que se faz é escrevê-la de novo. Ao sair de El Puerto, Teresa tinha continuado a ler guiada por intuições, pelos títulos, pelas primeiras linhas, pela ilustração das capas. E, além de seu velho *Monte Cristo* encadernado em couro, tinha agora seus próprios livros, comprados aos pouquinhos, edições baratas que conseguia com vendedores ambulantes ou em lojas de livros usados, ou volumes de bolso que comprava depois de rodar várias vezes as gôndolas giratórias que havia em certas lojas. Leu não só romances escritos tempos atrás por cavalheiros e senhoras que vinham retratados nas orelhas ou nas contracapas, mas também romances modernos que tinham a ver com o amor, com aventuras, com viagens. De todos eles, seus favoritos eram *Gabriela, cravo e canela*, escrito por um brasileiro chamado Jorge Amado, *Anna Karenina*, que contava a vida de uma aristocrata russa escrita por outro russo, e *História de duas cidades*, com o qual chorou no final, quando o valente inglês — chamado Sidney Carton —, consolando a jovem assustada, pega-a pela mão a caminho da guilhotina. Também leu aquele livro sobre um médico casado com uma milionária que no início Pati a aconselhou a deixar para mais tarde; e outro bem estranho, difícil de compreender, mas que a dominou porque reconheceu desde o primeiro momento a terra, a linguagem e a alma das personagens que transitavam por suas páginas. O livro se chamava *Pedro Páramo*, e ainda que Teresa nunca chegasse a decifrar seu mistério, retornava a ele de vez em quando, abrindo-o ao acaso para reler páginas e páginas. O modo como as palavras fluíam a deixava fascinada como se chegasse a um lugar desconhecido, tenebroso, mágico, relacionado com algo que ela mesma possuía — tinha certeza disso —, em algum lugar escuro de seu sangue e de sua memória: "Vim a Comala porque me disseram que aqui vivia meu pai, um tal de Pedro Páramo..." Assim, depois de suas muitas leituras em El Puerto de Santa María, Teresa ainda juntava livros, um após outro, no dia livre de cada semana, nas noites em que resistia ao sono. Em certas ocasiões, podia refrear até o velho medo da luz cinzenta da alvorada, naqueles instantes em que se tornava insuportável, bastando para isso abrir o livro que estava sobre a mesinha de cabeceira. Teresa constatou que aquilo que era apenas um objeto inerte de tinta e papel ganhava vida quando alguém virava suas páginas e percorria suas linhas, projetando ali sua existência, suas afeições, seus gostos, suas virtudes ou seus vícios. E agora tinha a certeza de algo vislumbrado no início, quando comentava com Pati O'Farrell as andanças do infeliz e depois feliz Edmond Dantès: que não há dois livros iguais porque nunca houve dois leitores iguais. E que cada livro lido é, como cada ser humano, um livro singular, uma história única e um mundo à parte.

Tony chegou. Jovem, barbudo, uma argola numa orelha, a pele bronzeada por muitos verões em Marbella. Uma camiseta estampada com o touro de Osborne. Um profissional do litoral, habituado a viver dos turistas, sem complexos. Sem sentimentos visíveis. No tempo em que estava ali, Teresa nunca o tinha visto aborrecido ou de bom humor, iludido por algo nem decepcionado por nada. Administrava o quiosque com desapaixonada eficiência, ganhava seu bom dinheiro, era cortês com os fregueses e inflexível com os preguiçosos e os advogados sem causas. Guardava sob o balcão um bastão de beisebol para as emergências, servia de graça uns tantos conhaques e gins-tônicas fora do horário de serviço aos guardas municipais que patrulhavam as praias. Quando Teresa foi procurá-lo, pouco depois de sair de El Puerto, Tony olhou-a com firmeza e depois disse que uns amigos de uma amiga tinham pedido que lhe desse trabalho, por isso ele estava dando. Nada de drogas aqui, nada de bebidas na frente dos fregueses, nada de paquera com eles, nada de meter a mão no caixa ou te ponho na porra da rua; e, se for problema com o caixa, ainda por cima te quebro a cara. A jornada é de doze horas, mais o tempo que você demorar para arrumar tudo quando fechamos, e começa às oito da manhã. É pegar ou largar. Teresa pegou. Precisava de um trampo legal para manter em vigor a liberdade condicional, para comer, para dormir debaixo de um teto. E Tony e seu quiosque eram tão bons ou tão ruins quanto qualquer outra coisa.

Acabou a bagana de haxixe com a brasa queimando suas unhas e liquidou o resto da tequila e do suco de laranja num gole só. Os primeiros banhistas começavam a chegar com suas toalhas e seus óleos de bronzear. O pescador continuava na orla, e o sol estava cada vez mais alto no céu, arrefecendo a areia. Um homem de boa aparência fazia exercícios mais além das espreguiçadeiras, reluzente de suor como um cavalo depois de uma longa corrida. Quase se podia sentir o cheiro de sua pele. Teresa o olhou por um instante, a barriga lisa, os músculos das costas tensos a cada flexão e a cada giro do tronco. De vez em quando parava para recobrar fôlego, com as mãos nas cadeiras e a cabeça baixa, olhando para o chão como se pensasse, e ela o observava com os próprios pensamentos rodando em sua cabeça. Barrigas lisas, músculos dorsais. Homens com peles curtidas cheirando a suor, no cio dentro da calça. Puxa. Era tão fácil se dar com eles, e no entanto como era difícil, apesar de tudo e de serem tão previsíveis. E que simples podia ser uma fêmea quando pensava com a xoxota, ou quando pensava tanto que no fim das contas ficava igualzinha, pensando com aquilo mesmo, simplesmente chateada de tão a fim. Desde que estava em liberdade, Teresa havia tido um único encontro sexual: um jovem empregado de um quiosque na outra extremidade da praia, num sábado à noite em que, em vez de ir para a pensão, ficou por ali, bebendo uns tragos e fumando um pouco sentada na areia enquanto olhava as luzes dos barcos pesqueiros ao longe e se desafiava a não ter recordações. O empregado se aproximou no momento exato, bem malandro e simpático a ponto de fazê-la rir; acabaram duas horas depois no carro dele, num terreno baldio perto da praça de touros. Foi um encontro improvisado, a que Teresa assistiu com mais curiosidade do que com desejo real, atenta a si mesma, absorta nas próprias reações e sentimentos. O primeiro homem em um ano e meio: algo pelo qual muitas companheiras de xadrez teriam dado meses de liberdade. Mas escolheu mal o momento e a companhia, tão inadequada quanto seu estado de espírito. Aquelas luzes no mar negro, concluiu mais tarde, foram as culpadas. O empregado, um rapaz parecido com o que fazia exercícios na praia junto às espreguiçadeiras — a lembrança simplesmente dava esse salto agora —, mostrou-se egoísta e grosseiro; e o automóvel, e o preservativo que o obrigou a usar depois de procurar por muito tempo uma farmácia de plantão, não melhoraram as coisas. Foi um encontro decepcionante, incômodo até na hora de baixar o zíper do jeans num espaço tão apertado. Quando acabou, o outro estava com uma vontade visível de dormir, e Teresa estava insatisfeita e furiosa consigo, e mais ainda com a mulher calada que a olhava por trás do reflexo da brasa do cigarro no vidro: um pontinho luminoso igual ao daqueles barcos pesqueiros que trabalhavam na noite e em suas lembranças. Assim que vestiu a calça, desceu do carro, os dois disseram a gente se vê por aí, e ao se separarem nenhum deles sequer sabia o nome do outro, e que fosse à puta que o pariu aquele que se importasse. Naquela mesma noite, ao chegar à pensão, Teresa tomou um banho demorado e quente, e depois tomou um porre nua na cama, de barriga para baixo, até vomitar por muito tempo entre espasmos de bílis e cair adormecida ao final com a mão entre as coxas, os dedos dentro do sexo. Ouvia ruídos de Cessnas e motores de lanchas, e também a voz de Luis Miguel cantando no cassete sobre a mesinha, se nos deixam/ se nos deixam/ vamos nos amar por toda a vida.

Acordou naquela noite, tremendo na escuridão, porque acabava de verificar por fim, em sonho, o que acontecia no romancezinho mexicano de Juan Rulfo que não conseguia compreender inteiramente por mais que o folheasse. "Vim a Comala porque me disseram que aqui vivia meu pai." Cacete. Os personagens daquela história estavam todos mortos, e não sabiam disso.

— Telefone para você — disse Tony.

Teresa deixou os copos sujos na pia, pôs a bandeja na bancada e foi até a extremidade do balcão. Chegava ao fim um dia duro, idiotas sedentos e coroas com óculos escuros e as muxibas ao sol — umas nem sentiam vergonha —, pedindo o tempo todo cervejotas e refrigerantes; sua cabeça e seus pés ardiam de tanto cruzar como que entre labaredas o percurso até as espreguiçadeiras, de atender uma mesa atrás da outra e de suar em bicas naquele micro-ondas de areia ofuscante. Era o meio da tarde, e alguns banhistas já estavam indo embora, mas ainda restavam pela frente umas boas horas de trabalho. Secando as mãos no avental, segurou o telefone. A pausa momentânea e a sombra não a aliviaram muito. Ninguém tinha ligado para ela desde sua saída de El Puerto, nem ali nem em nenhum outro lugar, e também não podia imaginar motivos para que alguém o fizesse agora. Tony devia estar pensando a mesma coisa, porque a olhava de esguelha, enxugando copos, que enfileirava em cima do balcão. Aquilo, concluiu Teresa, não podia ser boas notícias.

— Alô — disse, desconfiada.

Reconheceu a voz logo à primeira palavra, sem precisar que a outra dissesse sou eu. Um ano e meio ouvindo-a dia e noite era tempo de sobra. Por isso sorriu e depois riu em voz alta, com franca alegria. Legal, minha Tenente. Que barato ouvi-la outra vez, irmãzinha. Como a vida está te tratando etc. Ria feliz de verdade ao reencontrar do outro lado da linha o tom firme, aprumado, de quem sabia enfrentar as coisas como elas eram. De quem conhecia a si mesma e aos outros porque sabia olhá-los, e porque havia aprendido isso nos livros, na educação e na vida, e até mais nos silêncios do que nas palavras. E ao mesmo tempo pensava, em um cantinho da cabeça, sai pra lá, não me sacaneie, quem dera eu pudesse falar assim bonito, de primeira, discar um número de telefone depois de todo esse tempo e dizer com tanta naturalidade como é que vai, Mexicana, minha cachorra, espero que você tenha sentido saudades enquanto se atirava a meia Marbella, agora que ninguém te vigia. Vamos nos ver ou você se esqueceu de mim? Então Teresa perguntou se ela estava livre, e Pati O'Farrell respondeu entre gargalhadas claro que estou livre, sua idiota, livre há uns três dias e fazendo uma farra atrás da outra para recuperar o tempo perdido, farras por cima, por baixo e por todas as partes que se possam imaginar, que não durmo nem me deixam dormir, e não me queixo nem um pouco. Entre uma coisa e outra, cada vez que recupero o fôlego ou a consciência me ponho a procurar teu telefone, mas finalmente te encontrei, que já era hora, para te contar que aquelas porcas funcionárias de merda não puderam com o velho abade, que elas podem ir enfiando o castelo de If lá onde você sabe muito bem, e que já está na hora de Edmond Dantès e o amigo Faria terem uma conversa longa e civilizada, em algum lugar onde o sol não entre através de uma grade como se fôssemos apanhadores desse beisebol gringo que se joga no puto do teu México. Então pensei em você pegar um ônibus, ou um táxi se tiver dinheiro, ou o que quiser, e vir até Jerez porque justamente amanhã vão dar uma festa para mim, e — o hábito faz o monge — admito que sem você as festas ficam muito estranhas. Sabe como é, gostosinha. Hábitos da cadeia. Coisas do costume.

Era uma festa de verdade. Uma festa em uma chácara de Jerez, dessas em que transcorre uma eternidade entre o portão de entrada e a casa que está ao fundo, no final de um longo caminho de terra e cascalho, com automóveis caros estacionados na porta e paredes de argila vermelha e cal com janelas gradeadas que lembraram a Teresa — ali estava o maldito parentesco, compreendeu — as antigas propriedades rurais mexicanas. A casa era daquelas que saíam nas revistas: móveis rústicos que a antiguidade valorizava, quadros escuros nas paredes, assoalho de ladrilhos avermelhados e vigas nos tetos. Também uma boa centena de convidados que bebiam e conversavam em dois salões grandes e na varanda com alpendre coberto de parreiras que se estendia pela parte de trás, delimitado por um telheiro de bar, uma enorme churrasqueira a lenha com forno e uma piscina. O sol se aproximava do ocaso, e a luz ocre e poeirenta dava uma consistência quase material ao ar cálido, nos horizontes de ondulações suaves salpicadas de troncos verdes.

— Gostei da sua casa — disse Teresa.

— Quem dera ela fosse minha.

— Mas pertence à sua família.

— Entre mim e minha família há uma distância enorme.

Estavam sentadas sob as parreiras do alpendre, em poltronas de madeira com almofadões de linho, uma taça na mão e observando as pessoas se movimentarem ao redor. Tudo muito de acordo, concluiu Teresa, com o lugar e os carros na porta. No início tinha ficado preocupada com sua calça jeans e seus sapatos de salto alto e sua blusa simples, sobretudo quando, ao chegar, alguns lançaram olhares meio esquisitos para ela; mas Pati O'Farrell — com um vestido de algodão cor de malva, lindas sandálias de couro trabalhado, o cabelo louro tão curto quanto de costume — a tranquilizou. Aqui cada um se veste como quer, disse. E você está muito bem. Além disso, esse cabelo repuxado num coque, repartido no meio, deixa você linda. Bem étnico. Você nunca se penteou assim no xadrez.

— No xadrez eu não estava a fim de festas.

— Mas até que fizemos algumas.

Riram, lembrando-se. Havia tequila, constatou, e álcool de todos os tipos, e criadas uniformizadas que circulavam com bandejas de canapés entre os presentes. Tudo muito legal. Dois guitarristas flamencos tocavam entre um grupo de convidados. A música, alegre e melancólica ao mesmo tempo, como em lufadas, caía bem com o lugar e a paisagem. Às vezes se animavam com palmas, umas mulheres jovens iniciavam passos de dança, em estilo sevilhano ou flamenco, meio de brincadeira, e conversavam com seus acompanhantes enquanto Teresa invejava aquela desenvoltura que lhes permitia ir de lá para cá, cumprimentar-se, conversar, fumar com distinção como a própria Pati fazia, com um braço cruzado sobre o regaço, a mão apoiando um cotovelo e o braço em vertical, o cigarro fumegante entre os dedos médio e indicador. Talvez não fosse a mais alta sociedade, concluiu, mas era fascinante observá-los, tão diferentes das pessoas que havia conhecido com Ruço Dávila em Culiacán, e a anos-luz de seu passado mais próximo, e do que ela era ou jamais chegaria a ser. Até Pati lhe parecia uma ligação irreal entre esses mundos tão díspares. E Teresa, como se olhasse de fora uma vitrine brilhante, não perdia um detalhe dos calçados daquelas mulheres, a maquiagem, o penteado, as joias, o aroma de seus perfumes, o modo de segurar um copo ou de acender um cigarro, de jogar a cabeça para trás enquanto apoiavam a mão no braço do homem com quem conversavam. É assim que se faz, determinou, e quem dera eu pudesse aprender. É assim que se vive, que se fala, que se ri ou se cala; era como havia imaginado nos romances, e não como o cinema ou a televisão inventam. E que bom poder ficar olhando, sendo tão pouca coisa que ninguém se incomodava com ela; poder observar com atenção e perceber que a maioria dos convidados masculinos eram sujeitos acima dos quarenta, com toques informais no vestuário, camisas abertas sem gravata, paletós escuros, bons sapatos e relógios, pele bronzeada e não exatamente porque trabalhavam no campo. Quanto a elas, havia dois tipos definidos: damas de boa aparência e pernas longas, algumas um pouco ostensivas nas roupas, joias e bijuterias, e outras mais bem-vestidas, mais sóbrias, com menos adornos e maquiagem, em quem a cirurgia plástica e o dinheiro — uma era consequência do outro — pareciam naturais. As irmãs de Pati, que ela lhe apresentou quando chegou, pertenciam a este último grupo: narizes operados, peles esticadas em centros cirúrgicos, cabelos loiros com mechas, um acentuado sotaque andaluz de boa estirpe, mãos elegantes que jamais esfregaram um prato, vestidos de boas grifes. Perto dos cinquenta a mais velha, quarenta e poucos a mais nova. Parecidas com Pati na testa, no rosto ovalado e em certa maneira de encurvar a boca ao conversar ou sorrir. Olharam Teresa de cima a baixo com o mesmo gesto arqueado nas sobrancelhas, esses duplos acentos circunflexos de quem costuma avaliar e descartar em questão de segundos, antes de retornar a suas ocupações sociais e aos convidados. Duas nojentas, comentou Pati enquanto elas viravam as costas, justo quando Teresa estava pensando: porra, e eu aqui bancando a boba com essa aparência de muambeira; devia ter colocado outra roupa, as pulseiras de prata e uma saia em vez do jeans e os saltos altos e esta blusa velha que elas olharam como se fosse um trapo. A mais velha, comentou Pati, é casada com um imbecil inútil, aquele careca barrigudo que está rindo ali no grupo, e a segunda sacaneia meu pai o quanto pode. Embora na verdade as duas o sacaneiem.

— Seu pai está aqui?

— Deus do céu, claro que não — Pati franziu o nariz com elegância, o copo de uísque com gelo e sem água a meio caminho da boca. — O velho safado vive entrincheirado em seu apartamento de Jerez... O campo lhe dá alergia — riu, malvada. — O pólen e todo o resto.

— Por que você me convidou?

Sem olhar para ela, Pati levou afinal o copo aos lábios.

— Achei — disse, com a boca úmida — que você gostaria de tomar um drinque.

— Existem bares para tomar drinques. E este não é meu ambiente.

Pati pôs o copo na mesa e acendeu um cigarro. O anterior, que continuava aceso, consumia-se no cinzeiro.

— Também não é o meu. Ou pelo menos não inteiramente — deu uma olhada ao redor, depreciativa. — Minhas irmãs são completamente idiotas: organizar uma festa é o que elas entendem por reinserção social. Em vez de me esconderem, elas me dão uma lição, entende? Assim demonstram que não têm vergonha da ovelha desgarrada... Esta noite vão dormir com a xoxota fria e a consciência tranquila, como sempre.

— Talvez você esteja sendo injusta com elas. Talvez estejam alegres de verdade.

— Injusta?... Aqui? — mordeu o lábio inferior com um sorriso desagradável. Dá pra acreditar que ninguém me perguntou até agora sobre o que eu passei no xadrez? É um tabu. Apenas como vai, bela. Beijinho, beijinho. Estou te achando ótima. Como se eu tivesse ido de férias para o Caribe.

Seu tom era mais ágil do que em El Puerto, pensou Teresa. Mais frívolo e loquaz. Diz as mesmas coisas e da mesma forma, mas tem algo diferente: como se aqui ela se visse obrigada a me dar explicações que em nossa vida anterior eram desnecessárias. Teresa a tinha observado desde o primeiro momento, quando se afastou de alguns amigos para recebê-la e quando depois a deixou sozinha em duas ocasiões, indo e vindo entre os convidados. Demorou a reconhecê-la. Em lhe atribuir realmente aqueles sorrisos que espreitava a distância, os gestos de cumplicidade com pessoas estranhas para ela, os cigarros que aceitava inclinando a cabeça para que lhe oferecessem fogo enquanto olhava de vez em quando para Teresa, que continuava deslocada, sem se aproximar de ninguém porque não sabia o que dizer, e sem que ninguém lhe dirigisse a palavra. Por fim Pati voltou para junto dela e foram se sentar nas poltronas do alpendre, e aí sim pôde, aos poucos, reconhecê-la. E a verdade era que Pati explicava demais as coisas, justificando-as como se não tivesse certeza de que Teresa as entendia, ou de que — ocorreu-lhe de repente — as aprovava. Tal hipótese lhe deu o que pensar. Talvez, arriscou depois de refletir por algum tempo, as fábulas pessoais que funcionam atrás das grades não sirvam do lado de fora, e, uma vez em liberdade, seja preciso estabelecer de novo cada personagem. Confirmá-lo à luz da rua. Nesse sentido, pensou, pode ser que a Tenente O'Farrell aqui não seja ninguém, ou não seja o que realmente quer ou lhe interessa ser. E pode acontecer, também, de ela ter medo de constatar que eu percebo isso. Quanto a mim, a vantagem é que nunca entendi o que fui quando estava lá dentro, e vai ver que é por isso que não me preocupo com o que sou aqui fora. Não tenho que explicar nada a ninguém. Ninguém a quem convencer. Nada a demonstrar.

— Você continua sem me dizer o que eu estou fazendo aqui — disse-lhe.

Pati deu de ombros. O sol baixava no horizonte, incendiando o ar de luz avermelhada. Seu cabelo curto e louro parecia contagiado por aquela luz.

— Cada coisa a seu tempo — fechou um pouco as pálpebras olhando ao longe. — Limite-se a aproveitar, e logo você vai me dizer o que acha.

Talvez fosse uma coisa bem simples, pensava Teresa. A autoridade, quem sabe. Uma tenente sem tropa sob seu comando, um general aposentado cujo prestígio todos desconhecem. Pode ser que me tenha feito vir porque precisa de mim, concluiu. Porque a respeito e conheço o último ano e meio de sua vida, e estes aqui não. Para eles é apenas uma menina fresca e degradada; uma ovelha negra a quem se tolera e se acolhe porque é da mesma linhagem, e existem classes e famílias que nunca renegam os seus em público, apesar de odiá-los e desprezá-los. Talvez por isso ela precise tanto de uma companhia. Uma testemunha. Alguém que saiba e olhe, embora se cale. No fundo, a vida é bem simples: divide-se entre pessoas com quem se é obrigado a falar enquanto se toma um drinque e pessoas com quem se pode beber em silêncio durante horas, como fazia Ruço Dávila naquela cantina de Culiacán. Pessoas que sabem, ou intuem, o suficiente para dispensar as palavras, e que estão ali sem estar inteiramente. Estão ali, só isso. Vai ver que é este o caso, ainda que eu ignore aonde isso irá nos levar. A que nova variante da palavra solidão.

— À sua saúde, Tenente.

— À sua, Mexicana.

Fizeram tintim com seus copos. Teresa olhou em volta, desfrutando o cheiro da tequila. Em um dos grupos que conversavam junto à piscina, viu um homem jovem, tão alto que se destacava entre os que o rodeavam. Era esbelto, de cabelo bem preto, penteado para trás com gel, comprido e encaracolado na nuca. Usava um terno escuro, camisa branca sem gravata, sapatos pretos e reluzentes. A queixada pronunciada e o nariz grande, curvo, davam-lhe o perfil curioso de uma águia magra. Um sujeito de classe, pensou. Como aqueles espanhóis grandes com que as mulheres de antigamente sonhavam, aristocratas e fidalgos — por algum motivo La Malinche* enlouqueceu, afinal de contas —, e dos quais decerto existiram poucos.

— Há pessoas simpáticas — disse.

— Ora — rosnou indiferente —, para mim todos parecem um monte de lixo.

— São seus amigos.

— Eu não tenho amigos, companheira.

Sua voz havia endurecido um pouco, como nos velhos tempos. Agora se parecia mais com aquela de que Teresa se lembrava em El Puerto. A Tenente O'Farrell.

— Porra — defendeu-se Teresa, entre séria e zombeteira —, pensei que eu e você fôssemos amigas.

*Segundo a História, amante e intérprete do conquistador espanhol Hernán Cortés, por quem ela se apaixonou. Na tradição mexicana, é considerada uma traidora. (*N. do T.*)

Pati a olhou em silêncio e bebeu outro gole. Seus olhos pareciam rir por dentro, com dúzias de ruguinhas em volta. Mas acabou de beber, pôs o copo na mesa e levou o cigarro aos lábios sem dizer nada.

— De qualquer forma — acrescentou Teresa depois de um instante —, a música é linda e a casa é magnífica. Valeram a viagem.

Olhava distraída para o sujeito alto com cara de águia, e Pati acompanhou outra vez a direção de seu olhar.

— Ah, é?... Pois espero que você não vá se conformar com tão pouco. Porque isto é ridículo, comparado com o que pode ter.

Centenas de grilos cantavam na escuridão. Uma lua esplêndida iluminava as videiras, prateando cada folha, e o caminho se estendia branco e ondulado diante de seus passos. Ao longe brilhavam as luzes da chácara. Havia pouco tempo que tudo estava calmo e silencioso no enorme casarão. Os últimos convidados tinham dito boa-noite, e as irmãs e o cunhado de Pati retornavam a Jerez depois de um bate-papo de circunstância na varanda, com todo mundo incomodado e querendo encerrar aquilo, e sem que — a Tenente teve razão até o final — ninguém mencionasse, nem de passagem, os três anos em El Puerto de Santa María. Teresa, que Pati convidou para ficar para dormir, perguntava a si mesma o que se passava na cabeça da sua antiga companheira de cafofo naquela noite.

As duas beberam muito, mas não o suficiente. E no final andaram, para além do alpendre e da varanda, pelo caminho que ziguezagueava na direção dos campos da chácara. Antes de sair, enquanto criadas silenciosas davam sumiço aos restos da festa, Pati desapareceu por um momento para retornar, surpresa, surpresa, com um grama de pó que as deixou muito desembaraçadas, transformado bem depressa em fileiras sobre o vidro da mesa. Estava bom até dizer chega, e Teresa soube apreciá-lo como merecia, snif, snif, levando em conta que era sua primeira cafungada desde que a soltaram de El Puerto. Puxa, irmãzinha, suspirava. Esta foi porreta. Depois, ligadas e espertas como se o dia acabasse de começar, puseram-se a andar em direção aos campos escuros, sem nenhuma pressa. Sem se dirigirem a parte alguma. Quero você bem lúcida para o que vou lhe dizer, comentou uma Pati que era possível reconhecer de novo. Estou pra lá de lúcida, disse Teresa. E se preparou para escutar. Tinha esvaziado outro copo de tequila que já não levava na mão, pois o deixou cair em algum ponto do caminho. E aquilo, pensava sem saber que motivos a levavam a pensar assim, era muito parecido com sentir-se bem outra vez. Com achar-se à vontade na própria pele, inesperadamente. Sem reflexões nem lembranças. Apenas a noite imensa que parecia eterna, e a voz familiar que pronunciava palavras em tom de confidência, como se alguém pudesse espioná-las em meio àquela luz estranha que prateava os imensos vinhedos. E também ouvia o canto dos grilos, o ruído dos passos de sua companheira e o atrito dos próprios pés descalços — havia deixado os sapatos de salto alto no alpendre — sobre a terra do caminho.

— Essa é a história — encerrou Pati.

Pois não pretendo pensar agora na sua história, Teresa disse a si mesma. Não pretendo fazer isso, nem examinar nem analisar nada esta noite enquanto a escuridão durar e houver estrelas lá em cima, e o efeito da tequila e de Dona Branca me mantiver desse jeito, à vontade pela primeira vez depois de tanto tempo. Também não sei por que você esperou até hoje para me confiar tudo isso, nem o que pretende. Ouvi como quem ouve uma fábula. E prefiro que seja assim, porque interpretar suas palavras de outra maneira me obrigaria a aceitar que existe a palavra amanhã e existe a palavra futuro; e esta noite, andando pelo pequeno caminho entre esses campos, seus ou de sua família ou de que filho da mãe sejam, mas que devem valer uma nota, não peço nada de especial à vida. Por isso, vamos dizer que você me contou uma linda história, ou mesmo que acabou de me contar o que mais ou menos cochichava quando dividíamos o cafofo. Depois, vou dormir, e amanhã, com a luz no rosto, será outro dia.

E no entanto, admitiu, era uma boa história. O noivo crivado de tiros, a meia tonelada de cocaína que ninguém jamais encontrou. Agora, terminada a festa, Teresa podia imaginar o noivo, um sujeito como os que tinha visto ali, de paletó escuro e camisa sem gravata, todo elegante, com classe de verdade, ao estilo da segunda ou terceira geração de Chapultepec, mas melhorado, paparicado desde menino como os garotos mimados de Culiacán que iam ao colégio no volante de suas Suzukis 4 x 4 escoltados por guarda-costas. Um noivo acanalhado e vagabundo: um bom cafungador que fodia com outras e deixava que ela fodesse com outros e com outras, e que brincou com fogo até queimar as mãos, envolvendo-se em ambientes em que os erros e as frivolidades e o jeito de valentão eram pagos com o próprio couro. Mataram-no assim como a outros dois sócios, tinha contado Pati; e Teresa sabia melhor do que muita gente que tipo de safadeza sua colega andava praticando. Mataram-no por ludibriar e não cumprir, e teve um destino negro porque, justamente no dia seguinte, a turma da Brigada de Entorpecentes ia botar as mãos nele, já que seguiam de perto o rastro da outra meia tonelada de cocaína, e já o tinham preso até os gorgomilos. Quem deu cabo dele foi alguém da máfia russa, que era bem mais drástica, algum Boris inconformado com as explicações sobre a perda suspeita de meia carga trazida em um contêiner ao porto de Málaga. E aqueles comunistas reciclados em gângsteres costumavam pegar pesado: depois de muitas insistências infrutíferas, e esgotada a paciência, um sócio do noivo tinha virado defunto em casa vendo tevê, outro na autoestrada Cádiz-Sevilha, o noivo de Pati saindo de um restaurante chinês de Fuengirola, bangue, bangue, bangue, queimado quando abriam a porta do automóvel, três na cabeça do noivo e dois por acaso em Pati, que ninguém procurava porque todos achavam, até os sócios falecidos, que ela estava à margem daquilo. Mas não estava à margem merda nenhuma. Primeiro, porque atravessou a linha de tiro quando se meteu no carro; segundo, porque o noivo era um desses linguarudos que soltam as coisas antes e depois de se empapuçar, ou com o nariz sujo de pó. Entre umas e outras, tinha contado a Pati que a muamba de cocaína, a meia carga que todos imaginavam perdida ou vendida no mercado negro, continuava empacotadinha, intacta, em uma gruta da costa perto do cabo Trafalgar, esperando que alguém pusesse as mãos nela. E, com o sumiço do noivo e dos outros, a única que conhecia o lugar era Pati. De modo que, depois de sair do hospital, quando o pessoal da Entorpecentes lhe perguntou pela famosa meia tonelada, ela arqueou muito as sobrancelhas. *What?!* Não sei de que porra estão me falando, disse olhando nos olhos de cada um deles. E, depois de muito bate-boca, eles acabaram acreditando.

— O que acha, Mexicana?

— Não acho.

Ela havia parado, e Pati a olhava. A contraluz da lua marcava seus ombros e o contorno de sua cabeça, deixando embranquecidos seus cabelos curtos.

— Faça um esforço.

— Não quero fazer. Esta noite não.

Um brilho. Um fósforo e um cigarro iluminando o queixo e os olhos da Tenente O'Farrell. Outra vez ela, pensou Teresa. A de sempre.

— Não quer mesmo saber por que te contei tudo isso?

— Eu sei por que você fez isso. Quer recuperar essa muamba de coca. E quer que eu te ajude.

A brasa brilhou duas vezes em silêncio. Começaram a caminhar de novo.

— Você já fez coisas desse tipo — comentou Pati, com simplicidade. — Coisas incríveis. Conhece os lugares. Sabe como chegar lá e retornar.

— E você?

— Eu tenho contatos. Sei o que fazer depois.

Teresa ainda se recusava a pensar. Tinha medo de ver novamente diante dela, se imaginasse demais, o mar escuro, o farol faiscando à distância. Ou talvez a pedra negra onde Santiago se matou, e que havia lhe custado um ano e meio de vida e liberdade. Por isso precisava esperar que amanhecesse para analisar aquilo com a luz cinzenta da alvorada, quando tivesse medo. Naquela noite tudo parecia enganosamente fácil.

— É perigoso ir até lá — dizer isso foi uma surpresa até para ela mesma. — Além disso, se os donos souberem...

— Não há mais donos. Já se passou muito tempo. Ninguém se lembra.

— Dessas coisas se lembram sempre.

— Bem — Pati deu uns passos em silêncio —, então negociaremos com quem der por falta.

Coisas incríveis, Pati havia dito antes. Era a primeira vez que ouvia algo que soasse tanto como respeito, ou como um elogio, em relação a ela. Calada e leal, sim; mas nunca algo como aquilo. Coisas incríveis. E dizia aquilo de igual para igual. A amizade delas era feita de subentendidos, e quase nunca chegavam a esse tipo de comentário. Não está me enrolando, arriscou. Parece estar sendo sincera. Seria capaz de me manipular, mas este não é o caso. Ela me conhece e eu a conheço. Nós duas sabemos que a outra sabe.

— E o que eu ganho com isso?

— A metade. A não ser que você prefira continuar feito uma pária naquele quiosque.

Reviveu de uma tacada dolorosa o calor, a camiseta ensopada, o olhar desconfiado de Tony do outro lado do balcão, sua própria fadiga animal. As vozes dos banhistas, o cheiro dos corpos lambuzados de óleos e cremes. Tudo aquilo estava a quatro horas de ônibus daquele passeio sob as estrelas. Um barulho entre os ramos mais próximos interrompeu suas reflexões. Um bater de asas que a sobressaltou. É um mocho, disse Pati. Há muitos mochos por aqui. Caçam à noite.

— Vai ver a muamba não está mais lá — disse Teresa.

E no entanto pensava por fim. E no entanto...

9

As mulheres também podem

Havia chovido durante toda a manhã em rajadas densas que crivavam de respingos a marulhada, com as lufadas mais fortes do vento apagando de vez em quando a silhueta cinzenta do cabo Trafalgar, enquanto elas fumavam na praia, dentro do Land Rover, com a lancha inflável e o motor externo no reboque, ouvindo música, vendo a água escorrer pelo para-brisa e as horas passarem no relógio do painel: Patricia O'Farrell no banco do motorista, Teresa no outro, com sanduíches, uma garrafa térmica com café, garrafas de água, maços de cigarro, cadernos com esboços e uma carta náutica da região, a mais detalhada que Teresa conseguiu encontrar. O céu continuava fechado — pancadas de uma primavera que resistia ao verão — e as nuvens baixas ainda se movimentavam rumo ao leste; mas o mar, uma superfície ondulante e cor de chumbo, estava mais calmo e só quebrava em grandes massas brancas ao longo da costa.

— Já podemos ir — disse Teresa.

Saltaram, esticando os músculos entorpecidos enquanto caminhavam sobre a areia molhada, abriram a traseira do Land Rover e pegaram as roupas de mergulho. Uma chuvinha leve persistia, intermitente, e a pele de Teresa se arrepiou quando ela se despiu. Fazia, pensou, um frio dos diabos. Vestiu a calça colante de neopreno sobre o maiô e fechou o zíper da jaqueta sem se cobrir com o capuz, o cabelo preso por um elástico num rabo de cavalo. Duas criaturas fazendo pesca submarina com este tempo, disse para si mesma. Não sacaneia. Espero que, se um idiota andar se encharcando por aqui, engula esta história.

— Está pronta?

Viu que a amiga assentia, sem perder de vista a enorme extensão cinzenta que ondulava diante delas. Pati não estava acostumada com aquele tipo de situação, porém se adaptava a tudo com razoável serenidade: sem conversa fiada, nem ataque de nervos. Apenas parecia preocupada, embora Teresa não soubesse se era pelo que tinham nas mãos — coisa para inquietar qualquer um — ou pela novidade da aventura naquele mar de aparência pouco tranquilizadora. Dava para notar pelos muitos cigarros fumados durante a espera, um atrás do outro — tinha um na boca, úmido de chuvisco, que a obrigava a fechar um pouco os olhos enquanto enfiava as pernas na calça de mergulho —, e pela cafungada bem antes de sair do carro, um ritual preciso, nota nova enrolada e duas fileirinhas sobre a pasta de plástico com a documentação do veículo. Mas Teresa não quis acompanhá-la. Precisava de outro tipo de lucidez, pensou à medida que se equipava e revisava mentalmente a carta náutica que, de tanto olhá-la, já parecia impressa em sua cabeça: a linha da costa, a curva para o sul em direção a Barbate, a orla escarpada e rochosa no final da praia limpa. E ali, não indicadas no mapa mas assinaladas com precisão por Pati, as duas grutas grandes e a gruta pequena escondida entre elas, inacessível por terra e visível apenas pelo mar: as grutas dos Marrajos.

— Vamos — disse. — Restam quatro horas de luz.

Puseram as mochilas e os arpões submarinos na lancha inflável, para manter as aparências, e, depois de soltar as tiras de couro do reboque, arrastaram-na até a orla. Era uma Zodiac de borracha cinza, com nove pés de comprimento. O tanque do motor, um Mercury de quinze cavalos, estava cheio de gasolina e pronto, revisado por Teresa no dia anterior, como nos velhos tempos. Encaixaram-no no painel de popa, apertando bem as borboletas. Tudo em ordem, a cauda da hélice para cima. Depois, uma de cada lado, segurando pelas alças, levaram a lancha para o mar.

Mergulhada na água fria até a cintura, enquanto empurrava a lancha inflável para além da rebentação, Teresa se esforçava para não pensar. Queria que suas lembranças servissem como experiência útil e não como resíduo de um passado do qual só precisava reter os conhecimentos técnicos imprescindíveis. Os outros, imagens, sentimentos, ausências, não podia se permitir agora. Um luxo excessivo. Talvez mortal.

Pati a ajudou a subir a bordo, chapinhando para montar sobre o costado de borracha. O mar empurrava a lancha inflável para a praia. Teresa ligou o motor de primeira, com um puxão seco e rápido do cabo de arranque. O ruído dos quinze cavalos alegrou seu coração. Outra vez aqui, pensou. Para o bem e para o mal. Disse a sua companheira que ficasse na proa, para equilibrar o peso, e se acomodou junto ao motor, dirigindo a lancha para longe da orla e depois em direção às rochas negras, na extremidade da areia que clareava na luz cinzenta. A Zodiac se comportava bem. Dirigiu como Santiago lhe ensinou, evitando a crista das ondas, amura ao mar e deslizando pelo outro lado, no centro da marulhada. Curtindo. Não é que, mesmo agitado e traiçoeiro como era, o mar continuava bonito? Aspirou com deleite o ar úmido que trazia espuma salgada, entardeceres azul-violeta, estrelas, caçadas noturnas, luzes no horizonte, o perfil impassível de Santiago iluminado a contraluz pelo refletor do helicóptero, o olho azul cintilante da HJ, as pancadas do fundo do casco na água negra, que ressoavam nos rins. Puxa vida. Como tudo era triste e como era bonito ao mesmo tempo. A chuva continuava a cair fininha, e as salpicaduras do mar vinham em lufadas. Pôs-se a observar Pati, vestida com o neopreno azul que lhe modelava a figura, o cabelo curto sob o capuz dando-lhe uma aparência masculina: olhava o mar e as rocas negras sem esconder totalmente sua apreensão. Se você soubesse, irmãzinha, pensou Teresa. Se você tivesse visto por estas paradas as coisas que eu vi. Mas a ruça se aguentava. Talvez naquele momento tivesse receio, como qualquer um teria — recuperar a carga era a parte fácil da operação —, de imaginar as consequências, se algo saísse errado. Tinham conversado cem vezes sobre essas consequências, inclusive sobre a possibilidade de que a meia tonelada de coca já não estivesse ali. Só que a Tenente O'Farrell tinha as obsessões dela e também tinha audácia. Talvez — era sua faceta menos tranquilizadora — audácia e obsessões em excesso. E isso, refletiu Teresa, nem sempre combina com o sangue-frio que estas transações exigem. Na praia, enquanto esperavam na cabine do Land Rover, descobriu uma coisa: Pati era uma parceira, mas não uma solução. Restava em tudo aquilo, acabasse como acabasse, um longo trecho que Teresa teria de percorrer sozinha. Ninguém iria aliviar os passos do seu caminho. E pouco a pouco, sem que conseguisse estabelecer como, a dependência que tinha sentido até então, de tudo e de todos, ou melhor, a crença tenaz nessa dependência — era cômodo administrá-la, e do outro lado só imaginava que fosse encontrar o nada —, ia se transformando numa certeza que era ao mesmo tempo de orfandade madura e de consolo. Primeiro dentro da prisão, nos últimos meses, e talvez os livros que leu tivessem algo a ver com isso, as horas que passou acordada esperando o amanhecer, as reflexões que a paz daquele período deixou em sua cabeça. Depois saiu para o exterior, de novo foi para o mundo e para a vida, e não fez mais do que confirmar o processo. Mas não tinha consciência de nada até a noite em que reencontrou Pati O'Farrell. Enquanto caminhavam às escuras pelos campos da chácara de Jerez e a ouvia pronunciar a palavra futuro, Teresa vislumbrou, como um relâmpago, que talvez Pati não fosse a mais forte das duas, assim como Ruço Dávila e Santiago Fisterra não foram, séculos atrás e em outras vidas. Vai ver, concluiu, a ambição, os projetos, os sonhos, inclusive a coragem, ou a fé — até a fé em Deus, determinou com um estremecimento —, tiravam as forças, em vez de dar. Porque a esperança, mesmo a mera vontade de sobreviver, deixavam a pessoa vulnerável, presa à possível dor e à derrota. Talvez aí estivesse a diferença entre alguns seres humanos e outros, e esse era então o seu caso. Talvez Edmond Dantès estivesse errado, e a única solução fosse não confiar e não esperar.

A gruta se escondia atrás de umas pedras que se soltaram da alcantilada. Haviam feito um reconhecimento por terra quatro dias antes: de uns dez metros mais acima, debruçada sobre a fenda entre as rochas, Teresa estudou e anotou cada pedra, aproveitando que o dia estivesse claro, que a água estivesse limpa e tranquila para calcular a profundidade, suas irregularidades e o modo de se aproximarem pelo mar sem que uma aresta afiada cortasse a borracha da lancha inflável. E agora estavam ali, balançando na marulhada enquanto Teresa, com leves acelerações na velocidade do motor e com movimentos em zigue-zague da alavanca do leme, tentava se manter longe das pedras e procurava a passagem mais segura. Por fim compreendeu que a Zodiac só poderia entrar na gruta com mar calmo, e foi por isso que rumou para o grande espaço oco à esquerda. Ali, sob a abóbada, num lugar onde o fluxo e o refluxo não as empurravam contra a parede escarpada, disse a Pati que soltasse a pequena âncora dobrável presa na ponta de um cabo de dez metros. Depois as duas se atiraram na água, escorregando pelo costado da embarcação, e com outro cabo foram até as pedras que o movimento do mar descobria de tempos em tempos. Carregavam nas costas mochilas com bolsos herméticos, facas, cordas e duas lanternas à prova d'água, e flutuavam sem dificuldade graças às roupas de mergulho. Quando chegaram, Teresa amarrou o cabo numa pedra, alertou Pati para que tomasse cuidado com os espinhos dos ouriços, e assim começaram a avançar devagar pela margem rochosa, a água entre o peito e a cintura, da gruta grande até a pequena. Às vezes uma onda mais forte as obrigava a se agarrarem para não perderem pé, as arestas machucavam as mãos ou o neopreno rasgava nos cotovelos e nos joelhos. Foi Teresa quem, depois de ter dado uma olhada lá de cima, insistiu em levar aqueles equipamentos. Vai nos proteger contra o frio, disse, e sem eles a agitação do mar contra as pedras nos transformaria em filés de boi.

— É aqui — indicou Pati. — Tal como Jimmy dizia... O arco em cima, as três pedras grandes e a pequena. Está vendo?... Temos que nadar um pouco, e aí então vai dar pé.

Sua voz ressoava no espaço oco. O cheiro ali era forte, de algas apodrecidas, da pedra marinha que as marés e o movimento do mar cobriam e descobriam continuamente. Deixaram a luz às suas costas e penetraram na penumbra. No interior da gruta a água estava mais calma. Ainda se via o fundo quando deixou de dar pé e elas nadaram um pouco. Quase no final encontraram um pouco de areia, pedras e algas mortas. Atrás estava escuro.

— Preciso dum bom cigarro — murmurou Pati.

Saíram da água e procuraram cigarro nos bolsos impermeáveis das mochilas. Depois fumaram olhando uma para a outra. O arco de claridade da entrada se refletia na água e as iluminava numa penumbra cinzenta. Molhadas, com os cabelos úmidos, os rostos cansados. E agora fazemos o quê?, pareciam perguntar-se em silêncio.

— Espero que ainda esteja aqui — murmurou Pati.

Permaneceram assim um instante, terminando os cigarros. Se a meia tonelada de cocaína se achava de fato a poucos passos, nada em suas vidas ia ser igual depois que percorressem essa distância. As duas sabiam disso.

— Tudo bem. Ainda estamos em tempo, irmãzinha.

— Em tempo de quê?

Teresa sorriu, transformando seu pensamento em um gracejo.

— Sei lá. Quem sabe de nem ir olhar.

Pati sorriu também, distante. A cabeça estava alguns passos mais à frente.

— Não diga bobagem.

Teresa olhou a mochila que estava a seus pés e se abaixou para remexê-la. O rabo de cavalo tinha se soltado, e as pontas do cabelo pingavam água. Pegou a lanterna.

— Sabe de uma coisa? — disse, testando a luz.

— Não. Diga.

— Acho que há sonhos que matam... — iluminava ao redor, as paredes de pedra negra com pequenas estalactites no alto. — Mais ainda do que as pessoas, ou a doença, ou o tempo.

— E daí?

— E daí nada. Estava só pensando. Pensava nisso agorinha.

A outra não a olhou. Apenas prestava atenção. Empunhando uma lanterna, voltou-se para as pedras do fundo, ocupada com as próprias reflexões.

— De que porra você está falando?

Uma pergunta distraída, que não procurava resposta. Teresa não respondeu. Limitou-se a olhar para a amiga com atenção, porque a voz, devido ao efeito do eco dentro da gruta, soava estranha. Espero que você não vá me assassinar na gruta do tesouro como os piratas dos livros, pensou, achando graça, mas não muita. Apesar do absurdo da ideia, surpreendeu-se olhando o tranquilizador cabo da faca de mergulhador que despontava de sua mochila aberta. Pera lá, ofendeu-se. Deixe de ficar bancando a idiota. Ficou se censurando por isso no íntimo enquanto recolhiam o equipamento, punham as mochilas nas costas e caminhavam cautelosas, iluminando com as lanternas o terreno entre as pedras e as algas, que subia em aclive suave. Dois feixes de luz iluminaram uma curva. Atrás havia mais pedras e algas secas: meadas muito grossas amontoadas diante de um espaço oco na parede.

— Teria que estar ali — disse Pati.

Porra, reparou Teresa, quando se deu conta. A voz da Tenente O'Farrell está trêmula.

— A verdade — disse Nino Juárez — é que ela tinha colhões.

Nada no antigo delegado-chefe do DOCS — grupo contra a Delinquência Organizada da Costa del Sol — denunciava o policial. Ou ex-policial. Era miúdo e quase frágil, com barbicha loura; usava um terno cinza sem dúvida muito caro, gravata e lenço de seda combinando no bolsinho do paletó, e um Pateck Philippe reluzia em seu pulso esquerdo sob o punho da camisa listrada de rosa e branco, com chamativas abotoaduras de grife. Parecia saído das páginas de uma revista de moda masculina, embora na realidade viesse de seu escritório na Gran Vía de Madri. Saturnino G. Juárez, dizia o cartão que eu levava na carteira. Diretor de segurança interna. E, num dos cantos do cartão, o logotipo de uma cadeia de lojas de moda, dessas que faturam centenas de milhões todos os anos. Coisas da vida, pensei. Depois do escândalo que, anos atrás, quando era mais conhecido como Nino Juárez ou delegado Juárez, lhe custou a carreira, ali estava o homem: restabelecido, impecável, triunfante. Com aquele Gê ponto intercalado que lhe conferia um toque respeitável, e uma aparência de estar com dinheiro saindo pelo ladrão, além de influências renovadas e mandando mais do que antes. Esse gênero de indivíduos nunca fica nas filas de desempregados; sabem demais sobre as pessoas, às vezes mais do que as pessoas sabem sobre elas mesmas. Os artigos surgidos na imprensa, o processo do Ministério dos Negócios Internos, a resolução da direção-geral da Polícia de afastá-lo do serviço, os cinco meses na prisão de Alcalá-Meco, tudo isso era letra morta. Que sorte contar com amigos, concluí. Velhos camaradas que retribuem favores — ter dinheiro ou boas relações para comprá-los também conta. Não existe melhor seguro contra o desemprego do que possuir a relação dos esqueletos que cada um guarda no armário. Sobretudo quando se foi um dos que ajudaram a guardá-los.

— Por onde começamos? — perguntou, beliscando o presunto no prato.

— Pelo começo.

— Então vamos ter uma longa refeição.

Estávamos no Lucio, na Cava Baja, e o fato é que, além do convite para comer — ovos com batatas, lombinho, Viña Pedrosa safra 96, eu pagando a conta —, de certo modo eu havia comprado a presença dele ali. Fiz isso à minha maneira, recorrendo a velhas táticas. Depois da segunda negativa para falar sobre Teresa Mendoza, antes que ele desse ordem à secretária para não lhe passar mais meus telefonemas, expus a questão sem rodeios. Com você ou sem você, eu disse, a história irá adiante. Por isso, você pode escolher entre estar presente com as melhores poses, inclusive a foto de primeira comunhão, ou ficar de fora enxugando o suor da testa com muito alívio. E o que mais?, perguntou ele. Nem um centavo. Mas com muito prazer lhe pago um almoço e os que forem necessários. Você ganha um amigo, ou quase, e eu fico lhe devendo essa. Nunca se sabe. E agora me diga o que acha. Ele mostrou ser ágil o bastante para decidir de imediato, e então estabelecemos os termos: nada comprometedor em sua boca, poucas datas e detalhes relacionados com ele. E ali estávamos. Sempre acaba sendo fácil fazer acordo com um sem-vergonha. O difícil são os outros; mas desses existem muito menos.

— A história da meia tonelada é verdadeira — confirmou Juárez. — Coca de boa qualidade, com muito pouca mistura. Transportada pela máfia russa, que começava a se instalar na Costa del Sol e a manter seus primeiros contatos com os narcotraficantes da América do Sul. Aquela tinha sido a primeira operação importante, e seu fracasso bloqueou a conexão colombiana com a Rússia durante algum tempo... Todos davam a meia tonelada como perdida e os *sudacas** debochavam dos *ruskis*** por terem apagado o noivo da O'Farrell e seus dois sócios sem fazê-los falar primeiro... Não faço mais negócios com amadores, contam que Pablo Escobar disse quando se inteirou dos detalhes. E, de repente, a Mexicana e a outra tiraram da cartola os quinhentos quilos.

— O que foi que fizeram com a cocaína?

— Isso eu não sei. Ninguém soube de verdade. O fato é que apareceu no mercado russo, ou melhor, começou a aparecer. E foi Oleg Yasikov quem a levou para lá.

Eu tinha aquele nome entre minhas anotações: Oleg Yasikov, nascido em Solntsevo, um bairro bastante mafioso de Moscou. Serviço militar com o ainda exército soviético no Afeganistão. Discotecas, hotéis e restaurantes na Costa del Sol. E Nino Juárez completou o painel. Yasikov tinha se infiltrado na costa malaguenha no final dos anos oitenta: trintão, poliglota, esperto, recém-desembarcado de um voo da Aeroflot e com trinta e cinco

---

*Designação pejorativa para os sul-americanos. (*N. do T.*)
**Apelido dos novos-ricos da Rússia, depois do fim da União Soviética. (*N. do T.*)

milhões de dólares para gastar. Comprou uma discoteca em Marbella a que deu o nome de Jadranka e que logo virou moda, e uns dois anos mais tarde já comandava uma sólida infraestrutura de lavagem de dinheiro, baseada na hotelaria e nos negócios imobiliários, terrenos perto da costa e apartamentos. Uma segunda linha de negócios, criada depois da discoteca, consistia em fortes investimentos na indústria noturna marbellina, com bares, restaurantes e locais para prostituição de luxo à base de mulheres eslavas trazidas diretamente da Europa oriental. Tudo limpo, ou quase: lavagem discreta e sem chamar a atenção. Mas o DOCS confirmou seus vínculos com a Babushka: uma potente organização de Solntsevo formada por antigos policiais e veteranos do Afeganistão, especialistas em extorsão, tráfico de veículos roubados, contrabando e tráfico de escravas brancas para prostituição, muito interessados também em ampliar suas atividades no narcotráfico. O grupo já tinha uma conexão no Norte da Europa: uma rota marítima que ligava Buenaventura com São Petersburgo, via Goteborg, na Suécia, e Kutka, na Finlândia. E encomendaram a Yasikov, entre outras coisas, que explorasse uma rota alternativa no Mediterrâneo oriental, uma ligação independente das máfias francesas e italianas até então utilizadas pelos russos como intermediários. Esse era o contexto. Os primeiros contatos com os narcotraficantes colombianos — com o cartel de Medellín — consistiram em trocas simples de cocaína por armas, com pouco dinheiro no meio: partidas de Kalashnikov e lança-granadas RPG procedentes dos depósitos militares russos. Mas o negócio não se consolidava. A droga perdida era um dos vários tropeços que incomodavam Yasikov e seus sócios moscovitas. De repente, quando já nem sequer pensavam nela, aqueles quinhentos quilos caíram do céu.

— Me disseram que a Mexicana e a outra foram negociar com Yasikov — explicou Juárez. — Pessoalmente, com um pacotinho de amostra... Pelo visto, o russo primeiro levou na gozação e depois ficou muito puto. Então a O'Farrell lhe jogou na cara o assunto, dizendo que ela já tinha pagado, que os tiros que a atingiram quando mataram seu noivo zeraram o marcador. Que estavam jogando limpo e pediam uma compensação.

— Por que elas mesmas não distribuíram a droga a varejo?

— Era muita coisa para principiantes. E Yasikov não ia gostar nada disso.

— Era tão fácil assim identificar a procedência?

— Claro — com movimentos experientes de garfo e faca, o ex-policial terminava de assar suas fatias de lombinho no prato de barro. — Todo mundo sabia de quem a O'Farrell tinha sido noiva.

— Fale-me sobre o noivo.

O noivo, contou Juárez em tom depreciativo enquanto cortava, mastigava e tornava a cortar, chamava-se Jaime Arenas: Jimmy, para os amigos. Sevilhano de boa família. Um grande merda, desculpe por estarmos à mesa. Muito envolvido em Marbella e com negócios familiares na América do Sul. Era ambicioso e também se achava esperto demais. Quando pôs a mão naquela cocaína, teve a ideia de arriscar com o *tovarich*.* Com Pablo Escobar ele não teria se atrevido, mas os russos não tinham a fama que têm agora. Pareciam tolos ou coisa assim. De modo que escondeu a branquinha para negociar um aumento em sua comissão, apesar de Yakov já ter pago em dinheiro, daquela vez mais com dinheiro do que com armas, a parte dos colombianos. Jimmy começou a procrastinar, até que o *tovarich* perdeu a paciência. E perdeu tanto que mandou ele e os dois sócios desta para melhor.

— Os *ruskis* nunca foram muito finos — Juárez estalou a língua, crítico. — E continuam não sendo.

---

*Camarada, em russo. (*N. do T.*)

— Como esses dois se relacionaram?

Meu interlocutor ergueu o garfo apontando-o na minha direção, como se aprovasse a pergunta. Naquela época, explicou, os gângsteres russos tinham um problema grave. Como agora, só que pior. O fato é que posavam de bacanas. Era possível distingui-los de longe: grandes, rudes, com essas manoplas, esses carros e essas putas espalhafatosas que sempre carregam com eles. E ainda por cima eram péssimos em idiomas. Mal punham um pé em Miami ou em qualquer aeroporto americano, a DEA e todas as polícias os apanhavam como moluscos. Por isso precisavam de intermediários. Jimmy Arenas fez bonito no começo; conseguiu álcool de Jerez de contrabando para o Norte da Europa. Também tinha bons contatos com *sudacas* e traficava pelas discotecas da moda de Marbella, Fuengirola e Torremolinos. Mas os russos queriam suas próprias redes: *import-export*. A Babushka, dos amigos de Yasikov em Moscou, já conseguia a branquinha no varejo utilizando as linhas da Aeroflot para Montevidéu, Lima e Bahia, menos vigiadas do que as do Rio ou de Havana. Ao aeroporto de Cheremetievo chegavam na época quantidades máximas de meio quilo em correspondências individuais; mas o funil era muito estreito. O muro de Berlim tinha acabado de cair, a União Soviética desmoronava, e a coca estava na moda na nova Rússia do dinheiro fácil e com gente vadia saindo pelo ladrão.

— Veja só como não se enganaram nas previsões... — concluiu Juárez. — Para você ter uma ideia da procura, um grama vendido em uma discoteca de São Petersburgo ou de Moscou vale agora uns trinta ou quarenta por cento mais do que nos Estados Unidos.

O ex-policial mastigou o último pedaço de carne com a ajuda de um generoso gole de vinho. Imagine só, prosseguiu, o camarada Yasikov queimando os miolos à procura de uma maneira de meter a mão numa bolada. E nisso lhe aparece meia tonelada, sem a necessidade de montar toda uma operação a partir da Colômbia, mas que está ali mesmo, sem riscos, em ponto de bala.

— Quanto à Mexicana e à O'Farrell, já lhe disse que não podiam se virar sozinhas... Não tinham condições de despachar quinhentos quilos, e ao primeiro grama posto em circulação todos nós teríamos caído em cima: *ruskis*, a Guarda Civil, meu próprio pessoal... Foram espertas o bastante para perceber isso. Qualquer idiota teria começado a vender um pouco aqui, outro tanto ali; e, antes que qualquer policial lhes pusesse a mão, acabariam no porta-malas de um carro. *R.I.P.*

— E como elas podiam saber que isso não ia acontecer?... Que o russo cumpriria sua parte no acordo?

Não tinham como saber, esclareceu o ex-policial. Então decidiram arriscar. E caíram nas boas graças de Yasikov. Sobretudo Teresa Mendoza, que soube aproveitar o contato para propor variantes do negócio. Sabe aquele galego que tinha sido namorado dela?... Sabe? Pois é. A Mexicana tinha experiência. E parece que também tinha o que é preciso ter.

— Colhões — Juárez abarcava com as mãos a circunferência de um prato — deste tamanho. E veja só. Assim como existem putas que têm uma calculadora entre as pernas, clique, clique, e sabem tirar partido disso, ela tinha essa calculadora aqui — bateu com o indicador na têmpora. — Na cabeça. E a verdade é que, em matéria de mulheres, às vezes se ouve o canto da sereia e aparece uma loba-do-mar.

O próprio Saturnino G. Juárez devia saber disso melhor do que muita gente. Lembrei-me em silêncio de sua conta bancária em Gibraltar, ventilada na imprensa durante o julgamento. Naquela época, Juárez tinha um pouco mais de cabelo e usava apenas bigode; exibia-o em minha foto favorita, em que posava entre dois colegas de uniforme na porta de um tribunal de Madri. E ali estava agora, pelo preço módico de cinco meses de prisão e a expulsão do Corpo Nacional de Polícia: pedindo ao garçom um conhaque e um havana para fazer a digestão. Poucas provas, má instrução no tribunal, advogados eficientes. Fiquei me perguntando quantos lhe deviam favores, inclusive Teresa Mendoza.

— Enfim — concluiu Juárez —, Yasikov fez o acordo. Além do mais, estavam na Costa del Sol para investir, e a Mexicana lhe pareceu um investimento interessante. De modo que cumpriu o acordo como um cavalheiro... E esse foi o começo de uma linda amizade.

Oleg Yasikov olhava o pacote que estava sobre a mesa: pó branco em duplo invólucro hermético de plástico transparente e lacrado com fita adesiva larga e grossa, intacto e amarrado. Mil gramas exatos, empacotados a vácuo, tal e qual tinham sido embrulhados nos laboratórios clandestinos da selva amazônica do Yari.

— Reconheço — disse — que vocês têm muito sangue-frio. Ora se têm.

Falava bem o espanhol, pensou Teresa. Devagar, com muitas pausas, como se colocasse cada palavra cuidadosamente, uma atrás da outra. O sotaque era muito leve e em nada se parecia com o dos russos malvados, terroristas e traficantes que apareciam nos filmes gaguejando *yo matiar eniemigo amiericano.* Tampouco tinha aparência de mafioso, nem de gângster: pele clara, olhos grandes, igualmente claros e infantis, com uma curiosa mistura de azul e amarelo na íris; o cabelo, cor de palha, era bem curto, à maneira de um soldado. Vestia calças de algodão cáqui e camisa azul-marinho, com as mangas dobradas sobre antebraços fortes, louros e peludos, com um Rolex de mergulhador no pulso esquerdo. As mãos que repousavam sobre o pacote, uma de cada lado, sem tocá-lo, eram grandes como o resto de seu corpo, com uma grossa aliança de casamento de ouro. Parecia sadio, forte e limpo. Pati O'Farrell tinha lhe dito que era também, e sobretudo, perigoso.

— Deixa ver se eu entendi. Vocês estão propondo me devolver um carregamento que me pertence. E eu torno a pagar *de novo*. Como se chama isso em espanhol? — refletiu um instante à procura da palavra, quase divertido. — Extorsão?... Abuso?

— Assim — respondeu Pati — é levar as coisas longe demais.

Teresa e ela discutiram o assunto durante horas, pelo direito e pelo avesso, desde as grutas dos Marrajos até uma hora antes de comparecerem ao encontro. Cada pró e cada contra foi levado em consideração muitas vezes; Teresa não estava convencida de que os argumentos fossem tão eficazes como sua companheira garantia, mas já era tarde para voltar atrás. Pati — com maquiagem discreta para a ocasião, vestido claro, desenvolta, no melhor estilo senhora de si — começou a explicar pela segunda vez, ainda que fosse evidente que Yasikov já havia compreendido na primeira, assim que puseram o quilo empacotado sobre a mesa; em seguida, com uma desculpa que soou neutra, o russo ordenou a dois guarda-costas que as revistassem para ver se carregavam microfones ocultos. A tecnologia, disse dando de ombros. Depois que os comparsas fecharam a porta, e depois de perguntar se queriam beber alguma coisa — nenhuma das duas pediu nada, embora Teresa estivesse com a boca seca —, sentou-se atrás da mesa, pronto para escutar. Tudo estava arrumado e limpo: nenhum papel à vista, nenhuma pasta. Apenas paredes da mesma cor creme do carpete, com quadros que pareciam, ou deviam ser, caros, um ícone russo grande e com muita prata, um fax a um canto, um telefone com várias linhas e um celular sobre a mesa. Um cinzeiro. Um isqueiro Dupont enorme, de ouro. Todas as poltronas eram de couro branco. Pelas grandes janelas do escritório, no último andar de um luxuoso edifício de apartamentos do bairro de Santa Margarita, viam-se a curva da costa e a linha de espuma na praia até os espigões, os mastros dos iates atracados e as casas brancas de Puerto Banús.

— Digam-me uma coisa — Yasikov interrompeu Pati de repente. — Como foi que vocês fizeram?... Ir até o lugar onde estava escondido. Trazer isto sem chamar a atenção. Sim. Vocês correram perigo. Imagino. E continuam correndo.

— Isso não importa — disse Pati.

O malandro sorriu. Vamos lá, dizia aquele sorriso. Fale a verdade. Não vai acontecer nada. Era um desses sorrisos que inspiram confiança, Teresa pensou olhando para ele. Ou que fazem você desconfiar de tanta confiança.

— Claro que importa — contrapôs Yasikov. — Procurei este produto. Sim. Não o encontrei. Cometi um erro. Com Jimmy. Não sabia que você sabia... As coisas teriam sido diferentes, não é verdade? Como o tempo passa. Espero que esteja restabelecida. Do acidente.

— Estou restabelecidíssima, obrigada.

— Uma coisa eu tenho que agradecer. Meus advogados disseram que nas investigações você não mencionou meu nome. Não mencionou.

Pati retorceu a boca, sarcástica. Pelo decote de seu vestido dava para ver a cicatriz da saída da bala sobre a pele bronzeada. Munição blindada, havia dito. Por isso ainda estou viva.

— Eu estava no hospital — disse. — Com buracos.

— Estou me referindo a depois — o olhar do russo era quase inocente. — Interrogatórios e tribunal. Isso.

— Pode ver que eu tinha meus motivos.

Yasikov refletiu sobre tais motivos.

— Claro. Compreendo — concluiu. — Mas me poupou aborrecimentos com seu silêncio. A polícia acreditou que você sabia pouco. Eu achei que você não sabia de nada. Você foi paciente. Foi. Quase quatro anos... Tinha que haver uma motivação, não é? Lá dentro.

Pati pegou outro cigarro, que o russo, embora tivesse o Dupont de um palmo de comprimento sobre a mesa, não fez menção de acender, apesar de ela ter demorado a encontrar o próprio isqueiro na bolsa. Pare de tremer, pensou Teresa, olhando as mãos dela. Controle o tremor dos dedos antes que este safado perceba, e a pose de mulheres duronas comece a desmoronar e vá tudo para os diabos.

— Os pacotes continuam escondidos onde estavam. Só trouxemos um.

A discussão na gruta, relembrou Teresa. As duas ali dentro, contando pacotes à luz das lanternas, entre eufóricas e assustadas. Levamos um agora, enquanto pensamos, e o resto fica onde está, tinha insistido Teresa. Carregar tudo agora é suicídio; por isso não banque a idiota e não me faça bancar também. Já sei que te pegaram a tiros e todo esse bolero, mas eu não vim à tua terra a turismo, maldita ruça. Não me obrigue a contar a história completa que eu nunca te contei. Uma história que não tem porra nenhuma a ver com a sua, porque até os tiros que te deram deviam ter perfume Carolina Herrera. Então não me encha o saco. Neste tipo de jogada, quando se tem pressa, o rápido é caminhar devagar.

— Já pensaram que eu posso mandar seguir vocês?... Já?

Pati apoiava a mão com o cigarro sobre os seios.

— Claro que já pensamos — aspirou uma baforada de fumaça e retornou a mão para onde estava. — Mas não pode. Não até esse lugar.

— Puxa. Misteriosa. São mulheres misteriosas.

— Nós perceberíamos e desapareceríamos à procura de outro comprador. Quinhentos quilos é muita coisa.

Yasikov não disse nada, embora seu silêncio indicasse que, de fato, quinhentos quilos eram coisa demais, sob todos os aspectos. Continuava olhando para Pati, e de vez em quando lançava um breve olhar na direção de Teresa, que estava sentada em outra poltrona, sem falar, sem fumar, sem se mexer: ouvia e olhava, contendo a respiração agitada, as mãos sobre as pernas da calça jeans para enxugar o suor. Malha azul-clarinho de manga curta, tênis para o caso de precisar se arrancar por entre as patas de alguém, apenas o semanário de prata mexicana no pulso direito. Um tremendo contraste com as roupas elegantes e os saltos altos de Pati. Estavam ali porque Teresa impôs essa solução. No começo, sua companheira se mostrava partidária de vender a droga em pequenas quantidades, mas ela conseguiu convencê-la de que mais cedo ou mais tarde os proprietários acabariam ligando as coisas. Melhor fazer as coisas direito, aconselhou. Uma jogada segura, ainda que percamos um pouco. Concordo, havia dito Pati. Mas deixa que eu falo, porque sei do que esse puto bolchevique é capaz. E ali estavam elas, enquanto Teresa se convencia de que estavam cometendo um erro. Sacava aquela espécie de homem desde menina. Podiam mudar o idioma, a aparência física e os costumes, mas no fundo eram sempre os mesmos. Aquilo não ia dar em nada, ou melhor, num só lugar. Afinal de contas — compreendeu isso tarde demais —, Pati era apenas uma criatura mimada, a noiva de um canalha janota que não entrou naquela parada por necessidade, mas por babaquice. Alguém que quis se dar bem, como tantos. Quanto a Pati, a vida inteira ela tinha se movimentado numa realidade aparente que nada tinha a ver com o real; e o tempo na prisão acabou por cegá-la ainda mais. Naquele escritório, não era a Tenente O'Farrell, não era ninguém: os olhos azuis contornados de amarelo que as observavam, sim, eram o poder. E Pati continuava a se equivocar, depois de já terem bobeado ao irem até ali. Era um erro colocar as coisas daquela maneira. Refrescar a memória de Oleg Yasikov, passado tanto tempo.

— É esse justamente o problema — disse Pati. — Quinhentos quilos é coisa demais. Por isso viemos ver você primeiro.

— De quem foi a ideia? — Yasikov não parecia lisonjeado. — Vir a mim como primeira opção. Pois sim.

Pati olhou para Teresa.

— Foi dela. Ela analisa melhor as coisas... — indicou um sorriso nervoso entre duas novas tragadas no cigarro. — É melhor do que eu calculando riscos e probabilidades.

Teresa sentiu os olhos do russo estudando-a detidamente. Está se perguntando o que nos une, determinou. A prisão, a amizade, os negócios. Se gosto de homens ou se ela me come às vezes.

— Ainda não sei o que ela faz — disse Yasikov, perguntando a Pati sem afastar os olhos de Teresa. — Nessa história. Sua amiga.

— É minha sócia.

— Ah. É bom ter sócios — Yasikov voltou a prestar atenção em Pati. — Também seria bom conversar. Claro. Riscos e probabilidades. Vocês poderiam não ter tempo de desaparecer à procura de outro comprador — fez a pausa oportuna. — Tempo de desaparecer voluntariamente. Imagino.

Teresa reparou que as mãos de Pati voltaram a tremer. Quem dera eu pudesse, pensou, me levantar neste momento e dizer tchau, senhor Oleg, a gente se vê por aí. Passou do limite. Fique com a carga e esqueça esta chatice.

— Talvez devêssemos... — começou a dizer.

Yasikov a observou, quase surpreso. Mas Pati já estava insistindo com o malandro: você não ganharia nada. Era o que dizia. Nada, só a vida de duas mulheres. Em compensação, perderia muito. E o fato era que, além do tremor das mãos transmitido às espirais de fumaça do cigarro, a Tenente o encarava demais. Apesar de tudo, do erro de estarem ali e todo o resto, Pati não desistia com facilidade. Mas as duas já estavam mortas. Esteve quase a ponto de dizer isso em voz alta. Estamos mortas, Tenente. Desliga e vamos embora.

— A vida demora a ser perdida — filosofou o russo; embora, à medida que ele completava a frase, Teresa tenha compreendido que não filosofava de maneira nenhuma. — Acho que no meio do caminho algumas coisas acabam sendo contadas... Não gosto de pagar duas vezes. Isso não. Posso de graça. Sim. Recuperar a droga.

Olhava o pacote de cocaína que estava sobre a mesa, entre suas manoplas imóveis. Pati amassou, trôpega, o cigarro no cinzeiro que estava a um palmo daquelas mãos. Veja até onde você conseguiu chegar, pensou Teresa desolada, podendo sentir o cheiro de seu pânico. Até o maldito cinzeiro. Então, sem pensar, escutou outra vez a própria voz:

— Talvez a recuperasse de graça — disse. — Mas nunca se sabe. É um risco, e um aborrecimento... Você se privaria de um ganho garantido.

Os olhos contornados de amarelo cravaram-se nela com interesse.

— Qual é o seu nome?

— Teresa Mendoza.

— Colombiana?

— Do México.

Esteve a ponto de acrescentar "Culiacán, Sinaloa", que, naquelas transações, supôs, eram um aval; mas não fez isso. O peixe morre pela boca, e Yasikov ficou observando-a fixamente.

— Eu me privaria, você disse. Pois me convença disso.

Convença-me da utilidade de você continuar viva, diziam as entrelinhas. Pati se inclinou nas costas da poltrona que ocupava, como um galo exausto recuando numa rinha. Você tem razão, Mexicana. A bola está com você. Tire-nos daqui. Teresa sentia a língua grudada no céu da boca. Um copo d'água. Daria tudo por um copo d'água.

— Com o quilo a doze mil dólares — afirmou —, a meia tonelada deve valer, de início, uns seis milhões de dólares... Correto?

— Correto — Yasikov olhava-a inexpressivo. Cauteloso.

— Não sei quanto os atravessadores ganham, mas na União Americana o quilo sairia a vinte mil.

— Trinta mil para nós. Este ano. Aqui — Yasikov não mexia um músculo do rosto. — Mais do que para seus vizinhos. Sim. Os ianques.

Teresa fez um cálculo rápido. Mascava um palito inexistente. Suas mãos — para sua própria e íntima surpresa — não tremiam. Não naquele momento. Neste caso, expôs, e aos preços atuais, meia tonelada distribuída na Europa sairia por quinze milhões de dólares. Isso era muito mais do que, segundo Pati lhe havia dito, Yasikov e seus sócios pagaram quatro anos atrás pela carga original. Que fossem, e me corrija, cinco milhões em dinheiro e um em... Bem. Como o senhor prefere chamar?

— Material técnico — respondeu Yasikov, achando graça. — De segunda mão.

Seis milhões no total, concluiu Teresa, entre uma coisa e outra. Material técnico incluído. Mas o importante, prosseguiu com sua explicação, era que a meia tonelada de agora, a que elas ofereciam, só iria lhe custar outros seis. Um pagamento de três contra a entrega da primeira terça parte, outros três como pagamento da segunda terça parte e o restante depois de confirmado o segundo desembolso. Na verdade, elas se limitavam a vendê-la pelo preço de custo.

Viu que o russo refletia sobre aquilo. Mas de jeito nenhum, pensou. Você ainda está cru, safado. Não enxerga a vantagem e para você continuamos a ser duas mortas de fome.

— Vocês querem — Yasikov negava com a cabeça, lentamente — que a gente pague duas vezes. Sim. Essa meia tonelada. Seis e seis.

Teresa se inclinou para a frente, apoiando os dedos na mesa. E por que os meus não tremem?, ela se perguntou. Por que minhas sete pulseirinhas não tilintam como uma cascavel, se estou a ponto de ficar de pé e começar a correr?

— Apesar disso — também se surpreendia com o tom sereno da própria voz —, ainda lhe restaria uma margem de três milhões de dólares sobre uma carga que dava como perdida, e que me parece já amortizou de alguma outra forma... Além do mais, esses quinhentos quilos de cocaína valem, se fizermos as contas, sessenta e cinco milhões de dólares depois de divididos e prontos para distribuir a varejo em seu país, ou onde quiser... Deduzindo os gastos antigos e os novos, seu pessoal ainda ficará com cinquenta e três milhões de dólares de lucro. Ou cinquenta, se você descontar uns três, para amortizar transporte, atrasos e outros aborrecimentos. E terão abastecido seu mercado por uma temporada.

Calou-se, atenta aos olhos de Yasikov, com os músculos das costas tensos e o estômago contraído a ponto de doer por causa do medo. Mas tinha sido capaz de falar sobre o assunto no tom mais seco e claro possível, como se, em vez de colocar sua vida e a de Pati sobre a mesa, estivesse propondo uma operação comercial rotineira e sem consequências. O bandido observava Teresa, que também sentia os olhos de Pati fixos nela; porém, por nada no mundo teria retribuído esse segundo olhar. Não me olhe, rogava mentalmente à companheira. Nem mesmo pisque, irmãzinha, ou vamos dançar. Ainda existe a possibilidade de que este cara queira ganhar mais seis milhões de dólares. Porque ele sabe, como eu sei, que a gente sempre acaba falando. Quando te puxam o tapete, a gente sempre acaba falando. E estes aqui certamente vão puxar.

— Meu medo é que... — começou a dizer Yasikov.

Chegamos ao limite, adiantou Teresa para si mesma. É só olhar para a cara do russo e entender que nem por um cacete. A consciência disso a atingiu como um raio. Fomos duas mocinhas ingênuas: Pati é uma irresponsável e eu sou outra. O medo retorcia suas tripas. Dá pra ver que ele é um tremendo dum patife.

— Há algo mais — improvisou. — Haxixe.

— Que é que tem o haxixe?

— Conheço essa parada. E vocês não têm haxixe.

Yasikov parecia um tanto desconcertado.

— Claro que temos.

Teresa balançou a cabeça, negando com serenidade. Contanto que Pati não abra a boca e não estrague tudo, implorou. Lá dentro dela, o caminho se delineava com estranha clareza. Uma porta aberta de repente, e aquela mulher silenciosa, a outra que às vezes se parecia com ela, a observava do umbral.

— Há um ano e meio — rebateu — vocês vendiam no varejo aqui e ali, e duvido que agora seja diferente. Garanto que continuam nas mãos de fornecedores marroquinos, transportadores gibraltarinos e atravessadores espanhóis... Como todo mundo...

O bandido ergueu a mão esquerda, a da aliança, para tocar o próprio rosto. Só tenho trinta segundos para convencê-lo, pensou Teresa, antes de ficarmos de pé, sairmos daqui e começarmos a correr até que nos agarrem dentro de uns dois dias. E não sacaneie. Não ia ter graça nenhuma ter escapado do pessoal de Sinaloa e chegar assim de longe para que um maldito russo acabe me dando uns tecos.

— Queremos lhe fazer uma proposta — formalizou. — Um negócio. Desses seis milhões divididos em dois pagamentos, o segundo você guardaria como sócio, em troca de nos proporcionar os meios adequados.

Um longo silêncio. O russo não tirava os olhos dela. Eu sou uma máscara indígena, pensava ela. Sou uma máscara impassível jogando pôquer como Raúl Estrada Contreras, um trapaceiro profissional, que as pessoas admiravam porque jogava legal etc., ou pelo menos é o que diz o *corrido*, e esse filho da mãe não vai me arrancar nem um piscar de olhos, porque estou arriscando a minha pele. Por isso já pode me olhar. Como está olhando para os meus peitos.

— Que meios?

Te peguei, disse Teresa a si mesma. Vou te pegar.

— Não sei lhe dizer agora. Ou até sei. Lanchas. Motores externos. Locais para nos escondermos. Pagamento dos primeiros contatos e atravessadores.

Yasikov continuava a tocar o próprio rosto.

— E você entende disso?

— Não me aborreça. Estou arriscando minha vida e a da minha amiga... Acha que estou em condições de vir aqui e ficar blefando?

E foi assim, confirmou Saturnino G. Juárez, que Teresa Mendoza e Patricia O'Farrell se associaram com a máfia russa da Costa del Sol. A proposta que a Mexicana fez a Yasikov naquele primeiro encontro desequilibrou a balança. De fato: além daquela meia tonelada de cocaína, a Babushka de Solntsevo precisava de haxixe marroquino para não depender exclusivamente dos traficantes turcos e libaneses. Até aquela época se via obrigada a recorrer às máfias tradicionais do Estreito, mal organizadas, caras e pouco confiáveis. E a ideia de uma conexão direta parecia sedutora. A meia tonelada mudou de mãos em troca de três milhões de dólares, depositados em um banco de Gibraltar, e de outros três destinados a financiar uma infraestrutura cuja fachada legal se chamou Transer Naga S. L., com sede social no Penhasco e um discreto negócio de cobertura em Marbella. Com isso, Yasikov e seu pessoal obtiveram, conforme o acordo a que ele chegou com as duas mulheres, cinquenta por cento dos lucros do primeiro ano e vinte e cinco por cento do segundo; de modo que no terceiro se considerou amortizada a dívida. Quanto à Transer Naga, era uma empresa de serviços: transportes clandestinos cuja responsabilidade começava no momento em que se embarcava a droga na costa marroquina e terminava quando alguém se encarregava dela em uma praia espanhola ou em alto-mar. Com o tempo, por meio de conversas telefônicas grampeadas e outras investigações, pôde-se estabelecer que a norma de não ter participação na propriedade da droga foi imposta por Teresa Mendoza. Baseando-se em sua experiência anterior, ela defendia que tudo era mais limpo se o transportador não se envolvesse; isso garantia discrição e também a ausência de nomes e provas que ligassem entre si produtores, exportadores, atravessadores, receptadores e proprietários. O método era simples: um cliente expunha suas necessidades e a Transer Naga o assessorava quanto à forma de transporte mais eficaz, oferecendo o profissionalismo e os meios. Do ponto A ao ponto C, nós colocaremos B. Com o tempo, comentou Saturnino Juárez enquanto eu pagava a conta do restaurante, só lhes faltou anunciar nas páginas amarelas. E essa foi a estratégia que Teresa Mendoza impôs e sempre manteve, sem cair na tentação de aceitar uma parte do pagamento em droga, como costumavam fazer outros transportadores. Nem mesmo quando a Transer Naga transformou o estreito de Gibraltar na grande porta de entrada de cocaína para o Sul da Europa e o pó colombiano começou a entrar às toneladas.

10

Estou no canto de uma cantina

Fazia quase uma hora que estavam vasculhando roupas. Era a quinta loja em que entravam naquela manhã. O sol iluminava a rua Larios do outro lado da vitrine: terraços com mesas, automóveis, transeuntes com roupas leves. Málaga no inverno. Hoje é dia de fazer uma busca produtiva, tinha dito Pati. Estou cansada de te emprestar coisas minhas, ou de te ver vestida como uma empregada; então, faça o favor de tirar a graxa das unhas e se arrume um pouco porque estamos indo. À caça. Para dar um pouco mais de brilho ao seu nível social. Confia em mim ou não? E ali estavam elas. Tomaram um primeiro café da manhã antes de sair de Marbella, e mais um na varanda do café Central, vendo o movimento das pessoas. Agora se dedicavam a gastar dinheiro. Demais, na opinião de Teresa. Os preços eram estarrecedores. E qual é o problema?, era a resposta. Você tem e eu tenho. Além do mais, pode considerar tudo isso um investimento. Com rentabilidade calculada, que disso você entende. Já, já você vai estar fazendo um bom pé-de-meia, com tuas lanchas e tua logística e todo esse parque aquático que você está organizando, Mexicana. Porque nem tudo na vida são motores externos e hélices levogiro, seja lá como se chamem. Já está na hora de você ficar à altura da vida que leva. Ou que vai levar.

— O que acha disso? — Pati se movimentava com desenvoltura pela loja, tirando roupas dos cabideiros e deixando as que descartava nas mãos de uma vendedora que as seguia, solícita. — O estilo terninho nunca sai de moda. E os caras ficam impressionados, sobretudo em você, em mim, no nosso ambiente... — punha diante de Teresa a roupa ainda nos cabides, aproximando-a do corpo para testar o efeito. — O jeans lhe cai muito bem, não tem por que abandoná-lo. Mas procure combiná-lo com jaquetas escuras. As azul-marinho são perfeitas.

Teresa tinha outras coisas na cabeça, mais complexas do que a cor de uma jaqueta para combinar com a calça jeans. Pessoas demais e interesses demais envolvidos. Horas refletindo diante de um caderno cheio de cifras, nomes, lugares. Longas conversas com desconhecidos que ela ouvia com atenção e cautela, procurando adivinhar, disposta a aprender de tudo e de todos. Muitas coisas agora dependiam dela, e ela se perguntava se estava mesmo preparada para assumir responsabilidades que antes nem lhe passavam pela cabeça. Pati sabia de tudo isso, mas não se importava, ou parecia não se importar. Tudo a seu tempo, dizia. Hoje você vai cuidar da roupa. Hoje você vai descansar. Hoje você vai diminuir o ritmo. Além do mais, conduzir o negócio é mais um assunto teu. Você é a gerente, e eu fico olhando.

— Está vendo?... Com o jeans, o que cai melhor em você é um sapato baixo, tipo mocassim, e essas bolsas: Ubrique, Valverde del Camino. As bolsas artesanais andaluzas caem bem em você. Para o dia a dia.

Havia três bolsas daquelas nos pacotes que já abarrotavam o porta-malas do carro estacionado no subterrâneo da Plaza de la Marina. De hoje não passa, insistiu Pati. Nem mais um dia sem você montar um guarda-roupa com aquilo de que precisa. E é bom prestar atenção. Eu mando e você obedece. Combinado? Além do mais, vestir-se é menos uma questão de moda do que de bom senso. Acostume-se à ideia: pouco e bom é melhor que muito e ruim.

O truque é montar uma base de guarda-roupa. E depois, partindo daí, ampliar. Está me acompanhando?

Poucas vezes a Tenente O'Farrell tinha se mostrado tão falante. Teresa a acompanhava, de fato, interessada naquela nova maneira de encarar a roupa e encarar a si mesma. Até então, vestir-se desta ou daquela maneira atendia a dois objetivos claros: agradar aos homens — a seus homens — ou se sentir confortável. A indumentária como instrumento de trabalho, como havia dito Pati arrancando-lhe uma gargalhada, representava uma novidade. Vestir-se não era só comodidade ou sedução. Nem sequer elegância, ou status, mas sutilezas dentro do status. Está me acompanhando?... A roupa pode ser estado de ânimo, caráter, poder. Você pode se vestir de acordo com o que é ou com o que quer ser, e é justo aí que está a diferença. As coisas se aprendem, é claro. Como as boas maneiras, comer e conversar. Podem ser adquiridas quando se é inteligente e quando se sabe observar. E você sabe, Mexicana. Nunca vi ninguém mais observadora do que você. Índia desgraçada. Como se lesse livros nas pessoas. Os livros você já conhece, e está na hora de conhecer também o resto. Por quê? Porque você é minha sócia e minha amiga. Porque vamos passar muito tempo juntas, espero, e vamos realizar grandes coisas. E porque já está da hora de mudar de assunto.

— Quanto a se vestir de verdade — saíam do provador, depois de Teresa ter se visto no espelho com um suéter de cashmere de gola rulê —, ninguém diz que é para você se vestir de forma chata. O que acontece é que, para usar certas peças, é preciso saber se movimentar. E estar. Nem tudo serve pra todo mundo. Isto, por exemplo. Versace, então, nem pensar. Com roupa de Versace você ia ficar parecendo uma puta.

— Pois você bem que usa, de vez em quando.

Pati riu. Tinha entre os dedos um Marlboro, apesar do cartaz de proibido fumar e dos olhares de censura da vendedora. Uma das mãos no bolso da jaqueta de malha, sobre a saia cinza-escuro. O cigarro na outra. Já vou apagar, querida, disse ao acender o primeiro. Era o terceiro que fumava ali.

— Eu tive outro treinamento, Mexicana. Sei quando devo parecer uma puta e quando não. Quanto a você, lembre-se de que as pessoas com quem lidamos se impressionam com as mulheres de classe. As damas.

— Não enche. Eu não sou uma dama.

— Como que você sabe? Isso de ser e de parecer, e de nunca chegar a ser ou não ser alguma coisa, isso tem nuances muito delicadas. Veja, dê só uma olhada... Uma dama, eu lhe digo. Yves Saint-Laurent, Chanel e Armani para as ocasiões sérias; loucuras como essas coisas de Galliano é melhor você deixar para as outras... Ou para mais tarde.

Teresa olhava ao redor. Não se importava em mostrar sua ignorância, nem que a vendedora ouvisse a conversa. Era Pati quem falava em voz baixa.

— Nem sempre sei o que é adequado... Combinar é difícil.

— Pois preste atenção numa regra que não falha: meio a meio. Se da cintura para baixo você está provocativa ou sexy, da cintura para cima deve estar discreta. E vice-versa.

Saíram com as sacolas e caminharam rua Larios acima. Pati a fazia parar diante de cada vitrine.

— Para uso diário e esporte — prosseguiu —, o ideal é usar roupas intermediárias; e se você escolhe se basear numa grife, trate de ter um pouco de tudo — apontava um tailleur com casaquinho escuro e leve, de gola redonda, que Teresa achou muito bonito. — Como Calvin Klein, por exemplo. Viu? Isso vale tanto para um casaquinho ou uma jaqueta de couro quanto para um vestido de noite.

Entraram naquela loja. Era um estabelecimento muito elegante, e as funcionárias vestiam uniformes de saias curtas e meias pretas. Pareciam executivas de filme americano, pensou Teresa. Todas altas e bonitas, muito maquiadas, com aparência de modelos ou aeromoças. Gentilíssimas. Nunca teriam me dado emprego aqui, concluiu. De jeito nenhum. A maldita grana.

— O ideal — disse Pati — é frequentar lojas como esta, que têm roupa boa e de várias grifes. Frequentá-la e adquirir confiança. A relação com as vendedoras é importante: conhecem você, sabem do que você gosta e o que lhe cai bem. Dizem: isso acabou de chegar. Te paparicam.

Havia complementos na sobreloja: couro italiano e espanhol. Cintos. Bolsas. Sapatos maravilhosos de fino design. Aquilo, pensou Teresa, era melhor do que o Sercha's de Culiacán, onde as esposas e as amantes dos narcotraficantes iam tagarelando como loucas, com suas joias, os cabelos pintados e seus maços de dólares duas vezes por ano, ao final de cada colheita na serra. Ela mesma tinha comprado ali, nos tempos do Ruço Dávila, coisas que agora a faziam se sentir insegura. Talvez por não ter certeza de que fosse ela mesma: chegara longe e era outra a que se encontrava naqueles espelhos de lojas caras, de outro tempo e de outro mundo. Longe pra cacete. E os sapatos são fundamentais, opinou nessa hora Pati. Mais do que as bolsas. Lembre-se de que, por mais bem-vestida que você esteja, sapatos ruins te jogam na miséria. Nos homens, tudo se perdoa, inclusive a moda dos sapatos sem meias que Julio Iglesias lançou. No nosso caso, tudo é mais dramático. Mais irreparável.

Depois andaram às voltas com perfumes e cosméticos, cheirando e experimentando tudo sobre a pele de Teresa antes de ir comer camarões graúdos e ostras finas no Tintero, na praia de El Palo. Vocês, latino-americanas, sustentava Pati, têm preferência por perfumes fortes. Por isso, tente suavizá-los. E a maquiagem também. Quando se é jovem, a maquiagem envelhece; e quando se é velha, envelhece muito mais... Você tem olhos negros grandes e bonitos e quando se penteia com o cabelo repartido ao meio e puxado para trás, à mexicana, fica perfeita.

Dizia isso olhando-a nos olhos, sem se desviar um segundo, enquanto os garçons passavam entre as mesas postas ao sol, com ovas de peixe na chapa, pratos de sardinhas, lulas cortadinhas, batatas ao alho e óleo. Não havia em sua voz nem superioridade nem desprezo. Foi o que aconteceu quando, recém-chegada a El Puerto de Santa María, Pati a tinha colocado a par dos costumes locais. Assim e assado. Mas agora Teresa percebia alguma coisa diferente: um toque irônico no canto da boca, nas rugas que se formavam em volta das pálpebras ao entrefechá-las num sorriso. Você sabe o que eu me pergunto, pensou Teresa. Quase consegue ouvir. Por que eu, se aqui fora não te dou o que você queria ter. Apenas escuto, e pronto. Me deixei enganar com a história do dinheiro, Tenente O'Farrell. Não era isso o que você procurava. Meu caso é simples: sou leal porque te devo muito e porque tenho que ser. Porque são as regras do estranho jogo que nós duas jogamos. Simples. Mas você não é dessas. Você pode mentir, trair e esquecer, se for preciso. A questão é por que não a mim. Ou por que não ainda.

— A roupa — continuou Pati, sem mudar de expressão — deve se adaptar a cada momento. Sempre choca se você está almoçando e chega alguém de xale, ou se, durante um jantar, aparece alguém usando minissaia. Isso só demonstra falta de critério, ou de educação: não sabem o que é adequado, então vestem o que parece mais elegante ou mais caro. É o que denuncia a carreirista.

E é inteligente, Teresa disse para si mesma. Muito mais do que eu, e eu tenho que me perguntar por que então as coisas são assim, no caso dela. Pati teve de tudo. Inclusive teve um sonho. Mas isso foi quando estava atrás das grades: aquilo a mantinha viva. Seria bom averiguar o que a mantém agora. Além de beber como bebe, e essas drogas que se aplica às vezes, e de ficar até aqui de cafungadas, e me contar tudo o que vamos fazer quando ficarmos multimilionárias. Eu fico me perguntando. E o melhor é não continuar me perguntando demais.

— Eu sou uma carreirista — disse.

Soou quase como uma pergunta. Nunca tinha usado essa palavra, nem a escutado ou lido nos livros; mas intuía seu sentido. A outra começou a rir.

— É. Claro que é. De certo modo, sim. Mas os outros não precisam saber disso. Já, já você vai deixar de ser.

Havia algo de obscuro em seu gesto, determinou Teresa. Algo que parecia lhe doer e diverti-la ao mesmo tempo. Talvez, pensou de repente, estivesse remoendo alguma coisa que não era mais do que a vida.

— De qualquer forma — acrescentou Pati —, se você se enganar na roupa, a última regra é usá-la com a maior dignidade possível. Afinal de contas, todas nós nos enganamos uma vez... — continuava a encará-la. — Estou me referindo à roupa.

Houve outras Teresas que afloraram naquela época: mulheres desconhecidas que sempre estiveram ali, sem que ela suspeitasse, e outras novas que se incorporaram aos espelhos, aos amanheceres cinzentos e aos silêncios, e que ela descobria com interesse, às vezes com surpresa. Aquele advogado gibraltarino, Eddie Álvarez, que movimentou o dinheiro de Santiago Fisterra e depois mal se ocupou da defesa jurídica de Teresa, teve a oportunidade de enfrentar algumas dessas mulheres. Eddie não era um homem ousado. Seu trato com os aspectos sujos do negócio eram bem periféricos: preferia não ver e não saber certas coisas. A ignorância — tinha dito durante nossa conversa no hotel Rock — é mãe de muita ciência e de não pouca saúde. Por isso, todos os papéis que carregava debaixo do braço foram ao chão quando, ao acender a luz da escada de sua casa, encontrou Teresa Mendoza sentada nos degraus.

— Que puta susto — disse.

Depois ficou algum tempo mudo, sem dizer nada, apoiado na parede com os papéis no chão, sem a intenção de recolhê-los, sem a intenção de nada além de recuperar o ritmo cardíaco normal; enquanto isso, Teresa, que continuava sentada, informava lenta e detalhadamente o motivo de sua visita. Fez isso com seu ligeiro sotaque mexicano e aquele ar de menina tímida que parecia estar em tudo meio que por acaso. Nada de recriminações, nem de perguntas sobre os investimentos em quadros ou o dinheiro desaparecido. Nem uma única menção ao ano e meio que passou na cadeia, nem ao modo como o gibraltarino lavou as mãos na defesa. De noite, tudo parece mais sério, limitou-se a dizer no início. Assusta, suponho. Por isso estou aqui, Eddie. Para te assustar. De vez em quando a luz automática se apagava; Teresa, de seu degrau, esticava a mão até o interruptor, e o rosto do advogado se tornava amarelento, com os olhos assustados por trás dos óculos que a pele úmida, oleosa, fazia deslizar pelo nariz. Quero te assustar, repetiu, certa de que o advogado já estava assustado havia uma semana, quando os jornais publicaram a notícia das seis navalhadas dadas no sargento Ivan Velasco no estacionamento de uma discoteca, às quatro da madrugada, enquanto ele se dirigia, certamente bêbado, para pegar seu Mercedes novo. Um drogado, ou alguém que vagabundeava entre os carros. Roubo comum, como tantos outros. Relógio, carteira e o resto. Mas o que incomodava Eddie Álvarez era que o assassinato do sargento Velasco ocorreu exatamente três dias depois de outro conhecido seu, o homem de confiança Antonio Martínez Romero, aliás Antonio Cañabota, ou simplesmente Cañabota, ter aparecido de barriga para baixo e completamente nu, só de meias, com as mãos amarradas às costas, estrangulado numa pensão de Torremolinos, ao que tudo indicava por um pederasta que se aproximou dele na rua uma hora antes do óbito. O que, juntando os fios da meada, era de fato para assustar qualquer um, caso esse qualquer um tivesse memória suficiente — e Eddie Álvarez tinha de sobra — para se lembrar do papel que aqueles dois desempenharam no negócio de Punta Castor.

— Eu juro, Teresa, que não tive nada a ver.

— Com o quê?

— Você sabe. Com nada.

Teresa inclinou um pouco a cabeça — ainda estava sentada na escada —, avaliando o problema. De fato, ela sabia muito bem. Por isso estava ali, em vez de ter feito com que um amigo de um amigo enviasse outro amigo, como nos casos do guarda-civil e do homem de confiança. Fazia tempo que Oleg Yasikov e ela prestavam pequenos favores um ao outro, hoje por você, amanhã por mim, e o russo tinha gente especializada em habilidades pitorescas. Inclusive viciados em drogas e pederastas anônimos.

— Preciso dos seus serviços, Eddie.

Os óculos resvalaram de novo.

— Meus serviços?

— Papéis, bancos, sociedades. Tudo isso.

Teresa explicou tudo a ele. E, enquanto fazia isso — facílimo, Eddie, só algumas sociedades e contas bancárias, com você como fachada —, pensou que a vida dá muitas voltas, e que o próprio Santiago teria achado muita graça em tudo aquilo. Pensava igualmente em si mesma enquanto falava, como se fosse capaz de se desdobrar em duas mulheres: uma prática, que estava contando a Eddie Álvarez o motivo de sua visita — e que era também o motivo pelo qual o mantinha vivo —, e outra que observava tudo com uma estranha ausência de paixão, de fora ou de longe, através do olhar estranho que surpreendia fixo em si própria, e que não sentia rancor, nem desejos de vingança. A mesma que encomendou a cobrança de fatura de Velasco e Cañabota, não para acertar contas, e sim — como Eddie Álvarez teria dito e como na realidade acabou dizendo — pelo sentido da simetria. As coisas deviam ser o que eram, as contas deviam estar exatas, e os armários, em ordem. E Pati O'Farrell estava enganada: os homens nem sempre se impressionam com vestidos de Yves Saint-Laurent.

Você vai ter que matar, Oleg Yasikov tinha lhe dito. Mais cedo ou mais tarde. Comentou isso num dia em que passeavam pela praia de Marbella, na calçada, em frente a um restaurante de sua propriedade chamado Zarevich — no fundo Yasikov era um nostálgico —, perto do quiosque em que Teresa foi trabalhar quando saiu da prisão. Não no início, claro. Foi o que disse o russo. Nem com suas próprias mãos. *Niet de niet.* A não ser que você seja muito apaixonada ou muito estúpida. Não se você ficar de fora, limitando-se a olhar. Mas vai ter que fazer isso se quiser ir a fundo nas coisas. Se for consequente e tiver sorte e durar. Decisões. Pouco a pouco. Você vai entrar em terreno sombrio. Sim. Yasikov dizia tudo isso com a cabeça baixa e as mãos nos bolsos. Olhando para a areia à frente dos seus sapatos caros — Pati os teria aprovado, imaginou Teresa. Ao lado de seu metro e noventa de altura e dos ombros largos que despontavam debaixo de uma camisa de seda menos sóbria do que os sapatos, Teresa parecia menor e mais frágil do que era, o vestido curto sobre as pernas morenas e os pés descalços, o vento batendo o cabelo em seu rosto, atenta às palavras do outro. Tomar suas decisões, dizia Yasikov com suas pausas e suas palavras colocadas uma atrás da outra. Acertos. Erros. O trabalho incluirá, mais cedo ou mais tarde, tirar a vida de alguém. Se você for esperta, vai mandar que alguém faça isso. Neste negócio, Tesa — sempre a chamava de Tesa, por ser incapaz de pronunciar seu nome completo —, não é possível estar bem com todos. Não. Os amigos sãos bons até que se tornem maus. Então, é preciso agir rápido. Mas existe um problema. Descobrir o momento exato. Quando deixam de ser amigos.

— Uma coisa é necessária. Sim. Neste negócio — Yasikov apontava os próprios olhos com os dedos indicador e anular. — Olhar um homem e saber em seguida duas coisas. Primeira, por quanto ele vai se vender. Segunda, quando você terá que matá-lo.

No começo daquele ano, Eddie Álvarez ficou pequeno para eles. A Transer Naga e suas empresas de fachada — domiciliadas no escritório que o advogado tinha em Line Wall Road — iam muito bem, e as necessidades superavam a infraestrutura criada pelo gibraltarino. Quatro Phantom com base na Marina Shepard e duas com a aparência de embarcações esportivas em Estepona, manutenção de material e pagamento a pilotos e colaboradores — que incluíam meia dúzia de policiais e guardas-civis — não eram complicações demais; mas a clientela estava aumentando, o dinheiro fluía, os pagamentos internacionais eram frequentes, e Teresa compreendeu que era preciso empregar mecanismos de investimento e de lavagem de dinheiro mais complexos. Precisavam de um especialista para percorrer os meandros legais com o máximo de lucro e o mínimo de risco. Eu tenho esse homem, disse Pati. Você o conhece.

Conhecia-o de vista. A primeira reunião aconteceu num apartamento discreto de Sotogrande. Estiveram presentes Teresa, Pati, Eddie Álvarez e também Teo Aljarafe: trinta e cinco anos, espanhol, especialista em direito tributário e engenharia financeira. Teresa logo se lembrou dele, pois três dias antes Pati os tinha apresentado no bar do hotel Coral Beach. Tinha reparado nele durante a festa dos O'Farrell na chácara de Jerez: esguio, alto, moreno. O cabelo preto, abundante, penteado para trás e um pouco comprido na nuca, ressaltava o rosto ossudo e o nariz grande e aquilino. Muito clássico de aparência, concluiu Teresa. Como as mulheres sempre imaginavam os espanhóis antes de conhecê-los: magros e elegantes, com aquele ar de fidalgos que na verdade quase nunca tinham. Nem eram. Os quatro conversavam em volta de uma mesa de madeira de sequoia, com bule de porcelana antiga e xícaras do mesmo conjunto, as bebidas dispostas num carrinho junto ao janelão que dava para o terraço e lhes oferecia uma esplêndida vista panorâmica que incluía o porto esportivo, o mar e boa parte da costa até as praias distantes de La Línea e o cais cinzento de Gibraltar. Era um apartamento pequeno sem telefone nem vizinhos, ao qual se chegava de elevador direto da garagem, comprado por Pati em nome da Transer Naga — comprara-o da própria família —, e bem equipado como local de reuniões: boa iluminação, um quadro moderno e caro na parede e uma lousa para desenho com marcadores vermelhos, pretos e azuis. Duas vezes por semana, e em todo caso na véspera de cada reunião prevista, um técnico em segurança eletrônica recomendado por Oleg Yasikov revistava o local em busca de escutas clandestinas.

— A parte prática está resolvida — disse Teo. — Justificar receitas e padrão de vida: bares, discotecas, restaurantes, lavanderias. O que Yasikov faz, o que muitas pessoas fazem e o que nós vamos fazer. Ninguém controla o número de doses ou de paellas que você serve. Por isso é hora de abrir uma trilha segura que vá por este caminho. Investimentos e sociedades interligadas ou independentes que justifiquem até a gasolina do automóvel. Muitas faturas. Muitos papéis. A Receita não se aborrecerá se pagarmos os devidos impostos e tudo estiver em ordem em território espanhol, a não ser que haja alguma diligência judicial em andamento.

— O velho princípio — comentou Pati. — Onde você vive, barra-limpa.

Fumava sem parar, elegante, distraída, inclinando a cabeça loura e tosada, encarando a todos com o desinteresse aparente de quem está só de passagem. Aquilo para ela era apenas uma aventura divertida. Mais uma.

— Exatamente — confirmou Teo. — E, se eu tiver carta branca, posso me encarregar de esboçar a estrutura e apresentá-la pronta, integrando o que vocês já têm. Entre Málaga e Gibraltar há lugar e oportunidades de sobra. O resto é fácil: com um carro-chefe que abranja todos os bens em várias sociedades, criaremos uma holding para repartir os dividendos e para que vocês continuem insolventes. Fácil.

Tinha o paletó pendurado nas costas da cadeira, o nó da gravata ajustado e impecável, e as mangas da camisa desabotoadas e dobradas sobre os pulsos. Falava devagar, de forma clara, com uma voz grave que agradava Teresa. Competente e esperto, resumiu Pati: uma boa família de Jerez, um casamento com uma moça de dinheiro, duas filhas pequenas. Viaja muito a Londres, a Nova York, ao Panamá e a lugares assim. Assessor fiscal de empresas de alto nível. Meu falecido ex-idiota tinha algum negócio com ele, mas Teo sempre foi muito mais inteligente. Assessora, cobra e fica por trás, num discreto segundo plano. Um mercenário de luxo, para você entender. E não prevarica nunca, que eu saiba. Conheço-o desde menina. Também trepei com ele uma vez, quando éramos bem jovens. Não foi grande coisa na cama. Rápido. Egoísta. Mas naquela época eu também não era grande coisa.

— Quanto aos negócios sérios, a questão já fica mais complexa — continuava Teo. — Estou falando de dinheiro de verdade, esse que nunca passará por solo espanhol. E eu os aconselharia a esquecer Gibraltar. É um bebedouro público. Todo mundo tem contas ali.

— Mas funciona — disse Eddie Álvarez.

Parecia incomodado. Com ciúmes talvez, pensou Teresa, que observava os dois homens com atenção. Eddie havia feito um bom trabalho com a Transer Naga, mas sua capacidade tinha se mostrado limitada. Todos sabiam disso. O gibraltarino considerava o jereziano um concorrente perigoso. E tinha razão.

— Funciona por algum tempo — Teo olhava para Eddie com solicitude excessiva: a que se dedica a um inválido cuja cadeira de rodas se tem de empurrar até a escada mais próxima. — Não estou discutindo o trabalho que foi feito. Mas ali vocês são amadores se digladiando num pub de esquina, e um segredo logo deixa de ser segredo... Além disso, de cada três *llanitos*, um é subornável. E isso acontece nas duas direções: tanto nós quanto a polícia podemos fazer isso... Funciona para comercializar uns poucos quilos ou então tabaco; só que estamos falando de negócios de envergadura. E, nesse terreno, Gibraltar já não rende mais.

Eddie empurrou para cima os óculos que resvalavam sobre seu nariz.

— Não concordo — protestou.

— Para mim dá no mesmo — o tom do jereziano tinha endurecido. — Não estou aqui para discutir tolices.

— Eu sou... — começou a dizer Eddie.

Apoiava as mãos na mesa, voltando-se primeiro para Teresa e depois para Pati, pedindo sua intervenção.

— Você é um vendedor ambulante — interrompeu-o Teo.

Disse isso com suavidade, sem nenhuma expressão no rosto. Impassível. Um doutor contando a um paciente que sua radiografia tinha apresentado manchas.

— Não admito que você...

— Cale a boca, Eddie — disse Teresa.

O gibraltarino ficou com a boca aberta no meio da frase. Como um cão espancado olhando em volta com espanto. A gravata afrouxada e o paletó amarrotado acentuavam seu desalinho. Tenho que me resguardar dele, disse Teresa para si mesma, observando-o enquanto ouvia Pati rir. Um cão espancado pode se tornar perigoso. Anotou isso na agenda que trazia em um canto de sua cabeça. Eddie Álvarez. Para pensar mais tarde. Havia formas de garantir lealdade apesar do despeito. Sempre havia alguma coisa para cada um.

— Continue, Teo.

E o outro continuou. O conveniente, disse, era estabelecer sociedades e transações com bancos estrangeiros fora do controle fiscal da Comunidade Europeia: ilhas do canal, da Ásia ou do Caribe. O problema era que muito dinheiro procedia de atividades suspeitas ou delituosas, por isso era recomendável enfrentar a desconfiança oficial com uma série de coberturas legais, a respeito das quais ninguém faria perguntas.

— De um modo geral — concluiu —, o procedimento é simples: a entrega do material deve ser simultânea à transferência do crédito. Isso pode ser feito mediante a ordem de pagamento que nós chamamos de Swift: o documento bancário irrevogável que o banco emissor expede.

Eddie Álvarez, que continuava se remoendo por dentro, voltou à carga:

— Fiz o que me pediram para fazer.

— Claro, Eddie — disse Teo. Ela gostava daquele sorriso, descobriu Teresa. Um sorriso equilibrado e prático: depois que descartava a oposição, não se enfurecia com o vencido. — Ninguém está recriminando nada. Mas já está na hora de você relaxar um pouco. Sem descuidar de seus compromissos.

Olhava para Eddie, e não para Teresa ou para Pati, que se mantinha à margem, com um ar de quem se divertia muito. Seus compromissos, Eddie. Essa era a segunda leitura. Uma advertência. Esse sujeito entende, pensou Teresa. Entende de cães espancados, porque já sacaneou pra caramba. Tudo com palavras suaves e sem se despentear. O gibraltarino parecia ter captado a mensagem porque se encolheu quase fisicamente. Sem encará-lo, com o rabo do olho, Teresa intuiu o olhar inquieto que ele lhe dirigia. Espantadíssimo. Como nos degraus de sua casa, com todos aqueles papéis esparramados pelo chão.

— E o que você recomenda? — perguntou Teresa a Teo.

O outro fez um gesto que abrangia a mesa, como se tudo estivesse ali, à vista, entre as xícaras de café ou no caderno de capa de couro preto aberto à sua frente, com uma caneta de ouro em cima, as folhas em branco. Suas mãos, observou Teresa, eram morenas e cuidadas, com unhas aparadas, uma penugem escura que aparecia sob as mangas dobradas duas vezes sobre os pulsos. Perguntou a si mesma com que idade ele teria ido para a cama com Pati. Dezoito, vinte anos. Duas filhas, a amiga lhe dissera. Uma mulher com dinheiro e filhas. Certamente continuava indo para a cama com mais alguém.

— A Suíça é séria demais — disse Teo. — Exige muitas garantias e comprovações. As ilhas do canal funcionam bem, e nelas existem filiais de bancos espanhóis que dependem de Londres e conseguem sigilo fiscal; mas estão próximas demais, são muito evidentes, e, se um dia a Comunidade Europeia pressionar e a Inglaterra decidir dar um aperto, Gibraltar e o canal ficarão vulneráveis.

Apesar de tudo, Eddie não se dava por vencido. Talvez tivessem mexido com sua fibra patriótica.

— Isso é o que você diz — contrapôs e em seguida murmurou algo ininteligível.

Dessa vez Teresa não disse nada. Ficou olhando para Teo, à espera de sua reação. Ele passou a mão pelo queixo, pensativo. Ficou assim algum tempo, de olhos baixos, e por fim os cravou no gibraltarino.

— Não me aborreça, Eddie, está bem? — segurava a caneta entre os dedos e, depois de tirada a tampa, traçou uma linha de tinta azul na folha branca do caderno; uma única linha reta e horizontal, tão perfeita como se tivesse sido guiada por uma régua. — Isso são negócios, não trapaças com baralhos... — olhou para Pati e em seguida para Teresa, a caneta suspensa sobre o papel, e na extremidade da linha desenhou um ângulo em forma de flecha que apontava para o coração de Eddie. — Ele precisa mesmo estar presente a esta conversa?

Pati olhou para Teresa, arqueando exageradamente as sobrancelhas. Teresa olhava para Teo. Ninguém olhava para o gibraltarino.

— Não — disse Teresa. — Não precisa.

— Ah! Muito bem. Porque seria conveniente comentar alguns detalhes técnicos.

Teresa se virou para Eddie. Ele tirava os óculos para limpar a armação com um lenço de papel, como se nos últimos minutos eles estivessem escorregando demais. Também enxugou a parte externa do nariz. A miopia acentuava o desconcerto de seus olhos. Parecia um pato manchado de petróleo na beira de um reservatório.

— Vá até o Ke tomar uma cerveja, Eddie. A gente se vê depois.

O gibraltarino hesitou um pouco, e então colocou os óculos enquanto se levantava, atordoado. A triste imitação de um homem humilhado. Era evidente que procurava alguma coisa para dizer antes de se retirar, mas nada lhe ocorreu. Abriu a boca e tornou a fechá-la. No fim saiu em silêncio: o pato deixando pegadas pretas, chof, chof, e com cara de que iria vomitar antes de chegar à rua. Teo traçou uma segunda linha azul em seu caderno, debaixo da primeira, e tão reta quanto ela. Dessa vez a arrematou com um círculo em cada extremidade.

— Eu iria — disse — a Hong Kong, Filipinas, Cingapura, Caribe ou Panamá. Vários de meus clientes operam nas ilhas Caimãs e estão satisfeitos: seiscentos e oitenta bancos numa ilha diminuta, a duas horas de avião de Miami. Sem guichês, dinheiro virtual, nada de impostos, confidencialidade sagrada. Só estão obrigados a informar quando há provas de vínculo direto com alguma atividade criminosa evidente... Mas como não exigem requisitos legais para a identificação do cliente, estabelecer esses vínculos acaba sendo impossível.

Encarava as duas mulheres, e em três de cada quatro vezes se dirigia a Teresa. Eu me pergunto, refletiu ela, o que a Tenente lhe contou a meu respeito. Qual é o lugar de cada um. Também se perguntou se estava adequadamente vestida: um suéter bem folgado de malha sanfonada, jeans, sandálias. Por um instante invejou o conjunto malva e cinza de Valentino que Pati usava com a naturalidade de uma segunda pele. A miserável elegante.

O jereziano continuou a expor seu plano: duas sociedades não residentes situadas no exterior, cobertas por escritórios de advogados com as devidas contas bancárias, para começar. E, para não pôr todos os ovos no mesmo cesto, a transferência de certas quantias escolhidas a dedo, lavadas depois de percorrer circuitos garantidos, para depósitos fiduciários e contas limpas em Luxemburgo, Liechtenstein e Suíça. Contas mortas, esclareceu, para não mexer, como fundo de garantia a longuíssimo prazo, ou com dinheiro aplicado em sociedades de administração de patrimônios, transação mobiliária e imobiliária, títulos e coisas assim. Dinheiro impecável, caso um dia seja preciso dinamitar a infraestrutura caribenha ou mandar pelos ares todo o resto.

— Percebem com clareza?

— Parece adequado — respondeu Teresa.

— Sim. A vantagem é que agora há muito movimento de bancos espanhóis com as ilhas Caimãs, e podemos nos camuflar entre eles para as primeiras entradas de dinheiro. Tenho um bom contato em Georgetown: Mansue Johnson & Filhos. Conselheiros de bancos, assessores fiscais e advogados. Fazem pacotes completos sob medida.

— Isso não é complicar demais a vida? — perguntou Pati, que fumava um cigarro atrás do outro, as guimbas amontoadas no pires de sua xícara de café.

Teo havia deixado a caneta sobre o caderno. Deu de ombros.

— Depende dos planos de vocês para o futuro. O que Eddie fez vale para o estágio atual dos negócios: dama, valete e rei. Mas, se as coisas forem além, vocês agiriam bem se preparassem uma estrutura capaz de absorver qualquer ampliação, sem pressa e sem improvisações.

— Quanto tempo você levaria para aprontar tudo isso? — quis saber Teresa.

O sorriso de Teo era o mesmo de antes: contido, um pouco vago, muito diferente de outros sorrisos de homens que conservava na memória. E continuava gostando; ou talvez agora gostasse desse tipo de sorriso porque não significava nada. Simples, limpo, automático. Mais um gesto educado do que qualquer outra coisa, como o brilho de uma mesa envernizada ou a carroceria de um automóvel novo. Nada tinha de comprometedor por trás: nem simpatia, nem sonhos, nem afeto, nem fraqueza, nem obsessões. Não pretendia enganar, convencer nem seduzir. Só estava ali porque estava ligado ao personagem, nascido e educado com ele, como suas maneiras corteses ou o nó bem-feito da gravata. O jereziano sorria da mesma forma como traçava aquelas linhas retas nas folhas brancas do caderno. E isso tranquilizava Teresa. Para isso tinha lido, e se lembrava, e sabia observar. O sorriso daquele homem era daqueles que colocavam as coisas nos seus devidos lugares. Não sei se vai ser com ele, disse a si mesma. Na verdade nem sei se voltarei a trepar com alguém; mas se voltar será com sujeitos que sorriam assim.

— Depende do tempo que vocês levarão para me dar o dinheiro para começar. Um mês, no máximo. Vai depender de vocês viajarem para os trâmites, ou façamos vir as pessoas apropriadas, aqui ou a um lugar neutro. Com uma hora de assinaturas e papelada, estará tudo resolvido... Também é preciso saber quem vai se encarregar de tudo.

Ficou à espera de uma resposta. Havia dito isso num tom ligeiro, casual. Um detalhe sem muita importância. Mas ele continuava esperando e as observava.

— As duas — disse Teresa. — Estamos juntas nisto.

Teo demorou alguns segundos para responder.

— Compreendo. Mas necessitamos de uma única assinatura. Alguém que emita os faxes ou dê o telefonema oportuno. Há coisas que eu posso fazer, é claro. Que terei que fazer, se vocês me derem poderes parciais. Só que uma das duas terá que tomar as decisões rápidas.

O riso cínico da Tenente O'Farrell ressoou. Um maldito riso de ex-combatente que se limpa com a bandeira.

— Isso é assunto dela — e apontou Teresa com o cigarro. — Os negócios exigem que a gente madrugue, e eu levanto tarde.

Miss American Express. Teresa se perguntava por que Pati resolvia brincar assim, e desde quando. Para onde ela a estava empurrando, e para quê. Teo se recostou na cadeira. Agora dividia os olhares igualmente. Equânime.

— É minha obrigação dizer que assim você está deixando tudo nas mãos dela.

— Claro.

— Bem — o jereziano examinou Teresa. — Assunto encerrado, então.

Já não sorria, e sua expressão era avaliadora. Está se perguntando as mesmas coisas em relação a Pati, ponderou Teresa. Sobre nossa relação. Está calculando os prós e os contras. Até que ponto posso trazer lucros. Ou problemas. Até que ponto ela pode trazê-los.

Então intuiu muitas das coisas que iriam acontecer.

Pati os encarou demoradamente ao sair da reunião: quando os três desciam no elevador e ao trocar as últimas impressões enquanto passeavam pela plataforma do cais esportivo, com Eddie Álvarez desconfiado e marginalizado na porta do bar Ke como quem tivesse acabado de receber uma pedrada e temesse outra, o fantasma de Punta Castor e talvez a lembrança do sargento Velasco e de Cañabota agarrando-o pela garganta. Pati tinha um ar pensativo, os olhos fechados e marcado de ruguinhas, com um esboço de interesse ou de diversão, ou as duas coisas — interesse divertido, diversão interessada —, dançando dentro dela, em alguma parte daquela cabeça estranha. Era como se a Tenente O'Farrell sorrisse sem sorrir, debochando um pouco de Teresa, e também de si mesma, de tudo e de todos. O fato é que os observava quando saiu da reunião no apartamento de Sotogrande, como se acabasse de semear maconha na serra e esperasse o momento de fazer a colheita, e continuou agindo assim durante a conversa com Teo em frente ao porto, e durante semanas e meses, quando Teresa e Teo Aljarafe começaram a se aproximar um do outro. De vez em quando Teresa perdia a paciência e a enfrentava dizendo o que é que houve, velha bandida, desembucha logo seja lá o que for. E a outra sorria de um modo diferente, aberto, como se já não se interessasse por mais nada. Dizia ah-ah, tomava uma dose, batia bem miudinha e lisa uma carreirinha de coca ou começava a falar sobre qualquer coisa com aquela sua frivolidade tão perfeita — Teresa aprendera com o tempo e o costume — que nunca era totalmente frívola, nem totalmente sincera; ou voltava a ser, por um momento, a do começo: a ilustre Tenente O'Farrell, cruel, mordaz, a camarada de sempre, com aquele vislumbre de obscuridades que se desenhavam por trás, escorando a fachada. Depois, em relação a Teo Aljarafe, Teresa chegou a se perguntar até que ponto sua amiga havia previsto, ou adivinhado, ou propiciado — sacrificando-se ao próprio desígnio como quem aceita as cartas de tarô que ela mesma coloca viradas para cima — muitas das coisas que aconteceram entre os dois, e que de certo modo aconteceram entre os três.

Teresa via Oleg Yasikov com frequência. Simpatizava com aquele russo grande e tranquilo, que encarava o trabalho, o dinheiro, a vida e a morte com uma desapaixonada fatalidade eslava que lhe lembrava o caráter de certos mexicanos do Norte. Tomavam café ou davam um passeio depois de uma reunião de trabalho, ou iam jantar no Santiago, na orla marítima de Marbella — o russo gostava das caudas de lagosta ao vinho branco —, com os guarda-costas passeando pela calçada em frente, junto à praia. Não era homem de muitas palavras; no entanto, quando estavam a sós e conversavam, Teresa o ouvia dizer, sem lhes dar importância, coisas que mais tarde a faziam refletir por um longo tempo. Nunca tentava convencer ninguém de nada, nem contrapor um argumento a outro. Não costumo discutir, comentava. Quando me dizem que não vai ser assim, digo ah, pois será. Então faço o que acho conveniente. Aquele sujeito, Teresa compreendeu logo, tinha um ponto de vista, uma maneira precisa de entender o mundo e os seres que o povoam: não pretendia que fosse razoável, nem piedosa. Apenas útil. E adaptava a ela seu comportamento e sua crueldade objetiva. Existem animais, dizia, que ficam no fundo do mar dentro de uma concha. Outros saem expondo sua pele nua e a põem em risco. Alguns alcançam a margem. Põem-se de pé. Caminham. A questão é ver até onde se vai antes que acabe o tempo de que se dispõe. Sim. O quanto uma pessoa dura e o que consegue enquanto dura. É por isso que acredito que tudo aquilo que ajuda a sobreviver é indispensável. O resto é supérfluo. Dispensável, Tesa. Em meu trabalho, como no seu, é preciso se ajustar ao limite simples dessas duas palavras. Indispensável. Dispensável. Está entendendo?... E a segunda inclui a vida dos outros. Ou às vezes a exclui.

Yasikov não era tão hermético, no fim das contas. Nenhum homem era. Teresa havia aprendido que são os próprios silêncios, habilmente administrados, que fazem com que os outros falem. E desse modo, pouco a pouco, foi se aproximando do gângster russo. Um avô de Yasikov tinha sido cadete tsarista nos tempos da Revolução bolchevique, e, durante os anos difíceis que se seguiram, a família conservou a memória do jovem oficial. Como tantos outros homens de sua classe, Oleg Yasikov admirava a coragem — isso, confessaria por fim, era o que o tinha feito simpatizar com Teresa —, e, numa noite de vodca e bate-papo na varanda do bar Salduba de Puerto Banús, ela detectou certa vibração sentimental, quase nostálgica, na voz do russo quando em poucas palavras ele fez menção ao cadete e depois tenente do regimento de cavalaria Nikolaiev, que teve tempo de gerar um filho antes de desaparecer na Mongólia, ou na Sibéria, fuzilado em 1922 com o barão Von Ungern. Hoje é aniversário do tsar Nicolau, disse de repente Yasikov, a garrafa de Smirnoff dois terços vazia, virando o rosto para um lado como se o fantasma do jovem oficial do

Exército branco estivesse a ponto de aparecer na extremidade da calçada à beira-mar, entre os Rolls Royce e os Jaguar e os grandes iates. Então ergueu pensativo o copo de vodca, olhando-o contra a luz, e o manteve no alto até que Teresa fizesse seu copo tilintar contra o dele, e os dois beberam olhando-se nos olhos. E, embora Yasikov sorrisse zombando de si mesmo, ela, que nada sabia sobre o tsar da Rússia e muito menos sobre os avós oficiais de cavalaria fuzilados na Manchúria, compreendeu que, apesar da careta, o russo executava um sério ritual íntimo do qual ela participava de alguma forma privilegiada; e que seu gesto de tilintar o copo era correto porque a aproximava do coração de um homem perigoso e necessário. Yasikov tornou a encher os copos. Aniversário do tsar, repetiu. Sim. E há quase um século, até mesmo quando essa data e essa palavra estavam proscritas na União das Repúblicas Socialistas Soviéticas, paraíso do proletariado, minha avó e meus pais e depois eu mesmo brindávamos em casa com um copo de vodca. À sua memória e à do cadete Yasikov, do regimento de cavalaria Nikolaiev. Ainda faço isso. Sim. Como você pode ver. Esteja onde estiver. Sem abrir a boca. Inclusive uma vez durante os onze meses que passei apodrecendo como soldado. Afeganistão. Serviu mais vodca, até acabar a garrafa, e Teresa pensou que cada ser humano tem sua história escondida, e que, quando se era calada e paciente o suficiente, era possível conhecê-la. E que isso era bom e instrutivo. Acima de tudo, era útil.

Os italianos, tinha dito Yasikov. Teresa discutiu isso no dia seguinte com Pati O'Farrell. Os italianos querem uma reunião. Precisam de um transporte confiável para sua cocaína, e ele acha que nós podemos ajudá-los com nossa infraestrutura. Estão satisfeitos com o negócio do haxixe e querem aumentar as apostas. Os velhos *amos* *do fume** galegos roubam deles não é de hoje, têm outras conexões e, além disso, estão muito visados pela polícia. Por isso andaram sondando Oleg para ver se estaríamos dispostas a cuidar do assunto. Para lhes abrir uma rota importante pelo Sul, que cubra o Mediterrâneo.

— E qual é o problema?

— É que já não poderemos voltar atrás. Se assumirmos o compromisso, temos que mantê-lo. O que requer mais investimentos. Complica a nossa vida. E o risco é maior.

Estavam em Jerez, beliscando tortilhas de camarões e vinho Tío Pepe no bar Carmela, nas mesas sob o velho arco em forma de túnel. Era um sábado de manhã, e o sol ofuscava, iluminando as pessoas que passeavam pela Plaza del Arenal: casais de idade vestidos para o aperitivo, pais com crianças, grupos na porta das tabernas, em volta de escuros barris de vinho colocados na rua à maneira de mesas. Visitavam umas adegas que estavam à venda, as Fernández de Soto: um edifício amplo com as paredes pintadas de branco e ocre, pátios espaçosos com arcos e janelas gradeadas e caves enormes, frescas, cheias de barris de carvalho escuro com o nome dos diferentes vinhos escrito a giz. Era um negócio em bancarrota, pertencente a uma família que Pati definiu como as de sempre, arruinada pelos gastos, os cavalos andaluzes puro-sangue e administrado por uma geração absolutamente sem talento para os negócios: dois filhos boêmios e sem juízo que apareciam de vez em quando nas revistas de celebridades — um deles também nas páginas policiais, por corrupção de menores — e que Pati conhecia desde pequena. O investimento foi recomendado por Teo Aljarafe. Conservamos as terras calcárias que ficam para os lados de Sanlúcar e a parte nobre do edifício de Jerez, e na outra metade do terreno urbano construímos apartamentos.

---

*Em galego, no original: os senhores do fundo. (*N. do T.*)

Quanto mais negócios respeitáveis tivermos à mão, melhor. E uma adega com nome e tradição dá prestígio. Pati se divertia muito com aquela história de prestígio. O nome e a tradição da minha família não me fizeram respeitável de maneira nenhuma, disse. Mas a ideia lhe parecia boa. Por isso as duas foram a Jerez, Teresa vestida de dama elegante para a ocasião, blazer e saia cinza com sapatos pretos de salto, o cabelo preso na nuca e repartido no meio, duas simples argolas de prata como brincos. De joias, aconselhara Pati, use o mínimo possível, e sempre de boa qualidade. Bijuterias, nem de luxo. Só se deve gastar dinheiro com brincos e relógios. Uma pulseira discreta em ocasiões especiais, ou esse semanário que você usa de vez em quando. Uma corrente de ouro no pescoço, fina. Melhor corrente ou cordão do que colar; mas, se usar, que seja valioso: coral, âmbar, pérolas... Autênticas, claro. É como os quadros nas residências. Melhor uma boa litografia ou uma bonita gravura antiga do que um quadro ruim. E enquanto Pati e ela visitavam o prédio das adegas, acompanhadas por um solícito administrador nos trinques, às onze da manhã, como se tivesse acabado de chegar da Semana Santa de Sevilha, aqueles tetos altos, as colunas estilizadas, a penumbra e o silêncio lembraram a Teresa as igrejas mexicanas construídas pelos conquistadores. Era extraordinário, pensava, como alguns lugares antigos da Espanha lhe davam a impressão de encontrar alguma coisa que já estava nela. Como se a arquitetura, os costumes e o ambiente justificassem muitas coisas que tinha imaginado serem exclusivas de sua terra. Eu estive aqui, pensava de repente ao dobrar uma esquina, uma rua ou diante do átrio de um casarão ou de uma igreja. Cacete! Há algo em mim que esteve por esses lados e explica um pouco do que eu sou.

— Se nos limitarmos ao transporte com os italianos, tudo continuará como antes — disse Pati. — Quem vai preso é que paga. E este nunca sabe de nada. A cadeia se interrompe aí: nem proprietários nem nomes. Não vejo risco nenhum.

Atacava a última tortilha de camarões, sob a contraluz do arco que dourava seu cabelo, baixando a voz ao falar. Teresa acendeu um Bisonte.

— Não me refiro a esse tipo de risco — respondeu.

Yasikov tinha sido muito claro. Não quero te enganar, Tesa, foi seu comentário na varanda de Puerto Banús. A Camorra, a Máfia e a N'Drangheta* são gente dura. Com eles, tem-se muito a ganhar se tudo vai bem. Se alguma coisa dá errado, tem-se muito a perder. E do outro lado você terá os colombianos. Sim. Também não são freiras. Não. A parte positiva é que os italianos trabalham com a turma de Cali, menos violenta do que os desmiolados de Medellín, Pablo Escobar e toda essa cambada de psicopatas. Se você entrar nisso, será para sempre. Não é possível saltar de um trem em marcha. Não. Os trens são bons se há clientes neles. Maus, se o que há são inimigos. Você nunca viu *Moscou contra 007*?... O vilão que enfrenta James Bond no trem era um russo. E não estou te fazendo uma advertência. Não. Um conselho. Sim. Os amigos são amigos até que... Ia começar a dizer isso quando Teresa o interrompeu. Até que deixam de ser, conciliou. E sorria. Yasikov a observava fixamente e ficou sério de repente. Você é uma mulher muito esperta, Tesa, disse depois de permanecer calado por um momento. Você aprende rápido, de tudo e de todos. Sobreviverá.

— E Yasikov? — perguntou Pati. — Não entra?

— Ele é astuto e prudente — Teresa prestava atenção nas pessoas que passeavam pela embocadura do arco que dava para Arenal. — Como costumamos dizer em Sinaloa, a jogada dele é manhosa: quer entrar, mas não quer dar o primeiro passo. Se estivermos dentro, saberá aproveitar. Com nós duas encarregadas do transporte, pode garantir um abastecimento confiável para seu pessoal, e ainda por

---

*N'Drangheta: facção mafiosa, menos famosa, formada na Calábria. (*N. do T.*)

cima bem controlado. Mas antes ele quer checar o esquema. Os italianos lhe dão a oportunidade de testar com poucos riscos. Se tudo funcionar, irá em frente. Se não, continuará como até agora. Não quer comprometer sua posição aqui.

— E vale a pena?

— Depende. Se fizermos direito, vai ser uma tremenda grana.

Pati estava de pernas cruzadas: saia Chanel, sapatos de salto bege. Mexia um pé como se acompanhasse o ritmo de uma música que Teresa não podia escutar.

— Bem. Você é a gerente do negócio — inclinou a cabeça para um lado, com todas aquelas ruguinhas em volta dos olhos. — Por isso é cômodo trabalhar com você.

— Já te falei que existem riscos. Podem arrebentar com a gente. Com as duas.

O riso de Pati fez com que a garçonete que estava na porta do bar se virasse para olhá-las.

— Já me arrebentaram antes. Por isso você decide. É mais nova.

Pati a observava daquele jeito bem dela. Teresa não disse nada. Pegou sua taça de cristal e a levou aos lábios. Com o gosto de cigarro na boca, o vinho lhe pareceu amargo.

— Você contou ao Teo? — perguntou Pati.

— Ainda não. Mas ele vem a Jerez de tarde. Terá de ser informado, é claro.

Pati abriu a bolsa para pagar a conta. Tirou um maço grosso de notas, nada discreto, e algumas caíram no chão. Inclinou-se para recolhê-las.

— Claro — disse.

Uma parte do que tinha sido conversado com Yasikov em Puerto Banús Teresa não contou a sua amiga. Uma parte que a obrigava a olhar em volta disfarçando o medo que sentia. Que a mantinha lúcida e atenta, complicando suas reflexões nos amanheceres cinzentos que ainda a despertavam. Há rumores, comentou o russo. Sim. Coisas. Alguém me disse que estão interessados em você no México. Por alguma razão que ignoro — examinava-a ao dizer aquilo —, você atraiu a atenção de seus conterrâneos. Ou a lembrança. Perguntam se você é a mesma Teresa Mendoza que abandonou Culiacán há quatro ou cinco anos... Você é?

Fale mais, pediu Teresa. Yasikov deu de ombros. Sei muito pouco, disse. Apenas que perguntam por você. Um amigo de um amigo. Sim. Alguém o encarregou de averiguar o que você anda fazendo, e se é verdade que está progredindo nos negócios. Que, além do haxixe, você pode se envolver com a coca. Pelo visto há pessoas na tua terra preocupadas que os colombianos acabem caindo por aqui, já que os teus compatriotas fecham a entrada deles nos Estados Unidos. Sim. E uma mexicana no meio, o que também é casualidade, não parece agradar muito a eles. Sobretudo se já a conheciam. De antes. Por isso tenha cuidado, Tesa. Neste negócio, ter um passado não é bom nem ruim, desde que você não chame a atenção. E as coisas vão bem demais para você para não chamar. Teu passado, esse do qual você nunca fala, não me interessa. *Niet*. Mas, se você deixou contas pendentes, está se expondo a que alguém queira cobrá-las.

Muito tempo atrás, em Sinaloa, Ruço Dávila tinha levado-a para voar. Era a primeira vez. Depois de estacionar o Bronco iluminando com os faróis o edifício de teto amarelo do aeroporto e de saudar os meganhas que montavam guarda na pista cheia de aviõezinhos, decolaram quase na alvorada, para ver o sol nascer sobre as montanhas. Teresa se lembrava do Ruço a seu lado na cabine do Cessna, os raios de luz se refletindo nas lentes verdes dos óculos de sol, as mãos pousadas nos comandos, o ronronar do motor, a efígie de são Malverde pendurada do painel — "Deus abensoe meu caminho e permita meu regresso" —, e a Sierra Madre de coloração nácar, com reflexos dourados na água dos rios e das lagunas, os campos com suas manchas verdes de maconha, a planície fértil e, ao longe, o mar. Naquele amanhecer, visto lá de cima com os olhos abertos pela surpresa, o mundo pareceu limpo e bonito a Teresa.

Pensava nisso naquele momento, num quarto do hotel Jerez, às escuras, só com a luz exterior do jardim e da piscina recortando as cortinas da janela. Teo Aljarafe já não estava ali, e a voz de José Alfredo soava no pequeno aparelho de som perto da televisão e do vídeo. Estou no canto de uma cantina, dizia. Ouvindo uma canção que eu pedi. Ruço tinha lhe contado que José Alfredo Jiménez morreu bêbado, compondo suas últimas canções em cantinas, com as letras anotadas pelos amigos porque já não conseguia nem escrever. *Tu recuerdo y yo*, era o nome daquela. E tinha todo o jeito de ser uma das últimas.

Aconteceu o que tinha que acontecer. Teo chegou no meio da tarde para a assinatura dos papéis da adega Fernández de Soto. Tomaram um drinque para comemorar. Um e depois vários. Passearam os três, Teresa, Pati e ele, pela parte velha da cidade, palácios e igrejas antigos, ruas cheias de tabernas e bares. E no balcão de um deles, quando Teo se inclinou para acender o cigarro que ela acabava de levar à boca, Teresa sentiu o olhar do homem. Faz tanto tempo, disse a si mesma de repente. Faz tanto tempo que eu não... Gostava do seu perfil de águia espanhola, as mãos morenas e firmes, aquele sorriso sem intenções e compromissos. Pati também sorria, embora de forma diferente, como que de longe. Resignada. Fatalista. E justo quando aproximava seu rosto das mãos do homem, que protegia a chama com os dedos em concha, ouviu Pati dizer: preciso ir, puxa, acabo de me lembrar de um compromisso urgente. Vejo vocês mais tarde. Teresa se virou para dizer não, me espere, vou com você, não me deixe aqui; mas a outra já se afastava sem olhar para trás, com a bolsa no ombro, de maneira que Teresa ficou olhando a amiga se afastar enquanto sentia os olhos de Teo. Nesse momento se perguntou se ele e Pati haviam conversado antes. O que teriam dito. O que diriam depois. Não e não, pensou como uma chicotada. De jeito nenhum. Não se devem misturar os canais. Não posso me permitir certo tipo de luxo. Eu também vou indo. Mas alguma coisa em sua cintura e em seu ventre a obrigava a ficar: um impulso denso e forte, feito de cansaço, solidão, expectativa e preguiça. Queria descansar. Sentir a pele de um homem, dedos percorrendo seu corpo, uma boca contra a sua. Perder a iniciativa durante um tempo e abandonar-se nas mãos de alguém que agisse por ela. Que pensasse em seu lugar. Então se lembrou da meia foto que carregava na bolsa, dentro da carteira. A garota de olhos grandes com um braço masculino sobre os ombros, alheia a tudo, contemplando um mundo que parecia visto da cabine de um Cessna em um amanhecer de nácar. Virou-se afinal, devagar, deliberadamente. E enquanto fazia isso pensava malditos homens safados. Estão sempre prontos, e raramente refletem a respeito dessas questões. Tinha a certeza absoluta de que, mais cedo ou mais tarde, um dos dois, talvez os dois, pagaria pelo que estava a ponto de acontecer.

Ali estava ela agora, sozinha. Ouvindo José Alfredo. Tudo aconteceu de modo previsível e tranquilo, sem palavras excessivas nem gestos desnecessários. Tão asséptico quanto o sorriso de um Teo experiente, hábil e atencioso. Satisfatório em muitos sentidos. De repente, já quase perto do final dos vários finais a que ela o conduziu, a mente imparcial de Teresa se encontrou de novo olhando-a — olhando-se — como outras vezes, nua, saciada por fim, o cabelo revolto sobre o rosto, serena após a agitação, o desejo e o prazer, consciente de que a posse por outros, a entrega a alguém, havia terminado na pedra de León. E ela se viu pensando em Pati, seu estremecimento quando a beijou na boca no cafofo da cadeia, o jeito como os observava enquanto Teo acendia seu cigarro no balcão do bar. E cogitou que talvez o que Pati pretendia era exatamente isso. Empurrá-la para si mesma. Para a imagem nos espelhos que aquele olhar continha, e não se enganava nunca.

Depois que Teo partiu, ela se dirigiu para o chuveiro, com a água muito quente e o vapor embaçando o espelho do banheiro. Esfregou a pele com sabonete, lenta, minuciosamente, antes de se vestir e sair à rua para passear sozinha. Andou ao acaso, até que, numa rua estreita com janelas gradeadas, ouviu, surpresa, uma canção mexicana. Que a minha vida se acabe diante de uma taça de vinho. Não é possível, disse a si mesma. Isso não pode estar acontecendo aqui e agora. Teresa ergueu o rosto e viu o letreiro na porta: El Mariachi. Cantina mexicana. Então riu em voz alta, porque compreendeu que a vida e o destino tecem jogos sutis que às vezes parecem óbvios. Puxa! Empurrou a porta e entrou em uma autêntica cantina com garrafas de tequila nas prateleiras e um garçom jovem e gordinho que servia cervejas Corona e Pacífico às pessoas que estavam ali; e no aparelho, CDs de José Alfredo. Pediu uma Pacífico apenas para tocar em seu rótulo amarelo; levou a garrafa aos lábios, um golinho para degustar aquele sabor que tantas lembranças lhe trazia, e em seguida pediu uma Herradura Reposado, que lhe serviram no autêntico copo de vidro longo e estreito. José Alfredo dizia por que vieste a mim procurando compaixão, se sabes que na vida ponho letra na minha última canção. Teresa sentiu uma felicidade tão intensa e tão forte que se surpreendeu. E pediu outra dose de tequila, e depois mais outra ao garçom que reconheceu seu sotaque e sorria amável. Quando estava nas cantinas, começou outra canção, não sentia a menor dor. Tirou um punhado de notas da bolsa e disse ao garçom que lhe trouxesse uma garrafa fechada de tequila e que também queria comprar aquelas músicas que estava ouvindo. Não posso vendê-las, disse o jovem, surpreso. Ela puxou mais dinheiro, e mais, e encheu o balcão do assustado garçom, que acabou lhe dando, com a garrafa, os dois CDs duplos de José Alfredo, chamados *Las 100 clásicas*, quatro discos com cem canções. Posso comprar qualquer coisa, foi o que absurdamente passou pela cabeça dela — ou não tão absurdamente, no fim das contas — quando saiu da cantina com seu butim, sem se importar que as pessoas a vissem com uma garrafa na mão. Foi até o ponto de táxi — o chão parecia se mexer de um modo estranho sob seus pés — e voltou ao quarto do hotel.

E ali continuava, com a garrafa quase no meio, acompanhando as palavras da canção com as suas próprias. Ouvindo uma canção que eu pedi. Agora estão servindo a minha tequila. Meu pensamento vai até você. As luzes do jardim e da piscina deixavam o quarto na penumbra, iluminando os lençóis revoltos, as mãos de Teresa que fumavam cigarros calibrados com haxixe, suas idas e vindas ao copo e à garrafa depositados sobre a mesinha de cabeceira. Quem não conhece na vida a traição tão conhecida que um mau amor nos faz. Quem não chega à cantina exigindo sua tequila e exigindo sua canção. E eu me pergunto o que sou agora, dizia a si mesma à medida que mexia os lábios em silêncio. O que houve, gata. Eu me pergunto como os outros me veem, e tomara que me vejam bem de longe. Como era aquilo? Necessidade de um homem. Está certo. Apaixonar-se. Não mais. Livre, talvez fosse essa a palavra, embora soasse grandiloquente, excessiva. Nem sequer ia mais à missa. Olhou para cima, para o teto escuro, e não viu nada. Já estão me servindo a saideira, dizia José Alfredo, e ela também. Não, enfim. Agorinha já lhes peço que toquem outra vez A Que Se Foi.

Estremeceu de novo. Sobre os lençóis, a seu lado, a foto rasgada. Dava muito frio ser livre.

11

Não sei matar, mas vou aprender

A vila militar da Guarda Civil de Galapagar fica nos arredores do povoado, perto de El Escorial: casinhas geminadas para as famílias dos soldados e uma construção maior para os oficiais, com a paisagem nevada e cinzenta das montanhas como pano de fundo. Exatamente — paradoxos da vida — atrás de umas casas pré-fabricadas, de boa aparência, que abrigam uma comunidade de ciganos com a qual mantém uma vizinhança que desmente os velhos lugares-comuns lorquianos de Heredias, Camborios e casais de chapéus de três chifres laqueados. Depois de me identificar na porta, deixei o carro no estacionamento vigiado, e uma policial alta e loura — em cujo uniforme até a fita que prendia seu rabo de cavalo sob o quepe era verde — me conduziu ao escritório do capitão Víctor Castro: um pequeno aposento com um computador sobre a mesa e uma bandeira espanhola na parede, junto à qual estavam pendurados, à maneira de enfeites ou troféus, um velho revólver Máuser Coruña do ano 45 e um fuzil de assalto Kalashnikov AKM.

— Só posso lhe oferecer um café horrível — disse.

Aceitei o café, que ele mesmo trouxe da máquina que estava no corredor, mexendo a beberagem com uma colherzinha de plástico. Era infame, de fato. Quanto ao capitão Castro, mostrou ser um desses homens com quem se pode simpatizar à primeira vista: sério, de boas maneiras, impecável com sua farda verde e o cabelo grisalho cortado à escovinha, o bigode que também começava a embranquecer, um olhar tão direto e franco quanto o aperto de mão com que me recebeu. Tinha cara de homem honrado, e pode ser que isso, entre outros motivos, tenha animado seus superiores, tempos atrás, a lhe confiar durante cinco anos a chefatura do Grupo Delta Quatro, na Costa del Sol. De acordo com minhas informações, a honradez do capitão Castro se mostrou, por fim, incômoda até para seus comandantes. Isso talvez explicasse o fato de que eu o estivesse visitando em um povoado perdido da serra de Madri, numa guarnição com trinta guardas cuja chefatura correspondia a uma patente inferior à sua, e que tivesse me dado certo trabalho — influências, velhos amigos — conseguir que a direção-geral da Guarda Civil autorizasse aquela entrevista. Como o próprio capitão Castro comentou mais tarde, filosófico, enquanto me acompanhava cortesmente até o carro, os Grilos Falantes nunca fizeram — nunca fizemos, disse com sorriso estoico — carreira em parte alguma.

Falávamos dessa carreira, ele sentado atrás da mesa de seu pequeno escritório, com oito fitas multicoloridas de condecorações costuradas no lado esquerdo de sua farda, e eu com meu café. Ou, para sermos exatos, falávamos de quando se ocupou pela primeira vez de Teresa Mendoza, depois de uma investigação sobre o assassinato de um soldado do comando de Manilva, o sargento Iván Velasco, que ele descreveu — o capitão era muito cuidadoso com a escolha das palavras — como um agente de honestidade questionável; já outros a quem consultei previamente sobre o personagem — entre eles o ex-policial Nino Juárez — o definiram como um perfeito filho da puta.

— Mataram Velasco de uma forma muito suspeita — explicou. — De modo que trabalhamos um pouco nisso. Certas coincidências com episódios do contrabando, entre eles o incidente de Punta

Castor e a morte de Santiago Fisterra, nos levaram a relacioná-lo com a saída de Teresa Mendoza da cadeia. Mesmo que nada tenha sido provado, isso me levou até ela, e com o tempo acabei me especializando na Mexicana: vigilância, gravações em vídeo, telefonemas grampeados por ordem judicial... Você sabe — me olhava dando como certo que eu sabia. — Meu trabalho não era perseguir o tráfico de drogas, mas investigar seu ambiente. As pessoas que a Mexicana comprava e corrompia, que com o tempo foram muitas. Isso incluiu banqueiros, juízes e políticos. E também pessoas de meu próprio ramo: aduaneiros, guardas-civis e policiais.

A palavra "policiais" me fez concordar, interessado. Vigiar o vigilante.

— Qual foi a relação de Teresa Mendoza com o comissário Nino Juárez? — perguntei.

Hesitou por um momento, em que parecia calcular o valor, ou a validade, de cada coisa que ia dizer. Depois fez um gesto ambíguo.

— Não há muito que eu possa lhe dizer que os jornais da época não tenham publicado... A Mexicana conseguiu se infiltrar inclusive no DOCS. Juárez acabou trabalhando para ela, como tantos outros.

Coloquei o copinho de plástico na mesa e permaneci assim, um pouco inclinado para a frente.

— Ela nunca tentou comprar o senhor?

O silêncio do capitão Castro se tornou incômodo. Olhava o copo, inexpressivo. Por um momento, tive medo de que a entrevista terminasse ali. Foi um prazer, cavalheiro. Adeus e até a vista.

— Eu entendo essas coisas, sabe? — disse por fim. — Entendo, embora não justifique, que alguém que recebe um soldo baixo enxergue uma oportunidade se lhe dizem: olha, amanhã quando você estiver em tal lugar, em vez de olhar para ali, olhe para o outro lado. E, em troca, enchem sua mão com um maço de notas. É humano.

Cada pessoa é uma pessoa. Todos nós queremos viver melhor do que vivemos... O que acontece é que uns têm limites, e outros não.

Ficou calado outra vez e ergueu os olhos. Tenho tendência a duvidar da inocência das pessoas, mas daquele olhar não duvidei. Ainda que, no fundo, nunca se saiba. De qualquer modo, haviam me falado do capitão Víctor Castro, número três de sua turma, sete anos em Intxaurrondo, um de posto voluntário na Bósnia, medalha do mérito policial com distintivo vermelho.

— Naturalmente que tentaram me comprar — disse. — Não foi a primeira vez, nem a última — agora se permitia um sorriso suave, quase tolerante. — Inclusive neste povoado tentam isso de vez em quando, em outra escala. Um presunto de um construtor no Natal, um convite de um vereador... Estou convencido de que cada um tem um preço. Talvez o meu seja alto demais. Não sei. A verdade é que nunca me compraram.

— Por isso está aqui?

— É um bom posto — olhava-me impassível. — Tranquilo. Não me queixo.

— É verdade, como dizem, que Teresa Mendoza chegou a ter contatos na Direção-Geral da Guarda Civil?

— Você deveria perguntar isso na Direção-Geral.

— É correta a informação de que o senhor trabalhou com o juiz Martínez Pardo numa investigação que foi paralisada pelo Ministério da Justiça?

— Repito o que eu disse. Pergunte ao Ministério da Justiça.

Concordei, aceitando suas regras. Por alguma razão, aquele péssimo café num copo de plástico acentuava minha simpatia por ele. Lembrei-me do ex-comissário Nino Juárez na mesa do Lucio, saboreando seu Viña Pedrosa safra de 1996. Como meu interlocutor tinha explicado um momento antes? Sim. Cada pessoa é uma pessoa.

— Fale-me da Mexicana.

Ao mesmo tempo; saquei do bolso uma cópia da fotografia tirada do helicóptero da Alfândega e a coloquei na mesa: Teresa Mendoza iluminada em plena noite no meio de uma nuvem de água pulverizada que a luz fazia cintilar a seu redor, com o rosto e o cabelo molhados, as mãos apoiadas nos ombros do piloto da lancha planadora. Correndo a cinquenta nós rumo à pedra de León e a seu destino. Já conheço essa foto, disse o capitão Castro. Mas a olhou por um momento, pensativo, antes de empurrá-la de novo na minha direção.

— Foi muito esperta e muito rápida — acrescentou um tempo depois. — Sua ascensão naquele mundo tão perigoso foi uma surpresa para todos. Correu riscos e teve sorte... Daquela mulher que acompanhava o namorado na planadora até a que eu conheci, existe um longo caminho. Você viu as reportagens da imprensa, suponho. As fotos na *Hola!* e nas outras. Ela se refinou muito, adquiriu boas maneiras e certa cultura. E se tornou poderosa. Uma lenda, dizem. A Rainha do Sul. Foi assim que os jornalistas a apelidaram... Para nós, sempre foi a Mexicana.

— Ela matou?

— Mas é claro que matou. Ou fizeram isso para ela. Nesse negócio, matar faz parte do serviço. Mas veja só como foi astuta. Ninguém pôde provar nada contra ela. Nenhuma morte, nenhum tráfico. Zero a zero. Até a Agência Tributária andou atrás dela, para ver se podia lhe cravar os dentes. Nada. Desconfio que comprou os que a investigavam.

Imaginei detectar um tom de amargura em suas palavras. Observei-o, curioso, mas ele se jogou para trás na cadeira. Não vamos seguir por este caminho, dizia seu gesto. Isso sai da questão, e da minha competência.

— Como chegou tão depressa e tão alto?

— Já disse que ela era esperta e que teve sorte. Chegou justamente quando as máfias colombianas procuravam rotas alternativas na Europa. Mas além disso foi uma inovadora... Se hoje os marroquinos são os senhores do tráfico nas duas margens do Estreito, devem isso a ela. Começou a se apoiar mais nessas pessoas do que nos traficantes gibraltarinos ou espanhóis e transformou uma atividade desorganizada, quase artesanal, numa empresa eficiente. Mudou até a aparência de seus empregados. Obrigava-os a se vestirem corretamente, nada de correntes grossas de ouro e moda espalhafatosa: roupas simples, carros discretos, apartamentos em vez de casas luxuosas, táxis para atender a chamadas de trabalho... E também, haxixe marroquino à parte, foi quem montou as redes de cocaína para o Mediterrâneo oriental, deslocando as outras máfias e os galegos que pretendiam se estabelecer ali. Nunca manipulou carga própria, que nós soubéssemos. Mas quase todo mundo dependia dela.

O segredo, contou o capitão Castro, foi que a Mexicana utilizou sua experiência técnica sobre o uso de lanchas planadoras para as operações em grande escala. As lanchas tradicionais eram as Phantom de casco rígido e autonomia limitada, propensas a avarias com mar ruim; ela foi a primeira a compreender que uma lancha semirrígida suportava melhor o mau tempo porque sofria menos. Por isso organizou uma pequena frota de lanchas Zodiac, chamadas de *gomas* na gíria do Estreito: lanchas infláveis que nos últimos anos chegaram a ter quinze metros de comprimento, às vezes com três motores. O terceiro não para correr mais — a velocidade-limite se mantinha em torno dos cinquenta nós —, e sim para manter a potência. O tamanho maior permitia, também, levar reservas de combustível. Maior autonomia e mais carga a bordo. Assim ela pôde trabalhar com mar bom ou ruim em lugares afastados do Estreito: a desembocadura do Guadalquivir, Huelva e as costas desertas da Almería. Às vezes chegava até Murcia e Alicante, recorrendo a barcos pesqueiros ou iates particulares que serviam de provedores e permitiam reabastecer em alto-mar. Montou operações com barcos que vinham diretamente da América do Sul e utilizou a conexão marroquina, a entrada de cocaína por Agadir e Casablanca, para organizar transportes aéreos em pistas escondidas nas montanhas do Rife em pequenos aeródromos que nem sequer figuravam nos mapas. Também foi quem lançou a moda dos chamados bombardeios: pacotes de vinte e cinco quilos de haxixe ou de cocaína envoltos em fibra de vidro e dotados de flutuadores, que eram jogados ao mar e recuperados por lanchas ou pesqueiros. Nada disso, explicou o capitão Castro, tinha sido feito antes na Espanha. Os pilotos de Teresa Mendoza, recrutados entre os que voavam em aviõezinhos de fumigação, podiam aterrissar e decolar em estradas de terra e em pistas de duzentos metros. Voavam baixo, com luz, entre as montanhas e a baixa altitude sobre o mar, aproveitando a quase inexistência dos radares marroquinos e o fato de que o sistema espanhol de detecção aérea tinha, ou tem — o capitão formou um círculo enorme com as mãos —, buracos deste tamanho. Sem excluir a probabilidade de que alguém, com a mão devidamente molhada, fechasse os olhos quando um eco suspeito aparecia na tela.

— Confirmamos tudo isso mais tarde, quando um Cessna Skymaster se espatifou perto de Tabernas, em Almería, carregado com duzentos quilos de cocaína. O piloto, um polonês, morreu. Sabíamos que era coisa da Mexicana, mas ninguém conseguiu provar essa ligação. Nem nenhuma outra.

Deteve-se diante da vitrine da livraria Alameda. Nos últimos tempos comprava muitos livros. Cada vez tinha mais livros em casa, arrumados em estantes ou dispostos de qualquer maneira sobre os móveis. Lia até tarde da noite, ou sentada durante o dia nas varandas em frente ao mar. Alguns eram sobre o México. Havia encontrado naquela livraria malaguenha vários autores de sua terra: romances policiais de Paco Ignacio Taibo II, um livro de contos de Ricardo Garibay, uma *História da conquista da Nova Espanha* escrita por um certo Bernal Díaz del Castillo, que tinha estado com Cortés e La Malinche, e um volume das obras completas de Octavio Paz — nunca tinha ouvido falar desse senhor Paz, mas tinha todo o jeito de ser importante por lá —, intitulado *O peregrino em sua pátria*. Leu o livro inteiro bem devagar, com dificuldade, pulando muitas páginas que não compreendia. Mas a verdade é que muitas coisas ficaram na sua cabeça: o sedimento de algo novo que a levou a refletir sobre sua terra — aquele povo orgulhoso, violento, tão bom e tão infeliz ao mesmo tempo, sempre longe de Deus e tão perto dos malditos ianques — e sobre si mesma. Eram livros que a obrigavam a pensar em coisas sobre as quais nunca havia pensado antes. Além disso, lia jornais e procurava assistir aos noticiários da televisão. A eles e às telenovelas que passavam à tarde, apesar de dedicar mais tempo à leitura do que a qualquer outra atividade. A vantagem dos livros, foi o que descobriu quando estava em El Puerto de Santa María, era que podia se apropriar das vidas, das histórias e das reflexões que eles continham, e, quando os terminava, já não era a mesma que os tinha aberto pela primeira vez. Pessoas muito inteligentes escreveram algumas daquelas páginas, que, se alguém era capaz de lê-las com humildade, paciência e vontade de aprender, nunca decepcionavam. Até o que não se compreendia permanecia ali, num cantinho da cabeça, pronto para que o futuro lhe desse sentido, transformando-o em algo bonito ou útil. Desse modo, *O conde de Monte Cristo* e *Pedro Páramo*, que por razões diferentes continuavam a ser seus favoritos — leu-os uma porção de vezes até perder a conta —, eram já caminhos familiares, que chegava a dominar quase completamente. O livro de Juan Rulfo foi um desafio desde o começo e agora ficava satisfeita em virar suas páginas e compreender: "Quis retroceder porque pensei que regressando poderia encontrar o calor que acabava de deixar; mas depois de andar um pouco me dei conta de que o frio saía de mim, de meu próprio sangue..." Descobriu, fascinada, trêmula de prazer e de medo, que todos os livros do mundo falavam dela.

Teresa olhava a vitrine, à procura de uma capa que lhe chamasse atenção. Diante dos livros desconhecidos, costumava guiar-se pelas capas e pelos títulos. Havia um de uma mulher chamada Nina Berberova que leu por causa do retrato que trazia na capa, de uma jovem tocando piano; a história a atraiu tanto que tentou encontrar outros títulos da mesma autora. Como se tratava de uma russa, deu o livro — chamava-se *A acompanhante* — a Oleg Yasikov, que não era leitor de nada que não fosse a imprensa esportiva ou algo relacionado aos tempos do tsar. Bichinho desprezível essa pianista, comentou o gângster alguns dias depois, o que demonstrava que pelo menos ele havia folheado o livro.

Aquela era uma manhã triste, um tanto fria para Málaga. Havia chovido, e uma bruma leve flutuava entre a cidade e o porto, acinzentando as árvores da Alameda. Teresa estava olhando um romance da vitrine chamado *O mestre e Margarida*. A capa não era muito atraente, mas o nome do autor soava a russo, e isso a fez sorrir pensando em Yasikov e na cara que ele iria fazer quando lhe levasse o livro. Ia entrar para comprá-lo quando se viu refletida num anúncio espelhado que havia junto à vitrine: cabelo preso num rabo de cavalo, pequenos brincos de prata, nenhuma maquiagem, um elegante casaco três-quartos de couro preto sobre a calça jeans e botas campestres de couro marrom. Às suas costas corria o tráfego leve na direção da ponte de Tetuán, e poucas pessoas caminhavam pela calçada. De repente tudo se congelou em seu interior, como se o sangue e o coração e o pensamento ficassem em suspenso. Sentiu aquilo antes de raciocinar. Antes, inclusive, de interpretar qualquer sinal. Mas parecia inequívoco, velho e conhecido: A Situação. Tinha visto algo, pensou atropeladamente, sem se virar, imóvel diante do espelho que lhe permitia olhar sobre o ombro. Assustada. Algo que não se encaixava na paisagem e que não conseguia identificar. Um dia — lembrou-se das palavras de Ruço Dávila — alguém se aproximará de você. Alguém que você talvez conheça. Esquadrinhou atentamente o campo visual que o espelho lhe propiciava e então percebeu a presença de dois homens que, da calçada central da Alameda, cruzavam a rua sem pressa, esquivando-se por entre os automóveis. Um toque familiar pulsava em ambos, mas disso ela se deu conta alguns segundos depois. Antes, um detalhe lhe chamou a atenção: apesar do frio, os dois levavam as jaquetas dobradas sobre o braço direito. Então experimentou um espanto cego, irracional e muito antigo, que acreditava que não mais sentiria na vida. E só quando entrou precipitadamente na livraria e estava a ponto de perguntar ao vendedor pela saída dos fundos, Teresa percebeu que tinha reconhecido Gato Fierros e Potemkin Gálvez.

Correu de novo. Na verdade, não tinha parado de fazer isso desde que o telefone tocou em Culiacán. Uma fuga para a frente, sem rumo, que a conduzia a pessoas e a lugares imprevisíveis. Assim que saiu pela porta dos fundos, com os músculos crispados à espera de um balaço, correu pela rua Panaderos sem se importar de estar chamando a atenção, passou pelo mercado — de novo a lembrança daquela primeira fuga — e continuou a caminhar depressa até chegar à rua Nova. Seu coração estava a seis mil e oitocentas voltas por minuto, como se tivesse dentro um cabeçote incrementado. Tacatacatac. Tacatacatac. Virava-se para olhar para trás de vez em quando, confiando em que os dois pistoleiros ainda a esperavam na livraria. Afrouxou o passo quando esteve a ponto de escorregar no chão molhado. Mais serena e já raciocinando. Você vai se arrebentar, disse a si mesma. Por isso, vai com calma. Não aja como uma idiota e pense. Não no que fazem esses dois caipiras aqui. Mas em como se livrar deles. Como se pôr a salvo. Os porquês você terá tempo de examinar mais tarde, se sair dessa viva.

Impossível recorrer a um policial, nem voltar à Cherokee com assento de couro — aquela ancestral fixação sinaloense pelas caminhonetes todo-terreno —, estacionada no subterrâneo da Plaza de la Marina. Pense, disse de novo a si mesma. Pense, ou você pode morrer agorinha. Olhou em volta, desamparada. Estava na Plaza de la Constitución, a poucos passos do hotel Larios. Às vezes Pati e ela, quando iam às compras, tomavam um aperitivo no bar do primeiro andar, um lugar agradável de onde se podia ver — vigiar, neste caso — um bom trecho da rua. O hotel, naturalmente. Claro. Tirou o telefone da bolsa enquanto cruzava o portal e subia as escadas. Bip, bip, bip. Aquele era um problema que só Oleg Yasikov poderia resolver.

Foi difícil conciliar o sono naquela noite. Saía do sono leve entre sobressaltos, e mais de uma vez escutou, alarmada, uma voz que gemia na escuridão, descobrindo ao final que era a sua. As imagens do passado e do presente se misturavam na sua cabeça: o sorriso de Gato Fierros, a sensação de queimação entre as coxas, os estampidos de uma Colt Doble Águila, a corrida entre os arbustos que arranhavam suas pernas. Como se fosse ontem, como se fosse agora mesmo, parecia. Pelo menos três vezes ouviu as batidas que um dos guarda-costas de Yasikov deu na porta do quarto. Diga se está tudo bem, senhora. Se precisa de alguma coisa. Antes de amanhecer ela se vestiu e saiu para o pequeno salão. Um dos homens cochilava no sofá, o outro ergueu os olhos de uma revista antes de se levantar vagarosamente. Um café, senhora. Uma dose de alguma coisa. Teresa recusou com a cabeça e foi se sentar junto à janela que dava para o porto de Estepona. Yasikov tinha lhe emprestado o apartamento. Fique o tempo que quiser, disse. E evite ir a sua casa até que tudo volte ao normal. Os dois capangas eram de meia-idade, corpulentos e tranquilos. Um com sotaque russo e outro sem sotaque nenhum, porque nunca abria a boca. Ambos sem identidade. Bikiles, era como Yasikov os chamava. Soldados. Pessoas caladas que se moviam devagar e olhavam para todos os lados com olhos profissionais. Não saíram do seu lado desde que chegaram ao bar do hotel sem chamar a atenção, um deles com uma bolsa esporte pendurada no ombro, e a acompanharam — o que falava lhe pediu antes que descrevesse em detalhes a aparência dos pistoleiros — até um Mercedes de vidros escuros que aguardava na porta. Agora a bolsa esporte estava aberta sobre uma mesa, e no seu interior reluzia o suave tom azulado de uma pistola metralhadora Skorpion.

Esteve com Yasikov na manhã seguinte. Vamos tentar resolver o problema, disse o russo. Enquanto isso, procure não circular muito. E agora seria útil que você me explicasse que diabos está acontecendo. Sim. Que contas você deixou para trás. Quero ajudá-la, mas não pretendo arranjar inimigos gratuitos, nem interferir em assuntos de pessoas que possam estar relacionadas comigo para outros negócios. Isso, *niet de niet*. Se é coisa de mexicanos, tanto faz, porque não perdi nada por lá. Não. Mas com os colombianos preciso estar numa boa. Sim. São mexicanos, confirmou Teresa. De Culiacán, Sinaloa. Minha maldita terra. Então tanto faz, foi a resposta de Yasikov. Posso te ajudar. Teresa acendeu um cigarro, e depois outro e mais outro, e durante um longo tempo pôs seu interlocutor a par daquela etapa de sua vida que por um período achou que estivesse encerrada para sempre: Batman Güemes, don Epifanio Vargas, as transações de Ruço Dávila, sua morte, a fuga de Culiacán, Melilla e Algeciras. Coincide com os rumores que ouvi, concluiu o outro depois que ela terminou o relato. Além de você, nunca vimos mexicanos por aqui. Não. O sucesso de seus negócios deve ter refrescado a memória de alguém.

Decidiram que Teresa levaria uma vida normal — não posso ficar trancada, disse ela; já estive assim tempo demais em El Puerto —, mas tomando precauções, e com os dois capangas de Yasikov junto dela, fizesse chuva ou sol. Você também deveria levar uma arma, sugeriu o russo. Porém ela não quis. Não sacaneie, disse. Babaca. Estou limpa e quero continuar assim. Bastaria uma posse ilegal para me pôr outra vez na cadeia. E, depois de pensar um pouco, o outro concordou. Cuide-se então, concluiu. Do resto cuido eu.

Teresa fez isso. Durante a semana seguinte viveu com os capangas grudados em seus calcanhares, evitando se expor demais. Durante todo esse tempo ficou longe de sua casa — um apartamento de luxo em Puerto Banús, que naquela época já pensava em substituir por uma casa junto ao mar, em Guadalmina Baja —, e foi Pati quem andou de um lado para o outro com roupas, livros e todo o necessário. Guarda-costas como nos filmes, dizia. Isto parece *L. A. Confidencial*. Passava muito tempo acompanhando-a, batendo papo ou vendo tevê, com a mesinha do salão polvilhada de branco, ante o olhar inexpressivo dos dois homens de Yasikov. Ao fim de uma semana, Pati lhes disse Feliz Natal — era meados de março — e pôs sobre a mesa, ao lado da bolsa que guardava a Skorpion, dois grossos maços de dinheiro. Um agradinho, para vocês beberem alguma coisa. Pelo jeito como cuidaram da minha amiga. Já estamos pagos, disse o que falava com sotaque, depois de olhar para o dinheiro e para seu parceiro. E Teresa pensou que Yasikov pagava muito bem ao seu pessoal, ou que eles tinham muito respeito pelo russo. Talvez as duas coisas. Nunca chegou a saber como se chamavam. Pati sempre se referia a eles como Plic e Ploc.

Os dois pacotes estão localizados, informou Yasikov. Um colega que me deve favores acaba de ligar. Vou mantê-la informada. Disse isso por telefone, às vésperas da reunião com os italianos, sem lhe dar importância aparente, ao longo de uma conversa sobre outros assuntos. Teresa estava com seu pessoal, planejando a compra de oito lanchas infláveis de nove metros de comprimento que seriam armazenadas em um galpão industrial de Estepona até o momento de lançá-las ao mar. Quando desligou o telefone, acendeu um cigarro para ganhar tempo, perguntando-se como seu amigo russo iria resolver o problema. Pati a olhava. E às vezes, concluiu irritada, é como se essa aí adivinhasse meu pensamento. Além de Pati — Teo Aljarafe estava no Caribe e Eddie Álvarez, relegado a tarefas administrativas, ocupava-se da papelada bancária em Gibraltar —, achavam-se presentes dois novos conselheiros da Transer Naga: Farid Lataquia e o dr. Ramos. Lataquia era um maronita libanês dono de uma empresa de importação, fachada de sua verdadeira atividade, que era conseguir coisas. Pequeno, simpático, nervoso, o cabelo raleando no cocuruto e um espesso bigode, tinha feito algum dinheiro com o tráfico de armas durante a guerra do Líbano — era casado com uma Gemayel* — e agora vivia em Marbella. Se lhe proporcionassem meios suficientes, era capaz de encontrar o que fosse preciso. Graças a ele, a Transer Naga dispunha de uma rota confiável para a cocaína: velhos pesqueiros de Huelva, iates

*Importante família maronita de políticos no Líbano. (*N. do T.*)

particulares ou navios mercantes de pouca tonelagem que, antes de carregar sal em Torrevieja, recebiam em alto-mar a droga que entrava no Marrocos pelo Atlântico, e, se fosse preciso, abasteciam as lanchas planadoras que operavam na costa oriental andaluza. Quanto ao dr. Ramos, tinha sido médico da Marinha Mercante, e era o estrategista da organização: planejava as operações, os pontos de embarque e desembarque, as artimanhas diversionistas, a camuflagem. Cinquentão de cabelo grisalho, alto e muito magro, desleixado na aparência, vestia sempre velhos blusões de malha, camisas de flanela e calças amarrotadas. Fumava em cachimbos de fornilho queimado, enchendo-os com moderação — parecia o homem mais tranquilo do mundo — com um tabaco inglês tirado de caixinhas de metal que deformavam seus bolsos cheios de chaves, moedas, isqueiros, pilões de cachimbo e os objetos mais insuspeitos. Uma vez, ao puxar um lenço — usava-os com suas iniciais bordadas, como antigamente —, deixou cair uma lanterninha presa a um chaveiro de propaganda de iogurte Danone. Fazia barulho como um vendedor de ferro-velho, quando caminhava.

— Uma única identidade — dizia o dr. Ramos. — Uma mesma ficha e uma mesma identificação para as Zodiac. Idêntica para todas. Como as lançaremos ao mar uma de cada vez, não tem o menor problema... Em cada viagem, após serem carregadas, tiramos as placas das *gomas,* e elas se tornam anônimas. Para maior segurança, podemos abandoná-las depois, ou encarregar alguém de se livrar delas. Pagando, é claro. Assim amortizamos certas despesas.

— Isso de usar uma mesma identificação não é muito descarado?

— Elas irão para a água de uma em uma. Quando a A estiver operando, colocaremos a numeração na B. Dessa maneira, como todas serão iguais, sempre teremos uma amarrada em seu cais, limpa. Para fins oficiais, nunca terá se deslocado dali.

— E a vigilância no porto?

O dr. Ramos apenas sorriu, com sincera modéstia. O contato pessoal era também sua especialidade: guardas portuários, mecânicos, marinheiros. Andava por ali, com seu velho Citroën Deux Chevaux estacionado em qualquer parte, conversando com uns e outros, o cachimbo entre os dentes e o ar disfarçado e respeitável. Tinha um barquinho a motor em Cabopino para pescar. Conhecia cada lugar da costa e todo mundo entre Málaga e a desembocadura do Guadalquivir.

— Isso está controlado. Ninguém incomodará. A não ser que venham investigar de fora, mas esse lado eu não posso cobrir. A segurança externa ultrapassa minhas atribuições.

Era verdade. Teresa cuidava disso graças às relações de Teo Aljarafe e a alguns contatos de Pati. Um terço da receita da Transer Naga era destinado a relações públicas nas duas margens do Estreito; isso incluía políticos, o pessoal da administração, agentes de segurança do Estado. O segredo consistia em negociar, conforme o caso, com informação ou com dinheiro. Teresa não se esquecia da lição de Punta Castor, e tinha deixado capturar alguns contrabandos importantes — investimentos a fundo perdido, como ela os chamava — para conquistar a benevolência do chefe do grupo que combatia a Delinquência Organizada da Costa del Sol, o comissário Nino Juárez, velho conhecido de Teo Aljarafe. Também os comandos da Guarda Civil se beneficiavam com informação privilegiada e sob controle, com o registro de sucessos que engordavam as estatísticas. Hoje por você, amanhã por mim, e no momento você me deve uma. Ou várias. Com algumas autoridades subalternas ou certos guardas e policiais, as delicadezas eram desnecessárias: um contato de confiança punha na mesa um maço de notas, e assunto resolvido. Nem todos se deixavam comprar, mas até nessas ocasiões a solidariedade corporativa costumava funcionar. Era raro alguém denunciar um companheiro, a não ser em casos escandalosos. Além disso, as fronteiras do trabalho contra a delinquência e a droga nem sempre estavam definidas; muita gente trabalhava para os dois bandos ao mesmo tempo, pagava-se com droga os espiões, e o dinheiro era a única regra que contava. Quanto a determinados políticos locais, com eles também não era preciso muito tato. Teresa, Pati e Teo jantaram várias vezes com Tomás Pestaña, prefeito de Marbella, para tratar da reclassificação de terrenos que podiam se destinar à construção. Teresa aprendeu muito depressa — embora só agora comprovasse as vantagens de estar no topo da pirâmide — que, à medida que alguém beneficia o conjunto da sociedade, obtém seu respaldo. No final, o tráfico interessa até ao vendedor de cigarros da esquina. E na Costa del Sol, como em toda parte, apresentar-se como uma boa garantia de fundos para investir abria muitas portas. Depois, tudo era questão de habilidade e paciência. De comprometer pouco a pouco as pessoas, sem assustá-las, até que seu bem-estar dependesse daquilo. Deixando a coisa fluir para lá de suave. Com vaselina. Era como nos tribunais: primeiro flores e bombons para as secretárias e em seguida entendimentos com um juiz. Ou com vários. Teresa conseguiu colocar três em sua folha de pagamentos, inclusive o presidente de um Tribunal Superior de Justiça para quem Teo Aljarafe tinha acabado de comprar um apartamento em Miami.

Virou-se para Lataquia.

— Como estão os motores?

O libanês fez um gesto antigo e mediterrâneo, com os dedos da mão juntos e voltados num gesto rápido para cima.

— Não tem sido fácil — disse. — Faltam seis unidades. Estou negociando.

— E os acessórios?

— Os pistões Wiseco chegaram há três dias, sem problemas. Também as caixas de rolamentos para as bielas... Quanto aos motores, posso completar o pedido com outras marcas.

— Eu te pedi — disse Teresa lentamente, sublinhando as palavras — uns míseros Yamahas de duzentos e vinte e cinco cavalos e carburadores de duzentos e cinquenta... Foi isso que eu te pedi.

Reparou que o libanês, inquieto, olhava para o dr. Ramos em busca de apoio, mas o rosto do outro permaneceu inescrutável. Sugava seu cachimbo, envolto em fumaça. Teresa sorriu em seu íntimo. Que cada um segurasse sua barra.

— Eu sei — Lataquia ainda olhava para o doutor, com expressão ressentida. — Mas conseguir dezesseis motores de uma só tacada não é fácil. Nem mesmo um distribuidor oficial pode garantir isso em tão pouco tempo.

— Todos os motores têm que ser idênticos — reforçou o outro. — Senão, adeus cobertura.

Ainda por cima colabora, diziam os olhos do libanês. *Ibn charmuta.** Vocês devem achar que nós, fenícios, fazemos milagres.

— Que pena — limitou-se a dizer. — Todo esse gasto para uma viagem.

— Olha quem lamenta os gastos — retrucou Pati, que acendia um cigarro. — O senhor Dez por Cento... — expulsou a fumaça para longe, franzindo bem os lábios. — O poço sem fundo.

Ela ria um pouquinho, quase à margem, como de costume. Em plena curtição. Lataquia fazia cara de incompreendido.

— Farei o que for possível.

— Tenho certeza que sim — disse Teresa.

Nunca hesite em público, Yasikov lhe dizia. Cerque-se de conselheiros, ouça com atenção, demore a se pronunciar, se for preciso;

---

*Em árabe, no original: Filho da preta. (*N. do T.*)

mas nunca titubeie diante dos subalternos, nem deixe que discutam suas decisões, depois que as tiver tomado. Em tese, um chefe não se engana nunca. Não. Tudo o que ele diz foi pensado antes. Sobretudo, é uma questão de respeito. Se puder, faça com que gostem de você. Claro. Isso também garante a lealdade. Sim. Em todo caso, se tiver que escolher, é preferível que te respeitem a que te adorem.

— Tenho certeza — repetiu.

E, melhor ainda do que respeito, é que te temam, pensava. Mas o medo não se impõe de repente, e sim gradualmente. Qualquer um pode assustar os outros; isso está ao alcance de qualquer selvagem. O difícil é se fazer temer pouco a pouco.

Lataquia refletia, coçando o bigode.

— Se me autorizar — concluiu por fim —, posso negociar no exterior. Conheço gente em Marselha e em Gênova... O que acontece é que demoraria um pouco mais. E tem as licenças para importação e todo o resto.

— Consiga isso. Quero os motores — fez uma pausa, olhou para a mesa. — E outra coisa. É preciso ir pensando num barco grande — ergueu os olhos. — Não grande demais. Com toda a cobertura legal em dia.

— Quanto quer gastar?

— Seiscentos mil dólares. Cinquenta mil a mais, no máximo.

Pati não sabia disso. Observava-a de longe, fumando, sem dizer nada. Teresa evitou encará-la. Afinal de contas, pensou, você sempre diz que sou quem dirige o negócio. Como é cômodo para você.

— Para cruzar o Atlântico? — quis saber Lataquia, que tinha captado a sutileza dos cinquenta mil extras.

— Não. Apenas para se movimentar por aqui.

— Há alguma coisa importante em andamento?

O dr. Ramos se permitiu um olhar de censura. Você pergunta demais, era o que expressava seu fleumático silêncio. Olhe para mim. Ou para a srta. O'Farrell, sentada ali, tão discreta como se estivesse de visita.

— Pode ser que haja — respondeu Teresa. — De quanto tempo precisa?

Ela sabia o tempo de que dispunha. Pouco. Os colombianos estavam em ponto de bala para um salto qualitativo. Uma carga apenas, de repente, que abastecesse por um tempo os italianos e os russos. Yasikov a tinha sondado a esse respeito, e Teresa prometeu ajudá-lo.

Lataquia voltou a coçar o bigode. Não sei, disse. Uma viagem para dar uma olhada, as formalidades e o pagamento. Três semanas, pelo menos.

— Menos.

— Duas semanas.

— Uma.

— Posso tentar — suspirou Lataquia. — Mas sairá mais caro.

Teresa começou a rir. No fundo, as manhas daquele safado a divertiam. Com ele, uma em cada três palavras era dinheiro.

— Não me sacaneie, libanês. Nem um dólar a mais. E estamos conversados, porque a hora é essa.

A reunião com os italianos aconteceu no dia seguinte pela tarde, no apartamento de Sotogrande. Segurança máxima. Além dos italianos — dois homens da N'Drangheta calabresa que chegaram naquela manhã ao aeroporto de Málaga —, participaram apenas Teresa e Yasikov. A Itália tinha se transformado no principal consumidor europeu de cocaína, e a ideia era assegurar um mínimo de quatro carregamentos de setecentos quilos por ano. Um dos italianos, um sujeito maduro com costeletas grisalhas e blusão de couro de anta, ar de próspero homem de negócios, esportivo e na moda, que estava no comando — o outro ficava calado, ou se inclinava de vez em quando para dizer umas palavras no ouvido do colega —, explicou isso com detalhes, num espanhol bastante aceitável. O momento era ótimo para estabelecer essa conexão: Pablo Escobar estava sendo perseguido em Medellín, os irmãos Rodríguez Orejuela tiveram sua capacidade de operar diretamente nos Estados Unidos bastante reduzida, e os clãs colombianos precisavam compensar na Europa as perdas decorrentes de se verem deslocados na América do Norte pelas máfias mexicanas. Eles, a N'Drangheta, mas também a máfia da Sicília e a Camorra napolitana — com boas relações e todos homens honrados, acrescentou muito sério, depois de seu companheiro lhe sussurrar alguma coisa —, precisavam garantir uma provisão constante de cloridrato de cocaína com pureza de noventa a noventa e cinco por cento — podiam vendê-lo a sessenta mil dólares o quilo, três vezes mais caro do que em Miami ou San Francisco —, e também pasta de coca básica com destino às refinarias clandestinas locais. Nesse ponto, o outro — magro, barba aparada, roupas escuras, aparência antiquada — novamente lhe disse algo ao ouvido, e o companheiro ergueu o dedo em advertência, franzindo a testa exatamente como Robert de Niro nos filmes de gângster.

— Cumprimos com quem cumpre — comentou.

Teresa, que não perdia um detalhe, pensou que a realidade imitava a ficção, num mundo onde os gângsteres iam ao cinema e assistiam à tevê e tudo o mais. Um negócio amplo e estável, estava dizendo agora o outro, com perspectivas de futuro, desde que as primeiras operações saíssem ao gosto de todos. Depois explicou uma coisa de que Teresa já estava a par graças a Yasikov: que seus contatos na Colômbia tinham o primeiro carregamento pronto, e inclusive um barco, o *Derly*, preparado em La Guaira, Venezuela, para carregar os setecentos pacotes de droga camuflados em latas de dez quilos de lubrificantes para automóveis arrumados em um contêiner. O resto da operação ainda não existia, disse; então deu de ombros e ficou olhando para Teresa e para o russo como se a culpa fosse deles.

Para surpresa dos italianos e do próprio Yasikov, Teresa trazia uma proposta concreta elaborada. Tinha passado a noite e a manhã trabalhando com seu pessoal a fim de colocar na mesa um plano de operação que começava em La Guaira e terminava no porto de Gioia Tauro, na Calábria. Expôs tudo em detalhes: datas, prazos, garantias, compensações em caso de perda da primeira carga. Talvez tivesse descoberto mais do que o necessário para a segurança da operação; mas naquela fase, compreendeu de início, tudo era uma questão de impressionar a clientela. O aval de Yasikov e da Babushka só lhe dava cobertura até certo ponto. Por isso, enquanto falava, preenchendo as lacunas operacionais conforme elas se apresentavam, procurou reunir tudo sob a aparência de algo muito calculado, sem fios soltos. Ela, expôs, ou melhor, uma pequena empresa marroquina chamada Ouxda Imexport, filial-fachada da Transer Naga com sede em Nador, iria tomar conta da mercadoria no porto atlântico de Casablanca, transferindo-a para um antigo draga-minas inglês registrado em Malta, o *Howard Morhaim*, que, segundo soube naquela mesma manhã — Farid Lataquia tinha mexido rápido seus pauzinhos —, estava disponível. Depois, aproveitando a viagem, o barco seguiria até Constanza, na Romênia, para entregar ali outra carga que já estava armazenada no Marrocos, destinada ao pessoal de Yasikov. A coordenação das duas entregas baratearia o transporte e reforçaria a segurança. Menos viagens, menos riscos. Russos e italianos compartilhando despesas. Linda cooperação internacional. Etc. O único senão era que ela não aceitava parte do pagamento em droga. Somente transporte. E somente dólares.

Os italianos estavam encantados com Teresa e encantados com o negócio. Foram sondar possibilidades e se acharam com uma operação nas mãos. Quando chegou a hora de acertar os aspectos econômicos, custos e porcentagens, o do blusão de couro de anta ligou o celular, pediu desculpas e ficou vinte minutos falando do outro cômodo, enquanto Teresa, Yasikov e o italiano de barba aparada e ar antiquado se olhavam sem dizer uma palavra, em volta da mesa coberta de papéis que ela havia enchido de cifras, diagramas e dados. Finalmente o outro apareceu na porta. Sorria, e convidou seu companheiro a se reunir um momento com ele. Então Yasikov acendeu o cigarro que Teresa levava à boca.

— São seus — disse. — Sim.

Teresa recolheu os papéis sem dizer nada. Às vezes olhava para Yasikov: o russo sorria, animador, mas ela permaneceu séria. Nunca nada está feito, pensava, até que esteja feito. Quando os italianos voltaram, o do blusão de anta mostrava uma expressão sorridente, e o de aparência antiquada parecia mais relaxado e menos solene. Cazzo, disse o sorridente. Quase surpreso. Nunca tínhamos feito negócios com uma mulher. E acrescentou que seus superiores deram sinal verde. A Transer Naga acabava de obter a concessão exclusiva das máfias italianas para o tráfico marítimo de cocaína do Mediterrâneo oriental.

Os quatro celebraram o feito naquela mesma noite, primeiro com um jantar no Santiago, e depois em Jadranka, onde Pati O'Farrell se juntou a eles. Teresa soube mais tarde que o pessoal do DOCS, os policiais do delegado Nino Juárez, tinha fotografado tudo de uma Mercury camuflada, durante um controle de vigilância rotineiro; mas aquelas fotos não acarretaram nenhuma consequência: os membros da N'Drangheta nunca foram identificados. Além disso, quando poucos meses depois Nino Juárez entrou na folha de subornos de Teresa Mendoza, esse expediente, entre muitos outros, perdeu-se para sempre.

Em Jadranka, Pati foi encantadora com os italianos. Falava seu idioma e era capaz de contar piadas picantes com um sotaque impecável que os outros dois, admirados, identificaram como toscano. Não fez perguntas, nem ninguém disse nada sobre o que se conversou na reunião. Dois amigos, uma amiga. A jereziana sabia qual era o negócio daqueles dois, e entrou admiravelmente bem no clima. Teria a oportunidade de conhecer os detalhes mais tarde. Houve muitos risos e muitas doses que favoreceram ainda mais o clima do negócio. Não faltaram duas belas ucranianas altas e louras, recém-chegadas de Moscou, onde tinham participado de filmes pornôs e posado para revistas antes de se integrarem à rede de prostituição de luxo que a organização de Yasikov controlava; também não faltaram umas carreiras de cocaína que os dois mafiosos, que se revelaram mais extrovertidos do que pareciam no primeiro contato, liquidaram sem dificuldades no escritório do russo, numa bandejinha de prata. Pati tampouco se fez de rogada. Que nariguetas as dos meus primos, comentou esfregando o nariz sujo de pó. Estes *coliflori mafiosi* a cheiram de um metro de distância. Estava com doses demais na cabeça, mas seus olhos inteligentes, fixos em Teresa, tranquilizaram a outra. Fica fria, Mexicaninha. Pode deixar que eu acerto os ponteiros com esses dois malandros antes que as putinhas bolcheviques os deixem secos e passem a mão na grana deles. Amanhã você me conta.

Quando tudo estava encaminhado, Teresa resolveu se despedir. Um dia duro. Não era de passar a noite em claro, e seus guarda-costas russos a esperavam, um apoiado num canto do balcão, o outro no estacionamento. A música fazia pumba, pumba, e a luz da pista a iluminava em lufadas quando apertou as mãos dos homens da N'Drangheta. Um prazer, disse. Foi um prazer. *Ci vediamo*, retrucaram, cada um atracado com sua loura. Abotoou sua jaqueta Valentino de couro preta, preparando-se para sair enquanto notava que o capanga atrás dela se movimentava. Ao olhar em volta à procura de Yasikov, ela o viu caminhar entre as pessoas. Havia se desculpado cinco minutos antes, solicitado por um telefonema.

— Algo errado? — perguntou Teresa ao ver a expressão dele.

Niet, disse o outro. Está tudo bem. Pensei que antes de ir para casa talvez você queira me acompanhar. Um pequeno passeio, acrescentou. Nada longe daqui. Estava muito mais sério do que de costume, e as luzes de alerta se acenderam para Teresa.

— O que é que está acontecendo, Oleg?

— Surpresa.

Pati, que estava sentada conversando com os italianos e as duas russas e os olhava inquisidora, fez sinal de se levantar, mas Yasikov arqueou a sobrancelha e Teresa negou com a cabeça. Saíram os dois, seguidos pelo guarda-costas. Os carros aguardavam na porta, o segundo homem de Teresa ao volante do seu e o Mercedes blindado de Yasikov com motorista e um capanga no banco da frente. Um terceiro carro esperava um pouco mais distante, com outros dois homens dentro: a escolta permanente do russo, sólidos meninos de Solntsevo, dobermanns quadrados como armários. Todos os carros estavam com os motores ligados.

— Vamos no meu — disse o russo, sem responder à pergunta silenciosa de Teresa.

O que será que ele tem na manga?, pensava ela. Este *ruski* ressabiado e safado que só ele. Circularam em discreto comboio durante quinze minutos, dando voltas até comprovar que ninguém os seguia. Depois pegaram a autoestrada rumo a um bairro da Nova Andaluzia. Ali, o Mercedes entrou direto na garagem de um chalé com um pequeno jardim e muros altos, ainda em construção. Yasikov, o rosto impassível, segurou a porta do carro para que Teresa saltasse. Ela o seguiu por uma escada até chegar a um vestíbulo vazio, com tijolos empilhados contra a parede, onde um homem robusto, de camisa polo, que folheava uma revista sentado no chão à luz de um lampião a gás, se levantou assim que os viu entrar. Yasikov lhe disse umas palavras em russo, e o outro concordou várias vezes. Desceram ao sótão, sustentado por vigas metálicas e tábuas compridas. Cheirava a cimento fresco e umidade. Na penumbra distinguiam-se ferramentas de pedreiro, latões com água suja, sacos de cimento. O homem da camisa polo aumentou a intensidade da chama de um segundo lampião pendurado em uma viga. Então Teresa viu Gato Fierros e Potemkin Gálvez. Estavam nus, presos com arames pelos pulsos e os tornozelos a cadeiras brancas de camping. E sua aparência era de já terem conhecido noites melhores do que aquela.

— Não sei de mais nada — gemeu Gato Fierros.

Não os torturaram muito, constatou Teresa: apenas um tratamento prévio, quase informal, arrebentando-lhes um pouquinho a cara à espera de instruções mais precisas, com duas horas de prazo para que dessem tratos à bola e criassem juízo, pensando menos no que tinham sofrido e mais no que estavam para sofrer. Os cortes de navalha no peito e nos braços eram superficiais e mal sangravam. Gato tinha uma crosta seca nos orifícios nasais; seu lábio superior partido, inchado, dava um tom avermelhado à baba que escorria pela fenda de sua boca. Animaram-se um pouco mais quando os golpearam com uma varinha metálica no ventre e nas coxas: testículos inflamados e contusões recentes na carne inchada. O ambiente cheirava a azedo, a urina e a suor e a medo do tipo que se enrosca nas tripas e as afrouxa. Enquanto o homem da camisa polo fazia pergunta atrás de pergunta num espanhol trôpego, com forte sotaque, intercalando sonoras bofetadas que viravam o rosto do mexicano de um lado para o outro, Teresa observava, fascinada, a enorme cicatriz horizontal que deformava sua face direita; a marca do tiro calibre 45 que ela mesma tinha disparado à queima-roupa anos atrás, em Culiacán, no dia em que Gato Fierros decidiu que era uma pena matá-la sem se divertir um pouco antes; ela vai morrer do mesmo jeito e seria um desperdício, foi o que disse, e depois o murro impotente e furioso de Potemkin Gálvez arrebentando a porta de um armário: Ruço Dávila era um dos nossos, Gato, lembra, e esta era a mulher dele, vamos matá-la mas com respeito. O cano negro do Python se aproximando de sua cabeça, quase piedoso, não deixe espirrar em você, mano, a gente apaga ela e pronto. Puxa. A lembrança. Chegava em ondas, cada vez mais intensa, tornando-se física no fim, e Teresa sentiu seu baixo-ventre arder tanto quanto a memória, a dor e o asco, a respiração de Gato Fierros em seu rosto, a urgência do assassino de aluguel cravando-se em suas entranhas, a resignação diante do inevitável, o contato com a pistola na bolsa colocada no chão, o estampido. Os estampidos. O pulo pela janela, com os galhos machucando sua carne nua. A fuga. Não sentia mais ódio, descobriu. Apenas uma intensa satisfação fria. Uma sensação de poder gelado, muito agradável e tranquilo.

— Juro que não sei de mais nada... — as bofetadas estalavam no ambiente vazio do sótão. — Juro pela vida da minha mãe.

Tinha mãe, o filho de uma égua. Gato Fierros tinha uma maldita mamacita como todo mundo, lá em Culiacán, e sem dúvida lhe mandava dinheiro para aliviar sua velhice quando cobrava cada morte, cada violação, cada surra. Sabia mais, com certeza. Ainda que acabassem de lhe arrancar as tripas a talhos e socos, sabia mais sobre muitas coisas; mas Teresa estava certa de que ele tinha contado tudo sobre sua viagem à Espanha e suas intenções: o nome da Mexicana, a mulher que movimentava o mundo do narcotráfico na costa andaluza, tinha chegado até a antiga terra *culichi*. Por isso vamos arrebentá-la. Velhas contas, inquietação pelo futuro, pela concorrência ou vá saber por quê. Vontade de amarrar os fios soltos. Batman Güemes estava no centro da teia de aranha, naturalmente. Eram seus pistoleiros, com um serviço para executar. E Gato Fierros, bem menos bravo amarrado com arame à sua absurda cadeira branca do que no pequeno apartamento de Culiacán, soltava a língua em troca de poupar uma parcelazinha de dor. Aquele sujeito estripador que tanto cantava de galo de arma na cintura, em Sinaloa, enrabando as minas antes de apagá-las. Tudo era tão lógico e tão natural.

— Estou dizendo que não sei de nada — continuava choramingando Gato.

Potemkin Gálvez parecia mais inteiro. Apertava os lábios, obstinado, difícil de soltar o verbo. Neca. Enquanto pareciam ter dado o soro da verdade a Gato, o outro negava com a cabeça diante de cada pergunta, embora tivesse o corpo tão maltratado quanto seu parceiro, com manchas novas sobre as de nascimento que já trazia na pele, e cortes no peito e nas coxas, insolitamente vulnerável com toda a sua nudez gorda e peluda amarrada à cadeira pelos arames que afundavam em sua carne, deixando roxos as mãos e os pés inchados. Sangrava pelo pênis, pela boca e pelo nariz, o bigode preto e espesso respingava gotas vermelhas que escorriam em rastos finos pelo peito e a barriga. Não, claro que não. Estava claro que seu papel não era bancar o caguete, e Teresa pensou que na hora de morrer há espécies, tipos e pessoas que se comportam de uma maneira ou de outra. E que, embora àquela altura parecesse dar no mesmo, no fundo não era assim. Talvez fosse menos imaginativo do que Gato, refletiu observando-o. A vantagem dos homens de pouca imaginação era que parecia mais fácil para eles se fecharem, bloquear a mente quando estão sob tortura. Os outros, os que pensavam, descarregavam antes. A metade do caminho, eles faziam sozinhos, dá-lhe que dá-lhe, pensa que pensa, e iam salivando o principal. O medo sempre é mais intenso quando se é capaz de imaginar o que nos espera.

Yasikov observava um pouco afastado, de costas para a parede, apreciando tudo sem abrir a boca. É assunto seu, dizia seu silêncio. São decisões suas. Sem dúvida também se perguntava como era possível que Teresa suportasse aquilo sem um tremor na mão que segurava os cigarros fumados um atrás do outro, sem pestanejar, sem fazer uma careta de horror. Examinando os assassinos de aluguel torturados com uma curiosidade seca, atenta, que não parecia dela, mas da fulana que rondava por perto, olhando-a como Yasikov entre as sombras do sótão. Havia mistérios interessantes em tudo aquilo, concluiu. Lições sobre os homens e as mulheres. Sobre a vida e a dor e o destino e a morte. E, como os livros que lia, todas aquelas lições também falavam dela mesma.

O capanga da camisa polo enxugou o sangue das mãos nas pernas da calça e se virou para Teresa, disciplinado e interrogativo. Sua navalha estava no chão, aos pés de Gato Fierros. Para que mais, concluiu ela. Tudo está mais do que claro, e o resto eu mesma sei. Olhou por fim para Yasikov, que encolheu quase imperceptivelmente os ombros enquanto lançava uma olhadela significativa para os sacos de cimento empilhados num canto. Aquele sótão da casa em construção não era casual. Tudo estava previsto.

Eu farei isso, decidiu de repente. Sentia por dentro uma estranha vontade de rir. De si mesma. De um jeito torto. Amargo. Na verdade, ao menos no que se referia a Gato Fierros, tratava-se apenas de terminar o que tinha iniciado apertando o gatilho da Doble Águila, tanto tempo atrás. A vida te traz surpresas, dizia a canção. Surpresas a vida te traz. Cacete. Às vezes são sobre coisas suas. Coisas que estão aí e você nem sabia que estavam. Dos cantos na sombra, a outra Teresa Mendoza a observava com muita atenção. Pode ser, refletiu, que quem queira rir por dentro seja ela.

— Eu farei isso — ela se ouviu repetir, agora em voz alta.

Era sua responsabilidade. Suas contas pendentes e sua vida. Não podia se apoiar em ninguém. O homem da camisa polo a observava curioso, como se seu espanhol não fosse bom o bastante para compreender o que estava ouvindo; virou-se para seu chefe e depois tornou a olhá-la.

— Não — disse suavemente Yasikov.

Tinha falado e tinha se mexido por fim. Afastou as costas da parede, aproximando-se. Não observava Teresa, mas os dois assassinos de aluguel. Gato Fierros tinha a cabeça inclinada sobre o peito; Potemkin Gálvez olhava-os como se não os visse, com os olhos fixos na parede, através deles. Fixos no nada.

— Essa guerra é minha — disse Teresa.

— Não — repetiu Yasikov.

Pegava-a com doçura pelo braço, como se a convidasse a sair dali. Eles se encaravam, estudando-se.

— Seja quem for, eu quero que se foda... — disse de repente Potemkin Gálvez. — Apenas me ferrem de uma vez, que isso já está demorando.

Teresa encarou o pistoleiro. Era a primeira vez que o ouvia abrir a boca. A voz soava rouca, apagada. Olhava para Teresa como se ela fosse invisível e ele tivesse os olhos absortos no vazio. Sua corpulência despida, imobilizada na cadeira, brilhava de suor e de sangue. Teresa andou devagar até ficar bem perto, a seu lado. O cheiro era áspero, de carne suja, maltratada e torturada.

— Fica frio, Pinto — disse-lhe. — Não se apresse... Você vai morrer logo.

O outro concordou com a cabeça, olhando para o lugar onde ela estivera parada. E Teresa voltou a escutar o ruído de estilhaços na porta do armário de Culiacán, e viu o cano do Python se aproximando de sua cabeça, e de novo ouviu a voz que dizia Ruço era um dos nossos, Gato, lembra, e esta era a mulher dele. Não vá se sujar por isso. E talvez, pensou de repente, ela de fato devia. Acabar rápido, como ele havia desejado para ela. Porra. Eram as regras. Apontou com um gesto o cabisbaixo Gato Fierros.

— Você não se juntou a ele — murmurou.

Nem sequer se tratava de uma pergunta, ou de uma reflexão. Apenas uma constatação. O pistoleiro permaneceu impassível, como se não tivesse ouvido. Um novo filete de sangue pingava do nariz, suspenso nos pelos sujos do bigode. Ela o examinou mais alguns instantes, e depois caminhou devagar até a porta, pensativa. Yasikov a aguardava no umbral.

— Poupem Pinto — disse Teresa.

Nem sempre é justo castigar da mesma forma, pensava. Porque há dívidas. Códigos estranhos que só a própria pessoa entende. Coisas de mulher.

12

Que tal se eu comprar você?

Sob a luz que entrava pelas grandes claraboias do teto, os flutuadores da lancha inflável Valiant pareciam dois grandes torpedos cinzentos. Teresa Mendoza estava sentada no chão, rodeada de ferramentas, e com as mãos manchadas de graxa ajustava as novas hélices na cauda de dois cabeçotes incrementados a 250 cavalos. Vestia jeans velho e uma camiseta encardida, e o cabelo preso em duas tranças lhe caía pelos lados do rosto salpicado por gotas de suor. Pepe Horcajuelo, seu mecânico de confiança, estava perto dela observando a operação. De vez em quando, sem que Teresa pedisse, estendia-lhe uma ferramenta. Pepe era um indivíduo pequeno, quase um tampinha, que em outros tempos foi uma promessa do motociclismo. Uma mancha de óleo na curva e um ano e meio de reabilitação tiraram-no dos circuitos e o obrigaram a trocar o macacão de couro pelo de mecânico. O dr. Ramos o descobriu quando a junta da traseira de seu Deux Chevaux queimou e ele andou por Fuengirola atrás de uma oficina que abrisse aos domingos. O antigo corredor tinha mão boa para motores, inclusive os navais, aos quais era capaz de acrescentar mais umas quinhentas rotações. Era desses tipos calados e eficientes que gostam de seu trabalho, dão no couro e nunca fazem perguntas. Também — aspecto básico — era discreto. O único sinal visível do dinheiro que tinha ganhado nos últimos catorze meses era uma Honda 1200 estacionada em frente ao paiol que a Marina Samir, uma pequena empresa de capital marroquino com sede em Gibraltar — outras das empresas de fachada da Transer Naga —, mantinha no porto esportivo de Sotogrande. O resto ele poupava cuidadosamente. Para a velhice. Porque nunca se sabe, costumava dizer, em que curva a próxima mancha de óleo nos espera.

— Agora encaixe bem — disse Teresa.

Pegou o cigarro que fumegava sobre o cavalete que sustentava os cabeçotes e tirou dele duas tragadas, manchando-o de graxa. Pepe não gostava que fumassem quando se trabalhava ali, nem que outros andassem mexendo nos motores cuja manutenção confiavam a ele. Mas ela era a chefe, e os motores e as lanchas e o paiol eram dela. Então nem Pepe nem ninguém tinha nada a objetar. Além do mais, Teresa gostava de se ocupar com coisas como aquela, trabalhar na mecânica, movimentar-se pelo varadouro e pelas instalações dos portos. Às vezes saía para testar os motores ou uma lancha; em certa ocasião, pilotando uma das novas lanchas semirrígidas de nove metros — ela mesma concebera a ideia de usar as quilhas de fibra de vidro ocas como depósitos de combustível —, navegou uma noite inteira a plena potência testando seu comportamento em mar agitado. Mas na verdade tudo isso eram pretextos. Era daquele modo que Teresa recordava, e se recordava, e mantinha o vínculo com uma parte dela que não se conformava em desaparecer. Talvez isso tivesse a ver com certas inocências perdidas, com estados de ânimo que agora, olhando para trás, chegava a imaginar próximos da felicidade. Vai ver que fui feliz naquela época, dizia a si mesma. Talvez tenha sido de fato, mas sem me dar conta.

— Me dá uma chave número cinco. Segura aí. Assim.

Ficou observando o resultado, satisfeita. As hélices de aço que tinha acabado de instalar — uma levogira e uma dextrogira, para compensar o desvio produzido pela rotação — tinham menos diâmetro e mais giro helicoidal do que as originais de alumínio. Isso permitia aos dois motores aparafusados no espelho de popa de uma semirrígida desenvolver alguns nós a mais de velocidade em mar calmo. Teresa pousou outra vez o cigarro no cavalete e introduziu as cavilhas e os passadores que Pepe lhe estendia, apertando-os bem. Deu uma última tragada no cigarro, apagou-o na meia lata de Castrol vazia que usava como cinzeiro e se levantou, esfregando as costas doloridas.

— Depois me diga como eles se comportaram.

— Depois eu lhe digo.

Teresa limpou as mãos com um trapo e encaminhou-se para fora, fechando um pouco os olhos sob o brilho do sol andaluz. Ficou assim por alguns instantes, desfrutando o lugar e a paisagem: o enorme guindaste azul do varadouro, os mastros dos barcos, o barulho suave da água na rampa de concreto, o cheiro de mar, ferrugem e tinta fresca que os cascos fora d'água desprendiam, o balanceio das adriças pela brisa que chegava do leste por cima do espigão. Cumprimentou os operários do varadouro — sabia o nome de cada um deles — e, contornando os paióis e os veleiros escorados em seco, dirigiu-se para a parte de trás, onde Pote Gálvez a esperava de pé, próximo da Cherokee estacionada entre palmeiras, com a paisagem de fundo da praia de areia cinzenta que fazia uma curva na direção de Punta Chullera e o leste. Muito tempo se passou — quase um ano — desde aquela noite no sótão do chalé em construção na Nova Andaluzia, e também do que aconteceu alguns dias mais tarde, quando o pistoleiro, ainda com marcas e contusões, apresentou-se diante de Teresa escoltado por dois homens de Yasikov. Tenho uma coisa para conversar com a senhora, havia dito. Uma coisa urgente. E tem que ser já, agora. Teresa o recebeu muito séria e muito fria na varanda de uma suíte do hotel

Puente Romano que dava para a praia, com os capangas o vigiando pelas grandes vidraças fechadas do salão, fale, Pinto. Talvez você queira um drinque. Pote Gálvez respondeu não, obrigado, e depois ficou um momento olhando o mar sem olhá-lo, coçando a cabeça como um urso desajeitado, com suas roupas escuras e amarrotadas, o paletó trespassado que lhe caía mal porque acentuava sua obesidade, as botas sinaloenses de couro de iguana como uma nota destoante na indumentária formal — Teresa sentiu uma estranha simpatia por aquele par de botas — e o colarinho da camisa fechado para a ocasião por uma gravata larga e colorida demais. Teresa o observava com muita atenção, como nos últimos anos tinha aprendido a olhar para todo mundo: homens, mulheres. Malditos seres humanos racionais. Penetrando no que diziam, e principalmente no que calavam ou demoravam a dizer, como o mexicano naquele momento. Fale, repetiu por fim; e o outro se virou para ela, ainda em silêncio, e afinal a encarou diretamente, parando de coçar a cabeça para dizer em voz baixa, depois de lançar um olhar de soslaio para os homens do salão, pois olha que venho lhe agradecer, senhora. Agradecer por permitir que continue vivo apesar do que fiz, ou do que estive a ponto de fazer. Não queira que eu te explique nada, respondeu ela com dureza. E o pistoleiro desviou de novo o olhar, não, claro que não, e repetiu isso duas vezes com aquele jeito de falar que trazia tantas lembranças a Teresa, porque se infiltrava pelas brechas de seu coração. Só queria isso. Agradecer, e que soubesse que Potemkin Gálvez lhe deve e vai pagar. E como pensa em me pagar?, perguntou ela. Pois olha que já fiz isso em parte, foi a resposta. Conversei com as pessoas que me enviaram de lá. Por telefone. Contei a mais pura verdade: que nos aprontaram uma cilada e apagaram Gato, e que não pude fazer nada porque nos pegaram com as calças na mão. De que pessoas você está falando, perguntou Teresa, sabendo a resposta. Pois umas pessoas, só isso, disse o outro, endireitando-se um pouco ofendido, com os olhos orgulhosos subitamente endurecidos. Epa, minha senhora. A senhora sabe que certas coisas eu não converso. Digamos apenas pessoas. Gente de lá. E, outra vez humilde e entre muitas pausas, procurando as palavras com esforço, explicou que aquelas pessoas, as tais, tinham visto na dura que ele continuava respirando, e que trucidaram seu parceiro daquela maneira, e que deixaram bem claro três opções: terminar o serviço, pegar o primeiro avião e voltar a Culiacán para sofrer as consequências ou se esconder onde não o encontrassem.

— E o que você decidiu, Pinto?

— Pois nada vezes nada. Olha que nenhuma das três me serve. Por sorte não tenho família. De modo que ando tranquilo por aqui.

— E daí?

— Bem. Aqui estou.

— E o que eu faço com você?

— Pois a senhora há de saber. Isso não é problema para mim.

Teresa estudava o pistoleiro. Você tem razão, concordou depois de um instante. Sentia um sorriso à flor dos lábios, mas não chegou a mostrá-lo. A lógica de Pote Gálvez era compreensível de tão elementar, e ela conhecia bem esses códigos. De certo modo tinha sido e era a sua própria lógica: a do mundo rude do qual os dois provinham. Ruço Dávila teria rido muito de tudo isso. Legítimo Sinaloa. Puxa. As ironias da vida.

— Você está me pedindo emprego?

— Um dia eles vão mandar outros — o pistoleiro dava de ombros com resignada simplicidade —, e assim posso lhe pagar o que devo.

E ali estava Pote Gálvez, esperando-a junto ao carro como todo dia desde aquela manhã na varanda do hotel Puente Romano: motorista, guarda-costas, moço de recados, pau pra toda obra. Foi fácil conseguir visto de residência para ele, e inclusive — aquilo custou um pouco mais de grana — uma licença de porte de arma por meio de certa amistosa empresa de segurança. Isso lhe permitia carregar legalmente na cintura, dentro de uma capa de couro, um Colt Python idêntico ao que uma vez tinha aproximado da cabeça de Teresa em outra existência e em outras terras. Mas as pessoas de Sinaloa não voltaram a dar problemas: nas últimas semanas, por meio de Yasikov, a Transer Naga tinha servido de intermediária, por amor à arte, numa operação alinhavada pelo cartel de Sinaloa com as máfias russas que começavam a penetrar em Los Angeles e em San Francisco. Isso aliviou as tensões e adormeceu velhos fantasmas, e chegou até Teresa a mensagem inequívoca de que tudo estava esquecido: nada de amizades, mas cada um no seu canto, com o marcador zerado e sem baixarias. Batman Güemes em pessoa esclareceu esse ponto por intermediários confiáveis, e, embora naquele negócio qualquer garantia fosse relativa, foi suficiente para acalmar as coisas. Não houve mais assassinos de aluguel, apesar de Pote Gálvez, desconfiado por natureza e por ofício, jamais ter baixado a guarda. Sobretudo porque, à medida que Teresa ampliava o negócio, as relações ficavam mais complexas e os inimigos aumentavam de forma proporcional ao seu poder.

— Para casa, Pinto.

— Sim, patroa.

A casa era o luxuoso chalé com imenso jardim e piscina que finalmente estava concluído em Guadalmina Baja, junto ao mar. Teresa se acomodou no banco da frente enquanto Pote Gálvez assumia o volante. O trabalho nos motores conseguiu lhe proporcionar durante umas duas horas algum alívio das preocupações que rondavam sua cabeça. Era o auge de uma boa etapa: quatro carregamentos da N'Drangheta foram entregues sem problemas e os italianos pediam mais. O pessoal de Solntsevo também pedia mais. As novas planadoras cobriam eficazmente o transporte de haxixe da costa de Múrcia até a fronteira portuguesa, com uma porcentagem razoável — as perdas estavam previstas — de apreensões pela Guarda Civil e pela Vigilância Alfandegária. Os contatos marroquinos e colombianos funcionavam à perfeição, e a infraestrutura financeira atualizada por Teo Aljarafe absorvia e canalizava enormes quantias de dinheiro das quais só dois quintos eram reinvestidos em meios operacionais. Entretanto, conforme Teresa ia ampliando suas atividades, os atritos com outras organizações dedicadas ao negócio eram maiores. Impossível crescer sem ocupar um espaço que outros consideravam seu. E aí vinham os galegos e os franceses.

Nenhum problema com os franceses. Ou melhor, poucos e breves. Na Costa del Sol, operavam alguns fornecedores de haxixe da máfia de Marselha, agrupados em torno de dois chefes principais: um franco-argelino chamado Michel Salem e um marselhês conhecido como Nené Garou. O primeiro era um homem corpulento, sexagenário, cabelo grisalho e maneiras agradáveis, com quem Teresa mantivera contatos pouco satisfatórios. Diferentemente de Salem, especializado no tráfico de haxixe em embarcações esportivas, homem discreto e familiar que vivia numa luxuosa casa de Fuengirola com duas filhas divorciadas e quatro netos, Nené Garou era um rufião clássico: um gângster arrogante, tagarela e violento, apreciador de jaquetas de couro, automóveis caros e mulheres espetaculares. Garou comandava, além do haxixe, a prostituição, o tráfico de armas leves e o varejo de heroína. Todas as tentativas de negociar acordos razoáveis haviam fracassado e, durante uma reunião informal mantida com Teresa e Teo Aljarafe no reservado de um restaurante de Mijas, Garou perdeu as estribeiras a ponto de proferir em voz alta ameaças grosseiras e sérias demais para não serem levadas em conta. Aconteceu quando o francês propôs a Teresa o transporte de um quarto de tonelada de heroína colombiana *black tar*, e ela disse que não, que na sua opinião o haxixe era uma droga mais ou menos popular, e a coca, um luxo dos imbecis que pagavam por ela; mas a heroína era veneno para os pobres, e ela não se metia nessas baixarias. Disse isso, baixarias, e o outro levou a mal. Nenhuma rameira mexicana vai pisar nos meus ovos, foi exatamente o seu último comentário, que o sotaque marselhês tornou ainda mais desagradável. Teresa, sem mexer um músculo do rosto, apagou vagarosamente seu cigarro no cinzeiro antes de pedir a conta e abandonar a reunião. O que vamos fazer?, foi a pergunta preocupada de Teo quando já estavam na rua. Esse cara é perigoso e está uma fera. Teresa não disse nada durante três dias. Nem uma palavra, nem um comentário. Nada. No íntimo, serena e silenciosa, calculava os movimentos, os prós e os contras, como se estivesse no meio de uma complicada partida de xadrez. Tinha descoberto que os amanheceres cinzentos que a encontravam com os olhos abertos lhe proporcionavam momentos de reflexões interessantes, bem diferentes daquelas que surgiam à luz do dia. E três amanheceres depois, com uma decisão já tomada, foi ver Oleg Yasikov. Venho lhe pedir um conselho, disse, embora os dois soubessem que isso não era correto. E quando ela colocou em poucas palavras o problema, Yasikov a encarou por um instante antes de dar de ombros. Você cresceu muito, Tesa, disse. E, quando se cresce muito, esses inconvenientes estão incluídos no pacote. Sim. Eu não posso me meter nisso. Não. Também não posso aconselhá-la, porque a guerra é sua, não minha. E da mesma forma um dia — a vida prega peças — nós nos veremos enfrentando coisas parecidas. Sim. Quem sabe. Lembre-se apenas de que, neste negócio, um problema que não se resolve é como um câncer. Mais cedo ou mais tarde, mata.

Teresa resolveu aplicar métodos sinaloenses. Vou sacaneá-los até dizer chega, disse a si mesma. Afinal de contas, se lá pelas suas bandas certas maneiras se mostravam eficazes, também deviam ser aqui, onde a falta de hábito jogava a seu favor. Nada intimida mais que o desproporcional, sobretudo quando menos se espera. Sem dúvida Ruço Dávila, que era fã dos Tomateros de Culiacán, e rindo muito lá da cantina do inferno onde agora ocupava uma mesa, teria descrito aquilo como rebater na marra e roubar a segunda base dos gringos. Dessa vez ela obteve os recursos no Marrocos, onde um velho amigo, o coronel Abdelkader Chaib, lhe forneceu o pessoal adequado: ex-policiais e ex-militares que falavam espanhol com passaporte em dia e visto turístico, que iam e vinham utilizando a linha de ferryboat Tânger-Algeciras. Turma da pesada; assassinos de aluguel que não recebiam nenhuma informação ou instruções além das estritamente necessárias, e que, em caso de captura pelas autoridades espanholas, era impossível vincular a alguém. Assim, apanharam Nené Garou saindo de uma discoteca de Benalmádena às quatro da manhã. Dois homens jovens de aparência norte-africana — disse mais tarde à polícia quando recuperou a fala — aproximaram-se dele como se fossem assaltá-lo e, depois de aliviá-lo da carteira e do relógio, quebraram sua coluna vertebral com um taco de beisebol. Claque, claque. Deixaram-na como um chocalho, ou pelo menos essa foi a expressão gráfica que o porta-voz da clínica empregou — seus superiores o recriminaram por ter sido tão explícito — para descrever o incidente aos jornalistas. E, na mesma manhã em que a notícia apareceu nas páginas policiais do diário *Sur de Málaga*, Michel Salem recebeu um telefonema em sua casa de Fuengirola. Depois de dizer bom-dia e se identificar como um amigo, uma voz masculina expôs em perfeito espanhol suas condolências pelo acidente de Garou, do qual, supunha, monsieur Salem estava a par. Em seguida, sem dúvida de um telefone celular, pôs-se a contar em detalhes como naquele momento os netos do franco-argelino, três meninas e um menino entre cinco e doze anos, brincavam no pátio do colégio suíço de Las Chapas, as inocentes criaturas, depois de terem comemorado no dia anterior com seus amiguinhos, num McDonald's, o aniversário da mais velha, uma jovenzinha espirituosa chamada Desirée, cujo itinerário habitual de ida e volta do colégio, assim como o dos irmãos, foi descrito minuciosamente a Salem. E, para arrematar a questão, ele recebeu naquela tarde, por um portador, um pacote de fotografias tiradas com teleobjetiva nas quais apareciam seus netos em diferentes momentos da última semana, McDonald's e o colégio suíço incluídos.

Falei com Cucho Malaspina — calça de couro preta, paletó inglês de tweed, bolsa marroquina a tiracolo —, prestes a viajar para o México pela última vez, duas semanas antes de minha entrevista com Teresa Mendoza. Encontramo-nos casualmente na sala de espera do aeroporto de Málaga, entre dois voos que saíam com atraso. Olá, como vai, queridinho, saudou. Tudo bem com você? Servi-me de um café e ele de um suco de laranja, que bebeu de canudinho enquanto trocávamos cumprimentos. Leio seus textos, vejo você na tevê etc. Depois nos sentamos juntos num sofá num canto tranquilo. Estou trabalhando sobre a Rainha do Sul, eu disse, e ele riu, maldoso. Ele a tinha batizado assim. Foi capa da revista *Hola!* quatro anos atrás. Seis páginas em cores com a história de sua vida, ou pelo menos a parte que ele conseguiu averiguar, centrando-se mais em seu poder, seu luxo e seu mistério. Quase todas as fotos tiradas com teleobjetiva. Algo do tipo essa mulher perigosa controla isso e aquilo. Mexicana multimilionária e discreta, passado obscuro, presente turvo. Bela e enigmática, era a legenda da única imagem tirada de perto: Teresa de óculos escuros, austera e elegante, descendo de um automóvel cercada de guarda-costas, em Málaga, para depor diante de uma comissão judicial sobre narcotráfico onde não se conseguiu provar absolutamente nada contra ela. Naquele tempo sua blindagem jurídica e fiscal era perfeita, e a rainha do narcotráfico no Estreito, a tsarina da droga — assim a descreveu o jornal *El País* — havia comprado tantos apoios políticos e policiais que era praticamente invulnerável: a ponto de o Ministério do Interior filtrar seu dossiê para a imprensa, numa tentativa de difundir, em forma de rumor e informação jornalística, o que não se podia provar judicialmente. Mas o tiro saiu pela culatra. Aquela reportagem transformou Teresa numa lenda: uma mulher num mundo de homens durões. Desde então, as raras fotos que obtinham dela ou suas escassas aparições públicas eram sempre notícia, e os *paparazzi* — sobre os guarda-costas de Teresa choviam denúncias por agressão a fotógrafos, assunto do qual uma nuvem de advogados pagos pela Transer Naga se ocupava — seguiam seu rastro com tanto interesse como faziam com as princesas de Mônaco ou as estrelas de cinema.

— Então está escrevendo um livro sobre essa malandra...

— Estou terminando. Ou quase.

— Puxa, que personagem, não é? — Cucho Malaspina me olhava, inteligente e malicioso, acariciando o bigode. — Eu a conheço bem.

Cucho era um velho amigo meu, do tempo em que eu trabalhava como repórter e ele começava a fazer nome em revistas, colunas sociais e programas de variedades da televisão. Mantínhamos uma estima cúmplice e recíproca. Agora ele era uma estrela; alguém capaz de separar casais famosos com um comentário, um título de matéria ou uma legenda de foto. Esperto, engenhoso e malicioso. O guru da bisbilhotagem social e do glamour dos famosos: veneno em taças de martíni. Não era verdade que conhecesse bem Teresa Mendoza, mas tinha se movimentado em seu entorno — a Costa del Sol e Marbella eram um rentável território de caça dos jornalistas de fofocas —, e umas duas vezes chegou a se aproximar dela, embora sempre tenha sido dispensado com uma firmeza que, em certa ocasião, chegou a se traduzir num olho roxo e numa denúncia num tribunal de San Pedro de Alcántara depois que um guarda-costas — cuja descrição caía como uma luva em Pote Gálvez — o agrediu quando Cucho pretendia abordá-la na saída de um restaurante de Puerto Banús. Boa noite, senhora, gostaria de lhe fazer umas perguntas se não for incômodo, ai! Pelo visto, era. Então não houve respostas, nem mais perguntas, nem nada a não ser aquele gorila bigodudo machucando o olho de Cucho com uma eficiência profissional. Soc. Soc. Estrelinhas coloridas, o jornalista sentado no chão, batidas de portas de automóvel e o barulho de um motor arrancando. A Rainha do Sul vista e não vista.

— Uma puta história, imagine. Uma rameira que em poucos anos cria um pequeno império clandestino. Uma aventureira com todos os ingredientes: mistério, narcotráfico, dinheiro... Sempre à distância, protegida por seus guarda-costas e sua lenda. A polícia incapaz de lhe cravar os dentes, e ela comprando Deus e o mundo. A Koplowitz da droga... Lembra das irmãs ricaças? Pois é igual, mas muito pior. Quando aquele gorila dela, um gordo com cara de Indio Fernández, me deu uma porrada, confesso que fiquei encantado. Vivi uns dois meses disso. Depois, quando meu advogado pediu uma indenização incrível que nem sonhávamos em cobrar, os advogados dela pagaram em dinheiro. É como estou dizendo. Ouve só. Uma grana preta, eu juro. Sem precisar ir a julgamento.

— É verdade que ela se entendia bem com o prefeito?

O sorriso traiçoeiro se acentuou sob o bigode.

— Com Tomás Pestaña?... Superbem — sorveu um pouco pelo canudo enquanto mexia uma das mãos, pensativo. — Teresa era uma chuva de dólares para Marbella: obras sociais, donativos, investimentos. Conheceram-se quando ela comprou o terreno para construir uma casa em Guadalmina Baja: jardins, piscina, chafarizes, vista para o mar. Também a encheu de livros, porque ainda por cima a moça se revelou um pouquinho intelectual, não é? Ou pelo menos é o que dizem. Ela e o prefeito jantaram muitas vezes juntos, ou se encontravam com amigos em comum. Reuniões particulares, banqueiros, construtores, políticos e pessoas assim...

— Fizeram negócios?

— Mas é claro. Pestaña lhe facilitou muito o controle local, e ela sempre soube manter as aparências. Cada vez que havia uma investigação, agentes e juízes se mostravam de repente desinteressados e incompetentes. Por isso o prefeito podia frequentá-la sem escandalizar ninguém. Era discretíssima e astuta. Pouco a pouco foi se infiltrando nas câmaras municipais, nos tribunais... Até Fernando Bouvier, o governador de Málaga, comia na mão dela. No final todos ganhavam tanto dinheiro que ninguém podia prescindir dela. Essa era sua proteção e sua força.

Sua força, repetiu. Alisou as rugas da calça de couro, acendeu um charuto holandês e cruzou as pernas. A Rainha, acrescentou soltando a fumaça, não gostava de festas. Durante todos esses anos compareceu a duas ou três, no máximo. Chegava tarde e saía rápido. Vivia trancada em casa, e às vezes chegavam a fotografá-la de longe, passeando sozinha pela praia. Também gostava do mar Dizia-se que às vezes ia com seus contrabandistas, como quando não tinha onde cair morta; mas isso talvez fosse parte da lenda. O fato é que ela gostava. Comprou um iate grande, o *Sinaloa*, e passava temporadas a bordo, sozinha com os guarda-costas e a tripulação.

Não viajava muito. Umas duas ou três vezes a viram por aí. Portos mediterrâneos, Córsega, Baleares, ilhas gregas. Mais nada.

— Uma vez achei que tínhamos posto as mãos nela... Um *paparazzo* conseguiu grudar em uns pedreiros que trabalhavam no jardim, e fez uns dois filmes, ela na varanda, numa janela e coisas assim. A revista que comprou as fotos me chamou para escrever o texto. Mas que nada. Alguém pagou uma fortuna para bloquear a reportagem, e as fotos desapareceram. Abracadabra. Dizem que Teo Aljarafe fez as negociações pessoalmente. O advogado boa-pinta. E que pagou dez vezes o que valiam.

— Lembro-me disso... Um fotógrafo teve problemas.

Cucho se inclinava para deixar cair a cinza no cinzeiro. Interrompeu o movimento no meio do caminho. O sorrido maldoso se converteu em risada surda, carregada de intenção.

— Problemas?... Ouça, querido. Com Teresa Mendoza, essa palavra é um eufemismo. O rapaz era profissional. Um veterano do ofício, fuçador da elite, especialista em farejar fofocas do tipo quem come quem e vidas alheias... As revistas e as agências nunca dizem quem é o autor dessas reportagens, mas alguém deve ter aberto o bico. Duas semanas depois que as fotos evaporaram, foram assaltar o apartamento do rapaz em Torremolinos, por coincidência com ele dormindo dentro. Que coisa, não é? Deram-lhe quatro navalhadas, ao que parece sem a intenção de matá-lo, depois de terem quebrado um por um, imagine, os dedos de suas mãos. A história circulou. Ninguém voltou a rondar a casa de Guadalmina, claro. Nem a se aproximar dessa filha da puta num raio de vinte metros.

— Amores — eu disse, mudando de assunto.

Negou, redondamente. Aquilo entrava em cheio em sua especialidade.

— De amores, zero. Pelo menos que eu saiba. E você sabe que eu sei. Chegou a se comentar sobre uma relação com o advogado de confiança: Teo Aljarafe. Bem estabelecido, com classe. Também muito canalha. Viajavam, e coisa e tal. Inclusive a viram na Itália com ele. Mas não o amava. Pode ser que trepasse com ele, veja bem. Mas não o amava. Confie no meu olfato canino. Acho mais provável com Patricia O'Farrell.

A O'Farrell, prosseguiu Cucho depois de ir em busca de outro suco de laranja e cumprimentar alguns conhecidos na volta, era farinha de outro saco. Amigas e sócias, embora fossem como a noite e o dia. Mas estiveram juntas na cadeia. Haja história, hein? Tão promíscua e tudo isso. Tão perversa. E olha que, essa sim, era fina. Uma putinha grã-fina. Madurinha, com todos os vícios do mundo, inclusive este — Cucho tocou significativamente o próprio nariz. Frívola até dizer chega, por isso não é fácil explicar como essas duas, Safo e capitão Morgan, podiam estar juntas. Mesmo dando o desconto de que era a Mexicana quem segurava as rédeas, claro. Impossível imaginar a ovelha negra dos O'Farrell montando sozinha esse negócio.

— Era uma drogada convicta e confessa. Cocainômana até a alma. Isso deu lugar a muitos mexericos... Dizem que refinou a outra, que era analfabeta, ou quase. Verdade ou não, quando a conheci já se vestia e se comportava com classe. Sabia usar boas roupas, sempre discreta: tons escuros, cores simples... Você vai rir, mas levou um ano para a incluirmos na votação das vinte mulheres mais elegantes do ano. Meio de brincadeira, meio a sério. Juro. E saiu, imagine a encrenca. A décima tanta. Era pequena, coisa miúda, mas sabia se arrumar... — ficou pensativo, o sorriso distraído, e no final deu de ombros. — Claro que havia alguma coisa entre as duas. Não sei o que: amizade, babado íntimo, mas alguma coisa havia. Tudo muito estranho. Talvez isso explique por que a Rainha do Sul teve poucos homens em sua vida.

Ding, dong, soou o alto-falante da sala. Iberia anuncia a saída de seu voo com destino a Barcelona. Cucho olhou o relógio e se levantou, pendurando no ombro sua bolsa de couro. Levantei-me também, e trocamos um aperto de mãos. Prazer em vê-lo etc. E obrigado. Espero ler esse livro, se antes não lhe cortarem o saco. Emasculação, acho que é como se diz. Antes de ir, piscou o olho para mim.

— E permanece o mistério, não é? O que aconteceu afinal com a O'Farrell e com o advogado — riu, indo embora. — O que aconteceu com todos.

Aquele era um outono suave, de noites tépidas e bons negócios. Teresa Mendoza bebeu um gole do coquetel de champanhe que tinha na mão e olhou em volta. Também a observavam, diretamente ou de soslaio, entre comentários em voz baixa, murmúrios, sorrisos às vezes aduladores ou inquietos. Que jeito. Nos últimos tempos, os meios de comunicação se ocupavam demais dela para lhe permitir passar despercebida. Traçando as coordenadas de um plano mental, ela se via no centro geográfico de uma trama complexa de dinheiro e poder cheia de possibilidades e de contrastes. De perigos. Bebeu outro gole. Música tranquila, cinquenta pessoas seletas, onze da noite, a lua cortada ao meio, horizontal e amarelada sobre o mar negro, refletindo-se na enseada de Marbella do outro lado da imensa paisagem salpicada por milhões de luzes, o salão aberto ao jardim na ladeira da montanha, junto à estrada de Ronda. Os acessos controlados por agentes de segurança e policiais municipais. Tomás Pestaña, o anfitrião, ia e vinha conversando com um grupo e outro, com paletó branco e faixa vermelha, o enorme charuto cubano entre os anéis da mão esquerda, as sobrancelhas, espessas como as de um urso, arqueadas em permanente surpresa de prazer. Parecia um malandro de filme de espiões dos anos setenta. Um velhaco simpático. Obrigado por vir, minhas queridas.

Que gentileza. Que gentileza. Conhecem Fulano?... E Beltrano?... Tomás Pestaña era assim. Gostava de se envaidecer de tudo, até de Teresa, como se ela fosse mais uma prova de seu sucesso. Um troféu perigoso e raro. Quando alguém o interrogava sobre isso, modulava um sorriso intrigante e balançava a cabeça, insinuando: ah se eu contasse. Tudo o que dá glamour ou dinheiro me serve, disse uma vez. Uma coisa puxa a outra. E, além de dar um toque de mistério exótico à sociedade local, Teresa era uma cornucópia, fonte inesgotável de investimentos em dinheiro vivo. A última operação destinada a conquistar o coração do prefeito — cuidadosamente recomendada por Teo Aljarafe — incluía a liquidação de uma dívida municipal que ameaçava a Câmara com um escandaloso bloqueio de propriedades e consequências políticas. Além disso, Pestana, falante, ambicioso, astuto — o prefeito mais votado desde o tempo de Jesús Gil —, adorava alardear suas relações em momentos especiais, ainda que fosse apenas para um grupo seleto de amigos, ou de sócios, do mesmo modo que os colecionadores de arte exibem suas galerias particulares, onde certas obras-primas, compradas por meios ilícitos, nem sempre podem ser mostradas em público.

— Imagine se dão uma batida aqui — disse Pati O'Farrell.

Tinha um cigarro fumegante na boca e ria, com a terceira dose na mão. Não há polícia que tenha colhões para isso, acrescentou. Esses pedaços são daqueles de engasgar.

— Mas há um policial. Nino Juárez.

— Já vi esse safado.

Teresa bebeu outro gole enquanto terminava de fazer as contas. Três financistas. Quatro construtores de alto nível. Uma dupla de atores anglo-saxões maduros, instalados na região para evitar os impostos em seu país. Um produtor de cinema com quem Teo Aljarafe tinha acabado de estabelecer uma proveitosa associação, pois quebrava uma vez por ano e era especialista em movimentar dinheiro por meio de investimentos a fundo perdido e de filmes que ninguém via. Um dono de seis campos de golfe. Dois governadores. Um milionário saudita decadente. Um membro da família real marroquina muito próspero. A principal acionista de uma importante cadeia hoteleira. Uma modelo famosa. Um cantor que tinha chegado de Miami em avião particular. Um ex-ministro da Fazenda e sua mulher, divorciada de um conhecido ator de teatro. Três putas superluxuosas, belas e notórias por seus romances de capa de revista... Teresa havia conversado um momento com o governador de Málaga e sua esposa — que a encarou o tempo todo, entre receosa e fascinada, sem abrir a boca, enquanto Teresa e o governador acertavam o financiamento de um auditório cultural e três centros de abrigo para toxicômanos. Conversou com dois dos construtores e fez um aparte, breve e útil, com o membro da família real marroquina, sócio de amigos comuns dos dois lados do Estreito, que lhe deu seu cartão de visita. Você precisa vir a Marrakesh. Tenho ouvido falar muito de você. Teresa concordava sem se comprometer, sorridente. Puxa, pensava, imaginando o que aquele sujeito teria ouvido. E de quem. Depois trocou umas palavras com o dono dos campos de golfe, que conhecia de vista. Tenho uma proposta interessante, disse o cara. Vou lhe telefonar. O cantor de Miami ria num grupo próximo, jogando a cabeça para trás para mostrar a papada que lhe tiraram numa clínica. Quando eu era novinha, era louca por ele, Pati confessou, debochada. E aí está ele. *Sic transit* — suas íris brilhavam, com as pupilas muito dilatadas. Quer ser apresentada a ele? Teresa recusou com a cabeça, o copo junto aos lábios. Não me sacaneie, Tenente. E fique na sua. Você sim é que me sacaneia, disse a outra sem perder o humor. Tão insossa e sem esquecer o trabalho nessa porra da sua vida.

Teresa voltou a olhar em volta, distraída. Na verdade aquilo não era exatamente uma festa, ainda que se comemorasse o aniversário do prefeito de Marbella. Era pura liturgia social, vinculada aos negócios. Você tem que ir, insistiu Teo Aljarafe, que agora conversava no grupo dos financistas e suas mulheres, correto, atento, um copo na mão, a silhueta alta ligeiramente inclinada, o perfil de águia voltado cortesmente para as senhoras. Mesmo que sejam quinze minutos, apareça por lá, foi seu conselho. Pestaña é muito primário para certos detalhes, e com ele essas atenções funcionam sempre. Além disso, não se trata só do prefeito. Com meia dúzia de boa-noite e como vai, você resolve rápido um monte de compromissos. Abre caminhos e facilita as coisas. Facilita para nós.

— Volto já — disse Pati.

Deixou a taça vazia em cima de uma mesa e se afastou, a caminho do bar: salto alto, decote nas costas até a cintura, em contraste com o vestido preto que Teresa usava, com o único enfeite de uns brincos — pequenas pérolas simples — e o semanário de prata. No caminho, Pati roçou deliberadamente as costas de uma jovem que conversava em um grupo e a outra se virou um pouco, olhando-a. Essa frangota, disse Pati, mexendo a cabeça, que continuava quase raspada, ao pôr os olhos nela. E Teresa, acostumada ao tom provocador da amiga — com frequência Pati passava dos limites de propósito quando ela estava presente —, deu de ombros. Muito menina para você, Tenente, disse. Menina ou não, respondeu a outra, em El Puerto não teria me escapado nem dando pulos. Também, acrescentou depois de olhá-la pensativa um instante, eu me enganei sobre Edmond Dantès. Sorria excessivamente ao dizer isso. E agora Teresa a observava afastar-se, preocupada: Pati começava a cambalear um pouco, embora talvez aguentasse mais uns dois ou três tragos antes da primeira visita ao banheiro para lambuzar o nariz de pó. Mas não era questão de doses nem de cafungadas. Maldita Pati. As coisas estavam cada vez piores, e não apenas naquela noite. Quanto à própria Teresa, era suficiente e já podia pensar em ir embora.

— Boa noite.

Vira Nino Juárez dando voltas por perto, observando-a. Pequeno, com sua barbinha ruça. Roupas caras, impossível de pagar com o salário oficial. Cruzavam-se às vezes de longe. Era Teo Aljarafe quem resolvia esse assunto.

— Sou Nino Juárez.

— Já o conheço.

Do outro lado do salão, Teo, atento a tudo, dirigiu a Teresa um olhar de advertência. Apesar de nosso, devidamente comprado, esse sujeito é terreno minado, diziam seus olhos. E além disso há pessoas olhando.

— Não pensei que frequentasse estas reuniões — disse o policial.

— Também não sabia que você as frequentava.

Isso não era verdade. Teresa estava a par de que o delegado-chefe do DOCS gostava da vida de Marbella, do convívio com os famosos, de aparecer na televisão anunciando esse ou aquele brilhante serviço prestado à sociedade. Também gostava de dinheiro. Tomás Pestaña e ele eram amigos e se apoiavam mutuamente.

— Faz parte do meu trabalho... — Juárez fez uma pausa e sorriu. — Assim como do seu.

Ele não me agrada, decidiu Teresa. Há pessoas que posso comprar se for preciso. Algumas me agradam e outras não. Este não. Vai ver que o que não me agrada são os policiais que se vendem. Ou os que se vendem, sejam policiais ou não. Comprar não significa levar para casa.

— Há um problema — comentou o sujeito.

O tom era quase íntimo. Olhava em volta como ela, com semblante amável.

—- Os problemas — respondeu Teresa — não são assunto meu. Tenho quem se encarrega de resolvê-los.

— Pois este não será resolvido facilmente. E prefiro contá-lo diretamente a você.

E em seguida contou, no mesmo tom e em poucas palavras. Tratava-se de uma nova investigação, instigada por um juiz do Tribunal Superior de Justiça extremamente zeloso de seu trabalho: um certo Martínez Pardo. Desta vez, o juiz tinha decidido deixar o DOCS de lado e se apoiar na Guarda Civil. Juárez ficava à margem e não podia interferir. Só queria deixar isso claro antes que as coisas seguissem seu curso.

— Quem na Guarda Civil?

— Há um grupo bastante bom. Delta Quatro. É dirigido por um capitão que se chama Víctor Castro.

— Já ouvi falar dele.

— Faz tempo que estão tramando isso em segredo. O juiz já veio umas duas vezes. Pelo visto, seguem a pista da última leva de semirrígidas que anda por aí. Querem examinar algumas e estabelecer a conexão com o pessoal de cima.

— É grave?

— Depende do que eles vão encontrar. Você deve saber o que está à mostra.

— E o DOCS?... O que pensa fazer?

— Nada. Olhar. Já disse que estão deixando meu pessoal à margem. Com o que acabo de lhe contar, encerro minha parte.

Pati estava de volta com uma taça na mão. Caminhava outra vez com firmeza, e Teresa supôs que tivesse passado pelo banheiro para saborear alguma coisa. Puxa, disse ao se juntar a eles. Olha só quem temos aqui. A lei e a ordem. E que Rollex enorme está usando esta noite, superdelegado. É novo? O semblante de Juárez ficou sombrio, e ele permaneceu alguns segundos olhando para Teresa. Já sabe o que é, disse sem palavras. E sua sócia não vai ajudar muito se começar a sobrar pancada.

— Desculpem-me. Boa noite.

Juárez se afastou por entre os convidados. Patricia ria baixinho, vendo-o se distanciar.

— O que este filho da puta estava te contando?... Que não chega ao fim do mês?

— É uma imprudência provocar desse jeito — Teresa baixou a voz, incomodada. Não queria se irritar, e muito menos ali. — Principalmente os policiais.

— Não lhe pagamos?... Pois que se foda.

Levou o copo aos lábios quase com violência. Teresa não conseguiu saber se o rancor de suas palavras se devia a Nino Juárez ou a ela.

— Ouça, Tenente. Não me encha o saco. Está bebendo demais. E cheirando também.

— E daí?... É uma festa, e esta noite estou querendo ação.

— Não desconverse. Quem está falando desta noite?

— Tudo bem, ama-seca.

Teresa não disse mais nada. Olhou sua amiga nos olhos, com muita frieza, e Pati desviou o olhar.

— Afinal de contas — resmungou Pati depois de um tempo —, cinquenta por cento do suborno a esse verme sou eu quem pago.

Teresa continuou calada. Refletia. Sentiu de longe o olhar inquisitivo de Teo Aljarafe. Aquilo não acabava nunca. Mal se tapava um buraco, aparecia outro. E nem tudo se resolvia com bom senso ou com dinheiro.

— Como vai a rainha de Marbella?

Tomás Pestaña acabava de aparecer junto delas: simpático, populista, vulgar. Com aquele paletó branco que lhe dava a aparência de um garçom baixo e rechonchudo. Teresa e ele se encontravam com frequência: sociedade de interesses mútuos. O prefeito gostava de viver perigosamente, sempre que houvesse dinheiro ou influência envolvidos; tinha fundado um partido político local, navegava nas águas turvas dos negócios imobiliários, e a lenda que começava a se criar em torno da Mexicana reforçava sua sensação de poder e sua vaidade. Também reforçava suas contas bancárias. Pestaña fez sua primeira fortuna como homem de confiança de um importante construtor andaluz, comprando terrenos para a empresa por intermédio dos contatos de seu patrão e com o dinheiro deste. Depois, quando um terço da Costa del Sol era seu, visitou o patrão para lhe dizer que estava se demitindo. É mesmo? É mesmo. Eu sinto muito, sabe. Como poderei agradecer pelos seus serviços? Você já fez isso, foi a resposta de Pestaña. Pus tudo em meu nome. Mais tarde, quando saiu do hospital onde cuidaram de seu infarto, o ex-patrão de Pestaña passou meses procurando-o com uma pistola no bolso.

— Gente interessante, não é?

Pestaña, a quem nada escapava, tinha visto Teresa conversando com Nino Juárez. Mas não fez comentários. Trocaram cumprimentos: tudo bem, prefeito, muitas felicidades. Reunião estupenda. Teresa perguntou as horas e o outro lhe disse. Almoçamos na terça, claro. No lugar de sempre. Agora temos que ir. Uma coisa de cada vez.

— Vai ter que ir sozinha, meu amor — protestou Pati. — Eu estou adorando.

Com os galegos as coisas se mostraram mais complicadas do que com os franceses. Aquilo exigia um verdadeiro trabalho de relojoeiro, porque as máfias do noroeste espanhol tinham seus próprios contatos na Colômbia e às vezes trabalhavam com o mesmo pessoal que Teresa. Além disso, eram durões de verdade, tinham longa experiência e estavam em seu território, depois que os velhos senhores do fumo, os donos das redes contrabandistas de cigarro, tinham reciclado o tráfico de drogas até se transformarem em senhores indiscutíveis da farinha. Os estuários galegos eram seu feudo, mas estendiam seu território mais ao sul, em direção ao Norte da África e à embocadura do Mediterrâneo. Enquanto a Transer Naga se ocupou apenas de transportar haxixe no litoral andaluz, as relações, embora frias, tinham transcorrido num aparente viva e deixe viver. Com a cocaína era diferente. E, nos últimos tempos, a organização de Teresa havia se tornado um sério concorrente. Tudo isso foi exposto numa reunião promovida em território neutro, uma chácara de Cáceres perto de Arroyo de la Luz, entre a serra de Santo Domingo e a N-521, com espessos sobreirais e pastagem para o gado: um casario branco situado no final de um caminho onde os carros levantavam uma nuvem de poeira ao se aproximarem, e onde um intruso podia ser descoberto facilmente. A reunião ocorreu no meio da manhã, e pela Transer Naga compareceram Teresa e Teo Aljarafe, escoltados por Pote Gálvez ao volante da Cherokee e seguidos num Passat escuro por dois homens de inteira confiança, marroquinos jovens testados primeiro nas *gomas* e recrutados mais tarde para tarefas de segurança. Ela estava vestida de preto, conjunto de calça de boa marca e bom corte, o cabelo preso na nuca, repartido ao meio. Os galegos já estavam lá: eram três, com outros tantos guarda-costas na porta, junto a dois BMWs 732 em que haviam comparecido ao encontro. Todos foram direto ao assunto, do lado de fora os capangas olhando-se uns aos outros e, lá dentro, os interessados, em torno de uma grande mesa de madeira rústica situada no centro de uma sala com vigas no teto e cabeças de cervos e javalis empalhadas nas paredes. Dispunham de petiscos, bebidas e café, caixas de charuto e cadernos para anotações: uma reunião de negócios iniciada com o pé esquerdo quando Siso Pernas, do clã dos Corbeira, filho de don Xaquin Pernas, senhor do fumo do estuário de Arosa, tomou a palavra para comentar a situação, dirigindo-se o tempo todo a Teo Aljarafe como se o advogado fosse o interlocutor válido e Teresa estivesse ali a título decorativo. A questão, disse Siso Pernas, era que o pessoal da Transer Naga bicava em muitos pratos. Nada a opor quanto à expansão mediterrânea, ao haxixe e tudo o mais. Nem também no que se referia à farinha de forma razoável: havia negócio para todos. Mas cada um no seu lugar, e respeitando os territórios e a antiguidade, o que na Espanha — continuava a olhar para Teo Aljarafe, como se o mexicano fosse ele — sempre era um sinal de distinção. E por territórios, Siso Pernas e seu pai, don Xaquin, entendiam as operações atlânticas, os grandes carregamentos transportados por barco desde os portos americanos. A vida toda eles tinham sido operadores dos colombianos, desde que don Xaquin e os irmãos Corbeira e as pessoas da velha escola, pressionados pelas novas gerações, passaram do cigarro ao haxixe e à coca. Por isso traziam uma proposta: não se opunham a que a Transer Naga trabalhasse a farinha que entrava por Casablanca e Agadir, desde que sempre a levassem ao Mediterrêno oriental e não ficassem na Espanha. Porque os transportes diretos para a Península e a Europa, a rota do Atlântico e suas ramificações para o norte, eram feudo galego.

— Na verdade é o que estamos fazendo — estabeleceu Teo Aljarafe. — Com exceção do transporte.

— Já sei disso — Siso Pernas serviu-se da cafeteira que tinha à sua frente, depois de fazer um gesto em direção a Teo, que recusou brevemente com a cabeça; o gesto do galego não incluiu Teresa. — Mas nosso pessoal tem medo de que tentem ampliar o negócio. Há umas coisas que não estão claras. Barcos que vão e vêm... Não podemos controlar isso, e além do mais nos expomos a que nos atribuam operações de outros — olhou para seus dois acompanhantes, como se soubessem bem o que ele dizia. E o pessoal da Vigilância Alfandegária e a Guarda Civil ficam o tempo todo com a pulga atrás da orelha.

— O mar é livre — comentou Teresa.

Era a primeira vez que falava, depois dos cumprimentos iniciais. Siso Pernas olhava para Teo, como se ele tivesse pronunciado essas palavras. Simpático como uma lâmina de barbear. Já os acompanhantes observavam Teresa disfarçadamente. Curiosos, e aparentemente se divertindo com a situação.

— Não para isso — disse o galego. — Lidamos há muito tempo com a farinha. Temos experiência. Fizemos investimentos muito grandes — ele ainda se dirigia a Teo. — E vocês estão nos perturbando. Podemos pagar pelos seus erros.

Teo observou brevemente Teresa. As mãos morenas e finas do advogado faziam sua caneta-tinteiro oscilar como um ponto de interrogação. Ela se manteve impassível. Faça o seu trabalho, dizia seu silêncio. Cada coisa na sua hora.

— E o que os colombianos acham? — perguntou Teo.

— Não estão nem aí — Siso Pernas sorriu, oblíquo. Esses Pilatos safados, dizia seu gesto. — Acham que o problema é nosso e que temos de resolvê-lo aqui.

— Qual é a alternativa?

O galego bebeu sem pressa um gole de café e recostou-se um pouco mais atrás na cadeira, com ar satisfeito. Era rucinho, reparou Teresa. Bem-apessoado, beirando os trinta. Bigode aparado e blazer azul sobre camisa branca sem gravata. Um narcotraficante júnior de segunda ou terceira geração, sem dúvida com estudo. Mais apressado do que seus ancestrais, que guardavam a grana num pé de meia e usavam sempre o mesmo paletó fora de moda. Menos reflexivo.

Com menos regras e mais ânsia de ganhar dinheiro para comprar luxo e mulheres. E também mais arrogante. E aqui nós chegamos ao ponto, disse Siso Pernas sem palavras. Olhou para o acompanhante que estava à sua esquerda, um sujeito corpulento de olhos pálidos. Missão cumprida. Deixava os detalhes para seus subalternos.

— Do Estreito para dentro — disse o corpulento, apoiando os cotovelos na mesa —, vocês têm liberdade absoluta. Nós lhes entregaríamos a carga no Marrocos, se a preferirem ali, mas assumimos a responsabilidade do transporte dos portos americanos... Estamos dispostos a oferecer condições especiais, porcentagens e garantias. Inclusive para trabalharem como associados, só que o controle das operações é nosso.

— Quanto mais simples tudo for— arrematou Siso Pernas, quase por trás —, menos riscos.

Teo trocou outro olhar com Teresa. E se não aceitarmos, ela lhe disse com os olhos. E se não aceitarmos, repetiu o advogado em voz alta. O que acontece se não aceitarmos essas condições? O sujeito corpulento não respondeu, e Siso se entreteve olhando sua xícara de café, pensativo, como se não houvesse cogitado essa eventualidade.

— Eu não sei — disse por fim. — Talvez tenhamos problemas.

— Quem terá? — quis saber Teo.

Inclinava-se um pouco, tranquilo, sóbrio, a caneta-tinteiro entre os dedos como se estivesse pronto para tomar notas. Seguro no seu papel, embora Teresa soubesse que ele queria se levantar e sair daquele aposento. O tipo de problemas que o galego insinuava não eram especialidade de Teo. Às vezes, virava ligeiramente o rosto para ela, sem olhá-la. Eu só posso chegar até aqui, insinuava. Minha especialidade são as negociações pacíficas, a assessoria fiscal e a engenharia financeira; não os duplos sentidos nem as ameaças pairando no ar. Se isso mudar de tom, já não é mais assunto meu.

— Vocês... Nós — Siso Pernas dirigiu olhares desconfiados à caneta-tinteiro de Teo. — Uma discórdia não convém a ninguém.

As últimas palavras soaram como um caco de vidro. Clingue. Este é o ponto, disse Teresa a si mesma, em que a gente atira ou se manda. É aqui que começa a guerra. Que entra a maldita sinaloense que sabe o que está arriscando. E é melhor que esteja aí, esperando que eu a chame. Agora preciso dela.

— Puxa... Vão nos arrebentar com tacos de beisebol?... Como aconteceu com aquele francês que saiu no outro dia nos jornais?

Olhava para Siso Pernas com uma surpresa que parecia autêntica, embora não enganasse ninguém, nem pretendesse. O outro se virou para ela como se acabasse de se materializar no ar, enquanto o gordo de olhos pálidos contemplava as próprias unhas e o terceiro, um sujeito magro com mãos de camponês, ou de pescador, esgaravatava o nariz. Teresa esperou que Siso Pernas dissesse alguma coisa: o galego, porém, permaneceu calado, olhando-a com uma mistura de irritação e embaraço. Quanto a Teo, a preocupação se transformou em inquietação manifesta. Cuidado, murmurava mudo. Muito cuidado.

— Pode ser — prosseguiu Teresa devagar — que eu seja estrangeira e não conheça os costumes... O senhor Aljarafe tem toda a minha confiança; só que, quando negocio, gosto que se dirijam a mim. Sou eu quem decide meus negócios... Você está entendendo a situação?

Siso Pernas a observava em silêncio, com as mãos de ambos os lados da xícara de café. O ambiente estava próximo do ponto de congelamento. Quem falou em parceiros, pensou Teresa. Se me assobiarem o *corrido*, eu ponho letra nele. E de galegos eu entendo alguma coisa.

— Pois agora — prosseguiu — vou lhe dizer como eu vejo tudo isso.

Espero não morrer na praia, pensou. E disse como ela via aquilo. E fez isso com muita clareza, separando bem cada frase, com as pausas adequadas para que todos percebessem os matizes. Tenho o maior respeito pelo que fazem na Galícia, começou. Turma pesada e, além disso, bem porreta. Mas isso não me impede de saber que estão fichados na polícia, sob estrita vigilância e submetidos a processos judiciais. Têm padrinhos e infiltrados por toda parte, e de vez em quando um de vocês se deixa apanhar com a mão na massa. Tudo bem *gacho*,* como dizemos em Sinaloa. E acontece que, se em alguma coisa meu negócio se baseia, é em exagerar na segurança, com uma forma de trabalhar que impede, até o limite do razoável, os vazamentos de informação. Poucas pessoas, e a maioria nem se conhece entre si. Isso poupa encrencas. Levei tempo para criar essa estrutura, e não estou disposta, primeiro, a deixá-la enferrujar e, segundo, a colocá-la em perigo com operações que não posso controlar. Vocês pedem que eu me ponha em suas mãos em troca de uma porcentagem, ou de sei lá o quê. Ou seja: que cruze meus braços e lhes entregue o monopólio. Não vejo que proveito eu posso tirar disso, nem em que me convém. A não ser que estejam me ameaçando. Mas não acredito, não é? Não acredito que me ameacem.

— Com o que iríamos ameaçá-la? — perguntou Siso Pernas.

Aquele sotaque. Teresa afastou o fantasma que andava por perto. Precisava da cabeça tranquila, do tom exato. A pedra de León estava longe, e não queria se deparar com outra.

— Olha, me ocorrem duas maneiras — respondeu. Vazar informação que me prejudique ou tentar algo diretamente. Em ambos os casos, saibam que posso ser tão malvada quanto os piores. Com uma diferença: não tenho ninguém que me torne vulnerável. Sou

---

*Gíria mexicana para definir algo muito ruim. (*N. do T.*)

alguém de passagem, e amanhã posso morrer ou desaparecer, ou ir embora sem arrumar as malas. Nem um jazigo mandei fazer para mim, apesar de ser mexicana. Mas vocês têm posses. Paços, acho que é como se chamam essas belas casas da Galícia. Carros de luxo, amigos... Parentes. Vocês podem enviar uns assassinos de aluguel colombianos para fazer o trabalho sujo. Eu também. Vocês podem, chegando ao extremo, desencadear uma guerra. Eu, modestamente, também, porque grana é o que não me falta e com isso a gente paga qualquer coisa. Mas uma guerra atrairia a atenção das autoridades... Já reparei que o Ministério do Interior não gosta dos acertos de contas entre narcotraficantes, sobretudo se há nomes e sobrenomes, bens a sequestrar, pessoas que podem ir para a cadeia, processos judiciais em andamento... Vocês saem muito nos jornais.

— Você também — comentou Siso Pernas com uma careta irritada.

Teresa o encarou friamente por cerca de três segundos, com muita calma.

— Não todo dia, nem nas mesmas páginas. Contra mim ninguém nunca provou nada.

O galego deu uma risada curta, grosseira.

— Pois você vai me contar como consegue isso.

— Pode ser que eu seja um pouquinho menos imbecil.

O que está dito está dito, concluiu. Superclaro e sem vaselina. E agora vamos ver como se saem estes safados. Teo colocava e tirava a tampa de sua caneta-tinteiro. Você também está passando um mau bocado, pensou Teresa. É por isso que cobra o que cobra. A diferença é que em você podem reparar, e em mim não.

— Tudo pode mudar — comentou Siso Pernas. — Estou me referindo à sua situação.

Variável considerada. Prevista. Teresa pegou um cigarro Bisonte do maço que estava à sua frente, perto de um copo d'água e uma pasta de couro com documentos. Fez isso como se refletisse, e o pôs na boca sem acendê-lo. Tinha a boca seca, mas preferiu não tocar no copo d'água. A questão não é como eu me sinto, disse a si mesma. A questão é como eles me veem.

— Claro — concordou. — E no fundo sei que mudará. Mas eu continuo sendo uma só. Com meu pessoal, mas uma. Meu negócio é voluntariamente limitado. Todos sabem que não lido com carga própria. Apenas transporto. Isso diminui meus prejuízos potenciais. E minhas ambições. Vocês, no entanto, têm muitas portas e janelas por onde entrar. Há onde escolher, se alguém decidir atacar. Pessoas a quem amam, bens que lhes interessa conservar... Há como arrebentar com vocês.

Olhava o outro nos olhos, o cigarro nos lábios. Inexpressiva. Permaneceu assim por alguns instantes, contando por dentro os segundos, até que Siso Pernas, com o ar reflexivo e quase resmungando, meteu a mão no bolso, tirou um isqueiro de ouro e, inclinando-se sobre a mesa, ofereceu-lhe fogo. Chegou aonde eu queria, rucinho. E já já você quebra. Agradeceu com um movimento de cabeça.

— E você não? — perguntou ao final o galego, guardando o isqueiro.

— Pode tirar a prova — Teresa soltou a fumaça ao falar, os olhos um pouco fechados. — Ficaria surpreso de saber o quanto pode ser forte uma pessoa que não tem nada a perder a não ser a si mesma. Você tem família, por exemplo. Uma mulher muito bonita, dizem... Um filho.

Acabemos com isso, decidiu. Não se deve avivar o medo bruscamente porque então ele pode se transformar em surpresa ou em precipitação e enlouquecer aqueles que acham que já não há remédio. Isso os torna imprevisíveis e pra lá de perigosos. A arte reside em infiltrá-lo aos pouquinhos: que dure, e tire o sono, e amadureça, porque é assim que se transforma em respeito. A fronteira é sutil, e é preciso examiná-la com cuidado até que se encaixe.

— Em Sinaloa temos um ditado: "Vou matar toda a sua família, e depois desenterro seus avós, meto-lhes uns tiros e torno a enterrar."

Enquanto falava, sem olhar para ninguém, abriu a pasta que estava à sua frente e tirou um recorte de jornal: uma foto de um time de futebol da foz de Arosa, que Siso Pernas, muito entusiasmado, patrocinava com generosidade. Era seu presidente, e na foto — Teresa a havia colocado com o máximo de delicadeza sobre a mesa, entre os dois — posava antes de uma partida com os jogadores, com sua mulher e seu filho, um menino muito bonito de dez ou doze anos, vestido com a camisa do time.

— Portanto, não me sacaneiem — e, agora sim, olhava o galego nos olhos. — Ou, como vocês dizem na Espanha, façam o favor de não me encher os colhões.

Barulho de água por trás das cortinas da ducha. Vapor. Ele gostava de tomar banho com a água muito quente.

— Podem nos matar — disse Teo.

Teresa estava apoiada no batente da porta aberta. Nua. Sentia a umidade morna na pele.

— Não — respondeu. — Primeiro vão tentar alguma coisa meio suave, para nos sondar. Depois vão procurar o acordo.

— O que você chama de "suave", eles já fizeram... Aquilo sobre as *gomas* que Juárez te contou foram eles que vazaram ao juiz Martínez Pardo. Jogaram a Guarda Civil em cima de nós.

— Já sei disso. Por isso joguei pesado. Quis que soubessem que sabemos.

— O clã dos Corbeira...

— Deixe-o pra lá, Teo — Teresa mexeu a cabeça. — Controlo o que faço.

— Isso é verdade. Você sempre controla o que faz. Ou pelo menos finge maravilhosamente.

Das três frases, refletiu Teresa, a terceira está sobrando. Mas imagino que aqui você tem direitos. Ou acha que tem. O vapor embaçava o grande espelho do banheiro, no qual ela era uma mancha cinzenta. Sobre a pia, vidrinhos de xampu, loção para a pele, um pente, sabonete ainda na embalagem. Pousada Nacional de Cáceres. Do outro lado da cama de lençóis revirados, a janela emoldurava uma incrível paisagem medieval: pedras antigas recortadas na noite, colunas e pórticos dourados pela luz de refletores ocultos. Puxa, pensou. Como no cinema americano, só que de verdade. A velha Espanha.

— Me dê uma toalha, por favor — pediu Teo.

Era um sujeito superlimpo. Sempre tomava uma ducha antes e outra depois, como que para dar um toque higiênico à trepada. Minucioso, higiênico, desses que parecem não suar nunca nem ter um único micróbio na pele. Os homens de que Teresa se lembrava despidos eram quase todos limpos, ou pelo menos tinham essa aparência; mas nenhum como aquele. Teo quase não tinha cheiro próprio: sua pele era suave, apenas um aroma masculino indefinível, do sabonete e da loção que usava após a barba, tão moderados quanto tudo o que se referia a ele. Depois de fazerem amor sempre cheiravam a ela, a sua carne cansada, a sua saliva, ao cheiro forte e denso de seu sexo úmido; como se fosse Teresa que possuísse a pele do homem. Colonizando-o. Deu-lhe a toalha, observando o corpo alto e esguio, pingando água sob a ducha que acabava de fechar. A penugem preta no peito, nas pernas e no sexo. O sorriso tranquilo, sempre oportuno. A aliança de casado na mão esquerda. Pouco lhe importava aquela aliança, e aparentemente a ele também. Nossa transa é profissional, disse Teresa na única vez, no princípio, em que ele tentou se justificar, ou justificá-la, com um comentário rápido e desnecessário. Então não me venha com ladainhas. E Teo era esperto o bastante para entender.

— Aquilo do filho de Siso Pernas, você falou a sério?

Teresa não respondeu. Tinha se aproximado do espelho embaçado, tirando um pouco de vapor com a mão. E ali estava, tão imprecisa nos contornos que podia não ser ela mesma, o cabelo revirado, os olhos grandes e pretos observando-a como de costume.

— Ninguém acreditaria, vendo você assim — disse ele.

Estava a seu lado, olhando-a em meio à abertura feita no vapor. Enxugava o peito e as costas com a toalha. Teresa balançou a cabeça, negando devagar. Não brinque, disse sem palavras. Ele lhe deu um beijo distraído no cabelo e continuou a se enxugar a caminho do quarto, e ela ficou como estava, as mãos apoiadas na pia, diante de seu reflexo embaçado. Tomara que eu nunca tenha que demonstrar isso a você, refletiu em seu íntimo, dirigindo-se ao homem que se movimentava no quarto contíguo. Tomara que não.

— Patricia me preocupa — disse Teo de repente.

Teresa foi até a porta e permaneceu no umbral, olhando-o. Ele tirou da mala uma camisa impecavelmente passada — a bagagem do safado nunca amarrotava — e abria os botões para vesti-la. Tinham mesa reservada para dali a meia hora no Torre de Sande. Um restaurante soberbo, ele lhe disse. No estilo antigo. Teo conhecia todos os restaurantes soberbos, todos os bares da moda, todas as lojas elegantes. Lugares feitos tão sob medida para ele quanto a camisa que estava a ponto de vestir. Como Pati O'Farrell, parecia ter nascido neles: dois paparicados a quem o mundo estava sempre agradecido, embora um lidasse com isso melhor do que a outra. Tudo bem charmoso e tão distante de Siete Gotas, pensou, onde sua mãe — que nunca a havia beijado — lavava roupa num tanque do pátio e se deitava com vizinhos bêbados. Tão distante da escola onde os moleques encardidos levantavam sua saia perto da cerca do pátio. Bate uma punhetinha na gente, garota. Uma para cada um. Em mim e nos meus chapas, ou nós arrebentamos a tua xoxotinha. Tão distante dos telhados de madeira e zinco, do barro entre seus pés descalços e da maldita miséria.

— O que é que tem a Pati?

— Você sabe o que é que tem. E está cada vez pior.

Era verdade. Beber e cafungar até estourar eram uma péssima combinação, mas havia algo mais. Como a Tenente estivesse se destruindo pouco a pouco, calada. A palavra parecia ser resignação, embora Teresa não conseguisse definir resignada com o quê. Às vezes Pati parecia esses náufragos que param de nadar sem motivo aparente. Glub, glub. Talvez porque não têm fé, ou porque estão cansados.

— Ela é grandinha para fazer o que quiser — disse.

— A questão não é essa. A questão é se o que ela faz convém ou não a você.

Bem típico de Teo. Sua preocupação não era a O'Farrell, mas as consequências de seu comportamento. Em todo caso, transferia-as para Teresa. Convém ou não convém a você. Patroa. O desânimo, o desapego com que Pati encarava as poucas responsabilidades que ainda lhe restavam na Transer Naga eram o ponto cego do problema. Durante as reuniões de trabalho — cada vez ela comparecia menos, delegando-as a Teresa — permanecia ausente ou caçoava abertamente: parecia encarar tudo como uma brincadeira. Gastava muito dinheiro, desinteressava-se, tratava frivolamente assuntos sérios que envolviam muitos interesses e algumas vidas. Parecia um barco soltando as amarras. Teresa não conseguia definir se foi ela mesma quem liberou a amiga das obrigações, ou se o afastamento provinha da própria Pati, da perturbação crescente que saía dos redemoinhos de seu pensamento e de sua vida. Você é a chefe, costumava dizer. Eu aplaudo, bebo, cafungo e olho. Pode ser que isso se devesse às duas as coisas, e Pati se limitasse a seguir o ritmo dos dias; a ordem natural, inevitável, a que tudo as encaminhou desde o princípio. Talvez tenha me enganado sobre Edmond Dantès, Pati comentou na casa de Tomás Pestaña. Não era isto, nem era você. Não soube adivinhar. Ou talvez, como tinha dito em outra ocasião — o nariz sujo de pó e os olhos turvos —, que a única coisa que acontece é que mais cedo ou mais tarde o abade Faria sempre sai de cena.

Conflituosa e como que morrendo sem morrer. E sem se incomodar. Eram essas as palavras, e a primeira delas parecia a mais imprópria naquele tipo de negócio, tão sensível a qualquer escândalo. O último episódio era recente: uma menor infame, vulgar, de péssimas companhias e sentimentos ainda piores, tinha debochado de Pati sem disfarçar até que um caso sórdido envolvendo excessos, droga, hemorragia e hospital às cinco da madrugada esteve a ponto de levá-la às páginas policiais; e teria sido assim se não tivessem mobilizado os recursos disponíveis: dinheiro, relacionamentos, chantagem. Enfim: uma pedra em cima do assunto. Coisas da vida, disse Pati quando Teresa teve uma conversa dura com ela. Para você é simples, Mexicana. Você tem tudo, e ainda por cima quem lhe sapeque a xoxota. Então viva a sua vida e me deixe com a minha. Porque eu não tiro satisfações, nem me meto no que não devo. Sou sua amiga. Paguei e pago sua amizade. Cumpro o pacto. E você, que compra tudo tão facilmente, deixe pelo menos que eu compre a mim mesma. E ouça. Você sempre diz que entre nós é tudo meio a meio, não só em questões de negócio ou de dinheiro. Concordo. Esta é minha livre, deliberada e puta metade.

Até Oleg Yasikov a tinha alertado. Cuidado, Tesa. Você não está arriscando apenas dinheiro, mas também sua liberdade e sua vida. Mas as decisões são suas. Claro. De qualquer modo, não seria demais se você se perguntasse. Sim. Coisas. Por exemplo, qual é a parte que lhe cabe. Pelo que você é responsável. Pelo que não é. Até que ponto você mesma começou isto, fazendo o jogo dela. Há responsabilidades passivas que são tão graves quanto as outras. Há silêncios que não podemos deixar de escutar com absoluta clareza. Sim. A partir de certo momento na vida, cada um é responsável pelo que faz. E pelo que não faz.

Como teria sido se... Teresa às vezes pensava a respeito. Se eu... Talvez a chave estivesse ali; no entanto lhe parecia impossível olhar do outro lado daquela barreira cada vez mais clara e inevitável. Irritava-a o desconforto, ou o remorso, que sentia chegar em ondas imprecisas, como se enchesse suas mãos, e ela sem saber o que fazer com ele. E por que eu haveria de sentir isso?, dizia a si mesma. Nunca pôde ser e nunca foi. Ninguém enganou ninguém; e, se da parte de Pati houve no passado esperança, ou intenção, estava descartada fazia tempo. Talvez fosse esse o problema. Que tudo estivesse consumado, ou a ponto de estar, e à Tenente O'Farrell já nem sequer restasse o objeto de sua curiosidade. Em relação a Teresa, Teo Aljarafe podia ter sido o último experimento de Pati. Ou sua vingança. A partir dali, tudo parecia ao mesmo tempo previsível e obscuro. E isso cada uma delas enfrentaria aquilo sozinha.

13

Em duzentos a trezentos metros decolo os aviõezinhos

— Aí está — disse o dr. Ramos.

Tinha ouvido de tuberculoso, concluiu Teresa. Ela não percebia nada, a não ser o barulho da ressaca na praia. A noite estava tranquila, e o Mediterrâneo era uma mancha preta diante da enseada de Agua Amarga, na costa de Almería, com a lua iluminando como se fosse neve a areia da orla, e a luz do farol de Punta Polacra — três clarões a cada doze ou quinze segundos, registrou seu antigo instinto profissional — brilhando a intervalos ao pé da serra de Gata, seis milhas a sudoeste.

— Só estou ouvindo o mar — respondeu.

— Escute.

Permaneceu atenta à escuridão, aguçando o ouvido. Estavam de pé do lado da Cherokee, com uma garrafa térmica de café, copos de plástico e sanduíches, protegidos do frio por japonas e pulôveres. A silhueta escura de Pote Gálvez passeava a poucos metros, vigiando a pista de terra e a margem seca que davam acesso à praia.

— Agora estou ouvindo.

Era apenas um ronronar distante que mal se podia distinguir da água na orla; mas ia crescendo pouco a pouco em intensidade e soava muito baixo, como se viesse do mar e não do céu. Parecia uma lancha se aproximando em grande velocidade.

— Bons meninos — comentou o dr. Ramos.

Havia um pouquinho de orgulho em sua voz, como quem fala de um filho ou de um aluno adiantado, mas seu tom era tranquilo como de costume. Esse cara, pensou Teresa, não fica nervoso nunca. Ela, no entanto, custava a reprimir sua inquietude e conseguir que sua voz saísse com a serenidade que os outros esperavam. Se soubessem, disse a si mesma. Se soubessem... E ainda mais naquela maldita noite, com tudo o que estavam arriscando. Três meses preparando o que no fim se decidia em menos de duas horas, das quais já haviam transcorrido três quartas partes. O barulho dos motores era cada vez mais forte e próximo. O doutor aproximou o relógio de pulso dos olhos antes de iluminar o mostrador com uma rápida chama de seu isqueiro.

— Pontualidade prussiana — acrescentou. — O lugar certo e a hora exata.

O som estava cada vez mais próximo, sempre a uma altura bem baixa. Teresa esquadrinhou com avidez a escuridão, e então teve a impressão de que tinha visto algo: um pequeno ponto preto que aumentava de tamanho, justo no limite entre a água sombria e o bruxuleio da lua, mar adentro.

— Caramba — disse.

Era quase bonito, pensou. Tinha informação, lembranças, experiências que lhe permitiam imaginar o mar visto da cabine, as luzes amortecidas no painel de instrumentos, a linha de terra se perfilando à frente, os dois homens no comando, VOR-DME de Almería na frequência 114,1 para calcular tempo e distância sobre o mar de Alborán, ponto-traço-traço-traço-ponto-traço-ponto, e depois a costa visível à luz da lua, buscando referências no clarão do farol à esquerda, as luzes de Carboneras à direita, a mancha neutra da enseada no centro. Quem dera estivesse lá em cima, disse a si mesma. Voando a olho como eles, com dois ovos *rancheros* no devido lugar. Então o ponto preto cresceu de repente, sempre ao rés da água, enquanto o ruído dos motores aumentava até se tornar atordoante, rooaaaar, como se fosse cair em cima deles, e Teresa conseguiu perceber uma das asas se materializando na mesma altura de onde ela e o doutor observavam. Ao final viu a silhueta inteira do avião, que voava muito baixo, a uns cinco metros acima do mar, as duas hélices girando como discos de prata à contraluz da lua. A toda. Um instante depois, sobrevoando-os com um rugido que à sua passagem levantou uma nuvem de areia e algas secas, o avião ganhou altura, penetrando terra adentro à medida que inclinava uma asa a bombordo e se perdia na noite, entre as serras de Gata e Cabrera.

— Aí vai uma tonelada e meia — disse o doutor.

— Ainda não está no chão — respondeu Teresa.

— Em quinze minutos vai estar.

Já não havia motivo para continuar às escuras; então o doutor remexeu os bolsos da calça, acendeu seu cachimbo e depois acendeu o cigarro que Teresa tinha acabado de levar à boca. Pote Gálvez vinha com um copo de café em cada mão. Uma sombra corpulenta, atenta a seus desejos. A areia branca amortecia os passos.

— E aí, patroa?

— Tudo bem, Pinto. Obrigada.

Bebeu o líquido amargo, sem açúcar e aquecido por uma dose de conhaque, saboreando o cigarro que tinha dentro um pouco de haxixe. Espero que tudo continue assim tão bem. O celular que carregava no bolso da japona tocaria quando a carga estivesse nas quatro caminhonetes que aguardavam na pista rudimentar: um pequeno aeródromo abandonado desde a Guerra Civil, no meio do deserto almeriense, perto de Tabernas, com o povoado mais próximo a quinze quilômetros. Aquela era a última etapa de uma complexa operação que ligava uma carga de mil e quinhentos quilos de cloridrato de cocaína do cartel de Medellín às máfias italianas. Outra pedrinha no sapato do clã Corbeira, que continuava pleiteando a exclusividade dos movimentos de Dona Branca em território espanhol. Teresa sorriu para si mesma. Os galegos iam ficar muito putos, se soubessem. Mas lhe pediram lá da Colômbia que estudasse a possibilidade de colocar, de uma só tacada, um grande carregamento que seria embarcado em contêineres no porto de Valência com destino a Gênova; ela estava apenas solucionando o problema. A droga, selada a vácuo em pacotes de dez quilos dentro de latas de graxa para automóveis, tinha cruzado o Atlântico depois de fazer o transbordo em frente ao Equador, à altura das ilhas Galápagos, para um velho cargueiro com bandeira panamenha, o *Susana*. O desembarque aconteceu na cidade marroquina de Casablanca; dali, com proteção da Gendarmaria Real — o coronel Abdelkader Chaib mantinha ótimas relações com Teresa —, viajou em caminhões para o Rife, até um dos armazéns utilizados pelos sócios da Transer Naga para preparar os carregamentos de haxixe.

— Os marroquinos cumpriram o trato como cavalheiros — comentou o dr. Ramos, com as mãos nos bolsos. Dirigiam-se ao carro, com Pote Gálvez ao volante. Os faróis acesos iluminavam a extensão de areia e rochedos, as gaivotas despertas que esvoaçavam surpreendidas pela luz.

— Sim. Mas o mérito é seu, doutor.

— Mas a ideia não.

— Você a tornou possível.

O dr. Ramos sorveu seu cachimbo sem dizer nada. Era difícil o estrategista da Transer Naga formular uma queixa, ou mostrar satisfação diante de um elogio; mas a verdade é que Teresa imaginava que ele estava satisfeito. Porque, se a ideia do avião grande — a ponte aérea, como o chamavam entre eles — era de Teresa, o traçado da rota e os detalhes operacionais estavam a cargo do doutor. A inovação consistia em realizar voos em baixa altitude e aterrissar em pistas secretas, em uma operação de maior envergadura, mais rentável. Porque nos últimos tempos surgiram problemas. Duas expedições galegas, financiadas pelo clã Corbeira, tinham sido interceptadas pela Vigilância Alfandegária, uma no Caribe e outra em frente a Portugal; e uma terceira operação integralmente executada pelos italianos — um navio mercante turco com meia tonelada a bordo na rota de Buenaventura a Gênova, via Cádiz — acabou em completo fracasso com a carga apreendida pela Guarda Civil e oito homens na cadeia. Era um momento difícil; depois de muito refletir, Teresa decidiu se arriscar com os métodos que anos atrás, no México, valeram a Amado Carrillo a alcunha de Senhor dos Céus. Mas é claro, concluiu. Para que inventar, quando se tem mestres. Colocou Farid Lataquia e o dr. Ramos para trabalhar. O libanês tinha protestado, obviamente. Pouco tempo, pouco dinheiro, pouca margem. Sempre pedem milagres ao mesmo santo. Etc. Enquanto isso, o dr. Ramos se trancava com seus mapas e seus planos e seus diagramas, fumando cachimbo atrás de cachimbo e sem pronunciar outras palavras além das imprescindíveis, calculando rotas, combustíveis, lugares. Espaços vazios de radar para chegar ao mar entre Melilla e Alhucemas, distância a percorrer ao rés da água no rumo leste-norte-noroeste, zonas sem vigilância para cruzar a costa espanhola, referências de terra para se orientar visualmente e sem instrumentos, consumo a alta e baixa altitudes, setores em que um avião de médio porte não podia ser detectado voando sobre o mar. Chegou a sondar uma dupla de controladores aéreos que estariam de plantão nas noites e nos lugares adequados, certificando-se de que ninguém daria parte se um eco suspeito se refletisse nas telas de radar. Também voou sobre o deserto almeriense em busca do ponto mais apropriado para a aterrissagem, e se deslocou até as montanhas do Rife para verificar de perto as condições dos aeródromos locais. Lataquia tinha conseguido o avião na África: um velho Aviocar C-212 destinado ao transporte de passageiros entre Malabo e Bata, procedente da ajuda espanhola à Guiné Equatorial, construído em 1978 e que ainda voava. Bimotor, duas toneladas de capacidade de carga. Podia aterrissar a sessenta nós em duzentos e cinquenta metros de pista se invertesse as hélices e abrisse os flapes a quarenta graus. A compra tinha sido feita sem problemas graças a um contato da embaixada da Guiné Equatorial em Madri — comissão do adido comercial à parte, o superfaturamento serviu para encobrir uma compra de motores marítimos para lanchas semirrígidas —, e o Aviocar voou para Bangui, onde os dois motores turboélices Garret TPE foram revisados e colocados no ponto por mecânicos franceses. E então foi pousar na pista de quatrocentros metros nas montanhas do Rife para ser carregado com a cocaína. Conseguir a tripulação não foi difícil: cem mil dólares para o piloto — Jan Karasek, polonês, ex-fumigador agrícola, veterano de voos noturnos transportando haxixe para a Transer Naga a bordo de uma Skymaster de sua propriedade — e setenta e cinco mil para o copiloto, Fernando de la Cueva, um ex-militar espanhol que tinha voado com os Aviocar quando estava na Força Aérea, antes de passar para a aviação civil e ficar desempregado após uma reestruturação funcional da Iberia. Àquela hora — os faróis da Cherokee iluminavam as primeiras casas de Carboneras quando Teresa consultou o relógio do painel de comando —, os dois homens, após se orientarem pelas luzes da rodovia Almería-Múrcia e cruzá-la nas proximidades de Níjar, já deveriam estar pilotando o avião, voando sempre baixo e evitando a linha de torres elétricas que o dr. Ramos desenhou cuidadosamente sobre seus mapas aéreos, em torno da serra de Alhamilla, girando devagar para oeste, e estariam abrindo os flapes para aterrissar no aeródromo clandestino iluminado pela lua. Um carro no começo e outro trezentos e cinquenta metros adiante: dois breves clarões de faróis para assinalar o início e o final da pista. Levando em seu bagageiro uma carga avaliada em quarenta e cinco milhões de dólares, da qual a Transer Naga recebia, como transportadora, uma quantia equivalente a dez por cento.

Pararam para beber alguma coisa numa estalagem de estrada antes de sair para a N-340: caminhoneiros jantando nas mesas do fundo, presuntos e frios pendurados no teto, tonéis de vinho, fotos de toureiros, vitrines giratórias com vídeos pornôs, fitas e CDs de Los Chunguitos, El Fary, La Niña de los Peines. Beliscaram, de pé no balcão, presunto, lascas de pernil e atum fresco com pimentões e tomate. O dr. Ramos pediu um conhaque e Pote Gálvez, que dirigia, um café duplo. Teresa procurava os cigarros nos bolsos de sua japona quando um Nissan verde e branco da Guarda Civil parou na porta e seus ocupantes entraram na venda. Pote Gálvez ficou tenso, as mãos afastadas do balcão, virando-se com desconfiança profissional para os recém-chegados, movendo-se um pouco para encobrir com o corpo sua patroa. Calma, Pinto, ela lhe disse com os olhos. Não há de ser hoje que vão nos pegar. Patrulha rural. Rotina. Eram dois guardas jovens, com uniformes verde-oliva e pistolas em coldres pretos na cintura. Disseram cortesmente boa noite, deixaram os quepes sobre um tamborete e se apoiaram no final do balcão. Pareciam relaxados, e um deles os olhou rapidamente, distraído, enquanto punha açúcar no café e mexia com a colherzinha. A expressão do dr. Ramos faiscava quando trocou um olhar com Teresa. Se estes molecotes soubessem, dizia sem dizer, enchendo com toda a calma o fornilho de seu cachimbo. Que coisa. Depois, quando os guardas se preparavam para ir embora, o doutor disse ao empregado da venda que fazia questão de pagar seus cafés. Um deles protestou amavelmente e o outro lhes deu um sorriso. Obrigado. Bom serviço, disse o doutor enquanto se afastavam. Obrigado, eles repetiram.

— Bons meninos — resumiu o doutor quando fecharam a porta.

Tinha comentado a mesma coisa a respeito dos pilotos, lembrou-se Teresa, quando os motores do Aviocar atroavam sobre a praia. E era disso, entre outras coisas, que ela gostava naquele personagem. Sua imparcialidade inabalável. Qualquer um, visto da perspectiva adequada, podia ser um bom menino. Ou boa menina. O mundo era um lugar difícil, de regras complicadas, onde cada um desempenhava o papel que o destino lhe dava. E nem sempre era possível escolher. Todas as pessoas que conheço, ouviram certa vez o doutor comentar, têm suas razões para fazer o que fazem. Aceitando isso em nossos semelhantes, concluiu, não fica difícil a gente se relacionar bem com os outros. O segredo está em procurar sempre o lado positivo. E fumar cachimbo ajuda muito. Dá-lhe tempo, reflexão. Dá oportunidade de mexer as mãos devagar, e olhar para si mesmo, e olhar para os outros.

O doutor pediu um segundo conhaque, e Teresa — não tinham tequila na venda —, uma bagaceira galega que arrancava fogo pelo nariz. A presença dos guardas lhe trouxe à memória uma conversa recente e antigas preocupações. Tinha recebido uma visita três semanas atrás, na sede oficial da Transer Naga, que agora ocupava todo um edifício de cinco andares na avenida del Mar, nas proximidades do parque de Marbella. Uma visita não anunciada, que a princípio ela se recusou a receber até que Eva, sua secretária — Pote Gálvez estava em frente à porta do escritório, plantado no tapete como um dobermann —, lhe mostrou uma ordem judicial que recomendava a Teresa Mendoza Chávez, domiciliada em tal lugar, que a aceitasse, ou teria de se sujeitar a ações posteriores. Averiguação prévia, lia-se no papel, sem determinar prévia em relação a quê. E são dois, acrescentou a secretária. Um homem e uma mulher. Guarda Civil. Então, depois de meditar um pouco, Teresa mandou avisar Teo Aljarafe para que estivesse prevenido, tranquilizou Pote Gálvez com um gesto e disse à secretária que os encaminhasse até a sala de reuniões. Não se apertaram as mãos. Após uma rápida saudação, os três se sentaram em torno da grande mesa redonda da qual foram retirados todos os papéis e pastas. O homem era esguio, sério, bem-apessoado, com o cabelo prematuramente grisalho cortado à escovinha e um bonito bigode. Tinha uma voz grave e agradável, reparou Teresa, tão educada quanto seus bons modos. Vestia-se à paisana, paletó de algodão muito usado e calça esporte, mas toda a sua aparência era a de um meganha, muito militar. Meu nome é Castro, apresentou-se, sem acrescentar nome de batismo, patente nem posto; contudo, ao fim de um momento, pareceu ter pensado melhor e acrescentou que era capitão. Capitão Castro. E esta é a sargento Moncada. Enquanto fazia a rápida apresentação, a mulher — ruiva, vestida com saia e suéter, brincos de ouro, olhos pequenos e inteligentes — tirou um gravador da bolsa de lona que tinha sobre os joelhos e o colocou na mesa. Espero, disse, que não se incomode. Em seguida assoou o nariz em um lenço de papel — parecia resfriada, ou alérgica — e o deixou transformado em uma bolinha no cinzeiro. Absolutamente, respondeu Teresa. Só que, neste caso, terão que esperar a chegada de meu advogado. E isso vale também para as anotações. De modo que, depois de um olhar de seu chefe, ela franziu o cenho, enfiou o gravador na bolsa e usou outro lenço de papel. O capitão Castro explicou em poucas palavras o que os tinha levado até ali. Durante uma investigação recente, alguns relatórios indicavam empresas vinculadas à Transer Naga.

— Vocês devem ter provas disso, claro.

— O problema é que não. Lamento dizer que elas não existem.

— Nesse caso, não compreendo esta visita.

— É de rotina.

— Ah.

— Simples cooperação com a Justiça.

— Ah.

O capitão Castro contou a Teresa que uma ação da Guarda Civil — lanchas infláveis supostamente destinadas ao narcotráfico — tinha sido abortada graças a um vazamento de informação e à inesperada intervenção do Corpo Nacional de Polícia. Agentes da delegacia de Estepona intervieram antes da hora e entraram em um navio do polígono industrial, onde, em vez do material cuja pista a Guarda Civil seguia, só encontraram duas velhas lanchas fora de uso, sem obter nenhuma prova nem realizar detenções.

— Sinto muito — disse Teresa. — Mas não percebo o que eu tenho a ver com isso.

— Agora, nada. A Polícia estragou. Nossa investigação foi por água abaixo porque alguém passou ao pessoal de Estepona uma informação manipulada. Nenhum juiz seguiria adiante com o que existe.

— Puxa vida... E vocês vieram aqui para me contar isso?

O tom fez com que o homem e a mulher trocassem um olhar.

— De certa forma sim — afirmou o capitão Castro. — Achamos que sua opinião seria útil. Neste momento estamos trabalhando em meia dúzia de casos relacionados com o mesmo ambiente.

A sargento Moncada se inclinou para a frente em sua cadeira. Sem batom ou maquiagem. Seus olhos pequenos pareciam cansados. O catarro. A alergia. Uma noite de trabalho, arriscou Teresa. Dias sem lavar os cabelos. Os brincos de ouro reluziam incongruentes.

— O capitão se refere ao *seu* ambiente. Aquele em que a senhora vive.

Teresa decidiu ignorar a hostilidade do *seu*. Olhava o suéter amarrotado da mulher.

— Não sei do que estão falando — virou-se para o homem. — Meus negócios são transparentes.

— Não esse tipo de negócios — disse o capitão Castro. — Já ouviu falar da Chemical STM?

— Nunca.

— E da Konstantin Garofi Ltda.?

— Sim. Tenho ações. Apenas um pacote minoritário.

— Que estranho. Segundo nossos relatórios, a sociedade de importação-exportação Konstantin Garofi, com sede em Gibraltar, é inteiramente sua.

Talvez devesse ter esperado Teo, pensou Teresa. Em todo caso, já não era o momento de voltar atrás. Arqueou uma sobrancelha.

— Espero que tenham provas para afirmar isso.

O capitão Castro tocou o bigode. Mexia levemente a cabeça, cético, como se de fato calculasse até que ponto contava ou não com essas provas. Não, concluiu ao final. Infelizmente não temos, a despeito de isso pouco importar neste caso. Porque nos chegou um relatório. Um pedido de cooperação da DEA norte-americana e do governo colombiano, referente a um carregamento de quinze toneladas de permanganato de potássio apreendido no porto caribenho de Cartagena.

— Pensei que o comércio de permanganato de potássio fosse livre.

Recostou-se em sua cadeira e pôs-se a olhar o guarda-civil com uma surpresa que parecia verdadeira. Na Europa sim, foi a resposta. Mas não na Colômbia, onde era usado como precursor da cocaína. E nos Estados Unidos sua compra e venda estão controladas a partir de certas quantidades, porque figuram na lista de doze precursores e trinta e três substâncias químicas cujo comércio é vigiado por leis federais. O permanganato, como porventura — ou talvez, ou sem dúvida — a senhora deve saber, é um desses doze produtos essenciais para elaborar a pasta-base e o cloridrato de cocaína. Combinadas com outras substâncias químicas, dez toneladas servem para refinar oitenta toneladas da droga. O que, usando um conhecido dito espanhol, não é titica de galinha. Após esse relato, o guarda-civil ficou olhando para Teresa, inexpressivo, como se aquilo fosse tudo o que tinha a dizer. Ela contou mentalmente até três. Puxa. Sua cabeça começava a doer, mas não podia se permitir tomar uma aspirina diante daqueles dois. Deu de ombros.

— Não me diga... E daí?

— Daí que o carregamento chegou de Algeciras por via marítima, comprado pela Konstantin Garofi à empresa belga Chemical STM.

— Acho estranho que essa empresa gibraltarina exporte diretamente para a Colômbia.

— Faz bem em achar estranho — se havia ironia no comentário, não se notava. — Na verdade, o que fizeram foi comprar o produto na Bélgica, trazê-lo até Algeciras e dali passá-lo a outra empresa radicada na ilha de Jersey, que a fez chegar, num contêiner, primeiro a Puerto Cabello, na Venezuela, e depois a Cartagena... No meio do caminho o produto foi transferido para latões rotulados como dióxido de magnésio. Para camuflar.

Não foram os galegos, sabia Teresa. Dessa vez eles não tinham dado com a língua nos dentes. Estava informada de que o problema estava na própria Colômbia. Problemas locais, com a DEA atrás. Nada que a afetasse nem de longe.

— Em que altura do caminho?

— Alto-mar. Em Algeciras embarcou como o que de fato era.

Pois daqui não vai passar, meu querido. Olha minhas mãozinhas sobre a mesa, tirando de um maço legítimo um cigarro legítimo e acendendo-o com a calma dos justos. Brancas e inocentes. Então não me sacaneie. Olha só o que você vem me contar.

— Pois deveriam — sugeriu — pedir explicações a essa empresa com sede em Jersey...

A sargento fez um gesto impaciente, mas não disse nada. O capitão Castro inclinou um pouco a cabeça, como se declarando capaz de apreciar um bom conselho.

— Ela se dissolveu depois da operação — comentou. — Era apenas um nome numa rua de Saint Hélier.

— Caramba. Tudo isso está provado?

— Certamente.

— Então o pessoal da Konstantin Garofi foi surpreendido em sua boa-fé.

A sargento entreabriu a boca para dizer alguma coisa, mas também dessa vez pensou melhor. Olhou seu chefe por um instante e tirou uma caderneta da bolsa. Se pegar um lápis, pensou Teresa, vão os dois pra rua. Agorinha. Vão de qualquer jeito, mesmo que não o pegue.

— De qualquer modo — prosseguiu —, e se consegui entender bem, vocês estão falando do transporte de um produto químico legal, dentro do espaço alfandegário de Schengen. Não vejo o que isso tem de estranho. Sem dúvida, a documentação estaria em ordem, com certificado de destino e coisas assim. Não conheço muitos detalhes da Konstantin Garofi, mas, de acordo com minhas informações, são escrupulosos no cumprimento da lei. Caso contrário, eu nunca teria adquirido ações dela.

— Fique tranquila — disse o capitão Castro, amável.

— Por acaso não estou?

O outro a olhou sem responder logo.

— No que se refere à senhora e à Konstantin Garofi — disse por fim —, tudo parece estar dentro da lei.

— Infelizmente — acrescentou a sargento.

Molhava um dedo com a língua para virar as páginas da caderneta. E não me encha, sua tampinha, pensou Teresa. Vai querer me convencer de que tem aí anotados os quilos de meu último trampo.

— Há algo mais?

— Sempre haverá algo mais — respondeu o capitão.

Pois vamos à segunda base, safado, pensou Teresa enquanto apagava o cigarro no cinzeiro. Fez isso com violência calculada, de uma só vez. A irritação exata, nem um grama a mais, embora a dor de cabeça a fizesse se sentir cada vez mais indisposta. Em Sinaloa, aqueles dois já estariam comprados ou mortos. Sentia desprezo pela maneira como se apresentavam ali, tomando-a pelo que não era. Tão elementares. Mas também sabia que o desprezo leva à arrogância, e é a partir daí que se cometem os erros. O excesso de confiança arrebenta mais do que o chumbo.

— Então vamos esclarecer as coisas — disse. — Se têm assuntos concretos que se referem a mim, esta conversa continuará na presença dos meus advogados. Senão, agradecerei se deixarem de gracinhas.

A sargento Moncada se esqueceu da caderneta. Tocava a mesa como se verificasse a qualidade da madeira. Parecia mal-humorada.

— Poderíamos continuar a conversa numa dependência oficial...

Até que enfim, pensou Teresa. Direitinho onde eu estava te esperando.

— Acho que não, sargento — respondeu com muita calma. — A não ser que tivessem mesmo alguma coisa concreta, o que não têm, eu ficaria nessas dependências o tempo exato para que meu departamento jurídico incriminasse vocês... Exigindo, certamente, compensações morais e financeiras.

— Não tem por que ficar assim — moderou o capitão Castro. — Ninguém a está acusando de nada.

— Disso eu estou mais do que segura. De que ninguém está me acusando.

— Pelo menos, não o sargento Velasco.

Você vai apanhar feito um puto, pensava. Ali puxou a máscara asteca.

— Perdão? O sargento quem?

O capitão a olhava com fria curiosidade. Você é bem bonitinho, concluiu ela. Com suas maneiras corretas, seu cabelo grisalho e esse lindo bigode de oficial e cavalheiro. Já a boneca podia lavar os cabelos com mais frequência.

— Iván Velasco — disse devagar o capitão. — Guarda-civil. Morto.

A sargento Moncada se inclinou de novo para a frente. A expressão rude.

— Um porco. Sabe alguma coisa sobre porcos, senhora?

Proferiu isso com uma veemência malcontida. Quem sabe seja seu caráter, pensou Teresa. Esse cabelo vermelho sujo talvez tenha alguma coisa a ver. Pode ser que trabalhe demais, ou seja infeliz com seu marido, ou sei lá. Vai ver que ninguém a come. Não deve ser fácil ser mulher, em seu trabalho. Ou talvez hoje estejam dividindo os papéis: guarda-civil cortês, guarda-civil ruim. Diante de uma safada como a que supõem que sou. Cabe a essa sujeitinha bancar a peste. Lógico. Mas estou pouco ligando.

— Isso tem alguma coisa a ver com o permanganato de potássio?

— Seja boazinha — aquilo não soava nada simpático; a sargento cutucava os dentes com a unha do dedo mindinho. — Não zombe de nós.

— Velasco andava em más companhias — esclareceu com simplicidade o capitão Castro —, e o mataram faz tempo, quando a senhora saiu da cadeia. Lembra-se?... Santiago Fisterra, Gibraltar e tudo aquilo. Quando nem sonhava em ser o que é agora.

Na expressão de Teresa não havia porcaria nenhuma de que se lembrar. Ou seja, vocês não têm nada, refletia. Vieram só sacudir a árvore.

— Estejam certos de que não — disse. — Não caio nessa história do Velasco.

— Não cai — comentou a mulher. Quase cuspia as palavras. Virou-se para seu chefe insinuando, e qual é a sua opinião?, meu capitão. Castro, entretanto, olhava para a janela como se pensasse em outra coisa.

— Na verdade não podemos incriminá-la — prosseguiu a sargento Moncada. — Além do mais, são águas passadas, não é? — tornou a molhar o dedo e consultou a caderneta, embora estivesse claro que não estava lendo nada. — E o caso daquele outro,

Cañabota, que mataram em Fuengirola, também não refresca a sua memória?... O nome de Oleg Yasikov não lhe diz nada?... Nunca ouviu falar de haxixe, nem de cocaína, nem de colombianos, nem de galegos? — interrompeu-se, sombria, para dar a Teresa oportunidade de intercalar um comentário, mas ela não abriu a boca. — Claro. Seu negócio são as imobiliárias, a bolsa, as adegas de Jerez, a política local, os paraísos fiscais, as obras de caridade e os jantares com o governador de Málaga.

— E o cinema — comentou o capitão, objetivo. Continuava voltado para a janela como se pensasse em qualquer outra coisa. Quase melancólico.

A sargento levantou uma das mãos.

— É verdade. Esqueci que também faz cinema... — o tom se tornava cada vez mais grosseiro, vulgar em alguns momentos, como se até ali o tivesse reprimido, ou a ele recorresse agora deliberadamente. — Deve se sentir bem a salvo entre seus negócios milionários e sua vida de luxo, com os jornalistas fazendo da senhora uma estrela.

Já me provocaram de outras vezes, e melhor do que ela, Teresa disse para si mesma. Ou esta sujeitinha é ingênua demais apesar de seus maus bofes, ou a verdade é que não têm nada em que se agarrar.

— Esses jornalistas — respondeu com muita calma — andam metidos em processos judiciais que não acabam mais... Quanto a vocês, acreditam mesmo que vou brincar de polícia e ladrão?

Era a vez do capitão. Ele tinha se virado lentamente para ela e a olhava de novo.

— Senhora. Minha colega e eu temos um trabalho a fazer. Isso inclui várias investigações em andamento — lançou um olhar pouco convicto para a caderneta da sargento Moncada. — Esta visita tem apenas o objetivo de lhe informar isso.

— Quanta amabilidade, e que legal. Avisar-me assim.

— Pois é. Queríamos conversar um pouco. Conhecê-la melhor.

— Também — mediou a sargento — queremos deixá-la nervosa.

Seu chefe fez que não com a cabeça.

— A senhora não é das que ficam nervosas. Nunca teria chegado aonde chegou... — sorriu um pouco, um sorriso de corredor fundista. — Espero que nossa próxima conversa seja em circunstâncias mais favoráveis. Para mim.

Teresa olhou o cinzeiro, com sua única guimba apagada entre as bolinhas de papel. Quem aqueles dois pensavam que ela era? Seu caminho tinha sido longo e difícil; até demais, para ter que aguentar truquezinhos de delegacia de telefilme. Eram apenas uma dupla de intrusos que futucavam os dentes e embolavam lenços de papel e pretendiam revirar caixões. Deixá-la nervosa, dizia a maldita sargento. De repente se sentiu irritada. Tinha mais o que a fazer, em vez de desperdiçar seu tempo. Tomar uma aspirina, por exemplo. Assim que a dupla saísse dali, encarregaria Teo de apresentar uma denúncia por coação. E depois daria alguns telefonemas.

— Façam o favor de ir embora.

Ficou de pé. E parece que a sargento sabe rir, constatou. Só que não gosto de como ri. Seu chefe se levantou com Teresa, mas a outra continuava sentada, um pouco debruçada para a frente na cadeira, com os dedos apertados na beirada da mesa. Com aquele riso seco e opaco.

— Assim, por bem?... Não vai antes tentar nos ameaçar, nem nos comprar, como fez com fez com aqueles merdas do DOCS?. Isso nos deixaria muito felizes. Uma tentativa de suborno.

Teresa abriu a porta. Pote Gálvez estava ali, corpulento, vigilante, como se não tivesse se movido do tapete. E certamente não tinha. Mantinha as mãos ligeiramente afastadas do corpo. Esperando. Tranquilizou-o com um olhar.

— A senhora está maluca — disse Teresa. — Eu não faço essas coisas.

A sargento se levantou afinal, quase de má vontade. Assoara novamente o nariz e estava com a bolinha do lenço de papel apertada numa das mãos, e a caderneta na outra. Perscrutava ao redor, os quadros caros nas paredes, a vista da janela sobre a cidade e o mar. Já não disfarçava o rancor. Ao se dirigir para a porta atrás de seu chefe, parou diante de Teresa, bem perto, e guardou a caderneta na bolsa.

— Claro. Tem quem faça, não é? — aproximou mais o rosto, e os olhinhos avermelhados pareciam faiscar de cólera. — Vamos, anime-se. Pelo menos uma vez, tente fazer isso pessoalmente. Sabe quanto ganha um guarda-civil?... Estou certa de que sabe. E também sabe que as pessoas morrem e apodrecem por toda essa merda que a senhora trafica... Por que não tenta subornar o capitão e a mim? Adoraria ouvir uma oferta sua, e arrancá-la deste escritório algemada e aos empurrões — atirou a bolinha do lenço de papel no chão. — Grande filha da puta.

Havia uma lógica, no fim das contas. Era nisso que Teresa pensava enquanto cruzava o leito quase seco do rio, que tinha se transformado em pequenas lagoas pouco profundas junto ao mar. Um enfoque quase externo, alheio, de certa maneira matemático, que esfriava seu coração. Um sistema tranquilo para situar os fatos, e sobretudo as circunstâncias que havia no início e no final daqueles fatos, cuja ordem e sentido obedeciam a números e sinais deste ou do outro lado. Tudo isso permitia excluir, em princípio, a culpa ou o remorso. Aquela foto rasgada ao meio, a guria de olhos desconfiados que tinha ficado tão longe, lá em Sinaloa, era seu papelzinho de indulgências. E, já que se tratava de lógica, ela só podia se movimentar para onde essa lógica a conduzia. Mas não faltava o paradoxo: o que acontece quando nada se espera, e cada derrota aparente que nos empurra para cima enquanto se aguarda, acordada ao amanhecer, o momento em que a vida irá corrigir seu erro e golpear de verdade, para sempre. A Verdadeira Situação. Um dia a gente começa a achar que talvez esse momento não chegue nunca, e em seguida intui que a armadilha é justamente esta: acreditar que ele nunca vai chegar. Morre-se assim de antemão durante horas, durante dias e durante anos. Morre-se longa, demoradamente, sem gritos e sem sangue. Morre-se mais quanto mais se pensa e se vive.

Paou sobre as pedras da praia e olhou a distância. Vestia um jogging cinza e calçava tênis, e o vento revirava seu cabelo sobre o rosto. Do outro lado da embocadura do Guadalmina havia uma língua de areia onde o mar rebentava; e ao fundo, na cerração azulada do horizonte, Puerto Banús e Marbella estavam clareando. Os campos de golfe estavam à esquerda, aproximando seus gramados quase até a margem, em torno do edifício ocre do hotel e dos chalés praieiros fechados durante o inverno. Teresa gostava de Guadalmina Baja nessa época do ano, com as praias desertas e uns poucos golfistas tranquilos se mexendo ao longe. As casas de luxo silenciosas e fechadas atrás de seus muros altos cobertos de bouganvílleas. Uma delas, a mais próxima à ponta de terra que adentrava pelo mar, era a sua. "Siete Gotas" era o nome escrito sobre um bonito azulejo na porta principal, numa ironia *culichi* que ali só ela e Pote Gálvez podiam decifrar. Da praia não se conseguia ver mais do que o alto muro exterior, as árvores e os arbustos que apareciam por cima disfarçando as câmaras de vídeo de segurança, e também o telhado e as quatro chaminés: seiscentos metros construídos num terreno de cinco mil, o estilo de uma antiga fazenda com ar mexicano, branca e com remates em ocre, uma varanda no andar de cima, um alpendre grande aberto para o jardim, para a fonte de azulejos e a piscina.

Podia-se ver um barco à distância — um pesqueiro trabalhando perto de terra —, e por um momento Teresa o observou com interesse. Continuava ligada ao mar; e toda manhã, ao se levantar, a primeira coisa que fazia era apreciar a imensidão azul, cinzenta, violeta conforme a luz e os dias. Ainda calculava por instinto marulhadas, mar de fundo, ventos favoráveis ou desfavoráveis, inclusive quando não tinha ninguém trabalhando água adentro. Aquela costa, gravada em sua memória com a precisão de um mapa náutico, era um mundo familiar ao qual devia infortúnios e sorte, e imagens que evitava evocar em excesso, por medo de que se alterassem em sua memória. A casinha na praia de Palmones. As noites no Estreito, voando a puras pancadas do fundo do casco. A adrenalina da perseguição e da vitória. O corpo duro e terno de Santiago Fisterra. Pelo menos eu o tive, pensava. Perdi-o, mas antes eu o tive. Era um luxo íntimo e calculadíssimo ficar relembrando sozinha com um toque de haxixe e tequila, nas noites em que o barulho da ressaca na praia chegava pelo jardim, com a lua ausente, lembrando e se lembrando. Com frequência ouvia passar o helicóptero da Vigilância Alfandegária sobre a praia, apagado, e pensava que talvez quem estivesse no comando fosse o homem que ela tinha visto apoiado na porta do quarto do hospital: aquele que os perseguia voando por trás do aguaceiro da velha Phantom, que no fim se atirou ao mar para salvar sua vida na pedra de León. Uma vez, aborrecidos com as perseguições dos aduaneiros, dois homens de Teresa, um marroquino e um gibraltarino que trabalhavam com as *gomas*, propuseram dar um corretivo no piloto do pássaro. Nesse filho da puta. Uma cilada em terra para lhe esquentar o couro. Quando a sugestão chegou até ela, Teresa convocou o dr. Ramos e lhe ordenou que transmitisse, sem mudar uma vírgula, a mensagem a Deus e todo mundo. Esse babaca faz seu trabalho como nós fazemos o nosso, disse. São as regras e, se um dia a gente se arrebenta numa perseguição ou vai se ralar bem ralado numa praia, é problema de cada um. Às vezes se ganha e às vezes se perde. Mas ai daquele que tocar num fio da roupa dele estando fora de serviço: mandarei arrancar a pele em tiras. Estamos entendidos? E estavam.

Em relação ao mar, Teresa mantinha um vínculo pessoal. E não só da margem. O *Sinaloa*, um Fratelli Benetti de trinta e oito metros de comprimento e sete de largura, registrado em Jersey, estava atracado na área exclusiva de Puerto Banús, branco e impressionante com suas três cobertas e sua aparência de iate clássico, os interiores mobiliados com madeira de teca e iroco, banheiros de mármore, quatro cabines para convidados e um salão de trinta metros quadrados presidido por uma impressionante marinha a óleo de Montague Dawson — *Combate entre os navios Spartiate e Antilla em Trafalgar* — que Teo Aljarafe tinha comprado para ela num leilão de Claymore. Apesar de a Transer Naga movimentar recursos navais de todo tipo, Teresa nunca usou o *Sinaloa* para atividades ilícitas. Era um território neutro, um mundo próprio, de acesso restrito, que não queria relacionar com o restante de sua vida. Um capitão, dois marinheiros e um mecânico mantinham o iate pronto para se lançar ao mar a qualquer momento, e ela embarcava com frequência, às vezes para breves saídas de dois dias, e outras em cruzeiros de duas ou três semanas. Livros, música, um aparelho de televisão com vídeo. Nunca levava convidados, à exceção de Pati O'Farrell, que a acompanhou algumas vezes. O único que a escoltava sempre, sofrendo estoicamente o mareio, era Pote Gálvez. Teresa gostava das singraduras longas na solidão, dias sem que o telefone tocasse e sem a necessidade de abrir a boca. Sentar-se de noite na cabine de comando com o capitão — um marinheiro mercante pouco falante, contratado pelo dr. Ramos, aprovado por Teresa justamente por sua economia de palavras —, desligar o piloto automático e dirigir ela mesma com mau tempo, ou passar os dias ensolarados e tranquilos numa espreguiçadeira da coberta da popa, com um livro nas mãos ou olhando o mar. Também gostava de se ocupar pessoalmente da manutenção dos motores turbodiesel MTU de 1800 cavalos que permitiam ao *Sinaloa* navegar a trinta nós, deixando uma esteira reta, larga e poderosa. Costumava descer à sala de máquinas, o cabelo preso em duas tranças e um lenço em volta da testa, e passava horas ali, tanto no porto como em alto-mar. Conhecia cada peça dos motores. Uma vez, quando sofreram uma avaria com forte vento de leste a barlavento de Alborán, trabalhou durante quatro horas lá embaixo, suja de graxa e óleo, batendo-se contra as tubulações e os tabiques divisórios enquanto o capitão tentava evitar que o iate ficasse atravessado no mar ou derivasse demais a sotavento, até que ela e o mecânico solucionaram o problema. A bordo do *Sinaloa* fez algumas viagens longas, Egeu e Turquia, o Sul da França, as ilhas Eólicas pelas entradas de Bonifácio, e não raro mandava rumar para as Baleares. Gostava das enseadas tranquilas do norte de Ibiza e de Maiorca, quase desertas no inverno, e de ancorar diante da língua de areia que se estendia entre Formentera e os fiordes. Ali, em frente à praia dos Trocados, Pote Gálvez havia tido um incidente recente com os *paparazzi*. Dois fotógrafos habituais de Marbella identificaram o iate e se aproximavam em um jet ski para surpreender Teresa, até que o sinaloense foi caçá-los com a lancha inflável de bordo. Resultado: duas costelas quebradas, outra indenização milionária. Ainda assim, a foto chegou a ser publicada na primeira página do *Lecturas*. A Rainha do Sul descansa em Formentera.

Retornou devagar. Toda manhã, inclusive nos raros dias de vento e chuva, passeava pela praia até Linda Vista, sozinha. Sobre a pequena elevação junto ao rio reconheceu a figura solitária de Pote Gálvez, que vigiava de longe. Tinha-o proibido de escoltá-la naqueles passeios, e o sinaloense ficava atrás, olhando-a ir e vir, sentinela imóvel na distância. Leal como um cão de guarda que esperasse, inquieto, a volta de sua dona. Teresa sorriu em seu íntimo. Entre Pinto e ela, o tempo tinha estabelecido uma cumplicidade calada, feita de passado e de presente. O duro sotaque sinaloense do pistoleiro, sua maneira de se vestir, de se comportar, de mexer seus enganosos noventa e tantos quilos, as eternas botas de couro de iguana e o rosto meio de índio com o bigode preto — apesar do tempo passado na Espanha, Pote Gálvez parecia recém-chegado de uma cantina *culichi* —, significavam para Teresa mais do que ela estava disposta a reconhecer. O ex-pistoleiro de Batman Güemes era, na verdade, seu último vínculo com aquela terra. Nostalgias comuns, que não era preciso argumentar. Lembranças boas e ruins. Laços pitorescos que afloravam em uma frase, um gesto, um olhar. Teresa emprestava ao guardião cassetes e CDs com música mexicana: José Alfredo, Chavela, Vicente, Tucanes, Tigres, até uma fita preciosa que tinha de Lupita D'Alessio — serei seu amante ou o que tiver que ser/serei o que me pedir. Por isso, ao passar sob a janela do quarto que Pote Gálvez ocupava numa extremidade da casa, ouvia essas canções de vez em quando. Às vezes, quando estava no salão, lendo ou ouvindo música, o sinaloense parava um momento, respeitoso, afastado, esticando a orelha desde o corredor ou a porta com o olhar impassível, muito fixo, o que nele correspondia a um sorriso. Nunca falavam de Culiacán, nem dos acontecimentos que tinham feito seus caminhos se cruzarem. Tampouco do falecido Gato Fierros, integrado fazia muito tempo ao concreto de um chalé na Nova Andaluzia. Apenas uma única vez trocaram algumas palavras sobre tudo aquilo, na noite de Natal em que Teresa liberou o pessoal de serviço — uma criada, uma cozinheira, um jardineiro, dois guarda-costas marroquinos que se revezavam na porta e no jardim —, e ela mesma foi para a cozinha e preparou *chilorio* de carne de porco, caranguejo recheado gratinado e tortilhas de milho, e depois disse ao pistoleiro eu te convido para cear, Pinto, que uma noite é uma noite, vamos logo senão esfria. E se sentaram na sala de jantar com castiçais de prata e velas acesas, um em cada ponta da mesa, com tequila, cerveja e vinho tinto, os dois bem calados, ouvindo a música de Teresa e também a outra, puro Culiacán e bem pesada, que às vezes enviavam de lá para Pote Gálvez: *Pedro e Inés y su pinche camioneta gris, El borrego, El centenario en la Ram*, o *corrido* de Gerardo, *La avioneta Cessna, Veinte mujeres de negro*. Sabem que sou sinaloense — aí curtiram juntos ouvindo baixinho —, pra que se metem comigo? E quando, para arrematar, José Alfredo cantava o *corrido* do Cavalo Branco — a favorita do capanga, que inclinou ligeiramente a cabeça e concordou ao escutar —, ela disse estamos longe pra cacete, Pinto; e o outro respondeu essa é a pura verdade, patroa, mas mais vale longe demais do que perto demais. Depois observou seu prato, pensativo, no final levantou os olhos.

— Nunca pensou em voltar, minha senhora?

Teresa o olhou tão fixamente que o pistoleiro se remexeu na cadeira, incomodado, e desviou o olhar. Abriu a boca, talvez para pedir desculpa, quando ela sorriu um pouco, distante, pegando a taça de vinho.

— Você sabe que não podemos voltar — disse.

Pote Gálvez coçou a cabeça.

— Olha só, eu não, claro. Mas a senhora tem meios. Tem contatos e tem grana... Claro que, se quisesse, resolveria na marra.

— E você ia fazer o quê, se eu voltasse?

O pistoleiro olhou de novo seu prato, de cenho franzido, como se nunca tivesse cogitado aquela possibilidade. Olha que eu não sei, patroa, disse em seguida. Sinaloa está longe como o diabo, e a chance de eu voltar, mais longe ainda. Mas eu insisto que a senhora...

— Esqueça — Teresa balançou a cabeça entre a fumaça de um cigarro. — Não quero passar o resto de minha vida entrincheirada no condomínio de Chapultepec, olhando por cima do ombro.

— Não, claro que não. Mas é uma pena. Aquela não é uma terra ruim.

— Claro.

— É o governo, patroa. Se não houvesse governo, nem políticos, nem gringos acima do rio Bravo, ali se viveria numa boa... Não seria preciso nem a maldita erva nem nada disso, não é?... Com simples tomates nós nos arranjaríamos.

Havia também os livros. Teresa continuava lendo, muito e cada vez mais. À medida que o tempo passava, aumentava sua certeza de que o mundo e a vida eram mais fáceis de entender por intermédio de um livro. Agora tinha muitos, em estantes de carvalho onde iam se alinhando organizados por tamanho e por coleções, enchendo as paredes da biblioteca voltada para o sul e para o jardim, com poltronas de couro muito confortáveis e boa iluminação, onde se sentava para ler à noite ou nos dias de muito frio. Com sol, saía ao jardim e ocupava uma das espreguiçadeiras à beira da piscina — havia ali uma churrasqueira onde Pote Gálvez assava aos domingos carne bem-passada —, e ficava horas agarrada às páginas que ia virando com avidez. Sempre lia dois ou três livros ao mesmo tempo: um de história — era fascinante a do México quando chegaram os espanhóis, Cortés e toda aquela confusão —, um romance sentimental ou de mistério, e outro dos complicados, daqueles que demorava muito para terminar e às vezes não conseguia entender plenamente, mas sempre ficava, ao acabar, a sensação de que alguma coisa diferente se atava dentro dela. Lia assim, de qualquer jeito, misturando tudo. Aborreceu-se um pouquinho com um muito famoso que todos recomendaram: *Cem anos de solidão* — gostava mais de Pedro Páramo — e saboreou igualmente tanto os policiais de Agatha Christie e Sherlock Holmes quanto outros bem duros de roer, como *Crime e castigo*, *O vermelho e o negro* ou *Os Buddenbrook*, a história de uma jovem dondoca e sua família na Alemanha um século atrás, ou algo do tipo. Também leu um livro antigo sobre a guerra de Troia e as viagens do guerreiro Eneias, em que encontrou uma frase que a impressionou muito: "A única salvação dos vencidos é não esperar salvação alguma."

Livros. Toda vez que andava perto das estantes e tocava a lombada encadernada de *O conde de Monte Cristo*, Teresa pensava em Pati O'Farrell. Tinham conversado justamente na tarde anterior. Falavam-se quase todo dia, embora às vezes passassem vários sem se ver. Como vão as coisas, Tenente, e aí, Mexicana. Nessa época Pati havia renunciado a qualquer atividade diretamente ligada com o negócio. Limitava-se a receber e gastar: carreiras, álcool, meninas, viagens, roupa. Ia a Paris, a Miami, a Milão e ali ficava na maior, bem ao seu estilo, sem se preocupar com mais nada. Para quê, dizia, se você dirige como Deus. Ainda se envolvia em problemas, pequenos conflitos fáceis de resolver com suas amizades, com dinheiro e com as intervenções de Teo. O problema era que o nariz e a saúde estavam caindo aos pedaços. Mais de um grama diário, taquicardia, problemas dentários. Olheiras. Ouvia ruídos estranhos, dormia mal, punha uma música e a tirava em poucos minutos, entrava na banheira ou na piscina e saía de repente, vítima de ataque de ansiedade. Também era ostentadora e imprudente. Linguaruda. Falava demais, com qualquer um. E quando Teresa lhe jogava isso na cara, medindo bem as palavras, a outra se esquivava, provocativa, minha saúde e minha xoxota, e minha vida e minha parte nos negócios são meus, e eu não me meto em suas histórias com Teo nem em como você conduz as finanças. O caso estava perdido fazia tempo; e Teresa, num conflito no qual nem os conselhos sensatos de Oleg Yasikov — encontrava-se com o russo de vez em quando — ajudavam a iluminar a saída. Isso vai acabar mal, havia dito o homem de Solntsevo. Sim. A única coisa que eu quero, Tesa, é que isso não respingue muito em você. Quando acontecer. E que você não tenha que tomar as decisões.

— O senhor Aljarafe ligou, patroa. Diz que já acertou a parada.

— Obrigada, Pinto.

Cruzou o jardim seguida de longe pelo capanga. A "parada" era o último pagamento feito pelos italianos, numa conta da Grande Caimã via Liechtenstein e com quinze por cento lavados num banco de Zurique. Era mais uma boa notícia. A ponte aérea funcionava com regularidade, os bombardeios de fardos de droga com balizas GPS de aviões a baixa altitude — inovação tecnológica do dr. Ramos — davam excelente resultado, e uma nova rota aberta com os colombianos pelo Haiti, a República Dominicana e a Jamaica lhes oferecia uma rentabilidade assombrosa. A demanda de pasta de cocaína para laboratórios clandestinos na Europa era crescente, e a Transer Naga acabava de conseguir, graças a Teo, uma boa conexão para lavar dólares por meio da loteria de Porto Rico. Teresa se perguntou até quando aquela sorte ia durar. Com Teo, a relação profissional era ótima; e a outra, a particular — nunca teria chegado a ponto de chamá-la de sentimental —, corria por trilhas razoáveis. Ela não o recebia em sua casa de Guadalmina; encontravam-se sempre em hotéis, em geral durante viagens de trabalho, ou numa casa antiga que ele havia reabilitado na rua Ancha de Marbella. Nenhum dos dois arriscava mais do que o necessário. Teo era amável, educado, eficiente na intimidade. Fizeram juntos algumas viagens pela Espanha, França e Itália — Teresa não gostou de Paris, decepcionou-se com Roma e ficou fascinada com Veneza —, mas os dois tinham consciência de que sua relação percorria um terreno demarcado. No entanto, a presença do homem incluía momentos talvez intensos ou especiais, que para Teresa formavam uma espécie de álbum mental, como fotos capazes de reconciliá-la com certas coisas e alguns aspectos de sua vida. O prazer esmerado e atento que ele lhe proporcionava. A luz nas pedras do Coliseu enquanto entardecia entre os pinheiros romanos. Um castelo muito antigo perto de um rio imenso de margens verdes chamado Loire com um pequeno restaurante onde pela primeira vez ela provou o *foie gras* e um vinho chamado Château Margaux. E aquele amanhecer em que foi até a janela e viu a lagoa de Veneza como uma lágrima de prata polida que se avermelhava pouco a pouco enquanto as gôndolas, cobertas de neve, balançavam no cais esbranquiçado em frente ao hotel. Caramba. Depois Teo a abraçou por trás, nu como ela, e juntos contemplaram a paisagem. Para viver assim, sussurrou ele em seu ouvido, é melhor não morrer. E Teresa riu. Ria frequentemente com Teo, por sua forma divertida de encarar a existência, suas piadas corretas, seu humor elegante. Era culto, tinha viajado e lido — recomendava-lhe ou a presenteava com livros dos quais ela quase sempre gostava muito —, sabia tratar os garçons e os funcionários dos hotéis caros, os políticos, os banqueiros. Tinha classe nas maneiras, nas mãos que mexia de um modo muito atraente, no perfil moreno e esguio de águia espanhola. E trepava muito bem, porque era um sujeito esmerado e de cabeça fria. No entanto, conforme o momento, podia ser escroto ou inoportuno como os piores. Às vezes falava de sua mulher e de suas filhas, de problemas conjugais, de saudades e coisas assim; e durante o ato ela deixava de prestar atenção em suas palavras. Parecia bem estranho o esforço de alguns homens para estabelecer, esclarecer, definir, justificar-se, prestar contas que ninguém pedia. Nenhuma mulher precisava de tantas baixarias. Por outro lado, Teo era esperto. Nenhum dos dois chegou a dizer eu te amo ao outro, nem nada parecido. Em Teresa era incapacidade, e em Teo, uma minuciosa prudência. Sabiam a que se ater. Como se dizia em Sinaloa, porcos, sim, mas não trombudos.

14

E vão sobrar chapéus

Era verdade que a sorte ia e vinha. Depois de uma boa temporada, aquele ano começou mal e piorou na primavera. A má sorte se somava a outros problemas. Uma Skymaster 337 com duzentos quilos de cocaína se espatifou perto de Tabernas durante um voo noturno, e Karasek, o piloto polonês, morreu no acidente. Isso deixou de sobreaviso as autoridades espanholas, que intensificaram a vigilância aérea. Pouco depois, acertos de contas internos entre os traficantes marroquinos, o exército e a Gendarmaria Real complicaram as relações com o pessoal do Rife. Várias *gomas* foram apreendidas em circunstâncias pouco claras de um lado e do outro do estreito, e Teresa teve que viajar ao Marrocos para normalizar a situação. O coronel Abdelkader Chaib tinha perdido influência depois da morte do velho rei Hassan II, e estabelecer redes seguras com os novos homens fortes do haxixe custou algum tempo e muito dinheiro. Na Espanha, a pressão judicial, alentada pela imprensa e pela opinião pública, tornou-se mais forte: alguns lendários senhores da farinha caíram na Galícia, e até o forte clã dos Corbeira teve problemas. E no começo da primavera uma operação da Transer Naga terminou em desastre inesperado quando em alto-mar, a meio caminho entre os Açores e o cabo San Vicente, o navio mercante *Aurelio Carmona* foi abordado pela Vigilância Alfandegária, levando em seus porões bobinas de linho industrial em embalagens metálicas, com o interior forrado de placas de chumbo e alumínio para que nem raios X nem raios laser detectassem as cinco toneladas de cocaína que escondiam em seu interior. Não é possível, foi o comentário de Teresa ao saber da notícia. Primeiro, que tenham essa informação. Segundo, porque levamos semanas seguindo os movimentos do maldito *Petrel* — a embarcação de abordagem da Aduana —, e ele não se moveu de sua base. Para isso temos e pagamos um homem ali dentro. Então o dr. Ramos, fumando com tanta calma como se, em vez de perder oito toneladas, tivesse perdido uma lata de tabaco para seu cachimbo, respondeu por isso o *Petrel* não saiu, chefa. Ele ficou tranquilinho no porto, para nos dar confiança, e saíram em segredo com suas equipes de abordagem e suas Zodiac num rebocador que a Marinha Mercante lhes emprestou. Esses meninos sabem que temos um cara infiltrado na Vigilância Alfandegária e estão nos dando o troco.

Teresa estava inquieta com o incidente do *Aurelio Carmona*. Não pela captura da carga — as perdas se alinhavam em colunas lado a lado com os ganhos, e estavam incluídas nas previsões do negócio —, mas pela evidência de que alguém tinha aberto o bico e a Aduana manipulava informação privilegiada. Com esta nos pegaram direitinho, concluiu. Ocorreram-lhe três fontes para a deduragem: os galegos, os colombianos e seu próprio pessoal. Ainda que sem enfrentamentos espetaculares, a rivalidade com o clã Corbeira continuava, entre discretas rasteiras e uma espécie de te pego na curva, não farei nada para te sujar mas se escorregar a gente se encontra. O problema podia vir deles, por causa dos fornecedores em comum. Se fossem os colombianos, a coisa não tinha muita saída; só restava lhes passar a bola e deixar que agissem em seguida, depurando responsabilidades entre suas fileiras. E a terceira possibilidade, de que a informação tivesse saído da Transer Naga. Por conta disso, era necessário adotar novas precauções:

limitar o acesso às informações importantes e armar ciladas com cartas marcadas para seguir a pista e ver onde terminavam. Mas isso levava tempo. Conhecer o pássaro pela cagada.

— Já pensou em Patricia? — perguntou Teo.

— Não enche, idiota. Deixa de ser safado.

Estavam em La Almoraima, a um passo de Algeciras: um antigo convento entre densos sobreirais que tinha sido transformado num pequeno hotel, com restaurante especializado em caças. Às vezes passavam ali uns dois dias, ocupando um dos quartos sóbrios e rústicos abertos no antigo claustro. Jantaram pata de veado e peras ao vinho tinto, e agora fumavam e bebiam conhaque e tequila. A noite estava agradável para a época, e pela janela eles escutavam o canto dos grilos e o barulho da velha fonte.

— Não digo que esteja passando informação a ninguém — disse Teo. — Só que se tornou linguaruda. E imprudente. E se relaciona com pessoas que não controlamos.

Teresa olhou para fora; a luz da lua se infiltrava entre as folhas de parreira, os muros caiados e os vetustos arcos de pedra: eis outro lugar que lhe lembrava o México. Daí a descobrir coisas como a do barco, respondeu, tem muita diferença. Além do mais, a quem ela iria contar? Teo a examinou um pouco sem se pronunciar. Não precisa ser especificamente alguém, opinou por fim. E você viu como ela anda ultimamente; perde-se em divagações e fantasias sem sentido, em paranoias estranhas e caprichos. E fala pelos cotovelos. Basta uma indiscrição aqui, um comentário ali, para que alguém tire conclusões. Estamos numa maré ruim, com os juízes em cima e as pessoas pressionando. Até Tomás Pestaña tem mantido distância nos últimos tempos, por coincidência. Parece que ele pressente as coisas de longe, como os reumáticos pressentem a chuva. Ainda podemos manipulá-lo; mas, se houver escândalos e pressões em excesso e as coisas desandarem, ele vai acabar virando as costas.

— Ele aguenta. Sabemos muito sobre ele.

— Nem sempre saber é o suficiente — Teo fez um gesto mundano. — Na melhor das hipóteses, isso pode neutralizá-lo, mas não obrigá-lo a continuar... Ele tem os próprios problemas. Policiais e juízes demais podem assustá-lo. E não é possível comprar todos os policiais e todos os juízes — olhou-a com frieza. — Nem mesmo nós podemos.

— Você não está querendo que eu agarre a Pati e a encoste na parede até que ela nos conte o que disse ou deixou de dizer.

— Não. Apenas a aconselho a deixá-la à margem. Tem o que quer, e que raios de necessidade ela tem de querer estar por dentro de tudo?

— Isso não é verdade.

— De quase tudo, então. Entra e sai com intimidade de sua casa — Teo tocou o próprio nariz significativamente. — Está perdendo o controle. Faz tempo que isso acontece. E você também está perdendo... Quero dizer, o controle sobre ela.

Esse tom, disse Teresa a si mesma. Esse tom não me agrada. Meu controle é assunto meu.

— Continua sendo minha sócia — objetou, irritada. — E sua patroa.

Uma careta divertida movimentou a boca do advogado, que a encarou como se perguntasse se ela estava falando sério, mas não disse nada. É curiosa a história de vocês, tinha comentado uma vez. Essa relação estranha em torno de uma amizade que deixou de existir. Se você tem dívidas, já as pagou de sobra. Já quanto a ela...

— Ela continua é apaixonada por você — disse por fim Teo, após o silêncio, agitando com suavidade o conhaque em sua enorme taça. — Esse é o problema.

Ele soltou as palavras em voz baixa, quase uma por uma. Não se meta nisso, pensou Teresa. Você não. Justamente você.

— É estranho ouvir você dizer isso — respondeu. — Ela nos apresentou. Foi ela quem trouxe você.

Teo franziu os lábios. Afastou o olhar da paisagem e tornou a mirá-la. Parecia refletir, como quem oscila entre duas lealdades, ou melhor, como quem avalia o peso de uma delas. Uma lealdade remota, esvaída. Caduca.

— Nós nos conhecemos bem — comentou por fim. — Ou nos conhecíamos. Por isso sei o que estou dizendo. Desde o começo ela sabia o que ia acontecer entre mim e você... Não sei o que houve em El Puerto de Santa María, nem me interessa. Nunca te perguntei isso. Mas ela não esquece.

— E no entanto — insistiu Teresa —, Pati nos aproximou, a mim e a você.

Teo prendeu a respiração como se fosse suspirar, mas não o fez. Olhava sua aliança de casado na mão esquerda apoiada na mesa.

— Pode ser que ela te conheça melhor do que você imagina — disse. — Talvez tenha pensado que você precisava de alguém em vários sentidos. E que comigo não corria riscos.

— Que riscos?

— De se apaixonar. De complicar sua vida... — o sorriso do advogado diminuía a importância de suas palavras. — Talvez tenha me visto como substituto, não como adversário. E, dependendo de como se encara, ela tinha razão. Você nunca me deixou ir mais além.

— Estou começando a não gostar desta conversa.

Como se tivesse acabado de escutar Teresa, Pote Gálvez apareceu na porta. Carregava um telefone celular na mão e estava mais sombrio do que de costume. Que é que há, Pinto. O pistoleiro parecia indeciso, apoiando-se primeiro num pé e depois no outro, sem atravessar o umbral. Respeitoso. Lamentava muitíssimo interromper, disse por fim. Mas achava que era importante. Ao que parece, a sra. Patrícia estava com problemas.

Era mais do que um problema, constatou Teresa na sala de emergência do hospital de Marbella. A cena parecia típica de um sábado à noite: ambulâncias do lado de fora, macas, vozes, pessoas pelos corredores, agitação de médicos e enfermeiras. Encontraram Pati na sala de um chefe de serviço complacente: jaqueta sobre os ombros, calças sujas de terra, um cigarro consumido até o meio no cinzeiro e outro entre os dedos, uma contusão na testa e manchas de sangue nas mãos e na blusa. Sangue alheio. Também havia dois policiais uniformizados no corredor, uma jovem morta na maca, e um carro, o novo Jaguar conversível de Pati, arrebentado contra uma árvore numa curva da estrada de Ronda, com garrafas vazias no chão e dez gramas de cocaína polvilhados sobre os bancos.

— Uma festa... — explicou Pati. — Vínhamos de uma merda de festa.

Tinha a língua trôpega e a expressão atordoada, como se não conseguisse compreender o que estava acontecendo. Teresa conhecia a morta, uma jovem aciganada que nos últimos tempos estava sempre na companhia de Pati: dezoito anos recém-completados, mas viciada como se tivesse longos cinquenta, com muito pique e nenhuma vergonha. Morreu na hora, antes de tudo, batendo o rosto contra o para-brisa, com a saia levantada até as virilhas, justamente quando Pati acariciava sua xoxota a cento e oitenta por hora. Um problema a mais e um problema a menos, murmurou Teo com frieza, trocando um olhar de alívio com Teresa, diante da morta de corpo presente, com um lençol por cima manchado de vermelho de um lado da cabeça — a metade dos miolos, explicava alguém, tinha ficado sobre o capô, entre cacos de vidro. — Mas veja o lado bom.

Ou não?... No fim das contas, nos livramos desta pequena vadia. De suas vagabundagens e suas chantagens. Era uma companhia perigosa, dadas as circunstâncias. Quanto a Pati, e falando de sair pela tangente, Teo se perguntava como teriam ficado as coisas se...

— Cale a boca — disse Teresa —, ou eu juro que você morre.

Aquelas palavras a sobressaltaram. Viu-se de repente com elas na boca, sem pensar nelas, cuspindo-as como vinham: em voz baixa, sem reflexão nem cálculo algum.

— Eu só... — começou a dizer Teo.

Seu sorriso pareceu subitamente congelado, e ele observava Teresa como se a visse pela primeira vez. Depois olhou ao redor, desconcertado, temendo que alguém tivesse ouvido. Estava pálido.

— Eu só estava brincando — disse por fim.

Parecia menos atraente assim, humilhado. Ou assustado. E Teresa não respondeu. Ele era o de menos. Estava concentrada em si mesma. Escarafunchava-se por dentro, procurando o rosto da mulher que tinha falado em seu lugar.

Por sorte, os policiais confirmaram a Teo, não era Pati quem estava ao volante quando o carro derrapou na curva, e isso descartava a acusação de homicídio culposo. A cocaína e o resto podiam ser resolvidos mediante algum dinheiro, muito tato, diligências oportunas e um juiz adequado, desde que a imprensa não interviesse muito. Um detalhe vital. Porque estas coisas, disse o advogado — de vez em quando olhava para Teresa de soslaio, com ar pensativo —, começam com uma notícia perdida entre as ocorrências e terminam em manchetes de primeira página. Por isso, olho vivo. Mais tarde, com os trâmites resolvidos, ficou dando telefonemas e se encarregando dos policiais — por sorte eram guardas municipais do prefeito Pestaña e não guardas-civis do Trânsito — enquanto

Pote Gálvez conduzia a Cherokee até a porta. Retiraram Pati com muita discrição, antes que alguém desse com a língua nos dentes e um jornalista farejasse o que não devia. No carro, apoiada em Teresa, com a janela aberta para que o frescor da noite a aliviasse, Pati despertou um pouco. Sinto muito, repetiu em voz baixa, com os faróis dos carros em sentido contrário iluminando seu rosto em breves intervalos. Sinto muito por ela, disse com a voz apagada, pastosa, agarrando-se às palavras. Sinto muito por essa menina. E também sinto muito por você, Mexicana, acrescentou depois de um silêncio. Estou me lixando para o que você sente, respondeu Teresa, mal-humorada, olhando as luzes do trânsito por cima do ombro de Pote Gálvez. Sinta por sua maldita vida.

Pati mudou de posição, apoiando a cabeça no vidro da janela e não disse nada. Teresa se mexeu, incomodada. Puxa. Pela segunda vez em uma hora tinha dito coisas que não pretendia dizer. Além disso, não era verdade que estivesse irritada. Não tanto com Pati quanto consigo mesma; no fundo ela era, ou acreditava ser, a responsável por tudo. Por quase tudo. Por isso pegou afinal uma das mãos de sua amiga, um tanto fria, como o corpo que deixavam para trás, sob o lençol manchado de sangue. Como é que você está, perguntou em voz baixa. Estou, disse a outra sem se afastar da janela. Só se apoiou de novo em Teresa quando o cansaço desceu sobre ela. Assim que a deitaram, sem tirar a roupa, mergulhou num meio sono inquieto, permeado de estremecimentos e gemidos. Teresa ficou com ela durante um longo tempo, sentada numa poltrona junto à cama: o tempo de três cigarros e um copo grande de tequila. Pensando. Estava quase às escuras, as cortinas da janela abertas diante de um céu estrelado e pequenas luzes distantes que se moviam no mar, mais além da penumbra do jardim e da praia. Por fim se levantou, disposta a ir para seu quarto; mas na porta pensou melhor e retornou. Foi se deitar ao lado da amiga, na beirada da cama, bem quieta, procurando não acordá-la, e assim ficou por muito tempo. Ouvia sua respiração atormentada. E continuava pensando.

— Está acordada, Mexicana?

— Sim.

Depois do sussurro, Pati havia se aproximado um pouco. Tocavam-se.

— Sinto muito.

— Não se preocupe. Durma.

Outro silêncio. Fazia uma eternidade que as duas não ficavam assim, ela se lembrou. Quase desde El Puerto de Santa María. Ou sem o quase. Permaneceu imóvel, de olhos abertos, escutando a respiração irregular da amiga. A outra também não dormia.

— Tem um cigarro? — perguntou Pati, por fim.

— Só dos meus.

— Os seus servem.

Teresa se levantou, foi até a bolsa que estava sobre a cômoda e tirou dois Bisonte com haxixe. Ao acendê-los, a chama do isqueiro iluminou o rosto de Pati, o hematoma arroxeado na testa. Os lábios inchados e ressecados. Os olhos, empapuçados de cansaço, olhavam fixamente para Teresa.

— Achei que poderíamos ter conseguido, Mexicana.

Teresa voltou a se deitar de barriga para cima na beirada da cama. Apanhou o cinzeiro da mesinha de cabeceira e o colocou sobre a barriga. Tudo devagar, dando-se tempo.

— Nós conseguimos — disse por fim. — Chegamos bem longe.

— Não estava me referindo a isso.

— Então não sei do que você está falando.

Pati se mexeu a seu lado, mudando de posição. Virou-se para mim, pensou Teresa. Me observa na escuridão. Ou me relembra.

— Imaginei que você poderia aguentar — disse Pati. — Você e eu juntas, desta maneira. Achei que funcionaria.

Como era esquisito tudo aquilo. Teresa meditava. A Tenente O'Farrell. Ela mesma. Como era esquisito e como estava longe, com tantos cadáveres para trás, no caminho. Pessoas que matamos sem querer enquanto vivemos.

— Ninguém enganou ninguém... — enquanto falava, entre duas palavras, levou o cigarro até a boca e viu a brasa brilhar entre seus dedos. — Estou onde sempre estive — expulsou a fumaça depois de retê-la. — Nunca quis...

— Você acha mesmo isso?... Que não mudou?

Teresa balançava a cabeça, irritada.

— Em relação a Teo... — começou a dizer.

— Pelo amor de Deus — a risada de Pati era depreciativa. Teresa sentia que ela se agitava a seu lado, como se aquela risada a estremecesse. — Pro diabo com Teo.

Houve outro silêncio, dessa vez bastante longo. Depois Pati voltou a falar em voz baixa.

— Ele trepa com outras... Sabia?

Teresa deu de ombros por dentro e por fora, consciente de que sua amiga não podia perceber nem uma coisa nem outra. Não sabia, concluiu em seu íntimo. Talvez suspeitasse, mas essa não era a questão. Nunca foi.

— Nunca esperei nada — continuava Patricia, o tom absorto. — Só você e eu. Como antes.

Teresa quis ser cruel. Pelo comentário sobre Teo.

— Os tempos felizes de El Puerto de Santa María, não é?... — disse com malícia. — Você e seu sonho. O tesouro do abade Faria.

Nunca tinham feito ironias sobre isso. Nunca daquele modo. Pati ficou calada.

— Você estava nesse sonho, Mexicana — disse por fim.

Soava a justificativa e a censura. Mas nessa jogada eu não entro, Teresa disse para si mesma. Não é a minha, nunca foi. Então, foda-se.

— Estou me lixando pra isso — disse. — Não pedi para estar. Foi uma decisão sua, não minha.

— É verdade. E às vezes a vida se vinga concedendo o que você quer.

Também não é o meu caso, pensou Teresa. Eu não queria nada. E esse é o maior paradoxo da minha maldita vida. Apagou o cigarro e, virando-se para a mesinha de cabeceira, depositou ali o cinzeiro.

— Nunca pude escolher — disse em voz alta. — Nunca. Foi vindo e eu enfrentei. Só isso.

— E o que está acontecendo comigo?

Aquela era a pergunta. Na verdade, refletia Teresa, tudo se resumia a isso.

— Não sei... Em algum momento, você ficou para trás, à deriva.

— E você em algum momento virou uma filha da puta.

Houve uma pausa, bem longa. Ficaram imóveis. Se ouvisse o barulho de uma grade, pensou Teresa, ou os passos de uma guarda no corredor, acharia que estou em El Puerto. Velho ritual noturno de amizade. Edmond Dantès e o abade Faria fazendo planos de liberdade e de futuro.

— Pensei que você tivesse tudo de que precisava — disse. — Cuidei dos seus interesses, ajudei você a ganhar muito dinheiro... Corri os riscos e fiz o trabalho. Não é suficiente?

Pati demorou um pouco a responder.

— Eu era sua amiga.

— Você é minha amiga — corrigiu Teresa.

— Era. Você não parou para olhar para trás. E há coisas que nunca...

— Caramba. Olha só a esposa magoada porque o marido trabalha muito e não pensa nela tanto quanto deve... Quer fazer essa linha?

— Nunca tive a pretensão...

Teresa sentia sua irritação aumentar. Porque só podia ser isso, disse para si. A outra não tinha razão, e ela se exasperava. A maldita Tenente, ou o que fosse agora, ia acabar lhe atribuindo até a defunta daquela noite. Também nisso cabia a ela assinar os cheques. Pagar as contas.

— Maldita Pati. Não venha me encher o saco com telenovelas baratas.

— Claro. Esqueci que estou ao lado da Rainha do Sul.

Ao dizer isso, seu riso era baixo e entrecortado, e isso fez com que soasse mais mordaz, e não melhorou as coisas. Teresa se ergueu sobre um dos joelhos. Uma raiva surda começava a latejar em suas têmporas. Dor de cabeça.

— O que é que eu te devo?... Diga logo de uma vez, cara a cara. Diga que eu pagarei.

Pati era uma sombra imóvel, contornada pela claridade da lua que entrava por um canto da janela.

— Não se trata disso.

— Não?... — Teresa se aproximou mais. Podia sentir sua respiração. — Eu sei do que se trata. Por isso você me olha esquisito, porque acha que deu muito em troca de pouco. O abade Faria confessou seu segredo à pessoa errada.

Os olhos de Pati brilharam na escuridão. Um brilho suave, semelhante ao reflexo da claridade de fora.

— Nunca censurei nada em você — disse em voz muito baixa.

A lua tornava seus olhos vulneráveis. Ou talvez não seja a lua, pensou Teresa. Talvez nós duas tenhamos nos enganado desde o começo. A Tenente O'Farrell e sua lenda. De repente teve vontade de rir enquanto pensava como fui jovem, e como era estúpida. Depois foi invadida por uma vaga de ternura que a sacudiu até as pontas dos dedos e entreabriu sua boca de pura surpresa. O acesso de rancor chegou então como uma ajuda, uma solução, um consolo proporcionado pela outra Teresa que sempre estava à espreita nos espelhos e nas sombras. Aceitou isso com alívio. Precisava de algo que apagasse aqueles três segundos estranhos; sufocá-los sob uma crueldade definitiva, como uma machadada. Sentiu o impulso absurdo de se virar para Pati com violência, montar sobre ela, sacudi-la aos trancos, arrancar-lhe as roupas e arrancar as suas, dizendo pois agora você vai cobrar tudo, de uma vez, e no final estaremos em paz. Mas sabia que não era isso. Que nada podia ser pago assim, e que já estavam distantes demais uma da outra, seguindo caminhos que não voltariam a se cruzar nunca mais. E, naquela dupla claridade que tinha à sua frente, viu que Pati compreendia isso tanto quanto ela.

— Eu também não sei para onde vou.

Disse. Depois se aproximou mais daquela que tinha sido sua amiga, e a abraçou em silêncio. Sentia alguma coisa desfeita e irreparável dentro de si. Uma angústia infinita. Como se a garota da foto rasgada, a dos olhos grandes e assustados, tivesse voltado a chorar em suas entranhas.

— Pois trate de não saber, Mexicana... Porque você pode chegar.

Permaneceram abraçadas, imóveis, pelo resto da noite.

Patricia O'Farrell se matou três dias depois, em sua casa de Marbella. Uma criada a encontrou no banheiro, nua, submersa até o queixo na água fria. Sobre o aparador e o chão foram encontrados vários vidros de soníferos e uma garrafa de uísque. Tinha queimado todos os seus documentos, fotografias e papéis pessoais na lareira, mas não deixou nenhuma nota de despedida. Nem para Teresa nem para ninguém. Saiu de tudo como quem sai discretamente de um aposento, fechando a porta com cuidado para não fazer barulho.

Teresa não foi ao enterro. Nem sequer viu o cadáver. Na mesma tarde em que Teo Aljarafe lhe deu a notícia por telefone, ela embarcou no *Sinaloa* com a companhia exclusiva da tripulação e de Pote Gálvez. Passou dois dias em alto-mar, sentada em uma espreguiçadeira da coberta da popa, olhando o rasto da embarcação sem abrir os lábios. Durante todo esse tempo não leu. Contemplava o mar, fumava. Às vezes bebia tequila. De vez em quando, soavam sobre a coberta os passos do pistoleiro, que rondava à distância: só se aproximava dela na hora do almoço ou do jantar, sem dizer nada, apoiado na amurada e esperando até que sua chefe recusasse com a cabeça e então desaparecia de novo; ou para lhe trazer um agasalho quando as nuvens cobriam o sol, ou quando ele se punha no horizonte e o frio aumentava. Os tripulantes se mantiveram ainda mais distantes. Sem dúvida, o sinaloense tinha dado instruções, e eles procuravam evitá-la. O comandante só falou com Teresa duas vezes: a primeira quando ela ordenou ao embarcar navegue até que eu lhe diga chega, pouco me importa para onde, e a segunda quando, no fim de dois dias, virou-se para ele na ponte e disse vamos voltar. Durante essas quarenta e oito horas, Teresa não pensou cinco minutos seguidos em Pati O'Farrell nem em nenhuma outra coisa. Cada vez que a imagem de sua amiga lhe passava pela cabeça, uma ondulação do mar, uma gaivota que planava ao longe, o reflexo da luz nas águas, o ronronar do motor sob a coberta, o vento que lhe sacudia os cabelos contra o rosto ocupavam todo o espaço útil de sua mente. A grande vantagem do mar era que se podia passar horas só o admirando, sem pensar. Sem recordar, inclusive, ou fazendo com que as recordações se fossem na esteira tão facilmente como chegavam, cruzando com a gente sem consequências, como as luzes de barcos na noite. Teresa aprendeu isso com Santiago Fisterra: aquilo só se passava no mar, porque este é cruel e egoísta como os seres humanos, e além disso desconhecia, em sua terrível simplicidade, o sentido de palavras complexas como piedade, feridas ou remorsos. Talvez por isso fosse quase analgésico. A gente pode se identificar com ele, ou se justificar, enquanto o vento, a luz, o balanço, o barulho da água no casco da embarcação operavam o milagre de afastar, acalmando-os até que já não doessem, qualquer piedade, qualquer ferida e qualquer remorso.

Por fim o tempo mudou, o barômetro desceu cinco milibares em três horas e começou a soprar um levante forte. O comandante olhou para Teresa, que continuava sentada na popa, e depois para Pote Gálvez. O pistoleiro se aproximou e disse o tempo está virando, minha patroa. Talvez queira dar alguma ordem. Teresa o olhou sem nada responder, e ele, após retornar para perto do comandante, deu de ombros. Naquela noite, com vento leste de força seis a sete, o *Sinaloa* navegou balanceando a meia máquina, amurado ao mar e ao vento, com a espuma saltando na escuridão sobre a proa e o passadiço. Teresa estava na cabine, com o piloto automático desligado, e manejava o leme iluminada pela luz avermelhada da bitácula, com uma das mãos no copo de bebida e a outra nas alavancas dos motores, enquanto o comandante, o marinheiro de guarda e Pote Gálvez, que estava entupido de Biodramina, observavam-na da pequena cabine de trás, agarrados aos assentos e à mesa, derramando o café das xícaras toda vez que o *Sinaloa* dava um solavanco. Por três vezes Teresa se dirigiu até a amurada de sotavento, açoitada pelas rajadas de vento, para vomitar pela borda; e voltou ao leme sem dizer nada, o cabelo revolto e molhado, círculos de insônia nos olhos, acendendo outro cigarro. Nunca tinha sentido mareio antes. O tempo se acalmou ao amanhecer, com menos vento e uma luz acinzentada que alisava um mar pesado como chumbo. Então ela ordenou que voltassem ao porto.

Oleg Yasikov chegou na hora do café da manhã. Jeans, paletó escuro aberto sobre a camisa polo, sapatos esportivos. Louro e fornido como sempre, embora com a barriga um pouco dilatada nos últimos tempos. Teresa o recebeu no alpendre do jardim, em frente à piscina e ao gramado que se estendia sob os salgueiros até o muro perto da praia. Fazia quase dois meses que não se viam, desde um jantar em que Teresa o preveniu sobre o fechamento iminente do European Union, um banco russo de Antigua que Yasikov utilizava para transferir fundos para a América. Isso poupou ao homem de Solntsevo alguns problemas e muito dinheiro.

— Quanto tempo, Tesa. Sim.

Dessa vez foi ele que pediu que se encontrassem. Um telefonema, na tarde da véspera. Não preciso de consolo, foi a resposta dela. Não se trata disso, respondeu o russo. *Niet*. Só um pouquinho de negócios e um pouquinho de amizade. Você sabe. Sim. O de sempre.

— Quer uma dose, Oleg?

O russo, que passava manteiga numa torrada, ficou olhando o copo de tequila que Teresa tinha ao lado da xícara de café e do cinzeiro com quatro guimbas consumidas. Ela estava de moletom, recostada na poltrona de vime, os pés descalços sobre o terreno ocre. Claro que não quero uma dose, disse Yasikov. Não a esta hora, pelo amor de Deus. Sou apenas um gângster da extinta União das Repúblicas Socialistas Soviéticas. Não uma mexicana com o estômago forrado. Sim. De amianto. Não. Estou longe de ser tão macho quanto você.

Riram. Vejo que consegue rir, disse Yasikov, surpreso. E por que não conseguiria, respondeu Teresa, sustentando o olhar franco do outro. De qualquer maneira, lembre-se de que não vamos falar de Pati de forma alguma.

— Não vim aqui para isso — Yasikov se serviu na cafeteira, mastigando pensativo sua torrada. — Há umas coisas que preciso lhe contar. Várias.

— Tome seu café primeiro.

O dia era luminoso e a água da piscina parecia refleti-lo em azul-turquesa. Era possível sentir-se bem ali, no alpendre temperado pelo sol do leste, entre as sebes, as bougainvílleas e os canteiros de flores, ouvindo o canto dos pássaros. Por isso consumiram sem pressa as torradas, o café e a tequila de Teresa enquanto conversavam sobre assuntos sem importância, reavivando seu velho relacionamento como faziam toda vez que estavam cara a cara: gestos cúmplices, códigos compartilhados. Os dois se conheciam muito. Sabiam as palavras que precisavam pronunciar e as que não.

— O primeiro é o principal — disse Yasikov mais tarde. — Há uma encomenda. Coisa grande. Sim. Para o meu pessoal.

— Isso significa prioridade absoluta.

— Gosto dessa palavra. Prioridade.

— Está precisando de heroína?

O russo negou com a cabeça.

— Haxixe. Meus chefes se associaram com os romenos. Pretendem abastecer vários mercados ali. Sim. De repente. Demonstrar aos libaneses que existem fornecedores alternativos. Precisam de vinte toneladas. Marrocos. Primeiríssima qualidade.

Teresa franziu a testa. Vinte mil quilos era muita coisa, disse. Era preciso reuni-los primeiro, e o momento não parecia adequado. Com as mudanças políticas no Marrocos, ainda não tinha ficado claro em quem se podia confiar e em quem não. O fato é que estava mantendo uma partida de coca em Agadir havia um mês e meio, sem se atrever a movimentá-la até que a situação se tornasse clara. Yasikov a escutou com atenção, e ao final fez um gesto de assentimento. Compreendo. Sim. Você decide, assinalou. Mas você me faria um grande favor. Minha turma precisa desse chocolate dentro de um mês. E eu consegui preços. Ouça. Preços muito bons.

— Os preços são o de menos. Com você isso não conta.

O homem de Solntsevo sorriu e agradeceu. Depois entraram na casa. No outro lado do salão decorado com tapetes orientais e poltronas de couro ficava o escritório de Teresa. Pote Gálvez apareceu no corredor, olhou Yasikov sem dizer nada e desapareceu de novo.

— Como vai teu rottweiler?

— Ainda não me matou.

A risada de Yasikov ecoou no salão.

— Quem diria — comentou. — Quando o conheci.

Foram ao escritório. Toda semana, a casa era revistada por um técnico em contraespionagem eletrônica do dr. Ramos. Ainda assim, não havia ali nada comprometedor: uma mesa de trabalho, um computador pessoal com o disco rígido extremamente limpo, grandes gavetas com cartas de navegação, mapas, anuários e a última edição do *Ocean passages for the world*. Talvez eu possa fazer isso, disse Teresa. Vinte toneladas. Quinhentos fardos de quarenta quilos. Caminhões para o transporte das montanhas do Rife até a costa, um barco grande, um embarque pesado em águas marroquinas, coordenando bem os locais e horários exatos. Calculou com rapidez: duas mil e quinhentas milhas entre Alborán e Constanza, no mar Negro, atravessando as águas territoriais de seis países, incluindo a passagem do Egeu, Dardanelos e Bósforo. Isso requeria um aparato de logística e tática de precisão. Muito dinheiro em gastos antecipados. Dias e noites de trabalho para Farid Lataquia e o dr. Ramos.

— Desde que — concluiu — você me assegure um desembarque sem problemas no porto romeno.

Yasikov concordou. Conte com isso, garantiu. Estudava a carta náutica Imray M20, do Mediterrâneo oriental, que estava estendida sobre a mesa. Parecia distraído. Talvez seja conveniente, disse ao fim de um momento, que você leve muito em consideração com quem vai preparar esta operação. Sim. Disse isso sem afastar os olhos do mapa, em tom reflexivo, e ainda demorou um pouco a levantar a vista. Sim, repetiu. Teresa captava a mensagem. Já havia feito isso com as primeiras palavras. "Talvez seja conveniente" era o sinal de que alguma coisa não estava indo bem em tudo aquilo. Que leve muito em consideração. Com quem vai preparar. Esta operação.

— Está certo — disse. — Pode me contar.

Um eco suspeito na tela do radar. O antigo vazio no estômago, sensação conhecida, emergiu de repente. Há um juiz, disse Yasikov. Martínez Pardo, você o conhece de sobra. Do Tribunal Superior de Justiça. Anda atrás faz tempo. De você, de mim. De outros. Mas tem suas preferências. Você é a menina dos olhos dele. Trabalha com a Polícia, com a Guarda Civil, com a Vigilância Alfandegária. Sim. E pressiona demais.

— Diga logo o que tem para dizer — impacientou-se Teresa.

Yasikov a observava, indeciso. Desviou o olhar para a janela, e finalmente voltou a encará-la. Tenho pessoas que me contam coisas, prosseguiu. Pago e elas me informam. E noutro dia alguém falou em Madri daquele seu último problema. Sim. Do barco que apreenderam. Nesse ponto Yasikov se deteve, deu uns passos pelo escritório, tamborilou os dedos sobre a carta náutica. Mexeu um pouco a cabeça, como se insinuasse: agarre com cuidado isso que vou soltar, Tesa. Não garanto que seja verdade ou mentira.

— Suspeito que tenha sido deduragem dos galegos — adiantou-se ela.

— Não. Segundo contam, o vazamento não veio de lá... — Yasikov fez uma pausa muito longa. — Saiu da Transer Naga.

Teresa ia abrir a boca para dizer impossível, eu chequei a fundo. Mas não fez isso. Oleg Yasikov nunca teria ido ali para contar lorotas. De repente ela se viu unindo fios, elaborando hipóteses, perguntas e respostas. Reconstituindo fatos. Porém o russo encurtou o caminho.

Martínez está pressionando alguém do teu círculo, prosseguiu. Em troca de imunidade, dinheiro, ou sabe-se lá o quê. Pode ser verdade, pode ser apenas em parte. Não sei. Mas minha fonte é classe A. Sim. Nunca falhou antes. E tendo em conta que Patricia...

— É Teo — murmurou ela subitamente.

Yasikov deixou a frase pela metade. Você sabia, disse surpreso. Mas Teresa negou com a cabeça. Invadiu-a um frio estranho que nada tinha a ver com seus pés descalços sobre o tapete. Virou as costas para Yasikov e olhou para a porta, como se o próprio Teo estivesse prestes a chegar. Diga-me como, diabos, perguntou atrás dela o russo. Se você não sabia, por que sabe agora. Teresa continuava calada. Eu não sabia, pensava. Mas é verdade que agora de repente eu sei. Assim é a merda da vida, e assim são suas malditas brincadeiras. Puxa. Estava concentrada, tentando situar os pensamentos de acordo com uma ordem razoável de prioridades. E não era fácil.

— Estou grávida.

Foram passear pela praia, e Pote Gálvez e um dos guarda-costas de Yasikov os seguiam à distância. O mar ao fundo arrebentava nas pedras e molhava os pés de Teresa, que, descalça, caminhava pelo lado mais próximo da orla. A água estava muito fria, mas fazia-a se sentir bem. Desperta. Caminharam assim até o sudoeste, pela areia suja que se estendia entre pedregais e meadas de algas em direção a Sotogrande, Gibraltar e o Estreito. Conversavam durante algumas passadas e depois ficavam calados, pensando no que diziam e no que não chegavam a dizer. E o que você vai fazer?, perguntou Yasikov quando acabou de assimilar a notícia. Com um e com o outro. Sim. Com a criança e com o pai.

— Ainda não é uma criança — corrigiu Teresa. — Ainda não é nada.

Yasikov balançou a cabeça como se ela confirmasse seus pensamentos. De qualquer maneira, isso não soluciona a outra parte, disse. É apenas a metade de um problema. Teresa virou-se, a fim de contemplá-lo com atenção, afastando o cabelo do rosto. Eu não disse que a primeira metade esteja resolvida, esclareceu. Disse apenas que ainda não é nada. Ainda não tomei a decisão sobre o que seja, ou que deixe de ser.

O russo a observava atento, buscando em seu rosto alterações, indícios novos e imprevistos.

— Temo que eu não possa, Tesa. Aconselhá-la. *Niet*. Não é minha especialidade.

— Não estou pedindo conselho. Apenas que passeie comigo, como sempre.

— Isso sim eu posso — Yasikov sorriu afinal, urso louro e bonachão. — Sim. Fazer.

Havia um barquinho de pesca encalhado na areia. Teresa passava sempre perto dele. Pintado de branco e azul, bem velho e descuidado. Tinha água de chuva acumulada no fundo, com restos de plástico e uma garrafa de refrigerante vazia. Junto à proa, um nome quase ilegível já estava se apagando: *Esperança*.

— Você nunca se cansa, Oleg?

Às vezes, respondeu o russo. Mas não é fácil. Não. Dizer cheguei até aqui, agora vou me retirar. Tenho uma mulher, acrescentou. Belíssima. Miss São Petersburgo. Um filho de quatro anos. Dinheiro suficiente para viver o resto da vida sem problemas. Sim. Mas há sócios. Responsabilidades. Compromissos. E nem todos entenderiam se eu me retirasse. Não. Desconfia-se por natureza. Se você se vai, assusta os outros. Você sabe demais sobre muitas pessoas. E as pessoas sabem demais sobre você. Você é um perigo ambulante. Sim.

— O que lhe sugere a palavra *vulnerável*? — perguntou Teresa.

O outro refletiu um pouco. Não o domino muito bem, disse por fim. O espanhol. Mas sei o que você está querendo dizer. Um filho te torna vulnerável.

— Eu te juro, Tesa, que nunca tive medo. De nada. Nem mesmo no Afeganistão. Não. Aqueles loucos fanáticos e seus Allah Akbar que faziam o sangue gelar. E eu nada. Também não tive quando comecei. No negócio. Mas desde que meu filho nasceu eu sei. Ter medo. Sim. Quando alguma coisa sai errado, já não é possível. Não. Deixar tudo como está. Começar a correr.

Havia parado e estava olhando o mar, as nuvens que se deslocavam devagar em direção ao poente. Suspirou, nostálgico.

— É bom começar a correr — disse. — Quando se precisa. Você sabe disso melhor do que ninguém. Sim. Não fez outra coisa em sua vida. Correr. Com vontade ou sem ela.

Continuava a contemplar as nuvens. Levantou os braços à altura dos ombros, como se pretendesse abarcar o Mediterrâneo, e os deixou cair, impotente. Depois se virou para Teresa.

— Você vai tê-lo?

Olhou-o sem responder. Barulho da água e espuma fria entre os pés. Yasikov a observava fixamente, de cima. Teresa parecia muito menor ao lado daquele enorme eslavo.

— Como foi sua infância, Oleg?

O russo esfregou a nuca, surpreso. Incomodado. Não sei, respondeu. Como todas, na União Soviética. Nem ruim nem boa. Os pioneiros, a escola. Sim. Karl Marx. A Soyuz. O malvado imperialismo americano. Tudo isso. Muita couve cozida, eu acho. E batatas. Batatas demais.

— Eu sei o que é passar fome — disse Teresa. — Tinha um único par de sapatos, que minha mãe só deixava eu usar para ir à escola. Isso enquanto fui à escola.

Um sorriso crispado lhe veio à boca. Minha mãe, repetiu absorta. Sentiu um antigo rancor perfurando-a até o fundo.

— Vivia me esfolando o couro quando eu era pequena... — continuou. — Era alcoólatra e meio prostituta desde que meu pai a tinha deixado. Me obrigava a comprar cerveja para os amigos dela, arrastava-me pelos cabelos, entre socos e pontapés. Chegava de madrugada com seu bando de corvos, rindo obscena, ou eles vinham buscá-la esmurrando a porta de noite, bêbados... Deixei de ser virgem antes de perder a virgindade entre vários garotos, alguns dos quais eram mais novos do que eu...

Calou-se de repente, e ficou assim por um bom tempo, com o cabelo revolto no rosto. Sentia que o rancor em seu sangue ia se desmanchando devagar. Respirou profundamente para que se desvanecesse de uma vez.

— Quanto ao pai — disse Yasikov —, suponho que seja Teo.

Ela sustentou seu olhar sem abrir a boca. Impassível.

— Essa é a segunda parte — tornou a suspirar o russo. — Do problema.

Caminhou sem se virar para verificar se Teresa o acompanhava. Ela ficou um tempo vendo-o se afastar, e depois o seguiu.

— Uma coisa eu aprendi no exército, Tesa — disse Yasikov, pensativo. — Território inimigo. Perigoso usar bolsas nas costas. Resistência. Núcleos hostis. Uma consolidação do terreno exige a eliminação de pontos de conflito. Sim. A frase é literal. Regulamentar. Meu amigo, o sargento Skobeltsin, a repetia. Sim. Diariamente. Antes que lhe cortassem o pescoço no vale de Panshir.

Parou outra vez e novamente a encarou. Só posso ir até aqui, diziam seus olhos claros. O resto é com você.

— Estou ficando sozinha, Oleg.

Estava quieta diante dele, e a ressaca minava a areia sob seus pés a cada refluxo. O outro sorriu amistoso, um pouco distante. Triste.

— Que estranho ouvir você dizer isso. Para mim, você sempre esteve sozinha.

15

Tenho amigos na minha terra que dizem que me amam

O juiz Martínez Pardo não era um sujeito simpático. Falei com ele durante os últimos dias de minha pesquisa: vinte e dois minutos de uma conversa pouco agradável em seu escritório no Tribunal Superior de Justiça. Concordou em me receber de má vontade, e só depois de eu lhe enviar um volumoso relatório com a situação de minhas investigações. Seu nome figurava nele, naturalmente. Assim como muitas outras coisas. A escolha como sempre era ser incluído de modo confortável ou ficar de fora. Decidiu ser incluído, com sua própria versão dos fatos. Venha e conversaremos, disse por fim, ao telefone. Quando fui ao Tribunal, estendeu-me secamente a mão e nos sentamos para conversar, cada um de um lado de sua mesa oficial, com bandeira e o retrato do rei na parede. Martínez Pardo era baixo, rechonchudo, uma barba grisalha que não chegava a encobrir inteiramente uma cicatriz que percorria sua face esquerda. Estava longe de ser um dos juízes estrelas que apareciam na televisão e nos jornais. Triste e eficiente, diziam. Com maus bofes. A cicatriz provinha de um antigo episódio: assassinos de aluguel colombianos contratados por traficantes galegos. Talvez fosse isso o que azedava o caráter dele.

Começamos comentando a situação de Teresa Mendoza. Aquilo que a levou aonde estava, e a guinada que sua vida iria dar nas próximas semanas, se conseguisse se manter viva. Disso eu não sei, afirmou Martínez Pardo. Eu não trabalho com o futuro das pessoas, a não ser para assegurar trinta anos de condenação quando posso. Meu negócio é o passado. Fatos e passado. Delitos. E estes, Teresa Mendoza cometeu muitos.

— Então vai se sentir frustrado — comentei. — Tanto trabalho para nada.

Era minha maneira de corresponder à pouca simpatia dele. Olhou-me por cima dos óculos de leitura que tinha na ponta do nariz. Não parecia um homem feliz. Evidentemente, não era um juiz feliz.

— Eu a tinha — disse.

Depois calou-se, como se ponderasse se essas palavras eram oportunas. Os juízes tristes e eficientes também têm um coração, confidenciou. Sua vaidade profissional. Suas frustrações. O senhor a tinha, mas já não a tem. Ela se foi por entre seus dedos, de volta para Sinaloa.

— Durante quanto tempo esteve atrás dela?

— Quatro anos. Um longo trabalho. Não era fácil acumular fatos e provas de seu envolvimento. Sua infraestrutura era muito boa. Muito inteligente. Tudo estava cheio de mecanismos de segurança, compartimentos estanques. Desmantelava-se alguma coisa e tudo morria ali. Impossível provar as conexões para cima.

— Mas o senhor fez isso.

Apenas em parte, admitiu Martínez Pardo. Precisaria de mais tempo, mais liberdade de trabalho. Mas não obteve isso. Essa gente se movimenta em certos ambientes, inclusive a política. Inclusive o dele, o do próprio juiz. Isso permitiu a Teresa vislumbrar de longe alguns golpes e interrompê-los. Ou minimizar suas consequências. Naquele caso concreto, acrescentou, ele estava indo bem. Seus auxiliares estavam indo bem. Estavam prestes a coroar um trabalho longo e paciente. Quatro anos, havia me dito, tecendo a teia de aranha. E de repente tudo se acabou.

— É verdade que o convenceram lá no Ministério da Justiça?

— Isso está fora de propósito — recostara-se na poltrona e me observava, irritado. — Recuso-me a responder.

— Dizem que o próprio ministro se encarregou de pressioná-lo, segundo a embaixada do México.

Ergueu uma das mãos. Um gesto desagradável. A mão autoritária, de juiz no exercício do cargo. Se vai continuar por esse caminho, advertiu, esta conversa vai acabar. A mim ninguém pressionou, nunca.

— Explique-me então por que afinal o senhor não fez nada contra Teresa Mendoza.

Refletiu um pouco sobre a minha pergunta, talvez para decidir se o "explique-me" implicava desacato. Mas ele resolveu me absolver. *In dubio pro reo.* Ou algo assim.

— Já lhe disse isso — comentou. — Não tive tempo para reunir material suficiente.

— Apesar de Teo Aljarafe?

Olhou-me outra vez como antes. Nem eu nem minhas perguntas eram de seu agrado, e aquilo não melhorava as coisas.

— Tudo o que se refere a esse nome é confidencial.

Permiti-me um sorriso moderado. Ora, juiz. A esta altura.

— Agora tanto faz — eu disse. — Imagino.

— Mas não para mim.

Meditei por alguns instantes. Proponho-lhe um pacto, concluí em voz alta. Eu deixo de fora o ministro da Justiça e o senhor me fala sobre Aljarafe. Trato é trato. Troquei o sorriso moderado por um gesto de solicitude amável enquanto ele refletia. Combinado, disse ele. Mas eu me reservo alguns detalhes.

— É verdade que o senhor lhe ofereceu imunidade em troca de informação?

— Não vou responder a isso.

Começamos mal, refleti. Concordei umas duas vezes com ar pensativo antes de voltar à carga:

— Alguns garantem que o senhor o perseguiu muito. Que reuniu um bom dossiê sobre ele e depois o esfregou na cara dele. E que não foi nada sobre o narcotráfico. Que o apanhou pelo lado fiscal.

— Pode ser.

Olhava-me impassível. Você faz suas colocações e eu confirmo. Não me peça muito mais do que isso.

— A Transer Naga?

— Não.

— Seja gentil, juiz. Seja um bom menino como eu.

De novo ele pensou um pouco. No fim das contas, deve ter concluído, estou metido nisto. Esse ponto é mais ou menos conhecido e está resolvido.

— Admito — disse — que as empresas de Teresa Mendoza foram sempre impermeáveis aos nossos esforços, embora constasse que mais de setenta por cento do tráfico no Mediterrâneo passavam por suas mãos... Os pontos fracos do senhor Aljarafe se referiam a seu próprio dinheiro. Investimentos irregulares, movimentações de dinheiro. Contas pessoais estrangeiras. Seu nome apareceu em certas transações externas pouco claras. Havia material.

— Dizem que tinha propriedades em Miami.

— Sim. Que nós saibamos, uma casa de mil metros quadrados que estava acabando de comprar em Coral Gables, inclusive com coqueiros e cais, e um apartamento de luxo em Coco Plum: um lugar frequentado por advogados, banqueiros e aventureiros de Wall Street. Tudo, pelo visto, pelas costas de Teresa Mendoza.

— Umas poupancinhas.

— Digamos que sim.

— E o senhor o agarrou pelo saco. E o assustou.

Outra vez se recostou na poltrona. *Dura lex, sed lex. Use sempre Duralex.*

— Isso é improcedente. Não tolero essa sua linguagem.

Estou começando a ficar um pouco farto, disse a mim mesmo. Deste idiota.

— Traduza então ao seu gosto.

— Ele decidiu colaborar com a Justiça. Simples assim.

— Em troca de...?

— Em troca de nada.

Fiquei olhando para ele. Para a vovozinha. Vá contar essa história para a vovozinha. Teo Aljarafe arriscando o pescoço por amor à arte.

— E como Teresa Mendoza reagiu ao verificar que seu perito fiscal trabalhava para o inimigo?

— Isso você sabe tão bem quanto eu.

— Bem. Sei o que todo mundo sabe. Também sei que ela o usou como isca na operação do haxixe russo... Mas não me referia a isso.

A história do haxixe russo piorou as coisas. Não se faça de esperto comigo, dizia sua expressão.

— Então — sugeriu —, pergunte isso a ela, se puder.

— Talvez eu possa.

— Duvido que essa mulher conceda entrevistas. Ainda mais na sua situação atual.

Resolvi fazer uma última tentativa.

— Como o senhor vê essa situação?

— Eu estou fora — respondeu, com expressão de jogador de pôquer. — Não vejo nem deixo de ver. Teresa Mendoza já não é assunto meu.

O homem se calou e se pôs a folhear distraído alguns documentos que estavam sobre a mesa, e pensei que havia encerrado a conversa. Conheço formas melhores de perder tempo, decidi. Ia me levantando irritado, pronto para me despedir. Mas nem mesmo um disciplinado funcionário do Estado como o juiz Martínez Pardo podia evitar a ardência de certas feridas. Ou de se justificar. Continuava sentado, sem levantar os olhos dos documentos. E, de repente, ele compensou minha entrevista.

— Deixou de ser depois da visita daquele americano — acrescentou com rancor. — O sujeito da DEA.

O dr. Ramos, cujo senso de humor era peculiar, tinha dado o codinome de "Terna Infância" à operação de vinte toneladas de haxixe para o mar Negro. As poucas pessoas que estavam a par levaram duas semanas para planejar tudo com minúcia quase militar; e naquela manhã, pela boca de Farid Lataquia, depois que ele desligou com um sorriso satisfeito seu telefone celular depois de falar por um momento em código, souberam que o libanês havia encontrado no porto de Alhucemas a embarcação adequada para ser o abastecedor: um vetusto barco de pesca de trinta metros de comprimento rebatizado de *Tarfaya*, propriedade de uma empresa pesqueira hispano-marroquina. Àquelas horas, por sua vez, o dr. Ramos coordenava os movimentos do *Xoloitzcuintle*, um porta-contêineres de bandeira alemã, tripulado por poloneses e filipinos, que fazia regularmente a rota entre a costa atlântica americana e o Mediterrâneo oriental, e que naquele momento navegava entre Recife e Veracruz. "Terna Infância" tinha uma segunda frente, ou trama paralela: um terceiro barco desempenhava um papel decisivo, dessa vez um navio de carga geral com rota prevista entre Cartagena, na Colômbia, e o porto grego de Pireu sem escalas intermediárias. Chamava-se *Luz Angelita*, e, embora estivesse inscrito no porto colombiano de Temuco, navegava com bandeira cambojana por conta de uma empresa cipriota. Enquanto a parte delicada da operação recairia sobre o *Tarfaya* e o *Xoloitzcuintle*, o papel que caberia ao *Luz Angelita* e seus armadores era simples, rentável e sem riscos: limitar-se a servir de isca.

— Tudo pronto — recapitulou o dr. Ramos — em dez dias.

Tirou o cachimbo da boca para reprimir um bocejo. Eram quase onze da manhã, depois de uma longa noite de trabalho no escritório de Sotogrande: uma casa com jardim dotada das mais modernas medidas de segurança e contravigilância eletrônica, que fazia já dois anos substituía o antigo apartamento do porto esportivo. Pote Gálvez montava guarda no vestíbulo, dois vigias percorriam o jardim, e na sala de reuniões havia um televisor, um microcomputador com impressora, dois telefones celulares codificados, um painel para gráficos com canetas hidrográficas sobre um cavalete, xícaras de café sujas e cinzeiros repletos de guimbas sobre a grande mesa de reuniões. Teresa tinha acabado de abrir a janela para ventilar tudo aquilo. Estavam com ela, além do dr. Ramos, Farid Lataquia e o operador de telecomunicações de Teresa, um jovem engenheiro gibraltarino de sua inteira confiança chamado Alberto Rizocarpaso. Era o que o doutor denominava o gabinete de crise: o grupo fechado que constituía o estado-maior operacional da Transer Naga.

— O *Tarfaya* — explicou Lataquia — vai esperar em Alhucemas, limpando os porões. Preparado e com combustível. Inofensivo. Calminho. Não o pegaremos até dois dias antes do encontro.

— Por mim, tudo bem — disse Teresa. — Não quero que ele fique uma semana antes passeando por aí chamando a atenção.

— Não se preocupe. Eu mesmo cuido disso.

— E os tripulantes?

— Todos marroquinos. O comandante Cherki. Gente de Ahmed Chakor, como sempre.

— Ahmed Chakor nem sempre é confiável.

— Depende de quanto pagarem a ele — o libanês sorria. Tudo vai depender de quanto pagarem a mim, dizia aquele sorriso. — Desta vez não vamos correr riscos.

Ou seja, desta vez você vai embolsar uma comissão extra, disse para si mesma Teresa. Pesqueiro mais barco mais gente de Chakor igual a uma grana. Viu que Lataquia reforçava o sorriso, adivinhando o que ela pensava. Ao menos esse filho de uma égua não esconde isso, concluiu. Faz às claras, com toda a naturalidade. E sempre sabe onde é o limite. Depois se virou para o dr. Ramos. Como estão as *gomas*?, quis saber. Quantas unidades para a baldeação. O doutor estava com o mapa 773 do almirantado britânico aberto sobre a mesa, com toda a costa marroquina detalhada entre Ceuta e Melilla. Assinalou um ponto com a haste do cachimbo, três milhas ao norte, entre o penhasco de Vélez de la Gomera e o banco de Xauen.

— Há seis embarcações disponíveis — disse. — Para duas viagens de mais ou menos mil e setecentos quilos cada uma... Com o pesqueiro se deslocando ao longo desta linha, assim, tudo pode estar resolvido em menos de três horas. Cinco, se o mar estiver agitado. A carga já está pronta em Bab Berret e Ketama. Os pontos de embarque serão Rocas Negras, Cala Traidores e a embocadura do Mestaxa.

— Por que dividir tanto?... Não é melhor tudo de uma vez?

O dr. Ramos a encarou, sério. Vindo de outra pessoa, a pergunta teria ofendido o estrategista da Transer Naga, mas, com Teresa, aquilo era normal. Costumava supervisionar tudo até nos mínimos detalhes. Era bom para ela e bom para os outros porque as responsabilidades dos êxitos e dos fracassos sempre eram compartilhadas, e o excesso de explicações se tornava desnecessário. Minuciosa, costumava comentar Farid Lataquia em seu estilo mediterrâneo, até esmagar os ovos. Mas nunca na frente dela, é claro.

Só que Teresa sabia disso. Na verdade sabia tudo sobre todos. De repente se flagrou pensando em Teo Aljarafe. Assunto pendente, também a ser resolvido nos próximos dias. Corrigiu-se por dentro. Sabia quase tudo sobre quase todos.

— Vinte mil quilos reunidos numa praia só é muita coisa — explicou o doutor —, mesmo com os *mehanis* do nosso lado... Prefiro não chamar tanto a atenção. Por isso colocaremos a questão aos marroquinos como se formassem três operações diferentes. A ideia é embarcar a metade da carga no ponto 1 com as seis *gomas* ao mesmo tempo, um quarto no ponto 2 com apenas três *gomas* e o outro quarto no terceiro ponto, com as três restantes... Assim diminuiremos o risco e ninguém terá que recarregar no mesmo local.

— Qual é a previsão do tempo?

— Nesta época não pode ser muito ruim. Temos uma margem de três dias, o último com a lua quase às escuras, no quarto crescente. Pode ser que tenhamos névoa, e isso pode complicar os encontros. Mas cada *goma* levará um GPS, e o pesqueiro também.

— E as comunicações?

— As de costume: celulares clonados ou codificados para as *gomas* e o pesqueiro, internet para o barco grande. Walkie-talkies STU para a manobra.

— Quero o Alberto no mar, com todos os seus aparelhos.

Rizocarpaso, o engenheiro gibraltarino, concordou. Era louro, com o rosto infantil, quase imberbe. Introvertido. Muito eficiente em sua área. Tinha sempre as camisas e as calças amarrotadas de tantas horas que passava diante de um receptor de rádio ou do teclado de um computador. Teresa o recrutou porque era capaz de camuflar os contatos e as operações pela internet, desviando tudo sob a cobertura fictícia de países sem acesso para as polícias europeias e norte-americana: Cuba, Índia, Líbia, Iraque... Em questão de minutos, podia abrir, usar e deixar guardados vários endereços eletrônicos camuflados por trás de servidores locais desses ou de outros países, recorrendo a números de cartões de crédito roubados ou de testas de ferro. Também era perito em criptografia e no sistema de codificação PGP.

— Que barco? — perguntou o doutor.

— Qualquer um, esportivo. Discreto. O Fairline Squadron que temos em Banús pode servir — Teresa indicou ao engenheiro uma ampla zona no mapa náutico, a oeste de Alborán. — Você coordenará dali as comunicações.

O gibraltarino modulou um sorriso estoico. Lataquia e o doutor olharam para ele zombeteiros; todos sabiam que enjoava no mar como um cavalo de carrossel, mas sem dúvida Teresa tinha suas razões.

— Onde será o encontro com o *Xoloitzcuintle*? Existem áreas em que a cobertura é ruim.

— Você saberá no devido tempo. E, se não houver cobertura, usaremos o rádio camuflando-nos em faixas de frequência de pesqueiros. Frases combinadas para mudanças de uma frequência para outra, entre cento e vinte e cento e quarenta megahertz. Prepare uma lista.

Um dos telefones tocou. A secretária do escritório de Marbella tinha recebido um comunicado da embaixada do México em Madri. Solicitavam que a sra. Mendoza recebesse um alto funcionário para tratar de um assunto urgente. Como assim urgente, quis saber Teresa. Não disseram, foi a resposta. Mas o funcionário já está aqui. Meia-idade, bem-vestido. Muito elegante. Seu cartão de visita diz Héctor Tapia, secretário da embaixada. Está sentado no vestíbulo já faz un quinze minutos. E outro cavalheiro o acompanha.

— Obrigado por nos receber, senhora.

Conhecia Héctor Tapia. Tinha lidado com ele superficialmente havia anos, durante as negociações com a embaixada do México para resolver a papelada de sua dupla nacionalidade. Uma rápida entrevista num escritório do edifício da Carrera de San Jerónimo. Algumas palavras cordiais, a assinatura de documentos, o tempo de um cigarro, um café, uma conversa sem importância. Lembrava-se dele educadíssimo, discreto. Embora estivesse a par de todo o seu currículo — ou talvez por isso mesmo —, tinha-a recebido com amabilidade, reduzindo os trâmites ao mínimo. Em quase doze anos, foi o único contato direto que Teresa manteve com o mundo oficial mexicano.

— Deixe que eu lhe apresente don Guillermo Rangel. Norte-americano.

Via-o incomodado na salinha de reuniões forrada de nogueira escura, como quem não tem certeza de que está no lugar adequado. O gringo, no entanto, parecia à vontade. Olhava a janela aberta para as magnólias do jardim, o velho relógio de parede inglês, a qualidade do couro das poltronas, o valioso desenho de Diego Rivera — *Esboço para retrato de Emiliano Zapata* — emoldurado na parede.

— Na verdade sou de origem mexicana, como a senhora — disse, ainda contemplando o retrato bigodudo de Zapata, com expressão complacente. — Nascido em Austin, Texas. Minha mãe era *chicana*.

Seu espanhol era perfeito, com vocabulário nortenho, observou Teresa. Muitos anos de prática. Cabelo castanho à escovinha, ombros de lutador. Camiseta de malha branca sob o paletó leve. Olhos escuros, ágeis e sagazes.

— Este senhor — comentou Héctor Tapia — tem algumas informações que gostaria de compartilhar com a senhora.

Teresa os convidou a ocupar duas das quatro poltronas distribuídas em torno de uma grande bandeja árabe de cobre batido, e ela se sentou em outra, colocando um maço de Bisonte e o isqueiro na mesa. Tivera tempo de se arrumar um pouco: cabelo preso num rabo de cavalo com um prendedor de prata, blusa de seda escura, calças jeans pretas, mocassins, jaqueta de camurça no braço da poltrona.

— Não tenho certeza de que essas informações me interessem — disse.

O cabelo prateado do diplomata, a gravata e o terno de corte impecável contrastavam com a aparência do gringo. Tapia havia tirado os óculos com armação de aço e os observava com o cenho franzido, como se não estivesse satisfeito com o estado das lentes.

— Estas com certeza lhe interessam — pôs os óculos e a olhou, persuasivo. — Don Guillermo...

O outro ergueu a mão grande e plana.

— Willy. Podem me chamar de Willy. Todo mundo chama.

— Ótimo. Pois Willy, aqui presente, trabalha para o governo americano.

— Para a DEA — corrigiu o outro, sem rodeios.

Teresa começou a puxar um cigarro do maço. Concluiu o gesto sem se perturbar.

— Perdão?... Para quem, você disse?

Pôs o cigarro na boca e apanhou o isqueiro, mas Tapia já se inclinava sobre a mesa, atencioso; um estalo, a chama acesa.

— D-E-A — repetiu Willy Rangel, espaçando bem as letras. — Drug Enforcement Administration. A senhora sabe. A agência antidrogas de meu país.

— Puxa. Não diga. — Teresa soltou a fumaça observando o gringo. — Muito longe de suas trilhas, pelo que vejo. Não é de meu conhecimento que sua empresa tenha interesses em Marbella.

— A senhora vive aqui.

— E o que eu tenho a ver com isso?

Contemplaram-na sem dizer nada, durante alguns segundos, e depois trocaram olhares. Teresa viu Tapia erguer uma sobrancelha, com classe. É assunto seu, amigo, o gesto parecia indicar. Estou aqui apenas como auxiliar.

— Vamos esclarecer as coisas, senhora — disse Willy Rangel. — Não estou aqui por nada que tenha a ver com seu modo atual de ganhar a vida. Tampouco don Héctor, que foi tão amável em me acompanhar. Minha visita tem a ver com coisas que aconteceram há muito tempo...

— Há doze anos — especificou Héctor Tapia, como que à distância. Ou de fora.

— ... e com outras que estão prestes a acontecer. Na sua terra.

— Minha terra, está dizendo.

— Exato.

Teresa olhou o cigarro. Não vou terminá-lo, dizia seu gesto. Tapia entendeu isso à perfeição, pois dirigiu ao outro uma olhadela inquieta. Atenção que ela nos escapa, incentivava sem palavras. Rangel parecia ser da mesma opinião. Por isso foi direto ao ponto.

— O nome César Batman Güemes lhe diz alguma coisa?

Três segundos de silêncio, dois olhares pendurados nela. Soltou a fumaça tão devagar quanto pôde.

— Saibam que não.

Os dois olhares se cruzaram. E de novo se voltaram para ela.

— No entanto — disse Rangel —, a senhora o conheceu há tempos.

— Que estranho. Então eu deveria me lembrar, não é?... — olhou o relógio de parede, procurando um modo de se levantar e contornar aquilo. — Agora vão me desculpar...

Os dois homens se entreolharam novamente. Então o agente da *dea* sorriu. Fez isso com uma expressão limpa, simpática. Quase bonachona. Em seu trabalho, alguém que sorri assim costuma reservar esse efeito para as grandes ocasiões.

— Conceda-me apenas mais cinco minutos — pediu o gringo. — Para lhe contar uma história.

— Só gosto das histórias com um final bem bacana.

— É que este final depende da senhora.

E Guillermo Rangel, a quem todo mundo chamava de Willy, iniciou seu relato. A DEA, explicou, não era um órgão de operações especiais. Sua missão era recompilar dados de natureza policial, manter uma rede de informantes, pagá-los, elaborar relatórios detalhados sobre atividades relacionadas com a produção, o tráfico e a distribuição de drogas, dar nomes e sobrenomes a tudo isso e estruturar um caso para que se sustentasse diante de um tribunal. Por isso utilizava agentes. Como ele mesmo. Pessoas que se infiltravam em organizações de narcotraficantes e agiam ali. O próprio Rangel tinha trabalhado assim, primeiro infiltrado em grupos *chicanos* da baía da Califórnia e depois no México, como controlador de agentes encobertos, durante oito anos; menos um período de catorze meses em que esteve comissionado em Medellín, na Colômbia, como elo entre sua agência e o departamento de busca da polícia local encarregado da captura e morte de Pablo Escobar. E certamente a famosa foto do traficante abatido, rodeado pelos homens que o mataram em Los Olivos, foi tirada pelo próprio Rangel. Agora estava emoldurada na parede de seu escritório, em Washington D.C.

— Não vejo em que tudo isso possa me interessar — disse Teresa.

Apagou o cigarro no cinzeiro, sem pressa, mas disposta a encerrar aquela conversa. Não era a primeira vez que policiais, agentes ou traficantes vinham com histórias. Não estava com vontade de perder seu tempo.

— Estou contando isso — disse com sinceridade o gringo — para situar meu trabalho.

— Está muito bem situado. Mas agora vão me desculpar.

Pôs-se de pé. Héctor Tapia também se levantou num reflexo automático, abotoando o paletó. Olhava para seu acompanhante, desconcertado e inquieto. Mas Rangel permaneceu sentado.

— Ruço Dávila era agente da DEA — disse com simplicidade. — Trabalhava para mim, e por isso o mataram.

Teresa analisou os olhos inteligentes do gringo, que espreitavam o efeito. Você já teve seu lance teatral, pensou. Nem pense em outro, a não ser que tenha mais bala na agulha. Tinha vontade de rir às gargalhadas. Um riso adiado por doze anos, desde Culiacán, Sinaloa. A piada póstuma do maldito Ruço. Mas se limitou a dar de ombros.

— Agora — disse com muito sangue-frio —, conte-me alguma coisa que eu não saiba.

Nem a olhe, tinha dito Ruço Dávila. Nem abra a agenda, neguinha. Leve-a a don Epifanio Vargas e troque-a pela tua pele. Mas naquela tarde, em Culiacán, Teresa não pôde resistir à tentação. Apesar do que Ruço pensava, ela tinha ideias próprias, e sentimentos. E também curiosidade de saber em que inferno tinham acabado de metê-la. Por isso, momentos antes de Gato Fierros e Pote Gálvez aparecerem no apartamento próximo ao mercado Garmendia, infringiu as regras e virou as páginas daquela caderneta de couro onde estavam as chaves do que tinha acontecido e do que estava a ponto de acontecer. Nomes, endereços. Contatos de um lado e do outro da fronteira. Teve tempo de saber a verdade antes que tudo se precipitasse e se visse fugindo com a Doble Águila na mão, sozinha e aterrorizada, sabendo exatamente do que tentava escapar. O próprio don Epifanio Vargas resumiu isso muito bem naquela noite, sem querer. Teu homem, foi o que ele disse, gostava muito das jogadas de risco. As brincadeiras, o jogo. As apostas arriscadas que incluíam até ela mesma. Teresa sabia de tudo isso ao chegar à capela de Malverde com a agenda que nunca devia ter lido, mas que tinha lido, amaldiçoando Ruço por aquela forma de colocá-la em perigo justamente para salvá-la. Um raciocínio típico do jogador safado viciado em enfiar sua cabeça e a dos outros na boca do lobo. Se me apagarem, tinha pensado o filho de sua maldita mãe, Teresa não tem salvação. Inocente ou não, são as regras. Havia, porém, uma possibilidade remota: demonstrar que ela realmente agia de boa-fé. Porque Teresa nunca entregaria a agenda a ninguém, se conhecesse seu conteúdo. Nunca, se estivesse a par do jogo perigoso do homem que encheu aquelas páginas de informações mortais. Levando-a a don Epifanio, padrinho de Teresa e do próprio Ruço, ela demonstrava sua ignorância. Sua inocência. Caso contrário, nunca teria se atrevido. E naquela tarde, sentada na cama do apartamento, virando as páginas que eram ao mesmo tempo sua sentença de morte e sua única salvação possível, Teresa amaldiçoou Ruço porque afinal compreendeu tudo muito bem. Começar simplesmente a correr era condenar-se a não chegar longe. Tinha que entregar a agenda para demonstrar que ignorava seu conteúdo. Precisava engolir o medo que lhe revirava as tripas e manter a cabeça fria, a voz neutra em seu ponto exato de angústia, a súplica sincera ao homem em quem Ruço e ela confiavam. A mina do traficante, o bichinho assustado. Eu não sei de nada. Diga-me então o senhor, don Epifanio, o que eu iria ler. Por isso continuava viva. E por isso agora, no pequeno salão de seu escritório de Marbella, o agente da DEA Willy Rangel e o secretário da embaixada Héctor Tapia a olhavam boquiabertos, um sentado e o outro de pé, ainda com os dedos nos botões do paletó.

— Já sabia disso todo esse tempo? — perguntou o gringo, incrédulo.

— Há doze anos que eu sei.

Tapia afundou de novo na poltrona, dessa vez esquecendo de largar os botões.

— Cristo bendito — disse.

Doze anos, disse a si mesma. Sobrevivente de um desses segredos que matavam. Porque naquela última noite de Culiacán, na capela de Malverde, na atmosfera sufocante do calor úmido e da fumaça das velas, ela jogou sem esperanças o jogo estabelecido por seu homem morto, e ganhou. Nem sua voz, nem seus nervos, nem seu medo a tinham traído. Porque era um bom sujeito, don Epifanio. E gostava dela. Gostava dos dois, apesar de compreender, por causa da agenda — talvez já soubesse antes, ou não —, que Raimundo Dávila Parra trabalhava para a agência antidrogas do governo americano, e que certamente Batman Güemes o apagou por isso. Assim Teresa pôde enganar a todos, arriscando a louca aposta no fio da navalha, justo como Ruço tinha previsto que aconteceria. Imaginou a conversa de don Epifanio no dia seguinte. Ela não sabe de nada. De jeito nenhum. Como iria me trazer a maldita agenda se soubesse? Então podem deixá-la em paz. Combinado. Foi apenas uma chance em cem, mas bastou para salvá-la.

Willy Rangel observava Teresa com muita atenção, e também com um respeito que antes não estava presente. Nesse caso, observou, peço que se sente de novo e escute o que tenho a lhe dizer. Senhora. Neste momento é mais necessário do que nunca. Teresa hesitou um instante, mas sabia que o gringo tinha razão. Olhou para um lado e para o outro e depois para a hora que o relógio de parede marcava, simulando impaciência. Dez minutos, concedeu. Nem um minuto a mais. Então voltou a se sentar e acendeu outro Bisonte. Tapia ainda estava tão assombrado, em sua poltrona, que demorou a lhe oferecer fogo; quando por fim aproximou a chama do isqueiro, murmurando uma desculpa, ela já havia acendido o cigarro com o seu próprio.

E o homem da DEA começou a contar a verdadeira história de Ruço Dávila.

Raimundo Dávila Parra era de San Antonio, Texas. *Chicano.* Nacionalidade norte-americana desde os dezenove anos. Depois de ter trabalhado muito jovem no lado ilegal do narcotráfico, passando maconha em pequenas quantidades pela fronteira, foi recrutado pela agência antidrogas após ter sido detido em San Diego com cinco quilos de erva. Levava jeito, e era chegado ao risco e às emoções fortes. Valente, frio apesar da aparência extrovertida, Ruço submeteu-se a um período de treinamento, que oficialmente teria passado em uma prisão do Norte — na verdade esteve ali uma breve temporada para afiançar sua cobertura —, e foi enviado a Sinaloa com a missão de se infiltrar nas redes de transporte do cartel de Juárez, onde mantinha velhas amizades. Gostava daquele trabalho. Gostava do dinheiro. Também gostava de voar, e tinha feito um curso de piloto na DEA, embora tivesse frequentado outro em Culiacán como cobertura. Durante vários anos se infiltrou nos meios narcotraficantes por intermédio da Norteña de Aviación, primeiro como empregado de confiança de Epifanio Vargas, com quem atuou nas grandes operações de transporte aéreo de Senhor dos Céus, e depois como piloto de César Batman Güemes. Willy Rangel foi seu controlador. Nunca se comunicavam por telefone, a não ser em casos de emergência. Encontravam-se uma vez por mês em hotéis discretos de Mazatlán e Los Mochis. E toda a informação valiosa que a DEA obteve sobre o cartel de Juárez durante aquele tempo, inclusive as ferozes lutas pelo poder que os traficantes mexicanos enfrentaram ao se tornar independentes das máfias colombianas, era proveniente da mesma fonte. Ruço valia seu peso em coca.

Por fim o mataram. O pretexto formal era verdadeiro: viciado em correr riscos extras, aproveitava as viagens no aviãozinho para transportar droga própria. Gostava de atacar em várias frentes, e naquilo seu parente, Mestiço Parra, estava envolvido. A DEA estava mais ou menos a par, mas como se tratava de um agente valioso lhe davam sua oportunidade. O fato é que, no final, os traficantes acertaram as contas com ele. Por algum tempo, Rangel ficou em dúvida se foi por suas transações particulares ou porque alguém o delatou. Demorou três anos para averiguar. Um cubano preso em Miami, que trabalhava para o pessoal de Sinaloa, agarrou-se ao regulamento sobre testemunhas protegidas e encheu dezoito horas de fitas gravadas com suas revelações. Nelas contou que Ruço Dávila tinha sido assassinado porque alguém desmontou sua cobertura. Uma falha boba: um funcionário americano da Alfândega de El Paso teve acesso casualmente a uma informação confidencial, e a vendeu aos traficantes por oitenta mil dólares. Os outros ligaram os fios, começaram a suspeitar e de algum modo chegaram ao Ruço.

— A história da droga no Cessna — concluiu Rangel — foi um pretexto. Estavam atrás dele. O curioso é que aqueles que o apagaram não sabiam que era agente nosso.

Ficou calado. Teresa ainda procurava encaixar as peças.

— E como pode ter certeza?

O gringo afirmou com a cabeça. Profissional.

— Desde o assassinato do agente Camarena, os traficantes sabem que nunca perdoamos a morte de um de nossos homens. Que persistimos até que os responsáveis morram ou sejam presos. Olho por olho. É uma regra; e, se de alguma coisa eles entendem, é de códigos e regras.

Havia uma frieza inédita na exposição. Somos péssimos inimigos, dizia o tom. Dos piores. Com dólares e uma tenacidade dos diabos.

— Mas o Ruço eles mataram bem morto.

— É — Rangel mexeu a cabeça outra vez. — Por isso estou lhe dizendo que quem deu a ordem direta de armar a cilada no Espinhaço do Diabo ignorava que era um agente... O nome talvez lhe soe familiar, embora ainda há pouco tenha negado conhecê-lo: César Batman Güemes.

— Não me lembro dele.

— Claro. Mesmo assim, estou em condições de lhe assegurar que ele se limitava a cumprir uma obrigação. Esse malandro trafica em seu território, disseram-lhe. Seria bom um corretivo. Consta que Batman Güemes se fez de rogado. Pelo visto, ia com a cara de Ruço Dávila... Mas, em Sinaloa, compromissos são compromissos.

— E quem, na sua opinião, deu a incumbência e insistiu na morte do Ruço?

Rangel esfregou o nariz, olhou para Tapia e depois se voltou para Teresa, com um sorriso torto. Estava na beirada da poltrona, com as mãos apoiadas nos joelhos. Já não parecia bonachão. Agora, concluiu ela, sua atitude era a de um cão de guarda rancoroso e com boa memória.

— Outro de quem certamente a senhora também não se lembra... O atual deputado e futuro senador Epifanio Vargas Orozco.

Teresa encostou na parede e olhou para os raros clientes que àquela hora bebiam no Olde Rock. Geralmente raciocinava melhor quando estava entre desconhecidos, observando, em vez de se achar a sós com a outra mulher que carregava consigo. De volta a Guadalmina, tinha dito de repente a Pote Gálvez que a conduzisse a Gibraltar, e, depois de cruzar a cerca, foi guiando o pistoleiro pelas ruas estreitas até que ordenou que estacionasse a Cherokee diante da fachada branca do pequeno bar inglês aonde costumava ir em outra época — em outra vida — com Santiago Fisterra. Tudo continuava igual ali dentro: os enfeites nas vigas do teto, as paredes cobertas com fotos de barcos, gravuras históricas e lembranças marinhas. Encomendou no balcão uma Foster's, a cerveja que Santiago sempre bebia quando iam ali, e foi se sentar, sem prová-la, na mesa de sempre, junto à porta, debaixo do quadrinho com a morte do almirante inglês — agora já sabia quem era aquele Nelson e como o arrebentaram em Trafalgar. A outra Teresa Mendoza rondava estudando-a de longe, atenta. À espera de conclusões. De uma reação a tudo o que tinham acabado de lhe contar, que pouco a pouco completava o quadro geral que a explicava a si mesma, e à outra, e também esclarecia por fim todos os acontecimentos que a conduziram até aquela etapa de sua vida. E agora sabia inclusive muito mais do que imaginava saber.

Foi um grande prazer, foi essa sua resposta. Foi exatamente isso o que disse quando o homem da DEA e o homem da embaixada terminaram de lhe contar o que tinham ido contar e se puseram a observá-la, à espera de uma reação. Vocês estão loucos, foi um grande prazer, adeus. Viu-os partir decepcionados. Talvez aguardassem comentários, promessas. Compromissos. Mas seu rosto inexpressivo, seu comportamento indiferente, deixaram-lhes pouca esperança. Pois sim. Está nos mandando à puta que nos pariu, Héctor Tapia disse em voz baixa quando partiam, mas não baixo o bastante para que ela não escutasse. Apesar de suas maneiras delicadas, o diplomata parecia abatido. Pense bem nisso, foi o comentário do outro. Sua despedida. Pois não vejo, respondeu ela quando já fechava a porta atrás deles, no que é que eu teria que pensar. Sinaloa está muito longe. Com licença.

Mas continuava ali sentada no bar gibraltarino, e pensava. Lembrava ponto por ponto, ordenando em sua cabeça tudo o que tinha sido dito por Willy Rangel. A história de don Epifanio Vargas. A de Ruço Dávila. Sua própria história. Foi o antigo chefe do Ruço, tinha contado o gringo, o próprio don Epifanio, quem investigou o negócio da DEA. Durante sua fase inicial como proprietário da Norteña de Aviación, Vargas alugava seus aviões à Southern Air Transport, uma fachada do governo norte-americano para o transporte de armas e cocaína com que a CIA financiava a guerrilha dos opositores na Nicarágua; e o próprio Ruço Dávila, que nessa época já era agente da DEA, foi um dos pilotos que descarregaram material de guerra no aeroporto de Los Llanos, na Costa Rica, retornando a Fort Lauderdale, na Flórida, com droga do cartel de Medellín. Terminado tudo aquilo, Epifanio Vargas manteve boas conexões do outro lado, e assim pôde se inteirar mais tarde da informação do funcionário da Alfândega que delatou Ruço. Vargas pagou ao dedo-duro e durante certo tempo guardou a informação sem tomar nenhuma atitude. O chefão da serra, o antigo camponês paciente de San Miguel de los Hornos, era daqueles que nunca se precipitavam. Estava quase fora do negócio direto, seus rumos eram outros, a atividade farmacêutica que manejava de longe ia bem, e as privatizações das estatais dos últimos tempos tinham lhe permitido lavar grandes capitais. Mantinha sua família em um imenso rancho próximo a El Limón, pelo qual tinha trocado a casa do condomínio de Chapultepec de Culiacán, e sua amante, uma conhecida ex-modelo e apresentadora de televisão, numa luxuosa casa de Mazatlán. Não via necessidade de se complicar com decisões que podiam prejudicá-lo sem outro benefício além da vingança. Ruço trabalhava agora para Batman Güemes, e isso não era assunto de Epifanio Vargas.

No entanto, prosseguiu Willy Rangel, as coisas mudaram. Vargas fez muito dinheiro com o negócio da efedrina: cinquenta mil dólares o quilo nos Estados Unidos, contra os trinta mil da cocaína e os oito mil da maconha. Tinha boas relações que lhe abriam as portas da política; estava na hora de rentabilizar o meio milhão mensal que durante anos investiu no suborno de funcionários públicos. Via à sua frente um futuro tranquilo e respeitável, longe dos sobressaltos do antigo ofício. Depois de estabelecer laços financeiros, de corrupção ou de cumplicidade com as principais famílias da cidade e do estado, tinha dinheiro suficiente para dizer chega, ou para continuar a ganhá-lo por meios convencionais. Foi assim que de repente começaram a morrer pessoas suspeitosamente relacionadas com seu passado: policiais, juízes, advogados. Dezoito em três meses. Era como uma epidemia. E, dentro desse panorama, a figura de Ruço representava um obstáculo: sabia coisas demais dos tempos heroicos da Norteña de Aviación. O agente da DEA estava encravado em seu passado como uma cunha perigosa que podia dinamitar o futuro.

Vargas contudo era esperto, graduou Rangel. Muito esperto, com aquela astúcia camponesa que o tinha levado até onde estava. Foi por isso que transferiu o trabalho para outro, sem revelar por quê. Batman Güemes nunca teria liquidado um agente da DEA; mas um piloto de aviõezinhos que agia por conta própria, enganando seus chefes um pouquinho aqui e um pouquinho ali, era outra história. Vargas insistiu com Batman: um castigo exemplar etc. Para ele e para o primo. Alguma coisa para desestimular aqueles que se envolvem nessas transações. Comigo também ele deixou assuntos pendentes, por isso considere um favor pessoal. E, no fim das contas, você agora é o patrão dele. A responsabilidade é sua.

— Desde quando vocês sabem de tudo isso? — perguntou Teresa.

— Em parte, há muito tempo. Quase desde a época em que aconteceu — o homem da *dea* mexia as mãos para sublinhar o óbvio. — O resto já faz coisa de dois anos, quando a testemunha protegida nos pôs a par dos detalhes... Também disse algo mais... — fez uma pausa observando-a atento, como se a convidasse a preencher ela mesma os pontinhos das reticências. — Que mais tarde, quando a senhora começou a crescer deste lado do Atlântico, Vargas se arrependeu de tê-la deixado sair viva de Sinaloa. Que lembrou a Batman Güemes que tinha coisas pendentes lá em sua terra... E que o outro enviou dois pistoleiros para completar o trabalho.

É a sua história, assinalava a expressão inescrutável de Teresa. É você quem a traz nas mãos.

— Não me diga. E o que aconteceu?

— Isso caberia à senhora contar. Nunca mais se soube deles.

Héctor Tapia interveio, suave.

— De um deles, o senhor quer dizer. Pelo visto, o outro continua aqui. Aposentado. Ou quase.

— E por que veem aqui me dizer tudo isso justamente agora?

Rangel se virou para o diplomata. É que agora é de fato a sua vez, era o significado daquele olhar. Tapia tirou novamente os óculos e tornou a colocá-los. Depois olhou suas unhas como se houvesse anotações escritas ali.

— Ultimamente — disse —, a carreira política de Epifanio Vargas deslanchou. Irrefreável. Muitas pessoas lhe devem muito. Muitos o amam ou o temem, e quase todos o respeitam. Teve a habilidade de se retirar das atividades diretas do cartel de Juárez antes que este começasse seus enfrentamentos graves com a Justiça, quando a luta era travada quase exclusivamente contra os concorrentes do Golfo... Em sua carreira envolveu não apenas juízes, empresários e políticos mas também altas autoridades da Igreja mexicana, policiais e militares: o general Gutiérrez Rebollo, que esteve a ponto de ser nomeado promotor antidrogas da República antes que fossem descobertos seus vínculos com o cartel de Juárez e acabasse na penitenciária de Almoloya, era íntimo dele... E além disso existe a faceta popular: desde que conseguiu que o nomeassem deputado estadual, Epifanio Vargas fez muito por Sinaloa, investiu dinheiro, criou postos de trabalho, ajudou as pessoas...

— Isso não é ruim — interrompeu Teresa. — O normal no México é que aqueles que roubam o país guardem tudo para si. O PRI passou setenta anos fazendo isso.

Existem nuances, respondeu Tapias. No momento, o PRI já não governa. Os novos ares contam muito. Talvez no final poucas coisas mudem, mas existe a intenção indiscutível de mudar. Ou de tentar mudar. E, justo neste momento, Epifanio Vargas está prestes a ser nomeado senador da República...

— E alguém quer atrapalhá-lo — compreendeu Teresa.

— Sim. Talvez seja uma forma de expressar isso. Por um lado, um setor político de muito peso, vinculado ao governo, não deseja ver no Senado um traficante sinaloense, ainda que ele esteja oficialmente aposentado e seja deputado em exercício... Existem também velhas contas que seria cansativo detalhar.

Teresa imaginava essas contas. Todos eles filhos de uma cadela, em guerras surdas pelo poder e pelo dinheiro, os cartéis da droga e os amigos dos respectivos cartéis e as diferentes famílias políticas relacionadas ou não com a droga. Não importa quem governe. México lindo, como sempre.

— E de nossa parte — observou Rangel —, não nos esquecemos de que ele mandou matar um agente da DEA.

— Exato — aquela responsabilidade compartilhada parecia ser um alívio para Tapias. — Porque o governo da União Americana, que, como a senhora sabe, acompanha muito de perto a política de nosso país, também não veria com bons olhos um Epifanio Vargas senador... Por isso está tentando criar uma comissão de alto nível para atuar em duas frentes: a primeira, abrir uma investigação sobre o passado do deputado. A segunda, reunir as provas necessárias, depô-lo e acabar com sua carreira política, chegando inclusive a um processo judicial.

— Em cujo final — disse Rangel — não excluímos a possibilidade de solicitar sua extradição para os Estados Unidos.

E onde é que eu entro em toda essa bagunça?, quis saber Teresa. Por que cargas-d'água vocês viajam até aqui para me contar isso como se fôssemos todos irmãos? Rangel e Tapia se entreolharam de novo, o diplomata pigarreou um instante e, enquanto tirava um cigarro de uma cigarreira de prata — oferecendo a Teresa, que recusou com a cabeça —, revelou que o governo mexicano acompanhou com atenção a, rrrum, carreira da senhora nos últimos anos. Que não havia nada contra ela porque suas atividades eram realizadas, até onde se podia saber, fora do território nacional — uma cidadã exemplar, observou Rangel tão sério que a ironia ficou diluída nas palavras. E que, em vista de tudo isso, as autoridades correspondentes estavam dispostas a chegar a um acordo. Um acordo satisfatório para todos. Cooperação em troca de imunidade.

Teresa os observava. Perspicaz.

— Que tipo de cooperação?

Tapias acendeu o cigarro com muito cuidado. O mesmo cuidado com que parecia meditar sobre o que estava a ponto de dizer. Ou, melhor, sobre a forma de dizer.

— A senhora tem contas pessoais a acertar ali. Também sabe muito sobre a época de Ruço Dávila e a atividade de Epifanio Vargas... — decidiu-se por fim. — Foi testemunha privilegiada e isso quase lhe custou a vida... Há quem pense que talvez um arranjo poderia beneficiá-la. Possui meios de sobra para dedicar-se a outras atividades, desfrutando do que tem e sem se preocupar com o futuro.

— O que está me dizendo!

— O que a senhora está ouvindo.

— Puxa vida... E a que devo tanta generosidade?

— Nunca aceita pagamento em drogas. Só em dinheiro. É uma operadora de transporte, não é proprietária, nem distribuidora. A mais importante da Europa neste momento, sem dúvida. Mas nada mais... Isso nos deixa uma margem de manobra razoável junto à opinião pública...

— Opinião pública?... De que diabos você está falando?

O diplomata demorou a responder. Teresa podia ouvir a respiração de Rangel; o agente da *dea* se mexia no assento, inquieto, entrelaçando os dedos.

— Oferecemos a chance de voltar ao México, se quiser — continuou Tapia —, ou de se estabelecer discretamente onde preferir... Inclusive as autoridades espanholas já foram sondadas a esse respeito: existe o compromisso do Ministério da Justiça de paralisar todos os processos e investigações em andamento... Que, pelo que sei, encontram-se numa fase bem avançada e podem, a médio prazo, tornar as coisas bastante difíceis para a, rrrum, Rainha do Sul... Como dizem na Espanha, colocar uma pedra em cima, e vida nova.

— Nunca pensei que os gringos tivessem a mão tão aberta.

— Depende de para quê.

Então Teresa começou a rir. Estão me pedindo, disse ainda incrédula, que lhes conte tudo o que imaginam que sei sobre Epifanio Vargas. Que banque a comadre, na minha idade. E sinaloense.

— Não apenas que nos conte isso — interveio Rangel. — Mas que conte isso lá.

— Onde é lá?

— Diante da Comissão de Justiça da Procuradoria Geral da República.

— Querem que eu vá dar declarações no México?

— Como testemunha protegida. Imunidade absoluta. Seria no Distrito Federal, sob todos os tipos de garantia pessoal e jurídica. Com o agradecimento da nação e do governo dos Estados Unidos.

Teresa se levantou subitamente. Puro reflexo e sem sequer pensar. Dessa vez os dois se levantaram ao mesmo tempo: Rangel desconcertado, Tapia desconfortável. Como eu estava dizendo, expressava seu gesto ao trocar o último olhar com o agente da DEA. Teresa foi até a porta e a abriu de repente. Pote Gálvez estava do lado de fora, no corredor, os braços ligeiramente separados, falsamente tranquilo em sua obesidade. Se for preciso, ela lhe disse com os olhos, expulse-os a pontapés.

— Vocês — quase cuspiu — ficaram loucos.

E ali estava agora, sentada em sua antiga mesa do bar gibraltarino, refletindo sobre tudo isso. Com uma vida minúscula que ia despontando em suas entranhas sem que soubesse ainda o que iria fazer com ela. Com o eco da conversa recente na cabeça. Dando voltas em suas sensações. Nas palavras recentes e nas lembranças antigas. Na dor e na gratidão. Na imagem de Ruço Dávila — imóvel e calado como ela estava agora, naquela cantina de Culiacán — e na lembrança do outro homem sentado ao seu lado em plena noite, na capela de são Malverde. Seu homem gostava demais dos riscos, Teresinha. No duro que você não leu nada? Então vá, e trate de se enterrar bem fundo para que eles não a encontrem. Don Epifanio Vargas. Seu padrinho. O homem que podia tê-la matado, e teve compaixão e não a matou. Que depois se arrependeu, e não podia mais.

16

Carga desviada

Teo Aljarafe regressou dois dias mais tarde com um relatório satisfatório. Pagamentos recebidos pontualmente na Grande Caimã, negociações para conseguir um pequeno banco próprio e uma companhia de navegação em Belize, boa rentabilidade dos fundos lavados e depositados, completamente limpos, em três bancos de Zurique e em dois de Liechtenstein. Teresa escutou com atenção seu relatório, examinou os documentos, assinou alguns papéis depois de lê-los minuciosamente, e foram então comer no Santiago, em frente ao passeio marítimo de Marbella, com Pote Gálvez sentado do lado de fora, numa das mesas da varanda. Favas com presunto e cavalinha assada, melhor e mais suculenta do que a lagosta. Um vinho Señorío de Lazán, safra de 1996. Teo estava loquaz, simpático. Bonito. O paletó nas costas da cadeira e as mangas da camisa branca dobradas duas vezes sobre os antebraços bronzeados, os pulsos firmes e ligeiramente peludos, Patek Philippe, unhas polidas, a aliança reluzindo na mão esquerda. Às vezes virava seu perfil impecável de águia espanhola, o copo ou o garfo a meio caminho, e olhava para a rua, atento a quem entrava no local. Duas vezes se levantou para cumprimentar. Tomás Pestaña, que comia ao fundo com um grupo de investidores alemães, aparentemente os tinha ignorado quando entraram. Mas logo veio o garçom com uma garrafa de bom vinho. Da parte do senhor prefeito, disse. Com os seus cumprimentos.

Teresa olhava o homem que tinha à sua frente e meditava. Não iria lhe contar naquele dia, nem no seguinte nem no outro, e talvez não contasse isso nunca, o que estava carregando no ventre. E a esse respeito, além do mais, uma coisa parecia bem curiosa: a princípio achou que logo começaria a ter sensações, consciência física da vida que se desenvolvia em seu interior. Mas não sentia nada. Apenas a certeza e as reflexões a que ela a levava. Talvez seus seios tivessem aumentado um pouco, e as dores de cabeça tivessem desaparecido; contudo, só se sentia grávida quando meditava sobre isso, lia outra vez o laudo médico, ou verificava as duas ausências de menstruação marcadas no calendário. E no entanto — pensava naquele instante, ouvindo a conversa banal de Teo Aljarafe —, aqui estou eu. Prenhe como uma dona de casa qualquer, como dizem na Espanha. Com algo, ou alguém, a caminho, e ainda sem decidir o que vou fazer com a minha maldita vida, com a dessa criança que ainda não é nada, mas será se eu consentir — olhou atenta para Teo, como se estivesse à espreita de um sinal decisivo. — Ou com a vida dele.

— Há alguma coisa em andamento? — perguntou Teo em voz baixa, distraído, entre dois goles do vinho do prefeito.

— Nada no momento. Rotina.

À sobremesa, ele propôs irem à casa da rua Ancha ou a qualquer bom hotel da Milla de Oro, para passar ali o resto da tarde e a noite. Uma garrafa, um prato de presunto ibérico, sugeriu. Sem pressa. Mas Teresa recusou com a cabeça. Estou cansada, disse arrastando a última sílaba. Hoje não estou com muita vontade.

— Faz quase um mês que não — comentou Teo.

Sorria, atraente. Tranquilo. Roçou-lhe os dedos, terno, e ela ficou olhando sua própria mão imóvel sobre a toalha da mesa, como se não fosse realmente sua. Com aquela mão, pensou, ela havia disparado no rosto de Gato Fierros.

— Como vão suas filhas?

Olhou-a, surpreso. Teresa nunca perguntava por sua família. Era uma espécie de pacto implícito com ela mesma, que sempre cumpria rigorosamente. Vão bem, disse depois de um momento. Que bom, respondeu. Que bom que vão bem. E a mãe delas também, imagino. As três.

Teo deixou a colherzinha da sobremesa no prato e se inclinou sobre a mesa, observando-a com atenção. O que está acontecendo?, indagou. Diga-me o que está acontecendo com você hoje. Ela olhou em volta, as pessoas nas mesas, o tráfego na avenida iluminada pelo sol que começava a se pôr sobre o mar. Não está acontecendo nada, respondeu, baixando mais a voz. Mas eu menti para você, disse depois. Há algo em andamento. Algo que ainda não lhe contei.

— Por quê?

— Porque nem sempre eu lhe conto tudo.

Fitou-a, preocupado. Uma franqueza impecável. Cinco segundos quase exatos, e então desviou o olhar para a rua. Quando tornou a olhá-la, sorria um pouco. Bem charmoso. Voltou a tocar sua mão, e dessa vez ela não a retirou.

— É importante?

Está bem, disse Teresa para si mesma. Assim são as malditas coisas, e cada um ajuda a fazer seu próprio destino. Quase sempre o empurrãozinho final vem da própria pessoa. Para o bem e para o mal.

— Sim — respondeu. — Há um barco a caminho. Chama-se *Luz Angelita*.

Havia escurecido. Os grilos cantavam no jardim como se tivessem ficado loucos. Quando as luzes se acenderam, Teresa mandou apagá-las. Sentada nos degraus do alpendre, as costas apoiadas num dos pilares, contemplava as estrelas sobre as espessas copas pretas dos salgueiros. Tinha entre as pernas uma garrafa de tequila com o lacre intacto e, atrás, na mesa baixa perto das espreguiçadeiras, o estéreo tocava música mexicana. Música sinaloense que Pote Gálvez tinha lhe emprestado naquela mesma tarde, olha, patroa, este é o último dos Broncos de Reynosa que me mandaram de lá, diga logo o que acha:

Venía rengueando la yegua,
traía la carga ladeada.
Iba sorteando unos pinos
*en la sierra de Chihuahua.**

Aos pouquinhos, o pistoleiro enriquecia sua coleção de *corridos*. Gostava dos mais duros e violentos; antes de mais nada, dizia muito sério, para enganar a nostalgia. A gente é de onde simplesmente é, e não tem jeito. Sua coleção particular incluía toda a turma nortenha, desde Chalino — palavras chulas, senhora — até Exterminador, os Invasores de Nuevo León, o As de la Sierra, El Moreño, os Broncos, os Huracanes e outros grupos pesados de Sinaloa e dali para cima; os que tinham transformado a mancha vermelha dos jornais em matéria musical, canções que falavam de tráficos e de mortos, e de derrubar a balaços, de carregamentos da boa, aviõezinhos Cessna e vans do ano, federais, meganhas, traficantes e funerais. Do mesmo modo como em outros tempos havia os *corridos* da Revolução, os *narcocorridos* eram agora a nova

*A égua vinha mancando,
com a carga meio inclinada.
Vinha evitando uns pinheiros
lá na serra de Chihuahua.
(Tradução livre.)

épica, a lenda moderna de um México que estava ali e não tinha intenção de mudar, entre outras razões porque parte da economia nacional dependia daquilo. Um mundo marginal e duro, armas, corrupção e droga, onde a única lei que não se violava era a lei da oferta e da procura.

Allí murió Juan el Grande,
pero defendió a su gente.
Hizo pasar a la yegua
*y también mató al teniente.**

Carga ladeada, chamava-se a canção. Como a minha, pensava Teresa. Na capa do CD, os Broncos de Reynosa davam-se as mãos e um deles deixava entrever, sob a jaqueta, uma enorme pistola na cintura. Às vezes ela observava Pote Gálvez enquanto ouvia aquelas músicas, atenta à expressão do pistoleiro. Continuavam a tomar uma dose juntos de vez em quando. Que legal, Pinto, tome uma tequila. E os dois ficavam ali calados, ouvindo música, o outro respeitoso e guardando distância, e Teresa o via estalar a língua e mexer a cabeça, tudo bem, sentindo e se lembrando à sua maneira, deslizando mentalmente pelo Don Quijote e La Ballena e os antros *culichis* que vagavam pela sua memória, sentindo saudades talvez de seu comparsa Gato Fierros, que àquela hora não era mais do que ossos embutidos no cimento, bem distante de suas bandas, sem ninguém que levasse flores ao seu túmulo, sem ninguém que cantasse

---

*Ali morreu Juan o Grande,
mas defendeu sua gente.
Deixou escapar a égua
e até matou o assistente.
(Tradução livre.)

corridos à sua porca memória de filho de uma cadela, o Gato, sobre quem Pote Gálvez e Teresa não voltaram a trocar uma única palavra, nunca.

A don Lamberto Quintero
lo seguía una camioneta.
Iban com rumbo al Salado,
*nomás a dar una vuelta.**

O estéreo tocava agora o *corrido* de Lamberto Quintero, que, como o do Cavalo Branco de José Alfredo, era um dos favoritos de Pote Gálvez. Teresa viu a sombra do pistoleiro surgir na entrada do alpendre, dar uma olhada e se retirar em seguida. Sabia que estava lá dentro, sempre ao alcance de sua voz, escutando. A senhora já teria *corridos* saindo pelo ladrão se estivesse em nossa terra, patroa, tinha lhe dito uma vez, no meio de outro assunto. Não acrescentou talvez eu também aparecesse em alguns, mas Teresa sabia que ele pensava isso. Na verdade, concluiu enquanto tirava o lacre da garrafa de Herradura Reposado, todos os malditos homens sonhavam com isso. Como Ruço Dávila. Como o próprio Pote. Como, à sua maneira, Santiago Fisterra. Figurar na letra de um *corrido* real ou imaginário, música, vinho, mulheres, dinheiro, vida e morte, ainda que fosse ao preço da própria pele. E nunca se sabe, pensou de repente, olhando a porta por onde havia saído o pistoleiro. Nunca se sabe, Pinto. No fim das contas, o *corrido* é sempre escrito pelos outros.

---

* A dom Lamberto Quintero
seguia um caminhãozinho.
Iam rumo a Salado,
para passear no caminho.
(Tradução livre.)

Un compañero le dice:
nos sigue una camioneta.
Lamberto sonriendo dijo:
*Pa' qué están las metralletas.**

Bebeu diretamente da garrafa. Um gole longo que desceu pela garganta com a força de um disparo. Ainda com a garrafa na mão, esticou um pouco o braço, no alto, oferecendo-a com uma careta sarcástica à mulher que a contemplava por entre as sombras do jardim. Grande safada que não ficou em Culiacán, e às vezes já não sei se foi você quem passou para o lado de cá, ou se eu é que fui para lá com você, ou se trocamos de papel na farsa e talvez seja você aquela que está sentada no alpendre desta casa e eu aquela que está meio escondida olhando para você e para aquele que carrego nas entranhas. Tinha falado sobre isso mais uma vez — intuía que fosse a última — com Oleg Yasikov naquela mesma tarde, quando o russo a visitou para verificar se estava pronta a operação do haxixe, depois que tudo foi conversado e saíram para passear até chegar à praia, como costumavam fazer. Yasikov a olhava de soslaio, estudando-a à luz de algo novo que não era melhor nem pior, apenas mais triste e frio. Eu não sei, disse, se agora que você me contou certas coisas eu a vejo de um modo diferente, ou se é você, Tesa, que de alguma forma está mudando. Sim. Hoje, enquanto conversávamos, eu a olhava. Surpreso. Nunca você tinha me dado tantos detalhes nem falado nesse tom. *Niet.* Parecia um barco soltando as amarras. Me perdoe se não me expresso bem. Sim. São coisas complicadas de explicar. Até de pensar.

---

*Um companheiro lhe disse:
uma caminhonete ataca.
Lamberto disse sorrindo:
Pra que servem as "matracas"?
(Tradução livre.)

Vou tê-lo, disse ela de repente. E fez isso sem meditar, de supetão, como se a decisão brotasse naquele instante dentro de sua cabeça, vinculada a outras decisões que já havia tomado e às que estava a ponto de tomar. Yasikov continuou parado, inexpressivo, por um tempo bem mais longo; depois balançou a cabeça, não para aprovar nada, que não era assunto seu, mas para sugerir que ela era senhora de ter o que quisesse, e também a achava muito capaz de assumir as consequências. Deram alguns passos e o russo se pôs a admirar o mar que ia se acinzentando com o entardecer, e por fim, sem se virar para ela, disse: você nunca teve medo de nada, Tesa. *Niet de niet*. Nada. Desde que nos conhecemos, nunca vi você hesitar quando estavam em jogo a liberdade e a vida. Nunca, jamais. Por isso as pessoas te respeitam. Sim. Por isso eu te admiro.

— E por isso — concluiu — você está onde está. Sim. Agora.

Foi então que ela riu forte, de um modo estranho que fez Yasikov voltar a cabeça. Russo filho da mãe, disse. Você não faz a menor ideia. Eu sou a outra mulher que você não conhece. Aquela que me olha, ou aquela que eu olho; já não estou certa nem de mim. A única certeza é que sou covarde, sem nada do que é preciso ter. Olha só: tenho tanto medo, me sinto tão frágil, tão indecisa, que gasto minhas energias e minha vontade, queimo-as até a última gota, tentando esconder isso. Você não pode imaginar o esforço. Porque eu nunca escolhi, e o texto foram sempre os outros que escreveram. Você. Pati. Eles. Veja que loucura. Não gosto da vida em geral, nem da minha em particular. Nem mesmo gosto da vida parasitária, minúscula, que agora carrego dentro de mim. Estou doente de algo que faz tempo desisti de compreender, e nem sequer sou honrada, porque me calo. Já são doze anos que vivo assim. Dissimulo e me calo o tempo todo.

Depois disso os dois ficaram em silêncio, olhando para o mar, que tinha acabado de escurecer. Por fim Yasikov balançou outra vez a cabeça, muito lentamente.

— Já tomou uma decisão sobre Teo? — perguntou com suavidade.

— Não se preocupe com ele.

— A operação...

— Também não se preocupe com a operação. Está tudo arranjado. Inclusive Teo.

Bebeu mais tequila. As palavras do *corrido* de Lamberto Quintero ficaram para trás quando se levantou e caminhou com a garrafa na mão pelo jardim, próxima ao retângulo escuro da piscina. Vendo as gatas passando, ele se descuidou, dizia a canção. Quando armas certeiras sua vida ali tiraram. Andou entre as árvores; os galhos baixos dos salgueiros roçavam seu rosto. As últimas estrofes se apagaram às suas costas. Ponte que vai a Tierra Blanca, tu que o viste passar. Lembra que de Lamberto tu vais sempre te lembrar. Chegou até a porta que dava para a praia, e nesse momento ouviu atrás de si, sobre o cascalho, os passos de Pote Gálvez.

— Deixe-me sozinha — disse sem se virar.

Os passos se detiveram. Continuou caminhando e tirou os sapatos quando sentiu sob seus pés a areia macia. As estrelas formavam uma abóbada de pontos luminosos até a linha escura do horizonte, sobre o mar que batia na praia. Foi até a orla, deixando que a água molhasse seus pés em suas idas e vindas. Havia duas luzes separadas e imóveis: pescadores que trabalhavam perto da costa. A claridade longínqua do hotel Guadalmina a iluminou um pouco quando tirou a calça, a calcinha e a camiseta, para então entrar bem devagar na água, que arrepiava sua pele. Ainda carregava a garrafa na mão, e bebeu outra vez para espantar o frio, um gole muito longo, vapor de tequila que subiu pelo nariz até sufocar sua respiração, a água na altura dos quadris, ondas suaves que a faziam balançar sobre os pés cravados na areia do fundo. Depois, sem se atrever a olhar para a outra mulher que estava na praia junto ao montinho de roupas, observando-a, atirou a garrafa ao mar e se deixou afundar na água fria, sentindo-a fechar-se, negra, sobre sua cabeça. Nadou alguns metros perto do fundo e emergiu sacudindo o cabelo e a água do rosto. Penetrava mais e mais na superfície escura e fria, impulsionando-se com movimentos firmes das pernas e dos braços, mergulhando o rosto até a altura dos olhos e levantando-o de novo para respirar, mar adentro, cada vez mais adentro, afastando-se da praia até que já não dava pé e tudo desapareceu paulatinamente, menos ela e o mar. Aquela massa sombria como a morte à qual tinha vontade de se entregar, e descansar.

Retornou. Voltou surpresa por ter feito isso, enquanto ponderava tentando averiguar por que não continuou nadando até o coração da noite. Pensou adivinhar a resposta quando pisou de novo o fundo da areia, meio aliviada e meio atordoada ao sentir a terra firme, e saiu da água tremendo com o frio em sua pele molhada. A outra mulher tinha ido embora. Já não estava junto à roupa atirada na praia. Sem dúvida, pensou Teresa, decidiu adiantar-se, e me espera lá para onde vou.

A claridade esverdeada do radar iluminava por baixo, na penumbra, o rosto do comandante Cherki, os pelos brancos que despontavam no queixo mal barbeado.

— Aí está — disse, assinalando um ponto escuro na tela.

A vibração da máquina do *Tarfaya* fazia tremer os anteparos da estreita cabine de comando. Teresa estava apoiada na porta, protegida do frio da noite por um pulôver grosso de gola alta, as mãos nos bolsos da japona impermeável. Tocando a pistola com a direita. O comandante virou-se para olhá-la.

— Em vinte minutos — anunciou —, se a senhora não decidir outra coisa.

— O barco é seu, comandante.

Coçando a cabeça sob o gorro de lã, Cherki deu uma olhada na telinha iluminada do GPS. A presença de Teresa o incomodava, assim como aos demais tripulantes. Era incomum, protestou a princípio. E perigoso. Mas ninguém tinha lhe dito que poderia escolher. Confirmada a posição, o marroquino fez girar a roda do leme a estibordo, observando atento como a agulha da bússola iluminada na bitácula se fixava no ponto desejado, e então ligou o piloto automático. Na tela do radar, o eco estava bem na proa, a vinte e cinco graus da flor-de-lis que na bússola assinala o norte. Dez milhas exatas. Os outros pontinhos escuros, fracos rastros de duas lanchas que tinham se afastado depois de transferir para o barco pesqueiro seus últimos pacotes de haxixe, estavam fora de alcance do radar havia trinta minutos. O banco de Xauen já havia ficado bem para trás, pela popa.

— *Iallah Bismillah* — disse Cherki.

Vamos lá, traduziu Teresa. Em nome de Deus. Aquilo a fez sorrir na penumbra. Mexicanos. Marroquinos ou espanhóis, quase todos tinham seu são Malverde em algum lugar. Reparou que Cherki se virava de vez em quando, observando-a com curiosidade e reprovação mal dissimulada. Era um marroquino de Tânger, pescador veterano. Naquela noite estava ganhando o que seus instrumentos de pesca não lhe renderiam em cinco anos. O balanço do *Tarfaya* na marulhada diminuiu um pouco quando o comandante empurrou a alavanca para aumentar a velocidade na nova rota, intensificando o barulho da máquina. Teresa viu que a barquilha subiu a seis nós. Olhou para fora. Do outro lado dos vidros embaçados de salitre, a noite corria escura como tinta preta. As luzes de navegação estavam acesas; nos radares eram vistos da mesma forma com luzes ou sem elas, e um barco apagado levantava suspeitas. Acendeu outro cigarro para atenuar os cheiros: o óleo diesel que sentia no estômago, a gordura, os instrumentos de pesca, a coberta impregnada do rastro de peixe velho. Sentiu uma pontinha de náusea. Espero não enjoar agora, pensou. A esta altura. Com todos esses safados olhando.

Foi para o lado de fora, para a noite e a coberta molhada pelo sereno. A brisa revolveu seu cabelo, aliviando-a um pouco. Havia sombras encolhidas contra a borda da amurada, entre os pacotes de quarenta quilos envoltos em plástico, com alças para facilitar seu transporte: cinco marroquinos bem pagos, de confiança, que, como o comandante Cherki, já tinham trabalhado outras vezes para a Transer Naga. Na proa e na popa, meio perfiladas nas luzes de navegação do pesqueiro, Teresa identificou mais duas sombras: sua escolta. Marroquinos de Ceuta, jovens, silenciosos e em boa forma, de lealdade comprovada, cada um com uma pistola metralhadora Ingram 380 com cinquenta balas sob a japona e duas granadas MK2 nos bolsos. *Harkeños*, assim os chamava o dr. Ramos, que dispunha de uma dúzia de homens para situações como aquela. Leve dois *harkeños*, chefa, havia dito. Para eu ficar tranquilo enquanto a senhora estiver a bordo. Já que faz questão de ir desta vez, o que me parece um risco desnecessário e uma loucura, e ainda por cima sem Pote Gálvez, permita-me pelo menos organizar um pouco sua segurança. Já sei que todo mundo está bem pago e coisa e tal. Mas se aparecer algum abelhudo...

Foi até a popa e constatou que a última *goma*, uma Valiant com dez metros de comprimento com dois potentes cabeçotes, continuava ali, rebocada por um grosso cabo, ainda com trinta pacotes a bordo e seu piloto, outro marroquino, debaixo de uns cobertores. Fumou apoiada na borda da amurada úmida, olhando o rastro fosforescente da espuma que a proa do pesqueiro levantava. Não precisava estar ali, e sabia disso. O mal-estar de seu estômago se agravou como uma censura. Mas não era essa a questão. Tinha feito questão de ir, para supervisionar tudo pessoalmente, por motivos complexos que tinham muito a ver com as ideias que a rondavam nos últimos dias. Com o curso inevitável das coisas que já não podiam voltar atrás. E sentiu medo — o familiar e incômodo medo físico, arraigado em sua memória e nos músculos de seu corpo — no momento em que, horas antes, se aproximou no *Tarfaya* da costa marroquina para supervisionar a operação de carregamento pelas *gomas*, sombras planas e baixas, figuras escuras, vozes apagadas sem uma luz, sem um ruído desnecessário, sem outro contato por rádio além de anônimos estalidos dos walkie-talkies em sucessivas frequências preestabelecidas, uma única ligação de telefone celular por embarcação para constatar que tudo ia bem em terra, enquanto o comandante Cherki vigiava com ansiedade o radar à espreita de um eco, da polícia, de um imprevisto, do helicóptero, do refletor que os iluminasse e desencadeasse o desastre ou o inferno. Em algum lugar da noite, mar adentro, a bordo do *Fairline Squadron*, lutando contra o enjoo à base de comprimidos e resignação, Alberto Rizocarpaso estaria sentado diante da tela de um PC portátil conectado à internet, com seus aparelhos de rádio e seus telefones e seus cabos e suas baterias em volta, supervisionando tudo aquilo como um controlador de tráfego aéreo acompanha o movimento dos aviões que lhe são confiados. Mais ao norte, em Sotogrande, o dr. Ramos estaria fumando um cachimbo atrás do outro, atento aos rádios, aos telefones celulares pelos quais ninguém nunca tinha falado, e que só iriam ser usados uma vez nessa noite. E num hotel de Tenerife, muitas centenas de milhas na direção do Atlântico, Farid Lataquia estaria lançando as últimas cartadas do arriscado blefe que iria permitir, com sorte, concluir a "Terna Infância" de acordo com o previsto.

É verdade, pensou Teresa. O doutor tinha razão. Não preciso estar aqui, e no entanto aqui estou, apoiada na borda deste pesqueiro malcheiroso, arriscando a liberdade e a vida, jogando o estranho jogo ao qual não posso me subtrair desta vez. Despedindo-me de tantas e tantas coisas que amanhã, quando sair o sol que agora está reluzindo no céu de Sinaloa, terão ficado para trás definitivamente. Com uma Beretta bem lubrificada e o carregador repleto de munição *parabellum* que me pesa no bolso. Um arsenal que não carrego comigo há doze anos, e que tem mais a ver comigo, se alguma coisa acontecer, do que com os outros. Minha garantia de que, se algo sair errado, não irei para uma maldita prisão marroquina, tampouco para uma espanhola. A certeza de que a qualquer momento posso ir para onde quiser.

Atirou a guimba no mar. É como passar pelo último trâmite, refletiu. A última prova antes de descansar. Ou a penúltima.

— O telefone, senhora.

Pegou o celular que o comandante Cherki lhe estendia, entrou na cabine de comando e fechou a porta. Era um SAZ88 especial, codificado para uso da polícia e dos serviços secretos, dos quais Farid Lataquia havia conseguido seis unidades pagando uma fortuna no mercado negro. Enquanto levava o aparelho ao ouvido, reparou no eco que o comandante apontava na tela do radar. A uma milha, a mancha escura do *Xoloitzcuintle* se concretizava a cada varredura da antena. Havia uma luz no horizonte, entrevista na marulhada.

— É o farol de Alborán? — perguntou Teresa.

— Não. Alborán está a vinte e cinco milhas e o farol só pode ser visto a dez. Essa luz é o barco.

Pôs-se a escutar pelo telefone. Uma voz masculina disse "verde e vermelho e meus cento e noventa". Teresa virou-se para verificar o GPS, olhou de novo a tela do radar e repetiu em voz alta, enquanto o comandante mexia no círculo de alcance do radar para calcular a distância. "Tudo OK pelo meu verde", disse então a voz do telefone, e, antes que Teresa repetisse essas palavras, a comunicação se interrompeu.

— Estão nos vendo — disse Teresa. — Vamos atracar por seu estibordo.

Estavam fora das águas marroquinas, mas isso não eliminava o perigo. Olhou atrás dos vidros para o céu, temendo ver a sombra de mau agouro do helicóptero da Alfândega. Talvez seja o mesmo piloto, pensou, quem voa esta noite. Quanto tempo entre uma coisa e outra. Entre esses dois momentos da minha vida.

Digitou o número memorizado de Rizocarpaso. Conte-me como está lá em cima, disse ao ouvir o lacônico "Zero Zero" do gibraltarino. "No ninho e sem novidade" foi a resposta. Rizocarpaso estava em contato telefônico com dois homens, um no cimo do Penhasco com potentes binóculos noturnos, e o outro na autoestrada que passava perto da base do helicóptero em Algeciras. Cada um com seu celular. Sentinelas discretos.

— O pássaro continua em terra — comentou com Cherki, cortando a comunicação.

— Graças a Deus.

Precisou se conter para não perguntar a Rizocarpaso pelo resto da operação. A fase paralela. Àquela hora já devia ter notícias, e a ausência de novidades começou a inquietá-la. Ou, visto de outro modo, disse a si mesma com um trejeito amargo, a tranquilizá-la. Olhou o relógio de latão aparafusado num anteparo da cabine de comando. Em todo caso, de nada adiantava atormentar-se mais. O gibraltarino a comunicaria quando soubesse.

As luzes do barco podiam ser vistas com nitidez. O *Tarfaya* ia apagar as suas quando estivesse próximo, para camuflar-se com seu eco do radar. Olhou a tela. Meia milha.

— Pode preparar seu pessoal, comandante.

Cherki abandonou a cabine, e Teresa o ouviu dar as ordens. Quando ela chegou à porta, as sombras já não estavam encolhidas junto à borda da amurada: movimentavam-se pela coberta arrumando cabos e defensas e empilhando pacotes na amurada de bombordo. O cabo do reboque havia sido recolhido, e o motor da Valiant ressoava enquanto seu piloto se preparava para fazer suas próprias evoluções. Os *harkeños* do dr. Ramos continuavam imóveis, suas Ingram e suas granadas sob a roupa, como se nada tivesse a ver com eles. O *Xoloitzcuintle* podia ser visto muito bem agora, com os contêineres empilhados na coberta e suas luzes de navegação, branca de busca e verde de estibordo, refletindo-se nas cristas das ondas. Teresa o via pela primeira vez e aprovou a escolha de Farid Lataquia. Uma chata pouco elevada, que a carga aproximava ainda mais do nível do mar. Isso iria facilitar a manobra.

Cherki regressou à cabine, desligou o piloto automático e começou a dirigir manualmente, aproximando com cuidado o pesqueiro do porta-contêineres, paralelo ao lado do estibordo e por sua aleta. Teresa pegou os binóculos para examinar o barco: diminuía a marcha, sem chegar a parar. Viu homens se movimentando entre os contêineres. Acima, no leme de estibordo da ponte, outros dois observavam o *Tarfaya*, sem dúvida o capitão e um oficial.

— Pode apagar, comandante.

Estavam perto o bastante para que os respectivos ecos de radar se fundissem num só. O pesqueiro ficou às escuras, iluminado apenas pelas luzes do outro barco, cuja rota foi ligeiramente alterada para protegê-los em sua banda de sotamar. Já não se via a luz de busca, e a verde brilhava no ailerão da ponte como uma esmeralda ofuscante. Estavam quase atracados, e tanto no lado do pesqueiro quanto no do porta-contêineres os marinheiros armavam defensas. O *Tarfaya* ajustou sua velocidade, avante devagar, à do *Xoloitzcuintle*. Uns três nós, calculou Teresa. Um momento depois ouviu um disparo abafado: o estalido do lança-cabos. Os homens do pesqueiro recolheram o cabo que ia na extremidade da guia e o prenderam nas abitas da coberta, sem esticar demais. O lança-cabos disparou outra vez. Um longo à proa, outro à popa. Manejando cuidadosamente o leme, o comandante Cherki atracou no porta-contêineres, amurada com amurada, e deixou a máquina em marcha mas sem engrenar. Os dois barcos navegavam agora na mesma velocidade, o grande conduzindo o pequeno. A Valiant, manobrada habilmente por seu piloto, já estava também presa ao *Xoloitzcuintle*, na proa do pesqueiro, e Teresa viu que os tripulantes do barco começavam a içar os pacotes. Com sorte, pensou vigiando o radar enquanto batia na madeira do leme, tudo estará terminado em uma hora.

Vinte toneladas com destino ao mar Negro, sem escalas. Quando a *goma* rumou para noroeste recorrendo ao GPS ligado ao radar Raytheon, as luzes do *Xoloitzcuintle* se perdiam no horizonte escuro, bem para o leste. O *Tarfaya*, que tinha voltado a acender as suas, estava um pouco mais próximo, com sua luz de busca balanceando na marulhada, navegando sem pressa para o sudoeste. Teresa deu uma ordem e o piloto da lancha empurrou a alavanca do combustível, aumentando a velocidade, o casco da semirrígida batendo nas cristas, os dois *harkeños* sentados na proa para lhe dar estabilidade, o capuz dos impermeáveis levantado para protegê-los das salpicaduras das ondas.

Teresa discou de novo o número memorizado, e ao ouvir o seco "Zero Zero" de Rizocarpaso disse apenas: "As crianças estão deitadas." Pôs-se então a olhar a escuridão na direção do poente, como se pretendesse ver centenas de milhas mais além, e perguntou se havia novidades. "Negativo", foi a resposta. Desligou e olhou as costas do piloto sentado no banco central de comando da Valiant. Preocupada. A vibração dos motores potentes, o barulho das águas, os golpes na marulhada, a noite ao redor como uma esfera negra, traziam lembranças boas e ruins; mas esse não era o momento, concluiu. Havia coisas demais em jogo, cabos soltos que iam ser atados. E cada marco que a lancha percorria a trinta e cinco nós, milha após milha, a aproximava da solução indiscutível desses problemas. Sentiu vontade de prolongar a corrida noturna desprovida de referências, com pequenas luzes muito distantes que apenas indicavam a terra ou a presença de outros barcos nas trevas. Prolongá-la indefinidamente para retardar tudo, suspensa entre o mar e a noite, lugar intermediário sem responsabilidades, simples espera, com os cabeçotes que rugiam e impulsionavam por trás, a borracha das laterais tensionando-se elástica a cada salto do casco, o vento no rosto, as salpicaduras de espuma, as costas escuras do homem inclinado sobre os comandos que tanto lhe lembravam as costas de outro homem. De outros homens.

Era, em suma, uma hora tão sombria quanto ela mesma. A própria Teresa. Ou pelo menos era assim que ela sentia a noite e assim ela se sentia. O céu sem o fino crescente da lua, que só tinha durado um momento, sem estrelas, com uma bruma vinda do leste que inexoravelmente se fixava, e que nesse momento engolia o último reflexo da luz de busca do *Xoloitzcuintle*. Teresa investigava atenta o coração seco, a cabeça tranquila que arrumava cada uma das peças pendentes como se fossem notas de dólar nos maços que manipulou séculos atrás na rua Juárez de Culiacán, até o dia em que a Bronco preta parou a seu lado, e Ruço Dávila abaixou o vidro da janela, e ela, sem saber, empreendeu o longo caminho que agora a colocava ali, junto ao estreito de Gibraltar, enredada no labirinto de um paradoxo tão absurdo. Tinha passado o rio em plena cheia, com a carga desviada. Ou estava a ponto de fazer isso.

— O *Sinaloa*, senhora.

O grito a sobressaltou, arrancando-a de seus pensamentos. Caramba, disse a si mesma. Precisamente Sinaloa, nesta noite e agora. O piloto apontava as luzes que se avizinhavam rapidamente do outro lado das salpicaduras de água e das silhuetas dos guarda-costas agachados na proa. O iate navegava iluminado, branco e esguio, as luzes ferindo o mar, com rota a nordeste. Inocente como uma pomba, pensou enquanto o piloto fazia a Valiant descrever um grande semicírculo e a aproximava da plataforma de popa, onde um marinheiro estava pronto para recebê-la. Antes que os capangas que acudiam para segurá-la a alcançassem, Teresa calculou o balanço, apoiou um pé numa lateral da *goma* e saltou a bordo, aproveitando o impulso do solavanco seguinte. Sem se despedir do pessoal da lancha nem olhar para trás, andou pela coberta, as pernas entorpecidas pelo frio, enquanto o marinheiro soltava o cabo e a lancha ia embora rugindo com seus três ocupantes, missão cumprida, de volta a sua base de Estepona. Teresa desceu para tirar o salitre do rosto com água doce, acendeu um cigarro e serviu três dedos de tequila em um copo. Bebeu de uma vez diante do espelho do banheiro, sem respirar. A violência do trago lhe arrancou lágrimas, e ela permaneceu ali, o cigarro numa das mãos e o copo vazio na outra, olhando aquelas gotas caírem devagar pelo rosto. Não gostou de sua expressão; ou talvez a expressão não fosse sua, mas pertencesse à mulher que olhava do espelho: olheiras, o cabelo revolto e endurecido pelo sal. E aquelas lágrimas. Voltavam a se encontrar, e parecia mais cansada e mais velha. De repente foi ao camarote, abriu o armário onde estava sua bolsa, tirou a carteira de couro com suas iniciais e ficou examinando a maltratada meia fotografia que sempre guardava ali, a mão no alto e a foto diante dos olhos, comparando-se com a mulher jovem de olhos bem abertos, o braço de Ruço Dávila dentro da jaqueta de aviador, protetor, sobre seus ombros.

Ouviu tocar o telefone codificado que carregava no bolso do jeans. A voz de Rizocarpaso informou rapidamente, sem rodeios nem explicações desnecessárias. "O padrinho das crianças pagou o batizado", disse. Teresa pediu confirmação e o outro respondeu que não havia dúvida: "Toda a família foi à festa. Acabam de confirmar em Cádiz." Teresa desligou e meteu o celular no bolso. Sentiu o enjoo voltar. O álcool ingerido combinava mal com o ronronar do motor e o balanço do barco. Com o que tinha acabado de escutar e com o que iria acontecer. Devolveu cuidadosamente a foto para a carteira, apagou o cigarro no cinzeiro, calculou os três passos que a separavam do banheiro e, depois de percorrer com calma essa distância, se ajoelhou-se para vomitar a tequila e o resto de suas lágrimas.

Quando ela saiu para a coberta, com o rosto outra vez lavado e abrigada numa jaqueta impermeável sobre o suéter de gola alta, Pote Gálvez a aguardava imóvel, uma silhueta preta apoiada na borda da amurada.

— Onde está? — perguntou Teresa.

O pistoleiro demorou a responder. Como se estivesse pensando. Ou como se desse a ela a oportunidade de pensar.

— Embaixo — disse por fim. — No camarote número 4.

Teresa desceu, apoiando-se no corrimão de madeira. No corredor, Pote Gálvez murmurou com licença, patroa, adiantando-se para abrir a porta trancada à chave. Lançou um olhar profissional para o interior e depois se afastou para o lado e lhe deu passagem. Teresa entrou, seguida pelo pistoleiro, que tornou a fechar a porta às suas costas.

— A Vigilância Alfandegária — disse Teresa — abordou esta noite o *Luz Angelita.*

Teo Aljarafe a olhava inexpressivo, como se estivesse longe e nada daquilo tivesse a ver com ele. A barba de um dia azulava seu queixo. Estava deitado no beliche, vestindo calças chinesas amarrotadas e um suéter preto, só de meias. Seus sapatos estavam no chão.

— Atacaram-no trezentas milhas a oeste de Gibraltar — continuou Teresa. — Faz duas horas. Neste momento está sendo levado para Cádiz... Estavam seguindo sua pista desde que zarpou de Cartagena. Sabe de que barco estou falando, Teo?

— Claro que sei.

Ele teve tempo, disse para si mesma. Aqui dentro. Tempo para meditar. Mas ignora onde foi jogada a cartada decisiva da sentença.

— Há uma coisa que você não sabe — explicou Teresa. — O *Luz Angelita* está vindo limpo. O mais ilegal que vão encontrar nele, quando o desmontarem, serão duas garrafas de uísque cujos impostos não foram pagos. Entende o que isso significa?

O outro ficou imóvel, a boca entreaberta, processando aquilo.

— Uma isca — disse por fim.

— Isso mesmo. E sabe por que não lhe informei antes que aquele barco era uma isca?... Porque era preciso que, quando você passasse a informação às pessoas para quem você banca a comadre, todos acreditassem nela como você acreditou.

Observava-a do mesmo modo, com extrema atenção. Dirigiu um olhar fugaz a Pote Gálvez e voltou a olhar para ela.

— Você fez outra operação esta noite.

Continua esperto e isso me alegra, ela pensou. Quero que ele entenda por quê. De outra forma seria mais fácil, talvez. Mas quero que ele entenda. Você tem uma doença incurável. Não. Um homem tem direito a isso. A que não lhe mintam sobre seu final. Todos os meus homens morreram sabendo sempre por que morriam.

— Sim. Outra operação da qual você não foi inteirado. Enquanto os coiotes da Alfândega esfregavam as mãos, abordando o *Luz Angelita* em busca de uma tonelada de coca que nunca embarcou, nosso pessoal fazia negócios em outro lugar.

— Muito bem planejado... Desde quando você sabe?

Ele poderia negar, pensou de repente. Poderia negar tudo, protestar indignado, dizer que fiquei louca. Mas refletiu o suficiente desde que Pote o trancou aqui. Ele me conhece. Pra que perder tempo, deve estar pensando. Pra quê?

— Faz muito tempo. Esse juiz de Madri... Espero que você tenha tirado proveito disso. Embora preferisse saber que você não fez por dinheiro.

Teo retorceu a boca e ela gostou daquela coragem. Quase conseguia sorrir, o idiota. Apesar de tudo. Apenas piscava em excesso. Nunca o tinha visto piscar tanto.

— Não fiz isso só pelo dinheiro.

— Pressionaram você.

Outra vez esboçou o sorriso. Mas foi apenas um trejeito sarcástico. Com pouca esperança.

— Dá pra você imaginar.

— Compreendo.

— Compreende mesmo? — Teo analisava aquela palavra, o cenho franzido, em busca de presságios sobre seu futuro. — É, pode ser. Era você ou eu.

Você ou eu, repetiu Teresa lá no íntimo. Mas está se esquecendo dos outros: o dr. Ramos, Farid Lataquia, Rizocarpaso... Todos os que confiaram nele e em mim. Pessoas pelas quais somos responsáveis. Dúzias de pessoas fiéis. E um Judas.

— Você ou eu — disse em voz alta.

— Exatamente.

Pote Gálvez parecia fundido com as sombras das divisórias, e eles dois se olhavam nos olhos com calma. Uma conversa como tantas outras. De noite. Faltava música, uma dose. Uma noite igual a outras.

— Por que você não me contou isso?... Poderíamos ter encontrado uma solução.

Teo negou com a cabeça. Tinha se sentado na beira do beliche, as meias no piso.

— Às vezes tudo se complica — disse com simplicidade. — A gente se enrola, cerca-se de coisas que se tornam imprescindíveis. Deram-me a chance de sair, conservando o que tenho... Colocar uma pedra em cima e começar vida nova.

— É. Acho que também posso compreender isso.

De novo aquela palavra, compreender, parecia atravessar a mente de Teo como uma esperança. Olhava-a muito atento.

— Posso lhe contar o que você quiser saber — disse. — Não haverá necessidade de que me...

— ... interroguem.

— Isso mesmo.

— Ninguém vai interrogar você, Teo.

Continuava a observá-la, na expectativa, sopesando aquelas palavras. Mais piscadas. Uma olhada rápida para Pote Gálvez, de novo para ela.

— Muito hábil, a jogada desta noite — disse por fim, com cautela. — Me usar para colocar a isca... Nem me passou pela cabeça... Era coca?

Joga, disse para si mesma. Ainda não desistiu de viver.

— Haxixe — respondeu. — Vinte toneladas.

Teo ficou pensando. Novamente a tentativa de sorriso que não chegava a se fixar na boca.

— Imagino que não seja um bom sinal o fato de você estar me contando tudo isso — concluiu.

— Não. No duro que não é.

Teo já não piscava. Mantinha-se alerta, à procura de outros sinais que só ele sabia quais eram. Sombrio. E, se não está lendo no meu rosto, disse para si mesma, ou no meu jeito de calar o que estou calando, ou na maneira como escuto o que você ainda tem a dizer, é porque todo este tempo a meu lado não lhe serviu para nada. Nem as noites nem os dias, nem a conversa nem os silêncios. Diga-me então para onde você olhava quando me abraçava, maldito idiota. Embora talvez você tenha aí dentro mais qualidades do que eu pensava. Se for assim, juro que isso me tranquiliza. E me alegra. Quanto mais puros você e todos os homens forem, mais tranquila e mais alegre eu fico.

— Minhas filhas — murmurou Teo de repente.

Pareceu compreender por fim, como se até ali tivesse considerado outras possibilidades. Tenho duas filhas, repetiu absorto, olhando Teresa sem olhá-la. A fraca luz da lâmpada do camarote deixava as maçãs de seu rosto abatidas, duas manchas negras prolongadas até as mandíbulas. Já não parecia uma águia espanhola e arrogante. Teresa observou o rosto impassível de Pote Gálvez. Tempos atrás, ela havia lido uma história de samurais: quando praticavam o haraquiri, um companheiro os matava para que não perdessem a compostura. As pálpebras ligeiramente fechadas do pistoleiro, coladas aos gestos de sua patroa, reforçavam essa associação. E é uma pena, disse para si mesma. A compostura. Teo estava aguentando bem, e adoraria vê-lo assim até o final. Recordá-lo desse modo quando não tiver mais nada para recordar, se é que eu mesma continuo viva.

— Minhas filhas — ouviu-o repetir.

Soava apagado, com leve tremor. Como se de repente sua voz sentisse frio. Os olhos extraviados para um lugar indefinido. Olhos de um homem que já estava longe, morto. Carne morta. Ela a conheceu tensa, rígida. Havia desfrutado dela. Agora era carne morta.

— Não me sacaneie, Teo.

— Minhas filhas.

Era tudo tão fora do comum, refletiu Teresa, espantada. Suas filhas são irmãs do meu filho, concluiu em seu íntimo, se dentro de sete meses eu ainda respirar. E olha que eu estou pouco ligando para o meu, caralho. Pouco ligando para esse que também é seu e do qual você vai embora sem saber, e que se dane a necessidade que você tem de saber. Não sentia piedade, nem tristeza, nem temor. Só a mesma indiferença em relação ao que carregava no ventre; a vontade de acabar com aquela cena assim como quem resolve um problema incômodo. Soltando amarras, tinha dito Oleg Yasikov. Sem deixar nada para trás. No fim das contas, pensou, eles me trouxeram até aqui. Até este ponto de vista. E fizeram isso, todos eles: Ruço, Santiago, don Epifanio Vargas, Gato Fierros, o próprio Teo. Até a Tenente O'Farrell me trouxe. Olhou para Pote Gálvez e o pistoleiro sustentou o olhar, as pálpebras sempre entrefechadas, à espera. É o jogo de vocês, pensou Teresa. O que eles sempre jogaram, e eu estava apenas trocando dólares na rua Juárez. Nunca ambicionei nada. Não inventei suas malditas regras, mas tive que me ajustar a elas. Começava a se irritar, e compreendeu que o que ainda restava a fazer ela não podia fazer irritada. Contou por dentro até cinco, o rosto inclinado, acalmando-se. Em seguida concordou devagar, quase imperceptivelmente. Então Pote Gálvez sacou seu revólver da cinta e apanhou o travesseiro do beliche. Teo mais uma vez mencionou suas filhas, depois foi sumindo em um gemido longo parecido com um protesto, uma censura, ou um soluço. As três coisas, talvez. E quando Teresa rumava na direção da porta, observou que ele mantinha os olhos absortos e fixos no mesmo lugar, sem ver outra coisa além do poço de sombras em que o estavam atirando. Teresa saiu ao corredor. Quem dera, pensou, que tivesse calçado os sapatos. Não era uma forma de morrer digna de um homem, fazer isso de meias. Ouviu o disparo abafado quando punha as mãos no corrimão da escada a fim de subir para a coberta.

Os passos do pistoleiro ecoaram às suas costas. Sem se virar, esperou que se encostasse ao lado dela, na borda da amurada molhada. Havia uma linha de claridade despontando para o leste, e as luzes da costa brilhavam cada vez mais próximas, com os clarões do farol de Estepona bem ao norte. Teresa levantou o capuz de sua jaqueta. O frio aumentava.

— Vou voltar para lá, Pinto.

Não disse para onde. Não precisava. A corpulência pesada de Pote Gálvez se inclinou um pouco mais sobre a borda. Muito pensativo e calado. Teresa ouvia sua respiração.

— Já está na hora de acertar umas contas pendentes.

Outro silêncio. Acima, na luz do poente, recortavam-se as silhuetas do capitão e do homem de guarda. Surdos, mudos e cegos. Alheios a tudo, exceto a seus instrumentos. Ganhavam o suficiente para que nada que se passasse na popa fosse da conta deles. Pote Gálvez continuava inclinado, olhando a água negra que rumorejava lá embaixo.

— A senhora, patroa, sempre sabe o que faz. Mas algo me diz que isso pode ser uma armação.

— Antes cuidarei para que nada lhe falte.

O pistoleiro passou uma das mãos pelo cabelo. Um gesto perplexo.

— O que é isso, minha senhora... Sozinha?... Não me ofenda.

O tom era realmente doído. Cabeçudo. Os dois ficaram olhando a luz intermitente do farol a distância.

— Podem agarrar nós dois — disse Teresa suavemente. — De jeito.

Pote Gálvez permaneceu calado por um tempo. Um desses silêncios, intuiu ela, que representam um balanço de sua vida. Virou-se para olhá-lo de soslaio, e viu que o capanga passava de novo a mão pelo cabelo e depois afundava um pouco a cabeça entre os ombros. Parece um urso grandalhão e leal, pensou. Superdireito. Com esse ar resignado, disposto a pagar sem discutir. De acordo com as regras.

— Pois olha que é só uma questão de lugar, patroa... Dá no mesmo morrer num canto como no outro.

O pistoleiro olhava para trás, para a esteira do *Sinaloa*, onde o corpo de Teo Aljarafe tinha afundado no mar preso a cinquenta quilos de pesos de chumbo.

— E às vezes — acrescentou — é melhor escolher, quando se pode.

17

Deixei o copo pela metade

Chovia sobre Culiacán, Sinaloa, e a casa do condomínio de Chapultepec parecia fechada numa bola de tristeza cinzenta. Era como se houvesse uma fronteira definida entre as cores do jardim e os tons de chumbo do lado de fora: nos vidros da janela, os pingos de chuva mais grossos desabavam em longas regueiras que faziam a paisagem ondular, misturando o verde da grama e das copas dos loureiros-da-índia com o alaranjado da flor do flamboyant, o branco dos *capiros*, o lilás e o vermelho das papoulas e bougainvílleas; mas a cor morria nos altos muros que rodeavam o jardim. Mais adiante só existia um panorama difuso, triste, em que mal se podiam distinguir, depois do fosso invisível do Tamazula, as duas torres e a grande cúpula branca da catedral, e mais longe, à direita, as torres com azulejos amarelos da igreja do Santuário.

Teresa estava junto à janela de um pequeno salão do andar de cima, contemplando a paisagem, embora o coronel Edgar Ledesma, subcomandante da Nona Zona Militar, tivesse aconselhado que ela não fizesse isso. Cada janela, havia dito olhando-a com seus olhos de guerreiro frio e eficiente, é uma oportunidade para um franco-atirador. E a senhora não veio para dar oportunidades. O coronel Ledesma era um sujeito agradável, correto, que ostentava seus cinquenta anos muito garboso, com seu uniforme e o cabelo raspado como se fosse um recruta jovem. Mas ela estava cansada da visão limitada do térreo, o grande salão com móveis de Concórdia misturados com acrílico e quadros horrendos nas paredes — a casa tinha sido tomada pelo governo de um traficante que cumpria pena em Puente Grande —, as janelas e o alpendre que só deixavam ver um pouco do jardim e a piscina vazia. De cima, podia adivinhar ao longe, recompondo-a com a ajuda de sua memória, a cidade de Culiacán. Via também um dos federais encarregados da escolta no recinto interior: um homem com o impermeável avolumado pelo colete à prova de balas, com gorro e fuzil R-15 nas mãos, que fumava protegido da água encostado ao tronco de uma mangueira. Bem mais distante, por trás da grade de entrada que dava para a rua General Anaya, viam-se uma caminhonete militar e as silhuetas verdes dos milicos que montavam guarda com equipamento de combate. Esse era o acordo, tinha lhe informado o coronel Ledesma quatro dias antes, quando o Learjet em voo especial que a trazia de Miami — única escala desde Madri, pois a DEA desaconselhava qualquer parada intermediária em solo mexicano — aterrissou no aeroporto de Culiacán. A Nona Zona se encarregaria da segurança geral, e aos federais caberia a segurança imediata. Ficaram descartados do aparato os policiais de trânsito e a polícia civil, por serem considerados mais expostos a infiltrações, pela frequência com que alguns atuavam como assassinos de aluguel para trabalhos sujos do narcotráfico. Os federais eram igualmente vulneráveis a um maço de dólares, porém o grupo de elite designado para aquela missão, trazido do Distrito Federal — a participação de agentes que tivessem conexões sinaloenses estava proibida —, já era testado, diziam, em integridade e eficiência. Quanto aos militares, não é que fossem incorruptíveis, mas sua disciplina e organização os tornavam mais caros. Mais difíceis de comprar, e também mais respeitados. Inclusive quando confiscavam na serra, os camponeses achavam que eles estavam apenas fazendo seu trabalho sem buscar acordos. Particularmente, o coronel Ledesma tinha fama de íntegro e durão. E os traficantes haviam matado um filho seu, tenente. Isso ajudava muito.

— A senhora deveria se afastar daí, patroa. Por causa das correntes de ar.

— Ora, Pinto — sorria para o pistoleiro. — Não brinque.

Tinha sido uma espécie de sonho estranho; como assistir a uma sequência de situações que não estivessem acontecendo com ela. As últimas duas semanas se organizavam em sua memória como uma sucessão de capítulos intensos e perfeitamente definidos. A noite da última operação. Teo Aljarafe lendo a falta de futuro nas sombras do camarote. Héctor Tapia e Willy Rangel olhando-a estupefatos numa suíte do hotel Puente Romano, quando falou sobre sua decisão e suas exigências: Culiacán em vez do Distrito Federal — as coisas têm que ser bem-feitas, disse, ou nem vale a pena fazer. A assinatura de documentos particulares com garantias para as duas partes, na presença do embaixador dos Estados Unidos em Madri, de um alto funcionário do Ministério da Justiça espanhol e de outro do Ministério das Relações Exteriores. E depois, cortados os laços, a longa viagem sobre o Atlântico, a escala técnica na pista de Miami com o Learjet cercado de policiais, o rosto inescrutável de Pote Gálvez toda vez que seus olhares se cruzavam. Vão querer matá-la o tempo todo, alertou Willy Rangel. A senhora, seu guarda-costas e qualquer um que estiver respirando em volta. Por isso, trate de se cuidar. Rangel a acompanhou até Miami, providenciando o necessário. Instruindo-a sobre o que se esperava dela e sobre o que ela poderia esperar. O "depois" — se houvesse depois — incluía facilidades durante os cinco anos seguintes para se estabelecer onde quisesse: América ou Europa, uma nova identidade, com passaporte norte-americano, e proteção oficial, ou ser deixada por conta própria, se ela preferisse. Quando respondeu que o depois era problema exclusivamente dela, obrigada, o outro esfregou o nariz e concordou como se fosse responsável por isso. Afinal de contas, a DEA calculava que Teresa tivesse em fundos seguros, em bancos suíços e caribenhos, algo entre cinquenta e cem milhões de dólares.

Continuou apreciando a chuva que caía por trás das vidraças. Culiacán. Na noite de sua chegada, quando se dirigia a passo miúdo para a escolta de militares e federais que aguardava na pista, Teresa avistou à direita a antiga torre amarela do velho aeroporto, ainda com dúzias de Cessnas e Pipers estacionados, e à esquerda as novas instalações em construção. A Suburban em que se instalou com Pote Gálvez era blindada, com vidros fumê. Dentro iam apenas ela, Pote e o motorista, que tinha no painel de comando um rádio ligado na frequência policial. Havia luzes azuis e vermelhas, tiras com capacetes de combate, federais à paisana e de cinza-escuro armados até os dentes na parte traseira das vans e nas portinholas da Suburban, bonés de beisebol, ponchos reluzentes de chuva, metralhadoras montadas apontando para todos os lados, antenas de rádio que balançavam nas curvas a toda a velocidade entre o berro das sirenes. Puxa. Quem haveria de pensar, dizia o rosto de Pote Gálvez, que iríamos voltar desta maneira. Percorreram assim o bulevar Zapata, virando no Libramiento Norte, na altura do posto de gasolina El Valle. Depois veio a represa, com os álamos e os grandes salgueiros que prolongavam a chuva até o chão, as luzes da cidade, as residências familiares, a ponte, o leito escuro do rio Tamazula, o condomínio de Chapultepec. Teresa tinha imaginado que sentiria algo especial no coração quando estivesse de novo ali; mas a verdade, descobriu, era que não havia grande diferença de um lugar para outro. Não sentia emoção, nem medo. Durante todo o trajeto, ela e Pote Gálvez se observaram muitas vezes. Por fim Teresa perguntou o que se passa na sua cabeça, Pinto?, e o pistoleiro demorou um pouco a responder, olhando para fora, o bigode como uma pincelada escura no rosto e os respingos de água na janela salpicando ainda mais seu rosto quando passavam diante de focos de luz. Nada de muito especial, patroa, respondeu afinal. Só me parece estranho. Disse isso sem entonação, com o rosto de traços indígenas e nortenhos inexpressivo. Sentado de modo muito formal a seu lado no couro da Suburban, com as mãos cruzadas sobre a barriga. E, pela primeira vez desde aquele sótão distante da Nova Andaluzia, Teresa o achou indefeso. Não lhe permitiram carregar armas, embora estivesse previsto que ele as teria dentro da casa para proteção pessoal dos dois, além dos federais do jardim e dos tiras que rodeavam o perímetro da chácara, na rua. De vez em quando o pistoleiro se virava para olhar pela janela, reconhecendo este ou aquele lugar com uma olhadela. Sem abrir a boca. Tão calado quanto no momento em que, antes de deixar Marbella, ela o fez sentar-se à sua frente e lhe explicou a troco de quê estava fazendo aquilo. Por que vinham. Não para dedurar ninguém, mas para acertar algumas contas bem pesadas com um maldito filho da mãe. Só com ele e nada mais. Pote ficou por um instante pensando nisso. Diga-me de verdade o que você acha, exigiu Teresa. Preciso saber antes de permitir que você me acompanhe de volta para lá. Pois saiba que eu não acho nada, foi a resposta. E lhe digo isso, ou melhor, não digo o que não digo, com todo o respeito. Pode ser que eu tenha meus sentimentos, patroa. Pra que dizer que não, se eu tenho. Mas o que eu tenho ou deixo de ter é coisa minha. Então, não. Se para a senhora parece certo fazer isso ou aquilo, faça e pronto. Só a senhora decide se é para ir, não eu. Eu a acompanho.

Afastou-se da janela e foi até a mesa em busca de um cigarro. O maço de Faros continuava junto à Sig Sauer e aos três carregadores cheios de balas calibre 9. No início Teresa não estava familiarizada com aquela pistola, e Pote Gálvez passou uma manhã lhe ensinando como desmontá-la e tornar a montá-la com os olhos fechados. Se vierem de noite e a senhora puxar a arma, patroa, é melhor fazer isso sem acender a luz. O pistoleiro se aproximou com um fósforo aceso, inclinou rapidamente a cabeça quando ela agradeceu e foi até o lugar que Teresa tinha ocupado junto à janela, para dar uma olhadela para fora.

— Está tudo em ordem — disse ela, exalando a fumaça.

Era um prazer provar aqueles Faros depois de tantos anos. O pistoleiro deu de ombros, dando a entender que, quanto a estar tudo em ordem, em Culiacán essa palavra era relativa. Dirigiu-se então ao corredor e Teresa ouviu-o falar com um dos federais que estavam na casa. Três dentro, seis no jardim, vinte tiras no perímetro externo, revezando-se a cada doze horas, mantendo afastados os curiosos, os jornalistas e os malandros que àquelas horas certamente já rondavam à espera de uma oportunidade. Eu me pergunto, calculou em seu íntimo, quanto oferecerá pela minha pele o deputado e candidato a senador por Sinaloa don Epifanio Vargas.

— Quanto você acha que estamos valendo, Pinto?

Tinha aparecido outra vez na porta, com aquela aparência de urso trôpego de quando temia se fazer muito notado. Aparentemente tranquilo, como sempre. Mas ela reparou que, por trás das pálpebras meio fechadas, seus olhos escuros e perspicazes estavam muito atentos.

— A mim eles apagam de graça, patroa... Mas a senhora se tornou um bocado grande. Ninguém entraria nessa parada por menos do que um dinheirão.

— Serão os próprios seguranças ou virão de fora?

O outro arfou, enrugando o bigode e a testa.

— Imagino que de fora — opinou. — Os traficantes e os policiais são iguais mas nem sempre, ainda que às vezes sim... Entende?

— Mais ou menos.

— Essa é a verdade. Quanto aos tiras, o coronel só apela na medida. Na boa... Só aos que comem na mão dele.

— Isso nós vamos ver, não é?

— Pois é, seria legal às pampas, minha senhora. Tirar isso a limpo de uma vez, e dar no pé.

Teresa sorriu ao ouvir aquilo. Compreendia o pistoleiro. A espera sempre acabava sendo pior do que a confusão, por mais pesada que fosse. De qualquer maneira, ela havia adotado medidas adicionais. Preventivas. Não era uma mulher inexperiente, tinha recursos e conhecia seus clássicos. A viagem a Culiacán tinha sido precedida de uma campanha de informação nos níveis adequados, inclusive na imprensa local. Apenas Vargas, era o lema. Nem sacanagens, nem deduragens, nem língua solta: assunto pessoal no estilo duelo no precipício, e os demais desfrutando do espetáculo. A salvo. Nem um nome a mais, nem uma data. Nada. Apenas don Epifanio, ela e o fantasma de Ruço Dávila se arrebentando no Espinhaço do Diabo doze anos atrás. Não se tratava de uma delação, mas de uma vingança limitada e pessoal. Isso poderia muito bem ser entendido em Sinaloa, onde o primeiro era malvisto e o segundo era a norma para uso e abastecimento habitual de jazigos. Aquele tinha sido o pacto no hotel Puente Romano, e o governo do México aceitou. Até os gringos, embora de má vontade, aceitaram. Um testemunho concreto e um nome concreto. Nem sequer César Batman Güemes ou os outros chefões que no passado foram próximos de Epifanio Vargas precisavam se sentir ameaçados. Isso, era de esperar, tinha tranquilizado bastante Batman e os outros. Também aumentava as possibilidades de sobrevivência de Teresa e diminuía as frentes a serem cobertas. No fim das contas, no meio dos tubarões do dinheiro e da narcopolítica sinaloense, don Epifanio tinha sido ou era um aliado, um figurão local;

mas, além disso, um concorrente e, mais cedo ou mais tarde, um inimigo. Para muitos seria uma maravilha que alguém o tirasse de cena a um preço tão baixo.

O telefone tocou. Foi Pote Gálvez quem agarrou o fone e depois ficou olhando para Teresa como se do outro lado da linha houvessem pronunciado o nome de um fantasma. Mas ela não se surpreendeu, de jeito nenhum. Fazia quatro dias que esperava aquela ligação. E já estava demorando.

— Isto é irregular, senhora. Não estou autorizado.

O coronel Edgar Ledesma estava de pé no tapete do salão, as mãos cruzadas às costas, com o uniforme de trabalho bem passado, as botas reluzentes úmidas de chuva. Seu cabelo aparado, bem milico, caía-lhe muito bem, constatou Teresa, como todo o resto e os cabelos brancos. Tão educado e tão limpo. Lembrava-lhe um pouco aquele capitão da Guarda Civil de Marbella, muito tempo atrás, de cujo nome tinha se esquecido.

— Estamos a menos de vinte e quatro horas de seu depoimento na Procuradoria Geral.

Teresa permanecia sentada, fumando, mantendo cruzadas as pernas com calça de seda preta. Olhando-o de baixo. Acomodada. Muito preocupada em pôr as coisas em seus lugares.

— Deixe-me lhe dizer uma coisa, coronel. Eu não estou aqui na qualidade de prisioneira.

— Claro que não.

— Se aceitei sua proteção é porque quero aceitá-la. Mas ninguém pode me impedir de ir aonde quiser... Esse foi o acordo.

Ledesma apoiou o peso de seu corpo numa bota e depois na outra. Agora olhava para o advogado Gaviria, da Procuradoria Geral do Estado, sua ligação com a autoridade civil que tratava do assunto. Gaviria também estava de pé, embora um pouco mais afastado, com Pote Gálvez atrás, recostado no batente da porta, e o ajudante militar do coronel — um jovem tenente — olhando por cima de seu ombro, do corredor.

— Diga à senhora — suplicou o coronel — que o que ela pede é impossível.

Gaviria deu razão a Ledesma. Era um indivíduo magrinho, agradável, vestido e barbeado de forma muito correta. Teresa o olhou rapidamente, deixando a vista deslizar como se não o tivesse visto.

— Eu não estou pedindo nada, coronel — disse ao militar. — Estou apenas lhe comunicando que pretendo sair daqui esta tarde durante uma hora e meia. Que tenho um encontro na cidade... O senhor pode tomar medidas de segurança, ou não.

Ledesma balançava a cabeça, impotente.

— As leis federais me proíbem de movimentar tropas pela cidade. Com esse pessoal que tenho aí fora já tive que mexer os pauzinhos.

— Por sua vez, as autoridades civis... — começou Gaviria.

Teresa apagou o cigarro no cinzeiro com tanta força que se queimou entre as unhas.

— Por favor, não me aborreça, advogado. Nem um tiquinho assim. Com as autoridades civis me entenderei amanhã como está previsto, na hora marcada.

— Será preciso levar em conta que, em termos legais...

— Ouça. Tenho o hotel San Marcos cheio de advogados que me custam uma baba... — apontou o telefone. — Quantos o senhor quer que eu chame?

— Pode ser uma armadilha — argumentou o coronel.

— Puxa. Não me diga.

Ledesma passou a mão pela cabeça. Depois deu alguns passos pelo aposento, acompanhado pelos olhos angustiados de Gaviria.

— Vou ter que consultar meus superiores.

— Consulte quem quiser — disse Teresa. — Mas tenha claro uma coisa: se não me deixarem ir a esse encontro, vou interpretar que estou retida aqui, apesar dos compromissos do governo. E isso desfaz o acordo... Além disso, lembrem-se de que no México não há acusações contra mim.

O coronel a observou fixamente. Mordia o lábio inferior, como se uma pelezinha o incomodasse. Iniciou o gesto de ir até a porta, mas parou no meio.

— O que está ganhando ao se arriscar assim?

Era evidente que ele queria compreender de verdade. Teresa descruzou as pernas, alisando com as mãos as rugas da seda preta. O que eu ganho ou perco, respondeu, não é da sua conta, e vocês estão pouco ligando. Disse isso dessa forma e ficou calada, e na hora ouviu o militar suspirar asperamente. Outro olhar entre ele e Gaviria.

— Pedirei instruções — disse o coronel.

— Eu também — acrescentou o funcionário.

— Combinado. Peçam o que tiverem que pedir. Enquanto isso, eu exijo um carro na porta às sete em ponto. Com esse sujeito — apontou Pote Gálvez — dentro e bem armado... O que houver em volta ou por cima, coronel, é problema seu.

Tinha dito isso olhando o tempo todo para Ledesma. E desta vez, calculou, posso me permitir sorrir um pouco. Impressiona-os muito que uma mulher sorria enquanto lhes aperta os ovos. Que coisa, meu chapa. Pensei que você fosse o cavalo do Marlboro.

Zum, zum. Zum, zum. As varetas do para-brisa soavam monótonas, com a chuva batendo como uma saraivada de balas no teto da Suburban. Quando o federal que dirigia girou o volante à esquerda e entrou na avenida Insurgentes, Pote Gálvez, que ocupava o assento contíguo ao do motorista, olhou para um lado e para o outro e pôs as mãos sobre o chifre-de-bode AK 47 que levava sobre os joelhos. Também carregava num bolso do paletó um walkie-talkie conectado na mesma frequência do rádio da Suburban, e Teresa escutava do assento de trás as vozes dos agentes e dos tiras que participavam da operação. Objetivo Um e Objetivo Dois, diziam. O Objetivo Um era ela mesma. E com o Objetivo Dois iria se encontrar dali a instantes.

Zum, zum. Zum, zum. Ainda era dia, mas o céu cinzento escurecia as ruas e algumas lojas comerciais tinham as luzes acesas. A chuva multiplicava as faíscas luminosas do pequeno comboio. A Suburban e sua escolta — dois Ram federais e três vans Lobo com tiras encarapitados atrás das metralhadoras — levantavam correntes de água na torrente parda que enchia as ruas e corria para o Tamazula, transbordando dos dutos e esgotos. Havia uma franja negra no céu, ao fundo, recortando os edifícios mais altos da avenida, e outra franja avermelhada por baixo que parecia derrotada pelo peso da negra.

— Uma barreira, patroa — disse Pote Gálvez.

O chifre-de-bode fez barulho quando foi destravado, e isso valeu ao pistoleiro uma olhadela inquieta, de soslaio, do motorista. Quando passaram sem diminuir a marcha, Teresa viu que se tratava de uma barreira militar, e os tiras, com capacete de combate, R-15 e M-16 em ponto de bala, obrigaram um dos carros da polícia a estacionar e vigiavam sem disfarçar os policiais que estavam em seu interior. Era evidente que o coronel Ledesma confiava apenas o necessário; e também que, depois de revirar muito os meandros das leis que proibiam movimentar tropas dentro das cidades, o subcomandante da Nona Zona tinha descoberto como contornar a letra miúda — afinal de contas, o estado natural de um militar estava sempre próximo do estado de sítio. Teresa observou mais tiras e federais espalhados sob as árvores que dividiam a mão dupla da avenida, com guardas de trânsito desviando a circulação para outras ruas. E ali mesmo, entre os trilhos da estrada de ferro e a grande quadra de cimento da Administração Municipal, a capela de Malverde parecia muito menor do que ela se lembrava, doze anos atrás.

Lembranças. De repente compreendeu que, durante aquela longuíssima viagem de ida e volta, só tinha adquirido três certezas sobre a vida e os seres humanos: que eles matam, lembram e morrem. Porque chega um momento, disse para si mesma, em que se olha para a frente e só se vê o que ficou para trás: cadáveres que ficaram às costas enquanto se caminhava. Entre eles vagueia o nosso próprio, e não sabemos. Até que afinal o vemos, e então tomamos conhecimento.

Procurou a si mesma nas sombras da capela, na paz do banquinho à direita da imagem do santo, na penumbra avermelhada das velas que ardiam com fraca crepitação entre as flores e as oferendas penduradas da parede. A luz do lado de fora agora ia embora muito depressa, e o brilho intermitente vermelho e azul de um carro federal iluminava a entrada com faíscas mais intensas à medida que o cinzento sujo da tarde escurecia. Parada em frente a são Malverde, observando seu cabelo preto como que pintado no cabeleireiro, o paletó branco e o lenço de seda ao pescoço, os olhos amendoados e o bigode grosseiro, Teresa mexeu os lábios para rezar, como tinha feito tempos atrás — "Deus abençoe meu caminho e permita meu regresso" —, mas não conseguiu chegar a nenhuma oração. Talvez seja um sacrilégio, pensou de repente; talvez eu não devesse ter marcado o encontro neste lugar. Talvez o tempo tenha me tornado estúpida e arrogante, e já esteja na hora de pagar por isso.

Da última vez em que tinha estado ali, outra mulher a olhava das sombras. Agora ela a procurava sem encontrar. A menos, analisou, que eu seja a outra mulher, ou a carregue dentro de mim, e a moça de olhos assustados, a garotinha que fugiu com uma bolsa e uma Doble Águila nas mãos, tenha se transformado num desses fantasmas que vagueiam às minhas costas, me olhando com olhos acusadores, ou tristes, ou indiferentes. Talvez a vida seja isso, e a gente respire, caminhe e se mexa apenas para um dia olhar para trás e se ver ali. Para se reconhecer nas sucessivas mortes próprias e alheias a que cada um de nossos passos nos condena.

Enfiou as mãos nos bolsos da capa — um suéter por baixo, jeans, botas confortáveis com sola de borracha — e tirou o maço de cigarros. Acendia um na chama de uma vela de Malverde quando don Epifanio Vargas apareceu entre as faíscas vermelhas e azuis da porta.

— Teresinha. Quanto tempo.

Estava quase igual, reparou. Alto, corpulento. Havia pendurado a capa de chuva em um gancho na porta. Terno escuro, camisa aberta sem gravata, botas bicudas. Com aquele rosto que lembrava os velhos filmes de Pedro Armendáriz. Tinha muitos fios brancos no bigode e nas têmporas, umas tantas rugas a mais, a cintura dilatada, talvez. Mas continuava o mesmo.

— Quase não estou reconhecendo você.

Deu alguns passos para adentrar a capela depois de olhar para um lado e outro com receio. Observava fixamente Teresa, tentando relacioná-la com a outra mulher que tinha na memória.

— O senhor não mudou muito — disse ela. — Um pouco mais de peso, talvez. E os cabelos brancos.

Estava sentada no banco, junto à imagem de Malverde, e não se mexeu ao vê-lo entrar.

— Você está armada? — perguntou don Epifanio, cauteloso.

— Não.

— Que bom. Esses imbecis me revistaram ali fora. E eu também não estou armado.

Suspirou, olhou Malverde iluminado pela luz trêmula das velas, depois olhou outra vez para ela.

— Pois é. Acabei de fazer setenta e quatro. Mas não me queixo.

Aproximou-se até ficar bem perto, estudando-a com atenção. Ela permaneceu como estava, sustentando seu olhar.

-- Acho que as coisas correram bem para você, Teresinha.

— Para o senhor elas também não foram mal.

Don Epifanio balançou a cabeça, numa lenta afirmação. Pensativo. Então se sentou ao lado dela. Estavam exatamente como da última vez, com a exceção de que ela não tinha uma Doble Águila nas mãos.

— Doze anos, não é? Você e eu neste mesmo lugar, com a famosa agenda do Ruço...

Interrompeu-se, dando-lhe a oportunidade de misturar suas lembranças com as dele. Mas Teresa manteve o silêncio. Ao final de um instante, don Epifanio tirou um charuto havana do bolso superior do paletó. Nunca imaginei, começou a dizer enquanto tirava a cinta do charuto. Porém se deteve novamente, como se acabasse de chegar à conclusão de que o nunca imaginado não tinha importância. Acho que todos nós a subestimamos, disse por fim. Seu homem, eu mesmo. Todos. Disse seu homem um pouco mais baixo, e parecia tentar fazer a expressão deslizar inadvertidamente no meio do resto.

— Talvez por isso eu continue viva.

O outro refletiu sobre aquilo enquanto levava a chama de um isqueiro ao charuto.

— Não é um estado permanente, nem garantido — concluiu com a primeira baforada. — Uma pessoa continua viva até que deixe de estar.

Os dois fumaram um pouco, sem se olhar. Ela estava quase no fim de seu cigarro.

— O que você está fazendo metida nisto?

Aspirou pela última vez a brasa entre seus dedos. Depois deixou cair a guimba e a pisou com cuidado. Saiba, respondeu, que estou apenas acertando contas antigas. Contas, repetiu o outro. Ele voltou a sugar seu havana e emitiu uma opinião: é melhor deixar essas contas como estão. De jeito nenhum, disse Teresa, se elas me fazem dormir mal.

— Você não ganha nada com isso — argumentou don Epifanio.

— O que eu ganho é assunto meu.

Durante alguns instantes ouviram as velinhas do altar crepitando. Também as rajadas de chuva que batiam no teto da capela. Lá fora, o azul e o vermelho do carro federal continuavam faiscando.

— Por que você quer me prejudicar?... Isso é fazer o jogo dos meus adversários políticos.

Era um bom tom, admitiu ela. Quase de afeto. Menos uma censura do que uma pergunta doída. Um padrinho traído. Uma amizade ferida. Nunca o vi como um mau sujeito, pensou. Costumava ser sincero e talvez continue sendo.

— Não sei quem são seus adversários, nem me importa — respondeu. — O senhor mandou matar Ruço. E Mestiço. E também Brenda e os meninos.

Já que se tratava de afetos, os seus iam por esse caminho. Don Epifanio olhou a brasa do charuto, franzindo a carranca.

— Não sei o que andaram lhe contando. Em todo caso, isto é Sinaloa... Você é daqui e sabe quais são as regras.

As regras, disse lentamente Teresa, incluem ajustar contas com quem lhe deve. Fez uma pausa e ouviu a respiração do homem atento a suas palavras. O senhor também quis, acrescentou, que me matassem.

— Isso é mentira — don Epifanio parecia escandalizado. — Você esteve aqui, comigo. Protegi sua vida. Ajudei-a a escapar.

— Estou falando de mais tarde. Quando se arrependeu.

Em nosso mundo, argumentou o outro após pensar um pouco, os negócios são complicados. Ficou observando-a depois de dizer isso, como quem espera que um calmante faça efeito. Em todo caso, acrescentou por fim, entenderia que você quisesse me passar suas faturas. Você é sinaloense e eu respeito isso. Mas negociar com os gringos e esses covardes que querem me derrubar do governo...

— O senhor não sabe com que demônios estou negociando.

Disse isso sombria, com uma firmeza que o deixou pensativo, o havana na boca e os olhos meio fechados por causa da fumaça, as faíscas da rua se alternando em sombras vermelhas e azuis.

— Me diga uma coisa. Na noite em que nos encontramos, você tinha lido a agenda, não é?... Sabia a história de Ruço Dávila... E no entanto não me dei conta. Você me enganou.

— Era a minha vida.

— E por que desenterrar essas coisas antigas?

— Porque até agora não sabia que foi o senhor quem pediu um favor ao Batman Güemes. E o Ruço era meu homem.

— Era um safado da DEA.

— Mesmo assim, safado e da DEA, era meu homem.

Ouviu-o engolir uma maldição serrana enquanto se levantava. Sua corpulência parecia encher o pequeno recinto da capela.

— Escute — olhava a imagem de Malverde, como se usasse o santo padroeiro dos traficantes como testemunha. — Eu sempre me portei bem. Era padrinho de vocês dois. Estimava o Ruço e estimava você. Ele me traiu, e apesar de tudo eu protegi essa sua linda pele... A outra história foi muito mais tarde, quando sua vida e a minha tomaram caminhos diferentes... Mas o tempo passou, estou fora disso. Estou velho, já tenho até netos. Estou à vontade na política, e o Senado me permitirá fazer coisas novas. Inclusive beneficiar Sinaloa... O que você ganha me prejudicando? Ajudando esses gringos que consomem metade das drogas do mundo enquanto decidem, conforme lhes convém, quando o traficante é bom e quando é mau? Aqueles que financiavam com droga as guerrilhas anticomunistas do Vietnã, e depois vieram pedir a nós mexicanos para pagar as armas dos opositores na Nicarágua?... Ouça, Teresinha: esses que agora usam você me fizeram ganhar um monte de dólares com a Norteña de Aviación, ajudando-me, além disso, a lavá-los no Panamá... Me diga o que os safados estão lhe oferecendo... Imunidade? Dinheiro?

— Não se trata de uma coisa nem de outra. É mais complexo. Mais difícil de explicar.

Epifanio Vargas havia se virado para olhá-la de novo. De pé junto ao altar, as velas envelheciam muito suas feições.

— Você quer que eu lhe conte — insistiu — quem anda me fodendo na União Americana?... Quem é que mais me aperta na DEA?... Um promotor público federal de Houston que se chama Clayton, muito ligado ao Partido Democrata... E sabe o que ele era antes que o nomeassem promotor?... Advogado de defesa dos traficantes mexicanos e gringos, e amigo íntimo de Ortiz Calderón, o diretor de interceptação aérea da Justiça Federal mexicana, que agora vive nos Estados Unidos como testemunha protegida depois de haver embolsado milhões de dólares... E do lado de cá, os que procuram me arrebentar são os mesmos que antes faziam negócios com os gringos e comigo: advogados, juízes, políticos que procuram tapar o sol com a peneira com um bode expiatório... É a esses que você quer ajudar me ferrando?

Teresa não respondeu. O outro a encarou por um instante e depois balançou a cabeça, impotente.

— Estou cansado, Teresinha. Trabalhei e lutei muito na vida.

Era verdade, e ela sabia disso. O camponês de Santiago de los Caballeros tinha calçado sandálias de couro entre matas de feijão. Ninguém lhe deu nada de presente.

— Eu também estou cansada.

Ele ainda a observava atento, em busca de uma brecha por onde investigar o que ela tinha em mente.

— Não há acordo possível, então — concluiu.

— Parece que não.

A brasa do havana iluminou o rosto de don Epifanio.

— Vim ver você — disse, e agora o tom era diferente — oferecendo todo tipo de explicações... Talvez lhe devesse isso, ou talvez não. Mas vim como tinha vindo há doze anos, quando você precisou de mim.

— Sei disso, e lhe agradeço. O senhor nunca me fez outro mal além daquele que considerou imprescindível... Mas cada um segue seu caminho.

Um silêncio bem longo. Sobre o telhado, a chuva continuava caindo. São Malverde olhava impassível para o vazio com seus olhos pintados.

— Tudo isso aí de fora não lhe garante nada — disse por fim Vargas. — E você sabe disso. Em catorze ou dezesseis horas muitas coisas podem acontecer...

Estou me lixando, respondeu Teresa. Quem tem que ficar batendo bola é o senhor. Don Epifanio balançou afirmativamente a cabeça enquanto repetia aquilo de ficar batendo bola, como se ela tivesse resumido bem o estado de coisas. Depois ergueu as mãos para deixá-las cair nos flancos com desolação. Eu devia ter matado você naquela noite, lamentou-se. Aqui mesmo. Disse isso sem paixão na voz, muito educado e objetivo. Teresa o olhava do banquinho, sem se mover. Devia sim, disse com calma. Mas não matou, e agora eu lhe cobro. E talvez tenha razão em dizer que a conta é exagerada. Na verdade trata-se do Ruço, do Gato Fierros, de outros homens que o senhor nem sequer conheceu. É o senhor quem no final vai pagar por todos. E eu também.

— Você está louca.

— Não... — Teresa se levantou entre as faíscas da porta e a luz avermelhada das velas. — Estou é morta. Sua Teresinha Mendoza morreu há doze anos, e eu vim enterrá-la.

Apoiou a testa na janela um pouco embaçada do segundo andar, sentindo o vapor úmido refrescar sua pele. As luzes do jardim faziam as rajadas de chuva reluzir, convertendo-as em milhares de gotas luminosas que despencavam na contraluz, entre os galhos das árvores, ou brilhavam suspensas na extremidade das folhas. Teresa tinha um cigarro entre os dedos, e a garrafa de Herradura Reposado sobre a mesa junto a um copo, o cinzeiro cheio, a Sig Sauer com os três carregadores de reserva. No estéreo, José Alfredo cantava. Teresa não sabia se era uma das fitas que Pote Gálvez sempre gravava para ela, o toca-fita dos carros e dos hotéis, ou se fazia parte da mobília da casa:

La mitad de mi copa dejé servida,
*por seguirte los pasos no sé pa' qué.**

Passava horas assim. Tequila e música. Lembranças e presente desprovido de futuro. María Bandida. Que se acabe a minha vida. A noite de meu mal. Bebeu a metade da dose que lhe restava e encheu o copo de novo antes de voltar à janela, cuidando para que

---

*Deixei o copo pela metade,
para seguir teus passos não sei pra quê.
(Tradução livre.)

a luz da sala não a recortasse demais. Molhou os lábios na tequila enquanto cantarolava as palavras da canção. Levaste a metade de minha sorte. Tomara que te sirva não sei com quem.

— Todos foram embora, patroa.

Virou-se devagar, sentindo de repente muito frio. Pote Gálvez estava na porta, em mangas de camisa. Nunca se apresentava assim diante dela. Levava um walkie-talkie na mão, o revólver no coldre de couro preso ao cinturão e estava muito sério. Mortal. O suor grudava sua camisa ao tronco corpulento.

— Como todos?!

Olhou-a quase com reprovação. Para que pergunta, se já entendeu. Todos quer dizer todos menos a senhora e este aqui presente. O pistoleiro dizia isso sem dizer.

— Os federais da escolta — esclareceu por fim. — A casa está vazia.

— E aonde foram?

O outro não respondeu. Limitou-se a dar de ombros. Teresa leu o resto em seus olhos de nortenho perspicaz. Para detectar canalhas, Pote Gálvez não precisava de radar.

— Apague a luz — disse.

O cômodo ficou às escuras, iluminado apenas pela claridade do corredor e as luzes de fora. O estéreo fez clique e emudeceu José Alfredo. Teresa se aproximou da moldura da janela e deu uma olhada. Longe, atrás da enorme grade da entrada, tudo parecia normal: viam-se soldados e carros sob os grandes lampiões da rua. No jardim, no entanto, não percebeu movimento. Os federais que costumavam patrulhá-lo não apareciam em parte alguma.

— Quando foi a troca de guarda, Pinto?

— Há quinze minutos. Veio um grupo novo e os outros se foram.

— Quantos?

— Os de sempre: três mal-encarados na casa e seis no jardim.

— E o rádio?

Pote apertou duas vezes o botão do walkie-talkie e o mostrou. Nem sinal, minha senhora. Ninguém diz nada. Mas se quiser podemos conversar com os tiras. Teresa balançou a cabeça. Foi até a mesa. Empunhou a Sig Sauer e enfiou os três carregadores de reserva nos bolsos da calça, um em cada bolso de trás e outro no da frente. Pesavam muito.

— Esqueça-se deles. Longe demais — aferrolhou a pistola, claque, claque, uma bala na agulha e quinze no carregador, e a prendeu na cintura. — Além do mais, estão de acordo com isso.

— Vou dar uma olhada — disse o pistoleiro — com sua permissão.

Saiu do aposento, o revólver numa das mãos e o walkie-talkie na outra, enquanto Teresa se aproximava da janela. Uma vez ali, apareceu com cuidado para observar o jardim. Tudo parecia em ordem. Por um momento achou que tinha visto dois vultos negros se mexendo entre uns canteiros de flores, sob as grandes mangueiras. Nada mais, nem mesmo estava certa disso.

Tocou a culatra da pistola, resignada. Um quilo de aço, chumbo e pólvora: não era grande coisa para o que podiam estar aprontando lá fora. Tirou o semanário do pulso e guardou no bolso livre as sete argolas de prata. Não era bom fazer barulho como se carregasse uma cascavel. Sua cabeça funcionava sozinha desde o instante em que Pote Gálvez veio lhe dar a notícia do desastre. Números a favor e contra, balanços. O possível e o provável. Calculou mais uma vez a distância que separava a casa da grade principal e dos muros e repassou aquilo que nos últimos dias andou registrando na memória: lugares protegidos e descobertos, rotas possíveis, armadilhas onde evitar cair. Havia pensado tanto em tudo isso que, agora ocupada em examinar ponto por ponto, não teve tempo de sentir medo. A não ser que o medo, esta noite, fosse aquela sensação de desamparo físico: carne vulnerável e solidão infinita.

A Situação.

Tratava-se disso mesmo, confirmou de repente. Na verdade não tinha vindo a Culiacán para testemunhar contra don Epifanio Vargas, mas para que Pote Gálvez dissesse estamos sozinhos, patroa, e se sentir como agora, com a Sig Sauer presa à cintura, disposta a enfrentar a prova. Pronta para abrir a porta escura que durante doze anos teve diante dos olhos roubando-lhe o sono nos amanheceres sujos e cinzentos. E quando eu voltar a ver a luz do dia, pensou, se é que vou voltar a vê-la, tudo será diferente. Ou não.

Afastou-se da janela, foi até a mesa e tomou um último gole de tequila. Deixo o copo pela metade, pensou. Para depois. Ainda sorria por dentro quando Pote Gálvez apareceu na claridade da porta. Trazia um chifre-de-bode, e no ombro uma bolsa de lona de aparência pesada. Teresa levou instintivamente a mão à pistola, mas se deteve a meio caminho. O Pinto não, disse para si mesma. Prefiro virar as costas e que me mate a desconfiar dele e deixar que perceba.

— Cai fora, patroa — disse o pistoleiro. — Armaram uma cilada pra nós, que nem o do Coiote. Malditos veados.

— Federais ou milicos?... Ou os dois?

— Eu diria que é coisa dos mal-encarados, e que os outros ficam olhando. Mas todos estão sabendo. Peço ajuda pelo rádio?

Teresa riu. Ajuda a quem?, perguntou. Todos foram embora comer tacos de carneiro e beber *vampiros** na *taquería* Durango. Pote Gálvez olhou para ela, em seguida coçou a têmpora com o cano da AK e por fim modulou um sorriso entre atordoado e feroz. A verdade é essa, minha senhora, comentou por fim, compreenden-

*Variante do Bloody Mary, feito à base de suco de tomate e tequila. (*N. do T.*)

do. Vamos fazer o que der. Disse isso e os dois ficaram se olhando outra vez entre a luz e a sombra, de um modo como nunca tinham se encarado antes. Então Teresa riu de novo, sincera, os olhos bem abertos e inspirando o ar profundamente, e Pote Gálvez balançou a cabeça de cima a baixo como quem entende uma boa piada. Isto é Culiacán, patroa, disse o pistoleiro, e que legal que a senhora possa gargalhar numa hora dessas. Quem dera esses putos pudessem vê-la antes da gente encher eles de chumbo, ou vice-versa. Pode ser que eu esteja rindo de puro medo de morrer, disse ela. Ou de medo de sentir dor quando estiver morrendo. E o outro, concordando, disse: Pois olha que todo mundo é assim, patroa, ou pensou o quê? Mas isso de abotoar o paletó demora um tempinho. E, enquanto nós morremos ou não, outros aí também vão morrer igualzinho.

Escutar. Ruídos, rangidos, barulho de chuva nas vidraças e no telhado. Evitar que as batidas do coração ensurdeçam tudo isso, esse pulsar do sangue nas veias minúsculas que correm dentro dos ouvidos. Calcular cada passo, cada olhadela. A imobilidade com a boca seca e a tensão que sobe dolorosa pelas coxas e o ventre até o peito, cortando a pouca respiração que ainda se pode permitir. O peso da Sig Sauer na mão direita, a palma da mão apertada em torno da culatra. O cabelo afastado do rosto porque gruda nos olhos. A gota de suor que rola até a pálpebra e escorre em lágrima e que acaba sendo enxugada nos lábios com a ponta da língua. Salgada.

A espera.

Outro rangido no corredor, ou talvez na escada. O olhar de Pote Gálvez da porta em frente, resignado, profissional. Ajoelhado em sua falsa gordura, deixando aparecer metade do rosto atrás do batente da porta, o chifre-de-bode pronto, desprovido da culatra para manejá-lo com mais comodidade, um carregador com trinta tiros enfiado e outro preso com fita adesiva, de boca para baixo, pronto para ser virado e trocado quando o primeiro esvaziar.

Mais rangidos. Na escada.

Deixei o copo, murmura Teresa sem palavras, pela metade. Sente-se vazia por dentro e lúcida por fora. Não há reflexões, nem pensamentos. Nada, a não ser ficar repetindo absurdamente o estribilho da canção e concentrar os sentidos em interpretar os ruídos e as sensações. Há um quadro no final do corredor, sobre a base da escada: cavalos reprodutores negros que galopam por uma imensa planície verde. À frente de todos eles, vai um cavalo branco. Teresa conta os cavalos: quatro negros e um branco. Conta-os como havia contado as doze traves do corrimão que dá para o vazio da escada, as cinco cores do vitral que se abre para o jardim, as cinco portas deste lado do corredor, os três apliques de luz nas paredes e a lâmpada que pende do teto. Também conta mentalmente a bala na agulha e as quinze no carregador, primeiro tiro em dupla ação, um pouquinho mais duro, e depois os outros já saem sozinhos, e assim, um atrás do outro, os quarenta e cinco do arsenal de reserva pesando nos carregadores que leva nos bolsos do jeans. Dá para fazer um estrago, embora tudo dependa do que os malandros estão trazendo. Em todo caso, é a recomendação de Pote Gálvez, melhor ir queimando aos pouquinhos, patroa. Sem nervosismo e sem pressa, um por um. Dura mais e se desperdiça menos. E, se o chumbo acabar, atire-lhes insultos, que também doem.

Os rangidos são passos. E sobem.

Uma cabeça aparece com precaução no patamar. Cabelo preto, jovem. Um tronco e outra cabeça. Carregam armas à frente, canos que se mexem fazendo arcos à procura de alguma coisa em que atirar. Teresa estende o braço, olha de soslaio para Pote Gálvez, prende a respiração, aperta o gatilho. A Sig Sauer salta cuspindo trovões, bum, bum, bum, e, antes que soe o terceiro, as rajadas da AK do pistoleiro encobrem todo o som do corredor, ratatatá, soa, ratatatá, ratatatá, e o corredor se enche se fumaça acre, ao meio da qual veem desfazer-se em fragmentos e lascas metade das traves da escada, ratatatá, ratatatá, e as duas cabeças desaparecem e no andar de baixo há vozes gritando, e barulho de gente que corre; Teresa para então de atirar e afasta a arma porque Pote, com uma agilidade inesperada em um sujeito de suas dimensões, abaixa-se e corre agachado até a escada, ratatatá, faz outra vez seu chifre-de-bode a meio caminho. Uma vez ali, pega a AK com o cano para baixo, sem apontar, solta outra rajada, procura uma granada na bolsa que carrega no ombro, tira seu pino com os dentes como nos filmes, atira-a pelo vão da escada, volta com uma corridinha curta, agachado, e se joga ao chão de uma barrigada enquanto o vão da escada faz pum-pumbaaa, e, entre fumaça, barulho e um golpe de ar quente que bate no rosto de Teresa, o que havia na escada, inclusive os cavalos, acaba de ir para os diabos.

Vai com Deus.

A luz se apaga de repente em toda a casa. Teresa não sabe se isso é bom ou ruim. Corre até a janela, olha para fora e verifica que o jardim também ficou às escuras, e que as únicas luzes são as da rua, do lado de lá dos muros e da grade. Corre agachada de volta à porta, tropeça na mesa e a derruba com tudo o que tem em cima, a tequila e os cigarros pro caralho, deita-se de novo, deixando aparecer meio rosto e a pistola. O vão da escada é um poço seminegro, fracamente iluminado pelo brilho que entra pelo vitral quebrado que dá para o jardim.

— Como está, minha senhora?

A pergunta de Pote foi um murmúrio. Bem, responde Teresa baixinho. Bastante bem. O pistoleiro não diz mais nada. Ela o adivinha na penumbra, três metros mais adiante, do outro lado do corredor.

Pinto, sussurra. Dá para ver de longe sua maldita camisa branca. Pois de jeito nenhum, responde o outro. Não é hora de me trocar.

— Está se saindo muito bem, patroa. Conserve a munição.

Por que agora não tenho medo?, pergunta-se Teresa. Com quem diabos imagino que esteja acontecendo tudo isto? Toca a própria testa com a mão seca, gelada, e empunha a pistola com a mão molhada de suor. Alguém me diga qual destas mãos é minha.

— Os filhos da mãe estão voltando — sussurra Pote Gálvez, encarando o chifre-de-bode.

Ratatatá. Ratatatá. Rajadas curtas como as anteriores, com as cápsulas de 7.62 repicando ao caírem no chão por todos os lados, a fumaça amontoada entre as sombras provocando ardor na garganta, clarões da Sig Sauer que Teresa empunha com as mãos, bum, bum, bum, abrindo a boca para que os estampidos não rompam seus tímpanos para dentro, atirando contra os clarões que surgem da escada com zumbidos que passam, ziiiim, ziiiiim, e crepitam sinistros contra o gesso das paredes e a madeira das portas, e levantam um estrondo de vidros quebrados ao baterem nas janelas do outro lado do corredor. O cão da pistola travado na parte de trás de repente, clique, claque, sem mais tiros para dar, e Teresa atrapalhada, até que se dá conta e aperta o botão para expulsar o carregador vazio, e enfia outro, o que levava no bolso da frente do jeans, e ao liberar o cão ele aferrolha uma bala. Dispõe-se a atirar de novo mas se contém porque Pote botou metade do corpo para fora de seu abrigo e outra granada sua está rolando pelo corredor até a escada, e desta vez o clarão é enorme na escuridão, pum-pumbaaa mais uma vez, safados, e quando o pistoleiro se abaixa e corre agachado até o vão, com o chifre-de-bode pronto, Teresa também se levanta e corre a seu lado, e chegam juntos à balaustrada destruída, e, ao assomarem para passar fogo em tudo lá embaixo, os clarões de seus disparos iluminam pelo menos dois corpos caídos entre os escombros dos degraus.

Porra. Seus pulmões doem ao respirar a pólvora. Abafa a tosse o melhor que pode. Não sabe quanto tempo passou. Sente muita sede. Não sente medo.

— Quanta munição, patroa?

— Pouca.

— Pega aí.

Na escuridão, pelo alto, agarra dois dos carregadores cheios que Pote joga em sua direção e o terceiro lhe escapa. Procura-o às cegas no chão e o enfia num dos bolsos de trás.

— Ninguém vai nos ajudar, minha senhora?

— Não sacaneie.

— Os milicos estão lá fora... O coronel parecia decente.

— Sua jurisdição termina na grade da rua. Teríamos que chegar até lá.

— Nem pensar. Longe demais.

— É. Longe demais.

Rangidos e passos. Empunha a pistola e aponta para as sombras, apertando os dentes. Acho que chegou a hora. Mas não sobe ninguém. Negativo. Alarme falso.

De repente estão ali e não os ouviram subir. Desta vez a granada que vem pelo chão está dirigida a eles dois, e Pote Gálvez tem o tempo exato de avisar. Teresa rola para dentro, cobrindo a cabeça com as mãos, e a explosão sacode a porta e ilumina o corredor como se fosse dia. Ensurdecida, demora a compreender que o rumor distante que ouve são as rajadas furiosas que Pote Gálvez dispara. Eu também deveria estar fazendo alguma coisa, pensa. Então se senta, cambaleando por causa do impacto da explosão, agarra a pistola, vai de joelhos até a porta, apoia uma das mãos no batente, põe-se de pé, sai para o corredor começa a disparar às cegas, bum, bum, bum, clarões em cima de clarões enquanto o barulho aumenta e se torna cada vez mais nítido e mais próximo, e de repente ela se encontra diante de sombras negras que vêm na sua direção entre relâmpagos de luz laranja e azul e branca, bum, bum, bum, e há balas que passam, ziiiiim, e crepitam nas paredes por todos os lados, até que por trás, de um lado, sob seu braço esquerdo, o cano da AK de Pote Gálvez se soma àquele fogaréu, ratatatá, ratatatá, dessa vez não com rajadas curtas mas interminavelmente longas; safados, ela ouve Pote gritar, safados, e compreende que alguma coisa vai mal e que talvez o tenham acertado, ou a ela, que talvez ela mesma esteja morrendo neste momento e não saiba. Mas sua mão direita continua apertando o gatilho, bum, bum, e, se estou disparando é porque continuo viva, pensa. Disparo logo existo.

De costas para a parede, Teresa enfia seu último carregador na culatra da Sig Sauer. Está espantada de não ter um arranhão. Barulho de chuva do lado de fora, no jardim. Às vezes ouve Pote Gálvez gemer entre os dentes.

— Você está ferido, Pinto?

— Me acertaram de jeito, patroa... Bota chumbo nisso.

— Dói?

— Um tiquinho. Pra que dizer que não, se dói.

— Pinto.

— Diga.

— Aqui em cima está foda. Não quero que nos cacem sem munição, como se fôssemos coelhos.

— É só ordenar. A senhora manda.

O alpendre, decide. É um telhado saliente com arbustos embaixo, no outro lado do corredor. A janela que se abre em cima não é problema, porque a esta altura não deve ter um vidro inteiro. Se chegarem até ali, poderão saltar para o jardim e abrir passagem depois, até a grade de entrada ou o muro que dá para a rua. A chuva pode tanto atrapalhar quanto salvar suas vidas. E os militares também estão atirando, mas esse é mais um risco a correr. Há jornalistas do lado de fora, e pessoas que observam. Não é tão fácil quanto na casa. E don Epifanio Vargas pode comprar muita gente, mas ninguém pode comprar todo mundo.

— Pode se mexer, Pinto?

— Acho que sim, patroa. Acho que posso.

— A ideia é a janela do corredor, que dá para o jardim.

— A ideia é o que a senhora quiser.

Já aconteceu uma vez, pensa Teresa. Aconteceu algo parecido e Pote Gálvez também estava lá.

— Pinto.

— Manda.

— Quantas granadas restam?

— Uma.

— Jogue.

A granada ainda rola quando eles saem em disparada pelo corredor, e o estrondo os encontra perto da janela. Ouvindo às suas costas as rajadas do chifre-de-bode que o pistoleiro dispara, Teresa passa as pernas pelo batente, procurando não se ferir com os cacos de vidro; mas, quando apoia a mão esquerda, ela se corta. Sente o líquido denso e quente escorrer pela palma da mão enquanto consegue chegar do lado de fora, com a chuva açoitando seu rosto. As telhas do alpendre rangem sob seus pés. Prende a pistola na cintura antes de se deixar escorregar pela superfície molhada, freando com a calha que desce do telhado. Em seguida, depois de ficar pendurada um instante, deixa o corpo cair.

Vai chapinhando no barro, outra vez com a pistola na mão. Pote Gálvez aterrissa a seu lado. Um golpe. Um gemido de dor.

— Corra, Pinto. Para a cerca.

Não há tempo. Um facho de lanterna os procura com urgência de dentro da casa, e os clarões recomeçam. Dessa vez as balas fazem tiiuu, tiiuu ao afundarem nos charcos. Teresa ergue a Sig Sauer. Só espero, pensa, que toda esta merda não a entupa. Dispara tiro a tiro com cuidado, sem perder a cabeça, descrevendo um arco, e depois se joga de bruços na lama. Percebe de súbito que Pote Gálvez não atira. Vira-se para olhá-lo, e à luz distante da rua ela o vê recostado num pilar do alpendre, do outro lado.

— Sinto muito, patroa... — ouve-o sussurrar. — Agora sim eles me pegaram de jeito.

— Onde?

— Bem na barriga... E não sei se é chuva ou sangue, mas escorrem litros que dá gosto.

Teresa morde os lábios cobertos de barro. Olha as luzes atrás da grade, os lampiões da rua que recortam as palmeiras e as mangueiras. Vai ser difícil, constata, conseguir isso sozinha.

— E o chifre?

— Bem aqui... Entre mim e a senhora... Enfiei um carregador duplo, cheio, mas ele me escapou das mãos quando me acertaram.

Teresa se senta um pouco para ver. A AK está jogada entre os degraus do alpendre. Uma rajada saída da casa a obriga a se colar outra vez ao chão.

— Não alcanço.

— Pois saiba que sinto muito, de verdade.

Olha novamente para a rua. Há pessoas amontoadas atrás da grade, sirenes policiais. Uma voz diz alguma coisa pelo megafone, mas ela não consegue entender. Entre as árvores, à esquerda, ouve um chapinhar. Passos. Talvez uma sombra. Alguém tenta dar a volta por aquele lado. Espero, pensa de repente, que esses safados não estejam usando óculos noturnos.

— Preciso do chifre — diz Teresa.

Pote Gálvez demora a responder. Como se pensasse.

— Já não consigo atirar, patroa — diz por fim. — Estou sem pulso. Mas posso tentar alcançá-lo.

— Não brinque. Eles te arrebentam se você mostrar a fuça.

— Estou pouco ligando. Quando a gente se acaba, simplesmente se acaba, e é só isso.

Outra sombra chapinhando entre as árvores. O tempo se esgota, compreende Teresa. Mais dois minutos e o único caminho terá deixado de existir.

— Pote.

Um silêncio. Ela nunca o havia chamado assim, pelo nome.

— Ordene.

— Alcance para mim o maldito chifre.

Outro silêncio. A chuva repicando nos charcos e nas folhas das árvores. Depois, ao fundo, a voz apagada do pistoleiro:

— Foi uma honra conhecê-la, patroa.

— Para mim também.

Este é o *corrido* do cavalo branco, Teresa ouve Potemkin Gálvez cantarolar. E com essas palavras nos ouvidos, arfando de fúria e desesperança, ela empunha a Sig Sauer, pruma-se um pouco e começa a atirar contra a casa para dar cobertura a seu homem. E a noite se parte em clarões, e o chumbo crepita contra o alpendre e os troncos das árvores; e, recortada no meio de tudo isso, ela vê levantar-se a silhueta rechonchuda do pistoleiro entre o brilho dos tiros, e vir mancando até ela, angustiantemente devagar, enquanto as balas aumentam por todos os lados e batem uma depois da outra em seu corpo, derrubando-o como um boneco cujas articulações se rompem, até que ele desaba de joelhos sobre o chifre-de-bode. E é um homem morto que, no último impulso de agonia, levanta a arma pelo cano e a atira diante de si, às cegas, na direção aproximada em que calcula que Teresa deva estar, antes de rolar pelos degraus e cair de bruços no barro.

Então ela grita. Seus grandes filhos da puta, diz arrancando as entranhas naquele uivo, esvazia o que lhe resta na pistola contra a casa, atira-a no chão, agarra o chifre e começa a correr afundando no barro, na direção das árvores da esquerda por onde tinha visto antes as sombras correndo, com os galhos mais baixos e os arbustos açoitando seu rosto, cegando-a com golpes de água e chuva.

Uma sombra mais precisa do que outras, o chifre à altura do rosto, uma rajada curta que golpeia seu queixo com o ricochete, machucando-o. Aquilo salta como os diabos. Clarões atrás e de um dos lados, a grade, o muro mais perto, pessoas na rua iluminada, o megafone que continua encadeando palavras incompreensíveis. A sombra já não está ali, e, ao correr encurvada, o chifre queimando entre as mãos, Teresa vê um vulto agachado. O vulto se mexe; então, sem se deter, aproxima o cano da AK, aperta o gatilho e lhe dá um tiro ao passar. Não acredito que vá conseguir, pensa assim que o clarão se extingue, abaixando-se o quanto pode. Não acredito. Mais disparos atrás e o ziiiiim ziiiiim que soa perto de sua cabeça, como velozes mosquitos de chumbo. Vira-se e aperta outra vez o gatilho, o chifre lhe salta nas mãos com o maldito ricochete, e o brilho de seus próprios tiros a deixa cega enquanto muda de posição, justo no momento em que alguém criva de balas o lugar onde estava um segundo antes. Sai fora, safado. Outra sombra à frente. Passos correndo por trás, às suas costas. A sombra e Teresa atiram à queima-roupa, tão perto que ela entrevê o rosto sob a brevíssima luz dos disparos: um bigode, olhos bem abertos, uma boca branca. Quase o empurra com o cano do chifre ao seguir em frente enquanto o outro cai de joelhos entre os arbustos. Ziiiiim. Soam mais tiros procurando-a, tropeça, rola pelo chão. O chifre faz clique, claque. Teresa se atira de costas no barro, arrastando-se assim, a chuva escorrendo pelo seu rosto, enquanto aperta a alavanca, tira o longo carregador curvo duplo, vira-o rezando para que não tenha muito barro na munição. A arma pesa sobre sua barriga. Últimas trinta balas, constata, chupando as que saem do carregador, para limpá-las. Encaixa-o. Claque. Atarraxa, puxando o carro com força. Claque, claque. Então, da grade próxima, chega a voz admirada de um soldado ou policial:

— Valeu, minha trafica!... Ensine a eles como uma sinaloense morre!

Teresa olha para a grade, atordoada. Indecisa entre xingar e rir. Ninguém dispara agora. Põe-se de joelhos e depois endireita o corpo. Cospe barro amargo que tem gosto de metal e de pólvora. Corre em zigue-zague entre as árvores, mas faz barulho demais ao chapinhar.

Mais estampidos e clarões às suas costas. Imagina ver outras sombras que deslizam junto ao muro, embora não tenha certeza. Lança uma rajada curta à direita e outra à esquerda, filhos da, murmura, corre mais cinco ou seis metros e se abaixa de novo. A chuva se transforma em vapor quando toca o cano ardente da arma. Agora está próxima o bastante do muro e da grade para constatar que esta se encontra aberta, para distinguir as pessoas que estão ali, deitadas e agachadas atrás dos automóveis, e para escutar as palavras repetidas pelo megafone:

— Venha para cá, senhora Mendoza... Somos militares da Nona Zona... Nós a protegeremos...

Poderiam me proteger um pouquinho mais pra cá, pensa. Porque ainda faltam vinte metros, e vão ser os mais compridos da minha vida. Convicta de que não chegará a percorrê-los nunca, ela se ergue em meio à chuva e se despede um por um dos velhos fantasmas que a acompanharam durante tanto tempo. Já vamos nos ver, meus chapas. Maldita, maldita Sinaloa, diz a si mesma como um remate. Outra rajada à direita e outra à esquerda. Depois trinca os dentes e começa a correr, tropeçando no barro. Cansada de cair, ou quase, mas desta vez ninguém atira. Por isso ela se detém, surpresa, gira sobre si mesma e vê o jardim escuro e ao fundo a casa mergulhada em sombras. A chuva criva o barro diante de seus pés quando caminha devagar em direção à grade, o chifre-de-bode numa das mãos, na direção das pessoas que a observam dali, tiras de ponchos reluzentes por causa da chuva, federais à paisana e de uniforme, carros com brilhos de luzes, câmeras de televisão, gente caída nas calçadas, sob a chuva. Flashes.

— Jogue a arma, senhora.

Olha os faróis que a ofuscam, atordoada, sem compreender o que lhe dizem. Por fim ergue um pouco a AK, olhando-a como se tivesse esquecido que a carregava na mão. Pesa muito. Pra cacete. Por isso a deixa cair no chão e começa a andar de novo. Caramba, diz para si mesma enquanto cruza a grade. Estou estourando de cansada. Espero que algum maldito filho da mãe tenha um cigarro.

Epílogo

Teresa Mendoza compareceu às dez da manhã à Procuradoria Geral da Justiça do Estado, com o tráfego da rua Rosalles interrompido por caminhonetes militares e soldados com equipamento de combate. O comboio chegou a toda a velocidade entre ruídos de sirenes, as luzes cintilando debaixo da chuva. Havia homens armados nos terraços dos edifícios, uniformes cinza de federais e verdes de soldados, barreiras nas esquinas das ruas Morelos e Rubí, e o centro histórico parecia o de uma cidade em estado de sítio. Do pórtico da Escola Livre de Direito, onde estava reservado um espaço para jornalistas, nós a vimos saltar da Suburban blindada com vidros fumê e, sob o arco de pedra da Procuradoria, caminhar em direção ao pátio neocolonial com lampiões de ferro e colunas de cantaria. Eu estava com Julio Bernal e Élmer Mendoza, e só pudemos observá-la um momento, iluminada pelos flashes dos fotógrafos que disparavam suas câmeras, no curto trajeto da Suburban ao pórtico, rodeada de agentes e soldados, sob o guarda-chuva com que a protegiam da chuva. Séria, elegante, vestida de preto, sobretudo escuro, bolsa de couro preta e a mão esquerda enfaixada. O cabelo penteado para trás repartido ao meio, preso num laço de fita sob a nuca, com dois brincos de prata.

— Ali vai uma mulher com colhões — comentou Élmer.

Passou lá dentro uma hora e cinquenta minutos, diante da comissão formada pelo procurador da Justiça de Sinaloa, o comandante da Nona Zona, um subprocurador-geral da República vindo do Distrito Federal, um deputado local, um deputado federal, um senador e um tabelião nas funções de secretário. E talvez, enquanto tomava assento e respondia às perguntas que lhe formularam, tenha podido ver sobre a mesa as manchetes dos jornais de Culiacán daquela manhã: "Batalha em Chapultepec. Quatro federais mortos e três feridos defendendo a testemunha. Também morreu um pistoleiro." E outra mais sensacionalista da imprensa marrom: "Traficante deu no pé bem debaixo das barbas deles." Mais tarde me disseram que os membros da comissão, impressionados, trataram-na desde o início com extrema deferência, que o general-comandante da Nona Zona pediu desculpas pelas falhas na segurança, e que Teresa Mendoza o ouviu limitando-se a inclinar um pouco a cabeça. E, no final de sua declaração, quando todos se levantaram e ela também, dizendo obrigada, cavalheiros, e se dirigiu à porta, a carreira política de don Epifanio Vargas estava destruída para sempre.

Nós a vimos aparecer de volta na rua. Cruzou o arco e saiu protegida por guarda-costas e militares, com os flashes fotográficos faiscando contra a fachada branca, enquanto a Suburban ligava o motor e andava devagar ao seu encontro. Então observei que ela parou, olhando ao redor como se procurasse alguma coisa entre as pessoas. Talvez um rosto, ou uma lembrança. Depois fez algo estranho: enfiou a mão no bolso, remexeu seu interior e de lá tirou um papelzinho ou uma foto, para contemplar por alguns instantes. Estávamos longe demais, por isso avancei empurrando os jornalistas, com a intenção de olhar mais de perto, até que um soldado impediu minha passagem. Podia ser, pensei, a velha meia foto que vi em suas mãos durante a visita que fiz à casa do condomínio Chapultepec. Mas daquela distância ficava impossível averiguar.

Então ela rasgou. Fosse o que fosse, papel ou foto, observei como rasgava em pedacinhos minúsculos antes de jogar tudo no chão molhado. Depois a Suburban se interpôs entre ela e nós, e essa foi a última vez que a vi.

Naquela tarde, Julio e Élmer me levaram à La Ballena — a cantina favorita de Ruço Dávila —, e pedimos três meias garrafas Pacífico enquanto ouvíamos os Tigres del Norte cantar *Carne quemada* no jukebox. Ficamos os três bebendo em silêncio, olhando outros rostos silenciosos em volta. Soube mais tarde que Epifanio Vargas perdeu naqueles dias sua condição de deputado e que passou um tempo recolhido na prisão de Almoloya enquanto se resolvia a extradição solicitada pelo governo dos Estados Unidos; uma extradição que, depois de um longo e escandaloso processo, a Procuradoria Geral da República acabou recusando. Quanto aos outros personagens desta história, cada um seguiu seu caminho. O alcaide Tomás Pestaña continua à frente dos destinos de Marbella. Também o ex-delegado Nino Juárez permanece como chefe de segurança de uma cadeia de lojas de moda, transformada em poderosa multinacional. O advogado Eddie Álvarez agora se dedica à política em Gibraltar, onde um cunhado seu é ministro da Economia e do Trabalho. Quanto a Oleg Yasikov, consegui entrevistá-lo algum tempo depois, quando o russo cumpria um curto período na prisão de Alcalá-Meco graças a um confuso negócio de imigrantes ucranianas e tráfico de armas. Pareceu-me um sujeito supreendentemente amável, falou de sua velha amiga com poucas inibições e muito afeto, e chegou a me contar fatos interessantes que pude incorporar na última hora a esta história.

De Teresa Mendoza nunca mais se soube. Há quem garanta que mudou de identidade e de rosto, e que vive nos Estados Unidos. Flórida, dizem. Ou Califórnia. Outros afirmam que regressou à

Europa, com sua filha, ou filho, se é que chegou a tê-lo. Fala-se de Paris, Maiorca, Toscana; mas na verdade ninguém sabe de nada. Quanto a mim, naquele último dia diante de minha garrafa de cerveja na La Ballena, Culiacán, escutando canções do jukebox entre fregueses bigodudos e silenciosos, lamentei não ter talento para resumir tudo isso em três minutos de música e palavras. O meu ia ser, que remédio, um *corrido* de papel impresso e com mais de quinhentas páginas. Cada um faz o que pode. Mas tinha a certeza de que em algum lugar, perto dali, alguém já estaria compondo a canção que logo iria circular por Sinaloa e todo o México, cantada pelos Tigres, ou os Tucanes, ou algum outro grupo de prestígio. Uma canção que aqueles indivíduos de aparência rude, com grandes bigodes, camisas quadriculadas, bonés de beisebol e chapéus de palha que rodeavam Julio, Élmer e eu na mesma cantina — talvez na mesma mesa — onde Ruço Dávila esteve sentado, escutariam sérios quando tocasse no jukebox, cada um com sua meia Pacífico na mão, concordando em silêncio. A história da Rainha do Sul. O *corrido* de Teresa Mendoza.

La Navata, maio de 2002

Agradecimentos

Há romances complexos, que devem muito a muitos. Além de César Batman Güemes, Élmer Mendoza e Julio Bernal — meus irmãos de Culiacán, Sinaloa —, *A Rainha do tráfico* nunca teria sido possível sem a amizade do melhor piloto de helicóptero do mundo: Javier Collado, a bordo de cujo BO-105 vivi muitas noites de caça noturna perseguindo lanchas no Estreito. A Chema Beceiro, comandante de uma turbolancha HJ da Alfândega, devo a reconstituição minuciosa da última viagem por mar de Santiago Fisterra, incluindo a pedra de León. Minha dívida de gratidão se estende a Patsi O'Brian e suas exatas lembranças carcerárias, à assessoria técnica de Pepe Cabrera, Manuel Céspedes, José Bedmar, José Luis Domínguez Iborra, Julio Verdú e Aurelio Carmona, à amizade generosa de Sealtiel Alatriste, Óscar Lobato, Eddie Campello, René Delgado, Miguel Tamayo e Germán Dehesa, ao entusiasmo de minhas editoras Amaya Elezcano e Marisol Schulz, à implacável mente sherlockiana de María José Prada e à sombra protetora da sempre fiel Ana Lyons. Sem me esquecer de Sara Vélez, que emprestou seu rosto para a ficha policial e a foto de juventude de sua compatriota Teresa Mendoza. À exceção de alguns dos nomes antes citados, que aparecem com sua identidade real no romance, o resto — pessoas, endereços, empresas, embarcações, lugares — é ficção ou foi utilizado com a liberdade que é privilégio dos romancistas. Quanto aos outros nomes que por razões óbvias não podem ser mencionados aqui, eles sabem quem são, quanto o autor lhes deve e quanto lhes deve esta história.

Este livro foi composto na tipologia
Palatino Lt Std, em corpo 11/16, e impresso
em papel off-set 75g/m² no Sistema Cameron da
Divisão Gráfica da Distribuidora Record.